Martina Frey

Die Tochter eines Arztes

Die Tochter eines Arztes

Ein Roman von
Martina Frey

DRYAS

Das für dieses Buch eingesetzte Papier ist ein Produkt
aus nachhaltiger Forstwirtschaft.

Herausgeber: Dryas Verlag, Frankfurt am Main,
gegr. in Mannheim.

Herstellung: Dryas Verlag, Frankfurt am Main
Lektorat: Dr. Anja Roß, Kiel
Korrektorat: Birgit Rentz, Itzehoe
Umschlagabbildung: © Sophie Freiwald, Guter Punkt
unter Verwendung eines Motives von George Mayer, Fotolia,
und eines Motives von Jill Battaglia, Shutterstock
Graphiken „Floraler Hintergrund": © Ramona Kaulitzki- Fotolia.com
Satz: Dryas Verlag, Frankfurt am Main
Gesetzt aus der Palatino Roman von Linotype
Druck: CPI books GmbH, Ulm

Bibliografische Information der Deutschen Bibliothek:
Die Deutsche Bibliothek verzeichnet diese Publikation in der Deutschen
Nationalbibliografie, detaillierte bibliografische Daten sind im Internet
über http://dnb.ddb.de abrufbar

ISBN: 978-3-940855-42-8
www.dryas.de

Prolog

Wiesbaden, im Jahr 1839

Der Abend war hereingebrochen, sodass kaum noch Licht durch die hohen Fenster fiel. In dem Raum brannte keine Lampe. Die Dunkelheit ließ nur schemenhaft die zweite Gestalt erahnen, die Anton Hentschel an einem kleinen Tisch gegenübersaß. Beide schwiegen, als hätten sie sich geeinigt, im Finsteren zu sitzen und nichts zu sagen.

Eine bedrückende Stimmung herrschte zwischen ihnen.

Plötzlich erhob sich Sebastian Kreutzer und zündete auf dem Tisch eine Kerze an. Sie erhellte die direkte Umgebung. Anton Hentschel empfand selbst dieses Licht als schmerzhaft und bedeckte sein Gesicht mit einer Hand. Er konnte es nicht ertragen zu sehen, wie Sebastian Kreutzer wieder ihm gegenüber Platz nahm und ihn nur schweigend anstarrte. Als könnte der ihn einfach damit trösten, ihn anzustarren. Sebastian, war er denn nicht mehr als sein Kollege, war er nicht ein guter Freund? Anton spürte, wie Wasser in seine Augen schoss. Er schluckte. Als es ihm gelungen war, die Tränen niederzukämpfen, seufzte er und ließ seine Hand sinken. Dabei fuhren seine Finger über die Bartstoppeln an seinem Kinn. Ein ungewohntes, ungutes Gefühl. Nach all den schlaflosen Nächten lastete eine bleierne Müdigkeit auf ihm.

„Du kannst dich nicht ewig verkriechen, Anton", sagte da Sebastian Kreutzer in die unerträgliche Stille. „Du musst deine Arbeit wieder aufnehmen."

„Ich kann mir selbst nicht mehr ins Gesicht sehen, wie soll ich da anderen Menschen gegenübertreten?", erwiderte Anton Hentschel gequält.

„Du kannst nicht rückgängig machen, was geschehen ist."

Anton wollte das nicht hören. Er ließ die Hände auf den Tisch sinken, wendete die Handflächen nach oben und starrte sie an: „Damit wollte ich heilen, Menschen helfen. Aber das, was nun geschehen ist, habe ich nicht gewollt. Er ballte die Hände und ließ den Kopf sinken.

„Im Leben eines Arztes kann es vorkommen, dass er nicht das Leben retten kann, das ihm anvertraut wurde."

Doktor Hentschel fuhr auf. „Ich habe es beendet!"

„Es war ein Fehler, es ist passiert. Trotzdem bist du ein guter Arzt. Ich bin dein Freund, Anton, hör mir zu. Das Wohl und die Gesundheit der anderen liegen dir am Herzen. Du kannst wegen dieses Fehlers nicht aufgeben."

„Ich habe diesen Menschen getötet, weil ich seine Krankheit nicht erkannte." Wieder starrte Anton Hentschel auf seine Hände. „Was für ein Arzt bin ich? Was für ein Mensch bin ich, dass ich über das Leben eines anderen richte? Ich kann das nicht mehr." Doktor Hentschel hob die Hände und begrub sein Gesicht darin. „Ich bin ruiniert. Wenn jemand davon erfährt, werde ich meine Konzession verlieren, meine Praxis."

Sebastian Kreutzer beugte sich über den Tisch. Die Flamme der Kerze flackerte aufgeregt bei dem Luftzug, den seine Bewegung auslöste. „Du wolltest helfen. Du hast diesem Mann seine Leiden nehmen wollen."

„Aber nicht, indem ich ihn töte. Ich habe ihn aufgrund eines Fehlers getötet, mein Gott, es ist mein Fehler." Anton Hentschel holte aufgeregt Luft. „Ich hätte merken müssen, an was er tatsächlich litt. Aber die Anzeichen passten so gar nicht zu seinem Krankheitsbild. Ich kann es mir nicht erklären."

„Mach dir nicht so viele Gedanken. Es war ein Diagnosefehler. Du hättest ihm wahrscheinlich nicht helfen können, selbst wenn du die richtige Diagnose gestellt hättest."

„Das ist doch gleich, ich habe ihn falsch behandelt! Und ich werde mir mein Leben lang Vorwürfe machen!"

Sebastian schien kurz nachzudenken, als ob er Worte des Trostes suchte. „Wie viele Menschen hast du mit deinem Wissen schon geheilt? Wie viele kamen in diese Stadt, krank und schwach? Du hast die meisten von ihnen heilen können. Dieser eine Fehler macht aus dir keinen Unmenschen."

Anton Hentschel fuhr sich mit einer Hand über sein Gesicht.

„Ich bin ruiniert, meine Familie ... wir sind am Ende. Mein Sohn Moritz und Eugenia, meine Tochter, sind noch so jung. Was wird aus ihnen, wenn herauskommt, welches Unglück mir als Arzt widerfahren ist? Was soll ich nur tun, Sebastian?"

Der jüngere Kollege klopfte ihm aufmunternd auf die Schulter. Ein Hauch von Sorglosigkeit lag in seinem Gesicht. „Tu das, was du mit deiner Berufung tun kannst: Anderen Menschen helfen. Ich werde über diesen Vorfall schweigen. Ich verspreche dir, es wird nie jemand davon erfahren."

„Ich werde mit diesem Wissen leben müssen und eines Tages ..."

Sebastians Gesicht wirkte sehr ernst, als er sprach: „Die Wahrheit wird niemals ans Licht kommen, das schwöre ich dir."

Kapitel 1

Holzhausen auf der Heide,
Anfang April 1847

Während Moritz Hentschel mit gleichmäßigen Schritten den Weg weiterging, atmete er tief die frische Luft ein. Er fühlte sich wohl, als er über die Wiesen hinweg den großen Wald betrachtete. Dieser Blick brachte ihn ins Schwärmen. Tannenwald und Hügel wechselten sich ab. Sonne und Wolken tauchten die Landschaft in ein reges Spiel von Licht und Schatten. Hier, inmitten des Taunus, lag in einer quellenreichen Senke ein Dorf, gut geschützt von Stürmen, die oft vom Rhein heraufkamen und nicht selten Unwetter mitbrachten. Das hatte Moritz bereits einmal erlebt. Er blieb stehen und sah die Straße entlang. Wie hieß dieser Ort noch gleich? Holzhausen auf der Heide. Im Herzogtum Nassau gehörte es eindeutig zu den beschaulichsten Dörfern des Taunus, fand Moritz und ging weiter.

In den ersten Tagen des Aprils hatte sich der Wind gedreht und kam mit eisiger Kälte vom Osten her. Er fegte über die Dächer der Fachwerkhäuser und Holzhütten, strich über die Lehmgassen, an Zäunen und Ställen entlang, einen kleinen Hang hinauf zur Kirche. Am höchsten Punkt kreuzten sich zwei wichtige Fernstraßen. Diese waren, das wusste Moritz, schon von Römern genutzt worden. Vor knapp vierzig Jahren waren Napoleons Armeen darüber marschiert.

Moritz schlenderte die Straße entlang, bis er bei einem zweigeschossigen Haus mit weißem Putz stehen blieb. Vor Kurzem hatte sein Vater, ein freipraktizierender Arzt aus Wiesbaden, mit herzoglicher Erlaubnis, dieses Gebäude in Holzhausen erbauen lassen. Das Walmdach war mit Schiefer gedeckt. Ein hohes Eingangsportal mit einem kleinen Giebel und hellen Steinpfeilern an den Seiten zierte die Vorderseite des Hauses. Die Fenster hatten blaue Holzläden, die am Abend geschlossen wurden. Das Haus wirkte einfach in seiner Gestaltung und passte doch nicht in das Bild dieses ländlichen Ortes, fand Moritz und vernahm durch die offen stehenden Fenster das Spiel eines Pianofortes.

Das musste seine Schwester Eugenia sein, die täglich an diesem Instrument saß, um ihre Fingerfertigkeit zu verbessern. Moritz betrat das Haus und ging in die Wohnstube, in der er, wie vermutet, seine Schwester vorfand.

Eugenia Hentschel saß aufrecht vor dem Instrument und spielte einige kurze Stücke, ohne Leidenschaft und besondere Freude zu zeigen. Sie trug ein dunkelrotes Tageskleid, das an den engen Ärmelenden mit weißer Spitze versehen war, genau wie am hochgeschnittenen Halsausschnitt. Das übliche Korsett betonte die schmale Taille. Es musste ziemlich unbequem sein, so eingeschnürt auf dem Bänkchen zu sitzen, vermutete Moritz. Eugenias Haar war zu einem Nackenknoten zusammengebunden. Während die Finger über die Tasten flogen, wippten Korkenzieherlocken an ihren Schläfen und umrahmten ein volles, makelloses Gesicht. Die gesenkten Augen waren unter dichten Wimpern verborgen, da sich Eugenia auf das Musikstück konzentrierte.

Plötzlich verstummte das intensive Spiel.

„Ich hasse es!", sagte sie ruhig mit einem unterdrückten Ton von Überdruss.

Moritz trat näher. „Mir hat das Stück gut gefallen."

„Das meine ich nicht!" Eugenia starrte unzufrieden auf die Tasten.

Um zu überprüfen, ob sein Spaziergang Spuren hinterlassen hatte, sah er an seinen hellen Pantalons hinab, die an der Taille in Falten lagen, bis zum Boden reichten und sogar die schwarzen Schuhe bedeckten. Doch es war alles in Ordnung. Mit sich zufrieden setzte er sich neben seine

Schwester auf die Bank und betrachtete von der Seite ihren mürrischen Gesichtsausdruck. „Du übertreibst", sagte er.

Die Korkenzieherlocken wirbelten herum, als Eugenia den Kopf schüttelte. „Tu ich nicht. Hast du dir dieses Dorf angesehen? Halb zerfallene Hütten, Menschen in Fetzen, die noch dünner sind als streunende Hunde bei uns in Wiesbaden." Sie drehte sich zu ihrem Bruder. Die blassen Strahlen der Frühlingssonne fielen durch die hohen Fenster und verfingen sich in ihrem Haar, das in diesem Augenblick golden schimmerte.

Moritz lachte, nachsichtig mit der schlechten Laune seiner Schwester. „Selbst Goethe schwärmte vom Taunus. Es ist malerisch. Du überblickst Wiesen und Wälder und kannst dir romantische Geschichten auf dem Lande ausdenken."

„Pah. Geschichten über Mädchen, die auf dem Land versauern."

Er stieß sie sanft in die Seite. „Du bist ungerecht. Du weißt, warum wir auf das Land gezogen sind. Mutter geht es bereits besser."

Eugenia blickte reumütig zur Seite. Die Worte ihres Bruders flößten ihr sichtlich Schuldgefühle ein. Die Veränderung ihrer Mutter war augenfällig. Ihr Zustand hatte sich in den vergangenen Wochen wesentlich gebessert, fand Moritz. Farbe war in das sonst blasse Gesicht zurückgekehrt und die Mutter wirkte lebhafter, so als täte ihr die Ruhe gut, die Eugenia so einschläfernd fand.

„Ja, das ist wahr." Sie seufzte. „Ich bin ungerecht. Selbst die wenigen Wochen hier haben Mutter gutgetan. Sie lacht wieder und das sollte mich froh machen. Ach, es ist nur … hier ist es eben … öde."

Moritz legte einen Arm um ihre Schultern und drückte sie tröstend an sich. Er kannte den Unternehmungsdrang seiner Schwester sehr gut und versuchte ihre Unzufriedenheit zu verstehen. „Vater wird dich bestimmt bald für einige Tage nach Wiesbaden schicken."

„Ich werde grau sein und Falten haben, ehe das passiert."

Moritz lachte auf. „Du bist gerade siebzehn Jahre alt geworden, Schwesterlein, und es dauert noch sehr lange, bis du grau wirst." Er musterte sie. „Aber du solltest aufhören, ein solches Gesicht zu ziehen, davon könntest du durchaus Falten bekommen."

Eugenia zog einen Schmollmund und begann gedankenverloren auf den Tasten zu spielen. „Ich sitze jeden Tag in diesem Haus und weiß nichts mit mir anzufangen. Das ist geistlos. Ich ertrage das nicht länger. Mir fehlt meine Freundin Dorothea und all das Vergnügen."

„Hab etwas Geduld", tröstete Moritz seine Schwester. „Vater wird bald einen angemessenen Gatten für dich finden und du wirst das gesellige Leben wieder aufnehmen können."

Eugenia legte nachdenklich den Zeigefinger an ihr Kinn. „Bist du nicht erstaunt darüber, dass wir so plötzlich auf das Land gezogen sind?" Wieder wippten die Schläfenlocken.

Nein, er hatte bisher nicht darüber nachgedacht, gestand er sich ein. Natürlich war er etwas überrascht gewesen, doch sein Vater hatte keine Erklärung über seine Pläne abgegeben. Aber der Vater pflegte seine Entscheidungen ohnehin nicht zu rechtfertigen. „Mutters Gesundheit geht vor."

Eugenia ließ den Zeigefinger wieder sinken. Ihr flehentlicher Blick traf Moritz und er versuchte ihm auszuweichen, doch da hörte er ihre bittende Stimme, der er selten zu widerstehen vermochte: „Könntest du Papa bitten, mich nach Wiesbaden zurückzubringen?"

„Wir sollten ihm lieber nicht vorschreiben, was er zu tun hat, das gehört sich nicht", warnte Moritz sie, erhob sich von dem Bänkchen am Pianoforte und ging zu einem der Fenster, um nachdenklich hinauszublicken. Mochte es hier keine gesellschaftlichen Verpflichtungen geben, denen Eugenia so gern nachging, ihm gefiel die Abgeschiedenheit. Es war so gänzlich anders als an der Universität, an der er studierte. „Ich würde mich hier sehr wohlfühlen. Es ist behaglich", sagte er schließlich.

„Du musst nicht versuchen, mich aufzuheitern. Es ist nicht behaglich, sondern öde. Ach, ich wiederhole mich. Du hast gut reden. Du kannst tun, was dir beliebt."

Ein unguter Gedanke zog durch seinen Kopf. „So ist es nicht. Vater schickt mich nach Gießen, obwohl ich nicht studieren will." Er sprach selten darüber, nun packte ihn Verdrossenheit. „Doch wann hat er mich gefragt, was ich möchte? Meine Meinung zählt nicht. Ich will nicht Arzt werden!"

Sie sah ihn mitleidig an. „Hast du mit Vater darüber gesprochen?"

Moritz schnaubte unwillig. „Pah, wenn ich das täte, ich wüsste, was er mir antworten würde ..." Er neigte seinen Kopf, setzte eine tadelnde Miene auf, um den Vater zu imitieren, und sprach mit tieferer Stimme: „Sohn, du hast deine Familie zu ehren und musst an deine Zukunft denken. Mach uns keine Schande. Du tust, was ich für richtig halte!"

„Aber an deiner Universität in Gießen bist du nicht unter seiner Aufsicht", gab Eugenia zu bedenken, als müsste sie einen Grund nennen, ihn aufzuheitern. „Du hast dort Freunde gefunden."

Moritz blickte wieder versonnen aus dem Fenster. „Glaube mir, ich wäre lieber in Holzhausen, als Frösche aufzuschneiden und mir ihre Innereien anzusehen. Ich will mein Leben und meine Zukunft selbst bestimmen, aber Vater lässt das nicht zu. Ich kann nicht einmal Blut sehen, wie soll ich jemals Menschen verarzten?"

„Das hat mich auch gewundert. Das letzte Mal, als ich mir in den Finger geschnitten habe, bist du schreiend davongelaufen."

Moritz erinnerte sich und lachte. „Da waren wir Kinder."

Eugenia erhob sich von dem Bänkchen und räumte die Noten zusammen. „Ich mache dir einen Vorschlag. Du bleibst in dieser Einöde und ich studiere."

Moritz drehte sich lachend zu ihr um. „Du und studieren?"

„Ich würde gern Medizin studieren."

Moritz nahm den sehnsüchtigen Ton in ihrer Stimme wahr. Er schmunzelte belustigt. „Eine Frau als Ärztin? Sei nicht albern."

„Ich möchte anderen Menschen helfen, so wie Vater. Ich könnte das", versicherte Eugenia mit Nachdruck. Aber auch ihr, so dachte er, war sicher bewusst, dass dieser Traum nicht in Erfüllung gehen würde. Und obwohl er ihre Äußerung abgetan hatte, war er sich sicher: Wenn Frauen Ärzte werden könnten, dann wäre Eugenia eine der Besten. Auch wenn sie verhätschelt wurde – sie war eindeutig Vaters Liebling –, so besaß Eugenia dennoch ein gütiges Herz. Eine Eigenschaft, die ihr bisher Tadel beschert hatte. Moritz erinnerte sich an einige Vorfälle in Wiesbaden, die seiner Schwester nichts als den mütterlichen Tadel eingebracht hatten. Eugenia half jedem Menschen, dessen Not sie erkannte, sei es ein Junge, der sich auf dem Markt verlaufen hatte, oder ihr Bruder, der sich bei einem heimlichen Pferderennen einige Schürfwunden zugefügt hatte.

Moritz wandte sich wieder zum Fenster. Es war schade, dass sich in dieser Zeit ein Mädchen wie Eugenia nicht frei von gesellschaftlichen Zwängen entwickeln durfte.

„Komm", sagte er nach einer Weile. „Die Gäste werden bald eintreffen." Er durchquerte den Raum, doch Eugenia hielt ihn zurück. „Kannst du nicht mit Papa über mein Anliegen sprechen?"

„Er wird nicht auf mich hören. Nicht die Kinder treffen die Entscheidungen."

„Aber du kannst ihm sagen, dass mein Benehmen an diesem Ort leiden wird."

Moritz kniff ihr in die spitze Nase. „Mal sehen, ob sich eine Gelegenheit ergibt."

Eugenia küsste ihren Bruder auf die Wange. „Du hast etwas gut bei mir."

„Ich werde dich eines Tages daran erinnern", murmelte er leise.

Eugenia und ihre Geschwister wurden vom Vater mit einem kritischen Blick begutachtet. Er war sehr darauf bedacht, einen guten Eindruck auf die Gäste zu machen, die das erste Mal dieses Haus betraten.

Doktor Hentschel selbst sah tadellos aus. Er war von schlanker Statur, mit aufrechtem Gang. Der hohe Kragen des weißen Hemdes war von einem ordentlich gebundenen Halstuch umwickelt. Weste und Gehrock pflegte der Arzt erst zum Abendessen abzulegen. Sein dunkelblondes Haar war ordentlich gekämmt, das Gesicht glattrasiert, während sich an den Seiten lange Koteletten entlangzogen, die zurzeit in Mode waren. Auf seiner Nase lag eine Brille mit dünnem Drahtgestell. All die Zeit über Büchern und Notizen hatte sein Augenlicht getrübt, sodass er diese moderne Hilfe benötigte.

Die Gäste wurden im Eingangsbereich von der Familie Hentschel begrüßt. Es waren Pfarrer Wilhelm Brachel mit seiner Frau und der Lehrer von Holzhausen, Herr Hardt, sowie seine Gattin mit ihrer Nichte Luise. Eugenia machte einen höflichen Knicks, während sich Moritz vor den Gästen verbeugte, als sie vorgestellt wurden.

„Der Tee wird bald serviert", verkündete die Mutter höflich, die heute in ihrer Rolle als Gastgeberin sichtlich aufblühte.

Nach den drei Wochen, die sie nun in Holzhausen lebten, hatte die Mutter erklärt, es sei genug Zeit vergangen, man müsse nun Einladungen aussprechen. Der Schultheiß Ernst Gerlach war vor einigen Tagen zu Besuch gekommen, mit seiner Frau und drei kleinen Kindern, von denen Eugenia nicht sagen konnte, wer sich unmöglicher benommen hatte.

Sie hoffte, dass sich diese Gäste angemessener verhalten würden, und so lächelte sie der Nichte des Lehrers zu und ging mit ihr durch den Flur zum Esszimmer. Wortkarg und zurückhaltend zeigte sich Luise, zwei Eigenschaften, die Eugenia sofort auffielen. Luise trug ein schlichtes Kleid, das bis zu ihrem Hals geschlossen war. Ihr Gesicht war von

Sommersprossen übersät, das Haar hellblond. Blassblaue Augen schauten Eugenia mit freundlichem Ausdruck an. Eugenia warf Luise ein Lächeln zu und erhielt ein zaghaftes zurück.

Das war ein Anfang, dachte Eugenia. Vielleicht würde sie eine Freundin finden, um sich über die Langeweile hinwegzutrösten, die ihre Tage füllte.

Die Gäste nahmen an der Tafel Platz, dann setzte sich Doktor Hentschel an das Kopfende. Das Hausmädchen brachte Tee und Kuchen, während die Gespräche sich um oberflächliche Themen drehten. Es wurde sich kennengelernt, wie Mutter zu sagen pflegte, dachte Eugenia und beobachtete die Gäste. Die Nichte des Lehrers hielt den Kopf gesenkt und antwortete beflissen, wenn sie gefragt wurde.

„Sie haben ein sehr schönes Haus, Frau Doktor", sagte Frau Hardt zu Charlotte Hentschel.

„Vielen Dank. Mein Gatte wollte es ähnlich gestalten wie unser Haus in Wiesbaden, damit wir uns heimisch fühlen."

„Ich hoffe, Sie haben sich gut eingelebt", meldete sich der Pfarrer zu Wort. „Ich würde Sie gern am nächsten Sonntag in der Kirche begrüßen."

Eugenias Mutter sagte einen nächsten Besuch des Gottesdienstes zu. Um keinen falschen Eindruck zu erwecken, wies sie darauf hin, dass sie sehr auf regelmäßigen Kirchgang achteten.

„Sagen Sie, Herr Hardt, wie viele Schüler gibt es an der Schule in Holzhausen?", wollte Doktor Hentschel wissen, während das Hausmädchen einen Knicks machte und das Esszimmer verließ.

„Im Augenblick haben wir ungefähr 125 Schüler. Das ist recht unterschiedlich und richtet sich nach der Jahreszeit. Im Winter haben die Töchter und Söhne der Bauern mehr Zeit."

Eugenias Blick fiel auf ihren Bruder, der etwas steif da saß. Sein Hemd hatte einen hohen Stehkragen, in dessen Öffnung ein weißes Tuch gebunden war. Unter der schwarzen Jacke lugte eine karierte Weste hervor, die dem sonst biederen

Äußeren etwas Farbe verlieh. Die langen Koteletten an den Seiten seiner Wangen waren noch nicht ausgeprägt. Ansonsten wirkte er fast so vornehm wie Vater.

Lehrer Hardt wandte sich zu Moritz. „Ich hörte, Sie haben ein Studium begonnen? Darf ich fragen, welches Ziel Sie haben?"

Moritz nickte ihm höflich zu. Das sonst spitzbübische Lächeln auf seinen Lippen verblasste. „Medizin, wie mein Vater. Ich besuche die Ludoviciana-Universität in Gießen." Seine Stimme hatte einen seltsamen Klang angenommen, den nur Eugenia deuten konnte, genauso wie den finsteren Blick, den Moritz seinem Vater zuwarf.

Doktor Hentschel achtete nicht darauf oder er bemerkte es nicht. „Mein Sohn gehört zu den Besten. Wir sind sehr stolz auf ihn."

„Medizinischer Rat ist immer gefragt. Ich vermute, gerade in Wiesbaden, wo viele Kurgäste zu Besuch kommen, gibt es genug Arbeit für einen Arzt."

„Wir können uns nicht beklagen", entgegnete Doktor Hentschel.

Pfarrer Wilhelm Brachel meldete sich zu Wort: „Wir sind sehr froh, dass ein freipraktizierender Arzt nach Holzhausen gekommen ist. Auch wenn Sie Ihre Praxis in Wiesbaden nicht aufgegeben haben, Herr Doktor, so ist es gut zu wissen, dass Sie hier sind. Der bei uns eingesetzte Medizinalarzt kann sich nicht immer um alle Kranken kümmern und die Bader sind mir ein Gräuel."

„Es gibt viele Quacksalber, auch in Wiesbaden. Und es kann gefährlich werden, wenn man an solche gerät", warnte Doktor Hentschel. „Wenn ich helfen kann, tue ich es gern, auch den Ärmeren im Dorf." Er sprach direkt zum Pfarrer gewandt, als wollte er etwas andeuten.

Dieser schien zu verstehen und nickte. „Vielen Dank, Herr Doktor. Es gibt genug Menschen in diesem Dorf, die dringend ärztliche Hilfe benötigen, jedoch aus verschiedenen Gründen nicht den Arzt aufsuchen. Unsere Hinkelhanna zum Beispiel lehnt es strikt ab, zu einem Arzt zu gehen, dabei hat sie einige Gebrechen."

„Ich werde sie in den nächsten Tagen besuchen, vielleicht kann ich helfen", bot sich Doktor Hentschel an.

Es war ein Gespräch, in das sich die Frauen nicht einzumischen hatten, das wusste Eugenia, und so verfolgte sie es nur schweigend. Sie wagte einen Blick zu ihrer Rechten, wo die schweigsame Nichte des Lehrers saß.

„Was tust du am liebsten?", wollte Eugenia wissen.

„Ich widme mich der Musik", antwortete Luise zurückhaltend.

„Luise ist sehr talentiert", sprach Frau Hardt zu Eugenias Mutter. „Sie müssen wissen, dass ihre Eltern vor einigen Jahren bei einem Unfall verstarben. Seitdem kümmern wir uns um Luise. Ihre Mutter, meine Schwester, hat sehr viel Wert auf gute Erziehung gelegt."

„Vielleicht bieten Fräulein Luise und Eugenia später einige Lieder dar?"

Die beiden jungen Frauen nickten gehorsam.

Eugenia unterdrückte ein Gähnen und wurde von ihrem Bruder durch ein Hüsteln ermahnt. Sie kicherte leise, nahm ihre Teetasse und schlürfte lautlos die heiße Flüssigkeit, während sie sich wieder dem Gespräch der Männer widmete. Diese Art von Teegesellschaften war ihr vertraut. In der Stadt hatte Mutter regelmäßig solche gesellschaftlichen Verpflichtungen abgehalten. Dann hieß es, still und aufrecht am Tisch sitzen, freundlich dreinblicken, höflich Antwort geben, wenn man gefragt wurde, und ansonsten unauffällig bleiben. Eugenia unterdrückte wieder ein Gähnen.

„Es sind die Gelehrten, die ihren Freigeist verbreiten. Ich glaube nicht, dass sich das einfache Volk von dieser Stimmung mitreißen lässt", sagte gerade der Lehrer.

Pfarrer Wilhelm Brachel schürzte nachdenklich seine Lippen. „Wir sollten die Sorgen des einfachen Volkes nicht unterschätzen: die Schulden, auch wenn kein Zehnt mehr zu leisten ist, die schlechte Ernte. So mancher Schultheiß in den

Dörfern ist nicht so gerecht wie unserer. Wir haben Glück, den Gerlach Ernst bekommen zu haben. Er kümmert sich um die Belange der Dorfbewohner. Ich kenne einen Schultheiß, der widmet sich nur seinem Branntwein und führt sich wie ein König auf. Wenn dann die unterdrückten Menschen von der Befreiung ihrer Lasten hören, von Meinungsfreiheit, mehr Rechten – ich glaube sogar, das einfache Volk wird sich eines Tages erheben."

„Das klingt aus Ihrem Mund so, als sei es eine Prophezeiung", sagte der Doktor mit einem Schmunzeln. Die Männer lachten höflich.

„Herr Brachel hat das Talent, meistens recht zu haben", versicherte der Lehrer und ließ sich von Charlotte Hentschel ein weiteres Stück Kuchen auf den Teller legen.

„Unser Herzog Adolph hat ein gutes Händchen, was seine Untertanen angeht. Niemand wird sich gegen ihn erheben. Wir haben es gut im Nassauer Land, wir sollten uns nicht beschweren", sagte Anton Hentschel nun. Die Männer nickten im einträchtigen Einvernehmen, doch da erklang eine weitere Stimme:

„Wenn wir vergessen, dass wir nicht unsere Meinung in aller Öffentlichkeit sagen dürfen und wir uns dem Walten eines Herzogs unterwerfen müssen, keine Versammlungen abhalten können, keine freie politische Presse haben, das Wild im Wald nicht schießen dürfen." Moritz sah in die Runde. Auch das Gespräch der Frauen war verstummt. „Wenn wir all das vergessen, brauchen wir natürlich keine Freiheit. Aber die Macht eines Parlamentes, das vom Volk gewählt wird, ist größer und eindrucksvoller als das Erbe der Adeligen."

Eugenia ließ langsam die Gabel mit dem Kuchenstück sinken und starrte ihren Bruder an. Solche Worte hatte sie von ihm noch nie gehört, und vielleicht waren es nicht einmal die Worte, die sie so beeindruckten, sondern der Nachdruck, mit dem er gesprochen hatte.

Anton Hentschel schien es ähnlich zu gehen, da er seinen Sohn mit einem überraschten Blick bedachte. „Ich wusste nicht, dass du so denkst", sprach er. „Das klingt allerdings sehr nach aufrührerischen Gedanken. So etwas sollte nicht laut ausgesprochen werden. Man könnte meinen, du befürwortest diese neue Stimmung, die unsere Welt erfasst."

Moritz schien erst darauf antworten zu wollen. Eugenia spürte den Unwillen in ihm, das Aufgebehren. Es war in diesem Augenblick allerdings fehl am Platz, und so stieß Eugenia unter dem Tisch mit einem Fuß gegen sein Bein, um ihren Bruder an einer Antwort zu hindern. Moritz zuckte zusammen und schwieg tatsächlich.

„Wir sollten nach dem Tee in das Musikzimmer gehen", schlug Charlotte Hentschel vor, um von der angespannten Stimmung abzulenken.

Moritz trank seine Tasse leer. Eugenia rührte sich nicht und sah zu, wie die Gäste von der Tafel aufstanden und den Salon verließen, an der Spitze der Hausherr, der seinem Sohn zuletzt einen mahnenden Blick zuwarf.

„Was ist nur in dich gefahren?", wollte Eugenia wissen, nachdem sie allein zurückgeblieben waren.

Moritz starrte auf die leere Tasse, die noch vor ihm stand, während er sprach: „Wie kann Vater behaupten, dass alles gut ist, wie es ist? Es gibt so viel Ungerechtigkeit. Die Geburt entscheidet über unser Schicksal. Ist jemand gut betuchter Adeliger oder ein reicher Bürger, dann ist das Leben in Ordnung. Wirst du aber in die Familie eines Tagelöhners hineingeboren, bist du bis zu deinem Lebensende daran gebunden und wirst verachtet. Soll unsere Geburt tatsächlich bestimmen, wie wir unser Leben führen? Jeder Mensch sollte frei sein, in seinem Denken, in seinem Glauben und in dem, was er tun will."

„Aber so ist das schon immer gewesen."

„Ja, und deshalb ändert sich nichts. Wir werden geformt, wie es die Gesellschaft von uns erwartet. Sieh dich an, Eugenia. Du tust nichts anderes, als Vater zu gehorchen, dich in Handarbeit, in Hausarbeit und Musik zu bilden. Und wozu? Weil es dein Schicksal ist, einem anderen Mann zu gefallen, der von deinem Vater ausgesucht wird. Doch was willst du wirklich? Hat dich das irgendwann jemand gefragt?"

Eugenia war verblüfft über diese Worte, die so fremd und aufsässig klangen, dass sie sich zunächst fragte, ob sie überhaupt darüber nachdenken sollte. „Aber ich wurde so erzogen, Moritz. Und du ebenso. Warum sollten wir uns dagegenstellen?"

Sie war es gewohnt, mit ihrem älteren Bruder über alles reden zu können, über ihre Gedanken, ihre Sehnsüchte, aber bisher nie über Verbotenes oder gar Abwegiges. Sie hatte nicht gewusst, dass er so dachte, seine aufbegehrenden Worte waren neu für sie. Ob es etwas mit seinem Widerwillen dem Studium gegenüber zu tun hatte?

Seine Stimme riss sie aus ihren Gedanken.

„Dein Wort wird niemals einem Mann gegenüber zählen. Ist dir gleichgültig, dass du irgendeinem alten Langeweiler übergeben wirst, der dir wiederum sagt, was du zu tun hast? Ist es das, was du willst?"

Sie war über seine Frage überrascht. Eugenia erhob sich von ihrem Platz und schob den Stuhl an den Tisch. „Ich habe darüber nie nachgedacht, lieber Bruder, und es hat auch keinen Sinn, es zu tun. Mein Leben gehört nicht mir, also kann ich nicht darüber verfügen."

Moritz stand auf. „Vorhin sagtest du zu mir, du würdest gern anderen Menschen helfen, du würdest gern Medizin studieren. Also denkst du doch darüber nach!"

„Und du hast mich vorhin ausgelacht."

Moritz nestelte an der Tischdecke herum, als wäre er bedrückt. „Ich lache dich nicht aus, Schwester. Ich habe vor einiger Zeit begriffen, dass uns etwas aufgezwängt wird, und das ist nicht richtig." Er wirkte plötzlich so ernst wie schon lange nicht mehr, fand Eugenia. Sie konnte sich von seinem Anblick nicht losreißen. „Du darfst deine Träume nicht aufgeben, Eugenia. Du solltest über deine Zukunft nachdenken. Und du solltest wissen, was du willst!"

Ihr schien es, als hätte er sich auf die Zunge gebissen, da er nicht mehr weitersprach.

Sie ging zur Tür des Esszimmers, während das Hausmädchen den Tisch abräumte. „Du hast nicht einmal den Mut, Papa zu sagen, dass du keine Medizin studieren willst, aber ich soll mir Gedanken machen, was ich wirklich will? Ich kann mein Leben nicht ändern und mein Schicksal auch nicht." Sie hielt inne. „Natürlich habe ich Träume. Und ja, ich würde gern Ärztin werden, Menschen helfen, so wie Vater. Und ich möchte einen Mann finden, den ich liebe und der mich liebt, so wie ich bin. Ich will mit ihm gemeinsam etwas aufbauen, dafür arbeiten und ein erfülltes Leben führen, mit Heim und Kindern."

Moritz nickte zufrieden, als hätte er genau diese Antwort von seiner Schwester erwartet. „Vielleicht wird eine Revolution etwas ändern und Frauen dürfen eine eigene Meinung haben und ihr Leben selbst bestimmen", überlegte er laut. „Und vielleicht wird es dann auch Frauen als Ärzte geben."

„Ein Bürgeraufstand wird nicht das Denken der Menschen ändern", widersprach Eugenia mit einem Unterton von Trostlosigkeit. „Menschen wie Vater werden niemals solche freizügigen Wünsche akzeptieren. Meinungsfreiheit, Gleichstellung, das sind Fremdwörter für ihn. Nein, selbst wenn alle Menschen plötzlich anfingen, nach diesen neuen Prinzipien zu leben, Papa würde das niemals tun."

„Dann muss jeder an sich arbeiten, damit die neuen Ideen durchgesetzt werden können." Moritz wirkte plötzlich entschlossen, so als wäre er zu einer Entscheidung gelangt, über die er bisher nur nachgedacht hatte.

Sie war über sein Verhalten weiterhin erstaunt und sagte: „Ein Bürgerkrieg bringt Tod und Elend. Ich kenne die Geschichten, als in Frankreich das Volk auf die Straße ging. Kurze Zeit später führte Napoleon Krieg gegen alle. Viele Menschen mussten damals sterben. Unschuldige wurden dahingerafft, für was? Für Freiheit und Brüderlichkeit. Das war keine gute Zeit und ich will sie nicht erleben. Es reicht mir, darüber gelesen zu haben." Sie hatte die Tür erreicht, die offen stand.

„Du liest über Kriege, über andere Länder und ihre Sitten. Du bist nicht wie die anderen Mädchen. Du bist viel zu klug und wissbegierig. Welcher Mann will eine gebildete Frau, Eugenia?", hörte sie ihren Bruder sagen.

Sie streckte das Kinn vor, eine eingeübte Trotzhaltung. „Bildung kann man verstecken."

„Aber nicht die Sehnsucht danach."

Kapitel 2

Wiesbaden

Doktor Hentschel beugte sich vor, um einen Blick aus dem Fenster der Kutsche zu werfen. Umgeben von zahlreichen Hügeln und Wäldern, eingebettet zwischen dem Taunus und dem breiten Strom des Rheins, lag nun Wiesbaden vor ihm. Es war ein schöner Ort, fand Anton, nicht grundlos der Mittelpunkt des Herzogtums. In dieser Stadt residierte der Landesherr, Herzog Adolph von Nassau. Das milde Klima, die Wälder, so weit das Auge reichte, und die Mineralquellen machten die Stadt zu einem beliebten Ziel von Reisenden und Kranken. Anton Hentschel profitierte davon. In Zeiten von Missernten und Unmut wurde aus Wiesbaden ein Anziehungspunkt für Menschen aus allen Gesellschaftsschichten, die hofften, Arbeit in der Stadt zu finden. Anton spürte den Umschwung selbst in seiner Praxis, wenn seine Patienten von nichts anderem sprachen als von Revolution und Regierungswechsel.

Er wies seinen Kutscher an, einen kleinen Umweg zu machen, direkt durch die Stadt. So fuhr er an dem Schloss vorbei, das der Herzog von Nassau vor wenigen Jahren inmitten der Stadt hatte erbauen lassen. Umringt von prachtvollen Häusern, bäuerlichen Höfen und Kirchen konnte Herzog Adolph seinem Volk nah sein. Es war ein prächtiges Gebäude, mit Säulen und einem kleinen Balkon, auf dem sich manchmal der Herzog seinem Volk zeigte.

Anton beobachtete die Passanten, die über den großen Platz vor dem Schloss spazierten. Die Stadt war nicht nur für die Vielzahl der Thermalquellen und deren Heileigenschaften bekannt, sondern auch für den Frohsinn und die Großmut der Bewohner. Selbst Goethe war im März 1818 über Wiesbaden eingefallen, „dass das Leben dort zu leicht, zu heiter sei, als dass man nicht verwöhnt würde fürs übrige Leben".

An den Straßen reihten sich Bäume, dahinter prunkvolle Villen. Kutschen fuhren daran vorbei, Fußgänger spazierten am Rand der Straßen, von denen die wichtigsten gepflastert waren. Zwischen Eichen und Kastanien lag das Kurhaus, das vor einigen Jahren gebaut worden und dessen Entstehung dem Glücksspiel zu verdanken war. Auf der Wilhelmstraße flanierten bei schönem Wetter Kurgäste und Bürger. Doch heute senkten sich die Wolken düster über die Stadt.

Anton Hentschel hielt den Einspänner vor dem großen Haus. Es war Vorbild gewesen für das in Holzhausen errichtete Gebäude: Zwei runde Säulen trugen ein vorgezogenes Dach über dem Eingangsportal. Hier hatten sie viele Jahre verbracht. Der weiße Putz strahlte trotz des verhangenen Himmels. Ein Bursche eilte herbei und führte das Pferd mit der Kutsche um das Haus. Der Verwalter, der sich während der Abwesenheit der Hentschels um das Haus kümmerte, begrüßte Anton Hentschel freudig. „Herzlich willkommen, Herr Doktor."

„Ich gehe davon aus, dass alles in Ordnung ist, Henning? Ich habe einige Termine wahrzunehmen und werde heute den ganzen Tag in der Praxis sein."

„Möchten Herr Doktor am Abend ein Essen serviert bekommen?"

„Ja, um sieben Uhr."

„Sehr wohl, Herr Doktor." Der Verwalter verbeugte sich und verschwand in der Eingangshalle, während sich Anton Hentschel in die Wohnstube zurückzog. Die Wände waren in einem hellen Grün gestrichen. Auf einem eckigen Teppich standen drei Stühle, ein Tisch und ein Sofa. Ihre Bezüge waren aus rotem und grünem Wolldamast. Um im Sommer die Sonne abzuhalten, waren Spannvorhänge an den Fenstern angebracht. In dieser vertrauten Umgebung angekommen, steckte sich Anton Hentschel eine Pfeife an. Es kam ihm alles leer vor, ohne Familie. Er war es gewohnt, dass dort auf dem Sofa seine Frau saß und stickte oder die klare Stimme seiner Tochter durch das Haus klang oder sie am Pianoforte spielte.

Jetzt herrschte Stille im Haus.

Anton zog nachdenklich an der Pfeife und ein süßer Duft verbreitete sich um seinen Kopf. Sein Blick fiel auf ein Gemälde, das an der Wand hing. Er, inmitten seiner Familie.

Das seltsam beengende Gefühl seiner Schuld war wieder präsent, während er das Bild anstarrte. Plötzlich fühlte er sich wie schon so oft um einige Jahre zurückversetzt. Den Tod eines Menschen zu verantworten, war eine große Last. Die Schuld lag ihm noch immer schwer auf der Seele, doch er hatte gelernt, damit zu leben. Es war nicht so, dass er noch nie einen Patienten verloren hatte oder ihn nicht hatte heilen können. Jedoch war es ihm noch nie passiert, dass er sich so sehr in seiner Einschätzung geirrt hatte, dass ein Mensch mit seinem Leben bezahlen musste. All die Jahre waren diese Selbstvorwürfe seine ständigen Begleiter gewesen. Sebastian hatte er es zu verdanken, dass er als Arzt weiterpraktizierte und für seine Familie ein guter Ehemann und Vater geblieben war. Ausgerechnet dieser Freund bereitete ihm nun Sorgen.

Der Rauch, den Anton aus seinem Mund blies, umhüllte das Gemälde, auf dem seine Familie zu sehen war. Charlotte Hentschel zeigte ein schüchternes Lächeln. Obwohl das Bild vor einigen Jahren gemalt worden war, wirkte Moritz bereits erwachsen. Stolz erfüllte den Arzt, als er an seinen ältesten Sohn dachte. Der Blick fiel auf den goldenen Schopf seiner Tochter. Ein liebevoller Zug lag um Eugenias Lippen, ihre Wangen rosig, ein Strahlen in ihren Augen. Anton Hentschel zog an seiner Pfeife und die Aussicht auf das Gemälde verschwand leicht im Tabakrauch. Sein Herz zog sich zusammen, als er die Anmut seiner Tochter betrachtete, trotz des Schleiers vor seinen Augen.

Da klopfte es an die Tür und der Verwalter trat ein. Er räusperte sich, bevor er sprach: „Verzeihen Sie die Störung, Herr Doktor, Sie haben Besuch." Der Mann trat zur Seite und ein Herr im Frack mit Zylinder auf dem Kopf stürmte in den Raum und sagte ohne Begrüßung:

„Sieh an, mein guter Freund lässt sich auch wieder in der Stadt blicken." Anton Hentschel ließ die Pfeife sinken und starrte den Mann entgeistert an. „Sebastian? Was machst du hier?"

„Ich freue mich auch, dich zu sehen", witzelte der Herr. Seine schlanke Gestalt und das gebräunte Gesicht ließen ihn jung wirken. Unter seiner Jacke trug Sebastian eine geblümte Weste, das weiße Hemd und der Stehkragen verliehen ihm ein stattliches Aussehen. Um die Augen zogen sich zwar kleine Falten, die sich vertieften, wenn Sebastian lachte, ansonsten war ihm sein Alter kaum anzusehen. Immer vergnügt, immer ein Scherz auf der Zunge, dachte Anton und wurde übelgelaunt.

„Du bist nach unserem Gespräch vor einigen Monaten einfach verschwunden. Ich wollte dir Zeit zum Nachdenken lassen", sagte Sebastian, als wollte er sich dafür entschuldigen, sich nicht gemeldet zu haben.

Doktor Hentschels Gesicht verfinsterte sich. Er hatte das Gefühl, sich rechtfertigen zu müssen. Er betrachtete ein letztes Mal den liebreizenden Anblick auf dem Gemälde und wandte sich seinem Freund zu. „Charlotte ging es nicht gut. Sie verträgt die Hektik in der Stadt nicht mehr, deshalb sind wir auf das Land gezogen."

Sebastian trat an den Kamin, vor dem auch Anton Hentschel stand, und warf ihm einen argwöhnischen Blick zu. „Natürlich, Charlotte. Ich hoffe, sie fühlt sich wohl auf dem Land." Die Ironie in seiner Stimme war nicht zu überhören.

„Es geht ihr deutlich besser."

„Ich dachte schon, du willst dich vor mir verstecken." Da war ein Funkeln in seinen Augen.

Doktor Hentschel schien die Beherrschung zu verlieren. Er nahm die Pfeife aus dem Mund und legte sie zur Seite. „Was willst du, Sebastian?“

„Ich habe nicht viel zu tun, seitdem du mir den Zugang zu unserer Praxis untersagt hast.“

„Du sagst das so vorwurfsvoll, als sei ich schuld daran.“

„Natürlich bist du schuld. Du hast mich rausgeworfen.“

„Weil du mit dieser Medizin, die ich gar nicht Medizin nennen will, herumexperimentierst. Du schadest unserem Ruf und dem aller Ärzte, wenn du solche Quacksalbermethoden anwendest.“

Sebastian winkte ab, als wollte er sich nicht mit dem Mann über seine Methoden unterhalten. „Woher weißt du, dass ich in der Stadt bin?“, fragte Anton Hentschel plötzlich. „Du beobachtest mich?“

„Ach, das hört sich an, als sei ich krank im Kopf“, erwiderte Sebastian erheitert. „Nein, ich weiß nur, was du so tust.“

Doktor Kreutzer lehnte sich an den Kaminsims. Das Feuer prasselte in dem offenen Schacht. Anton Hentschel betrachtete Sebastian mit gemischten Gefühlen. Sie waren gute Freunde gewesen, lange Zeit. So lange schon, dass Anton gar nicht mehr wusste, auf welche Weise sie sich kennengelernt hatten. Beide fanden ihre Leidenschaft in der Heilung von Kranken. Sie hatten einen gemeinsamen Weg beschritten und eine vom Herzog genehmigte Praxis in Wiesbaden aufgebaut, die zahlreiche Patienten und kranke Kurgäste anzog. Und das in einer Zeit, in der die meisten Ärzte in Wiesbaden Beamte waren und im Dienst der Regierung standen. Doch Anton und Sebastian hatten die freie Ausübung ihres Berufes gewählt. Es war eine gute Zeit gewesen, erinnerte sich Anton Hentschel. Jedoch nur, bis er entdeckt hatte, dass sein Freund die Gesundheit der Patienten aufs Spiel setzte, um Profit zu machen.

„Hast du über unser Gespräch nachgedacht?“, wollte Sebastian wissen. „Aber natürlich hast du das, sonst wärst du nicht Hals über Kopf nach … wohin gezogen? Holzhausen? Ein nettes Dorf, nehme ich an. Träumerisch ruhig.“

Anton Hentschel knirschte mit den Zähnen. „Hör auf damit! Lassen wir diese Tirade über Freundschaft. Ich weiß, warum du hier bist, und ich sage das Gleiche wie das letzte Mal."

Sebastian winkte lässig ab. „Aber, aber, Anton, wir wollen uns doch nicht mehr streiten."

„Du bist in meinen Augen kein Arzt mehr. Du benutzt unsere Patienten für deine Bereicherung, das ist erbärmlich und gegen unser Bestreben, Leben zu retten. Ich will dich nicht mehr als Geschäftspartner oder als Freund."

„Leben retten? Darüber musst ausgerechnet du reden." Die Stimme hatte einen abfälligen Klang angenommen.

Stille.

Das Gesicht von Anton Hentschel wurde dunkelrot, als ihm sein Vergehen ins Gedächtnis gerufen wurde. „Als würde ich nicht oft genug daran denken." Er sagte es leidenschaftlich. Ausgerechnet Sebastian musste ihn daran erinnern. Er, der einst sein Freund gewesen war, der all den Kummer miterlebt hatte. „Unsere Zusammenarbeit endete, weil ich gegen deine Methoden bin und gegen deinen neuen Lebenswandel", sagte Anton Hentschel nun mit Nachdruck. „Mir ist damals ein Fehler unterlaufen, den ich bitter bereue, heute noch. Du aber bist rücksichtslos und gierig geworden."

Sebastian schien erheitert über die Reaktion des Mannes. „Du bist blind der modernen Medizin gegenüber. Und ich bin nicht rücksichtslos. Es gibt in der Zwischenzeit fortschrittlichere Erkenntnisse, mein Freund. Die willst du nicht annehmen. Du bist ignorant. Vielleicht hätten wir damals den Mann retten können, der unter deinen Händen gestorben ist."

„Ich habe eine falsche Diagnose gestellt, aber er wäre an seiner Krankheit sowieso gestorben. Das hast du selbst damals gesagt."

Sebastian zuckte mit den Schultern. „Ach, das habe ich nur zu dir gesagt, um dich zu beruhigen. Du warst ein nervliches Wrack."

Anton Hentschel trat bestürzt zurück. „Und du hast dich verändert, Sebastian. Interessiert dich nur noch das Geld, das du von deinen Patienten bekommst? Hast du noch ein Gewissen?"

„Ansehen und Vermögen kommen einem nicht entgegengeflogen. Aber das verstehst du nicht. Du warst schon immer gut situiert, hast alles bekommen, was du wolltest. Dein Studium, deine Praxis, dieses Haus, die Frau ..."

„Jetzt fang nicht wieder damit an. Charlottes Vater hat meinem Antrag damals zugestimmt, ehe ich ahnen konnte, dass du sie wolltest."

Sebastian schien seine Heiterkeit zu verlieren. Er ballte die Hände und machte einen Schritt auf den Mann zu. „Ich will auch endlich etwas, und zwar ohne dafür kämpfen oder bezahlen zu müssen!"

Anton Hentschel war klar, dass sie nun zu dem Punkt kamen, der vor einigen Monaten den endgültigen Bruch ihrer Freundschaft herbeigeführt hatte. „Ich gebe sie dir nicht." Anton Hentschel klang eigenwillig, hoffte auf keine Widerworte.

Sebastian versuchte sich zu beruhigen und setzte seine erheiterte Miene wieder auf. „Ich habe seit unserem Streit nachgedacht, und je mehr Zeit vergangen ist, desto sicherer bin ich mir, eine Entschädigung von dir verlangen zu können. Du hast mir meine Arbeit genommen. Unsere Praxis war sehr beliebt."

„Du hättest dabei bleiben sollen, die Patienten anständig zu behandeln, stattdessen gehst du deinen dubiosen Geschäften nach und erpresst mich."

„Ich habe niemanden damit umgebracht."

Wieder der Hinweis auf sein Vergehen. Anton Hentschel hätte den Mann am liebsten aus seinem Haus geworfen, doch er wusste, dieses Gespräch war noch nicht zu Ende.

Sebastian stieß sich von dem Kaminsims ab und schlenderte zum Sofa, um sich dort in seiner saloppen Art niederzulassen. Er schlug ein Bein über das andere und schien zu frohlocken. „Für dich bedarf es keiner großen Überwindung, meiner Bitte nachzukommen. Gib mir, was ich verlange, und ich lasse dich in Ruhe. Ich werde nach Frankfurt gehen, um dort die Erlaubnis für eine freie Praxis zu erbitten. Dort sind die Ärzte sowieso besser angesehen."

Anton Hentschel drehte sich von dem Kamin fort. Fast widerwillig stellte er die folgende Frage: „Und wenn ich nicht einwillige? Was willst du dann tun?"

Es dauerte eine Weile, bis Sebastian sprach. Dabei klang er, als wollte er zu einem Teenachmittag einladen. „Ich werde deinen Namen in den Schmutz ziehen und deinen Ruf ruinieren."

Antons schlimmste Befürchtung würde wahr werden. „Was ist aus dir geworden, Sebastian?"

„Ein Mann, der nicht jünger wird. Also, wie lautet deine Antwort?"

Anton Hentschel überkam ein unbehagliches Gefühl. Er hatte dieses Gespräch mit Sebastian schon einmal geführt. Er hatte geglaubt, sie seien Freunde, die sich alles anvertrauen können. Doch er hatte sich geirrt. Auch wenn er über den letzten Streit nachgedacht und tatsächlich erwogen hatte nachzugeben, so war ihm nun die Erkenntnis ganz deutlich geworden. Er würde auf Sebastians Forderung nicht eingehen. Seine Stimme klang entschlossen, so entschlossen, wie man sein konnte, wenn man alle Konsequenzen in Kauf nahm. „Du bekommst Eugenia nicht, ganz gleich was du tust. Ich werde meine Tochter nicht einem nachlässigen Menschen wie dir überlassen." Anton holte Luft, als müsste er Kraft sammeln. „Und jetzt verlasse mein Haus!"

Sebastian ließ das übergeschlagene Bein von dem anderen rutschen und erhob sich langsam, als sei er ein alter Mann mit Gebrechen. Er schien durch die Worte nicht entmutigt zu sein. Mit wenigen Schritten war er bei Anton Hentschel und baute sich vor ihm auf. In seinem Gesicht zuckte es leicht, die Augen blitzten gefährlich auf. Seine Stimme klang tief und grollend. „Ich lasse dir noch einmal Zeit nachzudenken. Du weißt genau, dass ich dich zugrunde richten kann." Seine Stimmte hatte zum Schluss schneidend geklungen.

Anton Hentschel zweifelte nicht an der Drohung. Voller Sorge blickte er dem Mann nach, der mit festen Schritten zur Tür ging und ohne ein Wort des Abschieds die Wohnstube verließ.

Anton seufzte. Er war tatsächlich nach Holzhausen gezogen, um seine Tochter aus dem gesellschaftlichen Leben zu ziehen und damit aus dem Kreis gewisser Personen. So hatte er gehofft, sein ehemaliger Freund würde von der Idee ablassen, Eugenia heiraten zu wollen. Das war wohl ein Irrtum. Auch wenn das humorvolle Gemüt Sebastians und Eugenias Offenheit zusammenpassten, eine Heirat kam nicht in Frage. Sebastians Lotterleben war allgemein bekannt. Seine erste Gattin sollte angeblich an ihrem Gram gestorben sein, da sich Sebastian stets den Vergnügungen gewidmet hatte, statt Verantwortung zu übernehmen. In den letzten Monaten war Sebastian zudem zu einem jähzornigen, raffgierigen Menschen geworden. Solange Eugenia in Holzhausen verweilte, hatte Anton genug Zeit nachzudenken, was er tun konnte, um Sebastian zur Vernunft zu bringen. Er bereute es nicht, seiner Tochter die ländliche Einsamkeit anzutun. Dadurch ersparte er ihr ein durchaus schlimmeres Schicksal. Anton wollte diesen Kummer von ihr fernhalten. Das war ein Problem, das nur ihn allein betraf. Sie durfte davon nichts erfahren.

Kapitel 3

Holzhausen,
einige Tage später

Eugenia saß an dem Sekretär in ihrem Zimmer über einen Brief gebeugt. Seitdem Moritz Holzhausen verlassen hatte, war es noch einsamer geworden. Sie hatte mit ihrem Bruder über alles reden können. Sie hatten Ausritte unternommen und waren über die grünende Ebene zum Wald galoppiert, um dort Rehe zu beobachten. Nun war ihr Bruder abgereist, um sein Studium fortzusetzen. Eugenia verfasste einen Brief an ihre Freundin Dorothea in Wiesbaden und unterließ es nicht, ausschweifende Bemerkungen über das langweilige Leben niederzuschreiben. Vor einigen Tagen war ihr Vater nach Wiesbaden gefahren. Enttäuscht hatte sie ihm nachgeschaut. Damit war die Eintönigkeit zurückgekehrt, die Eugenia so einschläfernd fand. Mit ihr kam auch die Verbitterung.

Die Feder kratzte über das Blatt. „Ich wiederhole mich in jedem Brief, den ich an dich sende. Oh liebste Freundin, du ahnst nicht, welch tristes Dasein ich führen muss. Mit wem soll ich reden und lachen? Hier gibt es niemanden, mit dem ich so teilen könnte wie mit dir. Ich bin hier begraben, bei lebendigem Leib, wie Verbrecher im alten Ägypten."

Wenigstens hatte der Vater genug Bücher mitgebracht, die sein Arbeitszimmer füllten. Eugenia liebte es, dorthin zu gehen und die Regale zu durchsuchen. Er duldete stillschweigend, dass sie sich Bücher aus seiner Bibliothek holte. Es gab welche, die sie nicht lesen durfte, und die waren besonders interessant. Oft genug hatte sie sich diese verwehrten Romane über Liebe, Leidenschaft und Unglück aus dem Regal genommen. Romantische Geschichten, die sie zum Träumen brachten. Eugenia wusste, dass ihr diese Liebe verwehrt bleiben würde, denn ihren Ehegatten würde nicht sie, sondern ihr Vater wählen. Umso schöner war es, von dieser Liebe in Geschichten zu erfahren. Doch selbst die hatte Eugenia bereits mehrmals gelesen.

Als sie mit dem Brief an ihre Freundin hinunter in die Wohnstube ging, traf sie ihre Mutter.

„Frau Hardt fragte, ob ihre Nichte Luise dir die Gegend zeigen soll“, sagte Charlotte Hentschel. „Es gibt durchaus einige Plätze, die es wert sind, sie zu besichtigen. Luise ist ein nettes Mädchen und erscheint mir der richtige Umgang für dich.“

Besser als im Haus zu sitzen, entschied Eugenia und beschloss herauszufinden, ob sie eine neue Freundin in Luise finden würde. Interessierte sie sich für Zeitschriften wie das Journal des Luxus und der Moden? Las Luise Zeitungen wie die, in denen der Vater stets zu lesen pflegte? Gab es auf dem Land Bälle oder andere private Tanzgesellschaften?

Nach dem Mittag zog sie ihren langen Mantel über und setzte sich eine Schute auf den Kopf, einen Hauben ähnlichen Hut, und band ihn mit den Seidenbändern fest.

Der April zeigte sich seit Tagen von seiner kalten Seite. Das Wetter hatte sich jedoch im Laufe des Tages gebessert. Die Wolken waren nicht mehr dunkelgrau, sondern hellten sich auf. Eine Zeit lang ging Eugenia schweigsam neben Luise her. Auch ihre Begleiterin war recht einsilbig. Eugenia warf einen Blick den Hang hinunter, dorthin, wo sich die Häuser des Dorfes aneinanderreihten und sich in die Mulde schmiegten.

„Bist du hier in Holzhausen geboren?“, fragte sie nach einer Weile zaghaft. Sie hatte das Gefühl, etwas sagen zu müssen, obwohl sie nicht wusste was.

„Nein. Als meine Eltern starben, nahm mich mein Onkel auf. Er war damals Lehrer in Egenroth, dort bin ich auch geboren. Vor sieben Jahren ist er dann nach Holzhausen versetzt worden.“

„Das muss schwierig sein, so ohne Eltern." Eugenia konnte sich ein Leben ohne ihre Familie nicht vorstellen.

„Ich vermisse sie sehr, doch Onkel und Tante sind sehr freundlich zu mir."

„Und hat es dich nicht gestört umzuziehen und dein Zuhause zu verlassen?"

„Es steht mir nicht zu, darüber zu klagen. Außerdem fühle ich mich in Holzhausen sehr wohl. Die Menschen auf dem Land sind freundlich, gottesfürchtig und fleißig."

Sie gingen durch das Dorf, an der Zehntscheune vorbei, bis sie die Dorfmitte erreichten, wo ein Brunnen stand. Eugenia war noch nicht hier gewesen. Sie hatte keinen Grund dafür gehabt.

Ein Mann kam ihnen entgegen und lüftete seine Mütze zum Gruß.

„Guten Tag, Bauer Laux. Es ist kalt geworden", sagte Luise freundlich.

„Allerdings, gnädiges Fräulein. Mir tun die Knochen seit Tagen weh, es bleibt also kalt." Bauer Laux bedachte Luises Begleiterin mit neugierigem Blick.

„Das ist Eugenia Hentschel, die Tochter des Doktors. Ich zeige ihr das Dorf."

Der Mann lüftete wieder seinen Hut zum Gruß und dann noch einmal zum Abschied und ging weiter, bis er auf einen älteren Mann traf. Sie zeigten auf Eugenia und sprachen über sie. „Is e goldisch Oos", sagte der ältere Mann schließlich und lachte zahnlos.

Eugenia warf ihm einen irritierten Blick zu, dann drängte sie sich gegen Luise. „Was hat der Herr gesagt?"

Luise lief rot an und hüstelte verlegen. „Er ist der Ansicht, du seist eine höfliche Dame mit angenehmem Äußeren."

Sie trafen auf weitere Dorfbewohner, die Luise ihr vorstellte. All die Namen schwirrten durch Eugenias Kopf und waren bald wieder vergessen. Sie hatte nicht vor, so lange hier zu verweilen, um sich alle Namen merken zu müssen, daher gab sie sich keine Mühe.

„Gehen wir zur Posthalterei", schlug Luise vor. „Dort stelle ich dir jemanden vor. August Otto ist ein lieber Junge. Er ist schon sehr klug für sein Alter und wird auch dich mit seinem Wissen beeindrucken. Ich begleite ihn manchmal auf Streifzügen durch die Natur."

„Du unternimmst Streifzüge?", fragte Eugenia erstaunt.

„Es gibt dort viel zu entdecken", entgegnete Luise eifrig. „Wenn du magst, kannst du das nächste Mal mit uns kommen."

Eugenia verspürte nicht die Lust, ihre Mußestunden in der Wildnis zu verbringen, schon gar nicht mit Kindern vom Lande wie diesem August, doch es hörte sich interessanter an, als zu Hause auf einem harten Stuhl zu sitzen, zu sticken und wegen des langen Aufrechtsitzens Rückenschmerzen zu bekommen. „Ich werde es mir überlegen", antwortete sie vage, um sich noch entscheiden zu können, wenn es so weit war. „Wer ist dieser August?"

„Sein Vater ist in dem Jahr gestorben, als August auf die Welt kam. Seine Mutter und seine ältere Schwester kümmern sich um die Reisenden", berichtete Luise. „August ist ein gescheiter Bursche, musst du wissen. Er war schon immer Klassenbester. Wenn er mit der Schule in Langenschwalbach fertig ist, will er studieren. Er liest viel über Dampfmaschinen und ihre Technik. Ich tue immer so, als wüsste ich, von was er spricht, wenn er zu erzählen beginnt, wie so etwas funktioniert. Er ist ein Träumer, der August", flüsterte Luise den letzten Satz hinter vorgehaltener Hand.

„Es ist nichts Schlimmes, wenn man träumt", entgegnete Eugenia trübsinnig.

Luise warf einen Seitenblick auf sie. „Mir scheint, du bist nicht sehr glücklich hier."

„Es hat nichts mit diesem Dorf zu tun", versuchte sich Eugenia schnell zu entschuldigen. „Es ist nur, dass ich alles, was mir lieb ist, zurücklassen musste."

„Du wirst sehen, so schlimm ist es hier nicht." Luise zeigte auf einen Mann in einer dunkelblauen Joppe und einen Burschen, der ihm sehr ähnelte. „Gerhard Wöllmann und sein Vater pflanzen Getreide und Flachs an. Jeder hier im Dorf hofft, dass dieser Sommer gut wird. Der letzte war schlecht, wegen der Krautfäule. Sie hat die ganzen Kartoffeln faulen lassen. Es gibt viele im Dorf, die nicht wissen, wie sie ihre Schulden, geschweige denn das Essen bezahlen sollen."

Eugenia hatte nicht gewusst, wie schlimm es um die Bewohner stand. In den Zeitungen las sie, wie schlecht die Ernten ausfielen, doch es stand nichts über die Armut darin. Eugenia führte ein angenehmes Leben. Niemals musste sie Hunger leiden. Der Vater sorgte gut für seine Familie. Das Leben in der Stadt war vergnüglich, die Armut nicht zu erkennen, denn in den Kreisen, in denen Eugenia verkehrte, sprach man nicht darüber. Sie hatte ihr eigenes Leben im Sinn, dabei vergaß sie, wie es anderen Menschen erging. Hier, in diesem Dorf, kam sie dieser Armut sehr nahe. Es gefiel ihr eigentlich nicht sonderlich, damit konfrontiert zu werden. Doch zugleich regte sich Mitleid in ihr, wenn sie daran dachte.

„Und welche Laster hast du?", wollte Eugenia mit einem verschwörerischen Lächeln wissen, um sich abzulenken.

Luise riss erschrocken die Augen auf. „Ich habe keine Laster."

„Liest du romantische Romane? Singst du anzügliche Lieder, träumst du nicht von Liebe und Leidenschaft? Tanzt du gern Walzer?"

Luise wurde während dieser Fragen rot und blickte beschämt zur Seite. „Das gehört sich nicht, nein, natürlich tue ich solche Dinge nicht."

„Hast du Spaß daran, dir schöne Kleider anzusehen? Und liest du nichts über die Welt der Adeligen?"

Luise hob die Schultern. „Wir führen ein bescheidenes Leben, musst du wissen. Ich persönlich hoffe, dass mein Onkel für mich eines Tages einen freundlichen Herrn findet, dem ich eine gute Frau sein kann." Luise hob eine Hand an ihren Mund und flüsterte. „Am liebsten wäre mir ein Lehrer." Sie errötete bei ihrem Wunsch.

Eugenia musste über die Bescheidenheit der jungen Frau lachen.

Luise ließ die Hand sinken und wirkte beschämt. „Aber natürlich steht es mir nicht zu, solche Ansprüche zu erheben."

„Träumen kann man aber davon."

„Das sehe ich anders. Wenn man träumt, gibt man sich Wunschvorstellungen hin, die nicht eintreten."

Sie schlenderten einen Hang hinauf und kamen an der Kirche vorbei: ein Bauwerk aus dem letzten Jahrhundert mit einer Zwiebelkuppel auf dem Glockenturm. Neben der Kirche, direkt an der Straße, stand das Schulhaus.

„Hier wohne ich", sagte Luise und zeigte auf ein aus Holz erbautes zweigeschossiges Haus mit Schieferdach. „Im oberen Stockwerk ist das Schulzimmer. Da finden auch die Dorfversammlungen statt."

Eugenia wurde von ihrer Begleiterin fröhlich weitergezogen. Die Kälte kroch langsam unter ihren Mantel und ließ sie frösteln. Die breiten Bänder ihrer Schute flatterten im Wind.

Wo sich die Straßen kreuzten, lagen die Posthalterei und das Gasthaus „Zur alten Post". Zahlreiche Reisende nahmen dort Quartier und erholten sich von der ermüdenden Fahrt, während im großen Hinterhof Pferde gewechselt oder Kutschen repariert wurden. Hier hielten die gelben Postwagen der von Thurn und Taxis und Menschen aus vielen Regionen und machten auf ihrer Durchfahrt Rast.

Der große Gebäudekomplex war nicht zu übersehen. Daneben lagen Stallungen und Scheunen, in denen Gespanne und Pferde untergebracht waren. Das Haus des Schmiedes war nicht weit entfernt. Von dessen Arbeitsstelle war das Schlagen auf einen Amboss zu hören. Auch in der Werkstatt wurde emsig gearbeitet.

Während Luise über das Dorfgeschehen sprach, erreichten sie die Posthalterei. Der große Hof, in dem eine Eiche stand, war durch ein breites Tor zu erreichen. Eugenia wollte durch die Einfahrt gehen, da klatschte plötzlich Wasser auf den Lehmboden. Schlamm spritzte auf und traf Eugenias Mantel. Diese fuhr erschrocken zurück. Eine junge Frau mit einem Eimer in der Hand blieb wie erstarrt stehen. Ehe sich die Fremde entschuldigen konnte, empörte sich Eugenia über die Schmutzflecke auf ihrem Mantel.

„Das ist ja unerhört", fuhr Eugenia sie an.

In die Fremde kam wieder Bewegung. Mit einem abfälligen Blick musterte sie Eugenia. Ehe sie etwas sagen konnte, fuhr eine gelbe Postkutsche in den Hof.

„Das hat Paula nicht absichtlich gemacht", versuchte Luise zu beschwichtigen.

„Sie hätte sich entschuldigen können", entgegnete Eugenia zu Luise gerichtet und tat so, als sei die Fremde gar nicht anwesend.

„Hätt ich ja, wenn du mich gelassen hättest", verteidigte sich Paula mit einem unwilligen Ton.

„Ungehobelt", murmelte Eugenia entrüstet. Sie schüttelte missbilligend den Kopf und folgte der gelben Kutsche, die um die Eiche inmitten des Hofes fuhr und vor dem Eingang zur Gaststube stehen blieb. Die Insassen stiegen aus. Sie schienen durchgefroren, denn die Damen rieben sich die Hände und beeilten sich, in die warme Gaststube zu kommen. Luise und Eugenia folgten ihnen. Im Gastraum trafen sie auf Anna Katharina Otto, von der sie überschwänglich begrüßt wurden.

„Wir möchten August besuchen", sagte Luise zu ihr.

„Aber natürlich, ich rufe meinen Sohn", erwiderte Frau Otto und ging davon.

Luise zog ihre Begleiterin durch die Gaststube nach nebenan, wo es ruhiger war. Es dauerte nicht lange, da erklangen Schritte und ein Bursche betrat den kleinen Raum. Mit einem fröhlichen Lächeln begrüßte er Luise und wandte sich neugierig zu Eugenia.

„Das ist August Nikolaus Otto." Luise zeigte auf ihre Begleiterin. „Und das ist Eugenia Hentschel. Ihre Familie ist letzten Monat in das schöne, neue Haus an der Kemeler Straße gezogen."

August lächelte freundlich und verbeugte sich mit kindlicher Unsicherheit. „Ich bin erfreut, Sie kennenzulernen, Fräulein Hentschel."

Sie war über sein tadelloses Benehmen überrascht und nickte ihm höflich zu.

Sein dunkler Schopf wallte leicht bei der Bewegung. Für ihren Geschmack war das Haar etwas zu lang. In seinen dunklen Augen glitzerten Frohsinn und Neugier. „Wie gefällt Ihnen unser Dorf? Es ist nicht sehr groß." August Otto sah sie herausfordernd an. Ihr war, als wollte er mehr sagen, so als wüsste er, wie ruhig es um diesen Ort bestellt war.

„Es ist recht … friedlich." Sie beeilte sich, die richtige Bezeichnung für dieses Dorf zu finden, ohne es zu beleidigen. Sie hatte wahrscheinlich noch genug Zeit, sich zahlreiche Begriffe auszudenken, um diesen Ort treffender zu beschreiben. Oh, sie war gemein, schalt sie sich rasch.

„Wie ich gehört habe, kommen Sie aus Wiesbaden? Mir gefällt die Stadt sehr", sprach er eifrig. „Ich war schon einige Male dort, mit meinem Schwager Peter Minor."

„Ich schlug Eugenia vor, ihr bei Gelegenheit die nähere Umgebung zu zeigen", sagte nun Luise.

Augusts Augen begannen zu leuchten. „Eine wunderbare Idee. Wir zeigen ihr die Alteburg", empfahl er. Hinter vorgehaltener Hand sagte er leise zu Eugenia. „Es heißt, da treffen sich nachts die Wilderer."

Wo war sie hier nur gestrandet? Eugenia runzelte die Stirn. „Das klingt spannend."

„Es wäre nett, wenn wir uns bald wiedersehen. Ich gehe zwar in Langenschwalbach zur Schule, aber an manchen Wochenenden komme ich nach Hause." Er verbeugte sich zum Abschied vor Eugenia.

Sie erwiderte: „Es war sehr nett, Sie kennenzulernen, Herr …"

„Nennen Sie mich bitte August." Er lachte nun bescheiden. „Ich bin zu jung, um als Herr bezeichnet zu werden. Und bei uns auf dem Land herrscht einfache Höflichkeit."

Eugenia nickte und unterließ eine bissige Bemerkung über die Einfachheit des Landlebens. Der Groll, hier leben zu müssen, würde sich auch in nächster Zeit nicht legen. Eugenia drehte sich um und verließ die Stube, während Luise bei August zurückblieb und mit ihm beriet, was sie der neuen Einwohnerin alles zeigen wollten. Als Eugenia in den Gastraum trat, war er leer. Die Gäste waren mit der Postkutsche weitergefahren. Auf einem der Tische fand sie einen Zettel und warf einen Blick darauf. Auf dem Flugblatt war ein Text über die Forderungen des Volkes abgedruckt. Während sie las, bemerkte sie nicht, wie die Tür von der Straße her aufging und ein junger Mann eintrat. Er sah sich verstohlen um und schien nicht erfreut, als er Eugenia entdeckte. Er schritt durch den Raum, von einem Tisch zum nächsten, bis er an dem stehen blieb, an dem auch sie verharrte. Sie starrten beide auf das Flugblatt, dann hoben sich ihre Blicke.

„Gehört das Ihnen?“, fragte Eugenia. Sie wusste, politische Veröffentlichungen waren verboten.

„Ja“, sagte der Fremde knapp. Er trug keinen Gehrock, sondern eine abgetragene Winterjacke und einfache Leinenhosen. Seine dunklen Haare waren unordentlich und nass vom Regen. Das Kinn war vom Ansatz eines Bartes bedeckt und seine blauen Augen musterten Eugenia argwöhnisch.

Sie nahm das Flugblatt. „Es stehen interessante Dinge darauf.“

Der Mann räusperte sich, riss ihr das Papierstück aus der Hand und verließ die Gaststube ohne ein weiteres Wort.

„Auch ungehobelt“, murmelte sie, verärgert über das rüpelhafte Verhalten des Mannes.

Matthias Hollmann eilte mit dem Flugblatt in der Hand um die Posthalterei und traf auf der anderen Seite, dort wo die Hofeinfahrt war, auf eine kleine Gruppe. Es waren August und die Tochter des Schmiedes, Paula.

„Das Fräulein hält sich für was Besseres“, sagte Paula abfällig, als Matthias bei ihnen ankam. Hastig zerknüllte er das Flugblatt und steckte es in die Jackentasche. „Und sie ist so schick."

„Sie ist die Tochter eines Arztes. Sie muss schick aussehen. Ich hab gehört, die Hentschels sind wohlhabend. Der Doktor hat Ländereien bei Wiesbaden und ein prächtiges Stadthaus", zählte August auf. Dank eines Gespräches zwischen seinem Schwager Peter Minor und einem Hausmädchen des Doktors wusste August einiges über diese Familie.

„Und was suchen die hier?", wollte Paula wissen.

„Die Frau des Doktors hat's mit den Nerven und braucht Ruhe", berichtete August. „Und sie sind hier letztes Jahr durchgefahren, als sie nach Ems wollten. Der Frau Hentschel hat Holzhausen so gut gefallen, dass sie hierherziehen wollte."

„So feine Pinkel brauchen wir nicht", meinte Paula verächtlich.

Matthias rieb sich die kalten Hände und hauchte hinein, als könnte er sie dadurch wärmen. „Sie ist 'ne reiche und verwöhnte Göre", sagte er. „Wir brauchen kein Fräulein, das uns von oben herab behandelt."

„Soll sie dahin gehen, wo sie herkommt. Sie gehört hier nicht her!", stellte Paula fest.

August schüttelte den Kopf und fuhr sich mit einer Hand durch sein schwarzes Haar. Er lächelte verlegen. „Ich hab mich gern mit ihr unterhalten."

„Du magst sie?" Paula wirkte schockiert.

Jetzt wurde sein Gesicht finster, doch August schwieg.

„Du bist viel zu jung, um dich zu verlieben!", neckte Matthias den Burschen. Ihm gefiel es, den Jungen aufzuziehen, der sich über die Bemerkung auch gleich aufplusterte. Er mochte August, obwohl er ihn ebenso beneidete, um sein Wissen und sein Interesse für Dinge, die ihm selbst so fremd waren.

August fuhr herum und straffte seine Schultern. „Im Juni werde ich fünfzehn."

„Lies lieber in deinen Büchern weiter oder grüble über

diese seltsamen Maschinen, als feinen Frauen nachzugucken", schlug Paula vor und stieß dem Jungen feixend in die Seite. „So eine wie die kriegt einen reichen Mann ausgesucht."

„Ich kenn sie ja gar nicht", verteidigte sich August hastig. „Und gegen das Lesen von Büchern ist nichts einzuwenden!"

„Ne, wenn man so ein Studierter werden will. Bist nachher auch einer von denen, so gescheit", gab Paula zurück und rümpfte die Nase.

Matthias steckte die Hände in die Taschen und spürte das Flugblatt. „Lass ihn in Ruhe", mischte er sich ein. „August liest viel, warum soll er nicht gescheit werden? Wir sollten nicht verhöhnen, dass andere etwas tun, was wir nicht können." Nach diesen Worten drehte sich Matthias fort und ging die nasse Straße entlang. Er wollte nach Hause an den warmen Ofen. Sein Weg führte ihn einen kleinen Hang hinunter Richtung Dorfbrunnen. Am Ende des Gefälles lag eine Hofreite. Dazu gehörte ein altes Fachwerkhaus. Die Grundmauern bestanden aus einfach aufgeschichtetem Bruchstein. Darauf war das Fachwerk aus Holzbalken gebaut. Die Zwischenräume waren mit geflochtenen Ästen und einer Stroh-Lehm-Schicht gefüllt. Das Dach war mit Stroh bedeckt und undicht. Obwohl seit einigen Jahrzehnten laut Erlassung der Regierung keine Strohdächer mehr errichtet werden durften, fehlte den Hollmanns das Geld, um es zu erneuern. Sie hatten durch die Krautfäule letztes Jahr die gesamte Kartoffelernte verloren. So manchen Tag in diesem Winter hatten sie hungern müssen. Matthias schüttelte sich unwillig. Er wollte nicht daran denken. Zu schmerzhaft war die Erinnerung an das Gefühl, wie die Kraft aus dem Körper wich und sich die Gedanken nur noch darum drehten, den nächsten Tag zu überleben.

Er zog das Flugblatt aus seiner Tasche und glättete das Papierstück. Einzelne Regentropfen fielen darauf, ließen die Schrift verschwimmen. Matthias besaß einige von ihnen, ordentlich zusammengelegt wie die Zeitungen aus anderen

Herzogtümern. Die sammelte er, wenn er für Peter Minor im Stall oder in der Werkstatt aushalf. Die Reisenden kamen von überall her, brachten Schriften über die Unzufriedenheit des Volkes mit. Von Gleichberechtigung und Freiheit erzählten diese Reisenden. Einige von ihnen verließen ihre Heimat und waren auf dem Weg nach Amerika. Matthias hörte diesen Fremden aufmerksam zu. Wissbegierig war er und er wollte erfahren, was dort draußen vorging. Er selbst war außer nach Nastätten noch nicht weit herumgekommen, aber es gab mehr als nur seine kleine, eigene Welt. Was würde eine Neuordnung in diesem Land verändern, überlegte Matthias. Würde es ihnen bessere Ernten bescheren, weniger Steuern? Oder weniger Hunger? Er starrte auf die Buchstaben, dann steckte er das Blatt wieder in seine Jackentasche.

Anton Hentschel stand am Fenster seines Arbeitszimmers in Holzhausen. Die Dunkelheit war früh hereingebrochen. Düstere Wolken bedeckten den Himmel. Der Wind kam von Osten, pfiff aufbrausend um das Haus und ließ gelegentlich etwas rumpeln oder knarzen.

Doktor Hentschel verließ das Arbeitszimmer und durchschritt das Haus. Jetzt am Abend war es ruhig geworden. Das Scheppern aus der Küche war verklungen, das emsige Hausmädchen hatte seine Arbeit beendet. Eine klare, helle Stimme drang durch das Haus. Diesen wohlklingenden Tönen folgte er bis zur Wohnstube. Seine Frau und Eugenia saßen aufrecht auf Stühlen an einem runden Tisch und stickten im Schein einer Lampe. Es gab nur noch wenige Öllampen im Haus. Vor einiger Zeit hatte der Hausherr neue Lampen gekauft, die mit Petroleum leuchteten. Ihre Leuchtkraft war stärker und füllte den Raum mit warmem, angenehmem Licht. Die beiden kleinsten Geschwister spielten auf dem Fußboden.

Dr. Hentschel ließ den Blick durch das Zimmer schweifen, das er bescheiden, aber behaglich hatte einrichten lassen. Himmelblau getünchte Wände machten den Raum heller, passten zum Wolldamast des Sofas, das an der Wand neben dem eisernen Holzofen stand. Die weißen Voilegardinen hatte er seitlich befestigen lassen, sodass ein Blick aus dem Fenster möglich war. Ein Nähtischchen stand neben Charlotte und war aus dem gleichen glänzenden Kirschholz wie die Kommode an einer Wand. Über dem Sofa hingen runde und eckige Gemälde von Landschaften.

Eugenia verstummte mit ihrem Gesang, als der Vater eintrat.

„Keine Scheu. Ich lausche gern deiner Stimme", sagte der Doktor und zog mit einer schwungvollen Bewegung die Brille von seiner Nase.

„Ich möchte Sie nicht stören, Papa", entgegnete sie und senkte folgsam den Kopf.

„Deine Stimme stört mich überhaupt nicht, sie beruhigt mich sogar." Er ließ sich mit einer Zeitung auf dem Sofa nieder. Diese Zeit im Kreis seiner Familie war ihm sehr wichtig. Jeden Abend saß er mit seiner Gattin und seinen Kindern in der Stube und genoss die friedfertige Eintracht. Er schlug die Zeitung auf und begann einen Bericht zu lesen.

„Wie war dein Ausflug mit Luise?", fragte die Mutter nach einer Weile.

„Sehr nett." Eugenia versuchte fröhlich zu klingen. „Wir ritten über die Felder und sie stellte mir einen Jungen vor, der in der Poststation wohnt. Ich glaube, August heißt er."

Der Vater ließ die Zeitung sinken. „Den Burschen habe ich auch schon kennengelernt. Ein schlaues Kerlchen, wie mir scheint."

„Er und Luise wollen mir in den nächsten Tagen die Umgebung zeigen. Gestatten Sie mir das?"

Doktor Hentschel lächelte seine Tochter freundlich an. „Natürlich. Es ist gut, wenn du hier Freunde findest."

Charlotte Hentschel schaute stirnrunzelnd von ihrer Handarbeit auf. „Hast du mir nicht erzählt, dieser Junge sei das Kind eines Bauern? Das erscheint mir kaum eine Freundschaft wert."

„Ich sehe darin keine Zeitverschwendung, wenn sich

Eugenia an der frischen Luft aufhält und mit Menschen zusammenkommt", entgegnete Anton.

„Diese Menschen sind nicht gesellschaftsfähig."

„Eugenia wird keinen Schaden davontragen."

Charlotte widmete sich wieder ihrer Stickerei. „Nun gut, wenn du es so möchtest, Anton. Solange Eugenia ihre häuslichen Pflichten und ihr Spiel am Pianoforte nicht vernachlässigt", räumte sie ein.

„Ich danke Ihnen, Papa, und auch Ihnen, Mama." Eugenia summte leise weiter. Ihre Gedanken schweiften ab. Sie dachte an die stattliche Villa in Wiesbaden, in der sie gelebt hatte. Es war ein schönes, großes Haus voller geselligem, fröhlichem Leben. Gäste kündigten sich an oder es wurden Freunde besucht. Im Sommer machte man im Park ein Picknick, am Abend besuchte man das Theater.

Eugenia musste an ihre Freundin Dorothea denken, die sie seit ihrer Kindheit kannte. Wie sehr vermisste sie es, mit ihr über den Schlossplatz zu spazieren, ein Badehaus oder einen der Tanzabende zu besuchen. Selbst die langweiligen Teegesellschaften der Mutter vermisste Eugenia. So etwas gab es auf dem Land nicht. Sie senkte ihren Blick auf die Handarbeit, die auf ihrem Schoß lag. Hier gab es gar nichts. Es war ungerecht, dachte Eugenia. Vater würde sie nicht nach Wiesbaden schicken. Sie wusste nicht einmal, ob ihr Bruder mit ihm darüber gesprochen hatte. Wenn ja, dann war es ihm nicht gelungen, Vater umzustimmen. Warum bestrafte er sie mit diesem einsamen Leben fernab ihrer vertrauten Umgebung?

Ein seltsames Geräusch durchbrach plötzlich die Stille. Eine helle Glocke erschallte, schrill und wild. Das aufgeregte Schlagen endete nicht. Dem hellen Klang nach zu urteilen schlug die kleinste Kirchglocke Sturm.

Was war geschehen?

Der Tumult, der kurz darauf zu hören war, kam von draußen, aus der Finsternis.

Eugenia sah aus dem Fenster. Sie blickte Richtung Westen.

Dort irgendwo lag Nastätten und dahinter der Rhein. Es war nichts zu erkennen, denn die Dunkelheit hatte sich über das Land gesenkt.

Immer mehr Rufe wurden laut.

„Was ist das für ein Lärm?“, fragte die Mutter mit banger Stimme.

Der bunte Orientteppich verschlang den Klang seiner Schritte, als Anton Hentschel hinauseilte. „Ich sehe nach. Es klingt, als sei es nichts Gutes.“

Eugenia legte die Handarbeit zur Seite. Unruhe hatte sie gepackt. Nach einer Weile hielt sie es auf ihrem Stuhl nicht mehr aus. Sie erreichte den Eingangsbereich, als die Eingangstür aufflog und ihr Vater hereinstürmte. Er griff nach einem warmen Mantel mit dickem Pelzkragen und warf ihn sich über die Schultern. Im Hintergrund erhaschte Eugenia durch die geöffnete Tür einen Blick auf einen rot gefärbten Himmel. Es war schon seit Stunden dunkel. Woher kam dieser helle Schein?

„Was ist geschehen, Vater?“

„Die Scheune von Bauer Laux brennt. Rasch, Eugenia, bring mir meine Arzttasche, ich muss einen Verletzten versorgen, und den Löscheimer. Bring mir die Sachen ins Dorf!“

Eugenia nickte und eilte davon, während Doktor Hentschel wieder aus dem Haus stürzte. Sie rannte in das Arbeitszimmer, packte Verbände und Medikamente in eine Tasche und holte eiligst einen Mantel. Der Löscheimer befand sich in einer Kammer im Eingangsbereich. Der Schultheiß des Ortes hatte ihnen erklärt, dass jede Familie bei einem Brand einen Eimer zur Verfügung stellen musste. Sie hatte nicht geahnt, wie schnell sie ihn benötigten.

Der eisige Ostwind zerrte an ihrem Mantel. Der Himmel war erhellt, als würde bald die Sonne aufgehen. Eugenia sah von Ferne, wie Flammen emporzüngelten. Rauchschwaden zogen durch die eiskalte Luft. Sie hörte schon, wie das Holz im Feuer knackte und knarzte. Das Gebälk des Gebäudes ächzte, als wären es die Schmerzensschreie eines Lebenden.

Der Sturm riss an den Flammen und ließ Funken durch die Luft schwirren.

Rufe und Schreie hallten zu ihr, als Eugenia eine Gasse nahe dem Brandherd erreichte. Die Häuser waren eng beisammen gebaut, reihten sich um einen Brunnen und hatten sich zur Zehntscheune ausgebreitet. Kein Garten hatte hier Platz, so dicht lagen die Fachwerkhäuser zusammengedrängt. Hier am Hang, in der Nähe der Zehntscheune eilten nun Männer und Frauen umher. Manche standen da, starr vor Entsetzen.

„Nicht Maulaffen feilhalten!", brüllte einer der Männer.

Eugenia erkannte den kleinen, drahtigen Mann sofort. Es war der Schultheiß von Holzhausen.

Ernst Gerlach rief Männer zusammen, die rote Bänder an ihren Armen trugen. Laut dem Gesetz war er als Kommandant für diesen Einsatz verantwortlich. Er eilte zwischen den Löschmännern hindurch, um sie einzuteilen oder an ihre Pflichten zu erinnern. „Ihr hättet bei der letzten Übung besser zuhören sollen. Gerhard, Lothar, holt die Feuerhaken aus dem Leiterhaus!" Die Angesprochenen hechteten los, um den Befehl auszuführen, und rannten zu einem Holzverschlag, der an die Scheune eines Bewohners angebaut war.

Eugenia hatte bei dem Besuch der Familie Gerlach erfahren, dass Ernst nach dem Tod des letzten Schultheißen, Peter Bingel, vor fast elf Jahren von der herzoglichen Regierung zum Nachfolger ernannt worden war. Seinem Gesichtsausdruck nach zu urteilen schien nicht nur er sich daran zu erinnern, wie freudlos die letzte Übung vonstattengegangen war, zu der er die wehrpflichtigen Männer hatte rufen lassen. Er wirkte sehr ernst. Eugenia ahnte nichts von seinen Sorgen. Sie blickte sich verwirrt um. Nicht jeder schien zu wissen, was er zu tun hatte. Der Schultheiß war zur Stelle und brüllte seine Befehle.

Da gab es zwei Männer, die die Löscheimer sammelten. Andere schleppten Feuerhaken und Feuerleitern herbei.

Bauer Laux hatte mithilfe einiger Freiwilliger die Tiere aus der Scheune getrieben. Eines der Pferde brach aus, galoppierte davon.

Eine Gruppe von Burschen mit roten Armbändern kam vom Spritzenhaus her, das an der nördlichen Giebelseite der Zehntscheune stand. Ein Pferd zog ein zweiachsiges Gefährt zum Brandplatz. Auf dem Wagen war ein wannenförmiger Behälter, in dem sich zwei Kolbenpumpen befanden, die durch lange Hebel betätigt werden mussten.

„Stellt die Feuerspritze weiter drüben auf", rief Ernst Gerlach den Männern zu. Die Handspritze wurde zu der brennenden Scheune gezogen, ein lederner Schlauch angeschlossen und ausgerollt.

„Wir brauchen fünf Mann für die Feuerspritze. Gerald, Heinrich, Hannes und ..." Der Kommandant drehte sich um und suchte wohl jemanden. „Wo ist Ulrich?"

„Ist nicht da, liegt wahrscheinlich betrunken im Graben", vermutete einer der Männer.

„Das gibt diesmal Ärger", versprach der Schultheiß und drehte sich wieder zu den Löschmännern um. „Emil und Vinzent, an die Pumpe!"

„Wir sollten die Spritze noch weiter vorziehen", sagte einer der genannten Männer, die das Löschgerät bedienen sollten.

Der Kommandant schüttelte den Kopf. „Die Spritze steht gut da. Der Behälter muss gefüllt werden. Eine Eimerkette, los! Das geht viel zu langsam!"

„Wir werden das Feuer sowieso nicht löschen können", brummte Vinzent und erntete einen finsteren Blick seines Kommandanten. Da die Feuerspritze nicht ansaugen konnte, musste die Wanne, in der die Pumpe stand, mit Wasser gefüllt werden.

Männer und Frauen stellten sich in einer Reihe auf, bis zur offenen Zisterne, die sich in der Nähe befand. Von dort musste das Wasser zur Pumpe geschafft werden. Die Dorfbewohner begannen die vollen Eimer weiterzureichen. Die leeren Eimer wurden über eine zweite Eimerkette zurückgegeben. Die Wanne füllte sich immer mehr. Die ausgewählten Wehrmänner nahmen ihre Stellung an den beiden langen Hebeln ein und warteten auf den Befehl, während ein fünfter Mann den Schlauch Richtung Feuer hielt. Eugenia vernahm die Stimme des Kommandanten, die durchdringend und laut genug war, um das Lärmen des Feuers zu übertönen.

„Habt Acht! Zum Pumpen – fertig! Wasser – Marsch!"

Kurze Zeit später spritzte Wasser aus dem Lederschlauch direkt auf die Scheune, wobei der Wasserstrahl unregelmäßig und spärlich war.

Vinzent sagte: „Das Wohnhaus wird's auch erwischen."

„Ach, halt den Mund und pump weiter! Deine Schwarzseherei hilft uns nichts", zischte sein Nachbar.

„Ich sag's ja nur", murrte Vinzent.

Mit rhythmischen Bewegungen hoben und senkten die Männer die Hebel und pumpten das Wasser durch den Lederschlauch. Ihnen war bereits nach kurzer Zeit anzusehen, wie viel Muskelkraft sie aufbringen mussten. Doch jeder, der den dürftigen Wasserstrahl sah, der aus dem ledernen Schlauch drang, ahnte, dass damit kein solch großes Feuer bezwungen werden konnte.

Der Schultheiß drehte sich um. Er schien die Lage ähnlich zu sehen. Sein Blick fiel auf zwei seiner Männer, die neben der Pumpe standen und nichts zu tun hatten. „Gerhard, Matthias, schafft die Feuerhaken bei." Er sah zu dem Mann, der an dem Schlauch stand. „Halte den Wasserstrahl zum Wohnhaus, damit es nicht auch in Flammen aufgeht. Verdammter Sturm. Wir müssen die Scheune zum Einsturz bringen. Wir können sie nicht retten!"

Männer und Frauen hatten noch mehr Eimer zusammengetragen und versuchten mit einer weiteren Eimerkette die benachbarten Häuser zu bewässern, während immer mehr Funken vom Wind umhergewirbelt wurden. Trotz der Bemühungen, die Hauswand anzufeuchten, entzündete sich auch das Wohnhaus des Bauern Laux, das genau neben der Scheune stand. Es war noch mit Stroh gedeckt.

„Das Wohnhaus brennt“, rief einer der Feuerwehrmänner entsetzt.

„Hab ich ja gleich gesagt“, hörte man Vinzent brummen, während sich seine Muskeln anspannten, als er mit seinem Kameraden den Hebel niederdrückte.

Funken flogen zum düsteren Himmel hinauf. Die Männer hoben und senkten die Hebel ohne Unterlass, während stetig Eimer in den Behälter entleert wurden. Trotz der Kälte rann den Feuerwehrmännern der Schweiß über ihre Gesichter.

„Wenn jetzt der Wind dreht, brennt das halbe Dorf ab, so wie vor fünfzig Jahren!“

„Vinzent!“, brüllten gleich mehrere Stimmen. Niemand wollte eine Wiederholung der Katastrophe.

Eugenia drückte die Arzttasche an sich und lief an den Menschen vorbei, von denen sie niemanden kannte. Der Rauch des Brandes hüllte sie ein, ließ sie husten. Er schien ihr den Atem zu nehmen. Ihre Augen brannten und sie blinzelte. Zwischen dem beißenden Schleier entdeckte Eugenia ihren Vater. Er war damit beschäftigt, mit einer Patsche, einem Stock, an dem ein eiserner Fächer befestigt war, einige kleinere Feuerstellen auszuschlagen. Obwohl er als Arzt von der Feuerwehrpflicht entbunden war, stand er nicht untätig dabei. Ein Mann schob Eugenia barsch zur Seite. Sie fühlte sich fehl am Platz und ging durch den Trubel auf ihren Vater zu. Doktor Hentschel nahm die Tasche aus ihren Armen und sagte: „Geh zurück ins Haus, hier ist es zu gefährlich.“

Eugenia nickte befangen. Das Feuer und die verzweifelten Menschen jagten ihr einen Schrecken ein. So etwas hatte sie noch nie erlebt. Die Furcht und der verzweifelte, sinnlose Kampf gegen das Feuer waren selbst für sie deutlich zu spüren. Eugenia stolperte zurück. Der Sturm fegte durch ihre Haare, schien sie zurückzudrängen, von dem Unglück fort. Sie wollte ihrem Vater gehorchen und konnte doch dem Geschehen nicht den Rücken kehren.

Da stand August vor ihr. Das Feuer flackerte in seinem

blassen Gesicht. „Nehmen Sie den Eimer, Fräulein Eugenia. Kommen Sie, wir brauchen jede Hilfe."

Sie starrte erst verwirrt auf das lederne Gefäß. August hielt ihn ihr wie selbstverständlich hin. Was sollte sie damit? August schien überzeugt, dass sie nicht zögern würde zu helfen, er schien ihr unschlüssiges Verhalten nicht zu bemerken. Eugenia nahm den Eimer, wusste nicht, was sie tun sollte. Was wurde von ihr erwartet? Ruppig wurde sie in eine Reihe von Helfern geschoben. Sie blickte sich um. Als ihr der erste volle Eimer gereicht wurde, schwappte das Wasser über und ein Teil ergoss sich über ihren Mantel. Sie schnappte erschrocken nach Luft.

„Es ist nur Wasser oder bist du aus Zucker?", fuhr Paula sie an. „Gib mir den Eimer und schau hinter dich, da kommt der nächste."

Eugenia klappte den Mund zu, reichte ihr den Eimer und nahm den nächsten in Empfang. „Ich mache so etwas normalerweise nicht."

Paula rollte mit den Augen. „Kannst ja dein Dienstmädchen rufen, Prinzessin."

Nun begann sich Eugenia über die borstige Art der Fremden zu ärgern. Dennoch schwieg sie und packte nach dem Eimer, der ihr gereicht wurde.

Nach einer Weile brach das Strohdach des Wohnhauses in sich zusammen. Flammen stoben empor, stießen aus den Fenstern und der Tür. Das Knacken und Prasseln schwoll an. Es war nicht aufzuhalten gewesen, obwohl alle Dorfbewohner auf den Beinen waren. Jeder wollte helfen, um das Feuer zu besiegen. Eugenia nahm die Eimer und reichte sie weiter. Immer wieder schwappte Wasser über. Eugenia ignorierte die Kälte, die sich mit der Feuchtigkeit durch ihren Mantel fraß.

Männer riefen besorgt, man möge sich beeilen. Der Sturm hatte sich noch nicht gelegt und fegte über das Feuer, riss Funken und glühende Teile mit sich, die wild durch die Luft wirbelten, um sich irgendwo niederzulassen und möglicherweise neue Nahrung zu finden. Das erhöhte die Gefahr eines weiteren Brandes. Funken prasselten gegen die Wand der Zehntscheune. Da sah Eugenia, wie Matthias Hollmann an der Helferreihe vorbeieilte. Er blieb ganz in ihrer Nähe stehen und schrie:

„Wo sind die Feuerhaken? Der Ernst hat gesagt, sie müssen hier irgendwo liegen." Die Männer sahen sich um.

„Verdammter Sturm! Ich hoffe, es bringt was, wenn wir die Scheune abreißen. Der Vinzent hat gesagt, das würde nichts bringen", meinte Gerhard.

„Der Vinzent hat auch schon den Weltuntergang vorausgesagt", rief Matthias nun. „Hörst du das? Da ist noch ein Fohlen im Stall." Er wischte sich über die Stirn, die schwarz vom Ruß war.

„Dafür ist keine Zeit", schrie einer der Wehrmänner. „Holt die Feuerhaken, damit wir diese verdammte Scheune einreißen können."

Matthias Hollmann rieb sich den Nacken, dann wollte er sich fortdrehen, um den langen Stock mit dem Haken zu holen. Sein Blick fiel auf eine junge Frau in seiner Nähe. Er wusste sofort, wer sie war. Unter ihrem langen Mantel lugte ein gestreiftes Kleid hervor, elegant und vornehm. Das Mädchen passte so gar nicht in die Reihe der Helfer. Zwischen den groben Leinenhosen und Röcken fiel ihre schicke Erscheinung auf. Im Schein des Feuers glänzte ihr Haar, als wäre es aus Gold. Auch sie hatte ihn bemerkt. Sie sahen sich für einen Augenblick an. Fremd, eindringlich. Es war das gleiche Gefühl in ihm gewesen, als sie sich das erste Mal in der Gaststube angesehen hatten. Als könnte sie mit ihren Augen etwas in ihm erwecken, das er nicht zu kontrollieren vermochte. Matthias riss sich von ihrem Blick los und wollte gehen. Da sah er eine Bewegung neben sich. Mit wenigen Schritten war Eugenia bei ihm und hielt ihn am Arm fest.

„Und das Fohlen?"

Sie stand vor ihm, im Hintergrund schimpfte Paula, weil sie ihren Posten verlassen hatte. Doch sie verharrte bei ihm, mit dieser Frage in ihren Augen, von denen er sich nicht abwenden konnte.

„Wenn der Wind dreht und sich das Feuer ausbreitet, dann verlieren viele Menschen ihr Heim. Wollen Sie das?"

Eugenia schüttelte den Kopf. „Aber das Fohlen, es schreit, ich höre es deutlich, es lebt noch. Du kannst nicht zulassen, dass es stirbt."

„Prinzessin, komm sofort zurück!", rief Paula im Hintergrund. Eugenia achtete nicht auf sie.

Auch Matthias hörte seine Kameraden nach ihm rufen. Sie warteten auf ihn.

„Jedes Leben ist wertvoll!", sagte Eugenia nun und ließ seinen Arm los, sichtlich beschämt, ihn so lange festgehalten zu haben.

Matthias sagte nichts mehr, sondern eilte an ihr vorbei, holte den Feuerhaken, einen knapp vier Meter langen Stock mit einem Haken an der Spitze. Damit rannte er auf die brennende Scheune zu.

„Wir müssen da rein!", sagte er fast beiläufig, als er bei seinen Löschkameraden angekommen war.

„Bist du verrückt? Das Dach kommt gleich runter, auch ohne unsere Hilfe." Gerhard hob einen Arm und zeigte auf die brennenden Gebäude, von denen die Scheune die Erste sein würde, die unter dem Feuer zusammenbrechen würde. Es fielen bereits Teile des Gebälkes herunter.

„Ich weiß." Matthias wischte wieder mit einer Hand über seine Stirn. Es war gefährlich, doch er konnte nicht tatenlos zusehen, wie das Fohlen in der Scheune verbrannte. Er hörte das Schreien des Jungtieres. Er musste es wagen! „Ich geh da jetzt rein."

„Das tust du nicht!" Der Kommandant stand plötzlich vor ihm und sah ihn ungehalten an. Er war einen halben Kopf kleiner als Matthias und musste hochsehen. Doch sein fester Blick genügte, um die fehlenden Zentimeter auszugleichen.

Seine Stimme klang entschieden. „Die Häuser rundherum sind in Gefahr. Wir werden kein Risiko eingehen."

„Gib mir einen Augenblick, Ernst, nur einen kurzen Augenblick", bat Matthias aufgewühlt.

„Verdammt, ich werde nicht zusehen, wie dieses Feuer das halbe Dorf auslöscht! Ich bin dein Kommandant und du musst meinen Befehlen gehorchen! Ich verbiete dir, da reinzugehen!"

Das Fohlen war durch das Feuer kaum noch zu hören.

Matthias deutete aufgebracht auf den roten Stoffstreifen an seinem Arm. „Du sagtest, dies sei eine ehrenvolle Aufgabe! Du redest immer von der Wahrung des Lebens, davon, dass wir eine wichtige Pflicht zu erfüllen haben, Gut und Leben zu retten und zu schützen. Gottgefällig nanntest du es! Für wen gilt das eigentlich?", brüllte Matthias durch das Toben des Feuers.

Der Kommandant blinzelte ihn wortlos an. Erst dachte Matthias, der Mann würde ihn zurechtweisen. Es vergingen einige Sekunden, da ließ Ernst plötzlich seine Schultern sinken und trat zur Seite. „Geh, aber beeil dich. Mir liegt an dem Wohl meiner Leute mehr als an dem eines Stückes Vieh."

Matthias nickte dem Mann zu und rannte auf das Scheunentor zu, aus dem Qualm und Feuerflammen traten. Der Rauch kratzte in seiner Kehle und ließ ihn husten. Er hatte die offene Stalltür erreicht. Matthias blickte in das Innere der Scheune. Außer Rauch und Feuer war nichts zu sehen. Hitze erfasste ihn. Die Flammen züngelten ihm entgegen wie Arme, die nach ihm greifen wollten, um ihn mit sich zu reißen. Matthias hörte das schrille Wiehern des Pferdes. Von irgendwoher war das aufgeregte Rufen der Mutterstute zu vernehmen. Er durfte jetzt nicht zögern, dafür war keine Zeit! Matthias stürzte sich in die Hitze, einen Arm schützend vor sein Gesicht haltend. Seine Augen begannen zu brennen, das Atmen wurde immer schwerer. Er konnte nichts sehen, dafür aber hören. Das grelle Wiehern des Fohlens war lauter als das Knacken des Feuers. Diesem Ruf folgte Matthias blind, als er die Luft anhielt und vorwärts ging.

Ein Bersten erklang über seinem Kopf. Brennende Holzteile fielen vor ihm auf den Boden. Matthias hielt erschrocken inne. Er wusste, wenn er jetzt länger zögerte, würde er es nicht schaffen. Lange konnte er die Luft nicht mehr anhalten.

Eugenia blickte auf. Dicke Rauschschwaden wurden von der starken Luftströmung mitgerissen und von der Kraft des Windes zerfetzt. Das Feuer war eine unbändige Gewalt, die kein Mensch zu beherrschen wusste. So etwas hatte Eugenia noch nie erlebt. Sie spürte die Hitze der Flammen. Der Qualm brannte in ihren Augen und ließ sie immer wieder husten. Sie blinzelte zur Scheune, während sie nach dem nächsten Eimer griff und ihn weiterreichte. Der junge Mann war noch immer nicht aus dem Stall gekommen. Funken sprühten auf, als ein weiteres Stück Dach einbrach. Die glühenden Teilchen flogen durch die Nacht, als stiegen Tausende Leuchtkäfer auf. Im Hintergrund rief die Stute nach ihrem Fohlen. Ihr Wiehern klang verzweifelt.

Es vergingen lange Sekunden, in denen die Menschen zum Tor des Gebäudes starrten. Sie hielten die Luft an, als das Dach mit lautem Krachen und Bersten einzustürzen drohte. Ehe es in sich zusammenzufallen begann, tauchte zwischen den Flammen und dem Rauch eine Gestalt mit einem Fohlen auf. Die Löschmänner versuchten den Einsturz durch die langen Haken zu kontrollieren, damit keine Teile nach außen fielen und somit andere Häuser trafen.

Die Bewohner des Dorfes jubelten, als sich Matthias hustend aufrichtete. Er führte das Fohlen zu der Stute, die sich sofort beruhigte. Durch diese Tat angespornt, bewegten sich die Eimer emsiger durch die Reihen. Auch Eugenia verspürte dieses Hochgefühl. Es war ihr plötzlich wichtig, sich anzustrengen, nicht langsamer zu werden. Sie bekämpften das Feuer gemeinsam und mit aller Kraft. Eugenia spürte ihre Arme kaum noch. Die Eimer mit Wasser wurden immer schwerer. Erst hatte sie der Schmerz in ihren Muskeln zum Wahnsinn getrieben, nun war ein krampfhaftes Ziehen zu spüren, nicht minder quälend. Ihre Bewegungen waren nicht mehr gesteuert. Ohne nachzudenken ergriff sie den nächsten Kübel. Sobald ihre Hände frei waren, fuhr sie sich hastig über ihre Augen, die vom Qualm tränten.

„Der Sturm legt sich", murmelte August plötzlich. „Merkt ihr das auch? Der Wind lässt nach."

Eugenia betete, dass dieser Albtraum bald ein Ende haben würde. Ihr Atem ging so rasch, dass sie dachte, kaum noch Luft zu bekommen, während Rauch in ihrem Hals brannte. Sie war seit Stunden an diesem Ort. Eugenia erschien es wie eine Ewigkeit. Sie hatte ihren Vater seit einiger Zeit nicht gesehen. Ging es ihm gut? Er dachte gewiss, sie sei nach Hause gegangen, so wie er es ihr aufgetragen hatte. Würde er wütend werden, wenn er erfuhr, dass sie geblieben war? Er wäre nicht erbaut darüber, dachte Eugenia mit schlechtem Gewissen.

Von August wurde Eugenia nun aus der Reihe gezogen, während sich andere für sie einreihten. Sie durfte eine Pause einlegen. Eugenia war erleichtert. Sie ließ ihre Arme sinken und spürte den Schmerz nun deutlicher. Die Muskeln stillzuhalten war noch unerträglicher. Der Rücken tat weh. Sie war froh, ihr Korsett nicht so eng gebunden zu haben, sonst wäre sie in Ohnmacht gefallen. Eine Frau reichte Eugenia einen Becher mit Wasser. Ihre Hände zitterten, als sie ihn nahm. Um sich von den Schmerzen in ihren Armen abzulenken, sah sich Eugenia um. Niemand in Holzhausen war in seinem Bett geblieben. Sie alle packten mit an, halfen das Feuer zu bekämpfen. Es war eine Gemeinschaft, die im Augenblick der Not zusammenhielt. Eine Eigenschaft, die Eugenia in einem solchen Ausmaß noch nie erlebt hatte. Da entdeckte sie ihren Vater, der Verletzte versorgte. Hier eine Schürfwunde, da eine Verbrennung. Er schien Hilfe zu brauchen.

Plötzlich stand sie neben ihm.

„Was tust du hier? Hatte ich nicht gesagt, du sollst nach Hause gehen?“ Seine Stimme klang barsch.

„Ich kann Ihnen helfen, Papa.“ Sie sah ihn flehentlich an. „Bitte, schicken Sie mich nicht nach Hause.“

Anton Hentschel zögerte. Er schien die Situation abzuwägen und die Unterstützung seiner Tochter anzunehmen, denn nach einer Weile nickte er. „Nimm meine Tasche und hole neuen Verband heraus.“

Eugenia tat, was er ihr aufgetragen hatte. Ihr Vater achtete sonst streng darauf, seine älteste Tochter nicht mit solchen Dingen zu beauftragen. Doch in dieser Nacht war alles anders, dachte sie und holte den Verband. Sie assistierte ihm eifrig, glücklich, tun zu können, was sie schon immer tun wollte. Helfen. Sie verband eine verbrannte Stelle am Arm eines Dorfbewohners. Anton Hentschel warf manchmal einen Blick über die Schulter und schien zufrieden. Als Eugenia ein Lachen hörte, sah sie fragend zur Eimerkette. Die Nacht war dunkler geworden. Es zischten kaum noch Funken durch die Luft. Der Wind hatte sich gelegt. Das Feuer wurde kleiner, die Eimer weniger, bis sie gänzlich ausblieben. Die Menschen fielen sich glücklich in die Arme. Der Jubel schwoll weiter an, je mehr Helfer begriffen, dass es ihnen gelungen war, das Feuer zu löschen. Es wurde damit begonnen, die Eimer einzusammeln und an ihre Eigentümer zu verteilen. Posthalter Peter Minor gab Bier und Branntwein aus. Immer mehr verletzte Löschmänner fanden sich bei Doktor Hentschel ein. Kleinere Wunden versorgte er rasch. Bei schwereren Verletzungen gab er seiner Tochter Anweisungen, während sie ihm aufmerksam assistierte.

Ermattet stand der Schultheiß vor den beiden verkohlten Gebäuden. Ein befreiendes Lächeln umspielte seine Lippen, dann drehte er sich um und gab den Befehl, die Spritze zu entleeren. Es hatten sich bereits Eisstücke an dem Behälter gebildet, die mit heißem Wasser abgespült werden mussten, ehe die Feuerspritze in das Spritzenhaus zurückgefahren werden konnte. Die Erleichterung war jedem anzusehen.

Es war ein rührendes Erlebnis, in dem Eugenia mittendrin stand, gefangen von einem überwältigenden Gefühl der Zufriedenheit und des Glückes. Etwas hatte sie heute Nacht zusammenrücken lassen. Eugenia konnte es nicht beschreiben. Sie war diesen Menschen näher gekommen. August, der sie in die Reihe geschoben, Matthias, der durch seinen Mut ein Fohlen gerettet hatte, ihr Vater, der ihre Hilfe annahm, und auch Paula, die sie durch ihren Unmut stark gemacht hatte. Warum mochte Paula sie nicht? War sie, Eugenia, tatsächlich so überheblich, dass die Betitelung „Prinzessin" zutraf?

Eugenia wandte sich um und wollte den nächsten Patienten versorgen, da entdeckte sie den jungen Mann, der das Fohlen gerettet hatte. Der gleiche Mann, dem sie in der Gaststube begegnet war. Er hatte ihr das Flugblatt aus der Hand gerissen und war in seiner derben Art einfach verschwunden. Ein unhöflicher Kerl ohne Anstand. Sie hatte ihm nicht zugetraut, sich für ein Stück Vieh in solche Gefahr zu begeben.

Sein Gesicht war schwarz. Er versteckte seine Hände unter den Armen. Eugenia ging langsam auf ihn zu. Entweder bemerkte er sie nicht oder er versuchte sie zu missachten, denn er drehte sich nicht zu ihr um, als Eugenia bei ihm stehen blieb. Normalerweise stellte sich eine Dame keinem fremden Herrn vor. Eugenia ärgerte sich über sein unachtsames Verhalten ihr gegenüber. Ihm mangelte es eindeutig an Respekt vor ihr.

„Wir hatten nicht die Gelegenheit, uns vorzustellen", sagte sie herausfordernd. „Mein Name ist Eugenia Hentschel."

Sie erwartete von ihm, dass er sich nun vorstellte, doch der Bursche sah zur Seite, als wäre sie gar nicht anwesend, und brummte so etwas wie: „Äh, ja … mhm."

Kleine Schweißperlen waren auf seine Stirn getreten und schimmerten im Schein der Fackeln. Diese waren aufgestellt worden, um die Umgebung zu erhellen, nachdem das Feuer erloschen war.

Eugenia fand das Verhalten des Burschen merkwürdig. Wieder fiel ihr auf, wie verkrampft er seine Hände verbarg. „Geht es dir gut?“

„Mir geht es gut, Sie müssen sich nicht darum kümmern“, erwiderte er ruppig und sah sich um, als müsste er einen Fluchtweg finden.

Er war mehr als unhöflich, fand sie. „Mein Vater kann dir helfen“, sagte sie nun mit schnöder Stimme.

„Kann ich mir nicht leisten, gnädiges Fräulein“, gab er patzig zurück.

Er wollte sich fortdrehen. Sie hielt ihn mit ihren Worten zurück: „Mein Vater verlangt nichts. Er ist kein Ungeheuer.“ Sie hob eine Hand und zeigte in die Richtung, wo Doktor Hentschel einige Verbrennungen der Feuerwehrmänner versorgte.

„Ich brauche keine Hilfe“, brummte Matthias.

Eugenia hob die Schultern und drehte sich um. „Wenn du willst, dass sich die Brandblasen entzünden und dir die Hände abfaulen, dann bitte ...“

Sie sah den Mann zögern und achtete nicht weiter auf ihn, sondern schlenderte die Gasse entlang auf ihren Vater zu. Plötzlich spürte sie eine Bewegung hinter sich. Matthias folgte ihr unwillig. Genauso widerstrebend reichte er dem Doktor seine verbrannten Hände. Sie waren gerötet und mit Brandblasen übersät. Anton Hentschel drückte den Mann auf einen Schemel.

„Wie ist dein Name?“

„Matthias Hollmann.“

Wortlos begutachtete der Doktor die Hände. Eugenia stand daneben und sah zu, wie ihr Vater die Verletzungen untersuchte, sie säuberte und eine Paste auftrug.

Matthias zog scharf die Luft ein, ließ die Behandlung jedoch wortlos über sich ergehen. Er warf ihr einen Blick zu. Sie fühlte sich beim Beobachten ertappt und sah verlegen weg.

„Du bist ein tapferer junger Mann, Matthias Hollmann,

aber meinst du, ein Fohlen war das wert?", hörte sie ihren Vater sagen.

Matthias schien seine Hände nicht sehen zu wollen, denn er drehte seinen Kopf fort. Vielleicht konnte er den Anblick seiner Verletzungen nicht ertragen. „Ist nicht jedes Leben wertvoll, Doktor Hentschel?" Dabei warf er einen Blick zu Eugenia, die errötend den Kopf senkte.

Der Arzt lächelte ihn an. „Wahrlich eine besondere Auffassung. Sie könnte von meiner Tochter stammen." Er schien über etwas nachzudenken und schließlich zu einer Entscheidung gekommen zu sein. „Du kannst mit Pferden gut umgehen?"

„Ja, Herr Doktor, ich helfe manchmal oben bei der Posthalterei aus."

„Was hältst du davon, wenn du dich um meine Pferde kümmerst, die ich aus Wiesbaden mitgebracht habe? Es sind wertvolle Reitpferde und ich vertraue sie nur jemandem an, der sich damit gut auskennt."

Matthias Hollmann schien überrascht und begeistert zugleich. „Aber ja, Herr Doktor. Pferde mag ich und ich werde mich sorgsam um sie kümmern. Ich werde Sie nicht enttäuschen."

Eugenia verzog verstimmt den Mund. Ausgerechnet dieser ungehobelte Mensch sollte ihre Pferde versorgen?

„Es soll nicht zu deinem Nachteil sein", sagte Anton Hentschel. „Wenn du deine Arbeit anständig erledigst, werde ich dich gut bezahlen. Ich weiß, du kannst das Geld gebrauchen."

„Vielen Dank, Herr Doktor."

Eugenia wunderte sich. Der Kerl konnte höflich sein? Sie begann sich zu ärgern. Ihrem Vater begegnete er ergeben und höflich, aber er behandelte sie, als sei sie Luft.

Anton Hentschel schien zufrieden. „Du kannst so bald wie möglich anfangen."

„Morgen, mein Herr ... ähm ... wenn's recht ist."

„Ich bin einverstanden." Anton Hentschel winkte seine

Tochter zu sich. „Eugenia? Verbinde seine Hände." Ehe er sich dem nächsten Patienten zuwendete, sagte er: „Wenn du hier fertig bist, möchte ich, dass du nach Hause gehst."

Eugenia nickte ihrem Vater zu und machte sich sogleich an die Arbeit.

Matthias sah den Doktor fortgehen, dann war er mit dessen Tochter allein. Ein ungutes Gefühl stieg in ihm auf. Er wusste nicht, was er sagen sollte. Er fühlte sich befangen in ihrer Nähe, so wie bei ihrer ersten Begegnung im Gastraum. Wie dumm war er gewesen, dass er einfach ohne etwas zu sagen gegangen war. Er hatte sich schlecht betragen. Zwar wusste er nicht, wie man sich einer feinen Dame gegenüber verhielt, aber einfach zu schweigen, war ungehörig. Doch was hätte er äußern sollen? Alles, was aus seinem Mund kam, würde sich für sie dumm anhören.

Eugenia wickelte den Verband um seine Hände, während Matthias versuchte, nicht zu zucken, obwohl seine Hände höllisch brannten. Die Schmerzen waren kaum auszuhalten. Wahrscheinlich würde er die nächsten Nächte nicht schlafen können. Verstohlen musterte Matthias die junge Frau, während sie in ihre Arbeit vertieft war. Ihre vornehme Erscheinung hatte gelitten. Die sonst so ordentliche Frisur war zerzaust, einige Strähnen aus ihren Locken klebten an ihrem Gesicht. Ein dunkler Wasserfleck zeichnete sich auf ihrem Mantel an der Brust ab, auf die er nicht zu lange starren durfte. Nichts an ihr erinnerte an die überhebliche Person bei ihrer ersten Begegnung. „Anscheinend verdiene ich nicht die gebührliche Behandlung, die du meinem Vater zuteilwerden lässt. Es ist sehr unhöflich, sich einer Dame nicht vorzustellen, besonders, wenn sie es getan hat." Sie bedachte ihn mit keinem Blick und tat so, als hätte sie nichts gesagt.

Ihre Zurechtweisung ärgerte ihn. Das konnte sie gut, dachte Matthias missmutig. Andere herabwürdigend behandeln. Ihre überhebliche Art reizte ihn. Er hatte sich geirrt. Da gab es genug, was sie überheblich machte.

„Ihr Vater hat mich mit Namen angesprochen. Hören Sie ihm nicht zu?", fragte er frech.

„Natürlich kann man von jemandem wie dir keine anständige Erziehung erwarten, aber dennoch Höflichkeit. Ich höre meinem Vater durchaus zu, aber es gehört sich eben, dass man sich vorstellt. Macht man das auf dem Land nicht?" Trotz ihres aufgelösten Äußeren benahm sie sich wie eine Prinzessin.

„Höflichkeit kennen wir auf dem Land, aber wir sind nur höflich zu denen, die es auch verdienen."

Eugenia richtete sich empört auf. Sie war fertig mit ihrer Arbeit, trat einen Schritt zurück und sagte in sachlichem Ton, ohne auf seine Bemerkung einzugehen, mit dem Blick auf seine Hände: „Ich rate dir, meinen Vater deswegen noch einmal aufzusuchen."

Matthias spürte, dass die Salbe, die der Doktor aufgetragen hatte, das Brennen zu besänftigen schien. Die Schmerzen ließen langsam nach, doch das Pochen blieb. „Mein Vater wird mir den Kopf abreißen, wenn er das sieht. Ich kann meine Hände nicht schonen. Ich muss arbeiten!" Er hielt inne und schalt sich, ihr seine Gedanken mitgeteilt zu haben. Was verstand eine solche Person schon von den Problemen des einfachen arbeitenden Mannes? Matthias versuchte sich umständlich die rote Armbinde abzunehmen, was ihm nicht gelang, da seine Hände verbunden waren. Ihre kalten Finger fuhren dazwischen und knoteten das Band auf.

„Es ist keine Schande, jemanden um Hilfe zu bitten." Sie hielt ihm den Stoffstreifen hin, der ihn als Löschmann kenntlich gemacht hatte.

„Ich brauche keine Hilfe." Er wusste selbst nicht, was ihn ärgerte. Vielleicht die Tatsache, dass er doch Hilfe benötigte, jedoch zu stolz war, sie zu erbitten, oder dass dieses Mädchen seine Hilflosigkeit erkannte. Sie war eine Fremde. Nichts Vertrautes verband sie und ihn und doch hatte er das Gefühl, sie konnte ihm in seine Seele blicken. Das machte ihn nervös. Matthias riss ihr den Stoffstreifen aus der Hand und erhob sich von dem Schemel, auf den der Doktor ihn eben gedrückt hatte. Er wollte gehen, da vernahm er ihre Stimme: „Du bist ein ungehobelter Klotz. Und es ist mir egal, wie du heißt."

„Sie sind …", begann er, und still dachte er: eine verwöhnte Göre. Er musste an sich halten, um die Beleidigung nicht auszusprechen. Er mochte zwar nicht wissen, wie man sich einem vornehmen Fräulein gegenüber angemessen benahm oder wie man sie ansprach, doch eines wusste er: Auch wenn sie ihn provozierte, durfte er sie nicht beleidigen. Matthias warf ihr einen finsteren Blick zu, der alles ausdrücken sollte, was er ihr gern gesagt hätte, dann ging er einige Schritte weiter. Er blieb noch einmal stehen und verfluchte sich in Gedanken für sein törichtes Benehmen. „Ich bin der Hollmann Matthias." Nun ging er wirklich, er floh förmlich vor ihr.

Eugenia saß am nächsten Tag an ihrem Sekretär, um ihrem Bruder von dem gestrigen Erlebnis zu berichten. Sie tauchte die Schreibfeder in die schwarze Tinte, dann kratzte die Spitze über das Papier:

„Nach dem schrecklichen Feuer kommt es mir vor, als schlummerte das Dorf wieder vor sich hin. Abwechslung finde ich bei meiner neuen Freundin Luise. August sehe ich selten, da er in Langenschwalbach zur Schule geht. Wenn er am Wochenende zu Besuch kommt, ist es sehr vergnüglich, mit ihm zu plaudern. Er liebt die Natur, und obwohl er zwei Jahre jünger ist, ist er sehr belesen. Ich hasse den Gedanken, all die Vergnügungen mit meinen Freundinnen zu verpassen. Ich wünschte mir, ich könnte mit Vater darüber sprechen, aber vielleicht erkennt er es …"

Eugenia hielt mit dem Schreiben inne. Sie starrte auf die letzte Zeile. Ein Gedanke formte sich in ihrem Kopf. Es war unmöglich, den Vater mit Worten zu überzeugen, sie nach Wiesbaden zu schicken, wo sie ihr vertrautes Leben fortführen konnte. Was wäre, wenn sie es ihm auf andere Weise deutlich machen könnte? Dieser Gedanke beflügelte

Eugenia. Sie hatte nicht einmal ein schlechtes Gewissen, als sie mit einem verschwörerischen Lächeln die Feder auf dem Papier ansetzte. „Mir ist eben eine Idee gekommen, wie ich Vater überzeugen kann, mich schnellstens nach Hause zurückzuschicken. Ich hoffe, dir ergeht es gut in Gießen. In herzlichster Liebe, deine Schwester Eugenia."

Sie faltete den Brief zusammen und blickte aus dem Fenster. Es war Mittag. Die Sonne stand an ihrem höchsten Punkt und erwärmte schwach die Luft. Luise wollte zu einem Ausritt vorbeikommen. Eugenia ging zum Stall und stieß beinahe mit einem Burschen zusammen. Sie starrte in ein blaues Augenpaar. Erst da erinnerte sie sich, dass ihr Vater Matthias Hollmann für die Versorgung der Pferde eingestellt hatte. Sie versuchte nicht einmal, den verdrossenen Seufzer zu unterdrücken.

„Guten Morgen, Fräulein Eugenia", begrüßte er die Frau schroff. Er machte eine eher ruckartige Verbeugung. Eugenia wurde das Gefühl nicht los, er würde sie damit verspotten wollen. Da lag ein ironischer Ausdruck in seinem Gesicht, den sie nicht deuten konnte. Wie hatte ihr Vater nur einen solch derben Kerl einstellen können? Ihr war noch nie ein Bursche unter ihrem Stand begegnet, der ihr nicht die nötige Ehrerbietung gezollt hatte. Sie überlegte schlecht gelaunt: Sollte sie sich bei ihrem Vater beschweren und ihn bitten, diesen Kerl zu entlassen? Oh, sie harrte hier aus, mitten im stinkenden Mist, in einer Wildnis, bevölkert von Menschen, die sich nur um Vieh und Acker kümmerten, und Flegeln, die sich nicht zu benehmen wussten.

„Sattel mein Pferd!", befahl sie übelgelaunt. Diesen Burschen herumzukommandieren, empfand sie als Genugtuung. Er gehorchte stillschweigend. Das fiel ihm bestimmt schwer, vermutete sie. Gut so, diesem unhöflichen Burschen würde sie noch Ehrfurcht beibringen. Matthias, der von ihren Erziehungsplänen nichts ahnte, ging in den Stall, um ihrem Wunsch nachzukommen. Mit verschränkten Armen stand sie da und wartete.

„Das dauert aber lange. Kannst du keinen Sattel auflegen?", rief sie herausfordernd zum Stall.

Matthias erschien in aller Ruhe mit der Stute und warf Eugenia einen grimmigen Blick zu. „Wenn das Fräulein möchte, dass es nicht während des Ritts zu Boden fällt, muss es warten lernen." Er reichte ihr geringschätzig die Zügel. „Geduld ist eine Tugend."

Sie riss ihm die Zügel aus den verbundenen Händen und funkelte ihn ungehalten an. „Du weißt nicht einmal, was Tugend ist. Aber ich kann von dir nicht erwarten, dass du so etwas kennst. Das ist eben der Unterschied zwischen uns."

Matthias klang spöttisch, als er widersprach: „Nein, da gibt es noch mehr Unterschiede zwischen uns, Fräulein Eugenia. Es wäre mir ein Graus, wenn wir etwas gemeinsam hätten!"

Sie strich der Stute über den Hals. Donna gehörte ihr schon lange, war als Fohlen zu ihnen gekommen. Es war beruhigend, wenigstens sie hier zu haben. Etwas Vertrautes in dieser Fremde. Eugenia stieg allein in den Sattel. Donna tänzelte nervös, schien die Erregung der Reiterin zu spüren. Eugenia brachte das Tier zum Stehen und konnte auf den Burschen niederblicken. „Hatte ich schon erwähnt, dass du ein ungehobelter Klotz bist?"

„Ich erinnere mich nicht."

Natürlich erinnerte er sich an das gestrige Gespräch, dachte sie.

Ehe sie abschließend etwas sagen konnte, ritt Luise auf den Hof und winkte zum Gruß.

Matthias lüftete seine Mütze und verbeugte sich. „Guten Tag, Fräulein Luise, geht es Ihnen gut?"

„Danke, ja. Ich hoffe, es wird heute nicht regnen." Sie blinzelte in die Sonne und lächelte fröhlich. „Aber wie es aussieht, bleibt es sonnig."

In der Zwischenzeit hatte Eugenia ihren Rock geordnet. „Lass uns aufbrechen", sagte sie zu Luise und beendete damit das Gespräch der beiden. Sie drückte die Fersen in die Flanken ihres Reittieres. Die beiden erreichten die Felder, die bis zum Wald reichten. Eugenia empfand ein befreiendes Gefühl, als sie die Weite des Landes betrachtete. Sie zügelte ihre Stute neben dem Pferd von Luise und ritt einen kleinen Pfad entlang, den das Wild nahm.

„Ich hörte, du hättest bei dem Feuer geholfen. War das denn deinem Vater recht?", erkundigte sich Luise.

Eugenia lächelte, als sie sich an das Gespräch erinnerte. Er hatte sich heute Morgen missbilligend geäußert, besonders da sie gegen seine Anweisungen im Dorf geblieben war. Allerdings hatte er zugeben müssen, ihre Unterstützung als hilfreich empfunden zu haben. Eugenia antwortete auf die Frage: „Natürlich missbilligte er mein Handeln, aber ich helfe gern, und das weiß er."

„Es schickt sich nicht für ein Fräulein", gab Luise zurück. „Egal wie edelmütig deine Absichten sein mögen."

„Du hörst dich an wie meine Mutter", lachte Eugenia. Sie ritt an Luise vorbei. „Wenn ich das nächste Mal Zweifel an meinen moralischen Entscheidungen habe, frage ich dich."

Luise schien erst über ihre Worte nachzudenken, ehe sie erkannte, dass sie aufgezogen wurde. Sie machte einen Schmollmund und schwieg.

„Kannst du wenigstens richtig reiten?" Eugenia trieb ihr Pferd an, und als es lospreschte, lachte sie über ihre Schulter. „Oder kann ein Fräulein aus gutem Hause so etwas nicht? Traust du dich nicht?" Donna galoppierte über ein Feld und wirbelte Dreckklumpen auf, die durch die Luft flogen.

Luise lachte plötzlich und trieb ihr Pferd an. „Es heißt, die Leute aus der Stadt können nicht so gut reiten wie wir vom Land", rief sie Eugenia zu und holte auf.

Diese warf einen frohlockenden Blick über die Schulter. „Das wollen wir mal sehen."

Die beiden Pferde galoppierten auf gleicher Höhe Richtung Holzhausen, während das Lachen der Frauen erklang. Sie überquerten eine grünende Fläche, auf der sich zaghafte Blüten zeigten, und hinterließen eine wilde Spur. Gleichzeitig erreichten sie die ersten Häuser des Dorfes. Ihre

Wangen waren von der Kälte gerötet, als sie die Pferde zum Stehen brachten.

„Wir sind beide gute Reiter", bemerkte Luise. „Einigen wir uns auf unentschieden." Sie lachten sich an und das Gefühl der Fremde zwischen ihnen verschwand mit einem Mal.

Sie stiegen ab und liefen mit ihren Pferden die enge Gasse entlang, hinunter zur Dorfmitte.

Eugenia wurde plötzlich trübsinnig. „Fühlst du dich hier nicht manchmal einsam, Luise?"

Diese Frage schien ihre Begleiterin zu überraschen. „Ich nutze den Tag durchaus mit sinnvollen Aufgaben. Ich helfe meiner Tante in der Küche und im Garten. Außerdem besuche ich mit ihr Hilfebedürftige, auch in anderen Dörfern, und übe fleißig am Pianoforte. Die Erwartungen, die an mich gestellt werden, erfülle ich damit zu aller Zufriedenheit."

Eugenia schielte unauffällig ihre neue Freundin an. „Und du selbst? Was tust du am liebsten?"

Luise blieb stehen. Das Pferd hinter ihr stupste mit der Nase an ihre Schulter. „Aber das sagte ich doch gerade."

„Nein, ich meine dich und nicht, was die anderen von dir erwarten."

„Das ist eine seltsame Frage, die du mir stellst." Luise schien jedoch nachzudenken. „Ich spiele sehr gern am Pianoforte. Musik ist etwas Befreiendes. Ich war sehr glücklich, dass mein Onkel mir Unterricht darin gab. Es steigert die Wahrscheinlichkeit, dass ich einen achtbaren Mann heiraten kann. Jeder Mann legt Wert darauf, dass die Frau musikalisch geschickt ist."

Eugenia rollte mit den Augen. Da fiel ihr ein anderes Thema ein. Darüber sprachen alle Damen gern: „Reden wir über Männer."

Jetzt wirkte Luise schockiert, widersprach aber nicht. „Es war sehr freundlich von deinem Vater, den Matthias Hollmann einzustellen. Er kennt sich gut mit Pferden aus."

Eugenia schnaubte missmutig. „Über solche Männer wollte ich nicht reden. Er ist ein unerzogener Flegel."

Luise lachte auf. „Die höflichen Herren, denen du bisher begegnet bist, gibt es hier kaum. Seine Art beweist nur, dass Matthias verlegen ist."

„Verlegen? Das zeigt er auf merkwürdige Weise. Ich würde sagen, er ist unverschämt."

„Er weiß nicht, wie er sich einer vornehmen Dame aus gutem Hause gegenüber verhalten soll." Luise schien amüsiert über Eugenias entrüstete Äußerung. „Matthias stammt aus einer der ärmsten Familien des Dorfes."

Plötzlich bekam Eugenia ein schlechtes Gewissen, als sie von seiner Situation erfuhr. Sie hatte ihn herablassend behandelt. Vielleicht tat sie ihm unrecht? Doch er besaß eine freche Art, die sie ärgerte. Er zollte ihr keinen Respekt. So etwas ging nicht. „Ich bin keine dahergelaufene Dienstmagd. Er hat mich angemessen zu behandeln."

Luise zuckte mit den Schultern. „Sei etwas nachsichtig mit ihm. Er ist ein guter Kerl."

Eugenia wollte ablenken. „Reden wir über andere Männer. Gibt es einen Herrn, an dessen Seite du gern leben würdest?"

Nun errötete Luise.

„Aha", lachte Eugenia, als hätte sie ihre Freundin bei einem Streich ertappt. „Da ist also jemand. Sag mir, wer es ist."

Luise presste die Lippen aufeinander und schüttelte den Kopf.

„Wir sind doch Freundinnen, oder?"

Sie druckste etwas herum, schien nach den richtigen Worten zu suchen. „Mein Onkel hat mir einen Lehrer aus Rettert vorgestellt. Einen sehr freundlichen Herrn."

„Jung? Alt?"

„Das Alter ist nicht ausschlaggebend für eine Ehe. Wichtig ist, dass er für eine Familie gut sorgen kann und …"

„Ach herrje Luise, hör auf. Ist er hübsch? Ist er stattlich?" Eugenia blieb stehen. Donna, die sie am Zügel hielt, schüttelte den Kopf und schnaubte. „Hat er eine Hakennase oder abstehende Ohren?"

Luise kicherte. „Nein. Er ist recht ansehnlich. Ich würde

mich sehr geehrt fühlen, wenn er mich zur Frau erwählen würde."

„Liebst du ihn?"

Nun errötete Luise erneut. „Nein, ich kenne ihn kaum und Liebe ist etwas für Romantiker. Ich dagegen bin praktisch. Sieh mich an." Sie zeigte an sich herunter. Plötzlich sah sie traurig aus. Das Lächeln verschwand aus ihrem blassen Gesicht. „Ich bin nicht hübsch. Nicht so wie du, Eugenia. Im Sommer sind so viele Punkte auf meinem Gesicht wie Streusel auf dem Kuchen meiner Tante. Ich kann nicht auf einen stattlichen Herrn hoffen. Einen, der dir ein Himmelreich bieten kann. Ich werde hart arbeiten müssen, um Haus und Hof zu erhalten. Vielleicht kann ich mir eine Magd leisten, mehr nicht." Sie seufzte zwischen ihren Worten. „Daher bin ich froh, wenn überhaupt ein Mann sich meiner annimmt. Ich bin für Onkel und Tante eine Belastung, wenn sie mich nicht verheiraten können."

Eugenia erkannte den Kummer in den Augen ihrer Freundin. Sie nahm rasch Luises Hände und drückte sie tröstend. „Du machst dich schlecht, das hast du nicht nötig. Du bist hübsch, Luise. Deine Augen strahlen wie der Sommerhimmel. Deine Punkte zeigen sich in solch bescheidener Vielzahl, dass ich sie eher liebenswert als störend nenne. Du bist eine herzensgute Person." Eugenia lächelte ihr ermutigend zu. „Jeder Mann könnte sich glücklich schätzen, deine Gunst zu gewinnen."

In ihren Augen glänzte es verdächtig, als Luise den Kopf hob. „So etwas Schönes hat noch niemand zu mir gesagt. Ich danke dir, Eugenia. Du bist gar nicht so, wie Paula und Matthias sagen."

Eugenia versteifte sich. „So? Wie bin ich denn Matthias' Meinung nach?"

Luise kicherte wieder belustigt. Der trübsinnige Ausdruck war aus ihren Augen verschwunden. Während sie Eugenia eine Antwort schuldig blieb, spazierten sie durch eine enge Gasse von Holzhausen.

Die beiden erreichten die Schule. Eugenia winkte Luise ein letztes Mal zu, stieg auf ihre Stute und ritt an der Posthalterei vorbei. Es war ein angenehmer Tag gewesen, den sie mit Luise verbracht hatte. Das erste Mal hatte Luise ihr Herz ausgeschüttet. Sie war eine zurückhaltende Person, umso mehr schätzte Eugenia dieses heutige Gespräch. Hinter Luises Fassade moralischer Auffassung verbarg sich ein Mädchen, das die gleichen Sorgen und Ängste in sich trug wie sie selbst.

An der breiten Hofeinfahrt blieb sie stehen. Da entdeckte sie einen Mann, der von seinem Pferd stieg und seine Kleidung ausklopfte. Ein Bursche eilte herbei, um sich seinem Reittier anzunehmen. Der Mann sagte etwas zu ihm und der Knecht rief nach dem Schmied, der aus seinem Haus trat. Dieser sollte anscheinend nach einem Huf des Tieres sehen. Der Mann schien zufrieden und wollte zur Gaststube gehen. Man sah ihm den Ritt kaum an. Sein Anzug wirkte zwar staubig, aber elegant genug, um ihn als wohlhabenden Bürgerlichen auszuzeichnen.

Plötzlich erkannte Eugenia den Reisenden und ging lachend auf ihn zu. „Das ist aber eine Überraschung, Sebastian", rief sie freudig.

Sein eben noch verkniffenes Gesicht verwandelte sich in eine fröhliche Miene. „Ja, sieh an, Eugenia. Welche Überraschung, dich hier zu treffen."

Sie blieb ungeniert vor dem langjährigen Freund der Familie stehen. Sebastian nahm ihre Hände, drückte sie innig und schien verblüfft, als erinnerte er sich daran, wo sie hier waren. Fast scheinheilig fragte er: „Was tust du in diesem Dorf? Bist du auch auf der Durchreise?"

Ihr Blick trübte sich. „Ich lebe hier seit einiger Zeit."

Sebastian lachte übertrieben erstaunt auf. „In dieser Abgeschiedenheit?"

„Mutters Gesundheit wegen."

In seinem Gesicht zuckte es. „Ah, verstehe. Geht es deiner Mutter gut?"

„Sie wirkt jeden Tag erholter. Aber reden wir lieber von dir, Sebastian. Was machst du in Holzhausen?“

„Ich bin auf dem Weg nach Limburg. Aber lass dich ansehen, meine Liebe. Du siehst entzückend aus.“ Er trat einen Schritt zurück, ohne sie loszulassen, und begutachtete sie. „Das Landleben scheint dir gutzutun. Dein Vater hat richtig gewählt, als er hierhergezogen ist.“

Eugenia entzog sich seinen Händen und wurde zurückhaltender. Sie wusste, die Auseinandersetzung zwischen ihrem Vater und dessen Freund hatte Unmut hinterlassen. Sollte sie ihm böse sein? Aber sie hatte nichts mit dem Streit zu tun und musste ihm demnach nicht grollen.

In Sebastians Augen blitzte es auf. „Dir fehlen die gesellschaftlichen Verpflichtungen, vermutete er. „Die Tanzabende, die Bälle und die langen Abendessen bei euch zu Hause mit uns alten Herren …“

Eugenias aufkommende Sehnsucht verblasste im Angesicht seiner Neckerei. Er kannte sie einfach zu gut. Seine Worte ließen sie auflachen. „Ach, du bist nicht alt.“

„Das ist wahr, aber sieh nur, meine Haare werden langsam grau.“ Sebastian neigte den Kopf und zeigte auf sein Haupt. Tatsächlich mischten sich einige weiße Strähnen zwischen seine braunen Haare.

„Das zeigt Weisheit, nicht Alter“, schmeichelte Eugenia witzelnd.

Ein tiefes Lachen ertönte. „Wenn du das mit diesem Lächeln sagst, meine Liebe, glaube ich dir sogar. Komm, gehen wir hinein. Du musst mir von deinem neuen Leben erzählen.“

Eugenia folgte Sebastian in die Gaststube, die leer war. Frau Wilhelmine Minor trat ein.

„Guten Tag, Fräulein Eugenia.“ Sie grüßte den Reisenden mit herzlichen Worten und fragte nach seinem Wunsch. Sebastian bestellte Getränke und wartete, bis die Frau den Raum verlassen hatte, dann widmete er sich Eugenia. „Ich sehe es dir an, dass du mich fragen willst, warum ich mich mit deinem Vater überworfen habe.“

Eugenias Gesicht überzog sich mit einer tiefen Röte.

Sebastian lehnte sich mit den Armen auf den Tisch. Er holte tief Luft und schien über eine Antwort nachzudenken. „Wir stritten wegen einer Kleinigkeit. Ein dummer Fehler."

Frau Wilhelmine brachte die Getränke, plauderte mit Sebastian über das Wetter und zog sich wieder zurück. Er blickte versonnen auf das Glas, das vor ihm stand. Unauffällig warf er Eugenia einen Blick zu. „Selbst mit dir durfte ich nicht mehr reden." Um seine Lippen zog sich ein spöttischer Ausdruck. Er nahm das Glas und trank einen Schluck. Erst als er es nachdenklich zurückgestellt hatte, sprach er wieder: „Ich würde mich gern mit deinem Vater aussöhnen, nur weiß ich nicht wie. Er will meine Entschuldigung nicht anhören."

„Ich wünschte, ich könnte dir helfen." Tatsächlich dachte sie nach, wie sie ihren Vater und Sebastian zu einer Einigung führen könnte. Ein offenes Gespräch würde schwierig werden, dachte sie schwermütig. Sie fand es schade, dass ihr Vater Sebastian nicht verzeihen wollte, war sich sogar sicher, dass es sich um eine Lappalie handelte.

Sebastian wirkte ebenfalls bedrückt. Dieser Ausdruck hielt sich jedoch nicht lange. Die dunklen Schatten um seine Augen verschwanden wieder. Das Lächeln, das er nun Eugenia zuwarf, versprühte den Witz, den sie all die Zeit vermisst hatte. Sebastian beugte sich über den Tisch und flüsterte. „Sag ihm nicht, dass wir uns getroffen haben. Ich möchte nicht, dass er böse wird, weil du mit mir gesprochen hast."

„Ich verrate ihm nichts", flüsterte sie zurück.

Sebastian kniff zärtlich in ihre Wange, eine Geste, die ihr vertraut war. „Ich bin mir sicher, dass dein Vater bald ein Einsehen hat."

Nachdem sich Eugenia von Sebastian verabschiedet hatte, machte sie sich auf den Heimweg. Ihr Blick fiel auf das Haus. Der weiße Putz strahlte in der Sonne. Ein seltsam fremdes Gefühl überkam sie, als sie das Gebäude vor sich stehen sah. Es war ihr neues Zuhause und blieb doch ungeliebt. Eugenia stieg von ihrem Pferd ab und brachte es zum Stall. Unwillkürlich musste sie an Matthias denken. Sie hatte sich vorgenommen, freundlicher zu ihm zu sein. Als sie in den Stall trat, war er nicht mehr da. Sie sattelte ihr Pferd selbst ab und ging zum Haus. Da fiel ihr etwas ein. Ehe sie den Eingang des Hauses erreichte, blieb sie stehen. Sie zupfte mit den Fingern an ihren Haaren herum und beschmutzte ihr Kleid mit Dreckspritzern, erst dann betrat sie das Haus.

Ihre kleine Schwester kam ihr entgegengerannt. „Wie siehst du denn aus?" Das Mädchen wirbelte herum und flitzte zurück in die Küche. „Mama, die Eugenia ist ganz schmutzig!", petzte sie sofort.

Ein Lächeln umspielte ihre Lippen, als Eugenia der Schwester folgte.

„Meine Güte!", rief die Mutter entrüstet aus, als sie den Aufzug ihrer ältesten Tochter sah. „Was werden die Leute nur sagen? So läuft man nicht herum, selbst auf dem Lande nicht."

Eugenia entschuldigte sich hastig und beeilte sich, die Stufen hinaufzuspringen, um in ihr Zimmer zu flüchten.

„Eine Dame rennt nicht!", schalt die Stimme der Mutter im Hintergrund. „Zieh dich um und komm wieder herunter. Du hast heute noch nicht am Pianoforte gespielt."

Eugenia zog eilig das dreckige Kleid aus und holte ein neues. Als sie ihr Haar geordnet und sich hergerichtet hatte, ging sie hinunter. Sie entdeckte ihren Vater in der Wohnstube, allein. Er stand vor einem Gemälde, auf dem die ganze Familie abgebildet war, als die Kinder noch jünger waren. Das gleiche Bild hing in ihrem Haus in Wiesbaden. Anton Hentschel starrte wie gebannt darauf und hielt eine Pfeife in der Hand. Seine Miene drückte Nachdenklichkeit und Sorge aus. Beides konnte Eugenia nicht deuten. Sie hüstelte leise, um auf sich aufmerksam zu machen. Anton drehte sich zu ihr um. Bei ihrem Anblick lächelte er versonnen.

„Ich hoffe, dein Ausflug war schön." Der Ausdruck von Gram verschwand aus seinen Augen.

„Luise erweist sich als recht angenehm. Wir verstehen uns gut. Sie und August haben gesagt, sie wollen mir eine Römerburg zeigen“, berichtete Eugenia begeistert.

„Ein sehr altes Bauwerk. Ich hörte davon. Es wird dir gefallen.“

„Ich möchte nachlesen, welcher römische Kaiser an der Macht war, als dieses Kastell erbaut wurde. Sie haben doch Bücher über die Römer, Papa. Darf ich mir welche borgen?“

Doktor Hentschel zog an seiner Pfeife und süßlicher Qualm verbreitete sich. „Sage es nicht deiner Mutter, dass du wieder an meiner Sammlung warst. Sie sieht es nicht gern, wenn du zu viel in Büchern liest.“ Er warf ihr ein verschwörerisches Lächeln zu, das Eugenia erwiderte.

„Ich verrate nichts, Papa.“ Da fiel ihr etwas anderes ein. „Ich habe gesehen, dass die Verbände von Matthias Hollmann gewechselt werden müssen.“

Er warf ihr ein gütiges Lächeln zu. „Du bist sehr aufmerksam, Eugenia.“

„Er ist übrigens ein sehr unerzogener Mensch. Hast du keinen anderen, der sich um unsere Pferde kümmern kann?“ Sie hatte es gar nicht hinzufügen wollen, doch nun war es heraus.

Anton Hentschel musterte seine Tochter. „Benimmt er sich dir gegenüber nicht gebührlich?“

Eugenia dachte kurz nach und musste zugeben, dass er zwar frech, aber manierlich war. „Doch, das tut er.“

„Nun, dann sehe ich keinen Grund, warum ich einen fleißigen Burschen entlassen soll, nur weil dir seine derbe Art nicht gefällt. Soll ich mit ihm reden?“

Eugenia schüttelte den Kopf und strich über ihren Rock. „Nein, Papa, das ist nicht nötig. Wenn Sie mir erlauben, werde ich die Verbände erneuern, sobald Matthias morgen hier ist.“

Der Doktor drückte die Pfeife aus, legte sie auf einen kleinen Tisch in der Nähe des Sofas und ging an seiner Tochter vorbei. „Ich vermute, Matthias Hollmann wird nicht sonderlich auf seine Verletzung achten. Er muss, wie sein

Vater, jeden Tag hart arbeiten. Ich lege dir frische Verbände auf meinen Arbeitstisch."

Sie war glücklich über seine Billigung. „Ich danke Ihnen, Papa. Ich will es auch ordentlich machen."

Anton Hentschel lachte vergnügt. „Wenn ich eines weiß, meine liebe Tochter, dann das."

Während ihr Vater die Wohnstube verließ, setzte sie sich artig an das Instrument. Sie spielte einige Lieder und begann schließlich zu singen. Als ihre Mutter hereinkam und sich auf das Sofa niederließ, krächzte Eugenia einige Male.

„Kind, was ist mit deiner Stimme?", fragte Charlotte Hentschel besorgt. „Soll Vater nach dir sehen? Fühlst du dich nicht wohl?"

Eugenia brach das Spiel ab und hustete. „Vielleicht sind's die Pollen."

Charlotte Hentschel schaute auf. „‚Sind's'? Du redest ja schon wie die Dörfler. Es heißt ‚sind es'!"

„Natürlich Mutter, verzeihen Sie meinen Fehler." Eugenia hüstelte wieder, dann spielte sie artig weiter, um ihre Mutter zu besänftigen. Während ihre schmalen Finger über die Tasten wanderten, zuckte es um ihre Lippen. So unartig zu sein machte Spaß. Sogleich überfiel sie schlechtes Gewissen wegen ihres Ungehorsams.

Der nächste Tag war sonnig und warm. Eugenia schlenderte über den Hof und hielt ein Buch in der Hand, das sie heimlich an einem Platz in der Nähe des Stalles gelesen hatte. Auch wenn die Mutter die Leseleidenschaft ihrer Tochter nicht gern sah, fand Eugenia ab und zu Gelegenheit, sich davonzustehlen. Dort, im kleinen Garten, gab es einen abgeschiedenen Platz, an dem die Mutter sie nicht entdecken konnte: einen Apfelbaum, an dessen Stamm Eugenia gelehnt und in dem Buch gelesen hatte. Zurzeit sprangen die kleinen rosa Knospen auf. Der Duft der ersten Blüten lag in der Luft. Das Summen von Bienen wirkte tröstlich. Eugenia liebte es, dort zu sitzen und die friedliche Stimmung zu genießen.

Nun war es Zeit, ins Haus zurückzukehren. Das Abendessen würde bald aufgetragen werden. Eugenia vernahm hinter sich ein Geräusch. Sie drehte sich hastig um und legte eine Hand auf ihre Brust, in der ihr Herz hämmerte. „Hast du mich erschreckt."

Matthias trug einfache Arbeitskleidung. Die dunkelblaue Hose war ausgewaschen, das Leinenhemd nicht minder abgetragen, jedoch sauber, mit einem flachen Kragen. Darüber trug Matthias eine einfache dunkelblaue Joppe. Zerzauste Strähnen fielen in seine Stirn, als er seinen Kopf neigte. „Ich arbeite hier! Sie erinnern sich?"

Da war wieder dieser abweisende Zug um seinen Mund. Eugenia erinnerte sich daran, was Luise über ihn gesagt hatte. Sie musterte den jungen Mann. Sah so jemand aus, der verlegen war?

„Sie haben wieder heimlich gelesen?" Matthias zeigte auf das Buch in ihrer Hand. Es klang nicht ablehnend, sondern neugierig.

Sie versteckte es sogleich hinter ihrem Rücken. Beobachtete er sie? „Das geht dich nichts an."

„Natürlich nicht. Hab nur noch kein Mädel getroffen, das so viel liest wie Sie." Er fuhr sich mit einer Hand über seinen Nacken und lächelte befangen.

„Ich kenne durchaus viele Frauen, die belesen sind", erwiderte sie hochmütig und würde nicht zugeben, dass sie tatsächlich niemanden kannte. Selbst ihre Freundin Dorothea blätterte nur gelegentlich in Modezeitschriften. Einen Roman hatte Eugenia in ihren Händen noch nie gesehen. Dorothea fand Lesen überflüssig wie die meisten weiblichen Personen in ihrer Umgebung.

„Wozu lesen Sie so was?", wollte Matthias wissen.

„Dadurch erfahre ich etwas über das Schicksal anderer Menschen!" Ihr Blick fiel auf die schmutzigen Verbände an seinen Händen. Sie erinnerte sich, dass ihr Vater gestern die neuen Verbände bereitgelegt hatte. Sie zeigte darauf. „Soll ich sie dir neu verbinden?"

Matthias wirkte erstaunt über ihren gönnerhaften Vorschlag. „Das ist nicht nötig. Ihr Mitleid ist an mir verschwendet." Er wollte sich fortdrehen, doch sie hielt ihn mit ihren nächsten Worten davon zurück.

„Du machst es einem nicht leicht, freundlich zu sein, Matthias Hollmann. Ich habe kein Mitleid mit dir, sondern ich zeige Anteilnahme. Das ist ein Unterschied."

Ihr kam es vor, als müsste er sich überwinden nachzugeben. Er sprach seine Worte nur widerwillig aus. „Der Vinzent hat auch gesagt, dass meine Hände abfaulen könnten. Ich dachte, Sie wollten mich damit aufziehen."

Eugenia straffte ihre Schultern. „Ich bin die Tochter eines Arztes. Mit so etwas ziehe ich niemanden auf!"

Matthias schien zu zögern. „Ich brauche meine Hände zum Arbeiten. Wenn ich sie verliere …"

„So weit müssen wir es nicht kommen lassen", entgegnete sie freundlich, da sie die Sorge in seinen Augen erkannte. „Zieh deine Jacke aus, dann kann ich die alten Verbände besser abwickeln."

Er tat, was sie verlangte. Als er die Joppe zur Seite legte, fiel ein zerknülltes Blatt aus der Tasche. Es kullerte vor Eugenias Füße. Sie hob es auf, ehe Matthias es tun konnte. Neugierig faltete sie das Blatt auseinander.

„Lesen Sie über die politischen Ereignisse?", hörte sie seine vorsichtige Frage.

Das Blatt in ihren Händen war ein politischer Aufruf. Sie durfte darüber nicht sprechen, und schon gar nicht mit diesem Burschen. Politik war Männersache. „Gelegentlich."

„Also wissen Sie, was dort draußen in der Welt vor sich geht?", wollte er wissen.

Sie erkannte seine Wissbegier. In seinen Augen blitzte es. Sie kamen ihr so blau vor, so dunkel und durchdringend, dass sie dachte, in die Tiefen eines wolkenlosen Sommerhimmels zu blicken. „Ich weiß, dass es Bürger gibt, die Forderungen an ihre Regierungen stellen. Allerdings verstehe ich nicht, wozu das gut sein soll."

„Die Abgaben sind hoch, viele Menschen hungern. Haben Sie darüber nichts gelesen?"

Politische Ereignisse oder Kritik an Regierungen standen selten in der Zeitung. Das war verboten. Der Unmut der Bauern war dennoch bekannt. Hier im Herzogtum wie auch in den umliegenden Regionen wuchs die Unzufriedenheit.

„Ist das wirklich so schlimm? Ich dachte, die Leute übertreiben damit", sagte Eugenia.

„Das Volk verlangt seine Freiheit. Die Armut breitet sich aus. Die Menschen wollen, dass sich etwas verändert", klärte Matthias sie auf.

„Wer sagt, dass die Freiheit mehr Essen beschert?" Während sie fragte, musste sie an die Worte ihres Bruders denken. Er hatte davon gesprochen, dass ein Volk frei sein sollte in seinem Denken, Glauben und in seinem Handeln. Dann erst würde es auch Wohlstand und Zufriedenheit geben.

Seine Stimme klang verdrießlich, als Matthias sagte: „Niemand sagt das, aber darum geht es nicht. So, wie es jetzt ist, kann es nicht bleiben."

„Den Franzosen hat die Revolution nur mehr Elend beschert. Es gab Krieg", erinnerte Eugenia ihn.

„Ich weiß nicht, was die Franzosen gemacht haben, aber ich bin davon überzeugt, dass wir keinen Krieg führen müssen, um unsere Freiheit zu erlangen", sprach er leidenschaftlich.

„Ziemlich aufrührerische Worte, Matthias Hollmann. Ich wäre an deiner Stelle vorsichtiger, wem du so etwas erzählst!"

Matthias machte nicht den Eindruck, als hätte er Angst, es der Falschen gesagt zu haben. Es schien, als wollte er noch mehr äußern, er tat es aber nicht, da ihm die richtigen Worte fehlten.

Sie glättete sorgfältig das Papier. Während sie die Zeilen überflog, wies sie darauf hin: „Das Drucken politischer Blätter ist verboten, ganz zu schweigen davon, sie zu lesen."

Matthias zeigte auf das Flugblatt. Fast beschämt fragte er. „Würden Sie es mir trotzdem vorlesen?"

Sie war überrascht. „Deine Hände sind verbunden, nicht deine Augen.“ Sie reichte ihm das Blatt und wollte zum Haus gehen, um die frischen Verbände aus dem Zimmer ihres Vaters zu holen.

„Sind Sie sich zu fein, um mir einen Gefallen zu tun?“, hörte sie seine Stimme hinter sich.

Er ist dreist und unverschämt, dachte Eugenia ärgerlich, erwiderte nichts und holte die Verbände aus dem Haus. Als sie zurückkehrte, stand Matthias an der gleichen Stelle, noch immer das Flugblatt in einer Hand.

Sie fühlte sich genötigt, auf seine letzte Frage zu antworten: „Ich bin mir nicht zu fein, dir diesen Gefallen zu tun, aber warum sollte ich es tun?“

Er druckste erst herum. „Weil ich nicht besonders gut lesen kann.“

Eugenia bemerkte, dass ihm dieses Geständnis unangenehm war. Plötzlich war ihr Wunsch, ihm mehr Respekt beizubringen, verblasst. Es tat ihr sogar leid, ihn herablassend behandelt zu haben. Vielleicht hatte Luise recht. Matthias war verlegen. Eugenia räusperte sich und begann laut zu lesen. „Das ist aber schon älter“, bemerkte sie, als sie den Text zu Ende gelesen hatte.

„Ich weiß, ich trag es auch schon 'ne Weile mit mir rum. Ich hab auf jemanden gewartet wie Sie, Fräulein Eugenia“, sagte Matthias beherzt. Sein Gesicht wirkte kurz darauf wieder verschlossen, so als hätte er bereut, seine Gedanken auszusprechen.

Sie erwiderte nichts. Das Gespräch mit diesem, wie hatte sie ihn genannt, Flegel, hatte ihr durchaus gefallen. Er mochte nicht lesen können, doch seine Neugier war bemerkenswert. Sie war überrascht, dass sich ein Bursche wie er mit politischen Problemen auseinandersetzte. Ohne es zu wollen, war sie beeindruckt.

Kurz bevor sie ihr Elternhaus erreichte, begann es zu regnen. Eugenia verharrte für einen Augenblick direkt vor dem schützenden Vordach. Der Regen prasselte auf sie nieder.

Sie hob den Kopf, schloss die Augen und spürte die sanften Tropfen auf ihrem Gesicht. Bevor sie in das Haus trat, fiel ihr Blick auf die Gestalt, die noch immer an der Tür des Stalles verharrte und sie beobachtete. Matthias schien sich offenkundig zu fragen, was sie da machte und warum sie nicht in den Schutz des Hauses ging. Die Regentropfen prasselten auf ihren Kopf, rannen über ihr Gesicht und glätteten die Schläfenlocken. Ein Lächeln umspielte Eugenias Lippen, als sie geräuschvoll die Tür öffnete und in das Elternhaus trat.

Diese Art von Auffälligkeiten wiederholte Eugenia in den nächsten Tagen und Wochen. Hier mal ein Sprachfehler, da mal ein unordentliches Äußeres. Die Mutter hatte jeden Tag etwas zu beanstanden und es machte Eugenia Spaß, sich neue Auffälligkeiten auszudenken.

An einem Tag schniefte sie herum, an einem anderen Tag hatte sie Flecken auf dem Kleid. Ab und zu verschluckte sie Buchstaben, während sie sprach, oder aß gierig am Tisch. Jedes Mal fing sie den tadelnden Blick ihrer Mutter ein.

An einem Mittag saß Eugenia da und begann zu schniefen. Ehe die Mutter darauf hinweisen konnte, dass sie sich ein Tuch holen sollte, wischte Eugenia mit einem Arm über ihre Nase.

Charlotte Hentschel ließ die Handarbeit sinken und starrte ihre Tochter entgeistert an. „Das habe ich nicht gesehen, was du da eben getan hast!"

Eugenia hielt inne, strich hastig mit einer Hand über ihren Arm und holte sich ein Tuch, in das sie schnäuzte. „Verzeihen Sie, Mam, ich habe nicht überlegt."

„Das tust du in letzter Zeit wenig", schalt die Mutter mit einem brüskierten Unterton und strickte energischer als vorher. „Du verlierst deinen Anstand, Kind."

Eugenia hob zufrieden ihre Handarbeit.

Eugenia nahm mit ihrer Familie an diesem Sonntag in ihrem Kirchstuhl Platz. Sie hatten einen festen Platz in der Kirche erhalten, neben Frau Hardt und ihrer Nichte Luise, während der Onkel die Orgel spielte. Eugenia beobachtete, wie sich die Bänke füllten. Sie entdeckte August mit seiner Mutter und der Familie Minor und grüßte ihn mit einem Wink. Da erkannte sie Matthias im Hintergrund und nickte ihm höflich zu, ohne ihm mehr Aufmerksamkeit zu schenken als nötig.

Pfarrer Brachel trat vor den Altar. Während der Geistliche die Gemeinde begrüßte und mit dem Gottesdienst begann, vertiefte sich Eugenia in ihre Gedanken. Welche Maßnahmen musste sie noch ergreifen, um an ihr Ziel zu gelangen? Die bisherigen Versuche waren gescheitert. Weder ihre Mutter noch ihr Vater sprachen in ihrer Gegenwart über die Möglichkeit, nach Wiesbaden zurückzukehren. Was konnte Eugenia noch tun, um das Missfallen ihrer Eltern zu erregen? Sie faltete innig die Hände, neigte den Kopf zum Gebet und bat Gott um Verzeihung für ihren Egoismus, aber er müsse ihr beistehen, denn sie wolle unbedingt in die Stadt zurück. Bisher hatte er ihr Ansinnen nicht erhört, denn es war nicht das erste Mal, dass sie in dieser Kirche saß und ihr Bittgesuch Richtung Himmel schickte.

Die Predigt endete und die Gläubiger versammelten sich zum geselligen Plausch vor der Kirche. Als Eugenia bei ihrer Mutter stehen blieb, fiel ihr auf, wie Schultheiß Gerlach von einigen Männern umringt wurde. Jeder redete auf ihn ein; der eine erregt, der andere eindringlich. Sie wurde aufmerksamer, je aufgebrachter die Stimmen klangen. Unauffällig trat sie näher, um zu hören, was die Männer dem Schultheiß zu sagen hatten.

„Wenn man bedenkt, dass ein Malter Roggen früher fünf Gulden gekostet hat und jetzt kostet er achtzehn Gulden, wer soll das denn bezahlen?“, sagte Bauer Laux.

„Ich kann nachfragen, ob an die Gemeinde Vorrat zu normalen Preisen verteilt wird“, schlug Ernst Gerlach vor.

„Wir verhungern, wenn nichts getan wird“, erwiderte ein anderer Einwohner.

Eugenia wandte sich zu ihrem Vater. War die Armut wirklich so groß?

„Kannst du nichts tun?", bat Eugenia leise. „Steht es so schlimm um die Leute?" Im Hintergrund wurde weiter auf den Schultheiß eingeredet.

„Ich kann die Armut im Land nicht aufhalten", entgegnete Anton Hentschel zu seiner Tochter gebeugt. „Du solltest dir deswegen keine Sorgen machen."

„Aber wir können uns alles leisten. Wir haben stets Essen auf dem Tisch stehen. Wie kann es uns schmecken, wenn wir wissen, dass Menschen in diesem Dorf nichts mehr auf ihrem Teller haben?"

„Es hat dich bisher nicht bekümmert und das sollte es auch weiterhin nicht. Wir können beten und hoffen, dass es besser wird. Der Herzog wird etwas tun, er lässt sein Volk nicht verhungern. Gräme dich nicht, Eugenia."

Die väterlichen Worte beruhigten Eugenia nur wenig.

Einer der Männer regte sich weiter auf. „Seitdem sie eine Fabrik unten am Main erbaut haben und Maschinen für sich arbeiten lassen, können wir noch nicht einmal mehr unser Leinen gut verkaufen. Das war immer eine Einnahmequelle, wenn die Ernte schlecht ausfiel, aber selbst das haben wir nicht mehr. Sogar der Guntrum in Nastätten holt sich von der Fabrik am Main den Stoff. Der Fortschritt wird unser Untergang sein, aber es hört ja niemand auf mich."

„Höllenmaschinen", brummte Vinzent, der bei den Männern stand. „Sind von Menschen erfunden, die nur ihren dicken Geldbeutel im Sinn haben."

Eugenia drehte sich nachdenklich um, während die Männer darüber sprachen, welchen Sinn die Fabriken und ihre Maschinen hatten, wenn die Menschen deswegen ihre Arbeit verloren.

„Was schaust du so traurig?" August blieb bei ihr stehen. Er trug seinen besten Anzug zum Kirchgang. Selbst sein dunkles Haar war ordentlich gekämmt.

„Menschen müssen hungern, weil Maschinen ihre Arbeit tun? Das ist nicht gerecht", überlegte Eugenia laut.

August berichtete ihr von der beachtlichen Leistung der

Dampfmaschinen und dass solche Geräte Aufgaben erledigen konnten, die bisher von Menschen verrichtet worden waren. Sie fand seinen Bericht faszinierend und erschreckend zugleich. August sprach mit großer Begeisterung, während Eugenia ihm aufmerksam zuhörte. Sie erkannte die Veränderung, die beim Erzählen in August vorging, wie seine Augen zu leuchten begannen. Er schien genau zu wissen, von was er sprach. Seine Begeisterung konnte sie nicht teilen.

„Das klingt spannend, aber ich finde es entsetzlich, dass den Menschen die Arbeit weggenommen wird."

August schien verwirrt. „Diese Maschinen erleichtern die Arbeit."

„Mir kommt es vor, als würden die Menschen ersetzt werden. Und ich erinnere dich daran, dass vor drei Jahren in Schlesien ein furchtbarer Aufstand der Weber stattfand. Keiner dieser Menschen freute sich über die Tatsache, dass eine Maschine an ihre Stelle trat."

August blieb unbeeindruckt. „Unsere Welt verändert sich, Eugenia. Sie ist bereit für Neues. Die Maschinen gehören dazu. Sie sollen die Menschen nicht ersetzen, sondern sie unterstützen, nur deshalb werden sie entwickelt. Die Eisenbahn zum Beispiel. Niemand hat vor einigen Jahren gedacht, dass die Menschen mit der Kraft des Dampfes von der Stelle kämen. Jetzt fahren sie mit der Eisenbahn von Ort zu Ort."

„Lass uns über etwas anderes sprechen", bat Eugenia und winkte Luise zu, die sich ihnen anschloss.

Die Frühlingsluft war warm. Die Sonne sandte ihre angenehmen Strahlen von einem wolkenlosen Himmel. Sie ließen die letzten Häuser des Dorfes hinter sich und liefen über eine halbhohe Wiese, die voller Blumen stand. Der Wind wehte sacht über die Gräser, hinüber zu einer Anhöhe, auf der dunkle Tannen zwischen den hellgrünen Bäumen aufragten. Vögel erhoben sich zwitschernd aus den Wipfeln und flatterten durch die Luft.

„Der Weg durch den Wald ist sehr schön. Wir zeigen dir

die kleine Burg, die einst die Römer bewohnten", schlug August vor. „Lasst uns zur Hessenstraße hochgehen."

Plötzlich schwirrten kleine Insekten um ihren Kopf. Eugenia wedelte mit der Hand hin und her, um die kleinen Biester zu verscheuchen.

„Wir sind am Mückenhügel. Jetzt weißt du, warum er so heißt", lachte Luise vergnügt.

Eugenia lief etwas schneller, um von dem Ort fortzukommen. Nach einer Weile ließ die Belästigung durch die Mücken nach. „Sieht man noch viel von dieser Burg?", wollte sie wissen.

„Man sagt, als Napoleon die Kemeler Straße ausbauen ließ, hat er Steine von dieser Burg geholt, sodass die Mauern nicht mehr so hoch stehen wie einst."

Von Weitem war eine Herde Schafe zu sehen, die ein Mann aus dem Dorf Richtung Wald trieb. Eugenia erreichte mit ihren Begleitern die Straße.

„Warum nennt ihr sie die Hessenstraße?", wollte Eugenia wissen.

„Weil der Landgraf von Hessen damals, als Amerika um seine Unabhängigkeit kämpfte, Soldaten zum englischen König schickte. Auf diesem Weg sind diejenigen, die sich verpflichtet haben, von St. Goarshausen nach Kassel gegangen, wo sich das hessische Soldatenlager befand. Seitdem heißt sie die Hessenstraße."

„Das muss ein schreckliches Schicksal gewesen sein. Die armen Soldaten schritten durch ihre Heimat, wohl wissend, sie möglicherweise niemals wiederzusehen", murmelte Eugenia theatralisch.

August drehte sich zu ihr um. „Das klingt schaurig."

Sie gingen über den schlammigen Weg. Die Hessenstraße war nicht mehr als ein befestigter breiter Feldweg, der an manchen Stellen sogar geschottert war. Die letzten Regentage hatten den Boden aufgeweicht. Nach einer Weile hatte sich der Saum ihres Kleides vollgesaugt. Ihre Schuhe waren voller Lehm. Die Sonnenstrahlen blitzten zwischen grünenden Ästen hindurch. Eugenia blinzelte in die Sonne und genoss die Wärme, die ihr Gesicht traf.

Plötzlich spürte sie so deutlich den Wind auf ihrer Haut, die Klänge des Waldes, das Zwitschern der Vögel. Nie war es ihr so bewusst geworden, wie nah sie der Natur sein konnte. Und das erste Mal empfand Eugenia einen Freiheitsgedanken, der sie nicht mehr losließ. Diese Ausflüge erschienen ihr wie eine Flucht vor den Erwartungen ihrer Eltern. In der Stadt war es ihr niemals möglich gewesen, diese Augenblicke für sich zu genießen.

Es dauerte nicht lange, da hob August einen Arm. „Da vorne ist sie, die Alteburg."

Sie erreichten einen Platz, an dem Mauerreste zu sehen waren. Sie bildeten ein Quadrat, die einstigen Türme waren noch zu erkennen und die breiten Tore. Sträucher waren zwischen den Ruinen gewachsen. Gräser und Efeu bedeckten die Mauerreste. „Es ist kaum zu glauben, dass hier einst die Römer gelebt haben, inmitten des Feindeslandes. So alt sind diese Gemäuer", meinte Eugenia staunend. „Ist das nicht faszinierend?"

„Es sind nur Mauern", entgegnete Luise leidenschaftslos.

„Erinnerungen an vergangene Zeiten, in denen Menschen völlig anders gelebt haben als wir heute. Nicht so fortschrittlich und aufgeschlossen", widersprach August mit kindlicher Faszination.

„Was gibt es über diese kleine Festung zu berichten?", wollte Eugenia wissen. „Wie viele Römer mochten hier gelebt haben? Warum ist sie verlassen worden? Wurde sie angegriffen?"

„Niemand kommt hierher und erforscht diese Burg. Diese Gegend ist verflucht. Die Leute erzählen, hier liege ein König der Heiden begraben. Wenn es dunkel wird, treibt er sein Unwesen. Es heißt, eine Schees fliege durch die Luft, und wer es wagt, des Nachts hier vorbeizukommen, der würde nie wieder den Wald lebend verlassen." Luise schüttelte sich fröstelnd, als fürchtete sie sich davor, dem Heidenkönig zu begegnen.

„Was ist eine Schees?“, fragte Eugenia.

„Eine Kutsche, eine Chaise. Die Seelen der Menschen, die der Heidenkönig fängt, sollen auf ewig verloren sein“, klärte August die junge Frau auf.

„Ihr glaubt daran?“ Eugenia blickte ehrfürchtig um sich.

„Die Leute erzählen es und darin liegt oft etwas Wahrheit“, vermutete Luise. „Es heißt, wenn man nicht aufpasst, dann kommt der Heidenkönig und bringt einen zu den heidnischen Göttern. Bevor er starb, soll er alle Christen verflucht haben. Also halte dich lieber fern von der Alteburg, besonders in der Nacht.“

Eugenia lachte. „Warum sollte ich des Nachts hierherkommen wollen?“

Die drei erreichten einen Platz, den August seinen Lieblingssitz nannte. Von hier hatten sie einen wunderbaren Blick in die Ferne, besonders auf den grauen Kopf. Der Taunus umschloss sie mit seinen endlos scheinenden Wäldern, die die Hügel bedeckten und Täler füllten. Schweigsam genossen Eugenia, August und Luise für einen Augenblick die Aussicht, dann hockten sie sich ins halbhohe Gras und August begann von seinem Unterricht zu erzählen. Eugenia hörte aufmerksam zu. Sie fand es interessant, was er zu berichten hatte. Sie wünschte sich, ebenfalls auf eine weitere Schule zu gehen. Ihr Vater war jedoch darauf bedacht, dass sie eine gute Ehefrau wurde. Ihr innigster Wunsch, Medizin zu studieren, würde ihn völlig bestürzen. Sie seufzte, während sie Augusts Stimme lauschte. Männer hatten es viel einfacher, dachte sie schwermütig.

Luise erhob sich von dem Platz und begann Blumen zu pflücken.

„Du hast es gut, August. Dir steht die Welt offen. Du kannst tun, was du möchtest.“ Eugenia hockte auf dem feuchten Gras und beobachtete Luise, wie sie nach den schönsten Blumen Ausschau hielt.

„Beneide mich nicht“, erwiderte er. „Auch ich stoße auf Grenzen. Ich weiß nicht, ob ich studieren werde. Das wäre zu einfach, wenn ich meinen Abschluss in Langenschwalbach mache und ein Studium beginne."

„Wie kommst du darauf?"

„Wer weiß, wann bei uns Unruhen ausbrechen. Überall erhebt sich das Volk, bald auch in unserem Herzogtum. Alle Welt redet von einem Wandel. Er wird bei uns nicht haltmachen."

„Was die Menschen fordern, klingt gut. Gleichberechtigung, Einigung aller Kleinstaaten, Freiheit. Stell dir vor, Frauen dürften studieren. Ich würde Medizin wählen wie mein Vater. Anderen Menschen helfen, das würde mir gefallen."

Luise, die in ihrer Nähe war, blickte sie irritiert an. „Du machst dir zu viele Gedanken über etwas, was nicht eintrifft."

„Mein Bruder hat mich einmal gefragt, ob es mich nicht stört, dass meine Meinung nie zählen wird", erinnerte sich Eugenia. Sie begriff erst jetzt, dass diese Worte sie seitdem nicht mehr losgelassen hatten. „Und ich muss ehrlich sagen, es stört mich."

„Sei froh, dass du dir um deine Zukunft und um dein Leben nie Sorgen machen musst", entgegnete Luise. „Dein Vater nimmt dir diese schwierige Verantwortung ab. Wir können das selbst nicht."

„Wer sagt das?", wollte Eugenia störrisch wissen und wunderte sich über ihr eigenes Aufbegehren. „Wer sagt, dass wir keine eigene Meinung haben dürfen?"

Luise strich sich den Rock glatt und wirkte trotz Eugenias aufsässiger Frage gefasst. „Du bist undankbar, wenn du denkst, es müsste sich etwas ändern. Ich will nämlich nicht, dass ich mich um mein Leben selbst kümmern muss. Wie schrecklich, dieser Gedanke."

„Eigene Entscheidungen zu treffen, was soll daran schrecklich sein?", gab Eugenia zurück.

„Mein Onkel weiß sehr wohl, was für mich gut ist. Ich darf das nicht in Frage stellen und du solltest das auch nicht. Du bist eine Träumerin."

Eugenia richtete sich auf. Während sie sprach, drehte sie sich langsam zu dem Burschen: „Meine Träume will ich nicht verlieren, so wie du deine nicht verlieren darfst, August. Und ich bete und hoffe, dass unser Land von diesen neuen Ideen erreicht wird." Eugenia dachte daran, wie ihr Bruder am Tisch gesessen hatte, damals, als der Pfarrer und Lehrer Hardt zu Gast gewesen waren. Es waren seine aufrührerischen Worte, die sie nicht vergessen konnte, ebenso wenig das folgende Gespräch. Ihr Bruder war schuld, dass sie immer wieder ins Grübeln kam und über ihr eigenes Schicksal nachdachte. Sie hatte in diesem Gespräch bezweifelt, dass die Rufe nach Veränderungen etwas bewirken würden. Vielleicht irrte sie sich aber. Vielleicht würde sich eines Tages in den Köpfen der Menschen etwas ändern. Aber es konnte auch sein, dass Luise recht hatte. Was kümmerte sie sich um Dinge, die sie nichts angingen? Ihr Vater regelte alles. Sie musste sich nicht sorgen. Es wurde alles getan, was für sie wichtig war.

Eugenia erhob sich und klopfte den Blütenstaub von ihrer Kleidung. Dann rannte sie über die blühende Wiese und drehte sich, während der Wind in ihren Locken spielte und ihr Kleid aufwallen ließ. „Vielleicht bin ich eine Träumerin, aber eines Tages wird alles anders sein", rief sie fröhlich über ihre Schulter zu August und Luise. „Eines Tages werden alle Menschen frei sein und lernen können, was sie wollen. Frauen dürfen das arbeiten, was Männer arbeiten. Jeder Mensch kann gehen, wohin er will, kann tun, was er will."

„Und eines Tages werden Kutschen ohne Pferde fahren", murmelte der Bursche und sprang auf die Beine, um Eugenia lachend zu folgen.

Eugenia ging weiterhin ihren kleinen Nachlässigkeiten nach, die ihr fast zur Gewohnheit geworden waren. Mehr denn je war sie überzeugt, dieses Landleben nicht verdient zu haben. Doch trotz ihrer Bemühungen kam sie nicht ans Ziel. Die Mutter trug ihre Missbilligung stillschweigend mit sich herum. Der Vater schien ihre Verlotterung nicht zu bemerken. Diese Tatsache ärgerte Eugenia maßlos. Niemand schien ihre dahinsiechende Erziehung aufhalten zu wollen. Damit war jetzt Schluss, entschied sie. Heute!

Eugenia schob den Stuhl zurück und setzte sich an ihren Platz am Abendtisch. Es gab eine besondere Überraschung. Moritz war am Nachmittag in Holzhausen angekommen. Ein freudiges Ereignis, das Eugenias Laune hob. Während sie an ihrem Glas nippte, lauschte sie dem Bericht ihres Bruders, der von Gießen und seinem Studium erzählte. Anton Hentschel hörte aufmerksam zu, warf hin und wieder eine Bemerkung ein, lachte über das umtriebige Leben der Studenten, nannte es „Hörner abstoßen" und lobte Moritz für sein fleißiges Verhalten auf der Universität. Er schien sehr stolz auf seinen Sohn zu sein.

Der Tisch war, wie jeden Tag, mit glänzenden Gläsern, weißem Geschirr und frischen Frühlingsblumen gedeckt worden. Doktor Hentschel hatte seinen Gehrock ausgezogen und nahm am Kopfende Platz. Erst dann setzten sich auch die anderen. Eugenia war so in ihre Gedanken versunken, dass ihr ein Messer herunterfiel. Sie erntete einen tadelnden Blick der Mutter.

„Lieber Moritz, warst du in letzter Zeit in Wiesbaden?", wollte Doktor Hentschel wissen.

Moritz erstarrte für einen Augenblick. „Nein, Vater, wie kommen Sie darauf?"

„Nun, ich wollte nur wissen, ob du in meiner Praxis warst oder etwas von Gerüchten und Vorgängen in der Stadt gehört hast."

Moritz lächelte nun entschuldigend. „Es tut mir leid, Vater, ich kann Ihnen leider nichts berichten. Interessiert Sie etwas Bestimmtes?"

„Nein ..."

„Hast du Sorgen, Anton?", wollte Charlotte wissen.

„Nichts, was dich bekümmern müsste, meine Liebe."

„Doch, da ist etwas", fiel Moritz ein. „Wussten Sie, dass

Sebastian Kreutzer wieder in Wiesbaden ist? Ich habe schon lange nichts mehr von ihm gehört."

Eugenia horchte auf. Sie hatte bisher niemandem davon erzählt, Sebastian in Holzhausen getroffen zu haben.

Anton Hentschel reagierte zurückhaltend über diese Nachricht. „Er ist schon eine Weile wieder in Wiesbaden."

„Davon hast du mir gar nichts erzählt, Anton", beschwerte sich Charlotte. „Ach, willst du dich nicht wieder mit ihm versöhnen?"

„Nein!" Doktor Hentschel nahm die Serviette vom Tisch und faltete sie auseinander. Er schien nicht mehr darüber reden zu wollen. So wurde das Thema Sebastian Kreutzer wieder begraben und mit ihm die Erinnerung an eine langjährige Freundschaft. Ihr Vater würde sich aufregen, wenn er erfuhr, dass sie sich mit Sebastian unterhalten hatte. Bevor sie nach Holzhausen gezogen waren, hatte er sich stets in ihrer Nähe aufgehalten und hatte sie mit Komplimenten überhäuft, die ihr sehr geschmeichelt hatten. Hier gab es übrigens niemanden, von dem sie die beliebten Höflichkeiten zu hören bekam. Eugenia lehnte sich zurück gegen den Stuhl und machte dies sehr auffällig.

Das Hausmädchen erschien mit einer dampfenden Terrine und verteilte die Suppe.

Charlotte warf ihrer Tochter plötzlich einen tadelnden Blick zu. „Sitz aufrecht, Eugenia!"

Moritz schielte unauffällig zu seiner Schwester. Verwirrung lag in seinem Gesichtsausdruck. Das Gespräch am Tisch verstummte. Ein Zucken umspielte Eugenias Lippen, als sie den Löffel in die Hand nahm. Sie schlürfte geräuschvoll die heiße Suppe und erntete einen bösen Blick der Mutter. Eugenia dämpfte die Essgeräusche, löffelte aber immer schneller.

Moritz schien wieder überrascht, versuchte sie mit einem Kopfschütteln davon abzuhalten, etwas Falsches zu tun, doch Eugenia beachtete ihn nicht. Auch wenn heute ihr Bruder anwesend war, so wollte sie ihren Plan fortführen.

Als der Hauptgang serviert wurde, schlang Eugenia das

Essen förmlich in sich hinein. Ihr schmerzte der Magen, so schnell aß sie, doch sie hatte sich vorgenommen, ihre Eltern heute zu einer Entscheidung zu zwingen. Sie nahm das Glas mit Wasser und schluckte hastig. Sie setzte das Glas zu fest auf dem Tisch ab, dann geschah es. Ein lauter Rülpser durchbrach die Stille. Eugenia hob hastig eine Hand vor ihren Mund und blickte beschämt in die Runde. Ihre kleinen Geschwister begannen zu kichern, Moritz starrte sie mit offenem Mund an, während Charlotte Hentschel ihr Besteck auf den Teller fallen ließ. Eugenia zuckte erschrocken zusammen, als das Scheppern erklang.

„Jetzt reicht es!", sprach die Mutter mit fester Stimme.

Doktor Hentschel sah seine Tochter missbilligend an, während die jüngsten Geschwister weiterhin kichernd dasaßen.

„Mach noch mal, Eugenia!", forderte ihre Schwester sie auf.

„Nein, sie macht das gewiss nicht noch einmal." Charlotte bedachte ihre Älteste mit einem mahnenden Blick, dann wandte sie sich zu ihrem Gatten, der am anderen Ende des Tisches saß. „Anton, wir müssen reden!"

Der Vater legte geduldig das Besteck zur Seite, als hätte er bereits erwartet, nicht mit dem Essen fortfahren zu können. „Natürlich. Worüber möchtest du reden?"

„Siehst du das nicht?" Charlotte wies auf ihre älteste Tochter, die still dasaß.

„Was soll ich sehen? Meine Tochter sieht erfrischt aus. Sie hat eine gesunde Gesichtsfarbe, ihr Appetit scheint famos."

Moritz konnte sich ein spöttisches Schnauben nicht verkneifen. Er schien begriffen zu haben, was seine Schwester beabsichtigte. Immerhin hatte sie es ihm in dem letzten Brief mitgeteilt.

Charlotte Hentschel zeigte sich über die Äußerung ihres Gemahls verblüfft. „Gesunde Gesichtsfarbe? Anton, ich bitte dich. Sie sieht bald aus wie eine Bäuerin. Ein gebräuntes Gesicht ist nicht schick, und ihr Benehmen lässt sehr zu wünschen übrig."

„Das muss ich auch sagen“, meldete sich nun Moritz zu Wort, allerdings fehlte ihm jegliche Ernsthaftigkeit. „Die Manieren meiner Schwester haben sehr nachgelassen. Woran kann das nur liegen?“

Eugenia ermahnte ihn mit einem bösen Blick und versuchte ihn dadurch zum Schweigen zu bringen.

Anton Hentschel schenkte dem stummen Gedankenaustausch der Geschwister keine Beachtung. „Moritz, du solltest dich nicht einmischen. Und Charlotte, meine Liebe, wir haben darüber gesprochen und ich möchte nicht, dass du meine Entscheidungen in Frage stellst.“

„Du wirst keinen Mann für sie finden, wenn sie beim Essen schmatzt und rülpst! Schick sie nach Wiesbaden, hier verlottert sie.“

„Und du mischst dich in meine Angelegenheiten ein, Frau!“ Anton Hentschel warf nun seine Serviette neben den noch gefüllten Teller und wirkte für einen Augenblick angespannt.

Moritz runzelte bei dem harten Ton seines Vaters die Stirn. Eugenia blickte zaghaft und mit gesenktem Kopf von einem Tischende zum anderen.

Charlotte Hentschel schien sich nicht einschüchtern zu lassen. „Du musst etwas tun! So kann es nicht weitergehen!“

Das Kichern der Geschwister war verstummt im Angesicht der elterlichen Uneinigkeit. Eugenia überkam ein beschämendes Gefühl. Das hatte sie nicht heraufbeschwören wollen.

Anton Hentschel lehnte sich zurück und betrachtete seine Gattin. Dann lächelte er versonnen. „Ich werde darüber nachdenken, Charlotte.“

Diese neigte den Kopf. „Ich bitte dich darum.“

Nun war Eugenia aufgeregt und voller Hoffnung. „Schicken Sie mich nach Hause?“

„Nach Hause? Dies ist dein zu Hause“, korrigierte Charlotte ihre Tochter nachdrücklich.

Eugenia atmete tief durch. „Natürlich.“ Sie war aufgewühlt. Hatte sie erreicht, was sie wollte?

„Die Entscheidung über Eugenias Verbleib obliegt allein mir", verkündete Anton Hentschel barsch und nahm die Serviette wieder auf. „Und jetzt lasst uns weiteressen."

Zweifel überkamen Eugenia, als sie das Glas nahm und artig daran nippte. Dabei schielte sie zu ihren Eltern, die aßen, dann zu Moritz, der sich ebenfalls seinem Essen widmete. Und zu welcher Entscheidung würde ihr Vater kommen?

Das Essen verlief nun schweigsam und schließlich brachte Charlotte ihre beiden kleinen Kinder zu Bett, während Anton Hentschel eine Pfeife rauchen wollte und sich in sein Arbeitszimmer zurückzog, wo er seinen Sohn erwartete, der ihm Gesellschaft leisten sollte.

Das Hausmädchen begann den Tisch abzuräumen, während sich Eugenia und Moritz an der Tafel gegenübersaßen und sich nicht rührten.

„Du fährst schwere Geschütze auf, Schwesterlein. Bist du so verzweifelt?"

„Du ahnst nicht wie", seufzte sie.

„Vater hat sich in den Kopf gesetzt, dass du bei der Familie bleibst."

„Er ist nach Wiesbaden gefahren, ohne mich zu fragen, ob ich ihn begleiten möchte. Er lässt mich nicht einmal mitfahren!" Eugenia seufzte theatralisch.

„Bei all deinen Bemühungen solltest du vorsichtig sein."

„Was sollte ich denn verlieren? Meine Freiheit?" Eugenia schnaubte hämisch. „Ich sitze hier fest und versaure. Ich würde lieber einen tattrigen Greis heiraten, als hier länger leben zu müssen."

Moritz musterte seine Schwester spöttisch. „In deinen Briefen schreibst du mir, dass du mit diesem Burschen August und deiner neuen Freundin Luise durch die Wälder streifst. Du reitest allein aus, spazierst über das Land. Du hast mehr Freiheit als in der Stadt. In Wiesbaden hätte Mutter dich nie allein aus dem Haus gelassen."

Eugenia musste einlenken. „Das stimmt schon, aber ich

tue nicht die Dinge, die ich tun sollte. Wie finde ich einen Ehemann, wenn Papa mich hier vergräbt?"

„Nicht du findest den Ehemann, sondern Vater. Und der ist oft genug in Wiesbaden. Mach dir keine Sorgen. Genieße die Zeit in Holzhausen, statt sie ständig zu verdammen."

„Ja, aber ..."

„Hör endlich auf zu jammern!"

Eugenia schob den Stuhl zurück und stand auf. Sie wollte ihrem Bruder widersprechen, doch ihr fiel nicht ein, was sie ihm hätte entgegenbringen sollen. Moritz' Worte entsprachen der Wahrheit. Unwillkürlich erinnerte sie sich an den letzten Ausflug mit Luise und August und das unbeschwerte Gefühl, das sie empfunden hatte. Tatsächlich genoss sie sehr viel Freiheit. Ihre Mutter erlaubte ihr Mußestunden, die Eugenia mit Luise und August verbrachte. Zeit, die sie in der Stadt anders verbringen musste, stets unter der Obhut einer Anstandsdame. Entweder ihre Tante Gerlinde achtete auf jede ihrer Bewegungen oder die Mutter.

Moritz lächelte sie nun nachsichtig an. „Ich hoffe, du bist mir wegen meiner Ehrlichkeit nicht böse."

Eugenia seufzte.

Moritz erhob sich und trat zu seiner Schwester. Er nahm sie in die Arme. „Ganz gleich, wie du dich benimmst, Vater wird dies nicht zum Anlass nehmen, dich in die Stadt zurückzubringen. Er ist nicht umzustimmen."

„Aber warum nur?"

„Er wird seine Gründe haben. Du solltest dir das Leben nicht so schwer machen, indem du dich dagegen wehrst. Genieße es."

Wind fegte durch das offene Fenster, ließ die Vorhänge aufwirbeln. Eugenia saß über einen Brief gebeugt am Sekretär. Sie führte, ohne nachzudenken, die Feder über das Papier.

„Liebe Dorothea, ich hoffe, dir ergeht es gut. Es wird dich nicht verwundern, dass ich keine Neuigkeiten zu erzählen habe." Eugenia drehte die Schreibfeder in ihren Fingern und tauchte die Spitze in die Tinte. Sie hielt inne und vernahm ein Geräusch. Es kam vom Hof. Sie lauschte. Es war nichts mehr zu hören. Sie schrieb weiter. „Die oft ärmlichen Verhältnisse in meiner Umgebung offenbaren sich mir jeden Tag. Es berührt mich auf eine Weise, die ich dir nicht erklären kann. Mein Pianofortespiel habe ich in den letzten Wochen verbessern können."

Da war wieder ein Geräusch. Eugenia legte die Schreibfeder nieder und ging zu dem geöffneten Fenster. Die untergehende Sonne hatte den Horizont in rotes Licht getaucht. Die ersten Sterne zeigten sich zart am dunkler werdenden Himmel. Die Luft war noch erwärmt von einem sonnigen Maitag. Vögel flogen über das Haus hinweg zu den dunklen Wäldern in Richtung Rhein, während ihr fröhliches Gezwitscher zu hören war.

Der knarzende Klang, den Eugenia vernahm, kam ihr bekannt vor. Es hörte sich nach der Stalltür an. Eugenia lehnte sich weiter aus dem Fenster, konnte jedoch nichts erkennen. War jemand gekommen? Neugier trieb sie dazu nachzusehen. Sie durchquerte ihr Zimmer und lief den Flur entlang und die Treppe hinunter. Es hörte sich nicht an, als würde ein Gast begrüßt werden. Im Haus war alles still. Vater saß sicher noch an seinem Arbeitstisch, während sich die Mutter zur Abendruhe vorbereitete.

Eugenia schlich zur Hintertür und öffnete sie vorsichtig. Als sie auf den Hof trat, lag er finster und still vor ihr. Von dem Geräusch war nichts mehr zu hören. Hatte sie sich geirrt? Eugenia lief zum Stall hinüber und sah sich wieder um. Aber sie hätte schwören können, etwas gehört zu haben. Das Geräusch der Stalltür war unverkennbar gewesen.

Eugenia hielt plötzlich inne.

War da wieder ein Geräusch? Sie ging auf den Stall zu. Obwohl sie wusste, dass es sinnlos war, versuchte sie es trotzdem, die Tür leise zu öffnen. Knarzen ertönte. Der Blick hinein gab nichts preis, da es viel zu dunkel war, um etwas erkennen zu können.

„Ist da jemand?“

Nichts rührte sich.

Eugenia fröstelte es, als sie die Tür weiter öffnete und sich das knacksende Geräusch verstärkte. Matthias Hollmann konnte es nicht sein, da er zu solch später Stunde nicht mehr arbeitete. Oder hatte sie sich geirrt? Sie kehrte zum Haus zurück, um eine Lampe zu holen, da stieß sie fast mit ihrem Vater zusammen.

„Was tust du hier?“, fuhr er sie an. „Es ist schon dunkel.“

Eugenia taumelte erschrocken zurück. „Ich wollte nach Donna sehen. Sie hinkte heute Mittag“, stammelte sie hastig als Entschuldigung. Da schalt sie sich. Sie tat nichts Verbotenes, warum log sie ihren Vater an?

Anton Hentschel runzelte die Stirn und nickte ihr zu. Sie nahm eine Öllampe und kehrte in den Stall zurück. Eugenia ging mit der Lampe durch die Scheune, leuchtete zu den Pferden, die schnaubend den Kopf hoben. Sie waren alle noch da. Eugenia wollte sich umdrehen und wieder gehen, da sah sie etwas am Boden liegen und bückte sich. Es waren Getreidekörner. Eugenia folgte der Spur und fand im hinteren Teil des Stalles, durch Strohballen verdeckt, drei mit Korn gefüllte Säcke.

Unzählige Gedanken und Fragen kamen Eugenia in den Sinn. Wer mochte sie dort abgelegt haben und vor allem warum? Plötzlich erinnerte sie sich an den Zusammenstoß mit ihrem Vater. War er es gewesen? Warum sollte Vater im Stall Kornsäcke ablegen? Sie hatten noch nie Nahrungsmittel für sich in einem Pferdestall aufbewahrt. Doch was ihr Vater tat, ging sie nichts an. Es stand ihr nicht zu, sein Handeln in Frage zu stellen. Eugenia drehte sich um, verließ den Stall und kehrte ins Haus zurück, ohne sich weitere Gedanken darüber zu machen.

Einige Tage später sah Eugenia vor ihrem Haus Ernst Gerlach mit zwei Männern stehen. Sie baten um ein Gespräch mit dem Hausherrn. Der Schultheiß sei im Auftrag des Herzogs hier.

Das Hausmädchen ließ sie ein. Doktor Hentschel empfing die Gäste in seinem Arbeitszimmer. Dort setzten sich die Männer und sprachen über die hohen Preise und was der Herzog dagegen unternehmen wollte.

Eugenia verharrte an der offen stehenden Tür und lauschte, ohne gesehen zu werden.

„Wie Sie wissen, Herr Doktor, sollen auf Anordnung des Herzogs vorsorglich die Vorräte der einzelnen Haushalte erfasst und aufgeschrieben werden. Wir als Aufnahmekommission sind dafür zuständig, jedes Haus aufzusuchen", sagte der Schultheiß schließlich. „Natürlich wird eine öffentliche Bekanntmachung Ihrer Vorräte nicht erfolgen."

„Es geht niemanden etwas an, wie viel Sie in Ihrer Vorratskammer haben", hörte Eugenia einen der Männer sagen, die Ernst Gerlach begleiteten.

„Davon bin ich ausgegangen", erwiderte der Vater.

„Und ich muss noch etwas erwähnen. Es ist eine rein formelle Angelegenheit." Ernst Gerlach räusperte sich befangen. „Wer Vorräte verschweigt, wird streng bestraft. Die Instruktionen des Herzogs sind eindeutig formuliert."

„Wir haben nichts zu verbergen", entgegnete Anton Hentschel mit ruhiger Stimme.

„Beginnen wir mit Weizen", hörte sie die Stimme des Schultheißen.

„Haben wir keinen", sagte der Doktor. „Wir haben zwei Malter Korn, vier Malter Kartoffeln und drei Malter Roggen."

Eugenia hielt die Luft an. Und was war mit den drei Sack Korn im Stall? Aus welchem Grund hatte Vater das Getreide dorthin geschafft? Warum verschwieg er es jetzt?

Ihr Verdacht wurde ihr unheimlich. Es sah ja fast so aus, als wollte er es verstecken. Konnte das sein? Wenn dem so war, wie konnte der Doktor so ruhig bleiben, fragte sie sich. Warum sollte Vater etwas verheimlichen? Sie benötigten keine weiteren Lebensmittel. Sie hatten genug. Das ergab keinen Sinn, dachte Eugenia voller Kummer. Sollte sie es doch wagen, ihren Vater darauf anzusprechen, auch wenn es ungehörig war, sich in seine Angelegenheit zu mischen?

Eine Feder kratzte über das Blatt. „Natürlich sind Ihre Angaben nach Recht und Gewissen."

„Das versteht sich von selbst", entgegnete Doktor Hentschel.

„Der Juste Lothar hat einen Malter Korn verschwiegen. Ich sage jedem Bewohner, dass wir von jedem getreuliche Angaben erwarten. Laut unserer Instruktion wird es mit dem fünf- bis zehnfachen Wert des verheimlichten Betrages bestraft. Ich darf keine Ausnahmen machen. Jeder, der seinen Vorrat versteckt oder uns anlügt, muss zahlen! Und wenn er es nicht kann, wird er nach Nastätten gebracht. Aus einigen Dörfern sind schon welche vorgeladen worden. Es ist keine schöne Arbeit, das kann ich Ihnen sagen, Herr Doktor, aber es ist für den Herzog und seine Regierung wichtig. Er hat Getreide und Reis von außerhalb einkaufen lassen."

„Es ist gut zu wissen, dass der Herzog sich um die Armen kümmert."

Stühle wurden zurückgeschoben.

Eugenia zuckte zurück und floh durch den Flur, um nicht gesehen zu werden. Sie versteckte sich hinter einer Tür, während Doktor Hentschel den Männern die Vorräte in der Kammer zeigte, damit der Schultheiß überprüfen konnte, ob die Angaben korrekt waren. Natürlich bestand Ernst Gerlach nicht auf eine Inspektion des gesamten Grundstückes, so ließ er auch nicht im Stall nachschauen. Es käme niemand auf die Idee, dass der angesehene Doktor etwas zu verheimlichen hatte. Eugenia wurde von der Aufregung übel, derweil schien Anton Hentschel besonnen und ruhig, er lächelte sogar den Schultheiß an, als er ihn verabschiedete. Wie konnte ihr Vater nur so abgebrüht sein? Eugenia war über sein Verhalten schockiert, noch mehr als über die Entdeckung des Korns und den schrecklichen Verdacht.

Sie wartete, bis Schultheiß Gerlach mit seinen Männern davongegangen war, dann eilte sie zum Stall, um nachzusehen, ob das Korn noch an Ort und Stelle war. Es könnte ja sein, dass alles ein Irrtum war und der Vater aus ihr unverständlichen Gründen die Säcke dort zwischengelagert und dann in die Vorratskammer zurückgebracht hatte. Zu ihrem Schrecken fand Eugenia die Getreidesäcke genau dort, wo sie sie gestern Abend gefunden hatte. Der Wunsch, der Fund wäre einfach verschwunden, zerplatzte. Es war also keine Einbildung gewesen. Was sollte sie jetzt tun? Sollte sie etwas unternehmen? Die Angelegenheit einfach vergessen? Der Vater wäre nicht erfreut, wenn sie sich um etwas kümmerte, was sie nichts anging. Allerdings kam ihr ein weiterer Gedanke, der sie erschreckte. Wenn jemand die Säcke in ihrem Stall fand, wäre das schrecklich. Was hatte der Schultheiß vorhin gesagt? Der Herzog ließ dieses Vergehen schwer bestrafen?

Wenn der Vater das Getreide tatsächlich verstecken wollte, war er sehr nachlässig gewesen. Es gab andere Orte, an denen es besser aufgehoben wäre. Voller Sorge kehrte Eugenia ins Haus zurück. Als sie am Tisch beim Abendessen saß, verspürte sie keinen Hunger und zog sich früh zurück. Sie saß auf ihrem Bett und grübelte. Hin und hergerissen zwischen der Missachtung ihrer Entdeckung und den möglichen Folgen dachte sie nach, was sie tun sollte.

Am nächsten Tag war Eugenia im Stall und kümmerte sich um ihre Stute. Da hörte sie Schritte. Sie lauschte, wie derjenige näher kam und stehen blieb. Schließlich wurde das Knarzen der Tür laut und jemand huschte hinein. Eugenia versteckte sich hinter ihrem Pferd und beobachtete die Gestalt. War jemand gekommen, um die Säcke zu holen? Eugenia hielt die Luft an, gespannt, wer es sein mochte. Sie erschrak, als sie Matthias erkannte, der durch den Stall lief und sich umblickte. Da stieg ein Verdacht in ihr auf. War es Matthias, der das Korn versteckt hatte? Kehrte er zurück, um es zu holen? Diesem Mann war alles zuzutrauen! Er benahm sich unflätig!

Sonnenstrahlen fielen durch das offene Scheunentor. Der

Schatten von Matthias bewegte sich weiter in den Stall. Sie trat hinter der Stute hervor. „Was machst du hier?", fragte sie argwöhnisch.

Matthias zuckte zusammen. „Ich arbeite."

Sein Gesicht verzog sich zu einer fragenden Miene. Sie winkte ab und schalt sich eine Närrin, dass sie anfing, hinter jedem Menschen etwas Böses zu vermuten. Matthias mochte ruppig in seiner Art sein, er war jedoch kein Betrüger.

„Ich erledige jetzt meine Arbeit, ich muss nämlich noch aufs Feld", sagte er hastig und drehte sich fort. Er wartete nicht auf ihre Entgegnung und verließ, mit einer Heugabel bewaffnet, den Stall. Eugenia sah ihm nach und lauschte seinen Schritten. Er traf wohl auf das Hausmädchen und begann mit ihr eine Unterhaltung. Sie hörte den jungen Mann lachen. Ein fröhliches, freundliches Lachen, das so gar nicht zu ihm passte, fand Eugenia. So hatte er sie noch nie angelacht. Sie schüttelte über ihre Gedanken den Kopf. Während Eugenia bei ihrem Pferd stand und es streichelte, vernahm sie einige Wortfetzen des Gespräches. Matthias' Stimme senkte sich plötzlich, wurde leiser, als er zu sprechen begann: „Heut Morgen hab ich gehört, dass jemand beim Gerlach Ernst behauptet hat, Doktor Hentschel würd bei der Aufnahmekommission Vorräte verschweigen."

Eugenia wurde blass und schwankte. Die Neuigkeit verschreckte sie. Als würde jemand sie beobachten, warf sie einen unauffälligen Blick zu jener Ecke, in der das Korn versteckt lag. Obwohl das Belauschen eines Gespräches nicht sehr tugendhaft war, lief Eugenia durch den Stall bis zur Tür, um die Stimmen besser verstehen zu können, vor allem, da die beiden in ihrer Mundart sprachen, deren Übersetzung Eugenia eine Menge Anstrengung kostete.

„Der Herr Doktor? Wer kann so was denn behaupten?", hörte sie das Dienstmädchen fragen.

„Ich weiß nicht, wer es war, aber der Schultheiß ist verpflichtet, den Hinweis zu prüfen", berichtete Matthias weiter. „Er wird hier alles untersuchen."

„Was für ein Ärgernis. So jemand wie der Herr Doktor kommt in solchen Verruf? Ich kann mir gar nicht vorstellen, dass er so was macht."

„Die vornehmen Bürger tun viel, um einen Vorteil zu bekommen. Diejenigen, die man nicht für schuldig hält, die sind's meistens."

Eugenia zog scharf die Luft ein. Sie hätte nicht gedacht, dass Matthias so über sie dachte. Ihr war, als drücke jemand ihren Hals zu. Die Luft war plötzlich so trocken, dass sie husten musste. Panik quälte ihr Gemüt, während die Gegenwart der drei Getreidesäcke so deutlich wurde, dass sie dachte, sie müsste laut schreien.

Das Dienstmädchen und Matthias sprachen nun so schnell und in ihrem Platt, dass Eugenia nichts mehr verstehen konnte. Sie hatte genug gehört. Genug, um zu wissen, dass ihr Vater in große Schwierigkeiten geraten würde, sollte der Schultheiß den Verdacht bestätigt sehen. Und diese Säcke waren der Beweis. Eugenia schloss die Augen, um ihre Aufregung zu beherrschen.

Sie wartete, bis Matthias mit seiner Arbeit fertig und fort war, damit sie endlich handeln konnte. Die ganze Zeit suchte sie nach einer Lösung. Eugenia lief nachdenklich hin und her. Immer wieder kam sie zu dem gleichen Ergebnis. Sie konnte nicht abwarten und zusehen, was geschah. Sie musste etwas unternehmen. Das Versteck hielt der Inspektion niemals stand. Man brauchte nicht einmal gründlich zu suchen, um darauf zu stoßen.

Diese Entdeckung würde Vaters Ruf schädigen. Das konnte Eugenia nicht zulassen. Sie blieb stehen, als ihr eine Erkenntnis kam. Sie musste die Säcke fortschaffen, ehe der Schultheiß kam. Ihr Atem ging so rasch und das Korsett ließ ihr keinen Platz, um mehr Luft zu holen. Ihr wurde schwindlig. Sie ermahnte sich, jetzt nicht hysterisch zu werden. Die Säcke mussten weg! Eugenia eilte zu dem nachlässigen Versteck und zog angestrengt den ersten Getreidesack über den Lehmboden. Als er in der Mitte des Stalles lag, überlegte Eugenia, womit sie die Säcke fortschaffen sollte. Mit dem Pferd war das unmöglich. Sie brauchte die Kutsche. Da beschloss sie, erst die Säcke an das Tor zu schaffen, als Nächstes die Kutsche hineinzufahren und dann aufzuladen. Sie griff wieder nach dem Sack und zog angestrengt daran. Er war so schwer, dass Eugenia ihn kaum über den Boden ziehen konnte. Wie sollte es ihr gelingen, diese Gewichte auf den Wagen zu schaffen? Sie richtete sich auf. Verzweiflung packte sie angesichts ihrer Hilflosigkeit und Schwäche. Hätte sie Matthias etwas verraten sollen? Er hätte ihr helfen können. Eugenia schüttelte den Kopf. Nein, es war besser, dass niemand von ihrer Entdeckung wusste. Wahrscheinlich hätte er sie verraten, nur damit die Vornehmen keinen Vorteil bekamen. Eiligst machte sie sich an die Arbeit, einen der Strohballen fortzuschaffen, um den nächsten Sack hervorzuziehen. Ihr war, als sei dieser noch schwerer als der erste.

Plötzlich erklangen Stimmen.

Männer.

Vor dem Haus.

War der Schultheiß schon da? Panik kam in ihr auf, als Eugenia mit ihrer Arbeit innehielt und lauschte. Sie hörte den Schultheiß etwas sagen, verstand ihn jedoch nicht. Doktor Hentschel antwortete. Seine Stimme klang laut und empört. Er hatte wohl die Anschuldigung vernommen.

Die Stimmen kamen näher.

„Es tut mir leid, Herr Doktor, aber ich muss dem nachgehen. Ich bin verpflichtet, jeden Hinweis zu überprüfen", hörte Eugenia den Schultheiß sagen.

Sie hob erschrocken den Kopf und sah zwischen den Schlitzen des Stalltores Bewegungen. Tränen brannten in ihren Augen, während sie sich abmühte, den zweiten Sack zum Tor zu ziehen. Die Säcke waren zu schwer für sie. Wie sollte es ihr gelingen, diese Gewichte auf die Kutsche zu hieven?

Es war zu spät. Die Stimmen wurden lauter, die Schritte kamen näher.

Nein, noch nicht, dachte Eugenia verzweifelt.

„Auf meinem Grund und Boden werden Sie nichts finden, über das ich keine Kenntnis habe. Und ich verstecke nichts vor dem Herzog. So etwas habe ich nicht nötig. Das ist eine infame Lüge."

Eugenia hörte deutlich die Entschlossenheit ihres Vaters, während sie panikartig auf die Säcke starrte, die sie eben mit dem Aufgebot all ihrer Kraft an das Tor gezogen hatte.

„Bitte, Herr Doktor, öffnen Sie das Tor. Ich sehe nach und dann ist die Angelegenheit erledigt."

Eugenia hielt die Luft an. Alles um sie herum drehte sich. Gedankenverloren sah sie die Bewegungen durch die Schlitze des Holzes, die Säcke zu ihren Füßen.

Wenn jetzt das Tor aufging …

Eugenia bückte sich hastig, packte einen der Säcke und zog ihn verzweifelt durch den Stall, zurück zu dem achtlosen Versteck hinter den Strohballen. Während sie daran zerrte, wurde es immer anstrengender. Es kostete sie viel Mühe, den Sack dorthin zu ziehen, wo sie ihn hergeholt hatte. Ihr Rücken begann zu schmerzen. Die Muskeln in den Armen taten nicht weniger weh. Tränen standen in ihren Augen.

„Ich möchte nur zum Ausdruck bringen, dass ich über diese Anschuldigung empört bin", äußerte sich Anton Hentschel mit Nachdruck. Eugenia spürte seine Gegenwart, als stünde er direkt neben ihr. Sie raffte ihren Rock, hastete durch den Stall zu dem nächsten Sack am Tor und zerrte ihn über den Boden, während von draußen die Stimmen zu hören waren.

„Das weiß ich, Herr Doktor, und es tut mir wahrlich leid, dass ich Sie damit belästigen muss." Der Schultheiß versuchte demütig zu klingen, um die angespannte Haltung des Doktors nicht zu reizen.

Eugenia verfluchte ihr enges Korsett. Sie bekam kaum noch Luft vor Anstrengung. Die Kraft wich aus ihren Armen. Die junge Frau rutschte aus und landete neben dem Sack. Tränen flossen über ihr Gesicht. Warum passierte so etwas nur ihr?

Die Schritte verstummten vor der Stalltür.

„Ich verlange eine Entschuldigung desjenigen, der mich beschuldigt!“, regte sich Doktor Hentschels Stimme auf.

„Sobald ich mich davon überzeugt habe, dass dieser Hinweis eine Lüge ist, und ich bin mir sicher, dass er es ist“, fügte Ernst Gerlach eilig hinzu. „werde ich die Person zu mir bestellen.“

Eugenia saß neben dem letzten Sack an der Kutsche und weinte verzweifelt. Ihr Blick fiel auf die Stalltür.

„Das will ich hoffen“, brummte Anton Hentschel missmutig.

Zu spät, dachte Eugenia bestürzt. Sie würde weder die Kraft noch die Zeit haben, auch den letzten Sack zu verstecken.

„Dann bitte, gehen Sie Ihrem Hinweis nach“, sagte Doktor Hentschel, als wollte er sich ergeben.

Eugenia zuckte zusammen. Erst starrte sie den Sack an, dann begriff sie, dass ihr nicht viel Zeit blieb, um sich selbst in ein Versteck zu retten. Es war katastrophal genug, die Kornsäcke zu entdecken. Wie würde es aussehen, wenn man Eugenia auch noch fand? Die Stalltür knackste, Tageslicht fiel in das Innere des Stalles. Eugenia eilte hinter einen Heuhaufen, rutschte aus und blieb reglos liegen. Ein Sack Korn lag mitten auf dem Boden, die anderen beiden achtlos hinter einem Strohballen. Eugenia hielt die Luft an und musste sehen, was jetzt geschehen würde. So reckte sie den Kopf und spähte an dem Strohballen vorbei.

Drei Männer standen am Eingang des Stalles. Ernst Gerlach blieb der Mund offen stehen. Anton Hentschel starrte entgeistert auf den prall gefüllten Beweis, der sich ihnen präsentierte, still und schuldig mitten im Stall liegend.

„Das hätte ich ehrlich gesagt von Ihnen nicht erwartet“, murmelte der Schultheiß jetzt fassungslos.

Eugenia verharrte hinter dem Strohballen, während Tränen über ihr Gesicht liefen. Sie hatte durch ihren Versuch, das Korn fortzuschaffen, der Kommission das Gesuchte geliefert. Hätte sie es nur in dem Versteck gelassen, dachte sie verzweifelt.

Der Schultheiß gab Anweisung, nach den anderen Säcken zu suchen, die schließlich auch gefunden wurden. Das Getreide wurde aus dem Stall gezogen, während Doktor Hentschel dastand und sich nicht rührte. Betroffen, entgeistert. War er bestürzt, weil man das Korn entdeckt oder weil er nichts davon gewusst hatte? Eugenia beobachtete ihren Vater. Auch wenn nie eine innige Vertrautheit zwischen ihnen bestanden hatte, erkannte sie plötzlich die Wahrheit. Er hatte keine Ahnung von den Säcken gehabt. Es war Erleichterung, die sie zunächst überflutete. Sie hockte hinter den Strohballen und freute sich, dass ihr Vater unschuldig war. Dann erschreckte sie die Erkenntnis, dass er nun, einem Verbrecher gleich, angeklagt wurde. Er hatte Vorräte unterschlagen, auch wenn dieses Getreide nicht ihm gehörte. Es lag in seinem Stall!

Die Männer brachen ihre Untersuchung ab, hatten gefunden, wonach sie suchten. Eugenia blieb unentdeckt zurück. Als die Männer den Stall verlassen hatten, kroch sie aus ihrem Versteck hervor und hockte sich auf einen Strohballen. Sie weinte, hielt das Gesicht in ihren Händen versteckt. Ins Haus wollte sie nicht. Zu sehr schämte sie sich dafür, ihrem Vater gegenüberzutreten. Natürlich wusste er nicht, wer das Getreide hatte offen liegen lassen, doch sie wusste es. Seine eigene Tochter. Sie war schuld! Hätte sie das Korn nur versteckt gelassen, womöglich wäre es nicht gefunden worden. Aber nein, sie hatte es ja besser wissen müssen. Verzweiflung packte Eugenia, und erst, als sie sich etwas beruhigt hatte, kehrte sie ins Haus zurück.

Sie konnte die ganze Nacht nicht schlafen. Ihr war übel, ihr Kopf schmerzte. Immer wieder fiel sie in einen leichten Schlaf und träumte, wie die Männer in den Stall traten. Sie sah das fassungslose Gesicht ihres Vaters und erwachte aus ihrem Traum, weinend, bekümmert.

Am nächsten Morgen zog sie sich in den Stall zu Donna

zurück. Obwohl ihr nicht nach Gesellschaft war, musste sie das Haus verlassen, um der bedrückten Stimmung zu entfliehen. Der Vater hatte sein Arbeitszimmer nicht verlassen. Wahrscheinlich hatte er die Nacht dort verbracht. Er musste sich genauso furchtbar fühlen wie sie. Eugenia flüchtete in den Stall. Auch wenn es ihr dort nicht besser gehen würde, so entkäme sie doch den betrübten Gesichtern im Haus. Sie saß bei ihrer Stute und weinte. Donna schnaubte und schüttelte die Mähne. „Ach, ich wünschte, ich könnte etwas tun", jammerte Eugenia. Sie war so sehr in ihren Kummer vertieft, dass sie nicht bemerkte, wie sich die Stalltür knarzend öffnete und jemand eintrat.

„Guten Morgen, Fräulein Eugenia." Matthias klang diesmal nicht herausfordernd, sondern eher unsicher.

Sie fuhr sich hastig über das Gesicht, um die Tränen fortzuwischen. „Guten Morgen", erwiderte sie mit brüchiger Stimme und versuchte ihren aufgelösten Zustand zu verbergen. Sie erhob sich von ihrem Platz und tat so, als müsste sie sich um Donna kümmern. Sanft strich sie über den Hals des Tieres, mit ihren Gedanken weit fort. Sie wollte nicht mit Matthias sprechen. Sie hatte ihn zu mögen begonnen, doch seit gestern hatte sie begriffen, dass der Unterschied zwischen ihnen zu groß war. Er traute ihrer Familie Betrug zu, nur weil sie vermögend waren.

Matthias beobachtete sie argwöhnisch. Immer wieder machte er einen Schritt auf sie zu. Dann schien er es sich anders zu überlegen und drehte sich fort. Ein Schluchzer durchbrach die ungewöhnliche Ruhe im Stall. Matthias zuckte zusammen, schien zu zögern, ehe er zu ihr trat. „Geht es Ihnen nicht gut? Ist es wegen Ihres Vaters?"

„Lass mich in Ruhe!", fauchte Eugenia ihn an, obwohl sie es gar nicht wollte. Aber er würde sich darüber lustig machen. Die reiche Familie, die Vorräte verschwieg, weil sie raffgierig war. So ähnlich hatte er es gestern doch ausgedrückt. Eugenia drehte sich fort, fühlte sich gedemütigt, obwohl Matthias nichts Gehässiges geäußert hatte.

Er zog sich zurück, um seiner Arbeit nachzugehen, und schien es plötzlich eilig zu haben. Im Hintergrund erklang regelmäßig Eugenias Schluchzen und dem wollte er anscheinend so schnell wie möglich entkommen.

Eugenia lehnte ihre Stirn an den Hals ihrer Stute. Traurig und bedrückt. Wenn sie doch nur etwas tun könnte, um ihrem Vater zu helfen. Sie wusste nicht einmal, was der Vorwurf für ihren Vater bedeutete. Musste er eine Strafe bezahlen? Oder gab es weitere Konsequenzen?

Sie spürte eine Bewegung neben sich und hob ihren Kopf, den sie gegen Donna gelehnt hatte.

„Du bist noch da?" Sie wollte, dass er ging. Sie wollte allein sein. Er war der Letzte, der sie verstehen würde oder ihr helfen könnte.

„Wollen Sie darüber reden, Fräulein Eugenia?", fragte er freundlich. Seine Augen zeigten keinen belustigten Ausdruck, seine Worte klangen ehrlich.

„Nein", sagte sie störrisch. Dieser Mann versuchte sie stets zu ärgern und machte sich über sie lustig. Das würde jetzt nicht anders sein.

„Es ist ein Irrtum. So etwas tut Ihr Vater nicht", versicherte Matthias, der zu wissen schien, was sie grämte.

„Woher willst du das wissen?"

Er verzog spöttisch die Lippen. „Ich mag keine Manieren haben, aber ich habe Menschenkenntnis. Ihr Vater ist ein ehrlicher Mann."

Seine Worte lösten in ihr Schuldgefühle aus. Sie selbst hatte ihrem Vater diesen Betrug zugetraut. Eugenia war völlig aufgelöst, wusste nicht mehr, was sie tun sollte. Ihr Kopf war leer, ihre Verzweiflung umso größer. Unmöglich konnte sie jetzt mit ihrem Vater sprechen. Ihm hatte sie etwas unterstellt, etwas Schlimmes. Sie war so traurig wie schon lange nicht mehr und wünschte sich, jemand würde sie in den Arm nehmen, um sie zu trösten. „Auch wenn mein Vater das nicht getan hat, so denkt alle Welt, er sei ein Betrüger."

„Machen Sie sich keine Sorgen, Fräulein Eugenia."

Matthias' Stimme klang aufrichtig und tröstend. „Ich bin überzeugt, dass sich alles aufklärt. Drei Sack Korn machen Sie nicht reicher oder ärmer. Deshalb wird keiner glauben, dass ihr Vater dahintersteckt."

Sie hörte gar nicht, was er sagte, sondern weinte in der Erkenntnis, solch schändliche Gedanken gegen ihren Vater gehegt zu haben. Oh, wenn sie doch nur mit ihm gesprochen hätte. Stattdessen unterstellte sie ihm ungeheuerliche Dinge und verschwieg ihm so wichtige Entdeckungen. Sie fuhr sich mit einer Hand über ihre Stirn und dann über die Augen. „Wer hat das Korn bei uns versteckt? Zu welchem Zweck?", fragte sie nach einer Weile mehr sich selbst.

Matthias überlegte laut: „Wer will denn Ihrem Vater etwas Böses? Niemand aus diesem Dorf, davon bin ich überzeugt."

Eugenia versuchte ihren Atem und ihre Aufgeregtheit zu beruhigen, doch es gelang ihr nicht. „Mein Vater ist ein angesehener Mann." Sie setzte sich auf den Boden, drückte beide Hände an das Gesicht und weinte wieder. Ihre Schultern zuckten unter ihren Schluchzern.

„Heulen bringt auch nichts." Im Angesicht ihrer Aufregung schien Matthias unbeholfen zu sein.

„Ich muss aber. Vaters Ruf ist ruiniert und ich trage Schuld daran."

„Sie? Warum?"

Eugenia holte abermals keuchend Luft. „Ich habe die Säcke gefunden und wollte sie fortschaffen, aber sie waren so schwer, ich habe sie … nicht … wegschaffen können."

„Sie wussten von den Säcken und haben nichts gesagt?", wiederholte Matthias ungläubig und starrte auf sie nieder, während sie nickte und schniefte.

Eugenia bemerkte sein verändertes Verhalten, so als ob er sie für ihr Tun verurteilte. „Ich habe mich geschämt, weil ich dachte, Vater stecke dahinter. Wem hätte ich es denn sagen sollen?", rechtfertigte sie sich. Weitere Tränen rannen über ihre Wangen.

Matthias lachte spöttisch. „Luise meint, Sie würden zu

viele Romane lesen und das würde Ihnen nicht guttun. Das denke ich jetzt auch. Sie sind eine eigensinnige Person, Eugenia."

„Wer bist du, dass du über mich urteilst?" Die Stimme versagte ihr.

„Ich wäre gern dein Vater, dann würde ich dich nämlich übers Knie legen."

„Es ist eine Frechheit, wenn du nur daran denkst, mich übers Knie legen zu wollen", rief sie erbost aus und erhob sich vom staubigen Boden. Einige Flecken blieben auf ihrem Kleid zurück, die sie auszuklopfen versuchte.

„Ich will dir nur helfen, dafür könntest du etwas freundlicher sein", blaffte er sie an.

„Wärst du kein so ungehobelter Flegel, könnte ich durchaus freundlicher sein. Und wo wir schon dabei sind, könntest du mir mehr Ehrerbietung entgegenbringen. Ich bin keine einfache Dienstmagd."

Matthias schnaubte verächtlich und machte einen Schritt auf sie zu. „Nein. Du bist das verwöhnteste Gör, das mir je über den Weg gelaufen ist!"

„Sie, es heißt immer noch Sie!", schrie sie mit schriller Stimme. „Ich habe dir nicht erlaubt, mich so vertraut anzusprechen!"

„Dann sind Sie eine verwöhnte Göre!"

Empörung machte sich in ihr breit. Sie öffnete den Mund und wusste für einen Augenblick nicht, was sie sagen sollte.

Matthias lachte höhnisch. In seinen Augen funkelte es herausfordernd. „Na? Fehlen Ihnen jetzt die Worte, Fräulein Hochwohlgeboren?"

„Dir wird es nicht gelingen, mich zum Schweigen zu bringen!"

„Nein?" Matthias machte einen weiteren Schritt auf sie zu. Ihre Gesichter waren nah beieinander.

Eugenia wollte etwas sagen, ihn beleidigen. Da packte er sie an den Schultern und küsste sie stürmisch. Sie konnte sich nicht bewegen. Schock und noch ein anderes

Gefühl ließen sie erstarren. Als Matthias sie freigab, starrte Eugenia fassungslos auf seine Lippen, die sich weich und warm angefühlt hatten. Er grinste voller Zufriedenheit, ihr das Gegenteil bewiesen zu haben, denn sie schwieg noch immer.

Eugenia hob eine Hand und schlug ihm ins Gesicht. Der Schlag klatschte geräuschvoll. Matthias rieb sich die Wange. „Das habe ich wohl verdient."

„Allerdings, und ich hoffe, es war dir eine Lektion", fauchte sie.

Er ließ die Hand sinken und sah an Eugenia vorbei auf einen Punkt, der hinter ihr lag. „Ja. Ich küsse Sie nie wieder. Das hat sich nämlich nicht gelohnt." Er packte nach der Mistgabel und drehte sich fort, um mit seiner Arbeit weiterzumachen.

Eugenia war erbittert von seiner Bemerkung, beschämt über den Kuss und starrte in eine andere Richtung, damit er ihr Erröten nicht sehen konnte. Sie wollte aus dem Stall fliehen, um Abstand von diesem Kerl zu gewinnen, voller Groll und Verlegenheit. Außerdem hatte sie im Augenblick ein ganz anderes Problem, erinnerte sie sich.

Matthias hielt in seiner Arbeit inne und drehte sich zu Eugenia um, die auf die Stalltür zuging.

„Sie hätten es Ihrem Vater sagen sollen. Er hätte die Sache aufklären können, ehe es zum Verdacht kam."

„Das weiß ich jetzt auch." Eugenia blieb stehen und seufzte. Ihr Kummer war wieder größer als das Bedürfnis, sich über seinen Vorwurf und den Kuss aufzuregen. Sie schniefte, wischte sich die neuen Tränen aus dem Gesicht und holte aus ihrem langen Ärmel des Kleides ein zusammengeknülltes Tuch, um hineinzuschnäuzen. „Du solltest dich um deine Arbeit kümmern", wies sie ihn zurecht und wollte den Stall verlassen.

„Wenn Sie mich nicht so hochmütig behandeln würden, Fräulein Eugenia, dann würden Sie merken, dass ich Ihnen helfen will!" Seine Stimme zeigte offenen Missmut und auch

Beherztheit, denn er schien zu wissen, dass er mit seinen Äußerungen ihr gegenüber vorsichtig sein musste.

Eugenia drehte sich langsam zu ihm um. Unwillkürlich erinnerte sie sich an den Kuss. Die Scham brannte förmlich auf ihrem Gesicht. „Was kümmert dich die Not einer eingebildeten Bürgerlichen, Matthias Hollmann?"

Er streckte sein Kinn vor. „Es sollte mich nicht kümmern, Sie denken ja auch nur an sich selbst."

„Das ist nicht wahr!"

Er ignorierte ihren Widerspruch. „Ich könnte herausfinden, wer beim Schultheiß war. Derjenige könnte auch der Besitzer der Säcke sein. Was sagen Sie nun?"

Eugenia horchte auf. Hoffnung erwachte in ihr, als sie die Worte vernahm. Sie musterte den Mann. Sprach er die Wahrheit? „Würdest du das tun?"

Matthias verschränkte die Arme vor seiner Brust und warf ihr einen herausfordernden Blick zu. „Wenn Sie mich freundlich bitten, Fräulein Eugenia."

Die Worte sprudelten unbedacht aus ihrem Mund. „Du bist ein ungehobelter Klotz, Matthias Hollmann, und ich werde mich vor dir nicht erniedrigen."

„Mich um Hilfe zu bitten, ist für Sie eine Erniedrigung? Das ist aber schade. Ich dachte, Sie wollen Ihrem Vater helfen."

Eugenia biss sich auf die Lippen und verhinderte so, dass sie Gemeinheiten aussprach, die ihr später leidtun würden. Dieser Kerl war unausstehlich. Und ihn wollte sie mögen? Konnte er ihr wirklich helfen? Sollte sie ihren Stolz hinunterschlucken? Erst küsste er sie und nun sollte sie ihn auch noch bitten, ihr zu helfen? Sie musste ihm doch böse sein, da er sich so ungebührlich benommen hatte. Oder? Eugenia konnte nicht so tun, als hieße sie sein Benehmen gut. Oder?

Matthias kostete sichtlich ihren inneren Kampf aus.

„Na, dann eben …" Sie holte tief Luft und sagte in einem bissigen Ton: „Ich bitte dich, Matthias Hollmann, hilf mir herauszufinden, wer meinen Vater angezeigt hat."

Er verbeugte sich vor ihr. Ein breites Grinsen zeigte sich. „Muss Ihnen wirklich schwergefallen sein, und das mit der Freundlichkeit sollten Sie noch üben."

Sie öffnete den Mund. Unzählige Beschimpfungen wirbelten durch ihren Kopf, sammelten sich auf ihrer Zunge. Eugenia versuchte sich zu zähmen. Das Lächeln auf ihrem Gesicht war plötzlich so herzlich und strahlend, dass es jedes Herz erwärmte. „Ich wäre dir äußerst dankbar, wenn du mir hilfst."

„Ich helfe Ihnen, wenn Sie versprechen, mir aus Zeitungen vorzulesen."

Eugenia wollte aufbegehren, ihn zurechtweisen, stattdessen nickte sie ihm zu. „Einverstanden, aber wage es nicht noch einmal, mich zu küssen!"

Nachdem er seine Aufgaben bei den Hentschels erledigt und auf dem Feld mit seinem Vater die Arbeit beendet hatte, ging Matthias nach Hause, wusch sich, zog sich ordentliche Hosen und ein sauberes Leinenhemd an. Danach machte er sich auf den Weg zur Schule, wo er den Schultheiß Gerlach anzutreffen hoffte.

Er spürte noch immer ihre Lippen, weich und warm. Doch seine Wange brannte von ihrem Schlag. Kein Mädel hatte ihm jemals eine Ohrfeige verpasst, nur weil er ihr einen Kuss raubte. Wenn Matthias es genauer bedachte, hatte er sich auch noch nie einer feinen Dame auf diese Weise genähert. Würde es ihm je gelingen, noch einmal diese süßen Lippen zu berühren? Würde Eugenia ihn das nächste Mal wieder attackieren? Dieses Mädchen war die eingebildetste Person, der er je begegnet war, und die bezauberndste dazu. Er wusste selbst nicht, warum er diesem wohlhabenden Doktor und seiner verwöhnten Tochter helfen wollte. Ihr Kummer und ihre Verzweiflung hatten ihn schwach gemacht. Nichts hatte in diesem Augenblick an ihre sonst so grässliche Überheblichkeit erinnert. Oh, dieses törichte Mädel hatte ihre Entdeckung verschwiegen. Sie war so anmaßend, so besserwisserisch.

Schließlich, am Ende ihres Gespräches, hatte sie ihm ein Lächeln zugeworfen, das ihn übermannte. Ihre Augen hatten von den letzten Tränen geglänzt, ihre Wangen waren leicht gerötet gewesen. Und dieses Lächeln ... Matthias schüttelte den Kopf. Sie hatte es durchaus bewusst eingesetzt, ermahnte er sich. Dieses Fräulein verkehrte in vornehmen Kreisen und hatte gelernt, äußerliche Vorzüge einzusetzen, um zum Erfolg zu kommen. Er war natürlich gegen diese Äußerlichkeiten gefeit. Ihre Schönheit berührte ihn nicht!

Schließlich stand Matthias mit seiner Mütze in der Hand vor dem Schreibtisch des Schultheißen und überlegte hastig, was er sagen sollte. Es war wichtig, bei Ernst Gerlach den richtigen Ton zu treffen.

„Hör mal, ich hab da eine Frage", begann er und schalt sich. Das war nicht der richtige Ton. Matthias räusperte sich.

Der Schultheiß, der hinter seinem Schreibtisch hockte, auf dem Blätter verteilt lagen, winkte ihn zu sich. „Und ich hab eigentlich keine Zeit, Matthias. Was gibt's?"

„Es geht um den Vorfall beim Doktor."

Ernst Gerlach hielt in seiner Arbeit inne und blickte auf. „Was geht's dich an?"

Matthias krempelte seine Mütze zusammen. Diese Frage hatte er erwartet. „Nichts."

„Dann ist unser Gespräch beendet." Der Schultheiß beugte sich wieder mit seiner Schreibfeder über das Papier.

Matthias blieb stehen. Dieses Gespräch verlief nicht ganz so, wie er sich erhofft hatte. Er musste deutlicher werden: „Ich glaub nicht, dass die Säcke vom Doktor sind!"

Die Feder in der Hand des Schultheißen fiel auf den Tisch. Ernst atmete tief durch, ehe er wieder aufblickte. „Woher weißt du das? Ich habe absolutes Stillschweigen veranlasst!"

„Verdammt, Ernst, du weißt sehr gut, dass der Doktor so was nicht tun würde."

„Es haben schon ganz andere Menschen Dinge getan, die man ihnen niemals unterstellen würde, aber das Korn haben wir trotzdem gefunden, und zwar in seinem Stall."

„Aber du weißt wie ich, dass da etwas nicht stimmt." Matthias trat mutig an den Schreibtisch heran. „Wer hat es dir gesagt? Ich weiß, dass jemand bei dir war. Wer war es?"

Der Schultheiß lehnte sich in seinem Stuhl zurück. „Sei nicht närrisch, Matthias. Das darf ich dir natürlich nicht sagen."

„War es einer aus Holzhausen?"

„Jemand hat den Doktor beobachtet, wie er die Säcke in den Stall gebracht hat. Es ist eindeutig, genau wie der Fund."

„Is nicht wahr ..." Matthias schüttelte spöttisch den Kopf. „Glaubst du das?"

„Nein, ehrlich gesagt habe ich es nicht geglaubt, bis ich die Säcke im Stall gefunden habe! Und jetzt geh nach Hause und kümmre dich um deinen eigenen Kram."

Jetzt würde Matthias nicht aufgeben: „Hier geht es um den Namen eines rechtschaffenen Mannes, und du tust nichts?"

„Ich habe meine Pflicht getan und entsprechend den Instruktionen des Herzogs gehandelt." Ernst Gerlach wurde langsam ungeduldig. „Überlass diese Aufgaben demjenigen, dem sie übereignet wurden, nämlich mir! Und jetzt Schluss!"

Damit war das Gespräch beendet. Matthias knüllte die Mütze zusammen, drehte sich um und ließ die Schultern sinken. Mit wenigen Schritten war er an der Tür und wollte gehen, da fasste er noch einmal Mut. „Ich kann dir beweisen, dass der Doktor unschuldig ist."

Ernst Gerlach seufzte. „Du gibst wohl nie auf, was? Das ist das Gleiche wie mit dem Fohlen. Warum bist du in letzter Zeit so stur?"

Matthias verkniff sich eine Bemerkung und kehrte zum Schreibtisch des Schultheißen zurück. „Ein Vieh hat nichts mehr mit dem Ruf eines ehrbaren Mannes zu tun. Musst du nicht jedem Hinweis nachgehen?"

Ernst Gerlach schien nachzudenken. Er machte das gleiche Gesicht wie damals, als Matthias ihn gebeten hatte, das Fohlen aus der brennenden Scheune zu retten. Es war eine stoische Maske, unnachgiebig, dann erweichte sich dieser Ausdruck.

Matthias wusste, dass er seinen Schultheiß so weit hatte. „Nenn mir den Namen, Ernst, und ich bring dir den Beweis."

Schultheiß Gerlach erhob sich mit verschlossenem Blick von seinem Stuhl. Matthias dachte, er schicke ihn jetzt nach Hause, da vernahm er seine Stimme: „Ich nenne dir nur den Namen, wenn du mir sagst, was du vorhast."

Matthias grinste nun spitzbübisch. „Wir bringen die Säcke demjenigen zurück, dem sie gehören!"

Eugenia hatte die ganze Nacht wach gelegen und sich Vorwürfe gemacht. Wieder und wieder dachte sie an das fassungslose Gesicht ihres Vaters, als er die Säcke entdeckt hatte. Nur gut, dass er nichts von seiner Tochter wusste. Sobald Eugenia in einen leichten Schlaf gefallen war, träumte sie den Augenblick, wie der Schultheiß auf die Säcke zeigte und Anton Hentschel blass wurde. Würde Matthias ihr wirklich helfen können? Was tat er? Wie könnte er ihr beistehen? Sie würde ihn gleich morgen befragen.

Am nächsten Tag war sie nachlässig mit ihrer Toilette, saß teilnahmslos am Tisch und zog sich schnell zurück. Ihr Vater war seit dem Vorfall nicht aus seinem Arbeitszimmer gekommen. Es lag eine seltsam angespannte Stimmung im Haus.

Mit anhaltenden Schuldgefühlen, die ihre Schultern beugten, schlich Eugenia über den Hof und blieb am Stall stehen. Sie musste mit Matthias sprechen. Wie sie gehofft hatte, fand sie ihn bei seiner Arbeit.

Eugenia grüßte nicht einmal, sondern fragte gleich: „Warst du beim Schultheiß? Erzähle mir, was du getan hast. Hast du etwas herausbekommen?"

Matthias seufzte und betrachtete sie von oben bis unten. Der Anblick ließ ihn zögern, so als überlegte er noch, das zu äußern, was ihm auf der Zunge lag. Matthias stützte sich auf der Heugabel ab. „Ist es nicht undamenhaft, so neugierig zu sein?"

„Matthias Hollmann!"

Er grinste, schien zu genießen, sie auf die Folter zu spannen. „Wir waren gestern Abend beim Götze Gunnar. Er war derjenige, der behauptet hat, Ihr Vater würde die Kommission anlügen. Als der Gerlach Ernst und ich dort ankamen, konnten wir den Kerl schnell überführen. Er ist ein Säufer und ziemlich unbeherrscht. Er gab zu, dass er die Säcke in den Stall gelegt und Ihren Vater angezeigt hat."

„Sagte er auch warum?"

Matthias fuhr sich mit einer Hand durch sein dunkles Haar. Es war ihr, als gäbe es da mehr zu erzählen, doch er schwieg. „Es ist alles in Ordnung, Fräulein Eugenia. Sie müssen sich keine Sorgen mehr machen. Allerdings war es keine gute Idee, Ihrem Vater Ihre Entdeckung zu verschweigen. Sie hätten ihm 'ne Menge Ärger ersparen können." Anscheinend erwartete er ihren Widerspruch, doch sie starrte schweigsam auf seine Lippen.

„Sie sind ein seltsames Mädchen", murmelte Mathias plötzlich.

„Und du bist ein ..."

„Ein ungehobelter Klotz", unterbrach er sie schroff. „Ich weiß, was Sie über mich denken."

„Das kannst du gar nicht!", erwiderte sie.

„Ach? Ich weiß zum Beispiel, dass Sie alles tun würden, um nach Wiesbaden zurückzukehren, statt sich lebendig an diesem Ort begraben zu lassen." Matthias amüsierte sich über ihren Gesichtsausdruck. Er machte sich nicht einmal die Mühe, es zu verbergen. „Oder dass Sie lieber mit einem Greis verheiratet werden wollen, als in dieser Einöde dahinzusiechen."

Eugenia atmete tief durch und überlegte, wann sie das gesagt hatte. Es war noch gar nicht lange her, fiel ihr dann ein. „Woher weißt du das?"

„Euer Hausmädchen ist ein geschwätziges Ding. Es hat erzählt, wie Sie über das Landleben denken."

Sie fühlte sich ertappt. Schnell überlegte Eugenia, zu welcher Gelegenheit sie welche Gemeinheiten geäußert hatte. Ihre Empörung nahm überhand. Dieses verflixte, redselige Hausmädchen. Eugenia richtete sich auf, als versuchte sie, neben Matthias nicht so klein und unbedeutend zu wirken. „Mag sein, dass ich meinem Unmut manches Mal Luft gemacht habe." Wie Matthias es ausgesprochen hatte, klang es gemein. Eugenia starrte auf ihre Hände und dachte nach. Sie hatte es nicht so gemeint, stellte sie fest. Sie war gehässig gewesen, verzweifelt über dieses Leben, das sie führen musste. Aber Eugenia verurteilte diese Menschen deswegen nicht. Moritz hatte zu ihr gesagt, sie solle endlich aufhören, über ihr Schicksal zu jammern. Sie hatte es auf dem Land gut. Hier genoss sie eine Freiheit, die ihr in der Stadt nicht zuteilwurde. Und sie hatte Freunde gefunden. Eugenia hob den Blick. Würde dieser Matthias auch ein Freund sein können?

„Du weißt nichts über mich", murmelte sie nun entschuldigend. Woher sollte dieser Mann wissen, welches Leben sie geführt hatte, bevor sie in diese Einsamkeit ziehen musste.

„Natürlich nicht. Wer will schon etwas von jemandem wissen, der sich so verhält wie du!" Er nutzte absichtlich eine persönliche Anrede. Sie hielt es diesmal nicht für nötig, ihn auf seine Fahrlässigkeit aufmerksam zu machen.

„Jemand wie du kann das nicht verstehen", gab sie patzig zurück, ermahnte sich jedoch, nicht beleidigend zu werden. „Du musst zugeben, viel Frohsinn gibt es hier nicht", sagte sie stattdessen.

Nun wurde er ernst. „Nein, die meisten hungern. Die Kartoffelfäule hat uns ein schlimmes Jahr beschert. Wir haben seit Wochen keine anständige Mahlzeit mehr gehabt. Die Menschen werden krank, weil sie kein Geld haben, die hohen Preise für Getreide zu zahlen, und niemand weiß, wie die nächste Ernte ausfallen wird. Trotz dieses Elends haben wir aber Herz und Verstand und wissen, das Leben zu schätzen", verteidigte sich Matthias, ohne beleidigt zu klingen. „Und ehrlich gesagt, auch wenn ich gern an dem reich gedeckten Tisch bei euch zu Hause sitzen würd', so liebe ich meine Arbeit." Er hob seine Hände an. An ihnen waren kaum noch die Verbrennungen zu sehen. Eugenia starrte wie gebannt darauf. „Damit schaffe ich es, aus einem braunen Acker ein blühendes Feld zu machen und Frucht zu ernten."

Eugenia verglich sich mit ihm und dachte daran, wie sie ihre Tage verbrachte. Sie lebte in einer völlig anderen Welt.

Wieder begegneten sich ihre Blicke. „Du bist mutig", sagte sie zaghaft.

„Woher willst du das wissen? Du kennst mich nicht." Seine Stimme klang herausfordernd.

Eugenia antwortete ihm versonnen: „Ich kenne sonst niemanden, der in eine brennende Scheune gelaufen wäre, um ein Fohlen zu retten."

Sie lächelten sich an, schüchtern, befremdlich. Da war wieder diese Verwirrung, die seine Augen in ihr auslösten. Eugenia und Matthias waren so verschieden, stammten aus zwei unterschiedlichen Gesellschaftsschichten. Vorurteile machten es ihr schwer, sich aus ihrem eigenen Leben zu lösen und etwas anderes zu sehen. Mit einem Mal wollte sie seine Welt kennenlernen, um ihn zu verstehen. Sie wusste selbst nicht warum. „Und warum hast du mir geholfen, wenn du glaubst, ich sei eine verwöhnte Göre?", fragte sie herausfordernd. An den Kuss wollte sie sich gar nicht erst erinnern. Nicht weil es ihr widerstrebte, sondern weil es ihr gefallen hatte. Das war das Schlimmste daran. Es war ihr nicht einmal unangenehm gewesen.

Seine Lippen verzogen sich amüsiert, als könnte Matthias ihre Gedanken erraten. „Du hast ein gutes Herz, Eugenia."

Vielleicht war es doch möglich, diesen Flegel zu mögen? Eugenia verknotete ihre Finger ineinander. Trotz dieses unerhörten Kusses.

„Vergiss nicht dein Versprechen", erinnerte Matthias sie.

Ihr wurde es unangenehm, daran zu denken. „Ich mag vielleicht etwas unbedacht gewesen sein, Matthias. Ich kann dir nicht immerzu etwas vorlesen. Es schickt sich nicht, so viel Zeit mit dir zu verbringen."

„Weil ich nicht würdig bin?“ Es klang fast, als sei er verletzt.

„Nein, weil es sich nicht ziemt. Meine Eltern wären nicht erfreut. Sie beobachten uns.“

„Dann treffen wir uns woanders. Irgendwo, wo uns keiner sieht“, schlug Matthias leichtfertig vor.

Ihre Augen weiteten sich entrüstet. „Nein, das wäre ja noch schlimmer. Ich werde meinen Ruf nicht in Gefahr bringen, um dir Zeitungen vorzulesen. Was hätte ich davon?“

Matthias grinste und fuhr mit einer Hand über seinen Nacken. „Du hast gesagt, es wäre dir hier zu langweilig. Ich biete dir etwas Abwechslung in dieser, wie nanntest du es, Einöde.“

Eugenia drehte sich um. Erst als sie das Elternhaus betrat, atmete sie durch. Obwohl sie wusste, dass es falsch war, würde sie seinen Vorschlag akzeptieren. Ohne es erklären zu können, würde sie sich mit Matthias treffen. Sie hatte es ihm versprochen. Ihr Herz pochte wild gegen ihre Brust.

Kapitel 4

Wiesbaden

Eine mit Edelsteinen besetzte Kette brachte ihr Dekolleté zum Strahlen. In ähnlicher Form steckte ein Diadem in ihrem Haar. Eugenia trug eines ihrer schönsten Kleider aus Seide, mit funkelnden Steinen besetzt und leichten Puffärmeln. Ihr Haar war hochgesteckt und bei ihren Schritten wippten die Schläfenlöckchen. An der Seite ihrer Tante, gefolgt von ihrem Vater, betrat Eugenia den Saal. Der Ball wurde von Bekannten des Doktors ausgerichtet und war eine der begehrtesten Veranstaltungen in der Stadt. Kronleuchter mit Kristallsteinen hingen von der Decke und erhellten mit glitzerndem Licht den festlichen Saal. Eugenia konnte ihr Glück nicht fassen. Sie war in Wiesbaden. Überall erkannte sie vertraute Gesichter. Dort winkte sie einem jungen Paar, das mittlerweile verheiratet war. Hier nickte sie zwei Damen zu.

Eugenia hätte vor Freude tanzen und singen können, als sie erfahren hatte, dass Vater mit ihr in die Stadt fuhr. Dabei war ihr nicht klar, was ihn dazu veranlasst hatte. Der Schultheiß und Matthias hatten eine Unterredung mit ihrem Vater geführt. Eugenia hatte einen Schreck bekommen und befürchtet, Matthias würde verraten, dass sie die Säcke entdeckt hatte. Statt einer Strafpredigt hatte der Vater verkündet, mit Eugenia für einige Tage nach Wiesbaden zu fahren. So war es geschehen. Gestern Mittag waren sie mit der Kutsche in Wiesbaden angekommen. Als Eugenia in ihrem Zimmer stand, in dem sie aufgewachsen war, fühlte sie sich wohl und geborgen. Sie war so beschwingt und erleichtert hier zu sein, dass sie sich auf ihr Bett geworfen und laut gelacht hatte. Das Leben in Wiesbaden war so beruhigend, so vertraut. Ihre Heiterkeit war mit jedem Tag, den sie in ihrer Heimatstadt verbrachte, etwas mehr sichtbar geworden.

Eugenia vernahm das Spiel des Orchesters. Der Rhythmus der Musik ließ ihren Körper erzittern. Fast, als riefe etwas sie auf die Tanzfläche. Sie tanzte mit feingekleideten Herren, nahm jedes Kompliment wie ein Schwamm auf, der mit Wasser in Berührung kam. Eugenia kreiste mit einem jungen Offizier in der Reihe im Takt zu einer Quadrille.

„Ich habe Sie in den letzten Monaten vermisst, Fräulein Eugenia", sprach der Offizier rasch, ehe er von ihr forttanzte, um eine andere Dame zu umrunden.

Als sie wieder zusammentrafen, lächelte Eugenia ihn an. „Das ist sehr freundlich. Auch ich habe dies alles vermisst."

Als das Orchester endete, klatschten die begeisterten Tänzer und Tänzerinnen und zogen sich von der glänzenden Fläche zurück, um anderen für den nächsten Tanz Platz zu machen. Der Offizier führte Eugenia zu ihrem Vater und ihrer Tante Gerlinde, die ein wachsames Auge auf sie hatte. Die Tante war eine kräftige Dame Ende vierzig mit energischen Bewegungen und einer bewundernswerten Art, auf andere einzureden. Ihr bereits leicht ergrautes Haar war hochgesteckt und mit Perlen verziert. Gerlinde trug ein elegantes graues Kleid, an dessen Dekolleté silberne Bänder glitzerten.

Nachdem sich der Offizier zurückgezogen hatte, verbeugte sich Dorotheas Bruder vor ihr und forderte sie zum Tanz auf. Eugenia warf einen bittenden Blick auf ihren Vater, der einvernehmlich nickte. Sie legte ihre Hand auf die des Herrn und ließ sich zur Tanzfläche führen.

„Ist Ihre Schwester auch hier?", fragte Eugenia.

„Wenn Sie Dorothea meinen, dann natürlich. Sie sucht Sie bereits seit einiger Zeit." Nach dem Tanz ließ sich Eugenia durch den Saal zu ihrer Freundin führen, die bei einer Gruppe von jungen Damen stand. Sie wurde von

Dorothea herzlich begrüßt. Freudig betrachtete Eugenia ihre Freundin, diese schlanke Frau mit den schwarzen Haaren, die sie heute aufwendig hochgesteckt hatte. Eugenia fiel auf, wie hell ihr Gesicht war. Und sie erinnerte sich daran, dass Dorothea im Sommer die Sonne mied, um den feinen Teint nicht zu verlieren, auf den auch die Adeligen großen Wert legten. Und es war für sie sehr wichtig, die Ideale des Adels nachzuahmen. Dorotheas Vater war Offizier und durch ein Erbe zu Wohlstand gekommen, um den ihn so manch einer beneidete.

Ihr Bruder neigte seinen Kopf zu Eugenia. „Ich lasse Sie nun zurück." Gekicher erklang im Hintergrund. „Ich fürchte sonst, zu viel Aufmerksamkeit der Damen zu erregen."

Eugenia lächelte. „Fliehen Sie nur."

Er verbeugte sich mit einem schelmischen Gesichtsausdruck und ging, ehe ihn seine Schwester aufhalten konnte.

„Er ist unmöglich, mein Bruder", schimpfte Dorothea nicht wirklich böse. „Er nennt uns tatsächlich alberne Gänse."

Zwei junge Frauen schauten dem Herrn nach und kicherten aufgeregt, als dieser ihnen einen Blick zurückwarf.

„Ich weiß gar nicht, wie dein Bruder auf diese Idee kommt", neckte Eugenia ihre Freundin. Unwillkürlich fragte sie sich, ob sie sich ebenso verhielt. Die kindischen Gebärden fielen ihr erst jetzt auf. Die Freundinnen umzingelten sie, lachten, fragten sie über das Landleben aus und schwatzten durcheinander. Und doch hörten sie nicht zu, was Eugenia zu erzählen hatte. Diese versuchte ihre Beschreibung des Landlebens knapp zu halten. Natürlich unterließ sie es, von ihren Erlebnissen zu berichten. Das kümmerte hier niemanden, vermutete Eugenia. Weder die Verzweiflung noch die täglichen Sorgen des einfachen Arbeiters fanden hier Verständnis. Eugenia konnte sich selbst ihr mitfühlendes Verhalten nicht erklären. Auch wenn sie es nicht wollte, so dachte sie an Matthias und ihr letztes Gespräch. Eine seltsame Vertrautheit war zwischen ihnen entstanden, die Eugenia gar nicht zulassen wollte. Es schickte sich nicht.

Wie sollte sie sich zukünftig Matthias gegenüber verhalten? Sollte sie sich mit ihm treffen? Über diese Bedenken konnte sie mit ihrer Freundin nicht sprechen. Würde Dorothea so etwas verstehen und ihr einen guten Ratschlag geben können? Eugenia stellte sich vor, wie ihre Freundin reagieren würde, erführe sie von dem Kuss des Bauernsohnes. Das wäre ein Schock.

Dorothea musterte ihre Freundin. „Du jammerst gar nicht über das langweilige Landleben", fiel ihr auf. „Dir gefällt es doch nicht dort?"

Eugenia riss erschrocken die Augen auf. „Niemals. Glaube mir, es gibt nichts Wundervolleres, als hier zu sein." Klang es überzeugend?

„Wir sollten uns nun um den neuesten Klatsch kümmern", mischte sich eine der jungen Frauen ein.

Jede wusste eine Geschichte zu erzählen. So war Eugenia nach kurzer Zeit über das gesellschaftliche Leben in Wiesbaden informiert. Während die Stimmen sie überschwemmten, gähnte sie unauffällig. All das Gerede langweilte sie. Allerdings sprach sie das nicht laut aus, sondern gab sich aufmerksam und hörte jedem zu, fügte ein „Aha" ein, oder ein „Oh" oder ein „Nein, wirklich?". Die Mädchen plauderten plötzlich von einem Herrn, dessen Namen Eugenia noch nie gehört hatte. Sie wurde hellhörig. Dorothea mischte sich ein. „Lasst gut sein, Eugenias Kopf ist voll von euren Neuigkeiten. Von Daniel Schütz kann sie noch nichts wissen."

„Was hat es mit Daniel Schütz auf sich?", wollte Eugenia neugierig wissen.

Dorothea öffnete mit der freien Hand den Fächer und wedelte sich Luft zu. „Ein recht erfolgreicher Kaufmann, Mitte dreißig, Witwer mit einer Tochter." Sie klappte, während sie sprach, den Fächer zu und zeigte auf einen Herrn, der bei Doktor Hentschel und dessen Schwester Gerlinde Hentschel stand. Eugenias Tante redete auf den Fremden ein, der geduldig den Kopf senkte und ihr zuzuhören schien. Das Erste, was Eugenia auffiel, war der maßgeschneiderte schwarze Anzug. Es gab keinen Zweifel, dass es sich um eine teure Ausstattung handelte, die dieser Mann an sich trug. Das Seidentuch saß genauso perfekt in dem hohen Kragen, wie sie es von ihrem Vater kannte. Das blonde Haar war ordentlich gekämmt und glänzte im Schein der Kerzen.

„Er ist gutaussehend, findest du nicht?", hörte sie die Stimme ihrer Freundin. „Er ist belesen und wohlhabend."

Ehe sich Eugenia dem Herrn widmen konnte, um sein Gesicht genauer zu betrachten, wurde sie von einem überschwänglichen Aufruf abgelenkt.

„Sieh nur, Oberst Mergender ist heute Abend hier. Ist er nicht fantastisch?", schwärmte eine der jungen Frauen im Hintergrund.

Eugenia wurde herumgezogen, ohne besagten Daniel Schütz genauer in Augenschein nehmen zu können. Dorothea winkte ab und warf der anderen Freundin einen mitleidigen Blick zu. „Er tanzt das dritte Mal mit Helga Sommerfeld. Ich vermute, er will ihr Herz erobern, also denke lieber nicht weiter über ihn nach."

Eine der anderen sagte: „Wie wäre es mit Daniel Schütz? Es ist verwunderlich, dass er sich hier zeigt."

Eugenia folgte dem Blick zurück zu ihrer Tante, die sich noch immer mit dem Herrn unterhielt. „Warum?", wollte sie wissen.

„Er hat sich seit dem Tod seiner Frau völlig vom gesellschaftlichen Leben zurückgezogen. Er kaufte ein Haus am Rande der Stadt und besucht sehr selten Festlichkeiten", wusste Dorothea zu berichten.

„Vielleicht will er sich wieder verheiraten?" Die junge Dame reckte den Hals, um einen besseren Blick auf den besagten Herrn zu haben.

„Wer weiß. Ah, das wird dich erfreuen, Eugenia. Da ist Sebastian Kreutzer." Dorothea zeigte unauffällig mit dem Fächer auf einen elegant gekleideten Mann. „Er hat sich sehr um dich bemüht, bis er und dein Vater diesen Streit hatten. Solltest du ihn heiraten?"

„Sebastian ist viel zu alt", sagte da eine der Freundinnen, ehe Eugenia etwas erwidern konnte.

„Wenn du Mitte vierzig alt findest, bedenke, dein Vater möchte, dass du einen Advokaten heiratest", warf Dorothea entschieden über ihre Schulter. „Und im Augenblick gibt es nur vier unverheiratete betuchte Advokaten in der Stadt. Und alle sind über fünfzig."

„Sebastian ist mir wie ein Onkel", murmelte Eugenia gedankenverloren. Sie konnte sich ihn nicht als Ehemann vorstellen.

Sebastian nahm einen direkten Weg zu ihnen. Er trug einen dunklen Anzug mit langen Pantalons und glänzenden Schuhen. Ein weißes Tuch füllte den Ausschnitt des Hemdes mit dem hohen Stehkragen aus. Sein braunes Haar, von dem er behauptete, es würde langsam grau werden, glänzte im Schein der Lampen. Seine Augen waren auf Eugenia gerichtet. In ihnen funkelte Heiterkeit. Sein Gang war entspannt, seine Haltung aufrecht.

Eugenia lächelte ihm entgegen.

„Es ist schön, dich zu sehen", begrüßte der Mann sie und verbeugte sich. „Ich wünsche auch Ihnen einen guten Abend, Fräulein Henninger. Ihr hübsches Antlitz bereichert diesen Abend."

Dorothea zeigte ein schüchternes Lächeln, während es in ihren Augen aufblitzte. „Ich danke Ihnen, Herr Kreutzer."

Sebastian wandte sich zu Eugenia. „Du wirkst blass. Geht es dir nicht gut?"

„Natürlich geht es mir gut. Ist das dein Kompliment an mich?", fragte sie schelmisch.

„Für dich habe ich Komplimente zur Genüge. Du bist glücklich, in Wiesbaden zu sein?"

Sie konnte diese Frage plötzlich nicht eindeutig beantworten. Einerseits war sie tatsächlich beglückt, hier zu sein zwischen all ihren Freundinnen und dem vertrauten

Alltag. Die Komplimente, die Musik, das Gelächter, das Stimmengewirr. All das hatte sie vermisst. Und doch war da etwas, was sie schwermütig werden ließ. Die Unterhaltungen erschienen ihr plötzlich fad. Es ging um Mode, neue Gerüchte, Heiratsabsichten. Gab es da nicht mehr im Leben einer Frau?

„Ja, es ist schön, hier zu sein. Ich hoffe, deine Geschäfte gingen gut?"

Sebastian runzelte die Stirn, dann schien ihm ihr Treffen in Holzhausen einzufallen. „Ach ja, ein durchaus erfolgreicher Ausflug, den ich gemacht habe." Sebastian drehte sich kurz um, als suchte er jemanden. Etwas trübte seine heitere Miene. „Ich vermute, dein Vater ist auch da?"

„Natürlich. Ihr seid euch noch nicht begegnet?"

„Ich versuche es zu verhindern." Er zwinkerte Eugenia schelmisch zu.

„Du solltest mit Papa reden, statt ihm ständig aus dem Weg zu gehen", riet sie dem Mann.

„Er will nicht", widersprach Sebastian und sah sich unbehaglich um. „Und er kann ein furchtbarer Sturkopf sein."

„Ich wünschte mir, ich könnte dir helfen."

Sebastian verneigte sich vor ihr und reichte ihr seine Hand. „Du kannst mich ablenken, indem du mit mir tanzt. Dabei kann ich dich mit Komplimenten überhäufen."

Sie nahm lachend seine Hand und ließ sich von ihm auf die Tanzfläche führen.

Anton Hentschel stand mit Gerlinde und Daniel Schütz am Rand der Tanzfläche. Der Doktor beobachtete mit Genugtuung, dass Daniel Schütz seine Augen nicht von Eugenia lassen konnte, während sie mit einem anderen Herrn eine Quadrille tanzte.

„Sie hat ein fröhliches Gemüt", sagte die Tante überzeugend und wedelte sich mit einem glitzernden Fächer Luft zu. „Ich versichere Ihnen, Herr Schütz, meine Nichte schäumt bisweilen über vor Lebenslust."

„Sie ist jung. Wie alt ist Ihre Tochter?" Daniel Schütz wandte sich zu Anton Hentschel, der neben ihm stand. „Herr Doktor Hentschel?"

Anton zuckte zusammen und blinzelte nervös, er war einen Moment lang geistesabwesend gewesen, während er mürrisch Sebastian angestarrt hatte, der mit Eugenia tanzte. „Verzeihen Sie, Herr Schütz, ich war mit meinem Gedanken woanders. Siebzehn, meine Tochter ist siebzehn Jahre alt."

Daniel Schütz lächelte. „Sie wirkt noch sehr kindlich."

„Sie kann durchaus erwachsen sein und vernünftig, dennoch ist sie etwas unbedarft in allem, was neu für sie ist", mischte sich die Tante wieder in das Gespräch ein. „Mein Bruder hat es leider versäumt, sie mit strenger Hand zu erziehen. Er hat sie vieles tun lassen, was einer jungen Dame nicht gut steht, und ich befürchte, das Landleben hat es nicht besser gemacht. Eine Ehe ist genau das Richtige für sie." Gerlinde tätschelte den Arm des Mannes. „Eugenia ist sehr gewissenhaft."

„Meine Tochter hat eine gute Erziehung genossen", widersprach Anton Hentschel mit schneidender Stimme und warf seiner Schwester einen vorwurfsvollen Blick zu. „Sie hat einen eigenen Willen entwickelt, den ich durchaus zu schätzen weiß, wenn man bedenkt, dass sich die Zeiten ändern und wir alle einer anderen Weltanschauung folgen werden."

„Sie reden von den aufrührerischen Stimmen in letzter Zeit? Ich bin auch der Meinung, dass wir unser bisheriges Ansinnen über Gesellschaft und Politik überdenken sollten", stimmte Herr Schütz zu.

„Reden Sie nicht über Politik, meine Herren. Ich hole meine Nichte. Mein Bruder stellt Sie einander vor. Sie werden sehen, Eugenia besitzt einen Reiz, dem man nicht widerstehen kann."

Während Doktor Hentschel und Daniel Schütz zurückblieben, steuerte Tante Gerlinde auf ihre Nichte zu, die von Sebastian in den Kreis ihrer Freundinnen zurückgebracht worden war. Als er Gerlinde entdeckte, verbeugte er sich zuvorkommend.

Die Tante entführte Eugenia liebenswürdig aus dem Kreis ihrer Freundinnen und zog sie zu einem der Fenster.

„Gefällt dir dieser Ball?", wollte Gerlinde wissen.

„Es ist sehr angenehm."

„Und warum machst du ein Gesicht, als sei dies das Korrektionshaus in Eberbach?"

Eugenia riss erschrocken die Augen auf. „Tu ich das?"

„Ich war von Anfang an kein Befürworter, als mein Bruder dich mit auf das Land nahm. Doch er wollte nichts davon hören. Hast du vergessen, wie man sich in unseren Kreisen benimmt?"

„Aber Tante, ich fühle mich sehr wohl."

„Du schaust betrübt. Wenn niemand mit dir redet, stehst du geistesabwesend da, wie eine Puppe. Das macht keinen guten Eindruck."

Eugenia fühlte sich ertappt. Nicht nur einmal kehrten ihre Gedanken nach Holzhausen zurück. Tatsächlich dachte sie in den Momenten des Alleinseins an Holzhausen, an Luise und August. Und an Matthias.

„Du bist zu jung und zu schön, um mit diesem Gesicht herumzulaufen." Der Tadel in Gerlindes Stimme riss Eugenia aus ihren Gedanken. „Dein Vater möchte dir einen Herrn vorstellen, der in höchsten Tönen von dir schwärmt. Jetzt sei artig."

Gerlinde zog ihre Nichte zu Daniel Schütz und ihrem Vater. Letzterer lächelte versonnen und zeigte zuvorkommend auf seinen Nachbarn. „Eugenia, das ist Daniel Schütz. Und dies …", Doktor Hentschel führte sie vor den Mann, „dies ist meine Tochter Eugenia Hentschel."

Der Mann verbeugte sich galant vor ihr. Eugenia blickte in freundliche Augen, sah sein offenes Lachen. Sie musste es erwidern.

„Ich bin sehr erfreut." Er richtete sich wieder auf. „Ich

hoffe, ich habe Gelegenheit, mit Ihnen zu tanzen. Oder sind die Tänze bereits anderen Herrn versprochen?"

„Es findet sich sicher ein Tanz", antwortete sie beherzt.

Daniel beugte sich zu ihr vor. „Ich bin zwar etwas eingerostet, was Komplimente angeht, doch gestatten Sie mir zu sagen, dass ich von Ihrem Anblick verzaubert bin."

Eugenia errötete, wusste nicht, was sie erwidern sollte. Daniel Schütz sah adrett aus, dachte sie. Er hatte freundliche Augen und ein durchaus anziehendes Lächeln, dem sie nicht widerstehen konnte. Und das, was sie von ihren Freundinnen über ihn gehört hatte, machte ihn nicht weniger anziehend.

„Sie sind sehr freundlich, Herr Schütz."

„Nein, nur ehrlich", er lächelte. Sie hatte das Gefühl, er wüsste nicht, ob er noch etwas zu ihr sagen sollte. Fast schien es ihr, als sei er genauso nervös wie sie. „Ihr Vater erzählte mir, Sie lesen gern Bücher?"

Eugenia errötete. „Hin und wieder."

„Sie müssen sich nicht scheuen", beruhigte Daniel sie, als hätte er ihr Unwohlsein bei diesem Thema erkannt. „Ich lese viel. Und ich reise sehr gern."

Sie konnte ihr plötzliches Interesse nicht verbergen.

„Ich hole eine Erfrischung", bot er an. „Und dann erzähle ich Ihnen von den wunderbaren Plätzen, die ich besucht habe. Natürlich nur, wenn Sie mögen."

Sie nickte wortlos, wusste nicht, was sie erwidern sollte. Natürlich wollte sie davon erfahren. Daniel Schütz machte sich nach ihrer Zustimmung auf den Weg, Getränke zu besorgen. Eugenia blickte ihm nach, beobachtete seine eleganten Bewegungen und wie er, freundlich mit dem Kopf nickend, einige Bekannte begrüßte. Er war ein interessanter Herr, fand sie.

Eugenia verharrte an der Seite ihres Vaters und warf einen Blick auf ihre Freundinnen, die sie beobachteten und dabei kicherten. Hatten sie Eugenias Aufmerksamkeit erkannt?

„Ich möchte, dass du dich Daniel Schütz gegenüber tadellos benimmst", bat Anton Hentschel seine Tochter. „Er könnte dein zukünftiger Gatte werden."

Eugenia schaute ihren Vater überrascht an. Es klang so entschieden. So eilig hatte er es plötzlich? Daniel Schütz? Ihr Ehemann? Erst begrub Vater sie in Holzhausen und nun kam sie hierher und sollte heiraten? Sie hätte ihn gern danach gefragt, wagte es jedoch nicht. Seine Entscheidungen durfte sie nicht in Frage stellen und so nickte sie ihm gehorsam zu. „Ich will Sie nicht enttäuschen, Papa."

„Er ist ein freundlicher Mann. Du wirst ihn mögen, oder?"

Sie wirkte überrascht. Fragte der Vater sie nach ihrem Einverständnis? Vater würde sie nicht mit einem Mann verheiraten, der ihr zuwider war. Auch wenn sie keine Entscheidungsgewalt darüber hatte, so würde er auf eine gewisse Sympathie achten, das wusste Eugenia. Würde sie diesen Daniel Schütz mögen?

Sie kannte ihn doch gar nicht. Wie sollte sie das jetzt schon beurteilen? Er war ein gutaussehender Mann und seine Komplimente wie auch das Versprechen, ihr von seinen Reisen zu erzählen, waren ansprechend.

„Er scheint ein überaus zuvorkommender Mensch zu sein."

„Ich möchte indessen nicht, dass du über eine mögliche Heirat redest. Auch zu Dorothea nicht und deinen anderen Freundinnen."

Ehe sie nach dem Grund dieser Geheimhaltung fragen konnte, kehrte Daniel Schütz mit einem Glas zurück und reichte es ihr. Eugenia nahm es dankend und nippte daran.

„Ich komme mir vor, als wäre ich seit Jahren nicht mehr in Wiesbaden gewesen", sagte sie nach einer Weile, da sie das Gefühl hatte, etwas sagen zu müssen. „An das Landleben gewöhnt man sich schnell, nicht wahr? An die Ruhe und Besonnenheit, als verginge die Zeit dort anders", entgegnete Herr Schütz verständnisvoll.

„Sie haben sich ebenfalls zurückgezogen, wie ich hörte."

„Sie sind sehr aufmerksam." Daniel Schütz war nicht überrascht. „Nach dem Tod meiner Gattin wollte ich mich von dem gesellschaftlichen Leben in der Stadt zurückziehen."

„Sie haben es sich nun anders überlegt?"

„Mir wurde klar, dass ich das kurzweilige Dasein vermisse und ...", er warf ihr ein liebenswürdiges Lächeln zu, „eindeutig auch die Gegenwart einer schönen Dame."

„Ich hoffe, Sie werden sie finden, Herr Schütz." Ihr verschmitzter Gesichtsausdruck ließ ihn auflachen. Ein freundliches, durchaus einnehmendes Lachen, genau wie der Rest des Mannes, dachte Eugenia. Würde er ihren Wissensdurst und die Anfänge eines freien Geistes akzeptieren? Eine Frage, auf dessen Antwort Eugenia wohl warten musste.

Sie musterte ihn unauffällig über den Rand ihres Glases hinweg. Sie sollte seine Frau werden? Kein Gedanke, der sie erschreckte. Immerhin war das ihre Erfüllung. Sie spürte die Kälte des Glases auf ihren Lippen, als sie trank. Alles, was sie bisher gelernt hatte, zielte darauf ab, eine gute Frau zu werden.

Für ihn.

Daniel Schütz lächelte ihr zu, als habe er ihre Gedanken erkennen können. Daraufhin sah Eugenia verlegen zur Seite.

„Reiten Sie gern?", wollte er wissen und nahm ihr das leere Glas aus den Händen.

„Oh ja, sehr", erwiderte Eugenia. „Ich mag es noch mehr, seitdem ich auf dem Lande lebe."

„Würden Sie das Leben auf dem Land dem in der Stadt vorziehen?"

Eugenia schürzte nachdenklich ihre Lippen. „Ich habe bisher nicht darüber nachgedacht, denn ich kann darüber nicht entscheiden. Bisher vermisste ich das Stadtleben."

„Tatsächlich?" Daniel Schütz schien überrascht. „Wenn Sie heiraten würden und Ihr Gatte Ihnen die Wahl ließe, was wäre Ihnen da am liebsten?"

Sie senkte die Augenlider und fand diese Frage ziemlich direkt. Doch sie wollte ihn wissen lassen, dass sie durchaus eine eigene Meinung hatte. „Mir wäre ein Haus auf dem Lande wie auch in der Stadt sehr angenehm."

Um seine Lippen zuckte es.

Sie hatte das Gefühl, als wollte er noch etwas sagen, doch er schwieg. Es war ihr nicht unangenehm, wie seine dunklen Augen ihr Gesicht erfassten.

„Und nun erzählen Sie von Ihren Reisen, Herr Schütz", forderte sie ihn neugierig auf.

Er neigte seinen Kopf. „Ich würde Ihnen lieber alles zeigen, statt nur davon zu reden."

Ihr blieb nichts anderes übrig, als errötend zur Seite zu blicken. Immer mehr wurde ihr klar, dass für ihn die Heirat bereits feststand. Sie hatte das Gefühl, als könnte sie gar nicht mehr anders, als sich mit diesem Gedanken anzufreunden. Niemand interessierte es, ob ihr das zu schnell ging.

Im Laufe des Abends kehrte sie zu Dorothea zurück. Diese fragte neugierig nach dem Verehrer, doch Eugenia antwortete nur vage. Gemeinsam beobachteten sie ein verliebtes Paar, das sich von der Tanzfläche stahl und zur Terrasse schlenderte.

Dorothea zeigte mit dem Fächer auf die beiden. „Ihr Vater hat noch keinen geeigneten Mann gefunden. Und sie hofft auf die große Liebe. Mit dieser Einstellung wird sie als alte Jungfer enden."

„Du klingst verbittert", bemerkte Eugenia. In der Zeit, die sie heute Abend zusammen gewesen waren, hatten sie nur über Eugenia und ihr Landleben gesprochen, jedoch nicht über Dorothea.

„Und nun erzähl mir von Herrn Schütz", forderte die junge Frau Eugenia wissbegierig auf. „Wie ist er? Hatte ich recht? Ist er dein Auserwählter?"

Eugenia musste lachen bei so vielen Fragen. „Ich kann nur sagen, dass er sehr höflich ist und ein einnehmendes Wesen hat."

„Du klingst wie meine Mutter." Dorothea verzog das Gesicht. „Ich würde ihm gleich sagen, dass du überflüssigerweise Bücher liest."

„Diese Bemerkung hätte von Luise stammen können. Nein, ich werde Vater nicht enttäuschen und den ersten Heiratskandidaten in die Flucht schlagen, nur weil er denkt, ich wäre zu klug." Eugenia biss sich auf die Lippen und erinnerte sich an ihr Versprechen, nicht über eine mögliche Hochzeit mit Daniel Schütz zu reden.

„Warum reden wir über mich?", sagte sie daher.

„Weil ich mich daran erfreuen will, wer heiratet und wer einen gutaussehenden Herrn gewinnt, während ich als Jungfer alt und schrumpelig werde."

Eugenia schielte vorsichtig neben sich. Da war wieder diese Verbitterung, die sie in der Stimme ihrer Freundin heraushörte. „Du hast mir in keinem der Briefe geschrieben, wie es um deine Heiratsabsichten steht. Ist da niemand?"

Dorothea sah bekümmert auf den Boden, dort, wo die Schuhspitzen unter dem Saum des Kleides hervorlugten. „Du weißt, dass meine ältere Schwester verheiratet werden soll. Immer noch. Und solange sie nicht vor den Altar getreten ist, will Vater für uns andere Töchter keinen Mann suchen."

„Deine Schwester ist schon über zwanzig."

„Ja, und sie führt sich unmöglich auf. Sie redet seit Monaten wirres Zeug über Gleichberechtigung der Frauen und davon, dass es Vereinigungen gibt, in denen Frauen für ihr Stimmrecht kämpfen."

Eugenia runzelte die Stirn. Sie hatte ihre Freundin noch nie so außer sich gesehen. „Du scheinst das nicht zu befürworten?"

„Ich bitte dich, das ist doch alles Unsinn. Meine Schwester ist nicht ganz richtig im Kopf. Was sollen Frauen mit Gleichberechtigung? Ich will sie nicht. Frauen sollen das tun, wozu sie bestimmt sind."

„Du meinst Kinder bekommen und sich um den Haushalt

kümmern?" Die Ironie in ihrer Stimme konnte sich Eugenia nicht verkneifen.

„Ich habe nichts anderes gelernt!" Dorothea winkte ab. „Ach, in unserem Haus gibt es nur noch Streit. Vater verbietet meiner Schwester jeglichen Kontakt zu solchen aufrührerischen Personen, wie er sie nennt", schimpfte Dorothea. „Diese Frauen, die für mehr Rechte kämpfen, tun das doch nur, weil sie keinen Mann abbekommen."

„Meinst du nicht, sie haben auch ein wenig recht?", fragte Eugenia vorsichtig. „Heiraten, wen du liebst, und arbeiten, was du willst. Und du müsstest keine Angst haben, als alte Jungfer verschmäht zu werden."

Dorothea musterte ihre Freundin. Es lag Überraschung in ihren Augen. Der Gesichtsausdruck zeigte Verwirrung. „Ich verstehe nicht, wie du so reden kannst? Gleichberechtigung? Was für ein Unsinn."

Ehe Eugenia auf ihre Äußerung antworten konnte, stand Sebastian Kreutzer vor ihnen. Eugenia war sich nicht sicher, ob sie darüber erleichtert sein sollte.

„Mische ich mich in damenhafte Gespräche ein oder tratscht ihr beide über das Paar, das auf die Terrasse gegangen ist?"

Eugenia hob ihren Blick und versuchte zu lächeln. „Beides."

Ein junger Mann verbeugte sich neben Dorothea und forderte sie zum Tanz auf. Sie nahm die Hand, die ihr gereicht wurde, und ließ sich zur Tanzfläche führen.

Eugenia blieb mit Sebastian zurück.

„Habe ich dir schon gesagt, dass du heute umwerfend aussiehst?"

„Du hast es Dorothea gesagt, aber nicht mir", entgegnete Eugenia neckend.

„Ein Versäumnis, das ich unbedingt nachholen muss." Sebastian warf ihr einen eindringlichen Blick zu. „Ich meine es ehrlich. Das ist keine meiner bedeutungslosen Schmeicheleien. Du bist wunderschön, Eugenia."

Sie spürte eine seltsame Unruhe in sich aufkommen. „Ich weiß dies durchaus zu schätzen, lieber Sebastian."

Es schien, als wollte er ihre Hand nehmen, doch er zuckte nur. Diese vertraute Zweisamkeit wurde Eugenia unangenehm. Zwar mochte sie Sebastian, sein heutiges Verhalten erschien ihr allerdings ungewöhnlich auffallend. Er bemühte sich mehr um sie als sonst.

„Wir hatten in letzter Zeit keine Gelegenheit, uns zu unterhalten, schöne Eugenia."

„Das liegt wohl an dem Streit", erinnerte sie ihn.

„Ich sollte das ändern, damit ich wieder in den Genuss deiner Nähe komme."

Ihr wurde es unbehaglich zumute. „Das solltest du", erwiderte sie zuversichtlich und versuchte sich ihre Beklemmung nicht anmerken zu lassen.

„Du hast versprochen, mir zu helfen." Warum zeigte er plötzlich ein so offenkundiges Interesse an ihr? Was wollte er durch sein Verhalten erreichen? Vaters Unmut? Eugenia war verwirrt und überlegte, wie sie sich galant aus Sebastians Nähe entfernen könnte.

Plötzlich verbeugte sich ein Herr neben ihr. „Sie haben mir diesen Kotillon versprochen, Fräulein Hentschel. Sie erinnern sich?" Daniel Schütz lächelte sie höflich an. Eugenia erinnerte sich nicht. Sie sah seine Hand, die sich ihr einladend entgegenstreckte. Es war die Möglichkeit zur Flucht vor Sebastians aufdringlicher Art.

Daniel Schütz wandte sich, ohne auf ihre Antwort zu warten, zu Sebastian. „Verzeihen Sie die Störung, doch ich möchte diesen Tanz nicht verpassen."

Sebastians Unterkiefer bewegte sich, als Eugenia zu ihm aufsah. „Wir haben bestimmt bald Gelegenheit, miteinander zu sprechen", versicherte sie ihm mit einem herzlichen Lächeln, von dem sie wusste, dass es fesselte.

Sebastian neigte seinen Kopf. Es war ihm nicht anzusehen, wie sehr ihn die Unterbrechung störte. „Ich bin davon überzeugt." Er nickte auch Daniel Schütz zu und zog sich zurück.

„Ich danke Ihnen", flüsterte sie ihm zu, während sie sich zur Tanzfläche führen ließ.

Daniel Schütz schmunzelte. „Sie machten mir den Eindruck, als wollten Sie sich nicht länger mit Herrn Kreutzer unterhalten."

„Er ist ein alter Freund der Familie, doch ..."

„Sie müssen nichts sagen. Ich habe Ihnen gern geholfen. Dieser Tanz dürfte wohl der einzige Augenblick sein, den ich mit Ihnen allein verbringen darf, Fräulein Eugenia. Darf ich Sie so nennen?"

Die Musik und der Wein, den sie getrunken hatte, beschwingten ihre Sinne. Sie bemerkte, dass der fortgeschrittene Abend auch ihn lockerer werden ließ. „Dürfen Sie, aber nur in dieser Nacht."

„Ich verstehe, und morgen habe ich nur noch einen gläsernen Schuh von Ihnen als Erinnerung?"

Eugenia lachte ihn an. „Ein Märchen."

„Nur für diese Nacht? Das würde mir nicht genügen."

Sie blinzelte ihn kokett an. „Sie kennen mich ja gar nicht. Ich kann Sie nur warnen, verehrter Herr. Ein gläserner Schuh von mir könnte Ihnen lieber sein als meine Allüren."

Sein Lachen klang fröhlich und er tanzte in der Reihe auf sie zu. Ihre Blicke trafen sich. „Ein gläserner Schuh oder Ihre Allüren. Ich muss darüber wahrlich nachdenken, aber ..." Er musste wieder in die Reihe zurücktanzen und konnte seinen Satz nicht beenden. Erst als sich ihre Hände fassten und sie sich im Kreis drehten, sprach er wieder. „Aber ich muss nicht lange nachdenken. Ein gläserner Schuh kann zerbrechen."

„Und Allüren können Sie in den Wahnsinn treiben", gab sie keck zurück.

Seine Augen strahlten. „Fräulein Eugenia, wenn ich Sie anblicke, weiß ich, dass dies unmöglich ist. Wahnsinnig werde ich nur, wenn ich Sie nie wiedersehen darf."

Sie schwang herum, kehrte in ihre Reihe zurück und fing seinen Blick auf, ehe er sich umdrehte, um ebenfalls auf seinen Platz zurück zu tanzen. Der Kotillon endete. Die Herren verbeugten sich, während die Damen in einem Knicks versanken. Als sich Eugenia aufrichtete, ergriff sie seine Hand, die sich ihr entgegenstreckte, und ließ sich von der Tanzfläche führen.

„Ich habe unseren Plausch sehr genossen", raunte Daniel Schütz ihr leise zu.

„Ich ebenso."

„Es würde mich sehr freuen, wenn wir es wiederholen könnten. Ich werde Ihnen und Ihrer Familie in den nächsten Tagen die Aufwartung machen." Kurz bevor sie bei Gerlinde Hentschel und dem Doktor angekommen waren, verlangsamte Daniel Schütz seine Schritte. Eugenia spürte seine Finger, die sich fester um ihre Hand schlossen. „Aber nur, wenn Sie es wünschen, Fräulein Eugenia."

Er fragte nach ihren Wünschen?

Würde er ihren Eigensinn tolerieren? Würde sie an der Seite dieses fremden Mannes glücklich und zufrieden leben können? Oder müsste sie für den Rest ihres Lebens von dieser innigen Liebe träumen, von der sie in so vielen Büchern gelesen hatte? Sie wunderte sich selbst über ihre Gedanken.

„Ich würde mich sehr freuen, Herr Schütz", antwortete sie ehrlich.

Zufrieden mit ihrer Antwort beschleunigte er seine Schritte wieder und brachte sie zu ihrem Vater zurück. Damit war ihnen kein weiteres Gespräch mehr möglich, das sie hätten allein führen können. In der Nähe standen ihre Freundinnen, zu denen sich Eugenia gesellte.

„Mir scheint, du hast einen beharrlichen Verehrer", sagte Dorothea und zeigte auf Daniel, der sich von ihnen entfernte.

„Nicht nur einen", warf eine der Freundinnen ein und deutete mit dem Fächer auf Sebastian Kreutzer, der sie zu beobachten schien.

Eugenia wurde es unangenehm. Und sie spürte, wie ihr das Blut in den Kopf schoss und sie errötete.

„Mein Gott, erst einen Tag wieder in Wiesbaden und

schon liegen dir die begehrtesten Männer zu Füßen, das ist ungerecht", scherzte Dorothea.

Anton Hentschel verließ das Haus und warf einen flüchtigen Blick zu einem Fenster im oberen Stockwerk, hinter dem Eugenias Zimmer lag. Er setzte sich den Hut auf und schritt davon, energisch, entschlossen.

Er war noch immer froh, dass die Sache mit den Kornsäcken aufgeklärt werden konnte. Es war kein Gerede im Umlauf, niemand hatte etwas von den Anschuldigungen vernommen. Vor zwei Tagen war Doktor Hentschel zum Schultheiß gerufen worden. Dort hatte er eine erschreckende Nachricht vernommen. Matthias hatte etwas berichtet, was Anton beunruhigte: „Ich glaube, da steckt mehr dahinter. Als wir am Haus vom Götze ankamen, habe ich ihn mit einem Mann in feinem Zwirn sprechen sehen. So einen sieht man nicht oft, und schon gar nicht beim Götze Gunnar."

Eine düstere Vorahnung war in Anton aufgekommen, als er gefragt hatte: „Kannst du diesen Herrn beschreiben?"

Matthias' Beschreibung war eindeutig gewesen: „Groß und schlank, mit braunen Haaren. Er ist wohlhabend, sein Pferd kam aus einem guten Stall."

Anton Hentschel war Matthias für dessen Einsatz sehr dankbar. Er hatte ihm aber nicht sagen können, dass er die Vermutung teilte, es könne noch mehr dahinterstecken. Anton ahnte auch etwas.

Die ganze Zeit über hatte er gegrübelt, wie er seine Tochter davor bewahren konnte, mit Sebastian an der Seite leben zu müssen. Er hatte also nach einem geeigneten Herrn gesucht und Daniel Schütz gefunden. Der Ehemann für Eugenia. Nach dem Vorfall in Holzhausen hatte Anton beschlossen, seine Tochter mit dem Herrn bekannt zu machen. Daniel Schütz war gegen eine Hochzeit nicht abgeneigt. Es lief also bestens. Nun musste Anton seinen einstigen Freund hinhalten und versuchen, die beabsichtigte Hochzeit zu vertuschen, damit Sebastian nichts unternehmen konnte. Er sollte es erst erfahren, wenn es zu spät war. Sobald Eugenia mit Daniel Schütz verheiratet war, würde Sebastian von seinem Plan abkommen, davon war Anton überzeugt. Trotzdem befürchtete er, Sebastian könne seine Drohungen doch wahrmachen.

Sein Weg führte ihn an der Stadtkirche vorbei. Es begann zu regnen, was Anton Hentschel nicht störte. Er blieb vor einem Haus stehen und klopfte an die breite Eingangstür. Ein Diener erschien.

„Ich möchte Sebastian Kreutzer besuchen."

„Wen soll ich melden?"

„Doktor Anton Hentschel."

„Natürlich, gnädiger Herr, bitte treten Sie ein." Der Diener ließ ihn ein, und während er davonschritt, kam ein Hausmädchen herbeigeilt, um dem Gast Hut, Stock und Mantel abzunehmen.

Schließlich stand Anton Hentschel in einem Salon und wartete.

Nach einer Weile erklangen Schritte und Sebastian Kreutzer, mit einem Morgenmantel bekleidet, trat ein. „Das konntest nur du um diese Uhrzeit sein", begrüßte er den Gast gähnend. „Du bist mit deiner Tochter gestern Abend recht früh verschwunden."

„Nur so konnte ich sie dir entziehen", entgegnete Anton Hentschel missmutig.

Sebastian ließ sich auf das Sofa nieder, das inmitten des Raumes stand, und legte einen Arm auf die Lehne des Möbelstückes. „Ich vermute, du hast einen Grund, deinen verhassten Freund aufzusuchen? Ein Versöhnungsangebot?" Er lächelte herausfordernd.

Das Gesicht des Doktors verfinsterte sich. „Du kannst nicht annehmen, dass ich auf das Land ziehe und plötzlich deinen Forderungen nachkomme." Er trat näher zum Sofa, als könnte er den Mann, der darauf saß, mit dieser Geste einschüchtern. „Ich will Antworten."

„Du bist so stur", sagte Sebastian nach einer Weile. „Dein

Widerstand gegen meine Forderungen ist so töricht. Du siehst, wie einfach es ist, einen guten Namen zu beschmutzen."

Doktor Hentschel warf einen geringschätzigen Blick auf den Mann. Also war seine Vermutung richtig. „Das mit den Säcken in meinem Stall in Holzhausen war deine Idee?"

„Sind das die Antworten, die du haben willst? Du kannst sie haben. Ein durchaus raffinierter Plan, deinen Ruf auf dem Land zu ruinieren, das musst du zugeben. Er ist mir während einer Pokerrunde mit Freunden eingefallen." Sebastians Tonfall klang gut gelaunt, so als spräche er über einen harmlosen Streich.

„Nach wie vielen Schoppen und Branntwein?"

Sebastian schien ernsthaft darüber nachzudenken. „Einigen. Ich will dir zeigen, wie einfach es ist, einen guten Ruf zugrunde zu richten. Und mit Geld ist alles zu regeln, mein Freund."

„Geld ist etwas, was du nicht mehr hast", konterte Anton Hentschel.

Sebastian verlor etwas von seiner gewohnten Heiterkeit. Die Mundwinkel sanken und in seinen Augen blitzte es auf.

Nun schien Doktor Hentschel zu triumphieren. „Ich habe mich umgehört. Deine Pokerrunden und das Glücksspiel haben dich dein Vermögen gekostet. Nicht, dass du jemals viel besessen hättest. Das Haus", er blickte sich um, „scheint alles zu sein, was dir geblieben ist."

Sebastian erhob sich von dem Sofa und zog den Morgenmantel fester zusammen. Obwohl seine Bewegungen ruckartig waren, was seinen inneren Unmut zeigte, schien er äußerlich gelassen zu bleiben. „Du hast dich also über mich erkundigt?"

„Dein Interesse an meiner Tochter hat nicht nur mit ihrem Liebreiz zu tun, sondern mehr noch mit dem Geld, welches sie in die Ehe mitbringt. Ich muss mich nicht nach dir erkundigen, ich kenne dich inzwischen!"

Sebastian hob die Schultern. „Welche Absichten ich auch

habe, ist gleichgültig. Wenn du dich weiterhin weigerst, kann ich dich noch schneller und resoluter ruinieren."

Antons Gemütsstimmung schwankte zwischen Zorn und Hilflosigkeit. Würde Sebastian von seinem Heiratsplan zwischen Daniel Schütz und seiner Tochter erfahren, würde er es verhindern, das wusste er. „Eugenia wird eines Tages erfahren, was für ein Mensch du bist und wie gewissenlos. Du wirst mit ihr nicht glücklich", versprach Anton mit fast gehässiger Stimme.

„Ich erwarte nicht ihre Liebe, aber ich erwarte von ihr Respekt."

„Den wirst du von ihr nicht erhalten, wenn sie erfährt, auf welche Weise du mich zwingst, dir diesen Segen zu erteilen."

Sebastian zuckte mit den Schultern. „Sie muss es nicht erfahren. Und falls du dir Sorgen machst, ich verspreche dir, ich werde sie gut behandeln." Er betrachtete seine feingliedrigen Finger, als wollte er überprüfen, ob er dreckige Fingernägel hatte. Seine entspannte Haltung missfiel Anton Hentschel und sie reizte ihn. Sebastian ließ die Hände sinken, schien zufrieden mit ihrem Zustand. Es war, als widmete er sich erst jetzt wieder seinem ehemaligen Freund.

Anton wirbelte herum. „Deine Frau soll sich angeblich deinetwegen umgebracht haben."

„Sei still, Anton!" Sebastians Gesicht verzog sich abweisend. Er drehte sich halb fort, als könnte so die Anschuldigung an ihm abprallen.

Doktor Hentschel trat an das Fenster und blickte hinaus auf die befahrene Straße. Kutschen fuhren polternd über das Kopfsteinpflaster. Passanten eilten durch den Regen. Er rührte sich nicht von seinem Platz am Fenster. Seine Gedanken waren bei seiner ältesten Tochter. Es musste ihm gelingen, sie mit Daniel Schütz zu verheiraten, ehe Sebastian davon erfuhr. „Die Wahrheit willst du nicht hören", sagte er schließlich. „Du spielst stets den lustigen Kerl, den Charmeur, aber in Wirklichkeit bist du cholerisch. Ich kenne dich, Sebastian. Und ich kenne meine Tochter. Ihr Geist hat sich freier entwickelt, als mir lieb ist. Sie steckt voller Ideen. Sie passt nicht zu dir."

Sebastian kehrte zu seiner Gelassenheit zurück, so als glaubte er die Worte des Gegenübers nicht. Natürlich nicht, dachte Anton verbittert. Dieser Mann fühlte sich nie schuldig. Er suchte stets die Fehler bei anderen Menschen, nie bei sich selbst.

„Als Vater musst du wahrscheinlich so reden", spöttelte Sebastian nun. „Aber ich bin davon überzeugt, dass Eugenia an meiner Seite eine passable Gattin wird."

„Passabel? Werde nicht unverschämt."

„Eugenia mag mich. Ich kann sie dazu bringen, mich heiraten zu wollen. Sie vertraut mir. Missfällt dir das?" Sebastian trat nun auf Anton zu. Jegliche Heiterkeit war aus seinen Augen verschwunden. Er gähnte laut. „Ich lege mich wieder in mein Bett. Du weißt ja, wo die Tür ist, Anton. Wir reden ein andermal über den Hochzeitstermin."

Anton Hentschel rührte sich nicht, während Sebastian den Salon verließ.

Sein ehemaliger Freund hatte es zwar noch nicht erwähnt, doch da gab es die Begebenheit in seiner Vergangenheit, die Doktor Hentschel schneller einholen konnte, als ihm lieb war. Anton wusste nicht, was er tun sollte, würde Sebastian den Tod des Patienten und die Vertuschung öffentlich machen. Damit wäre alles aus. Wie lange würde Anton ihn hinhalten können?

Kapitel 5

Holzhausen auf der Heide

Doktor Hentschel reichte seiner ältesten Tochter ein kleines Fläschchen. „Bring das bitte zur Hinkelhanna und lass dir kein Huhn aufschwatzen, mit dem sie die Medizin bezahlen will." Anton Hentschel lächelte amüsiert. „Sie möchte mir immerzu ein Federvieh geben, als wenn wir eine Hühnerfarm errichten wollten. Richte ihr aus, ihre Gesundheit sei mir Dank genug."

Eugenia nahm das Fläschchen und steckte es in die Manteltasche. Sie war stolz darauf, mit solchen Aufgaben betraut zu werden. Das kam wahrlich nicht oft vor. Sie machte einen Knicks vor ihrem Vater, ging an ihm vorbei und verließ das Haus. Sie schlenderte die Straße entlang, die ruhig vor ihr lag. Der Nachmittag war beschaulich. Der Klang der Kutschen war verebbt. Aus einem der Ställe hörte man das Kauen der Pferde, manchmal ein Schnauben. Ein Hund bellte, als Eugenia an einer der Hofreiten vorbeikam. Seit Eugenia wieder in Holzhausen verweilte, schien das Leben in der Stadt von ihr fortgerückt zu sein, als wäre es nur ein Traum gewesen, dass sie in Wiesbaden diesen Daniel Schütz kennengelernt hatte. Wenn sie sich daran erinnerte, verdrängte sie alles schnell, so als wollte sie nicht darüber nachdenken, wie sie als Gattin neben Daniel Schütz leben würde. In Holzhausen führte sie ein anderes Leben, ein unbeschwertes. Hier war kein Platz für trübsinnige Gedanken über Heirat und das vorbildliche Eheleben, das sie irgendwann führen musste.

Die Sonne neigte sich langsam zum Wald im Westen.

Eugenia lief die Borngasse hinunter, um zum Haus der Hanna zu gelangen. Sie spazierte gern durch das Dorf, wenn nach einem bewegten Tag Ruhe einkehrte. Der Tag war warm und freundlich. Eugenia fragte sich oft, was die Menschen am heutigen Tag erlebt hatten.

Sie übergab der Hinkelhanna artig die Medizin, verzichtete auf die Henne, die die Frau ihr in den Arm drücken wollte, und verabschiedete sich.

In der Nähe lag der Hof der Hollmanns. Sie ging weiter, raffte ihren Rock und beeilte sich. Ihr Atem ging schnell. Lag es an der Anstrengung oder der Aufregung? Schlechtes Gewissen überkam sie. Die letzten Tage in Wiesbaden hatte sie damit zugebracht abzuwägen, ob sie Matthias' Vorschlag annehmen sollte oder nicht. Sie war verrückt. Lag es an der Landluft oder daran, dass sie sich wirklich langweilte? Selbst in Wiesbaden, wo sie sich unter strenger Aufsicht ihrer Mutter in der Gesellschaft bewegen durfte, war sie nie auf den Einfall gekommen, sich allein mit einem fremden Mann zu treffen. Obwohl es auf den Bällen und Abenddinners genug Verlockungen gegeben hatte. Eugenia war bereits einigen Herren vorgestellt worden, wahrscheinlich auch solchen, die sich eine Ehe mit ihr erhofften. Allerdings war Anton Hentschel sehr wählerisch, was den Gatten seiner Tochter anging. Mehr als nur ein Tanz war nicht möglich, geschweige denn ein vertrautes Gespräch mit einem fremden Herrn. Die Gespräche mit Sebastian zählte sie nicht mit, da er für sie wie ein Onkel war.

Ach, wie albern. Matthias Hollmann war kein Fremder mehr, widersprach sich Eugenia selbst.

Aber ein Mann, ermahnte sie da die tugendhafte Gegenseite in ihrem Inneren. Und auch noch einer, der es wagte, sie zu küssen. Ich lese ihm nur Zeitungen vor, versuchte sich Eugenia zu beruhigen. Dann stieg das schlechte Gewissen wieder in ihr auf: Du triffst dich allein mit einem Mann. Allein. Bei diesem Gedanken wurde es Eugenia ganz unbehaglich.

Die Scheune, die Matthias als Treffpunkt vorgeschlagen hatte, lag am Rande des Dorfes, abgelegen genug, damit sie nicht beobachtet wurden. Eugenia kam näher. „Matthias?"

Er trat hinter dem Gebäude hervor, kaute mit spitzbübischem Blick auf einem Grashalm. Er trug die einfache Arbeitskleidung. Die Hose war ausgewaschen und abgetragen, das Leinenhemd sauber, mit einem flachen Kragen, nicht wie die der höheren Bürger, darüber trug er eine einfache Joppe. Einige Strähnen fielen in seine Stirn, als er seinen Kopf neigte.

„Du bist also wirklich gekommen."

„Hast du daran gezweifelt?" Sie streckte ihm auffordernd eine Hand hin. Er zog eine Zeitung aus seiner Jacke und reichte sie ihr. Gemeinsam setzten sie sich an die Wand der Scheune. Eugenia faltete die Zeitung auseinander und hielt inne. „Es darf nie jemand erfahren."

„Ich werde es niemandem verraten." Er legte seine Hand auf die Brust, dort, wo sein Herz lag, und grinste verschwörerisch.

Eugenia atmete tief durch, fand einen Artikel, der ihr gefiel, und begann laut zu lesen, während sie Matthias' Augen auf sich spürte. Schließlich hielt sie ihm die Zeitung hin. „Du solltest auch lesen."

„Wozu?", fragte er verschmitzt. „Wenn ich lesen kann, dann gibt es keinen Grund mehr, warum wir uns sehen."

Eugenia drehte ihr Gesicht fort, damit er es nicht erröten sah. Er nahm die Zeitung und begann zögerlich die Worte zu lesen. Da er jedoch den Grashalm im Mund hatte, klang es genuschelt. Eugenia beugte sich vor und entriss ihm den Grashalm.

Ohne Einwände dagegen zu erheben, sagte Matthias: „Mein Vater ist der Meinung, dass die Frucht auf dem Feld nicht besser wächst, wenn ich lese. Er hält es für unsinnig."

Sie fand unter den Blättern ein weiteres Flugblatt. „Es ist nie unsinnig, Wissen zu erlangen. Das kann auch für den Ackerbau nicht schaden." Sie faltete das Papierstück auseinander und las: „An das freie Volk. Die Begeisterung der Freiheit, die ganz Europa erfasst, muss auch eines Tages dieses Land ergreifen. Die Zusammenführung aller Herzogtümer gibt uns Stärke. Einigkeit und Freiheit, das fordern wir. Das Volk begehrt seine Rechte, vorbei soll es sein mit der Unterdrückung und der Tyrannei." Als sie endete, faltete sie das Papier nachdenklich zusammen. „Das sind große Worte, aber ich weiß nicht, ob sie für das einfache Volk bestimmt sind. Was ihr euch wünscht, klingt nicht nach dem, was die gebildeten Schreiber dieses Flugblattes wollen."

„Mag sein. Es steht nirgends, dass es den Armen besser gehen wird, wenn wir das Recht haben, unsere Vertreter selbst zu wählen. Auch Meinungsfreiheit wird den Hungernden kein Essen bringen. Die Felder waren letztes Jahr verfault. Von wo, glaubst du, kommt euer Essen? Ihr kauft es einfach ein, egal wie viel es kostet. Dich muss es nicht kümmern."

Er sprach die Wahrheit, das hatte sie erst seit Kurzem begriffen. „Was soll also dann eine Neuordnung in unserem Land ändern, wenn die Armut deswegen nicht verschwindet?"

„Wenn wir eine Volksvertretung haben, die auch wirklich von uns ausgesucht wird, ist das der erste Schritt in unsere Freiheit", entgegnete Matthias.

Sie sah ihn überrascht an.

„Schau mich nicht an, Eugenia, als sei ich nicht ganz gescheit. Ich kann diese Schriften beurteilen. Viele aus den Dörfern verstehen nicht, warum sie sich gegen die herrschenden Gesetze erheben sollen. Sie wissen nicht, was Pressefreiheit ist, und ich kann's ihnen nicht verdenken. Was kümmert es sie? Keiner der Politiker wird sich bemühen, ihnen das Essen auf den Tisch zu bringen. Wofür sollen sie kämpfen? Aber ich bin der Meinung, dass wir mehr Rechte bekommen sollten. Das Volk soll die Macht haben, nur dann kann es frei sein. Das könnte schon beim Schultheiß beginnen. Er wird vom Herzog ausgesucht und uns vorgesetzt, ganz gleich, ob er geeignet ist oder nicht. Aber wir selbst sollten einen Vertreter aus unseren Reihen wählen, der sich um unsere Belange kümmert. Obwohl der Gerlach Ernst seine Arbeit gut macht", lenkte Matthias ein.

Sie bewunderte ihn plötzlich für seine Sichtweise. „Ihr habt wirklich Glück mit Herrn Gerlach, aber das ist wohl nicht überall so. Vater erzählte, in einer der Nachbargemeinden würde sich der Schultheiß aufführen, als sei er der Landgraf persönlich."

Sie schwiegen eine Weile, mit ihren eigenen Gedanken beschäftigt.

Matthias war der Erste, der wieder sprach. „Weißt du etwas über Amerika?"

„Es muss eine lange und beschwerliche Reise sein. Ich habe darüber gelesen", erwiderte Eugenia.

„Amerika ist so groß und dort gibt es viel Land für die Menschen. Ich kenne eine Familie, die hat hier vor zwei Jahren alles verkauft und ist weg. Sie hatten die Hoffnung, in Amerika würde es besser werden. Ich habe nichts mehr von ihnen gehört", erzählte Matthias. „Aber es heißt, dort sollen sich alle Träume erfüllen." Sein Blick wurde träumerisch. „Ich denke manchmal daran, auch fortzugehen. In Amerika bekommst du so viel Land, wie du willst. Es wird erzählt, es sei fruchtbar und man müsse nie hungern."

„Es ist weit fort von hier. Kannst du dir vorstellen, deine Heimat für immer zu verlassen?"

Seinem Gesicht war anzusehen, dass er über diese Frage nachdachte. Er drehte einen Grashalm zwischen seinen Fingern. Als er antwortete, klang seine Stimme dunkel und besinnlich: „Wenn es einen Grund gäbe, der mir das Leben hier nicht mehr möglich macht." Er hob seinen Blick zu ihr. „Dann würde ich meine Heimat verlassen." Er widmete sich wieder dem Bericht in der Zeitung. Eugenia lehnte sich gegen die Scheunenwand und verfiel ins Grübeln. Über Amerika hatte sie zwar gelesen, aber nicht in Erwägung gezogen, in dieses Land zu reisen. Sie würde ihre Familie niemals verlassen und in ein Land gehen, das so groß und unübersichtlich war wie dieses Amerika. Sie lauschte Matthias' Stimme. Was hatte er gemeint, als er sagte, er würde es tun, wenn es ihm hier nicht mehr möglich wäre zu leben? Welches Ereignis würde einen Menschen zwingen, seine Heimat zu verlassen?

„Eugenia? Du hörst gar nicht zu, was ich lese? Denkst du immer noch über Amerika nach?", fragte Matthias plötzlich und ließ die Zeitung sinken. Er zupfte einen neuen Grashalm und begann darauf zu kauen. Seine Stimme hatte diesen weichen, tiefen Klang, der sie in ihrem Inneren erfasste und erstarren ließ. Wie konnte er ihre Gedanken lesen? Dieser Mann war ihr unheimlich, besonders seine Fähigkeit, in ihr Inneres zu blicken. Doch unangenehm war es nicht. Ihr kam es vor, als kannten sie sich schon lange, dabei hatte sie ihn noch vor Kurzem als ungehobelten Klotz bezeichnet.

Kapitel 6

Holzhausen,
Sommer 1847

Der Reiter wurde von der Familie Hentschel bereits ungeduldig erwartet. Matthias hatte die hektische Hausherrin beobachtet, die das Dienstmädchen herumscheuchte. Es sollte alle Zimmer putzen, den Boden bohnern, das Silberbesteck polieren. Auch die Köchin schuftete den ganzen Tag. Es duftete nach zahlreichen Köstlichkeiten, die Matthias' Magen rumoren ließen. Er selbst war beauftragt worden, die Pferde auf die Weide zu bringen und den Hof zu kehren. Nun blieb Matthias bei seiner Arbeit stehen und beobachtete den Ankömmling.

Das Gesicht des Fremden war voller Erwartung gerötet, sein Haar durch den Ritt in Unordnung. Er brachte sein Pferd zum Stehen. „Ein herrlicher Weg hierher", rief er begeistert aus. Er stieg aus dem Sattel, glättete rasch mit der Hand seinen Schopf und verbeugte sich galant vor Charlotte Hentschel und ihrer Tochter Eugenia, während Anton Hentschel vortrat. Matthias nahm den Wink des Doktors wahr und ging hinüber, um das Pferd des Gastes zu nehmen und zu versorgen.

„Ich hoffe, Sie hatten eine angenehme Reise. Willkommen in Holzhausen, Herr Schütz", sprach Anton Hentschel zur Begrüßung.

Daniel grüßte den Hausherrn und blieb mit einem herzlichen Lächeln vor Eugenia stehen. „Ein langer Weg nach Holzhausen, doch die Vorfreude auf ein Wiedersehen war es wert."

Eugenia schlug artig die Augen nieder und nahm wortlos das Kompliment hin.

„Kommen Sie ins Haus, Herr Schütz. Ich habe den Tee frisch zubereitet." Charlotte und ihr Gatte gingen voran, während Daniel Schütz ihnen folgte. Eugenia blieb zurück.

Matthias stand mit dem Pferd da, hielt die Zügel in der Hand und starrte dem Fremden nach. Die Begrüßung fand er sehr förmlich. Überhaupt benahmen sich die vornehmen Herrschaften immer so steif und gekünstelt. Matthias war dabei der Blick des Fremden nicht entgangen, als er sich vor Eugenia verbeugt hatte. So, als kannten sich die beiden gut. Irrte er sich? Was ging es ihn an?

„Was schaust du so? Hast du nichts zu arbeiten?", wollte Eugenia forsch wissen.

„Genug, aber ich frage mich gerade, wer dieser Geck ist." Matthias machte eine Kopfbewegung Richtung Haus, das die Hentschels mit dem Gast betreten hatten.

„Daniel Schütz ist gewiss kein Geck. Du kannst sein Pferd absatteln. Unser Gast bleibt bis morgen. Er ist mein Verlobter", sprach Eugenia hochmütig und ging zum Haus.

Die Sonne verschwand hinter den Baumwipfeln des Waldes. Die warme Luft des Tages blieb zurück und ein schwacher Luftzug brachte etwas Erfrischung. Matthias wischte sich mit einer Hand über das verschwitzte Gesicht. Er war überrascht gewesen, als er gehört hatte, dass dieser Ankömmling aus der Stadt Eugenias Verlobter sein sollte. Hatte sie ihn damit aufgezogen? Es war ihr zuzutrauen, dass sie ihn anlog, nur um ihm eins auszuwischen. Sie hatte ihm das mit dem Kuss noch nicht verziehen, da war er sich sicher. Doch es musste zwischenzeitlich etwas vorgefallen sein, vermutete Matthias. Kurz nachdem er und der Schultheiß mit Herrn Hentschel über den Fremden und Gunnar Götze gesprochen hatten, war der Doktor mit seiner Tochter nach Wiesbaden gefahren.

Jetzt begriff Matthias, zu welchem Zweck. Etwas rührte sich in ihm, als er daran dachte, dass dieser elegante Herr jener Mann werden sollte, der legitim diese Frau küssen durfte, wann immer er wollte, ohne Gefahr zu laufen, dafür geschlagen zu werden. Matthias fütterte die Pferde, die er von der Weide geholt hatte, sowie das Pferd des Gastes. Sein Blick fiel auf ein Paar, das durch den Garten der Hentschels spazierte. Beide waren in ihr Gespräch vertieft. Sie passten zusammen, schoss es Matthias durch den Kopf. Der schwarze Anzug des Mannes, sein ordentliches Haar, das glattrasierte Gesicht. Er machte einen durchaus gepflegten Eindruck. Matthias fuhr sich mit einer Hand über sein raues Kinn. Eugenia wirkte zierlich und grazil neben dem Fremden. Sie hatte sich bei ihm eingehakt und schwatzte angeregt, worauf er lachen musste. Auch ihr Lachen schallte zum Stall hinüber, an dessen Eingang Matthias verharrte und das Paar beobachtete. Der vornehme Herr beugte sich leicht zu ihr und flüsterte ihr etwas ins Ohr. Eugenias Kopf neigte sich verlegen.

Was hatte dieser Kerl ihr gesagt? Matthias begann sich zu ärgern und wusste nicht einmal worüber. Dieser Geck bemühte sich um die Gunst der jungen Frau, schoss es ihm durch den Kopf. Eugenia sagte also die Wahrheit. Matthias warf wieder einen Blick auf sie. Sie sah bezaubernd aus in dem dunkelroten Kleid. Ihr Haar glänzte golden in der Sonne. Ihr helles Lachen erreichte ihn, schien eine besondere Seite in ihm anzustimmen. Es war, als könnte sie mit ihrer Stimme seine Lebensgeister anregen. Sie sah glücklich aus, dachte Matthias und versuchte den Blick von ihr zu nehmen, doch das fiel ihm schwer. Er beobachtete sie gern. Jedes Mal, wenn sie diesen Fremden anlachte, zog sich sein Herz zusammen. Warum lachte sie ihn, Matthias, nie so an? Ihm fiel wieder auf, wie wenig er mit Eugenia gemeinsam hatte. Wie man sich einer solchen Dame gegenüber verhalten, wie man mit ihr angemessen sprechen musste, wusste er nicht. Nur selten hatte er die Schule besucht, war nur ab und zu im Winter dort gewesen, wenn es auf dem Hof weniger Arbeit gegeben hatte. Er konnte weder richtig schreiben noch lesen oder rechnen. Nicht viel war es, was er wusste, außer dass es ihnen in diesem Winter wieder schlecht ergehen würde. Und mit seinem Wissen über Ackerbau und Vieh konnte er Eugenia nicht beeindrucken. Sie war gebildet, hatte von ihrem Vater und aus all diesen Büchern viel gelernt. Eine gute Bildung hatte sie sich angeeignet, konnte tanzen und singen und sich in gesellschaftlichen Kreisen bewegen, in denen Matthias verächtlich bespuckt werden würde, dachte er. Wäre er doch nur so schlau. Sein Blick fiel auf den Fremden. Wäre er doch nur so wie dieser Geck. Matthias nahm einen Besen und begann damit, Heureste auf dem Hof zusammenzukehren. Mit energischen Bewegungen fegte er über den Lehmboden. Seine Gedanken kreisten um das Paar. Was störte es ihn, wenn dieser feine Pinkel um ihre Hand anhielt? Matthias kniff die Lippen zusammen. Sie war eine verwöhnte Göre, die Holzhausen bald wieder verließ, und niemand würde ihr nachtrauern. Am allerwenigsten er! Sie hatte ihm eine Ohrfeige verpasst, nur wegen eines Kusses. Matthias fuhr auf, als er das Paar über den Hof spazieren sah. Sie gingen dicht an ihm vorbei.

„Es gefällt mir in Holzhausen, Fräulein Eugenia", sprach der Gast mit freundlicher Stimme. „Sie müssen sich hier sehr wohlfühlen."

Eugenia schlenderte an Matthias vorbei. „Zuerst empfand ich es als unangenehm, aus meinem gewohnten Leben gerissen zu werden. Nun muss ich zugeben, obwohl es einige in diesem Dorf gibt, die sich nicht zu benehmen wissen", sie warf einen kecken Blick zu Matthias, „kann ich durchaus einige Vorzüge im Landleben erkennen."

„Es ist friedlich und ruhig und man wird der Natur sehr verbunden. Ich selbst habe die Ruhe in ländlicher Abgeschiedenheit genossen." Der Herr drückte ihre Hand, die auf seinem Arm lag. „Ich bin aber froh, mich dieser Ruhe entzogen zu haben. So wurde mir das Glück beschieden, Sie kennenzulernen, Fräulein Eugenia."

Matthias beobachtete sie mit finsteren Blicken. Immer fester wurden seine Besenstriche über dem Boden. Staub wirbelte auf, während er fegte. Die Dreckwolke erreichte das Paar, hüllte es ein. Eugenia wedelte mit der Hand vor ihrem Gesicht, als könnte sie den Staub damit vertreiben. Matthias schob den Besen vor und streifte die Füße des Mannes. Daniel Schütz stolperte vorwärts. Dadurch zog Eugenia ihren Arm zurück und trat erschrocken zur Seite, während sich ihr Begleiter wieder fing.

Sie warf Matthias einen bösen Blick zu. „Kannst du nicht schauen, wo du kehrst?"

Der Staub verteilte sich mit einem Luftzug. Daniel richtete seine Jacke und zupfte an dem weißen Tuch, das um seinen Hals gewickelt lag. Er lächelte gütig zu Eugenia. „Es war sicher ein Versehen. Es ist ja nichts passiert."

„Verzeihung, der Herr", murmelte Matthias und schien belustigt. Eugenia sah ihn noch einmal finster an. Ihre Blicke begegneten sich. Matthias erkannte in ihrem Gesicht den Groll und schämte sich plötzlich für sein Verhalten.

Empört drehte sie sich zur Seite und hakte sich wieder bei dem Herrn ein. „Kommen Sie, Herr Schütz, ich zeige Ihnen das Dorf. Es hat durchaus seinen Charme. Wie gesagt, außer einigen Bewohnern, die sich eben nicht zu benehmen wissen."

Sie meinte ihn, das stand für Matthias außer Frage. Er wusste selbst nicht, was ihn dazu getrieben hatte, dem Gast der Hentschels den Besen zwischen die Füße zu schieben. Es hatte ihn aber durchaus zufriedengestellt, das akkurate Aussehen des Mannes für einen Augenblick durcheinandergebracht zu haben.

Am nächsten Tag brach Daniel Schütz zu Eugenias Leidwesen nach Wiesbaden auf.

Sie hatte die Anwesenheit des Mannes genossen. Er war in vielen Themen bewandert, hatte von seinen Reisen erzählt und von seiner kleinen Tochter, die er über alles liebte. Immer wieder hatte er Eugenia Komplimente zugeworfen, wenn die Eltern gerade nicht aufpassten. Und er war durchaus angenehm überrascht zu erkennen, wie gut sie ihr Wissen in ihren Gesprächen einsetzen konnte. Eugenia war überzeugt, dass dieser Mann nicht erschrocken sein würde über ihre Wissbegier. Nun war es Zeit für ihn, Abschied zu nehmen und zurück nach Wiesbaden zu reiten. Es war ein langer Ritt.

Eugenia beobachtete Matthias, der das Pferd des Gastes vor das Haus führte. Doktor Hentschel und Herr Schütz traten, in ein Gespräch vertieft, heraus. Matthias blieb stehen und reichte dem Fremden, der gestern in Holzhausen angekommen war und diese Nacht hier verbracht hatte, die Zügel. Dieser nahm sie, ohne Matthias zu beachten.

Plötzlich hielt Daniel inne. Er zerrte an dem Gurt des Sattels, der verrutschte.

„Der sitzt nicht fest", sagte Daniel leicht pikiert. Er rüttelte an dem Sattel, der nur locker auf dem Rücken des Tieres lag. Er warf dem Stallburschen einen grimmigen Blick zu. „Guter Mann, hat dir niemand beigebracht, wie man den Sattel richtig aufzieht? Ich hätte mir das Genick brechen können."

Eugenia warf Matthias einen vorwurfsvollen Blick zu.

Der entschuldigte sich und kehrte zum Stall zurück, während Daniel den Sattelgurt festmachte und schließlich zufrieden wirkte. „Gutes Personal gibt es auf dem Land noch weniger als in der Stadt." Er trat nun zu Eugenia, nahm eine ihrer Hände und küsste sie vorsichtig, so als sei sie aus Porzellan.

„Ich freue mich auf ein baldiges Wiedersehen", verabschiedete sich Daniel Schütz.

Wie gern hätte sie Daniel gesagt, was sie in seiner Gegenwart verspürte. Es war eine Freundschaft zwischen ihnen gewachsen, die sie fast mit der zu ihrem Bruder verglich. Natürlich war es unmöglich, offen über Gefühle zu sprechen, ganz gleich welcher Art. Genügte Freundschaft für eine Ehe? Sie wusste es nicht.

„Ich hoffe, ich werde Sie bald in Wiesbaden wieder treffen, Herr Schütz", sagte sie vielversprechend.

„Ich nehme die Reise nach Holzhausen gern wieder auf

mich, um Sie zu sehen“, versicherte Daniel Schütz leidenschaftlich.

„Wir werden in einigen Wochen in die Stadt fahren“, versprach Doktor Hentschel. „Es war uns eine Freude, Sie als Gast empfangen zu dürfen.“

„Diese Freude war ganz auf meiner Seite.“ Daniel sah die junge Frau keck an, was sie mit einem hinreißenden Lächeln erwiderte. Der Gast stieg in den Sattel und verabschiedete sich noch einmal, warf Eugenia einen eindringlichen Blick zu und ritt dann davon.

Matthias nahm eine Heugabel, tat so, als ob er mit der Arbeit beschäftigt war und schielte dabei auf die Familie und den davonreitenden Mann. Es war ihm etwas aufgefallen, was ihn zu ärgern begann. Dieser Kerl schien auf Eugenia eine gewisse Anziehungskraft auszuüben. Sie hatte ihn angelächelt, auf eine Weise, die Matthias in Verwirrung riss. Er stützte sich auf die Heugabel ab und beobachtete Eugenia, die dem Mann nachwinkte. Doktor Hentschel, der eben noch neben ihr gestanden hatte, kehrte ins Haus zurück. Eugenia drehte sich um und sah Matthias am Stall stehen. Er rührte sich nicht von der Stelle. Ihre eben noch freundlichen Gesichtszüge verhärteten sich, als sie ihn ansah. Sie ging mit böser Miene auf Matthias zu. In ihren Augen blitzte es, während sie den Hof mit energischen Schritten überquerte.

„Was ist in dich gefahren?“, fuhr sie ihn wütend an.

„Ich weiß nicht, was du meinst, Fräulein Eugenia.“

„Du benimmst dich … unmöglich. Erst gestern mit dem Besen und nun das mit dem Sattel?“

„Es war ein Versehen“, entgegnete Matthias leichtfertig und tat so, als hätte er wichtige Arbeiten zu erledigen. Eine Antwort hätte er ihr nicht einmal geben können. Er wusste selbst nicht, warum er es getan hatte.

Eugenia stellte sich direkt vor ihn. Er musste innehalten. „Ich glaube dir nicht. Das war kein Versehen. Ich kenne dich als zuverlässigen und gewissenhaften Menschen“, sagte sie.

Matthias' Lachen war dunkel und wohlklingend, doch verbittert. „So siehst du mich? Ich dachte, ich sei ungehobelt?"

„Nun", sie wurde unsicher und richtete fahrig ihren Blick auf den Boden, als wollte sie dort nach einer Antwort suchen, um ihre Meinung über ihn zu begründen. „Ich weiß, dass du etwas im Schilde führst. Du magst Daniel Schütz nicht?"

Matthias stützte sich auf der Heugabel ab. „Wer bin ich, dass ich mir erlauben darf, über diesen Geck zu urteilen? Und dich kümmert es nicht, ob ich diesen ... wie heißt er, Daniel Schütz, mag oder nicht. Du heiratest ihn und dann gehst du von Holzhausen fort. Das ist doch das, was du die ganze Zeit wolltest, oder?"

Sie wagte einen Blick in seine Augen und wusste, noch vor einigen Wochen hätte sie ein Ja mit aller Überzeugung ausgesprochen. Jetzt veränderte sich etwas, was sie weder aussprechen noch begreifen konnte. Ihr Blick folgte dem Verlauf der Kemeler Straße bis zum Wald. Dort war der Reiter zwischen den Bäumen verschwunden.

„Wie kommst du darauf", fragte sie, ohne ihn anzusehen, „dass ich Holzhausen verlassen möchte?"

Er hob die Schultern. „Ich weiß nicht. Ich bin nur ein einfältiger Kerl. Das bin ich doch für dich, oder?"

Während seiner Anschuldigung änderte sie ihren arroganten Gesichtsausdruck nicht. „Ich sagte, du seist ein ungehobelter Klotz. Ich sagte nie, du seist einfältig", verteidigte sich Eugenia. Forsch streckte sie ihr Kinn vor, nicht willens, ihre wahren Gedanken preiszugeben.

„Du hast mir nicht gesagt, dass du verlobt bist, Eugenia."

Ihr war, als käme er näher. Das machte sie nervös. Sie hob ihren Kopf. „Ich wusste nicht, dass ich es dir sagen muss." Fast sehnte sie sich danach, er würde sie in die Arme nehmen und das wiederholen, was sie so empörend fand. Sie wünschte sich, er würde sie küssen? Sie musste verrückt sein.

Matthias grinste ihr unsicher zu, ahnte nichts von ihren anzüglichen Gedanken. Er kam ihr nicht näher. Sie spürte ihr Herz pochen und hörte seine Stimme. „Ich dachte, wir wären so etwas wie Freunde."

Sie seufzte. „Das sind wir doch auch."

Er schien zufrieden, als ihn ihr tiefsinniges Lächeln traf. „Sehen wir uns am Sonntag nach der Kirche? Hast du von deinem Vater die Zeitungen bekommen?"

Eugenia nickte. Unwillkürlich starrte sie auf seine Lippen und schalt sich. Sie hüstelte peinlich berührt. In sich fühlte sie eine seltsame Verwirrung. Nicht einen Augenblick hatte sie gezögert, ihm seine Zustimmung zum Treffen zu geben. Mit ihrem Verhalten stellte sie sich gegen den Willen ihres Vaters und hinterging ihn. Es war für die Tochter eines Arztes nicht angemessen, sich mit dem Sohn eines Bauern zu treffen. Doch da war die andere Stimme in ihr, die unvernünftige, die abenteuerlustige und die mildtätige. Immerhin brachte sie einem Menschen Lesen bei. Das war Nächstenliebe. Sie würde Holzhausen sowieso bald verlassen. Sie würde Daniel Schütz heiraten. Was machte es da schon, etwas zu genießen, auf das sie bald würde verzichten müssen?

Kapitel 7

Wiesbaden, Juli 1847

Sebastian hielt die Zeitung in der Hand und saß beim Mittagessen zu Tisch. Er hatte das Frühstück verschlafen. Sein Hunger hatte ihn dazu getrieben, die Köchin zu überzeugen, ihm etwas Essbares zu servieren. Zeitungsblätter lagen unordentlich auf dem restlichen Tisch verteilt. Sebastian las regelmäßig die Verlobungsanzeigen. Er hatte den Verdacht, sein Freund Anton würde seine Tochter mit einem Mann verheiraten, ohne dass er, Sebastian, es mitbekam. Zumindest er selbst würde das versuchen, wenn er in dieser Lage wäre. Er fand jedoch nichts und begann erleichtert zu essen. Vielleicht irrte er sich. Vielleicht hatte Anton diesem Daniel Schütz gar nicht so viel Aufmerksamkeit zukommen lassen. Die Gerüchte, die kursierten, waren nicht greifbar. Sebastian hatte Dorothea Henninger nach Doktor Hentschels Absichten befragt. Dorothea war durchaus gesprächig gewesen, was wahrscheinlich an seinen Schmeicheleien gelegen hatte. Sie hatte berichtet, dass sie persönlich vermutete, Daniel Schütz gedenke Eugenia zu heiraten. Das seien nur ihre Vermutungen, nichts Handfestes. Daher konnte Sebastian nicht viel tun, auch kein offenes Gespräch mit seinem Freund führen und ihm drohen. Sebastian würde jedoch alles versuchen, seinen Willen durchzusetzen. Letzten Endes hatte er etwas gegen Anton Hentschel in der Hand, das ihn zu einer Entscheidung zwingen würde. Eine Entscheidung, die Sebastian begünstigte.

Der mysteriöse Tod des Patienten vor einigen Jahren war für Sebastian heute ein Segen. Anton hatte sich damals solche

Vorwürfe gemacht, dass es Sebastian nicht möglich gewesen war, die Wahrheit zu sagen. Und so dachte Anton bis heute, dass er die Krankheit des Patienten fehlgedeutet und ihn mit seiner falschen Behandlung getötet hatte.

Sebastian legte das Besteck zur Seite und fuhr sich mit einer müden Bewegung über sein unordentliches Haar.

Anton war so ein leichtgläubiger Dummkopf. Sebastian lächelte bei diesem Gedanken. Hatte er je ernsthaft vorgehabt, seinem Freund die Wahrheit zu sagen? Er musste nicht lange überlegen und schüttelte den Kopf. Nein, hatte er nicht. Warum auch? Warum sollte er Anton erzählen, dass er, Sebastian, damals diesem Patienten jene Medizin verabreicht hatte, von der Anton überzeugt war, dass sie nicht gewirkt hatte? Warum sollte er erzählen, dass dies das Krankheitsbild des Patienten veränderte und sogar zum Tod geführt hatte, auch ohne Antons Eingreifen? Sebastian hatte das Verabreichen der Medizin verschwiegen, da er von Antons Missbilligung wusste. Seitdem schlug sich sein Freund mit diesen Schuldgefühlen herum. Sollte er doch, dachte Sebastian schadenfroh. Damit hatte er schließlich seinen Freund in der Hand. Letztendlich würde Anton ihm Eugenia und die Mitgift übergeben. Antons Angst vor einem Skandal war zu groß. Er war stets darauf bedacht, seinen Ruf zu wahren. Er, der nach außen hin der perfekte Ehemann und Vater war, ein hervorragender Arzt. Sebastian verzog angewidert das Gesicht. Alles war so perfekt im Leben des Anton Hentschel. Aber es würde alles anders werden. Er wollte auch so werden wie Anton, der, wenn er von der Arbeit nach Hause kam, die Familie versammelt in der Wohnstube vorfand, im vertrauten gemütlichen Kreis.

Im Augenblick quälte ihn jedoch ein ganz anderes Problem. Es wäre keines, hätte er Eugenia geheiratet und das verlangte Geld kassiert. Gestern Abend hatte er unerwünschten Besuch bekommen. Drei Herren, die etwas forderten, was er nicht besaß.

Sebastian schenkte sich das Weinglas voll und trank

einen großen Schluck. Irgendwie schmeckte der Wein bitter, obwohl es sich um einen guten Tropfen handelte. Im Angesicht der unangenehmen Situation schmeckte offenbar gar nichts. Sebastian stellte das Weinglas zurück und legte die Zeitung fort. Er steckte in mächtigen Schwierigkeiten. Seine Gläubiger setzten ihm zu und hatten Drohungen ausgesprochen, die Sebastian selbst in seiner Erinnerung nicht wiederholen wollte.

Er wusste nicht, was er tun sollte. Denn er brauchte dringend Geld. Die Gläubiger wollten nicht länger warten.

Sebastian fuhr sich mit einer Hand über sein Gesicht und legte die Serviette auf den halbleeren Teller. Das gestrige Gespräch war sehr unangenehm verlaufen. Es war ihm unmöglich, das Geld in so kurzer Zeit zu beschaffen. Er war bankrott. Seitdem ihm Anton Hentschel den Zutritt zur Praxis verwehrt hatte, waren die Patienten ausgeblieben. Selbst die, die auf seine Heilmethoden schworen.

Verdammter Sturkopf, Anton!

Sebastian schob ruckartig den Stuhl an den Tisch und ärgerte sich. Es würde ihm nicht gelingen, Anton so schnell zu überreden, Eugenia und die Mitgift zu bekommen. Vorerst musste er sich etwas anderes einfallen lassen. Er brauchte Zeit. Vielleicht sollte er nur das Geld von Anton fordern? Sollte er ihn in die Enge treiben? Sollte er seinen letzten Trumpf endlich ausspielen und diesem ganzen Theater ein Ende setzen?

Nein, dafür war keine Zeit. Sebastian schüttelte den Kopf und ging zu seinem Schlafzimmer ins obere Stockwerk hinauf. Es gab noch eine andere Möglichkeit. Er könnte Wiesbaden verlassen, bis die Gläubiger mit sich reden ließen und sich beruhigten. Vielleicht bis Ende des Jahres, überlegte Sebastian. Der Gedanke behagte ihm nicht. Wenn er nicht in Wiesbaden verweilte, könnte Anton die Gelegenheit nutzen, Eugenia zu verheiraten. Sebastian ballte die Hände und ärgerte sich maßlos. Er trat ungehalten gegen einen Stuhl, der neben einer Kommode in seinem Schlafzimmer stand. Das

Möbelstück wackelte und fiel um. Fuchsteufelswild begann Sebastian, einige Kleidungsstücke aus seiner Kommode zu holen und sie auf das Bett zu werfen.

Er konnte nicht in Wiesbaden bleiben. Die Gläubiger würden ihn tatsächlich vor Gericht bringen. Auch auf die Gefahr hin, die Vorgehensweise von Anton nicht mehr beobachten zu können, musste er die Stadt verlassen. Sobald er zurück war, würde er zum letzten Schlag ausholen. Dann würde er dafür sorgen, dass Anton Hentschel das gleiche Gefühl ereilte, das ihn ereilt hatte.

Ein Arzt ohne Patienten. Ein Arzt ohne Ruf. Ein Mann ohne Ehre.

Zufrieden mit diesen Gedanken packte Sebastian einige Habseligkeiten zusammen und schloss die Tasche. Verdammte Spielerei, dachte er wütend. Dadurch hatte er fast alles verloren. Dieses Haus war das Einzige, was ihm geblieben war, und auch das würden ihm die Gläubiger nehmen. Ihre Drohungen waren sehr deutlich gewesen. Wo würde er mit Eugenia wohnen? Ach, worüber dachte er nach? Sobald er Eugenia geheiratet hatte, war er reich.

Sebastian nahm die Tasche, griff nach Hut und Mantel, obwohl der Sommertag heiß und schwül war, und verließ das Haus. Er ging langsam die Straße entlang Richtung Bahnhof. Oh ja, der Gedanke gefiel ihm. Sobald er zurückkehrte, würde er Anton Hentschel endlich zu Boden zwingen und Eugenia heiraten!

Kapitel 8

Holzhausen, 1847

Eugenia warf Daniel Schütz aus dem Augenwinkel einen Blick zu. Er stand in dem Salon des Hauses Hentschel und schien nervös. Er hatte sich nach dem Tee von Eugenia und ihrer Mutter in die Wohnstube führen lassen. Nun stand er neben dem Pianoforte, auf dem Eugenia eine Melodie spielte. Als sie endete, verkündete die Mutter geflissentlich, dass sie Getränke holen wolle. Eugenia blieb mit dem Mann allein zurück. Und plötzlich wusste sie nicht, was sie mit ihm reden sollte. Nicht, dass sie um ein Thema verlegen war. Daniel Schütz hatte sich bisher als angenehmer Gesprächspartner erwiesen. Doch sie kannte ihn kaum. Zugegeben, er hatte eine annehmbare Erscheinung, selbst in dem einfachen Anzug, den er trug, wirkte er elegant. Sein Haar war wie immer ordentlich frisiert und auch an dem gebundenen Tuch konnte Eugenia nichts aussetzen. Das Gesicht war glattrasiert. Keine Strähne lag dort, wo sie nicht sein sollte. Für einen Augenblick musste Eugenia an den Sohn von Bauer Hollmann denken. Er rasierte sich nur gelegentlich, sein Haar war meist durcheinander, doch sein Äußeres war angenehm, sein Lächeln ehrlich und beschwingt, seine Augen eindringlich. Wenn er sie ansah, lag eine Natürlichkeit darin, die sie in den Gesichtern der anderen Herren, denen sie bisher begegnet war, vermisste.

Daniel führte Eugenia zu einem der Fenster. Ihr war aufgefallen, dass der Mann mit seinem sonst ruhigen Gemüt ungewöhnlich aufgeregt war. Er hatte während des Tees zweimal die Tasse aus der Hand gleiten lassen und seine Hand hatte gezittert.

„Ich komme mir vor wie ein junger Bursche“, sagte er plötzlich und zupfte an seinem hohen Stehkragen, als sei damit etwas nicht in Ordnung.

„Mir ist Ihre gegenwärtige Unausgeglichenheit aufgefallen. Geht es Ihnen gut, Herr Schütz?“

Ein Leuchten erschien in seinen Augen. „So gut wie schon lange nicht mehr, glauben Sie mir. Ich habe bereits das erste Mal, als ich Sie gesehen habe, bemerkt, dass Sie etwas Besonderes sind, liebste Eugenia.“ Seine Finger nestelten an seinem Gehrock.

Während sie sich über sein Verhalten wunderte, kniete er sich vor sie hin und sah flehentlich zu ihr auf. „Bevor ich Ihnen eine wichtige Frage stelle, möchte ich Ihnen etwas von mir erzählen. Ich habe eine kleine Tochter, sie ist sieben Jahre und ein liebes Kind. Ich lebe mit ihr nach dem Tod meiner ersten Frau auf dem Lande, bei Auringen, einem beschaulichen Dorf. Mir fehlt Gesellschaft und meiner Tochter fehlt eine gute Mutter.“ Er räusperte sich, während Eugenia ihm aufmerksam zuhörte und bereits ahnte, was er zu tun gedachte. Leichte Aufregung breitete sich in ihrem Inneren aus. Sie wusste durchaus, wenn sie seinen Antrag ablehnte, so würde ihr Vater nicht auf eine Heirat bestehen. So sehr ihre Eltern darauf bedacht waren, sie gut zu verheiraten, würden sie es niemals zulassen, dass Eugenia einen Mann heiratete, der ihr zuwider war.

„Ich habe nachgedacht, wie es in meinem Leben weitergeht. Und mir ist klar geworden, dass mir eine Frau an meiner Seite fehlt“, hörte sie Daniel sagen.

Diese Verbindung war durchaus zufriedenstellend. Eugenia wusste, wie sehr sich ihr Vater eine Heirat wünschte. Eugenia würde sich nicht weigern. Ein Witwer mit einer wunderbaren kleinen Tochter, zudem aus gutem Hause. Was wollte sie mehr? Sie hätte ein gutes Leben.

„Liebste Eugenia, ich bitte Sie ergebenst, meine Frau zu werden“, hörte sie den Mann sagen, nachdem er einen tiefen Atemzug getan hatte, als ob er dadurch Mut schöpfte. Eugenia nahm die Hand, die er ihr entgegenstreckte, und nickte ihm zu. Sie spürte seinen Händedruck, sah die Hoffnung in seinen Augen. Für einen Augenblick zögerte sie. Ihr Herz hatte sie an diesen Mann nicht verloren. Sie hatte sich früher gewünscht, ihrer Liebe zu begegnen. Ein Wunsch, der nicht in Erfüllung gehen sollte. Dennoch erwiderte sie den Händedruck und neigte den Kopf. Vater war hoffentlich stolz auf sie. „Sie dürfen meinen Vater um seinen Segen bitten", sagte Eugenia schüchtern.

Daniel Schütz lachte auf. „Sie machen mich zum glücklichsten Mann. Ich möchte den Termin der Hochzeit festlegen." Er sprang auf die Beine. „Würde Ihnen der nächste Sommer gefallen, Fräulein Eugenia? Dann gibt es die schönsten Blumen in Wiesbaden." Er hielt weiterhin ihre Hand.

„Es gefällt mir, was auch immer Sie vorschlagen", erwiderte sie artig.

„Ich bitte Sie um Geduld mit unserer Heirat, da meine Eltern in England auf Reisen sind. Sie werden erst Ende des Jahres zurückkehren und ich würde es Ihnen gern vor der Bekanntmachung mitteilen."

„Ein Jahr vergeht sehr schnell", versicherte Eugenia.

„Oh, meine Eltern werden Sie mögen. Ich will sofort mit Ihrem Vater darüber sprechen." Daniel küsste ihre Hand, mehr wollte er anscheinend nicht riskieren. Sein Lächeln zeigte tiefe Freude. „Ich weiß, Ihr Herz ist nicht bereit, mich zu lieben. Ich bin mir indessen gewiss, dass wir genug Zeit haben. Achtung ist in einer Ehe wichtiger als Liebe."

Eugenia blieb beflissen schweigsam und warf einen Blick aus dem Fenster, wo sie einen Burschen beobachtete, wie er einen Ballen Heu herbeischleppte. Er ließ ihn fallen und wischte sich angestrengt über die Stirn. Das kurze Haar stand von seinem Kopf ab, sein Gesicht war von der Sonne gebräunt. Die blauen Augen waren so klar zu erkennen, dass Eugenia schnell wieder fortsah.

Kapitel 9

Holzhausen, 1847

Das Dengeln der Sensen war zu einem vertrauten Geräusch geworden, das durch das offene Fenster an Eugenias Ohr drang. In der Schnittzeit war das Klopfen jeden Abend zu hören. Die Schneide der Sense wurde so lange bearbeitet, bis sie dünn und scharf war.

Eugenia beugte sich über das Papierstück. „Lieber Moritz. Ich war wieder zwei Wochen lang in Wiesbaden. Welch herrliche Zeit. Wir waren mit meiner Freundin Dorothea und Daniel Schütz am See. Dort fuhren wir mit einer Gondel und fütterten die Schwäne. Tante Gerlinde hat mich zu einer ihrer Veranstaltungen mitgenommen. Es war anstrengend und ermüdend, den ganzen Abend lang über belanglose Dinge zu plaudern, welche Dame unmöglicher gekleidet war oder sich daneben benahm. Daniel Schütz ist ein freundlicher Mann, an dessen Seite ich mich wohlfühlen werde. Ich dachte, Vater sei über diese Heirat froh, doch er benimmt sich sehr seltsam. Wenn er mit mir nach Wiesbaden fährt, ist er missgelaunt und schweigsam. Irgendetwas bedrückt ihn. Ich wünschte, ich könnte ihm helfen. Vielleicht bedrückt ihn der Streit mit Sebastian. Wenn ich die beiden nur versöhnen könnte! Sebastian ist auf Reisen und so habe ich ihn in Wiesbaden nicht gesehen. Als ich in die Kutsche stieg, um nach Holzhausen zurückzufahren, überkam mich eine Freude, die mich selbst erschreckte. Bin ich vielleicht krank? Ich habe mich gefreut, meine Freundin Luise wiederzusehen. Dieses Dorf hat so gänzlich seinen Schrecken verloren und wurde mir zur zweiten Heimat. Auch wenn ich es nicht in

Worte fassen kann: Ich fühle mich hier wohl. Das verdanke ich August und Luise. Ich habe dir doch schon von dem Sohn eines Bauern erzählt, dem ich Lesen beibringe, wir treffen uns sonntags und lesen Zeitungen. Ich würde mich sehr freuen, wenn du uns in Holzhausen bald besuchen würdest, lieber Bruder, dann zeige ich dir alles, was ich liebgewonnen habe, und stelle dir all die Menschen vor. In innigster Liebe, deine Schwester Eugenia."

Kapitel 10

Herbst 1847

Tage der Müßigkeit und häuslichen Pflichten vergingen. Täglich saß Eugenia am Pianoforte, spielte immer traurigere Lieder. Kaum blieb Zeit, in der sich Eugenia mit dem beschäftigen konnte, was ihr am liebsten war: Bücher lesen. Die Mutter achtete sehr streng darauf, dass sie sich nicht mehr solchen sinnlosen Vergnügungen hingab, sondern ihre Fertigkeiten übte. Besonders, da sie heiraten sollte. Es wurde für die Aussteuer gearbeitet.

Eine willkommene Abwechslung waren die Sonntage.

Eugenia trat durch das Portal der evangelischen Kirche von Holzhausen und ließ sich auf die Kirchenbank nieder. Sie überblickte die Gesichter der Anwesenden, während der Pfarrer alle begrüßte und mit seiner Predigt begann. Als sie ein Lied sangen, schaute Eugenia auf und entdeckte auf der hinteren Bank einen jungen Mann. Er schien ihren Blick zu bemerken, denn auch er schaute auf. Sein Haar war heute ordentlich gekämmt, stand nicht wirr von seinem Kopf ab wie sonst. Der verwegene Ausdruck war aus seinem Gesicht verschwunden, das sogar rasiert war. Er sah brav aus, dachte Eugenia, und sie hätte am liebsten gelacht. Sie wagte es, Matthias ein Lächeln zuzuwerfen, das er zurückhaltend erwiderte. Eugenia senkte wieder den Blick in das Gesangsbuch.

Paula blieb vor der Kirche bei Matthias stehen.

„Wen schaust du an?", wollte sie wissen und trat neben ihn, um seinem Blick zu folgen. Sie trug heute ein sauberes, dunkelblaues Leinenkleid, ohne Streifen oder Blumen, ohne

Zierden. Ihre langen Haare waren aufgesteckt, jedoch nicht so aufwendig wie die von Eugenia oder deren Mutter. Es war die einfache Tracht, an der ihre Herkunft zu erkennen war.

„Niemanden."

Paula folgte seinem Blick. „Ich dachte, du könntest sie nicht leiden? Eine verwöhnte Göre hast du sie genannt."

„Ich mag die Eugenia, mehr nicht." Matthias versuchte das Mädchen anzulächeln. Seitdem er Eugenia geküsst hatte, auch wenn er dafür eine Ohrfeige bekommen hatte, war er ins Grübeln gekommen. Welche Gefühle hegte er für sie? Wollte er sie einfach nur küssen? Diese helle, weiche Haut berühren, wohl wissend, dass er der erste Mann war, der dies tun durfte? Oder war da mehr? Er genoss die Treffen mit ihr. Etwas verband sie, Gedanken, Hoffnungen, die er mit niemandem sonst besprechen konnte. Für seine freiheitsliebenden Reden galt er bei den anderen im Dorf als sonderbar, jedoch nicht für Eugenia. Sie war die erste Person gewesen, mit der er dies hatte teilen können. Was fühlte er für sie? Und was würde es ihm bringen außer einem gebrochenen Herzen? Eugenia war nicht für ihn bestimmt. Sie heiratete diesen vornehmen Mann aus Wiesbaden und zog mit ihm in ein schickes, großes Haus. Er, Matthias, der Sohn eines Bauern, hatte so nichts gemeinsam mit ihr, Eugenia, der Tochter eines Arztes. Durfte er überhaupt Gefühle für diese junge Frau hegen? Und Eugenia? Wie stand es um ihre Gefühle zu ihm? Er hatte keine Ahnung, ob sie ihn mochte oder nur Mitleid mit ihm hatte, da er nicht richtig lesen konnte.

Trotz dieser Unsicherheit Eugenia gegenüber und des Wissens ihrer vielen Unterschiede lag ein Hauch von Zufriedenheit über ihm. Matthias freute sich, Eugenia während ihrer Treffen für sich allein zu haben, egal wie sehr ihre Freundschaft belächelt, beschimpft oder verachtetet werden würde, wüsste jemand davon.

„Du, Matthias. Ich wollt die ganze Zeit schon mit dir reden", sagte Paula. „Aber nicht hier, dafür sollte es etwas ruhiger sein." Paula schien verlegen.

Matthias warf ihr einen argwöhnischen Blick zu. „Warum machst du es so geheimnisvoll?"

Sie wirkte betreten. „Ich will ja die ganze Zeit schon mit dir reden, aber du hast so viel zu tun. Du bist ständig bei den Hentschels und ..."

„Ich brauch das Geld. Der Doktor zahlt gut."

„Ich weiß, aber du hast so wenig Zeit für mich. Wir reden kaum noch miteinander und ..."

Gerhard trat zu dem Paar. Paula schwieg unbehaglich, während Matthias geistesabwesend neben ihr stand. Gerhard schlug ihm kameradschaftlich auf die Schulter. „Ich hab ein paar Groschen gespart, um heut einen Schoppen zu trinken. Lass uns zum Minor Peter in die Gaststube gehen. Ich will die Sorgen heute vergessen, weil wir morgen aufs Feld müssen und die mageren Kartoffeln ernten."

„Später", sagte Matthias. „Ich hab noch was zu erledigen."

Eugenia beugte sich zu ihrer Mutter und bat um Erlaubnis, einen Spaziergang machen zu dürfen. Charlotte Hentschel willigte ein, ermahnte sie zur Vorsicht, und sie solle nicht zu weit fortgehen. Eugenia versprach es. Endlich, dachte sie erleichtert, während sie noch an der Seite von Luise an der Kirche vorbei Richtung Dorf ging. Den ganzen Tag hatte sie sich darauf gefreut, den gesellschaftlichen Verpflichtungen zu entkommen. Gestern Mittag waren sie zu Tisch bei Herrn und Frau Hardt eingeladen gewesen. Stundenlang, so war es ihr zumindest vorgekommen, hatte sie mit Luise still dasitzen und sich artig unterhalten müssen.

„Mir tut heute noch der Rücken weh", gestand Luise, als sie sich ebenfalls an den gestrigen Tag erinnerte. Sie kicherte. „Mein Onkel kann sehr viel reden, wenn er gute Laune hat."

Eugenia lachte. „Ich habe so viel Tee getrunken, um nicht einzuschlafen. Als du vorschlugst, etwas auf dem Pianoforte zu spielen, war ich froh."

„Ich dachte, ich muss irgendetwas tun, sonst falle ich vom Stuhl. Willst du ins Dorf?"

„Ich möchte etwas spazieren gehen", erwiderte Eugenia plötzlich fahrig.

„Dann begleite ich dich. Nach Hause will ich noch nicht und meine Tante gab mir frei." Luise hakte sich fröhlich bei ihrer Freundin ein. „Ist das heute nicht ein herrlicher Tag?"

Eugenia zögerte. „Ich würde gern allein sein."

Luise bekam große Augen und ließ ihre Hand von dem Arm der jungen Frau fallen. Enttäuschung spiegelte sich in ihren Augen wider. Eugenia tat es leid, ihre Freundin abzuweisen. Doch sie konnte Luise unmöglich an den Hasenbach mitnehmen. Sie mochte die Nichte des Lehrers sehr, doch obwohl sie Freundinnen geworden waren, durfte Luise auf keinen Fall herausfinden, was Eugenia an manchen Tagen tat. Sie wusste, was Luise davon halten würde, sollte sie ihr gestehen, dass sie sich mit Matthias traf. Damit würde Eugenia sie in einen tiefen Konflikt reißen. Luise würde sich verpflichtet fühlen, es ihrem Onkel zu sagen. Und der wiederum könnte es nicht auf sich beruhen lassen. Schließlich würden es Eugenias Eltern erfahren. Ein teuflischer Kreislauf, dachte Eugenia und tätschelte den Arm ihrer Freundin. Sie warf einen Blick um sich, dann flüsterte sie Luise ins Ohr. „Es ist ein Geheimnis."

Luises Augen weiteten sich. „Sprich, ich platze sonst vor Neugier. Ich bin doch deine Freundin. Du kannst mir alles sagen. Was ist es? Sag es mir!"

Eugenia blickte um sich, ehe sie hinter vorgehaltener Hand nuschelte: „Ich denke mir Geschichten aus und schreibe sie auf."

Luise schien verwirrt. „Du schreibst Geschichten? Über was?"

Eugenia seufzte theatralisch. „Über Liebe und Leidenschaft."

„Das ist unschicklich."

„Aber sicher", erwiderte Eugenia mit einem geheimnisvollen Lächeln. „Deshalb darf es ja keiner wissen."

„Und damit verschwendest du deine Zeit? Oh, Eugenia. Du bist … unmöglich."

Eugenia warf ihr ein Lächeln zu. „Lass uns morgen spazieren gehen."

„Und wo hast du dein Schreibzeug?", rief Luise ihr nach, während Eugenia die Gasse entlangeilte. Sie hob eine Hand zum Abschied, ohne zu antworten. Dabei hoffte Eugenia, dass sie die Neugier zufriedenstellend gesättigt hatte. Luise mochte tugendhaft sein, doch auch sie hatte ein Laster. Sie war furchtbar neugierig. Eugenia schlenderte am Dorfbrunnen vorbei, den Hang hinauf, bis gemähte Wiesen und abgeerntete Felder vor ihr lagen, dahinter erstreckte sich der Wald. Als sie an einem Apfelbaum vorbeikam, pflückte sie einige Früchte. Sie erreichte den Hasenbach, war querfeldein über bereits geschnittene Wiesen und abgeerntete Felder zu ihm gelangt. Es gab keine Wege. Die einzelnen Äcker waren nur dann zu erreichen, wenn keine Frucht darauf stand. An diesem Tag hatte es nicht geregnet, sodass der Boden nicht zu feucht war. Eugenia nahm einen der roten Äpfel, die sie unterwegs gepflückt hatte. Während sie dem Gluckern des Baches lauschte, legte sie sich ins frisch geschnittene Gras und blickte zum Himmel. Ein schlechtes Gewissen schlich sich bei ihr ein, während sie den blauen Himmel betrachtete.

Wie sie es bereits ihrem Bruder geschrieben hatte, mochte es anfänglich der Reiz des Verbotenen gewesen sein, dass sie sich mit Matthias traf. Einem Burschen, den sie kaum kannte. Selbst in Wiesbaden wäre es ihr unmöglich gewesen, sich allein mit einem Herrn zu unterhalten, geschweige denn, abgelegene Orte mit ihm zu besuchen. Sie hatte jedoch nicht ein einziges Mal um ihre Unschuld gebangt. Auch wenn sie Matthias anfangs nicht sehr gut gekannt hatte, hatte sie ihm vertraut. Und bisher zeigte er kein anstößiges Verhalten. Er benahm sich ihr gegenüber zurückhaltend und angemessen.

Er schien ihre Freude am Lesen zu genießen und die freien Gedanken, die sie austauschten. Inzwischen hatte sich etwas verändert. Eugenia wusste selbst nicht, was es war. Sie traf sich nicht mehr mit ihm, weil es aufregend und verboten war, sondern weil sie es wirklich genoss. Etwas, was sie niemals irgendjemandem gestehen würde. Denn so etwas zu fühlen war falsch. Sie hätte es nicht dazu kommen lassen dürfen. Ehe ihre Schuldgefühle wachsen konnten, hörte Eugenia Schritte und richtete sich auf. Matthias schlenderte auf sie zu. Das Gefühl der Freude, als sie ihn erblickte, war ihr nicht mehr fremd.

Er ließ sich in ihrer Nähe nieder. „Kam es dir auch so vor, als ob Pfarrer Brachel heute länger gepredigt hat als sonst?"

Sie reichte ihm einen Apfel. „Allerdings. Ich denke, er hat das absichtlich gemacht."

„Um uns zu ärgern? Das hieße ja, er wüsste, was wir machen."

Sie legte einen Zeigefinger an ihr Kinn, während es in ihren Augen funkelte. „Hoffentlich nicht."

Sie bissen genüsslich in die Früchte. Eugenia begann aus einer Zeitung vorzulesen, was in der Region geschah und auch die Neuigkeiten außerhalb des Herzogtums. Nach einer Weile ließ sie die Zeitung sinken. „Ich habe die Kartoffelpflanzen gesehen." Sie wusste, dass es Matthias unangenehm sein würde, über dieses Thema zu sprechen. „Sie sahen nicht gut aus, so verkümmert. Sie tragen nicht viele Kartoffeln, nicht wahr?"

Sein Gesicht wurde abweisend. „War ein schlechtes Jahr."

„Auch Getreide?"

„Alles."

Sie beobachtete ihn. Er wirkte plötzlich verschlossen, biss nachdenklich in den Apfel ohne sich ihr zuzuwenden. „Ich weiß, du willst nicht darüber reden, aber ist es sehr schlimm?"

„Wir hatten schon bessere Jahre." Erst schien es, als wollte Matthias tatsächlich nicht weitersprechen, schließlich gab er sich einen Ruck. „Seitdem Herzog Adolph vor sieben Jahren den Zehnt ablöste, dachten alle, es wird besser. Die Ablösung war und ist freiwillig, aber sie macht es uns nicht leichter. Da fast alle nicht genug Geld für die Ablösung hatten, wurde die

Landes-Credit-Casse Nassau eingerichtet. Von ihr erhielten wir einen Kredit. Den müssen wir abbezahlen, so einfach ist es."

„Doch wenn ihr den Kredit abbezahlt habt, dann seid ihr frei, und Grund und Boden gehören euch."

„Mag sein, doch von was sollen wir zahlen, wenn die Ernte so schlecht ausgefallen ist, dass kaum etwas für uns selbst übrig ist?" Matthias seufzte und setzte sich auf. „Aber warum reden wir von mir? Was ist mit dir? Du hast einmal gesagt, ich wüsste nichts von dir. Ändern wir das!"

„Du sagtest auch, du wolltest von jemandem wie mir nichts wissen."

Sie sahen sich an. Es lag Heiterkeit zwischen ihnen. Der alte Groll war längst vergessen. Zu oft hatten sie sich schon getroffen. Sie hatten Eigenarten an dem anderen gefunden, sie waren sich auf eine Weise nähergekommen, die sie verband.

„Wie ist das Leben in Wiesbaden?", forderte Matthias sie auf.

Eugenia lehnte sich zurück. Ihre Augen begannen zu leuchten, während sie von ihrem Leben und ihrem letzten Besuch in Wiesbaden erzählte. „Und die Bälle sind besonders schön. Es gibt eine glänzende Tanzfläche, auf der Paare Walzer tanzen. Am Hofe des preußischen Königs wird der Walzer noch immer verschmäht."

Matthias erhob sich, blieb bei ihr stehen und streckte seine Hand nach ihr aus. „Bei uns auf dem Land wird nichts … verschmäht. Zeig mir, wie man Walzer tanzt."

Eugenia schaute ihn zunächst verblüfft an, dann nahm sie seine Hand und lachte verlegen. Er zog sie auf die Beine. Sie standen sich schüchtern gegenüber. Eugenia schob seine Hand zurück und zeigte ihm wortlos, wie er sie auf ihren Rücken legen und mit der anderen Hand die ihre halten musste. Sie sahen sich an, befangen, so nahe beieinander.

Eugenia begann plötzlich ein Lied zu summen. Ihre klare Stimme übertönte das Plätschern des Baches, der sie bei ihrem Lied zu begleiten schien. Das Paar begann nach dem Takt der Melodie zu tanzen. Manchmal quietschte Eugenia, wenn Matthias auf ihre Füße trat. Er achtete auf ihre Schritte und versuchte sie nachzutanzen. Eugenia beobachtete ihn dabei, während sie die Melodie sang. Matthias konzentrierte sich völlig auf ihre Füße. Sie musste lächeln. Plötzlich bemerkte sie, wie es ihm leichter fiel, die Drehung zu vollziehen, ohne zu stolpern oder ihr auf den Fuß zu treten. Obwohl nur ihre Stimme zu hören war, kam es ihr vor, als spielte ein ganzes Orchester im Hintergrund. So tanzten sie über das Gras, im Rhythmus der Musik. Ihre Blicke trafen sich. Eugenia versuchte sich vorzustellen, wie es sein würde, mit ihm in einem Ballsaal zu tanzen. Wie würde er in einem schwarzen Frack, mit ordentlich gekämmten Haaren und rasiert aussehen? Sie fand, er würde gut aussehen, mit einem hohen Kragen und dem gebundenen Tuch um seinen Hals.

Sie tanzten immer weiter, drehten sich, stolperten über eine Wurzel und lachten, als sie sich wieder fingen. Dabei stieß Eugenia mit der Stirn gegen sein Kinn. Sie zuckte bei der Berührung zusammen. Seine Lippen kräuselten sich und sie starrte darauf, wusste, wie es sich anfühlte, wenn sich ihre Lippen berührten.

Sie schwangen herum, leichtfüßig, unbeschwert, nur sie beide. Eugenia spürte die Anspannung in seinem Arm. Seine Hand auf ihrem Rücken war deutlich zu spüren. Ihr Herz klopfte seltsam schnell, als sie sich seiner Nähe bewusst wurde. Vielleicht war das der Grund, warum sie das Lied nicht beendete, sondern weitersummte. Ewig könnte es dauern, dachte sie und warf ihm ein fröhliches Lachen zu. Schließlich sah sie ein, dass es einmal enden musste. Und sie sang langsamer, bis das Lied verstummte. Die beiden blieben stehen und rührten sich nicht. Noch immer lag seine Hand auf ihrem Rücken. Es war seltsam fremd, dieses Gefühl, einem Mann so nahe zu sein.

„Was macht ein Herr, wenn der Tanz zu Ende ist?“, fragte

Matthias, der ihre Erinnerung nicht ahnen konnte, nach einer Weile.

„Er verbeugt sich galant vor der Dame und bedankt sich höflich."

Matthias ließ sie los, bis auf ihre Hand und verbeugte sich tief vor ihr. „Ich bin zutiefst dankbar für Ihre Gunst, liebliche Maid."

Eugenia runzelte die Stirn. „Vielleicht etwas zu übertrieben. Und ‚liebliche Maid' sagt heutzutage keiner mehr." Sie kicherte.

Matthias hielt ihre Hand fest, schien sie nicht loslassen zu wollen. Eugenia war wie gefangen und konnte sich nicht bewegen. Keiner der beiden schien diesen Augenblick durch eine Bewegung zerstören zu wollen. Eugenia wünschte sich, dass sie für immer hier stehen könnten. Zusammen. Nur Matthias und sie.

Sie musste plötzlich fortsehen, seinen Augen entfliehen, die in ihr ein wundersames Gefühl hervorriefen. Sein Blick, seine warme Stimme, seine vertraute Nähe. Alles brachte sie in Verwirrung. Warum jetzt? Warum er? Ihr war, als wollte er Eugenia zu sich ziehen. Sie spürte seine Hände auf ihren Armen, sehnte sich förmlich danach, von ihnen umschlungen zu werden. In seinen Armen war ein Ort völliger Geborgenheit. Ein Gefühl, von dem sie niemals gedacht hätte, es je zu spüren. Ein Traum, dachte sie und schloss die Augen, ehe sie sich küssten. Sie verharrte ganz ruhig, während seine warmen Lippen auf ihren lagen, sanft und vertraut. Es war erst ein Kribbeln, das sich in ihr schnell ausbreitete, wie ein Feuer. Sie hob die Hände, umfasste sein Gesicht, als könnte sie verhindern, dass er es zurückzog. Als sei dies eine Aufforderung für ihn, zog Matthias sie noch fester an sich. Der Druck seiner Lippen verstärkte sich. Es war ein Augenblick völliger Freiheit, losgelöst von allen Zwängen. Nur sie und er. Doch dieser Augenblick verging viel zu schnell, denn Matthias ließ sie los, trat schweigsam zurück. Ihre Arme sackten herunter, als Eugenia sein Gesicht nicht mehr berühren konnte.

Die Gefühle wirbelten durch ihr Inneres, wühlten es auf, wie Wellen das Meer aufrauten. Eugenia zitterte, als sie sich von ihm löste.

Plötzlich hörten sie Pferde.

Matthias zuckte zusammen.

Reiter verließen den Wald. Sie trugen Waffen bei sich. Der Polizeidiener aus Holzhausen war bei ihnen, er war auch der Waldhüter.

Matthias machte einige Schritte zurück, dann drehte er sich um und eilte zum Hasenbach, um sich hinter einigen Büschen am Ufer zu verstecken. So hockte Eugenia allein, als die Reiter vorbeikamen und bei ihr anhielten. Sie biss in einen Apfel und grüßte die Männer höflich. Dabei versuchte sie den Eindruck zu erwecken, die ganze Zeit allein hier gesessen zu haben, um sich dem Anblick der Natur zu widmen. War ihr Blick unschuldig genug?

Sie erkannte die Gewehre, die die Männer bei sich trugen.

„Guten Tag, gnädiges Fräulein", sagte einer von ihnen.

„Ist etwas vorgefallen?"

„Wir sind Wilderern auf der Spur."

„Wilderer bei uns im Wald?"

„Diese Halunken sind überall. Die Wilderer werden immer dreister und es werden immer mehr. Früher waren es Taugenichtse, die nicht schaffen wollten. Heute sind's einfach Bauern, die dem Wild nachstellen, das nicht ihnen gehört, um sich daran zu bereichern", sagte der eine Mann voller Abscheu.

„Besser gesagt, um zu überleben", murmelte der Polizeidiener aus Holzhausen.

Der Mann aber, der zuerst gesprochen hatte, beharrte darauf: „Es ist trotzdem ein Verbrechen. Wild zu schießen gehört bestraft."

Der Polizeidiener senkte den Kopf. „Natürlich."

Der andere drehte sich zu ihm um. „Wir wissen durchaus, wie schlecht es den Menschen geht, doch es ist verboten, im Wald zu jagen. Und Wilderei wird bestraft, so will es das Gesetz."

Eugenia wunderte sich: „Was es hier alles gibt – ich wusste gar nicht, dass ..."

Der Waldhüter antwortete: „Heute Morgen haben wir wieder frische Spuren entdeckt, es muss ein größeres Tier gewesen sein, wahrscheinlich ein Hirsch, der heimlich erlegt und abtransportiert wurde. Nun kämmen wir die Gegend ab. Wir werden wohl härter durchgreifen müssen. Ist Ihnen irgendetwas Verdächtiges aufgefallen, Fräulein Hentschel?

„Nein, ich habe nichts gesehen."

„Auch niemanden von den Bauern? Die haben am Sonntag eigentlich nichts zu suchen auf Feldern und Wiesen. Aber man wundert sich, wer solche Verbrechen begeht, Leute aus dem Dorf, bei denen es niemand vermutet, dass sie so etwas tun."

Eugenia spürte, wie ihr das Blut ins Gesicht schoss, sie hatte plötzlich Angst, dass Mathias am Hasenbach entdeckt werden könnte. Was, wenn man ihn für einen Wilddieb hielt?

„Dann hoffe ich sehr, Sie werden sie bald finden, hier habe ich niemanden gesehen!", sagte nun Eugenia voller Unbehagen.

Die Männer neigten ihre Köpfe zum Abschied und ritten weiter. Eugenia blickte ihnen mit einem unguten Gefühl nach. Männer mit Waffen waren ihr nicht geheuer.

Als die Reiter fort waren, verließ Matthias sein Versteck und hockte sich wieder neben sie. „Ich weiß nicht, ob ich mich verstecken musste, weil sie mich nicht mit dir zusammen sehen durften oder weil sie mich als Wilddieb verfolgen", meinte Matthias lachend.

„Sei nicht albern. Wer will schon glauben, du seist ein Wilddieb? Du bist doch ein ehrlicher Mensch. Oder?"

Matthias holte sich einen Apfel und legte sich auf den Rücken, um in den Himmel zu starren. „Manchmal wird auch ein ehrlicher Mensch dazu gezwungen, Dinge zu tun, die nicht richtig sind. Was würdest du machen, wenn deine

Familie nichts mehr zu essen hätte? Aber das kannst du dir sicher gar nicht vorstellen, du weißt nicht, wie Hunger sich anfühlt."

„Ich würde vielleicht Socken stricken und ..."

„Socken, davon wird man auch nicht satt. Ein Mann begibt sich lieber auf die Jagd."

„Aber die Wilderei ist keine ehrliche Arbeit, Matthias."

„Und was, wenn meiner Hände Arbeit auf dem Feld verfault? Soll ich betteln?", brauste der Holzhäuser auf. Doch er beruhigte sich rasch wieder. „Schlimmer wär's, sie hätten mich mit dir gesehen."

„Das wäre schrecklich, wir dürfen uns nicht treffen ..."

„Nein, das ist auch verboten. Was ist denn noch erlaubt? Ist es ein Verbrechen zu lieben?"

Eugenia sah ihn traurig an. „Ich sollte dir lieber nicht Werthers Leiden von Goethe vorlesen, man weiß nie, auf welche dummen Gedanken ihr Männer kommt, sobald ihr eine Waffe in der Hand habt."

„Eugenia?"

„Mhm?"

„Wer ist Goethe?"

Sie seufzte nur und antwortete ihm nicht. Da nahm er sie bei den Händen, küsste sie ein letztes Mal und schlich sich fort. Eugenia blieb verwirrt zurück und wartete noch eine Weile, bevor sie ihm ins Dorf folgte.

Ihre Gefühle zu Matthias ließen sie nicht mehr los. In der Nacht hatte sie nicht schlafen können, hatte an den gestrigen Tag gedacht. Den Tanz auf der Wiese und seine Küsse konnte sie nicht vergessen. Aber auch nicht die Geschichte mit den Wilderern. Gehörte Matthias wirklich zu ihnen? Es war eine große Unruhe in ihr. Eugenia spazierte umher. Sollte sie mit Matthias über ihre neuen Gefühle sprechen? Aber das schickte sich nicht. Sollte sie ihn auf den Kopf zu fragen, ob er ein Wilderer war?

Irgendwann blieb sie vor der Hofreite der Hollmanns

stehen. Sie war so in Gedanken versunken, dass sie gar nicht gemerkt hatte, wohin sie unwillkürlich gegangen war. Sie hörte jemanden am Haus arbeiten und erkannte Matthias. Er reparierte eines der Räder, das er von dem Leiterwagen abmontiert hatte.

Eugenia fasste sich ein Herz und wollte auf ihn zugehen, doch plötzlich vernahm sie eine Frauenstimme. Da war noch jemand.

„Du warst schon länger nicht mehr in der Schmiede."

„Hatte viel zu tun", murmelte er.

Eugenia blieb stehen, als die Stimmen deutlicher wurden. Warum sie sich nicht zu erkennen gab, wusste sie selbst nicht. Hastig kehrte sie an die Wand des Nachbarhauses zurück und lauschte.

„Bist du bös auf mich?"

„Aber Paula, warum soll ich bös sein?"

„Ich hab das Gefühl, du gehst mir aus dem Weg. Ist es wegen der Eugenia? Der Vinzent hat gesagt, so eine Person bringt nur Ärger. Und ich bin seiner Meinung. Sie ist eine verhätschelte Göre, mehr nicht", schimpfte Paula.

„Der Vinzent hat ja so viel Ahnung von Frauen."

Sie sprachen mehr in ihrem Dialekt, den Eugenia nur mit Mühe verstehen konnte.

„Ich hab dir was zu sagen." Paula, die um den Wagen herumspaziert war, blieb nun bei dem Mann stehen. „Jetzt guck mich doch mal an, Matthias. Ich muss dir endlich was sagen. Seit dem Erntedank will ich das schon. Ich mag dich." Sie machte eine Pause. „Ich mag dich sehr."

Stille.

Eugenia hielt die Luft an. Ihr Blick fiel auf den Wagen, an dem das Paar stand. Es herrschte noch immer Schweigen zwischen ihnen.

Es schien Paula zu lang zu werden. „Sag doch was, Matthias. Hast du mich denn gar nicht gern?"

Er räusperte sich. „Doch, natürlich."

Eugenia spürte eine seltsame Spannung in ihrer Brust.

„Und?" Paula lächelte ihn unsicher an. „Willst du mir nicht mehr sagen?"

„Naja, was soll ich da sagen? Hab über uns noch nicht nachgedacht."

„Würdest du über uns nachdenken?", hörte sie Paula fragen. „Wir kennen uns schon so lang und ich glaub, mein Vater wartet darauf, dass er mich endlich loswird." Ihr schien etwas anderes einzufallen. „Du magst doch nicht die Eugenia lieber als mich?"

Matthias lachte. „Sei nicht albern. Die Eugenia wird diesen reichen Kerl heiraten. Ich mag dich schon, Paula."

Eugenia trat einen Schritt zurück. Er mochte die Schmiedstochter? Warum war sie so bestürzt über diese Erkenntnis? Warum störte es sie? Sie durfte keinen Anspruch auf diesen Mann erheben, dessen Freundschaft ihr so wichtig geworden war. Er gehörte nicht in ihre Welt. Eugenia trat einen weiteren Schritt von dem Hof der Hollmanns zurück. Das beängstigende Gefühl, etwas zu verlieren, breitete sich in ihr aus. Ihr Herz schien sich zusammenzuziehen. Matthias war ein freundlicher Mensch, in seiner Einfachheit so unkompliziert. Er sagte das, was er dachte. Stolz und eifrig war er. Zwar mochte er nicht belesen sein, keine Dichter kennen, nichts von der Welt erfahren haben, doch er war wissbegierig. Mehr als nur Freundschaft konnte sie ihm allerdings nicht entgegenbringen. Ihr Herz, ihre Zuneigung. Sie mochte ihn, mehr nicht! Mehr nicht!

Paula schien seine Antwort zufrieden zu stimmen. „Wenn du nachgedacht hast, dann schick doch den Gerhard zu meinem Vater, der soll fragen. Ich denk, Vater wird Ja sagen."

„Ist gut, mach ich, Paula." Es herrschte kurz Stille, dann erklang Matthias' Stimme wieder. „Wir beide, he? Ob das gut geht?"

Paulas Lachen erklang. „Du weißt viel über den Ackerbau, mehr als dein Vater. Und ich kann mich gut um einen Hof kümmern. Ja, wir beide, das geht gut."

Matthias hielt ein Werkzeug in der Hand, mit dem er eben noch gearbeitet hatte, und schien in seine Gedanken zu versinken.

Eugenia drehte sich um und eilte davon. Warum war sie plötzlich so bedrückt?

Die Kutsche der Hentschels rollte über die Straße Richtung Kreuzung. Eugenia sah die Bauern von den Feldern kommen, zu Fuß oder mit Leiterwagen, auf denen sie den Flachs zurückbrachten. Aus diesen Pflanzen, wusste Eugenia von Matthias, würde man nach einigen aufwendigen Behandlungen Leinen machen können. Kinder saßen auf den geernteten Pflanzen und sangen Lieder, während Ochsen die Gespanne zogen. Die Frauen und Männer kehrten mit müden Blicken, manche von ihnen gebeugt von der Arbeit, zurück. Als die Kutsche an ihnen vorbeifuhr, hielten die Bewohner an und grüßten den Doktor. Manche Männer lüfteten ihre Mütze, die Mädchen machten artig einen Knicks. Eugenias Blick fiel auf einen jungen Mann, der mit einer Sense in der Hand stehen blieb. Er zog seine Mütze vom Kopf. Das Haar stand stachelig von seinem Kopf ab. Mit einem schelmischen Zug auf den Lippen nickte Matthias ihr zu. Eugenia erwiderte den Gruß und beeilte sich, danach starr vor sich hin zu blicken, aus Angst, ihn länger anzusehen als nötig.

Anton Hentschel lenkte die Kutsche an der Posthalterei vorbei und blieb vor dem Schulgebäude stehen. Sie waren zum Tee bei Lehrer Hardt eingeladen. Eugenia trug ein hellblaues, geblümtes Kleid mit feinen Spitzen an Ärmeln und Saum, um ihre Schultern lag ein Schal. Erst im Haus nahm sie die Schute von ihrem Kopf und folgte ihren Eltern in die Wohnstube, in denen die Gäste empfangen wurden.

Die Familien saßen schließlich am Tisch und tranken Tee. Frau Hardt servierte einen frisch gebackenen Kuchen. Das Rezept, so erzählte sie, hatte sie von einer Tante, die im Süden des Herzogtums lebte. Es war ein Apfelkuchen, den sie aufschnitt und dessen Stücke sie verteilte.

Die Männer sprachen miteinander, während die Frauen sich zunächst dem Essen widmeten.

„Haben Sie sich an das Landleben gewöhnt, Frau Hentschel?“

„Oh ja, es bekommt mir sehr gut“, antwortete Charlotte Hentschel der Gattin des Lehrers. „Wissen Sie, ich habe all den Trubel in der Stadt nicht mehr vertragen.“

„Es ist gewiss ein aufregenderes Leben. Auf dem Land geht es ruhiger zu“, pflichtete die Frau des Lehrers bei.

Eugenia hüstelte spöttisch und schwieg, obwohl ihr eine bissige Bemerkung auf der Zunge lag.

„Gibt es in der der Stadt nicht viele lasterhafte Verlockungen?“, wollte Frau Hardt wissen. „Gerade für die Töchter.“

„Wir sind sehr darauf bedacht, dass unsere Kinder ein sorgenfreies, tadelloses Leben führen“, entgegnete Charlotte Hentschel beruhigend.

„Das Leben hier ist nicht voller Versuchungen“, sagte Luise nun und warf ihrer Freundin einen seltsamen Blick zu.

„Das sehe ich ähnlich“, mischte sich Herr Hardt nun ein. „Ich achte sehr genau auf das Umfeld meiner Nichte, das ist sehr wichtig.“

„Das sollte es auch, Herr Hardt, man kann nie vorsichtig genug sein. Schnell ist der Ruf dahin.“

„Sie sagen es. Eugenia ist sicher Ihr ganzer Stolz.“

Doktor Hentschel warf seiner Tochter einen eindringlichen Blick zu und lächelte. „Auf jeden Fall.“

Plötzlich ließ Luise die Tasse sinken und stellte sie scheppernd auf die Untertasse. „Ich muss Ihnen etwas über Eugenia mitteilen.“

Diese erstarrte.

Es herrschte Schweigen.

Die Gedanken wirbelten durch ihren Kopf, während Eugenia das Kuchenstück in ihrem Mund hastig kaute und es dann hinunterwürgte. Dabei fürchtete sie, das Schluckgeräusch wäre deutlich in der Stille zu hören.

„Sprich, Luise, was hast du zu sagen?", forderte Frau Hardt ihre Nichte auf.

„Ich habe etwas über Eugenia herausgefunden, was ich Ihnen mitteilen muss, denn es ist nicht richtig, was sie tut."

Eugenia spürte förmlich den bohrenden Blick ihres Vaters auf sich. Ihr Gesicht begann zu glühen. Eben noch voller Stolz, veränderte sich nun der Gesichtsausdruck des Mannes.

„Es war vor einigen Wochen, an einem Sonntag", begann Luise zu berichten. Sie machte ein gewissenhaftes Gesicht, so als müsste sie eine Todsünde preisgeben.

Eugenia folgte den Worten mit halbem Ohr, während ihre Gedanken um eine Frage kreisten: Hatte Luise etwas über die Treffen mit Matthias herausgefunden?

„Eugenia ist allein spazieren gegangen. Das tut sie öfter, gestand sie mir. Ich habe mich gefragt warum." Luise erwiderte den Blick ihrer Freundin, schien sich sicher zu sein. Sie holte tief Luft, als könnte sie dadurch die Enthüllung spannender machen. „Eugenia schreibt anstößige Geschichten auf."

Schweigen.

Eugenia fiel die Gabel aus der Hand. Sie hätte fast gelacht, als sie die Anschuldigung hörte. Und sie hatte befürchtet, Luise wäre ihr in ihrer Neugier gefolgt und hätte herausgefunden, dass ...

„Und sie trifft sich mit Matthias Hollmann!"

Diesmal wurde das Schweigen fast unerträglich.

Charlotte Hentschel schien selbst auf ihrem Stuhl zu schwanken, während Frau Hardt fassungslos den Mund öffnete, jedoch nichts sagte. Plötzlich machte sich Empörung am Tisch breit. Anton Hentschel räusperte sich. Herr Hardt stierte seine Nichte entsetzt an.

„Du irrst dich nicht, Luise?"

Die junge Frau schüttelte entschieden den Kopf. „Ich habe es selbst gesehen!"

„Eugenias Herz begann zu rasen, während sie ihren Vater beobachtete, der ungerührt auf seinem Platz verharrte. Die Brille saß fest auf seiner Nase und verkleinerte die dunklen

Augen, die er an seine Tochter vererbt hatte. Genau wie seinen Verstand und den Scharfsinn, mit dem er andere Menschen beobachtete. Sie hatte viel von ihm. Zu viel, wenn er es zugeben würde.

Luise blieb bei ihrer Anschuldigung. „Ich habe sie am letzten Sonntag an der Scheune gesehen. Ich folgte Eugenia nach der Kirche dorthin und schließlich sah ich Matthias, der den gleichen Weg zu haben schien."

Eugenia starrte sie entgeistert an. „Du hast mich verfolgt?", flüsterte sie bestürzt.

„Ich dachte, du machst etwas Dummes. Und ich hatte recht damit", rechtfertigte sich Luise.

„Ich habe nichts Anzügliches getan, ich habe Matthias nur Lesen beigebracht!", entgegnete Eugenia.

„Das sollten Sie mir überlassen", sagte Herr Hardt scharf. „Ein Fräulein wie Sie trifft sich nicht heimlich mit einem Mann!"

Charlotte Hentschel erhob sich so würdevoll, wie es ihr in dieser unangenehmen Situation möglich war, und sah über den Tisch hinweg zu ihrem Gatten. „Wir sollten aufbrechen!"

Auch Anton Hentschel stand auf, wie die Familie Hardt. Die Frau des Lehrers starrte schockiert vor sich auf den Tisch, wusste augenfällig nicht, was sie sagen sollte.

Nur Eugenia blieb sitzen. Ihr Blick verweilte auf Luise, die demütig den Kopf gesenkt hatte. In Gedanken schrie sie die Frau an: Warum hast du das getan? Ich dachte, wir wären Freundinnen?

Ausgerechnet Luise. Die einzige Freundin, die sie in diesem Dorf gefunden hatte? Sie waren sich vertrauter geworden, zumindest hatte Eugenia das gedacht. Sie hatte gelernt, gewisse Gedanken für sich zu behalten. Freundschaft war es trotzdem geworden, dachte sie enttäuscht.

„Ich bin mir nicht sicher, meiner Nichte den Umgang mit Eugenia weiter zu erlauben", ließ der Lehrer verlauten.

„Aber mit August darf Luise Ausflüge unternehmen?", fragte Eugenia, um von sich abzulenken.

„August ist noch ein Kind, er ist gerade einmal vierzehn Jahre alt und damit alles andere als eine unschickliche Begleitung für meine Nichte. Er ist kein Mann! Sie wissen offensichtlich nicht, was sich gehört, Fräulein Eugenia!“ Und zu den Eltern gewandt sagte er: „Das Verhalten Ihrer Tochter ist empörend. So etwas an meinem Tisch zu vernehmen – ein Skandal!“

Charlotte Hentschel war beschämt und lief rot an. Sie nahm ihr kleinstes Kind auf den Arm, nicht gewillt, weiter über dieses Thema zu sprechen. Anton Hentschel bedankte sich wortkarg für die Einladung, erklärte, er würde der Sache auf den Grund gehen und bat um Verschwiegenheit.

Der Jüngste begann zu quengeln. Die Mutter achtete nicht darauf, sondern verließ mit ihren Kindern das Schulgebäude. Zielstrebig ging sie auf die Kutsche zu, die neben dem Haus stand.

Eugenia, die der jungen Frau ihr gegenüber einen letzten verächtlichen Blick zugeworfen hatte, warf die Serviette auf den Teller, erhob sich und durchschritt den Raum. Schweigend kletterte sie in den Wagen, während der Vater genauso wortlos die Kutsche von dem Grundstück der Schule lenkte und nach Hause fuhr. Auf dem Weg dorthin herrschte unbehagliche Stille. Auch Eugenia sagte nichts, aus Angst, die Situation zu verschlimmern.

War Vater sehr wütend?

Als sie vor ihrem Haus anhielten, verbannte die Mutter ihre älteste Tochter auf ihr Zimmer. Dort sollte sie bleiben, bis sie gerufen wurde. Eugenia gehorchte ohne Widerworte. Sie erkannte an dem Verhalten ihrer Eltern, dass es besser war zu schweigen, als sich zu verteidigen.

Doktor Hentschel riss die Tür des Stalles auf. Die Sonne warf einen langen Schatten in das Innere. Matthias hielt mit seiner Arbeit inne und blinzelte dem hellen Punkt entgegen. „Guten Tag, Herr Doktor.“

„Ich will dich bei mir nicht mehr sehen, Matthias Hollmann!“ Die Stimme überschlug sich fast.

Der junge Mann legte die Mistgabel hin und ging langsam auf den Doktor zu. „Habe ich etwas nicht zu Ihrer Zufriedenheit erledigt?"

„Nein, du hast zu viel getan. Du hast dich schändlich betragen! Du hast mein Vertrauen missbraucht." Anton Hentschel trat zur Seite. „Dabei dachte ich, du wärst ein anständiger Bursche. Geh. Deinen Lohn will ich dir noch auszahlen."

Matthias ging vorsichtig an ihm vorbei, schlurfte förmlich geduckt. „Darf ich fragen, was Ihren Unmut heraufbeschworen hat?"

Doktor Hentschel schien zunächst nicht antworten zu wollen, mied seinen Blick. „Du hast dich heimlich mit meiner Tochter getroffen."

Die Anschuldigung hing schwer über seinem Kopf, bedrückte ihn. Matthias schluckte eine Verteidigung hinunter. Versicherungen über sein tadelloses Benehmen waren jetzt fehl am Platz, vermutete er. So senkte er demütig den Kopf. Diese Geste war ein Schuldgeständnis, das wusste er. Sollte er es leugnen?

„Es tut mir leid, Herr Doktor." Das war das Einzige, was er sagen konnte, und er meinte es ernst.

„Spar dir das. Geh mir aus den Augen!"

„Bitte, Eugenia kann nichts dafür." Er musste versuchen, es zu erklären. „Sie wollte mir Lesen beibringen."

Doktor Hentschel funkelte ihn ungehalten an. „Meine Tochter kann durchaus etwas dafür. Sie weiß sehr gut, was sich gehört und was nicht. Sie hätte dich nicht treffen dürfen. Ich will nun nicht mehr mit dir darüber sprechen. Verschwinde!"

Matthias gehorchte. All die Zeit hatte ihn etwas gequält. Seine Zuneigung zu Eugenia hatte eine Grenze erreicht, die er nicht überschreiten durfte. Er hatte es erkannt, als er mit ihr über die Blumenwiese getanzt war. Es war nicht das erste Mal gewesen, dass er sich wünschte, sie in die Arme zu nehmen. Wie gern würde er sie an seine Brust drücken und nicht mehr loslassen. Er bewunderte ihre Klugheit und Anmut. Sie war ein Mädel, das sich jeder Mann wünschte. Glücklich derjenige, der sie an seine Seite bekam. Dieser Gedanke schmerzte Matthias. Warum konnte sie nicht ein einfaches Mädchen vom Land sein? Warum war sie die Tochter eines Arztes?

Für den letzten Kuss hatte er keine Ohrfeige bekommen. Als er ihr diesmal nähergekommen war, dachte er sogar, sie würde sich ihm bereitwillig öffnen. So, als genieße sie seine Berührung. Das hatte ihn verwirrt, ihm Hoffnung gegeben, Eugenia könnte seine Gefühle erwidern. Nun würde sich Matthias nicht mehr mit ihr treffen, sie nicht mehr sehen oder mit ihr plaudern können.

Er sah zu dem Fenster hinauf, hinter dem Eugenia manchmal gestanden hatte. Ihr sehnsüchtiger Blick hatte ihn irgendwann begreifen lassen, wie einsam sie sich hier fühlte. Er hatte gern ihr Antlitz beobachtet. Der Vorhang am Fenster bewegte sich nun. War sie dort? Sah sie ihn?

Matthias verließ das Grundstück der Hentschels. Der Doktor hatte ihn gut bezahlt für seine Dienste. Ihm würde nicht nur das Geld fehlen. Matthias wagte es nicht, noch einmal zurückzublicken, sondern schlich davon.

Eugenia stand am Fenster und blickte hinaus. Sie hatte Matthias aus dem Stall gehen sehen, während der Vater ihm grimmig nachblickte. Tränen der Wut und des Kummers liefen an ihrem Gesicht herunter. Sie war verletzt, gekränkt, verzweifelt. Luise hatte ihr Vertrauen missbraucht, Sie durfte Matthias nicht mehr treffen. Oh, wäre nur Moritz hier, der könnte sie verteidigen. Seitdem sie in Holzhausen lebte, ging in ihrem Leben alles schief. Es war so ungerecht. Nach einer Weile wurde Eugenia aus ihrem Zimmer gerufen und sie schlich durch das Haus. Das Unbehagen stieg, je näher sie dem Ort kam, an dem ihr Vater sie erwartete. Sie klopfte zaghaft gegen die Tür. Nachdem der Vater sie hineingerufen hatte, betrat sie mit gemischten Gefühlen das Zimmer. Mit gesenktem Kopf und dem Ausdruck eines Schuldbekenntnisses auf dem Gesicht ging sie auf den Sessel zu, in dem Anton Hentschel saß und eine Zeitung las. Im Hintergrund standen die Regale voller Bücher aufgereiht, in denen Eugenia stets etwas zum Lesen gefunden hatte. Darin hatte sie eine andere Welt kennengelernt; eine Freiheit, die sie nie haben würde, dachte sie voller Wehmut. Dennoch hatte der Vater ihr einen Einblick in diese Welt gewährt. Im Augenblick schien er nicht großzügig, sondern sehr verhalten. Er beachtete sie nicht, schien etwas fertig lesen zu wollen, ehe er die Zeitung senkte.

„Ich habe mit dir zu reden, Eugenia." Anton Hentschel faltete die Zeitung zusammen und legte sie auf einen kleinen eckigen Tisch, der neben dem Sessel stand. Er erhob sich, schritt nachdenklich durch den Raum und blieb an einem der hohen Fenster stehen. Nachdenklich blickte er hinaus.

Eugenia wurde immer unruhiger.

Plötzlich öffnete sich die Tür und Charlotte Hentschel trat ein. Eugenia rührte sich nicht von der Stelle, starrte auf den Boden.

„Komm nur herein, Frau, ich möchte, dass du anwesend bist." Anton Hentschel hob seine Hand und wies in den Raum. Seine Gattin schloss hinter sich die Tür und ging bis zum Schreibtisch. Dort blieb sie stehen und musterte ihre Tochter.

„Du kannst dir hoffentlich vorstellen, wie es mir heute Nachmittag erging, als ich von Luise hören musste, dass du dich mit diesem Matthias Hollmann triffst", begann der Vater.

„Aber Papa ..."

Er hob mahnend eine Hand und wollte nicht unterbrochen werden. „Ich ging davon aus, du würdest so etwas nie tun. Jedoch klingt Luise glaubwürdig!"

Die Mutter war noch immer bleich. „Du schadest unserem Ruf, Eugenia. Es war sehr peinlich heute Nachmittag. Oh, hoffentlich erfährt Daniel Schütz nichts davon."

Während Schuldgefühle in ihr aufstiegen, wurde ihr erst heiß und dann kalt. Ihre nächsten Worte verstärkten das schlechte Gewissen. „Ich versichere Ihnen, Papa und Mama, ich tue nichts, was unserem Ruf schadet. Es war ein Missverständnis und Luise weiß gar nichts!"

Anton Hentschel nahm seine Brille von der Nase und rieb sich die Augen. „Es ist und bleibt eine unangenehme Situation, in die du uns gebracht hast." Er setzte sich die Brille wieder auf die Nase. Fast beiläufig sagte er: „Auch wenn ich den Lehrer um Verschwiegenheit gebeten habe, werden die Leute reden, Eugenia. Ausgerechnet mit diesem Matthias Hollmann."

„Matthias ist ein anständiger Mann, er arbeitet hart und ist kein Faulenzer", begehrte Eugenia auf.

„Widersprich mir nicht!" Doktor Hentschel hob mahnend eine Hand. „Ich verbiete dir, dass du je wieder mit ihm redest oder dich mit ihm triffst. Er ist deiner nicht würdig und nicht der richtige Umgang für dich." Anton trat an den Schreibtisch, als wollte er überprüfen, dass alles dort lag, wo er es haben wollte.

„Es tut mir leid." Eugenia wiederholte sich. Doch was hätte sie sonst sagen sollen? Noch vor fast einem Jahr hatte sie von einem achtbaren Leben in der Stadt geträumt. Stattdessen wurde sie auf dem Land gefangen gehalten. Sie hatte ihre Freiheit genutzt, mehr nicht. Auch wenn es verwerflich gewesen war, was sie getan hatte, was war so falsch daran, jemandem das Lesen beizubringen? An die Küsse und die aufkeimenden Gefühle für Matthias wollte, durfte sie jetzt nicht denken.

Anton Hentschel schien ihren Gedankenkampf nicht zu bemerken. „Ich halte es für das Beste, wenn du nach Weihnachten zu Tante Gerlinde nach Wiesbaden gehst, bis die Hochzeit stattfindet. Daniel Schütz und ich haben uns auf den Monat Juni geeinigt. Dann wirst du seine Frau werden."

Eugenia horchte auf. Zwei Neuigkeiten auf einmal. Eine seltsame Unruhe erfasste sie, als ihr klar wurde, dass sie Holzhausen Ende des Jahres verlassen würde.

„Diese Entscheidung wirst auch du, liebe Charlotte, begrüßen", sagte Doktor Hentschel zu seiner Frau gewandt. „Gerlinde wird sich mit strenger Hand um Eugenia kümmern."

Diese lächelte ihn erleichtert an. „Ich bin froh. Dann können wir endlich die Verlobung bekanntgeben."

Anton Hentschel druckste herum. „Nein, noch nicht. Daniel Schütz möchte zunächst mit seinen Eltern sprechen, die erst Ende des Jahres von einer Reise zurückkehren. Bis dahin bleibt diese Verbindung vertraulich."

„Wenn du das für richtig hältst." Charlotte schien überrascht und überlegte sichtlich nachzufragen, warum es ihr Gatte so geheimnisvoll machte. Sie schwieg beflissen.

Für Doktor Hentschel schien dieses Thema abgeschlossen zu sein. „Und ich möchte keinen weiteren Skandal in diesem kleinen Dorf." Er drehte sich nun wieder zu Eugenia, die weiterhin schwieg. „Es versteht sich von selbst, dass du bis zu deiner Abreise jegliche Zusammentreffen mit diesem Matthias Hollmann vermeidest."

„Natürlich, Papa."

Anton Hentschel ging auf seine Tochter zu. Seltsamerweise veränderte sich seine strenge Miene und nahm einen weichen Ausdruck an, als er seine Tochter betrachtete. „Ich wollte dir einen Mann suchen, der gesellschaftlich zu dir und zu uns passt. Jemand, der Verständnis für deine Wissbegier hat. Daniel Schütz ist ein solcher Mann, und auch ich hoffe, dass er nichts von deinem schändlichen Betragen erfahren wird." Sorge schwang in seiner Stimme mit.

Eugenia Hentschel machte demütig einen Knicks vor ihrem Vater. „Ich bin Ihnen zutiefst dankbar, Papa. Ich will tun, was Sie von mir verlangen. Ich bitte Sie vielmals um Verzeihung, Mama, Papa."

Kapitel 11

Holzhausen,
Anfang November 1847

Es hatte seit Tagen geschneit, und wie es aussah, wollte es nicht aufzuhören.

Die Eltern schienen ihr verziehen zu haben, denn seit dem Gespräch in Vaters Arbeitszimmer hatte sich Eugenia von allen zurückgezogen. Auch von Luise, der sie nicht mehr begegnen wollte. Diese Meidung schmerzte sie mehr, als sie sich eingestehen wollte. Luise war zu einer Freundin geworden, von der sie gedacht hatte, dass sie sich ihr anvertrauen könne. Doch sie war enttäuscht worden. Eugenia fühlte sich so einsam wie schon lange nicht mehr. Wie oft stellte sie sich vor, zu Luise zu gehen und ihr Vorhaltungen zu machen. Ihr die Wut entgegenzuschleudern, die sie empfand, die Scham, die Enttäuschung, die Fassungslosigkeit. Wie schlimm waren die Tage geworden. Besonders an den Sonntagen, wenn Eugenia mit ihrer Familie zur Kirche ging. Sie hoffte jedes Mal, dass wenigstens August da war. Auch wenn er nur ein Junge war, konnte sie doch mit ihm reden. Sie ignorierte Luise und mied jeden Blickkontakt mit Matthias. Sie hatte mit ihm nicht mehr sprechen können. Seitdem er von ihrem Vater hinausgeworfen worden war, sahen sie sich nur flüchtig. Und wenn, dann durfte sie nicht zu ihm gehen und mit ihm reden. Dabei wollte sie erzählen, was geschehen war, doch das war nicht möglich. Ihre Eltern achteten beharrlich darauf, dass es keine unerwünschte Begegnung gab.

Aufgrund des frühen Schneefalls war es Daniel Schütz nicht möglich, sie in Holzhausen zu besuchen. Sie würden sich erst wiedersehen, wenn Eugenia nach Wiesbaden zurückkehrte. Sie war seltsamerweise froh darüber. Ihren Gefühlen konnte sie im Augenblick nicht trauen. Es verging kein Tag, an dem sie nicht an Matthias dachte. Der Gedanke an den letzten Kuss löste eine Welle von tiefen Gefühlen in ihr aus. Jedes Mal erfasste sie eine Sehnsucht, die Eugenia nicht bezähmen konnte. Ach, sie war so dumm. Warum dachte sie so viel darüber nach? Matthias verdiente all ihre Aufmerksamkeit nicht. Er würde Paula erwählen. Sie passten besser zusammen. Er gehörte nicht zu Eugenias Welt. Sie versuchte zu dem Schluss zu kommen, dass es das Beste war, Matthias weder zu beachten noch an ihn zu denken, bis sie nach Wiesbaden abreiste.

Sie hatte einen Brief an ihre Freundin Dorothea geschrieben und sich erkundigt, ob im Theater der Silvesterball stattfand. Den würde sie auf keinen Fall verpassen wollen. Und wenn Eugenia überlegte, wen sie in Wiesbaden besuchen wollte, fielen ihr jene Tage ein, die sie mit Luise und August verbracht hatte, und all die Sonntage mit Matthias. Die Wehmut verstärkte sich, statt schwächer zu werden.

Der Winter kam mit eisiger Kälte und viel Schnee. Eugenia machte sich um all die armen Familien Sorgen. Von ihrem Vater hatte sie gehört, dass es vielen von ihnen gar nicht gut ging. Die schlechte Ernte und die gesetzlichen Abgaben zwangen die Leute, mehr Schulden zu machen. Doktor Hentschel sorgte sich um einige Kleinkinder, die unterernährt waren. Jeden Tag sprach er davon und von seiner Hilflosigkeit. Er hatte Medizin und Wissen und konnte ihnen doch nicht helfen. Eugenia verstand diese Verzweiflung. Ihr erging es ähnlich.

Daran musste Eugenia denken, als sie durch das Dorf lief. Es sah aus, als löste sich der Schnee aus den Wolken wie Blütenblätter aus den Bäumen. Ein Mädchen schlurfte durch den Schnee. Die kleine Schwester von Matthias sah blass und abgemagert aus. Der sonst so lebhafte Ausdruck in den Augen war verschwunden. Sie hob grüßend die schmale Hand und trottete weiter.

„Sie sieht krank aus", dachte Eugenia betroffen und blickte dem Mädchen sorgenvoll nach. Sie lief an der Hofreite der Hollmanns vorbei. Es war niemand zu sehen. Hatte sie gehofft, Matthias zu treffen? Wie ging es ihm? Dachte er ebenfalls an sie?

„Wir können nicht das Leid so vieler Menschen ändern", hatte Luise einmal gesagt.

„Beten und hoffen", waren Vaters Worte gewesen.

Eugenia ließ den Kopf sinken. Sie ahnte, wie schlecht es Matthias und seiner Familie ging. Es bekümmerte sie. Sie kannte solches Leid nicht. Wie einfach wäre es, ihren Vater um einige Gulden für die Hollmanns zu bitten. Aber er war nicht gut auf Matthias zu sprechen. Er würde keinen einzigen Groschen hergeben. Wenn es nur eine andere Möglichkeit gäbe zu helfen, überlegte Eugenia bedrückt. An der Kreuzung wollte sie die Straße entlanggehen, nach Hause, da entdeckte sie Gerhard, der sich durch den frisch gefallenen Schnee kämpfte.

„Guten Tag, Fräulein Eugenia."

„Du hast es aber eilig."

„Der viele Schnee bringt Arbeit. Die Gespanne sind eingeschneit", rief er ihr fast gut gelaunt entgegen. Der Lohn für die Arbeit schien ihn zu locken.

„Du musst sie freischaufeln?" Sie zeigte auf eine Schippe, die Gerhard genommen hatte und mit der er zum Hang lief, wo die Gespanne standen.

„Der Minor Peter sucht Helfer. Er gibt uns dafür ein paar Groschen, die kann ich gut gebrauchen." Gerhard stapfte durch den Schnee weiter.

Manchmal ist es gut zu beten, dachte Eugenia, manchmal kann man aber auch etwas tun.

„Lass mich helfen", sagte sie entschlossen.

Gerhard blieb stehen. Er zog sich die Kappe vom Kopf und kratzte sich zwischen seinen Haaren. „Das geht nicht, Fräulein Eugenia. Der Minor Peter lässt das nicht zu."

„Aber warum nicht? Ich kann das, bestimmt."

„Aber Fräulein Eugenia, Sie brauchen das Geld nicht. Ihnen geht's doch gut."

„Uns mag es gutgehen, doch es gibt jemanden, der es dringend braucht. Ach, lass mich mitkommen, Gerhard", bat sie wieder und warf ihm einen flehentlichen Blick zu.

Trotz des erweichenden Ausdrucks in ihren Augen fand Gerhard weitere Einwände. „Und wenn das Ihr Herr Vater sieht?"

„Er ist nach Nastätten gefahren."

„Ich weiß nicht so recht. Es ist keine Arbeit für Sie", widersprach Gerhard energisch.

„Ich kann es wenigstens versuchen, oder?"

„Aber Sie sind eine Frau, Fräulein Eugenia."

Sie lachte den Mann offen an. „Wer behauptet, eine Frau kann keinen Schnee wegschaufeln? Steht das irgendwo geschrieben?"

Gerhard rieb sich das Kinn und verfluchte sich sichtlich für seine Unterlegenheit. Ohne auf weitere Einwände zu warten, ging Eugenia in den Hof der Posthalterei. Sie nahm rasch eine Schaufel, ehe sie aufgehalten werden konnte, und lief mit Gerhard über die Straße. Sie waren nicht die Ersten, die mit der Arbeit begannen. Dort am Hang standen zahlreiche eingeschneite Gespanne. Peter Minor erkannte die junge Helferin nicht sofort. Er hätte sie fortgeschickt, Eugenia bezweifelte es nicht, und so wartete sie, bis er wieder im Haus verschwand. Die Männer schaufelten um die Gespanne herum den Schnee fort. Es war eine sehr mühselige Arbeit, wie Eugenia nach kurzer Zeit feststellen musste. Ihre Arme begannen zu schmerzen. Eugenia kämpfte mit ihrem langen Mantel und der Schippe, doch sie gab nicht auf. Sie war gerade dabei, den Schnee um einen der Wagen fortzuschieben, da bemerkte sie plötzlich, dass die Räder sich zu bewegen begannen. Eugenia wich einen Schritt zurück und dachte erst, sie hätte sich geirrt. Der Hang war an dieser Stelle recht steil und die flachen Schuhe ließen sie rutschen.

„Fräulein Eugenia, passen Sie auf!", hörte sie Gerhards Warnung.

Sie sah auf. Da hob sie eine Hand und stemmte sich gegen das Gespann. Es rutschte weiter und drohte zu kippen. Eugenia wollte ausweichen, aber der Schnee und ihr Kleid machten ihr eine Flucht unmöglich. Mit einem entsetzten Aufschrei erkannte sie, wie das Gefährt über ihr kippte und sie unter sich begrub.

Matthias war auf dem Weg zur Posthalterei, weil er dem Schmied zur Hand gehen wollte. Er war in Gedanken versunken. Es war kaum jemand im Dorf unterwegs. Der Schnee machte ein Fortkommen mühselig, sodass es viele erst gar nicht versuchten, vor das Haus zu gelangen. Er musste an Eugenia denken und daran, dass er sie nicht mehr sprechen durfte. An den Sonntagen in der Kirche mied er ihren Blick. Nur wenn sie im Gebet vertieft war, betrachtete er ihr Gesicht. Und wenn die Gemeinde sang, schien es ihm, als hörte er nur ihre Stimme. Nach der Kirche beeilte er sich fortzukommen, um ihr nicht zu begegnen. Plötzlich wurde er auf den Tumult oben an der Posthalterei aufmerksam. Schreie erklangen. Die Aufregung wurde lauter. Matthias beeilte sich, die Kreuzung zu erreichen. Es herrschte Trubel auf der Straße. Der Schmied rannte hinüber zu den Gespannen, die am Hang standen.

„Was ist geschehen?", rief Matthias ihm entgegen.

„Ein Unglück!"

Matthias folgte dem Schmied hastig. Er sah Gerhard, der mit weit aufgerissenen Augen dastand. Sein Gesicht war bleich und voller Anspannung. Matthias erreichte ihn. Sein Freund zeigte mit einer Hand auf eines der Gespanne. „Beim Schaufeln ist eine Kutsche gerutscht und umgekippt, dabei hat sie jemanden unter sich begraben."

Matthias folgte der Hand, die in die Richtung zeigte, in der Männer damit beschäftigt waren, eine Kutsche anzuheben. Er konnte jedoch niemanden im Schnee entdecken.

„Wer liegt denn drunter?", fragte er.

„Ei die Hentschel Eugenia."

Matthias erstarrte. Sein Atem ging stoßweise. Plötzlich bewegten sich seine Beine, ohne dass er ihnen einen Befehl dazu hätte geben können. Kälte erfasste ihn, während er losrannte. Er rutschte an die Seite der Kutsche und fand Eugenia im Schnee, unter dem Gefährt begraben. Er schob den Schnee fort, legte ihren Kopf frei.

„Mein Gott, Eugenia, geht es dir gut? Sag doch etwas."

Sie öffnete die Augen und versuchte die Tränen zu unterdrücken. Sie streckte ihm eine Hand entgegen, Matthias nahm sie. Die Hand war eisig und zitterte.

„Ich habe nicht aufgepasst", flüsterte sie, als bekäme sie nicht richtig Luft. Schnee bedeckte ihre Haare.

„Halt durch, Eugenia, du bist gleich frei." Matthias lächelte ihr voller Sorge zu, wischte eine Strähne aus ihrem Gesicht. Tränen kullerten über ihre Wange. Matthias strich über ihre kalte Haut und wusste nicht, wie er sie beruhigen sollte.

„Ich muss dir etwas sagen." Sie versuchte geräuschvoll Atem zu holen.

„Es ist alles gut, mach dir keine Sorgen. Ich bin bei dir, Eugenia. Ich lasse nicht zu, dass dir etwas geschieht." Matthias drückte wieder ihre Hand und lächelte ihr fahrig zu. Er schob einige feuchte Strähnen fort, in denen Schneeklumpen hingen.

„Versprichst du das?" Sie sah zu ihm auf.

Er würde alles versprechen, wenn er wüsste, dass es ihr gut ging. Er war unfähig, auf ihre Frage zu antworten. „Beweg dich nicht. Du bist bald wieder frei."

Sie sprach nicht, sah ihn nur an. In ihren Augen lag ein flehentlicher Ausdruck, der sein Herz zusammendrückte. Er wollte ihr helfen, doch er wusste nicht, ob es ihm gelingen würde. „Wir versuchen jetzt, die Kutsche anzuheben", teilte er ihr mit.

Sie drückte ihre kalten Finger um seine Hand. „Geh nicht … ich habe Angst."

Er sah zu den Männern, die sich um die Kutsche herumstellten, um sie anzuheben. „Komm Matthias, pack mit an, wir brauchen jeden", rief ihm Peter Minor zu.

Er drückte ihre Hand und strich wieder über ihre Stirn und ihre kalten Wangen. „Du musst keine Angst haben. Ich lasse nicht zu, dass dir etwas geschieht. Hörst du, Eugenia? Ich bin gleich wieder bei dir. Es wird alles gut, ich verspreche es dir."

Matthias ließ ihre Hand los, die in den Schnee zurückfiel. Die Angst in ihm überraschte ihn selbst. Noch nie hatte er solche Furcht verspürt. Er eilte zu Peter Minor und den anderen. Nach Anweisung packten die Männer den Rand der Kutsche und auf Geheiß von Peter Minor stemmten sie das Gefährt hoch. Die Kutsche bewegte sich nur wenig.

„Noch mal."

August war da, packte die Frau an den Schultern und zog sie unter der Kutsche hervor, während die Männer das Gefährt anhoben. Eugenia konnte die Tränen nicht zurückhalten. In dem Schnee, unter dieser Kutsche hatte sie sich nicht rühren können. Das Gewicht von ihrer Brust war fort und sie konnte wieder tief Luft holen.

„Sie ist frei", rief August erleichtert und hob Eugenia auf die Beine. „Da hast du uns ja einen ganz schönen Schrecken eingejagt." Eugenias Mutter eilte herbei, völlig aufgelöst. Ihr Gesicht war kreidebleich. Fast hysterisch fragte sie Eugenia immer wieder, ob es ihr auch gut gehe.

Matthias stand abseits des Trubels und beobachtete, wie August Eugenia stützte und sie durch den Schnee den Hang hinaufführte, während die Mutter vorausging und jedem der Umstehenden mitteilte, dass alles in Ordnung sei. Eugenia sah elend aus. Ihr Haar zerwühlt, mit Schnee bedeckt. Ihr Gesicht gerötet von der Kälte, die Augen voller Angst.

Wie gern wäre Matthias zu ihr gegangen und hätte sie in den Arm genommen. Er musste sich beherrschen, nicht zu ihr zu gehen.

Es wird alles gut, hatte er ihr versprochen.

Gerhard blieb neben Matthias stehen. „Was schaust du so finster? Der Eugenia fehlt nichts. Ist mit dem Schrecken davongekommen." Er folgte seinem Blick und seine Miene erhellte sich verständnisvoll. „Bist in die Eugenia vernarrt? So ist das ... Schlag sie dir aus dem Kopf. Die ist viel zu klug für dich." Er stieß Matthias frotzelnd in die Seite. Dieser zuckte zusammen. „Ich weiß, dass sie nichts für mich ist", murmelte er leise. Diese Worte hinterließen einen bitteren Geschmack auf seiner Zunge.

„Such dir lieber ein anderes Mädel", sagte Gerhard. „Ich glaube, die Paula wär glücklich, wenn du sie heiratest. Hörst du mir zu?" Matthias sah Eugenia nach, die von August gestützt wurde.

Für einen Augenblick blieb sie stehen. Matthias atmete nicht, als sie sich umdrehte. Nur einen Augenschlag lang sahen sie sich an. Ihm war, als umspielte ein Lächeln ihre Lippen. Er erwiderte es genauso unauffällig. So viele Wochen waren sie sich aus dem Weg gegangen, hatten sich weder angesehen noch miteinander gesprochen. Eugenia wandte sich wieder ab und ließ sich von August weiterführen, während die Mutter besorgt vorausging.

„Es gibt Leute, die kommen und gehen", hörte Matthias seinen Freund neben sich sagen. „Eugenia Hentschel wird wieder fortgehen und dieser Tüftler August bestimmt auch. Irgendwo wird er an diesen Maschinen herumbasteln, die dann noch mehr Menschen in Armut stürzen."

Plötzlich blieb schnaufend eine junge Frau bei ihnen stehen.

„Was ist denn passiert? Ich habe gehört, es gab einen Unfall?" Luise war so schnellen Schrittes die Straße entlanggeeilt, dass sie völlig außer Atem war.

„Eine Kutsche hat die Eugenia unter sich begraben." Matthias sprach so ruhig, wie es ihm möglich war. Seine Worte lösten ein Grauen in ihm aus, das er in einer solchen Stärke noch nie empfunden hatte.

Luise klatsche ihre Hände auf die vor Kälte geröteten Wangen. Ihre Augen weiteten sich angstvoll. „Ist ihr etwas geschehen? Was macht sie denn unter einer Kutsche?"

Matthias erzählte ihr mit wenigen Worten, was geschehen war, während er Eugenia nachschaute, die mit ihrer Mutter hinter der Posthalterei verschwand.

„Das ist ja furchtbar. Ich habe Eugenia schon so lange nicht mehr gesprochen", überlegte Luise laut. Sie schien zu zögern, ihrer Freundin nachzugehen, um sich nach ihrem Befinden zu erkundigen. Eine Vermutung hielt sie zurück. „Ich fürchte, sie grollt mir."

Matthias fuhr sich mit einer Hand durch das Haar. Seine Gefühle waren vollkommen durcheinander. Ihm war nicht danach, mit der Nichte des Lehrers zu reden. Dennoch trieb ihn etwas dazu zu fragen, was sie meinte.

„Es gab da eine Angelegenheit vor einigen Wochen ..." Luise schwieg, als wollte sie nicht weiterreden. Nachdenklich blickte sie zu dem Gespann, das die Männer wieder an seinen Platz schoben und so abstellten, dass es nicht wieder ins Rutschen kommen würde.

Matthias musterte seine Nachbarin misstrauisch. Plötzlich ahnte er, was sie meinen könnte.

Luise erwiderte seinen Blick mit einer gewissen Scheu. „Ich musste ihren Eltern sagen, dass sich Eugenia mit dir trifft, Matthias. Übrigens ein sehr verantwortungsloser und überaus unschicklicher Einfall von euch. Du solltest dich schämen. Du bist ein einfacher Bursche. Du hättest Eugenia nicht in solche Schwierigkeiten bringen dürfen!"

Luises Geständnis und ihre Vorhaltungen ließen Matthias in noch weitere Gedanken versinken. Er fühlte sich nicht betroffen von ihrem Tadel. Er hatte gewusst, dass er sich nicht einfach mit einer wohlhabenden Bürgerlichen treffen durfte. Doch Eugenia war einverstanden gewesen. Luise also war schuld an dem ganzen Ärger? Matthias erinnerte sich nur ungern an den Augenblick, als der erzürnte Doktor zu ihm in den Stall gerannt war und ihn weggejagt hatte. Seitdem hatte Matthias jeden Tag an Eugenia denken müssen, ohne sie sehen oder mit ihr sprechen zu dürfen.

„Du musst dich nicht wundern, wenn Eugenia dir zürnt. Du hast sie verraten.“ Er sah Luise fast verächtlich an. „Und mich auch. Freunde tun so etwas nicht.“

Luise fühlte sich angegriffen. „Aber du siehst doch, was sie sich antut. Jemand musste sie vor einer Dummheit bewahren. Sicher war es wieder eine verrückte Idee, dass sie sich so nah an den Kutschen aufgehalten hat. Oh, arme Eugenia. Ich hoffe, ihr geht es gut.“ Luise standen Tränen in den Augen. „Ich habe sie doch lieb. Sie ist mir eine so gute Freundin geworden.“ Hastig wischte sie über ihre Augen. „Sie nannte meine Sommersprossen sogar liebenswert.“

„Du hast sie in Schwierigkeiten gebracht, auch wenn du es nur gut meintest“, entgegnete Matthias. Ihm gelang es nicht, weiter einen Groll gegen diese junge Frau zu haben. Er kannte Luise seit vielen Jahren, wusste von ihrer moralischen Denkweise. Dabei hatte er Luise zu verdanken, dass er eine gute Arbeit und eine Freundschaft verloren hatte, aus der mehr geworden war. Matthias erschrak vor seiner eigenen Erkenntnis. Als er Eugenia unter der Kutsche hatte liegen sehen, befürchtete er, sie könnte sterben. Dieses Gefühl war elend gewesen, schlimmer noch als schmerzender Hunger. Es war erschreckend, wie ein solcher Moment eine Erkenntnis freiräumte, die er nicht für möglich gehalten hätte. Er hatte Eugenia nicht verlieren wollen. Er wollte sie für sich. In seine Gedanken hinein wurde ihm Luises Anwesenheit wieder bewusst. Diese sah unglücklich aus, während im Hintergrund die Hektik unter den Männern langsam verebbte und jeder wieder seiner Aufgabe nachging. Die Nichte des Lehrers sah zur Seite. „Ich würde Eugenia gern besuchen, aber sie wird mich fortschicken, nicht wahr?“

Matthias wusste nicht, was er antworten sollte. Er kannte Eugenia inzwischen recht gut, ahnte, dass sie Luise noch immer zürnte, doch sie würde sie nicht fortschicken.

Eugenias größte Tugend und vielleicht auch ihr größter Fehler waren Barmherzigkeit und Mitgefühl.

„Wenn du ihre Freundin sein willst, Luise, dann musst du wissen, was ihr guttut und was nicht", antwortete er stattdessen und fragte sich insgeheim, was er damit meinte. Er sprach nicht von Luise, sondern von sich selbst. Matthias war klar geworden, dass er für Eugenia mehr empfand. Sie sollte nicht nach Wiesbaden fahren. Sie durfte ihn nicht verlassen. Er liebte sie! Aber was konnte er Eugenia bieten, wenn er sie fragte, ob sie ihn heiraten würde? Würde eine solche Frau jemanden wie ihn erwählen? Was fühlte Eugenia für ihn? Sie hatte einmal gesagt, sie seien Freunde. Davon war er enttäuscht gewesen, ohne zu begreifen warum. Erst jetzt war es ihm klar. Nicht nur Freundschaft wollte er. Er wollte ihre Liebe. Dieser Gedanke war so absurd, dass er selbst darüber lachen musste. Weder auf einem Hof würde sie leben noch hart arbeiten wollen. Eugenias Vater würde ihn davonjagen. Nie und nimmer bekäme er seine Tochter zur Frau. Sie heiratete diesen reichen Mann, diesen Daniel Schütz, ihrem Stand entsprechend. Und dennoch spürte er tief im Innern: Ich liebe sie trotzdem.

Luise schluchzte leise. „Ich wollte ein Unglück verhindern. Stell dir nur mal vor, sie würde dich lieben, Matthias. Eugenia ist so überschwänglich. Solche sinnlosen Gefühle zu dir würden sie unglücklich machen. Sie heiratet diesen stattlichen Herrn aus Wiesbaden. Ich habe es doch nur gut gemeint." Traurig und voller Gram ging Luise Richtung Schule zurück, unwissend, welche Gefühle den jungen Mann quälten. Matthias kniff die Lippen zusammen. Und der Gedanke stieg in ihm auf: Stell dir nur mal vor, sie würde dich lieben.

Etwas krampfte sich in ihm zusammen, so als versuchte jemand, sein Inneres zusammenzuschnüren. Liebte sie ihn? Hegte sie innige Gefühle für ihn? Würde sie jemals seine Liebe erwidern?

Matthias schob etwas Schnee mit einem Fuß zur Seite und starrte gedankenverloren darauf, als fände er dort die

Antwort. Er hatte vorhin einen Satz ausgesprochen, der die Antwort auf all seine Fragen war und für den er sich und die ganze Welt hasste: Ich weiß, dass sie nichts für mich ist.

Charlotte Hentschel war aufgebracht und eilte unruhig durch das Haus, als ihre Tochter im Bett lag. Immer wieder erschien sie in Eugenias Zimmer und es hagelte Vorwürfe und Tadel. „Dein Vater wird außer sich sein. Wie konnte das nur passieren? Warum warst du in der Nähe dieser Kutsche? Mein Gott, Tochter, du hättest sterben können. Was wird Vater dazu sagen?"

„Ist er schon zurück?", fragte Eugenia mit ängstlicher Stimme.

„Er wird bald zurückkehren. Dann muss er dich sofort untersuchen und feststellen, ob es dir gut geht. Wenn er von dem Vorfall hört, wird er nicht erfreut sein." Sie fasste sich an die Stirn. „Ich mache dir einen Tee."

„Sie müssen sich keine Sorgen machen, Mama. Ich kann alles bewegen und es tut nichts weh. Ich hatte Glück. Vater muss ja nichts erfahren", widersprach Eugenia und versuchte das Gesicht nicht schmerzhaft zu verziehen, als sie ihre Arme hob, um damit ihre Worte zu unterstreichen.

„Sei nicht albern, das ganze Dorf wird darüber reden." Charlotte Hentschel verließ das Zimmer. Ihr Jammern riss jedoch nicht ab.

Doktor Hentschel kehrte früher als erwartet zurück und trat wortlos in das Zimmer seiner Tochter. Natürlich hatte er von dem Vorfall erfahren, denn sein Gesicht zeigte Tadel und Sorge zugleich. Eugenia lag kleinmütig in ihrem Bett, die Bettdecke bis zu ihrem Kinn gezogen, als könnte sie sich vor ihrem Vater verstecken. Der Doktor untersuchte sie gründlich und gab ihr etwas gegen die Schmerzen. Charlotte Hentschel kehrte mit einem weiteren Tee zurück. Anton Hentschel legte seine medizinischen Gegenstände in eine Tasche. „Du bist bald wieder auf den Beinen. Am besten ist es, wenn du etwas schläfst."

„Das werde ich tun, Papa." Eugenia zog die Bettdecke über ihren Kopf und drehte sich zur Seite, was sie vor Schmerzen nicht lange aushielt.

„Sag mir, Eugenia, was ist geschehen?"

Diese Frage hatte sie erwartet. All die Zeit hatte sie überlegt, was sie antworten sollte. Jede Ausrede würde fad klingen. Eugenia musste die Wahrheit sagen. Sie konnte nicht tief durchatmen. Die Schmerzen waren grässlich. Ihre Rippen taten weh. Sie drehte sich wieder um. „Ich habe Gerhard beim Schaufeln geholfen. Die Gespanne waren alle eingeschneit."

Die Mutter bekreuzigte sich hastig und verließ den Raum.

Doktor Hentschel war bestürzt. „Meine Güte, warum tust du das? Das ist die Aufgabe von Männern."

„Ich weiß, Papa, aber bitte lassen Sie es mich erklären." Sie versuchte sich aufzurichten. Wie sollte sie ihm ihre Beweggründe begreiflich machen? Er würde es nicht verstehen.

„Ist dir unser Ruf völlig gleich?", unterbrach er sie schroff. „Du erwartest doch von mir kein Verständnis? Du kannst nicht arbeiten wie einfaches Gesinde, das gehört sich nicht, und Männerarbeit schon gar nicht."

„Ich habe es ja nicht für mich getan", verteidigte sie sich und brach in Tränen aus.

Ihr Vater schien nun wütend zu werden, hielt seine Stimme jedoch ruhig. Wenn sie es recht bedachte, so hatte sie ihren Vater noch nie außer sich erlebt. Er bestrafte sie mit väterlicher Härte, konnte auch wütend werden, jedoch stets mit einem Gemisch aus Ruhe und Vernunft. „Ist es dir egal, was die Leute über uns denken und was sie reden? Erst beschmutzt du unser Ansehen und stellst uns bloß, indem du dich mit diesem Burschen triffst, und nun das! Ausgerechnet du, Eugenia. Tugend und Sittsamkeit sind das Maß aller Dinge!"

„Ich bitte Sie demütig um Verzeihung, Papa." Ihre Stimme klang so reumütig wie möglich. Das Letzte, was sie wollte, war, ihren Vater zu enttäuschen. Sie hatte nur helfen wollen.

Doktor Hentschel musterte seine Tochter eindringlich. „Du benimmst dich doch sonst nicht so unbedarft. Ich war der Ansicht, du seist zu jung für eine Ehe. Jetzt glaube ich, die Heirat mit Daniel Schütz ist genau das Richtige für dich. Er wird sich darum kümmern, dass du deinen Pflichten nachkommst und dich daran erinnerst, was du bist!" Er hob streng einen Finger hoch. „Nur jene Frauen mögen am besten sein, über die am wenigsten gesprochen wird. Nimm dir das zu Herzen."

Eugenia warf sich auf das Kissen zurück, während sie die Bestürzung ihres Vaters und die Schmerzen deutlich spürte.

Anton Hentschel nahm seine Medizintasche und durchquerte den Raum. An der Tür hielt er inne. „Du wirst das Haus nicht verlassen, Eugenia, bis du nach Wiesbaden fährst."

Die Tür knallte in das Schloss. Eugenia schluchzte lange Zeit gedämpft zwischen die Kissen. Sie ärgerte sich über ihren dummen Einfall. Auf dem Nachhauseweg hatte sie August gestanden, warum sie geholfen hatte. Verurteilte er sie ebenfalls?

Die väterliche Strafe traf sie hart. Das Haus nicht mehr verlassen zu dürfen, würde sie in eine endlos scheinende Einsamkeit versetzen. Mit einem Male war sie sich ihrer bisherigen Freiheit so bewusst wie noch nie. Nun hatte sie wirklich alles verloren. Mit niemandem sprechen, Matthias nicht sehen können, das traf sie mehr als alles andere. War er nicht bei ihr gewesen, als sie unter dieser Kutsche begraben lag? Hatte er nicht ihre Hand gehalten? Sie hatte sich gefürchtet, kaum Luft bekommen. War es das Gewicht des Gespannes gewesen oder die Furcht zu sterben? Als Matthias ihre Hand gehalten hatte, war alles fort gewesen, was sie ängstigte. Er hatte ihr versprochen, es würde alles gut werden.

Eugenia weinte erneut in das Kissen. Wo war er jetzt nur? Warum konnte er nicht bei ihr sein?

Am nächsten Tag ging es ihr besser. Eugenia lag gelangweilt in ihrem Bett und starrte die Decke an. Ihr Dasein war eintönig geworden. Manchmal ging sie zum Fenster und sah hinaus in der Hoffnung, Matthias zu sehen, der sich nach ihr erkundigen wollte, doch sie konnte ihn nirgends entdecken. Wahrscheinlich wagte er sich nicht in die Nähe des Hauses.

Die Rippen schmerzten, besonders wenn sie Luft holte, ansonsten ging es ihr gut. Ihr Vater hatte das Verbot jedoch nicht aufgehoben. Das Hausmädchen brachte Essen in ihr Zimmer und stellte das Tablett auf den kleinen runden Tisch am Bett. Ohne etwas zu sagen, machte das Hausmädchen einen Knicks und war verschwunden. Eugenia starrte traurig auf den Teller. Selbst am Tisch der Familie war sie nicht willkommen. Vater musste schrecklich böse auf sie sein. Eugenia war voller Schuldgefühle.

Schritte erklangen und die Tür öffnete sich. Als ihre Mutter eintrat, richtete sich Eugenia auf. Charlotte Hentschel machte einen versöhnlichen Gesichtsausdruck. „Luise geht es nicht gut, aber sie wünscht sich etwas Gesellschaft. Vater hat erlaubt, dass du sie besuchen darfst. Er bringt dich mit dem Schlitten zur Schule."

Luise? Eugenia zögerte. Warum wollte Luise sie sehen? Nach all dem? Tat es ihr etwa leid? Quälten sie Schuldgefühle? Wollte sie sich mit Eugenia versöhnen?

„Ich wüsste nicht, was ich mit Luise zu besprechen hätte", erwiderte Eugenia zögernd.

„Du bist kaum in der Lage, darüber zu richten. Und Luise ist die einzige Gesellschaft, die wir noch gern sehen. Sie ist ehrlich und würde uns sagen, wenn du dich daneben benimmst."

Eugenia stieg aus dem Bett. Auch wenn sie zu dieser Verräterin Luise gehen müsste, wäre es tausendmal besser, als weiter in diesem Zimmer gefangen zu sein.

Charlotte Hentschel hob mahnend eine Hand. „Eugenia, ich bitte dich, gehorche deinem Vater. Ich möchte, dass du dich tadellos benimmst. Und rede mit sonst niemandem!"

„Das will ich tun, Mama." Eugenia holte ihren Mantel.

Der Vater sprach nicht viel mit ihr. Er saß bereits im

Schlitten, den ein Pferd zog, und hielt die Zügel in der Hand. Er schien noch immer aufgebracht über ihr Benehmen. „Ich hole dich in einer Stunde wieder ab", sprach der Vater einsilbig, als er das Gefährt anhielt und sie nur kurz anblickte.

„Ich danke Ihnen." Eugenia stieg aus dem Schlitten und ging auf das Schulhaus zu. Hier wurde sie von Frau Hardt in Empfang genommen. Die Frau wirkte zurückhaltend. Ihre sonst freundliche Art fehlte. Sie schien nicht beglückt zu sein, Eugenia ins Haus zu bitten. Auch wenn in ihrem Blick Tadel lag, so behielt sie ihre Meinung für sich und führte Eugenia in die Wohnstube, in der Luise und August saßen. Als Eugenia den Burschen entdeckte, war sie überrascht. Hatte sein Hiersein etwas zu bedeuten? Sie ging durch den Raum, auf den Tisch zu, auf dem bereits der Tee stand und eine Schale mit frischem Gebäck. Da wurde sie sich der Kluft zwischen sich und Luise bewusst. Eugenia blieb mitten im Zimmer stehen und sah ihre Freundin an. Wie oft hatte sie überlegt, was sie Luise sagen würde, sollten sie zusammentreffen. Vorwürfe, Enttäuschung, Verbitterung. All diese Gefühle kamen in Eugenia auf. Es waren nur harmlose Treffen mit Matthias gewesen. Harmlos? Eugenia ertappte sich selbst dabei, wie sie die Sehnsucht zuließ, die sofort aufstieg, sobald sie an Matthias dachte.

„Sei gegrüßt." Luise schien zurückhaltend.

„Vielen Dank für die Einladung. Du bist wohlauf?" Eugenia zog den Mantel aus und ließ ihn sich von Luise aus der Hand nehmen.

„Ich bin nicht krank", entgegnete diese verstimmt und warf einen krittelnden Blick auf August, der leicht errötete, als sei er bei einem Vergehen ertappt worden. „August sagte, du bräuchtest meine Hilfe und ich müsse dich unbedingt einladen und sagen, ich sei krank. Darf ich jetzt erfahren, August, warum ich lügen sollte?" Luise kehrte zum Tisch zurück und schenkte eine dritte Tasse voll. Der Tee dampfte. Das frische Gebäck verströmte einen süßlichen Duft.

„Du siehst schon etwas blass aus", mischte sich August mit einem leichten Zwinkern in den Augen ein.

„Ich fühle mich ausgezeichnet!", entgegnete Luise irritiert.

August drehte seinen Kopf zu Eugenia. Er zeigte mit einem verschwörerischen Blick auf die Tasche, die hinter der Tür stand. Eugenia erkannte ein Säckchen Korn darin. Sie setzte sich unruhig und zugleich gedankenverloren an den Tisch. August hatte es also nicht vergessen, dachte sie.

Und sie erinnerte sich daran, wie August sie unter dem Gefährt hervorgezogen hatte. Als er sie stützend zum Haus geleitete, hatte er gefragt, warum sie nur so etwas Dummes tun konnte. Und sie hatte ihm völlig aufgelöst gestanden, dass sie Matthias und seiner Familie etwas Gutes tun und Geld verdienen wollte, da sie ihren Vater nicht darum bitten konnte.

„Der Lohn für deine Arbeit", flüsterte August nun geheimnisvoll.

Eugenia runzelte die Stirn. „Für den Ärger, den ich bereitet habe, willst du sagen."

„Gerhard schimpfte noch den ganzen Tag. Er meinte, er hätte zu dir gesagt, das wäre keine Arbeit für eine Frau." August grinste, als er davon berichtete.

„Das ist wahr, aber ich wollte nicht auf ihn hören." Eugenia betrachtete das Säckchen und warf August einen dankbaren Blick zu. Obwohl er noch so jung war und sie ihn anfangs für ein zwar schlaues, aber naives Dorfkind gehalten hatte, war August ihr inzwischen zu einem echten, kameradschaftlichen Freund geworden, dem einzigen, dem sie wirklich vertrauen konnte. Luise hockte steif am Tisch und verfolgte das Gespräch. Erst jetzt mischte sie sich ein. „Ich war voller Sorge, als ich davon hörte." Sie unterließ es, eine Rüge zu äußern. „Darf ich erfahren, warum wir uns hier treffen?"

Eugenia musterte sie mit verbitterter Miene. „Ich wage nicht mehr, dir etwas anzuvertrauen."

„Du grollst mir?" Es klang nach einer Bestätigung, Luise hatte es bereits vermutet.

„Natürlich grolle ich dir. Du hast mein Vertrauen missbraucht! Wie konntest du mir das antun? Mein Vater hat Matthias entlassen. Meine Eltern waren über alle Maße schockiert."

„Das hast du dir selbst zuzuschreiben, Eugenia Hentschel. Dein Verhalten war verwerflich. Sich mit einem Burschen treffen, das tut man nicht. Ich habe nur zu deinem Wohl gehandelt."

„Zu meinem Wohl?" Ehe sich Eugenia über ihre Freundin noch mehr aufregen konnte, erinnerte sie sich, dass sie etwas erledigen wollte. Etwas, was August ihr ermöglicht hatte. Sie wollte es nicht mit einem Streit zunichtemachen.

„Du scheinst nichts gelernt zu haben", schimpfte Luise nun. Sie nahm ihre Teetasse und nippte daran. „Warum um Gottes willen hast du geholfen, die Gespanne freizuschaufeln?"

Eugenia holte tief Luft, ehe sie zu einer Erklärung ansetzte. „Den Hollmanns geht es nicht gut. Und Vater hat ja Matthias entlassen!" Der letzte Satz klang mehr als vorwurfsvoll.

Luise schenkte sich neuen Tee ein. „Ich verstehe nicht, wie du auf solche Ideen kommst. Du hilfst beim Feuerlöschen, liest schändliche Romane, triffst dich mit Männern und bildest dir ein, du könntest Arbeiten erledigen, die den Männern vorbestimmt sind. Du bist eine seltsame Person."

Eugenia hob das Kinn an. „Dann bin ich eben ein Mensch, der sich von all den anderen unterscheidet. Das macht mich zu etwas Besonderem. Darüber solltest du nachdenken. Jeder von uns ist einzigartig. Und ich bin keine Stute, die man dressiert, damit sie anderen gefällt!"

„Was für ein Vergleich", rief Luise schockiert aus. „Natürlich kann man dich nicht mit einem Gaul vergleichen, aber die Einzigartigkeit wird dich nicht weiterbringen."

Eugenias Gedanken schweiften ab. „Ich muss jetzt etwas erledigen." Sie warf einen Blick aus dem Fenster. Es hatte wieder zu schneien begonnen. „Ich durfte das Haus nicht verlassen. Vater hat es mir verboten." Sie drehte sich um und erkannte Luises zufriedenes Gesicht.

„Ich habe es dir gleich gesagt", erinnerte Luise sie. „Dein Verhalten wird dich in Schwierigkeiten bringen. Du willst etwas Besonderes sein und begreifst nicht, dass du dich damit selbst ruinierst. Ich wollte dich vor etwas Schlimmem bewahren, nur deshalb habe ich von deinen Treffen mit Matthias erzählt. Nun ziehst du mich noch in deine unheilvollen Machenschaften."

„Sei unbesorgt, du musst dich nur mit mir unterhalten, obwohl ich gleich weg bin", scherzte Eugenia. Sie konnte die Aufregung kaum noch unterdrücken. Sie erhob sich wieder vom Tisch, ohne ein Stück Gebäck genommen zu haben.

Luise atmete tief durch. „Du verhältst dich töricht und mit dir wird es noch ein schlimmes Ende nehmen."

„Ach, jetzt red' nicht so", brauste August plötzlich auf. Er hatte die ganze Zeit schweigsam am Tisch gesessen und das Gespräch verfolgt. Nun lief sein sonst sanftes Gesicht rot an vor Ärger. „Eugenia will nur einer Familie helfen, der es schlecht geht. Müssten wir nicht alle an Mitgefühl und Hilfsbereitschaft denken? Ist es nicht das, was Pfarrer Brachel jeden Sonntag predigt? Unser Mitleid zeigen wir nur, indem wir jammern, wie schlecht es allen geht. Wir schauen weg und beten. Eugenia tut etwas! Sie sieht nicht nur das Leid, sie bekämpft es. Was ist daran falsch, wenn man aufsteht und etwas ändern will?"

Luise klappte verblüfft den Mund zu. Sie hatte offenbar nicht mit Augusts Gefühlsausbruch gerechnet. Der Junge zeigte sich stets ausgeglichen und besonnen. Niemals wurde er laut oder hatte seine Meinung so vehement geäußert wie eben. Er schien selbst über sich erschrocken zu sein. August verknotete die Finger ineinander und räusperte sich. „Ich will sagen", er sah Luise an, „ich wünschte mir, es gäbe mehr Menschen wie Eugenia. Dann würde diese Welt freundlicher aussehen." Er warf der Arzttochter einen freundlichen Blick zu. „Ich bewundere Eugenia. Sie fürchtet sich nicht davor, etwas zu tun, auch wenn sie dafür gerügt wird. Wir haben nicht das Recht, über sie zu urteilen."

„Was weißt du schon davon, August?“, erwiderte Luise. „Du bist doch noch ein Kind!“

Er zögerte, doch nicht, weil er nach den richtigen Worten suchen musste, dachte Eugenia, sondern nur nach dem Mut, sie auszusprechen. Er sah Luise an. „Du bist kein guter Mensch, nur weil du an Gott glaubst und tust, was andere Menschen dir vorschreiben! Du wirst erst zu einem guten Menschen, wenn du hilfst.“

Eugenia standen Tränen in den Augen, während sie Augusts Worten lauschte, die alles andere als kindisch waren. Das, was sie in ihrem Herzen fühlte, sprach er aus. Er verstand sie und das tat gut. In den letzten Wochen hatte sie begonnen, an sich selbst zu zweifeln, daran, was sie zu denken und zu fühlen begonnen hatte. Sie machte sich Vorwürfe über ihr Verhalten, wusste, dass es falsch war. Doch sie konnte es nicht aufhalten. Diese Veränderung war da. Und diese Gefühle für Matthias blieben. Egal wie viel sie gebetet und Gott angefleht hatte, er möge diese Liebe aus ihrem Herzen verbannen.

Eugenia zog sich den Mantel über und nahm die Tasche auf. „Ich bin gleich wieder da, versprochen, dann trinken wir Tee.“

Luise beklagte sich nicht weiter, stand auf und ging zur Tür. „Tante müsste in der Küche sein, mein Onkel besucht einen Freund in Nastätten. Es wird dich also niemand sehen.“ Sie hielt Eugenia zurück. Plötzlich wirkte sie zerknirscht. Ihre Lippen waren zwei Striche in dem blassen Gesicht. In ihren Augen lag ein trauriger Blick. „Ich hielt es für meine Pflicht, es zu sagen. Und dachte, ich würde dich vor einem Unglück bewahren. Du musst mir glauben. Es war kein böser Wille, dass ich es verraten habe.“ Luise machte ein betretenes Gesicht. „Ich meinte es nur gut.“ Sie hob eine Hand und legte sie vorsichtig auf Eugenias Arm. „Ich habe die Zeit mit dir genossen. Noch nie bin ich einem Menschen wie dir begegnet. Bitte … ich will doch deine Freundin sein.“

Der Groll gegen die junge Frau ließ nach. Eugenia tätschelte die Hand, die noch auf ihrem Arm lag. „Ich weiß, Luise. Du bist eben du. Genauso einzigartig."

Die beiden jungen Frauen lächelten sich an, zögerlich, vorsichtig.

„Es tut mir leid, Eugenia. Ich wollte dir keinen Kummer bereiten. Natürlich weiß ich, dass du trotz deiner seltsamen Auffassung von Gehorsam auf deinen Ruf achtest. Du hast gesagt, du liest Matthias Zeitungen vor?"

„Er möchte von der Welt erfahren, und das ist sein gutes Recht. Er hat nur leider nicht die Möglichkeiten wie wir zu lernen."

„Du bist mir ein Rätsel, Eugenia. Du versuchst deinem Stand gerecht zu werden und überschreitest doch deine Grenzen." Luise ließ ihre Hand sinken und lächelte aufmunternd. „Ich werde weder meinem Onkel noch deinen Eltern von heute erzählen. Aber egal was du vorhast, beeil dich."

Eugenia umarmte ihre Freundin. Der Groll gegen Luise war nun gänzlich verschwunden. Eilig huschte sie durch das Schulhaus, flitzte die Straße entlang, hinunter Richtung Dorfmitte, dort, wo der Brunnen stand. So weit musste sie nicht gehen, denn der Hof der Hollmanns lag bereits vor ihr. Das Fachwerkhaus lag zwischen den Schneemassen eingebettet. Sie war auf Matthias' Gesicht gespannt, wenn sie ihm das Säckchen Korn überreichte. Hatte er nicht Angst um sie gehabt? Er würde sehen, dass sich ihre Arbeit gelohnt hatte. Die Familie konnte das Korn gut gebrauchen, mehr als alles andere.

Eugenia klopfte an die Tür und trat ein. Es war kalt in der Stube. Durch die kleinen, in Blei gefassten Fenster drang kaum Licht in das Innere des Hauses. Eissterne hatten sich auf den Scheiben gebildet. Ein gusseiserner Ofen stand auf der anderen Seite des Raumes und über dem Feuer hing ein Kessel, in dem der Abfall vom Dreschen gekocht wurde. Daneben standen ein Küchenschrank und ein Schemel. Der große Tisch nahm den halben Raum ein, an dem sich die ganze Familie zum Essen versammelte. Die Tischplatte war mit Einkerbungen und Ritzen übersät und wohl schon sehr alt.

Frau Hollmann saß mit einem Säugling an dem Ofen, dessen Wärme nicht den gesamten Raum erfüllte. Sie blickte auf und legte den Säugling auf eine Decke auf dem Boden und erhob sich ehrfürchtig. „Treten Sie ein, verzeihen Sie unser bescheidenes Heim, gnädiges Fräulein."

„Sie müssen sich nicht entschuldigen." Eugenia fühlte sich unwohl, als sie die ärmliche Einrichtung betrachtete. Sie hatte nicht gewusst, wie Matthias lebte.

„Ihnen geht es hoffentlich wieder gut, gnädiges Fräulein? Ich hörte von dem Unglück", sagte Frau Hollmann und wischte sich die Hände an der Schürze ab. „Möchten Sie sich setzen? Kann ich Ihnen etwas zu trinken anbieten?"

„Vielen Dank, nein, ich möchte Ihnen nicht zur Last fallen." Eugenia lächelte gütig. „Ich bin hier, weil ich Ihnen etwas geben möchte. Ich weiß, die Ernte war schlecht. Matthias redet nicht gern darüber, aber ich habe mitbekommen, dass es Ihnen nicht gut geht." Als sie der Frau das Säckchen reichen wollte, trat Matthias durch die Tür und brachte einen Zug kalte Luft herein. Er schien überrascht, Eugenia zu sehen.

Der Mutter standen Tränen in den Augen, als sie das Geschenk sah.

„Woher hast du das?" Er zeigte auf das Säckchen.

„Der Lohn für das Freischaufeln." Eugenia hob das Kinn. Er fragte sie nicht einmal, wie es ihr ging, stellte sie enttäuscht fest.

„Wir brauchen keine Almosen", murrte Matthias schlecht gelaunt. „Diese reichen Herren wie unser Herzog Adolph hocken mit ihren gefüllten Bäuchen herum und wir verhungern, aber Almosen brauchen wir nicht."

„Sei still, Sohn", fuhr Frau Hollmann ihn an. „Fräulein Eugenia sagt, sie möchte es uns schenken. So nehmen wir es an und sind für ihre Wohltat dankbar. Quält dich nicht der Hunger? Siehst du nicht die schmalen Gesichter deiner

Geschwister? Dieser Sack erhält uns am Leben für die nächste Zeit." Voller Demut und Scham nahm sie das Säckchen und bekreuzigte sich. „Gott möge Sie schützen, gnädiges Fräulein."

„Ich will nur helfen", murmelte Eugenia und schritt durch das Hütteninnere zur Tür. Im Vorbeigehen warf sie Matthias einen widerspenstigen Blick zu. Sein aufgebrachtes Betragen hatte sie nicht erwartet. Mit einem Ruck öffnete sie die Tür. Eisige Kälte schlug ihr entgegen. Eugenia hatte geglaubt, er würde froh und dankbar sein. Stattdessen behandelte er sie mit einer Verachtung, die sie nicht verstand. Missmutig stapfte Eugenia durch den Schnee, zurück zur Schule.

Matthias eilte ihr nach. „Und dafür bringst du dich fast um? Für einen Sack Getreide?"

Eugenia sagte über ihre Schulter, ohne stehen zu bleiben: „Ich habe mich nicht umgebracht."

„Du hattest Glück, mehr nicht. Und ich bin kein Bettler, den du beschenken musst!"

Eugenia wirbelte herum. Jetzt war sie ebenfalls wütend. „Aber ein Wilderer! Das Getreide war ehrlicher Lohn. Was du machst, verstößt gegen das Gesetz!"

„Du musst nicht für mich arbeiten!"

„Es ist nicht für dich, sondern für deine Mutter und deine kleinen Geschwister, du … du dummer, sturer Kerl!" Sie stapfte weiter durch den Schnee, fort von ihm. Eisklumpen hingen an dem Saum ihres Kleides, machten das Vorankommen immer schwerer. Erst jetzt auf dem Rückweg nahm sie den vielen Schnee auf dem Weg wahr, in dem ihre dünnen Schuhe versanken. Mag sein, dass ihr Vorhaben töricht gewesen war, dachte sie, doch sie hatte nur aufrichtige Gründe dafür.

„Stur ja, aber nicht dumm", schrie er ihr nach.

„Du denkst wie alle anderen, dass eine Frau zu nichts nutze ist. Unmündig, abhängig vom Mann", warf sie ihm aufgebracht über ihre Schulter. „Ich soll dir Zeitungen vorlesen. Du willst von den Reformen hören, aber du begreifst nicht, dass Veränderungen kommen. Du musst dich damit abfinden, dass es für die Frau mehr gibt, als nur zu kochen und Kinder zu bekommen!"

„Du musst ja nicht unbedingt die erste Frau sein, die aufbegehrt", erwiderte Matthias etwas hilflos. Er war offenkundig überrascht über ihre Worte, nicht über ihre Bitterkeit.

„Ich habe dir helfen wollen!", fauchte sie zurück.

„Ich brauch dein Mitleid nicht, ich brauch überhaupt kein Mitleid, von niemandem!"

„Du hast mir nicht mal zugehört, du sturer Ochse!", rief sie wütend und kämpfte sich durch den tiefen Schnee davon.

Matthias kehrte murrend zur Hütte zurück und schloss hinter sich die Tür.

Die Mutter saß auf einem Schemel mit dem Säckchen Korn und weinte. Ein Mädchen trat aus einem Nebenraum. Es war mager. Der Anblick schmerzte ihn. Er wusste, wie lebensfroh seine kleine Schwester einst gewesen war. Nun wirkte ihr Gesicht blass und kränklich. Er sah wieder zu seiner Mutter. „Sie ist ein liebes Mädchen. Du hättest sie nicht so anschreien sollen", meinte Frau Hollmann leise mit Tränen in den Augen. „Sie ist eine feine Dame, die man entsprechend behandeln muss. Und sie hat ein gutes Herz. Sie weiß, dass es uns schlecht geht. Wir haben schon seit Tagen Suppe gegessen, die eigentlich nur noch aus Wasser besteht. Gott hat uns die Eugenia geschickt."

„Ich will nicht, dass sie denkt, ich wäre zu nichts nutze. Wie sieht das denn aus? Die Frau verdient das Geld? Ha!" Matthias brummte etwas, dann wollte er wieder aus dem Haus gehen.

Da hörte er die Stimme seiner Mutter. „Wir sind, was wir sind, Bub. Arme Bauern."

Matthias schwieg und verließ die Hütte. Er ging zum Stall. Das meiste Vieh hatten sie notschlachten müssen, weil kein Futter mehr da war. Ihnen war nichts geblieben. Er zog eines der Flugblätter aus seiner Jackentasche und starrte auf die

Schrift. Er wusste, selbst ein Volksaufstand würde dieses Leben nicht ändern. Niemand würde ihnen helfen und beistehen. Er hob seinen Blick und das Bild einer jungen Frau formte sich vor seinem Auge, so als stünde sie direkt vor ihm. Es tat ihm plötzlich leid, sie so angefahren zu haben. Vielleicht hatte er ihre Nächstenliebe mit Mitleid verwechselt. Sie hatte sich in solche Gefahr gebracht, um ihm einen Sack Korn zu bringen. Es war herabwürdigend und doch bewunderte er sie dafür. Seine Gefühle waren so zwiespältig. Seine eigene Hilflosigkeit, ihr seine Gefühle nicht offenbaren und kein Geld für sich und seine Familie beschaffen zu können, machte ihn wütend. Eugenia konnte dafür schwerlich Verständnis haben, denn ihr fiel alles so leicht. Sie musste sich niemals Gedanken machen, wovon sie leben würde. Wie würde sein Leben weitergehen? Wie sah es ohne Eugenia aus? Matthias beschloss, über alles nachzudenken, was ihn bewegte. Auch darüber, was Paula damals zu ihm gesagt hatte. Er war nicht abgeneigt, Paula zur Frau zu nehmen. Jedes Mal, wenn er daran dachte, schob sich das Bild einer Frau dazwischen, die er nie haben durfte. Sie waren zu verschieden. Eugenia würde bald heiraten. Er musste wieder an Paula denken. Die würde zu ihm passen. Sie würden sich ergänzen. Paula konnte arbeiten, wäre eine gute Mutter für ihre Kinder.

Eugenia saß über den Schreibtisch gebeugt und tauchte die Schreibfeder in das kleine Tintenfass.

„Lieber Moritz, die Zeit vergeht so schnell, dass es mir scheint, der Tag ist eine Ewigkeit her, als ich damals in die Kutsche steigen musste, um nach Holzhausen zu fahren. Vater sagte, ich werde bald nach Wiesbaden zurückkehren und heiraten. Einerseits bin ich darüber glücklich, denn dies habe ich mir all die Zeit gewünscht. Aber da ist auch etwas anderes, das mich unglücklich macht. Ich werde Menschen zurücklassen, die ich in mein Herz geschlossen habe. August und Luise, die mir mit ihrer Lebenslust und einer fröhlichen

Laune so manchen trüben Tag versüßten. Und jener Mann, dem ich die Zeitungen vorgelesen habe. Ich werde ihn sehr vermissen. Nur du darfst es wissen, mein liebster Bruder, nur du allein darfst wissen, welche Gefühle sich in meinem Herzen für diesen Mann regen." Eugenia hielt mit dem Schreiben inne und legte die Feder fort, um sich die aufsteigenden Tränen fortzuwischen. Sie warf einen Blick aus dem Fenster. Düstere Wolken zogen vom Rhein herüber und verdunkelten den Himmel, während heftiger Wind an dem Haus rüttelte. Blätter flogen durch die Luft, prallten auf die Fensterscheibe und wurden herumgewirbelt. Der Regen hatte sich mit Schnee vermischt und die Kälte hielt seit vielen Tagen an.

Eugenia griff nach der Feder und schrieb weiter. „Ich weiß nicht, was geschehen ist und warum mir das Herz schwer wird, wenn ich an ihn denke. Natürlich weiß ich, es ist falsch, ihm diese Gefühle entgegenzubringen. Du hast mich einmal gefragt, was ich für mich will. Ich befürchte, ich weiß es nun. Doch es zu wissen ist schlimmer, als sich seinem trüben Schicksal zu ergeben. Ich bin mir nicht sicher, Daniel Schütz jemals diese Gefühle entgegenbringen zu können, die im Augenblick für einen anderen Mann in meinem Herzen sind. Ich erhalte von dir keine Briefe mehr. Geht es dir gut in Gießen? Ich vermisse dich und hoffe, dass wir uns bald wiedersehen. In innigster Liebe, deine Schwester Eugenia."

Kapitel 12

Anfang November 1847

Der Vater warf sich seinen Mantel über und griff nach seinen Handschuhen, die er sorgfältig überzog. Seine Bewegungen waren gemächlich, so als hätte er es nicht eilig, dennoch zeigte sich in seinem Gesicht eine seltsame Unruhe. Er nahm die Brille ab und reichte sie seiner Gattin.

„Wie lange wird das dauern?“, fragte die Mutter und strich über den Pelzkragen seines Mantels.

„Bei der Versammlung gestern Abend wurde das nicht erwähnt. Ich weiß nur, dass die Wilderei zugenommen hat und dass etwas dagegen unternommen werden muss. Ein Amtmann aus Nastätten war gestern ebenfalls anwesend. Er verkündete, es würden nun härtere Maßnahmen ergriffen. Also hat man entschieden, die Waldfrevler zu jagen.“

„Das hört sich gefährlich an, Anton.“

Der Arzt tätschelte den Arm seiner Gemahlin. „Sei unbesorgt, es ist ungefährlich, aber ich habe meine Unterstützung zugesagt.“

„Müssen Sie denn wirklich gehen, Vater?“, wollte Eugenia wissen, die aus der Wohnstube getreten war.

„Glaube mir, an einem Abend wie diesem wäre ich lieber zu Hause bei der Familie, aber es ist meine Pflicht zu helfen. Jeder Mann wird für diese Jagd gebraucht.“

„Aber Sie schießen nicht auf Menschen, Papa?“, fragte Eugenia und musste an Matthias denken.

War er heute im Wald unterwegs? Hoffentlich nicht.

„Nein, ich schieße gewiss nicht, aber andere werden es vielleicht tun.“ Der Vater zeigte sich missmutig, ging nach draußen und verschwand im Schneetreiben. Kurze Zeit später hörte man ihn mit dem Pferd davonreiten. Der Nachmittag senkte sich langsam und die düsteren Wolken, aus denen der Schnee fiel, ließen kaum die Sonne durch, sodass es bereits zu dämmern schien.

Eugenia stand lange an der Tür. Es war kalt, bitterkalt. Sie fröstelte. Gerade als sie zurück ins Haus gehen wollte, sah sie eine Frau durch den Schnee auf sich zukommen. Matthias' Mutter. Fast schwerfällig bewegte sich Frau Hollmann durch den tiefen Schnee. Sie machte ein besorgtes Gesicht und blieb bei Eugenia stehen.

„Sie haben nicht zufällig meinen Ältesten gesehen? Matthias ist seit gestern nicht mehr heimgekommen."

Eugenia schüttelte den Kopf, erkannte die Sorge der Mutter. „Es tut mir leid. Ich weiß nicht, wo Matthias ist."

„Ich hab solche Angst, dass er einer der Wilderer ist. Manchmal kommt er mit Geld nach Hause. Er sagt, er hätte es sich in Nastätten verdient. Uns geht es nicht gut, aber deshalb muss er nicht wildern. Wenn Sie ihn sehen, sagen Sie ihm, er soll nach Hause kommen. Er hält viel von Ihnen, gnädiges Fräulein."

Eugenia überkam ein ungutes Gefühl. Eine böse Ahnung stieg in ihr auf. „Matthias ist ein anständiger Mensch. Er wird Ihnen gewiss keinen Kummer bereiten." Sie log, ohne mit der Wimper zu zucken. Eugenia erschrak vor sich selbst. Sie ahnte, wo Matthias war. Sie blickte Frau Hollmann nach, die von Gram und Sorge gebeugt schien. War Matthias ein Wilderer?

Eugenia stand ruhelos an einem der Fenster. Der Abend senkte sich über das Land und es hörte nicht auf zu schneien.

Und wenn jemand auf Matthias schoss? Wenn ihm etwas zustieß?

Eugenia hielt es nicht länger aus. Sie holte rasch ihren Mantel und rief ihrer Mutter zu, sie wolle noch mal nach den Pferden sehen. Im Stall sattelte sie ihre Stute und ritt in die

Dunkelheit, ohne dass die Mutter es mitbekam. Schneeflocken wirbelten vor ihr her, verschlechterten die Sicht. Eugenia erreichte die verschneite Hessenstraße und trieb ihr Pferd weiter an. Wo sollte sie Matthias finden? Er könnte überall im Wald sein, falls er tatsächlich zu den Wilderern gehörte. Da erinnerte sie sich an Augusts Worte. Er hatte erzählt, dass sich Wilderer an der Hasenbachquelle trafen.

Plötzlich hörte es auf zu schneien. Das spärliche Mondlicht, das schließlich zwischen den Schneewolken hervorkam, traf auf den Schnee und erhellte die Nacht gerade so viel, dass Eugenia die Hessenstraße vor sich erkannte. Sie lenkte das Pferd schließlich von der Straße ab Richtung Alteburg. Die hohen Tannen wirkten wie Riesen um sie herum, Wind ließ sie hin und her wanken, als bewegten sie sich. Eugenia kam es vor, als würden sie dichter zusammenrücken und ihr den Weg verstellen. Donna schnaubte unwillig, tänzelte nervös. Eugenia redete leise auf ihre Stute ein und blickte sich unbehaglich um.

Da erinnerte sie sich an die Sage, von der Luise erzählt hatte. Der Heidenkönig und sein Fluch. Eugenia war es nicht wohl. Sie vernahm immer wieder Geräusche, die sie nicht kannte, zuckte bei jeder Bewegung in ihrer Nähe zusammen. Der Wind strich durch die Blätter der Bäume, das feine Rauschen war wie ein Flüstern in der Stille des Abends. War da jemand? Gab es den Heidenkönig wirklich?

Eugenia kannte sich hier nicht aus. Was, wenn sie sich verirrte? Da vernahm sie Stimmen und folgte ihnen. Dort irgendwo musste die Alteburg sein. Die Ruine lag als Schatten vor ihr, zwischen Bäumen und Büschen, in ein Schneekleid gehüllt. Weiter vorne, undeutlich zu erkennen, stand ein Wagen. Die Chaise des Heidenkönigs? Eugenia überkam ein unheimliches Prickeln. War etwas Wahres an dieser Geschichte?

Mehrere Stimmen erklangen gedämpft, als wollte man nicht gehört werden. Da waren Männer an dem Wagen, die sich unterhielten. Eugenia atmete erleichtert auf. Nicht der Heidenkönig, sondern Menschen. Ohne einen Gedanken an

Misstrauen zu verschwenden, lief sie auf den Leiterwagen und die drei Männer zu. Keines der Gesichter war Eugenia bekannt, als sie näher kam. Die Fremden stammten nicht aus Holzhausen. Zwei von ihnen bückten sich und hoben etwas auf den Wagen. War Matthias bei ihnen? Irrte sie sich? War er doch kein Wilderer? Hoffnung stieg in ihr auf.

Was sie hier tat, war verrückt. Sie war unterwegs, um Wilderer zu warnen. Das war kein heldenmütiges Unternehmen, sondern strafbar.

Es war zu kalt, sonst hätte sich Eugenia bei diesem Gedanken bekreuzigt. Sie erkannte keinen Weg vor sich, sondern nutzte die Baumschneise als Wegweiser. Angst breitete sich in ihr aus.

Die Fremden mühten sich mit einem Hirsch ab und zogen ihn durch den Schnee zu dem Wagen hin. Eugenia zügelte ihr Pferd und rutschte aus dem Sattel. Sie war aufgeregt, befürchtete, die Amtmänner und ihre Helfer stürzten sogleich aus ihren Verstecken und würden sie alle gefangen nehmen. Sie ließ Donna stehen und eilte auf die Gestalten zu. Erst jetzt erkannte sie einen der vier Männer. Matthias.

„Die Amtmänner sind auf dem Weg hierher!", rief sie bereits von Weitem.

Die Männer zuckten zusammen. Einer von ihnen hatte eine Waffe und richtete sie auf Eugenia.

„Verdammt, tu das weg!" Matthias trat vor und riss dem Mann die Pistole aus der Hand.

„Was macht die hier?", murrte der Kerl mit der Pistole.

Eugenia ignorierte den Mann und sah Matthias erleichtert an. „Sie sind euch auf den Fersen. Vater sagte, dass halb Holzhausen im Auftrag des Nastätter Amtsmannes unterwegs ist."

„Die erwischen uns nicht", zischte einer der Kerle missmutig.

„Dann sollten wir uns beeilen", sagte der andere.

Die drei Kerle hoben den toten Hirschen auf den Wagen, während Matthias auf sie zuging. Ihr Pferd tänzelte nervös im Hintergrund.

„Wenn es stimmt, was du sagst, dann reite schnell zurück." Sorge schwang in seiner Stimme mit.

Sie nickte ihm zu. „Vater ist vorhin aufgebrochen und erzählte von der gestrigen Versammlung. Bei der du anscheinend nicht anwesend warst."

„Ich hatte zu tun", murmelte er zurückhaltend.

Sie blickte an ihm vorbei zu den Männern, die in aller Hast die toten Tiere auf den Wagen schafften.

„Jetzt reite zurück. Und danke für deine Warnung!", sagte Matthias nachdrücklich. Er zögerte, als wollte er noch etwas sagen.

Ein unbehagliches Gefühl überkam sie, als sie zu ihrem Pferd zurückkehrte und aufsaß. „Sei vorsichtig, Matthias."

Matthias machte zögerlich einen Schritt auf sie zu. „Tut mir leid, Eugenia, weil ich dich vor ein paar Tagen angeschrien habe. Mutter war so glücklich über dein Geschenk."

„Ich wollte dich nicht beleidigen", erwiderte Eugenia.

„Beleidigt hast du mich, als du mich einen sturen Ochsen genannt hast." Matthias grinste. „Und jetzt reite los. Wir sind gleich fertig."

Er ging zu dem Leiterwagen zurück, auf dem das tote Wild lag. Die drei Männer verteilten sich. Einer sprang auf den Bock des Wagens, die anderen banden ihre Pferde los.

Da ertönten Schüsse.

Eugenia zuckte zusammen und warf einen Blick über ihre Schulter. Ihre Stute tänzelte aufgeschreckt auf der Stelle, die dunklen Augen weit aufgerissen. Eugenia hatte Mühe, sie zu beruhigen.

„Verdammt, ich höre sie", rief einer der Kerle auf dem Wagen aus.

Eugenia sah die beiden anderen Kerle zu Pferd in den Wald preschen, der dritte auf dem Wagenbock schnalzte mit der Zunge und drehte den Wagen, um Richtung Rettert zu verschwinden, während Matthias mit wenigen Schritten neben ihrem Pferd stand.

Wieder knallten Schüsse.

Ehe Eugenia es sich versah, sprang Matthias hinter ihr auf das Pferd und trieb es an. Sie galoppierten über die verschneite Hessenstraße Richtung Rettert. Hundegebell war in ihrem Rücken zu hören, laut, gefährlich.

„Sie verfolgen uns", stieß Eugenia entsetzt hervor, als sie Reiter in der Dunkelheit hörte.

„Ich kenne ein Versteck, da können wir aber nicht mit dem Pferd hin." Seine Stimme war ganz nah an ihrem Ohr. „Da finden sie uns erst einmal nicht."

„Und die Hunde?"

„Die werden hoffentlich das Pferd verfolgen!"

Sie nickte, war viel zu aufgeregt, als darüber nachzudenken, was sie tat. Matthias zog an den Zügeln und brachte das nervöse Pferd zum Stehen. Er sprang hinunter, packte Eugenia an den Hüften und zog sie aus dem Sattel. Er griff nach ihrer Hand. „Wir müssen uns beeilen." Er scheuchte das Pferd auf und trieb es davon. In wildem Galopp preschte Donna durch den Wald. Die Hufe wirbelten Schnee auf.

In aller Hast lief das Paar über verschneite, dornige Büsche. Dünne Äste schlugen in ihr Gesicht, als Eugenia an einer wilden Hecke entlangrannte. Sie stolperte über den Saum ihres Kleides. Matthias war an ihrer Seite, hob sie auf und zerrte sie mit sich.

Ihre Lungen brannten, während ihre Beine wie von selbst weiterliefen, obwohl das allmählich schmerzte. Eugenia konnte jedoch nicht stehen bleiben. Auf einer Anhöhe unter einem Felsen fanden die beiden Deckung. Schwer atmend und nach Luft ringend kauerten sie unter dem Felsvorsprung und versuchten ihren Atem zu beruhigen. Dass sie so eng beieinander saßen, war wie selbstverständlich.

Matthias spürte, wie kalt ihre Hand war, als er sie fasste und mit seinen Fingern umschloss. War sich Eugenia über ihre Anziehungskraft im Klaren? Wusste sie, was für ein Gefühlswirrwarr sie in ihm auslöste? Zwischen den kahlen

Zweigen lugte der Mond hervor. Der silbrige Schein zeigte Matthias ihre Lippen, die sich leicht öffneten.

„Es ist kalt", murmelte Eugenia ängstlich. Aufregung und Kälte forderten ihren Tribut und ließen sie zittern.

„Das wusstest du aber, bevor du losgeritten bist, oder?" Matthias legte einen Arm um sie und hielt sie fest an sich gedrückt. „Warum bist du gekommen?"

Sie schwieg, sah ihn nur an.

Er fühlte ein seltsames Prickeln in sich. Sie waren allein. Er wusste es, mehr als deutlich wusste er, wie nah er ihr war, wie groß die Versuchung war, gleichwohl im Hintergrund die Gefahr lauerte. Niemand konnte es sehen oder sie beide verraten. Nur ein Kuss, eine kurze Berührung. Wie sehr sehnte er sich danach. Sie würde bald heiraten und fortgehen. Da war wieder dieser schreckliche Gedanke, sie zu verlieren. Wenn Matthias wenigstens wüsste, ob sie seine Gefühle erwiderte.

„Eugenia?" Er musste es wissen. Diese Ungewissheit machte ihn verrückt. Seitdem er sie unter der Kutsche hatte liegen sehen und gedacht hatte, sie würde sterben, waren ihm seine Gefühle sehr deutlich geworden.

Sie kuschelte sich an ihn. Plötzlich fiel die Angst von ihr ab. Da war etwas, was sie wärmte, sie schützte. Es war ein gutes Gefühl. „Deine Mutter macht sich Sorgen um dich, deshalb bin ich gekommen. Goethe würde ein Gedicht darüber schreiben." Sie wollte seiner Frage ausweichen.

„Verdammt, wer ist Goethe?"

„Ein Dichter, ein deutscher Dichter, du Dummkopf", neckte sie ihn.

„Vielleicht hast du recht. Ich bin wirklich ein Dummkopf." Er nahm ihr Kinn und hob es an.

„Ich wollte dich warnen", antwortete sie nun endlich. Sie reckte ihren Hals, um seinem Gesicht näherzukommen. Diesmal tat sie es ohne Scham, ohne Zögern. Sie wagte es, ihn zu küssen, seine weichen Lippen zu berühren. „Und ich liebe dich, Matthias Hollmann. Ich wollte es dir sagen, als ich unter diesem Gespann gelegen habe und dachte, ich würde sterben."

Er schien einen Augenblick zu brauchen, um ihre Worte zu begreifen, dann nahm er sie in die Arme und küsste sie sanft. „Ich liebe dich, Eugenia. Obwohl es mir nicht zusteht, solche Gefühle zu haben. Ich kann es nicht ändern und du sollst es wissen. Die Tochter eines Arztes und der Sohn eines einfachen Bauern. Es ist unmöglich, ich weiß das, aber es ist mir gleich."

Sie hob ihre kalten Finger, strich über sein Gesicht und berührte seine Wange, die mit Bartstoppeln bedeckt war, bis zu seinen Lippen. Seine blauen Augen riefen wieder dieses Prickeln in ihr hervor, doch diesmal wehrte sie sich nicht dagegen. Es war ein schönes Gefühl und sie wollte es zulassen. Eugenia schloss die Augen und fühlte sich so wohl wie schon lange nicht mehr.

„Ich dachte, du magst den August lieber als mich", sagte Matthias nach einer Weile.

„Sei nicht albern. Er ist doch noch so jung! Ich bewundere ihn und seine Ideen. Er wird es einmal weit bringen und ich bin mir sicher, dass sein Name noch lange Zeit den Menschen in Erinnerung bleibt." Traurigkeit überkam sie, als sie an Daniel Schütz denken musste. „Ich soll jedoch einen Mann heiraten, den ich kaum kenne und den ich nicht lieben werde. Ich weiß nicht, wie ich das ertragen soll." Es war plötzlich so einfach und erleichternd, diese Worte auszusprechen, die tief in ihr verborgen bleiben müssten. Sie offenbarte sich Matthias auf solch unverhohlene Weise und schämte sich nicht einmal dafür.

„Ich wünschte mir, ich könnte das verhindern", murmelte er sehnsüchtig.

Sie küssten sich wieder, schienen die Zeit zu vergessen und mit ihr die Gefahr, die um sie herum lauerte. Das Hundegebell war leiser geworden. Trügerische Ruhe umgab das Paar.

Dann verblasste sein Lächeln. Matthias blickte in die Finsternis, die still vor ihnen lag. „Jetzt, da ich weiß, dass du meine Gefühle erwiderst, werde ich nicht zulassen, dass du diesen Kerl heiratest oder ich die Paula."

Eugenia drückte ihr Gesicht in seine Joppe, die an ihrer Wange kratzte. „Was willst du tun? Mich entführen?"

„Wir können fortgehen. Du und ich." Er schob sie von sich und sah sie eindringlich an. „Heirate mich, Eugenia."

„Einen Wilderer, der nicht auf die Vernunft einer Frau hört?" Sie lachte und lehnte ihre Stirn gegen seinen Hals. „Was wird aus meiner Familie? Ich kann ihnen das nicht antun. Ich würde sie zutiefst verletzen."

„Ich wusste, dass du das sagst." Er schien enttäuscht. „Und was machen wir jetzt?"

Sie kuschelte sich wieder an ihn, hob ihr Gesicht und küsste sein stoppeliges Kinn. „Wir warten hier und hoffen, dass sie uns nicht finden. Oder wir werden erfrieren und dann gehen wir in die Geschichte ein. Sie liebten sich bis in den Tod und man fand sie eng umschlugen, erfroren in der letzten Nacht des eisigen Novembers im Jahre 1847 ..."

Matthias lachte leise in ihr Haar. „Du und deine Geschichten. Ich könnte wetten, du hast Goethe nur erfunden und sprichst die ganze Zeit von dir." Er drückte sie an sich. „Ich will dich nicht verlieren, Eugenia."

„Ich weiß keine Lösung für uns. Es gibt keinen Ort, an dem man uns nicht verurteilt." Sie sah ihn traurig an, dann fanden sich wieder ihre Lippen.

„Ich meine es ernst, Eugenia", wiederholte Matthias, während er sie küsste. „Lass uns fortgehen. Uns wird schon etwas einfallen. Und wenn es Amerika ist. Ich würde für dich alles aufgeben. Eugenia, hörst du?"

Sie hob den Kopf. Die Gedanken schwirrten durch ihren Kopf. Amerika? So viele Zweifel, so viel Liebe. Und ihr blieb keine Zeit nachzudenken. Sie sprach fast atemlos: „Und wenn ich Ja sage?"

Matthias hielt inne, schien erst begreifen zu müssen, was

sie sagte. Er lachte plötzlich. „Du sagst Ja? Du willst mich heiraten? Ich liebe dich, Eugenia." Matthias drückte sie an sich. „Ich verspreche dir, ich werde immer gut für dich sorgen."

Eugenia versuchte aufzustehen. „Dann lass uns gehen, bevor wir gefunden werden oder ich es mir anders überlege. Ich muss einige Dinge von zu Hause holen."

„Wir müssen uns beeilen. Wenn sie uns erwischen, wird es uns schlecht ergehen."

Sie erhoben sich rasch. Ihre Hand lag in seiner, als Matthias sie mit sich zog. Schnell, unbedacht. Eugenia fühlte sich so sicher wie schon lange nicht, obwohl die Reiter von Holzhausen den Wald absuchten.

„Wenn wir uns sputen, verlassen wir Holzhausen, ehe irgendjemand etwas bemerkt", flüsterte Matthias über seine Schulter.

In ihrer Seite begann es wieder zu schmerzen von der Hast. Sie biss sich auf die Lippen. Sie wollte Matthias folgen, ganz gleich wohin.

Plötzlich knallten Schüsse. Hundegebell kam näher, wurde lauter.

„Sie haben uns gefunden", zischte Matthias. Er warf einen Blick hinter sich, an Eugenia vorbei. Sie konnte nichts mehr sehen. Die Kälte trieb ihr die Tränen in die Augen. Seine Stimme ließ sie vor Schreck zusammenzucken. Sein Handgriff wurde fester, ihre Schritte noch schneller.

„Ich kann nicht weiter." Eugenia bekam kaum noch Luft.

„Du musst. Die Amtmänner werden auf uns schießen. Sie fragen vorher nicht. Den Lutze Georg haben sie einfach erschossen, bevor er sich stellen konnte."

Eugenia verlor seine Hand. Sie blieb stehen, keuchend, erschöpft. Ihre Beine zitterten vor Anstrengung.

Matthias hielt sie fest und küsste sie. „Am besten, du kehrst nach Holzhausen zurück, dann finden sie dich nicht bei mir. Ich lenke sie von deiner Fährte ab. Jetzt zögere nicht. Die Hunde werden uns jagen. Geh, ich schaff das schon. Ich versteck mich irgendwo, dann komme ich und hole dich."

„Versprichst du mir das?"

Er trat einen Schritt zurück. „Bei allem, was mir heilig ist, Eugenia, ich werde zu dir zurückkommen."

Sie lächelte ihn an, streckte eine Hand nach ihm aus und berührte mit ihren Fingerspitzen seine Wange. „Ich warte auf dich."

Ihre Augen weiteten sich, als sie Schatten auf sich zukommen sah. In Matthias' Rücken huschten sie auf die beiden zu. Eugenia hob eine Hand und zeigte voller Entsetzen darauf. Da kamen Reiter. Schüsse knallten unheimlich, ihr Echo verhallte nur langsam.

Matthias fluchte, packte Eugenia an der Hand und zog sie mit sich. Sie rannten weiter durch den Wald, an den dicken Eichenbäumen vorbei. Die Äste der Sträucher streiften ihr Gesicht, als wollten sie Eugenia auspeitschen. Nach einer Weile taten ihr die Beine wieder weh. Der Schnee hinderte sie mit jedem Schritt weiterzukommen. Zwar lag im Wald nicht so viel wie auf den Feldern, trotzdem kamen sie kaum voran.

Jeder Atemzug schmerzte. Die Luft schien in ihren Lungen und in der Kehle zu brennen.

Das Hecheln der Hunde war deutlich zu hören. Das Getrappel der Pferde klang dumpf in ihrem Rücken. Verzweiflung schnürte ihr die Kehle zu. Eugenia bekam sowieso schon keine Luft mehr. Die Gefahr war so deutlich hinter ihr zu spüren, dass sie dachte, gleich träfe sie eine Kugel.

„Halt oder wir schießen!", brüllte eine laute Stimme in ihrem Rücken. Sie hallte unheimlich zwischen den Bäumen wider.

Zwei Reiter zügelten ihre Pferde hinter ihnen und blieben stehen.

Matthias musste erkannt haben, dass ihre Flucht zu Ende war, denn er blieb stehen. Eugenia stieß erschöpft gegen ihn. Er schob die Frau hinter sich und drehte sich um. Der Anblick ließ ihn erschrecken.

Die Dunkelheit machte es schwer, jemanden zu erkennen. Doktor Hentschel zündete eine Fackel an, während Gerhard das Gewehr auf die Flüchtlinge richtete. Das Licht flackerte nervös im Wind, erhellte den kleinen Platz, auf dem Eugenia hinter Matthias verharrte. Die beiden Reiter starrten das Paar an. Das Gesicht des Doktors versteinerte sich beim Anblick seiner Tochter. Er sprach nicht, starrte sie nur an, als sei sie ein Geist, während sich Eugenia an Matthias klammerte, voller Angst und Bestürzung.

„Lasst Matthias gehen. Er tut es nie wieder", weinte sie plötzlich verzweifelt. Ihre Wangen waren rot vor Kälte, während immer mehr Tränen darüber liefen, eisig und schmerzhaft.

Gerhard schüttelte fassungslos den Kopf. Er hatte sichtlich nicht erwartet, seinen Freund hier zu finden. Er hielt das Gewehr in den Händen. Eben noch hatte er es ihnen entgegengehalten, nun sank es langsam. In seinem Gesicht zeichnete sich Bestürzung und Ratlosigkeit ab.

„Nicht wahr, du tust es nicht wieder." Sie trat hinter dem Mann hervor und sah ihn an. „Matthias, sag es!", schrie sie. „Sag ihnen, dass du es nie wieder tust."

„Das wird nichts nützen", murmelte er und ließ ihre Hand los.

Ihr war, als hüllte sie eisige Kälte ein, sobald sie seine Hand nicht mehr spürte.

Im Hintergrund galoppierten weitere Reiter herbei. Das Hundegebell war nun ganz nah. Plötzlich durchfuhr ein Zucken Matthias' Körper. Im Angesicht der vielen Reiter und ihrer Gewehre blickte er hektisch umher.

„Halte ein, Bursche, sonst eröffnen wir das Feuer!", brüllte einer der Amtmänner durch den Wald.

Eugenia sah in seine Augen, als Matthias einen Schritt von ihr zurücktrat. Sein Blick war voller Liebe und auch Sorge, sie erkannte es deutlich.

Plötzlich knallte ein Schuss.

Obwohl sie nicht wollte, dass er sich noch mehr von ihr entfernte, trat Matthias einen weiteren Schritt zurück.

„Ich sagte keine Bewegung!", schrie eine drohende Stimme. Ein weiterer Warnschuss fiel.

Matthias bewegte sich immer weiter von ihr fort. „Ich lasse nicht zu, dass dir etwas geschieht", flüsterte er und rannte los, fort von ihr, durch den Schnee.

Eugenia taumelte, fühlte, als würde es noch kälter werden, während Matthias sich von ihr entfernte.

Doktor Hentschel, der keine Waffe trug, sondern nur die Fackel hielt, blickte seine Tochter wortlos an. Gerhard umklammerte seine Waffe und war wie erstarrt. Zornige Rufe erklangen im Hintergrund, schienen jedoch nicht zu fruchten, denn der Flüchtling rannte weiter.

„Wir dürfen ihn nicht entkommen lassen!"

Die Amtmänner kamen im wilden Galopp angeritten, schrien Drohungen in den Wald. Der Flüchtling sollte stehen bleiben. Matthias schien sie nicht zu hören. Eugenia beobachtete hilflos, wie die Männer ihre Waffen hochrissen und feuerten, diesmal nicht in die Luft. Kleine Blitze zuckten aus den Läufen der Gewehre. Ein Knall nach dem anderen schallte durch den Wald.

Eugenia konnte sich nicht rühren. Sie spürte die Tränen auf ihren Wangen kaum noch, die auf dem Weg zum Kinn langsam anfroren. Durch den Atemschleier sah sie ihren Vater an und zuckte unter jedem Schuss zusammen. Schluchzer schüttelten sie, wobei sie sich nicht umdrehte. Sie wollte nicht sehen, wie Matthias getroffen zu Boden fiel. Sie weinte leise, während sich der Schmerz in ihrem Inneren ausbreitete, als sei sie selbst getroffen worden.

Dann erstarb der Lärm. Die Schüsse verklangen.

„Na, wenigstens haben wir den erwischt. Die anderen sind entkommen", rief einer der Männer zufrieden und ließ das Gewehr sinken. Die Frau schien er nicht zu beachten.

Eugenia fiel auf die Knie und weinte nun laut und klagend. Ihr Körper bebte immer heftiger.

Gerhard war der Erste, der in Bewegung kam. Er warf einen besorgten Blick über ihren Schopf hinüber zu seinem Freund, der weiter hinten regungslos auf dem Boden lag. Gerhard führte sein Pferd zu der Frau, die im Schnee kniete.

Er packte ihren Arm und zog sie auf die Beine. „Nehmen Sie mein Pferd und reiten Sie heim, Fräulein Eugenia."

Voller Kummer nickte sie, nicht fähig, irgendetwas anderes zu tun als das, was man ihr sagte. Sie nahm die Zügel und stieg in den Sattel. Ehe sie Gerhards Pferd wendete, warf sie einen Blick zu ihrem Vater, der sie nicht beachtete. Er saß steif im Sattel und rührte sich nicht. Ihre Augen wanderten zu den Männern hinüber, die sich über die Gestalt im Schnee beugten, sie an den Armen hochnahmen und zu den Pferden schleiften. Unsäglicher Schmerz durchfuhr sie, als sie den reglosen Körper sah. Im Schnee entdeckte sie rote Spuren seines Blutes. Matthias' Schopf hing herunter. Für einen Augenblick war ihr, als würde er ihn heben und sie anlächeln. Sie schluckte die nächsten Tränen hinunter, während sich ihr Blick verschleierte. Nein, er würde sie nie wieder anlächeln. Matthias war tot.

Dennoch sagte eine Stimme in ihr: Ich liebe dich.

Eugenia wendete das Pferd und trieb es an. Unerbittlich drückte sie die Fersen in die Flanken des Tieres und ließ es im wilden Galopp über die verschneiten Felder fliegen. Die eisige Luft ließ ihre Tränen auf den Wimpern und Wangen gefrieren. Ihre Haut fühlte sich an, als würde sie zerspringen. In ihr war alles betäubt.

Und sie dachte an seine Worte: Ich verspreche dir, ich kehre zu dir zurück. Wieder und wieder hörte sie seine Stimme, erinnerte sich daran, wie nah sie sich gewesen waren. Die Sehnsucht nach ihm schien sie zu erdrücken.

Wie hatte Matthias das nur tun können? Das war Unrecht. Er hatte alles kaputt gemacht mit dieser Wilderei. Er war tot. Sie erschrak selbst vor diesem Gedanken. Sie wollte nicht daran denken und am allerwenigsten wollte sie es wahrhaben. Hatte sie ihm nicht gesagt, dass sie ihn liebte? Sie wäre mit ihm fortgegangen. Aber wäre sie ihm auch bis nach Amerika gefolgt?

Als der Vater zurückkam, hockte sie vor dem kalten Ofen. Ihre Augen waren rot und angeschwollen. Doktor Hentschel ging an der Wohnstube vorbei, blieb kurz stehen, ohne in den Raum zu blicken. Er schwieg und ging einfach weiter, während Eugenia wieder zu weinen begann. Sie weinte die ganze Nacht.

Am nächsten Tag richtete er weder ein Wort an seine Tochter noch sah er sie an. Die Mutter war besorgt, erfuhr von ihm, was geschehen war und weinte. Ihr Klagen war durch das ganze Haus zu hören. Ihre liebe Tochter hatte einem Kriminellen geholfen. Sie war mit einem Bauernsohn im Wald gefunden worden. Was werden die Leute nur sagen, klagte sie laut. Das Dorf redete über Matthias und Eugenia und die Wilderei. Es war besser, sie verließ Holzhausen umgehend. Als die Bitte der Mutter lauter wurde, willigte der Vater ein, jedoch teilte er es Eugenia nicht mit. Die Mutter selbst packte die Sachen ihrer Tochter zusammen, schluchzend, jammernd.

Eugenia schlich in das Zimmer ihres Vaters. Sein Schweigen war schlimmer als das Gerede der Leute. „Die Postkutsche wird bald abfahren", sagte sie leise. Ich wollte nur sagen ..." Tränen rollten über ihre Wangen. „Es tut mir leid, Papa. Ich wollte Ihnen keine Schande und keinen Kummer bereiten." Sie ließ den Kopf sinken. Die Tränen fielen auf den teuren Orientteppich.

Anton Hentschel saß in steifer Haltung am Schreibtisch. Er starrte auf das Blatt Papier, das vor ihm lag, als müsste er überlegen, was er schreiben wollte. Er wollte ihr nicht in die Augen sehen.

Eugenia wünschte sich so sehr, dass er den Kopf heben würde, um sie anzulächeln. Er sollte ihr sagen, dass alles nicht so schlimm sei. Wie sehr sehnte sie sich danach, dass er sie tröstete und beruhigte. Er könnte sie anschreien, wütend sein, seine Enttäuschung offenbaren. Alles würde sie ertragen, nur nicht dieses furchtbare Schweigen.

Anton Hentschel hob weder seinen Blick noch sprach er ein Wort.

Eugenia presste die Lippen aufeinander und verließ das Zimmer ohne einen Abschied. Sie weinte, bis sie unten an der Tür angekommen war und dort von ihrer Mutter verabschiedet wurde. Eine innige Umarmung war nicht angemessen, das wusste Eugenia. Sie umarmte nur ihre beiden Geschwister und versuchte weitere Tränen zu unterdrücken. Es gelang ihr nicht.

„Ich will euch keine Schande mehr machen. Ich tu alles, um es gut zu machen, versprochen", schluchzte Eugenia und warf einen Blick auf ihre Mutter, die ein Stofftuch an ihre Nase drückte. „Ich hab euch doch lieb." Eugenia saß in der Kutsche und warf einen letzten Blick auf Holzhausen. So sehr sie sich gewünscht hatte, diesen Ort verlassen zu können, so sehr schmerzte sie nun der Abschied.

Voller Kummer winkte die Mutter der Tochter hinterher, während Anton mit verschlossenem Gesichtsausdruck hinter sie trat.

„Du hättest dich wenigstens von ihr verabschieden können", warf ihm seine Gattin vor.

„Ich musste sie bei Wilderern im Wald finden. Bei diesem Matthias Hollmann. Meine eigene Tochter bei Gesetzlosen. Nein, wenn ich sie ansehe, erinnere ich mich an diese Demütigung. Sie hat es zu weit getrieben."

Die Frau drehte sich zu ihm um. „Dein Stolz ist verletzt, weil Eugenia ihren eigenen Weg geht."

„Das ist lächerlich. Sie soll nicht ihren eigenen Weg gehen. Sie ist nur eine Frau!"

„Dann hättest du sie nicht hierherbringen oder sie in so vielen Büchern lesen lassen dürfen. Du weißt, dass deine Tochter ein großzügiges Herz hat und anderen helfen will. Sie möchte das tun, was du tust. Sie redet nicht darüber, aber ich weiß es." Die Mutter blickte dorthin, wo eben noch die Kutsche gestanden hatte. Der Wagen war bereits auf der verschneiten Kemeler Straße Richtung Wiesbaden verschwunden. Charlotte Hentschel presste die Lippen aufeinander, während zahlreiche Tränen an ihrem Gesicht herunterliefen.

„Sie hat das zu tun, was ich von ihr verlange." Anton Hentschel atmete tief durch, ehe er sagte: „Sie wird in Wiesbaden wieder unter ihresgleichen sein, zu ihrem gehorsamen Gemüt zurückkehren und bereuen. Ich will in den nächsten Tagen nach Wiesbaden fahren und versuchen, den Hochzeitstermin vorzuverlegen. Je schneller wir sie mit Daniel Schütz verheiraten, desto besser."

Kapitel 13

Wiesbaden

Eugenia musste weiße Vorhänge zur Seite schieben, um durch das Fenster blicken zu können. Der Schnee bedeckte die Straße, nur vereinzelt fuhren Schlitten an dem Haus vorbei. Die Tante besaß ein schönes zweigeschossiges Stadthaus mitten in Wiesbaden. Es stand in der Nähe der breiten Wilhelmstraße, die von Kurgästen gern zum Flanieren genutzt wurde. Von hier war es nicht weit zum Kurhaus, hinter dem ein See lag, an dem Eugenia gern Schwäne fütterte. Im Sommer fuhren schmale Gondeln über das Wasser. Eugenias Blick fiel auf die Häuser, von denen sie umgeben war. Wie sehr hatte sie sich danach gesehnt, wieder in dieser Stadt zu sein. Nun, da sie zurück war, fehlte das Gefühl des Glücks. Eugenia ließ den Vorhang los und drehte sich seufzend um. Ihr fehlte es an allem. Nachts lag sie wach, starrte an die dunkle Decke, war umgeben von Träumen und Gedanken, die sie nicht in Ruhe ließen. Und dann, wenn sie in einen unruhigen Schlaf fiel, sah sie sich durch einen Wald rennen und immer wieder einen Namen rufen. Doch sie bekam keine Antwort.

Eugenia schluckte die Tränen hinunter und schritt durch den Raum. Es war eines der Gästezimmer, das die Tante für sie hergerichtet hatte. Ein breites Bett mit seidenem Himmel, in dem Eugenia keinen Schlaf fand. Ein Schreibtisch aus Kirschholz mit allerlei Verzierungen, an dem sie keine Muße zum Schreiben fand. Ein Sofa mit beigem Stoffbezug, auf dem sie keine Ruhe fand. Der Teppich dämpfte ihre Schritte und so wandelte sie in dem Zimmer umher, ruhelos, weinend.

Eugenia hob eine Hand und wischte sich die Tränen aus dem Gesicht.

Seit dem Morgen duftete es nach frisch gebackenem Kuchen. Ein Dienstmädchen summte fröhlich ein Lied. Eugenia erfasste all diese Stimmung nicht. Alles Schöne prallte an ihr ab und sie vermochte sich an nichts mehr zu erfreuen. Ihre Gedanken verweilten bei ihrer Familie in Holzhausen. Wie würde es dort aussehen? In dem Haus, das sie nie als ihr Heim angesehen hatte. Dort würde es nach Mutters Apfelkuchen riechen, nach Nelken und Zimt. Das Spiel des Pianofortes würde erklingen, genauso wie der wunderschöne Gesang ihrer kleinen Geschwister. Es gäbe Geschenke für die lieben Kinder, der Stolz der Eltern. All das würde sie nicht miterleben können. Eugenia ließ sich schluchzend auf das Sofa fallen. Ach, was hatte sie nur getan? Es war alles so schrecklich geworden, so fremd. Ihre Eltern erschienen ihr weit fort. Ihr stolzer Gesichtsausdruck war verblasst. Und Eugenia konnte es nicht mehr gut machen. Sie schloss die Augen und versuchte sich vorzustellen, wie Holzhausen in seinem verschneiten Kleid aussah.

Es klopfte an die Tür.

Eugenia zuckte zusammen und wischte sich hastig die Tränen aus den Augen.

„Die Gäste sind da und Ihre Tante wünscht Ihre Anwesenheit“, teilte das Dienstmädchen mit, das seinen Kopf durch den Spalt der Tür steckte. Es wartete Eugenias Antwort nicht ab, sondern verschwand.

Eugenia glättete ihr Kleid, warf hastig einen Blick in den Spiegel, um den Sitz ihrer Locken zu überprüfen. Sie blickte in ein farbloses Gesicht mit traurigen Augen. War sie das? Ein blasses Abbild ihrer selbst. Was hatte sie nur getan? Sie war schuld. Alles nur, weil sie liebte.

Sie hatte bisher mit niemandem über ihren Kummer reden können. Gerlinde war eine strenge Person mit Prinzipien, die niemand missachten durfte, der in ihrem Haus oder ihrer Umgebung lebte. Eines dieser Prinzipien war es, Tugend und Sittsamkeit hochzuhalten, freundlich und aufmerksam anderen Menschen gegenüber zu sein und ein untadeliges Benehmen an den Tag zu legen.

Eugenia verließ das Zimmer und hörte bereits im Gang das Stimmengewirr der Gäste.

Tante Gerlinde verbrachte Weihnachten mit guten Freunden. Sie war Witwe, ein Stand, der ihr eine gewisse Selbstständigkeit und Eigenverantwortung zuschrieb, hatte jedoch keine Kinder. So waren ihre Freunde ihre Familie.

Eugenia betrat den Salon, in dem sich die Gäste und Tante Gerlinde bereits versammelt hatten. Ihre Augen hatten einen strengen Blick angenommen, als ihre Nichte eintrat. Die Musterung ließ Eugenia schweigsam über sich ergehen.

„Da bist du ja, Kind." Die Tante schien nichts an ihr auszusetzen zu haben.

Dorothea ging auf sie zu, freudestrahlend. „Es ist so schön, dass du wieder in Wiesbaden bist." Sie trug ein aufwendiges Kleid mit Rüschen und mehreren Lagen Stoff, die sich eng um ihre Taille schmiegten. „Du wirkst so schwermütig. Ist etwas geschehen?"

Wie konnte Eugenia über ihren Kummer sprechen? Ihre Freundin Dorothea war ihr die Liebste von allen. Sie hatten stets ihre Gedanken und Träume teilen können. Dennoch würde Dorothea den Kummer nicht verstehen, vermutete Eugenia. Vor einem Jahr noch hätte sie selbst es nicht begriffen. Ihr Leben hatte aus ihrer eigenen Welt bestanden, in der es keinen Platz gab für Armut und Überlebenskampf und einfache Bauernburschen mit blauen Augen. Ihr wurde das Herz schwer, als sie an Matthias dachte.

„Es geht mir gut. Ich fühle mich nur etwas unpässlich", antwortete Eugenia.

„Das liegt am kalten Wetter. Dieser Schnee macht mich auch ganz deprimiert." Dorothea zog an ihrem Arm und zeigte unauffällig auf einen jungen Offizier. „Sieh nur, deine Tante hat Leutnant Mergender eingeladen. Sieht er heute nicht gut aus?" Ein Schatten huschte über ihr Gesicht.

Eugenia fiel es auf. „Du magst diesen Herrn?"

„Oh, an eine Heirat denke ich nicht. Du weißt doch, meine Schwester. Sie hat sich nicht geändert. Sie ist nicht gewillt, auf ihre Familie zu hören. Sie führt sich furchtbar auf."

„Ihr Freiheitsgedanke mag etwas unkonventionell sein. Ich bin mir gewiss, sie hat gute Absichten."

Dorothea wirkte empört. „Sie hat die Absicht, uns ins Unglück zu stürzen. Nein, du musst sie nicht verteidigen. Sie redet über die Armut der Arbeiter und Bauern und über Gleichberechtigung, als sei es etwas ganz Normales. Sie wird wegen ihrer Reden in manchen Kreisen sogar bereits gemieden."

Eugenia blickte sich gedankenverloren um, während ihre Freundin weiter über ihre aufständische Schwester schimpfte, von dem Offizier schwärmte und über die neue Mode sprach, die in Adelskreisen getragen wurde. Plötzlich erschien es ihr so unnütz, über die Kleider der höheren Kreise zu sprechen, über die Gerüchte in der Stadt und welche Kurgäste in dieser Saison für Skandale gesorgt hatten. Lappalien. Nichtigkeiten. Eugenias Gedanken schweiften ab. Nein, niemand hier würde verstehen, wie oft die Menschen in vielen Siedlungen dieser Stadt oder auf dem Land Sorgen hatten. Und sie, Eugenia, überlegte, ob sie heute Musselin oder Seide tragen würde.

War das gerecht?

War es gerecht, dass sie keinen Mann lieben durfte, der es verstand, mit seinen Händen harte Arbeit zu verrichten? Wie streng wurde ihr Leben gesehen, wie pflichtbewusst wurde darauf geachtet, dass sie auch ja die gesellschaftlichen Denkweisen vertrat? Doch was fühlte sie wirklich?

Hat dich das jemals jemand gefragt? Moritz hatte ihr einmal diese Frage gestellt und seitdem dachte sie darüber nach. Doch Eugenia war es untersagt, über dieses Thema zu reden. Niemand in ihrer Umgebung sprach über seine Sehnsüchte. Vielleicht gab es nur eine Person, der sich Eugenia anvertrauen könnte, dachte sie sehnsüchtig. Wäre nur ihr Bruder da. Ihr fehlte ein befreiendes Gespräch. Sie hatte Moritz einige Brief geschrieben, die jedoch unbeantwortet geblieben waren. Seit dem Herbst hatte sie nichts mehr von ihrem Bruder gehört. Ob ihm etwas zugestoßen war? Wahrscheinlich hatte er mit seinem Studium zu viel zu tun.

„Ach, Eugenia, ich bin froh, dich wieder in der Stadt zu haben. Hörst du mir eigentlich zu? Wir tun einfach so, als ob du nie fort gewesen wärst. Was sagst du dazu, Eugenia? Die liebe Frau Brackel trägt eine sehr unvorteilhafte Farbe, findest du nicht auch?" Dorotheas Stimme holte sie aus ihren Gedanken.

Wollte sie den Aufenthalt in Holzhausen überhaupt vergessen? Eugenia lächelte zaghaft. „Natürlich, wie du möchtest."

Die beiden setzten sich an den Tisch. Bald würde der Tee serviert werden.

„Ich freue mich sehr, wenn du später auf dem Pianoforte spielst, Eugenia", sagte eine Freundin der Tante.

Eugenia fühlte sich nicht danach zu spielen und zu singen und so zu tun, als sei alles in Ordnung. Doch es musste sein, sie konnte sich dem geselligen Anliegen nicht entziehen. So schritten die Gäste nach dem Tee in das Musikzimmer. Eugenia setzte sich an das Pianoforte und begann zu spielen. Ihre Stimme klang hell und klar durch das Haus. Eine Traurigkeit lag darin versteckt, die Eugenia nicht unterdrücken konnte. Die Gäste waren angetan von ihrem Spiel und versicherten beim Abschied, dass sie diesen Tag sehr genossen hatten. Tante Gerlinde wandte sich zufrieden an ihre Nichte. „Am Freitag habe ich zum Abendessen einige Gäste eingeladen. Freunde von mir. Ich möchte, dass du teilnimmst."

„Ach, Tante, muss ich denn?"

Die Dame erschien überrascht über diese unerwartete Frage. „Du solltest dich zeigen und nicht Trübsal blasen. Das bekommt dir nicht. Ich bestehe darauf. Dein Vater sagte, du sollst dich gesellschaftlich einbinden. Das Landleben scheint deinem Gemüt nicht bekommen zu haben."

„Es war nicht das Landleben", gab Eugenia trotzig zurück.

Die Tante hob irritiert eine Augenbraue. „Du widersprichst mir?"

Ihre Schultern sanken ein. „Nein, Tante, natürlich nicht. Ich werde anwesend sein."

Eugenia verbrachte das erste Mal in ihrem Leben das Weihnachtsfest nicht im Kreis ihrer Familie. Sie fühlte sich ausgestoßen, verbannt. Ihre Familie hatte ihr den Rücken gekehrt, ihr, der Verbrecherin, der Aussätzigen. Nicht einmal ein Brief war aus Holzhausen gekommen, kein Gruß, kein lieber Wunsch. Nichts. Und dabei sehnte sich Eugenia so sehr nach ihrer Familie.

Der Abend zog sich schleppend dahin, als hätte jemand die Zeit angehalten. Eugenia unterdrückte ein Gähnen. Sie saß neben einer Dame, deren ermüdende Gespräche ihr vertraut waren. Etwas erleichtert war Eugenia, als sie Sebastian Kreutzer eintreten sah. Zumindest jemand, mit dem sie sich unterhalten konnte, ohne vor Langweile einzuschlafen.

Sebastian wirkte nicht so heiter wie sonst. Dunkle Schatten lagen unter seinen Augen, und um seine Lippen, die sich sonst immer kräuselten, lagen feine Falten.

„Mein lieber Sebastian, es freut mich, dass Sie meine Einladung angenommen haben", begrüßte die Tante den Mann. „Sie haben sich in letzter Zeit rar gemacht. Waren Sie verreist?"

„Allerdings." Sebastian versuchte einen gelassenen Eindruck zu erwecken, wirkte trotzdem fahrig. „Nun muss ich mich wieder dem ausgelassenen Leben in Wiesbaden widmen, besonders, wenn ich in solch hübscher Gesellschaft bin."

Tante Gerlinde wirkte geschmeichelt. „Sie sind ein Charmeur, hören Sie nicht auf damit. Setzen Sie sich bitte neben Eugenia."

„Ich tue nichts lieber als das." Er beugte sich zu der Frau, die schweigsam war. „Ich wusste gar nicht, dass du wieder in der Stadt verweilst. Ist dein Vater hier?", fragte er beiläufig.

„Nein“, antwortete Eugenia.

„Habe ich etwas verpasst, solange ich fort war? Geht es dir gut?“

„Aber ja. Sieh mich nicht so besorgt an.“

„Du bist blass. Ist etwas geschehen?“

„Nein.“

Sebastian wurde ungehalten. Für einen Augenblick schien es, als würde er seine humorvolle Fassung verlieren. „Ich mag es nicht, wenn du mir ständig solch knappe Antworten gibst, Eugenia. So etwas gehört sich nicht.“ Er versuchte sich wieder zu beherrschen und warf ihr ein versöhnliches Lächeln zu. „Willst du mit mir darüber sprechen? Wir sind doch Freunde.“

„Es ist wirklich nichts, Sebastian. Die düsteren Tage schlagen mir auf das Gemüt.“ Sie biss sich auf die Lippen, um nicht Unüberlegtes zu äußern.

Eugenia versuchte ein freundliches Gesicht zu machen. Die meisten Gäste waren Freunde der Familie, die öfter im Haus der Hentschels zu Gast gewesen waren. Dazu gehörten ein Kaufmann aus Frankfurt und seine Gemahlin, die ihm bereits zehn Kinder geboren hatte. Ein Gymnasiallehrer und seine Gattin. Ein Beamter mit seinen beiden Töchtern, furchtbar langweilig. Er sprach nur von dem Garten, den seine Frau so ordentlich herrichtete, aber man konnte ihn jetzt nicht bewundern, da es ja Winter war … Eugenia hielt eine Hand vor ihren Mund, als sie gähnte.

„Leider konnte Daniel Schütz nicht kommen“, sagte die Tante in die Runde. „Seine Tochter hat Fieber bekommen und Herr Schütz konnte nicht fort.“

„Ein guter Vater. Er kümmert sich so rührend um sein Kind“, schwärmte eine Dame am Tisch.

„Es war sehr schwer für ihn nach dem Tod seiner Frau“, sagte da eine andere Frau. „Er gedenkt jedoch bald wieder zu heiraten.“

„Wirklich? Wen? Hat jemand etwas gehört?“, wollte Sebastian wissen.

„Nein, es ist sehr mysteriös", antwortete die Dame und schien enttäuscht, nicht hinter das Rätsel gekommen zu sein.

Eugenia nippte an dem Weinglas und bemerkte, dass der Riesling gut gekühlt war. Sie versuchte so teilnahmslos wie möglich zu wirken und fragte sich insgeheim, aus welchem Grund niemand die zukünftige Gattin des Kaufmanns kannte. Es war nicht die Art ihres Vaters, eine so gute Verbindung zu vertuschen. Vielleicht war es auch Daniels Wunsch gewesen, es noch nicht bekannt zu geben, bis seine Eltern von ihrer Reise zurückkehrten.

Seitdem Eugenia in Wiesbaden verweilte, hatte Daniel Schütz sie regelmäßig besucht. Er kümmerte sich rührend um sie, sodass sie ein schlechtes Gewissen bekam, da sie ihm nicht die Aufmerksamkeit schenkte, die er verdiente.

Eugenia warf einen Blick in die Runde, über die gedeckte Tafel mit ihren schweren, silbernen Kerzenständern, Tannenzweigen und der weihnachtlichen Dekoration. Sie musste an den einfachen Tisch im Haus von Matthias' Eltern denken. An die Holzplatte, die Kratzer hatte und tiefe Einkerbungen. Darauf stand ein karger Eintopf, mehr gab es nicht zu essen. Die Familie würde am Tisch sitzen, Gott für das Wenige danken und schweigend essen. Der Platz von Matthias würde leer bleiben. Tränen stiegen in ihre Augen.

Kapitel 14

Ende Dezember 1847

Der Schnee knirschte unter ihren Füßen, während Eugenia auf die Mauritiuskirche zuging, die im Herzen von Wiesbaden lag.

Hohe Häuserreihen lagen zu beiden Seiten der breiten Kirchgasse. Das ehemalige Hofhaus des Nonnenklosters Thiefenthal war heute eine Gastwirtschaft. Das eindrucksvolle Gebäude mit einem großen Giebeldach hieß das „Storchennest". Sein Name rührte daher, dass auf einem der mächtigen Schornsteine ein großes Nest lag, das im Frühjahr wieder von Störchen aufgesucht werden würde. Durch ein Rundbogentor fuhren die Gäste mit ihren Kutschen. Passanten spazierten auf beiden Seiten des Fahrweges. Die meisten waren auf dem Weg zur Stadtkirche. Das Gotteshaus war dem heiligen Mauritius geweiht und über viele Jahrhunderte hinweg ein wichtiges Gebäude von Wiesbaden. Die Kirche war über dreihundert Jahre alt und im Laufe der Zeit abgebrannt oder zum Teil abgerissen und immer wieder aufgebaut worden. Das dreischiffige Gebäude stand in der Nähe des herzoglichen Schlosses. Das Kirchenschiff hätte vergrößert werden müssen, allerdings war dies wegen der eng gebauten Häuser ringsum nicht möglich gewesen. Eugenia wusste von Berichten ihres Vaters, dass die Errichtung einer neuen Stadtkirche erwogen wurde, da die alte zu klein geworden war. Immer mehr Menschen zog es nach Wiesbaden und alle Gläubigen suchten sonntags einen Platz in der Kirche.

Tante Gerlinde nickte einem Paar freundlich zu und hob vornehm eine Hand, um eine Dame zu grüßen.

„Nun, mein Kind, du kannst froh über die Heirat mit Daniel Schütz sein“, sagte sie, während sie zwei Herren zunickte, die ihnen entgegenkamen. „Seine Eltern sind sehr angetan von dieser Hochzeit. Ich habe sie gestern getroffen. Sie kamen vor Kurzem von einer Reise aus England zurück und waren angenehm überrascht, dass sich ihr Sohn wieder verheiraten will. Unsere Familie besitzt Ansehen, unser Name hat einen hohen Stellenwert in der Stadt. Das Gleiche gilt für die Familie Schütz. Allerdings hat dein Vater um einen früheren Hochzeitstermin gebeten. Du wirst also in Bälde heiraten!“

Eugenia horchte auf. Der Kummer in ihr vergrößerte sich. Sie sollte also in aller Eile mit Daniel Schütz verheiratet werden? Eine Hochzeit sollte etwas Besonders im Leben einer Frau sein. Damit veränderten sich ihr Leben und ihr Ansehen in der Gesellschaft. Ein ereignisreicher Augenblick. Doch für sie sollte es wohl kein Freudentag werden. Bei ihr war es nur eine Pflicht. Würde das ihren Vater versöhnlich stimmen? Sie war schlagartig traurig. Wahrscheinlich will Papa nichts mehr von mir wissen. Er hat mich aus seinem Herzen verbannt, dachte Eugenia.

Tante Gerlinde tätschelte ihre Hände. „Sei nicht dumm, Eugenia. Dein Vater sieht in Daniel Schütz einen guten Ehemann für dich. Es wird ihn mit Stolz erfüllen, wenn du dich bemühst.“

Eugenias Augen begannen hoffnungsvoll zu leuchten. „Würde Vater das gefallen? Meinst du wirklich, er ist stolz auf mich? Oh, wie sehr wünsche ich mir das.“

„Du bist ein kluges, hübsches Mädchen, seit einiger Zeit etwas widerspenstig und aufmüpfig, aber das kann man dir austreiben. Benimm dich Herrn Schütz gegenüber und alles wird gut.“

Eugenia nickte eifrig. „Das will ich machen.“

Es begann zu schneien, als sie die Mauritiuskirche erreichten. Daniel Schütz kam ihnen entgegen. Gemeinsam gingen sie in das Innere der Kirche. Sie waren früh genug gekommen, um noch eine freie Kirchenbank zu finden.

Vor einigen Jahren, es war in den Dreißigern gewesen, hatte sich das Kirchgestühl in Privateigentum befunden, sodass wohlhabende Familien ihren eigenen Sitzplatz hatten. Dieses Recht war aufgehoben worden. Allerdings hatte man dafür gesorgt, dass Beamte und Offiziere weiterhin ihre Plätze innehatten, was den Unmut vieler Bürgerlicher zur Folge hatte, einschließlich Tante Gerlinde, die sich eben wieder missmutig äußerte, dass die Beamten wie immer gewisse Vorzüge genossen.

Der Herzog selbst und seine Familie setzten sich in ihre Loge in der ersten Empore. Hier an diesem heiligen Ort lag seit über drei Jahren die erste Frau des Herzogs, die während der Geburt ihres ersten Kindes gestorben war. Auch der Säugling hatte nicht überlebt. Herzogin Elisabeth war eine russische Großfürstin gewesen und in Sankt Petersburg aufgewachsen. Ihre Schönheit und ihre Güte hatten bewirkt, dass das Nassauer Volk ihr zu Füßen gelegen hatte. Nicht nur Herzog Adolph hatte sie geliebt. Anfang 1844 waren sie vermählt worden und schließlich in die Residenz nach Biebrich an den Rhein gezogen. Eugenia erinnerte sich noch an den feierlichen Tag des Einzugs der Herzogin. Ganz Wiesbaden hatte gefeiert. Nur ein Jahr später war Elisabeth bei der Geburt einer Tochter gestorben. Voller Trauer hatte der Herzog letztes Jahr den Bau einer Kapelle auf dem Neroberg angeordnet, in der die Gebeine seiner Gattin und seiner Tochter ruhen sollten. Der Bau war noch nicht fertiggestellt worden, daher lag sie in der Stadtkirche, bis sie in einer orthodox geweihten Stätte beigesetzt werden konnte.

Der Gottesdienst begann, die Kirche war trotz des schlechten Wetters überfüllt.

Eugenias Blick fiel während der Predigt auf Daniel Schütz, der einige Bänke vor ihnen saß und andächtig seinen Kopf gesenkt hielt. Die Heirat mit ihm würde ihren Vater beschwichtigen, ihn wieder versöhnlich stimmten. Zumindest hoffte das Eugenia. Um aber ihre Gunst einem anderen Mann schenken zu können, musste sie Matthias aus ihrem Herzen verbannen. Gott hatte die Entscheidung getroffen und dem Menschen das Leben genommen, den sie lieben wollte. Ihr Blick fiel wieder auf den gesenkten Kopf des Mannes, der bald ihr Gatte werden würde.

Sie dachte an Matthias. Doch sie musste ihn vergessen und mit ihm ihre Liebe. Eugenia schloss die Augen, spürte die Tränen aufkommen. Sie faltete ihre Hände zum Gebet und flehte Gott an, ihr Kraft zu geben, um Gefühle zu beherrschen, die für sie so neu und wunderbar gewesen waren. Vielleicht würde sie diese Art von Liebe nie wieder spüren. Auch die Kälte ihres Vaters und seine Abweisung waren schmerzhaft. Sie wollte es gut machen, wieder beachtet werden. Als Eugenia ihre Augen öffnete, holte sie tief Luft, bekämpfte die aufkommenden Tränen und sah zu dem Kreuz über dem Altar. Leise schickte sie ein Stoßgebet zum Himmel: „Hilf mir, gib mir Kraft, lass mich ihn vergessen."

Als der Gottesdienst zu Ende war, begleitete Daniel Schütz Eugenia und ihre Tante aus der Kirche. Düstere Wolken hingen über der Stadt und schienen sich nicht vertreiben zu lassen. Aus ihnen fielen feine Schneeflocken, die die Stadt in ein winterliches Kleid hüllten.

„Ich bin sehr glücklich, dass wir bald verheiratet sein werden", gestand Daniel leise, zu Eugenia gewandt. „Sind Sie schon sehr aufgeregt?"

Der Schnee knirschte unter ihren Füßen. Eugenia warf ihm einen schüchternen Blick zu. „Gewiss."

„Ich habe mir überlegt, dass wir eine Reise unternehmen sollten, sobald wir verheiratet sind. Das würde uns Gelegenheit geben, uns kennenzulernen und Gemeinsamkeiten zu finden. Welchen Fleck dieser Erde würden Sie gern sehen?"

Eugenia war zu sehr mit ihrem Kummer beschäftigt, um darüber nachzudenken. „Ich bin mir sicher, Sie werden ein schönes Ziel aussuchen, Herr Schütz."

Daniel schien enttäuscht darüber, dass sie nicht begeistert davon zu erzählen begann, welche Orte sie gern besuchen würde. Er musterte sie aufmerksam. „Sie vermissen Ihre Familie, nicht wahr?" Daniel suchte sichtlich nach einem Grund für ihr zurückhaltendes Benehmen.

Sie überquerten den Platz vor der Stadtkirche und spazierten an der Gastwirtschaft, „Zum Storchennest" vorbei. Tante Gerlinde hielt sich etwas zurück und sprach mit zwei Frauen, die sie begleiteten.

„Es ist das erste Mal, dass ich so lange von meiner Familie getrennt bin", gestand Eugenia und konnte die Sehnsucht nicht verbergen. Natürlich nannte sie nicht den Grund für diese Trennung, das war ihr zu peinlich.

„Dann fahren wir nach Holzhausen, Ihre Eltern überraschen!", schlug Daniel großzügig vor.

„Nein, nein." Sie hatte es fast geschrien. Das war das Letzte, was sie wollte. Ihrem Vater unter die Augen treten.

Daniel zuckte, erstaunt über ihren hastigen Ausbruch, zusammen. „Nun, ich dachte, es würde Sie freuen."

„Ich möchte lieber nicht", sagte sie nun wieder ruhiger.

Er fasste kurz ihre Hand und drückte sie aufmunternd. Seinem Gesicht war anzusehen, dass er nach trostspendenden Worten suchte. „Wenn es Frühling in Wiesbaden wird, sieht alles viel fröhlicher aus", sagte er aufheiternd.

Sie wusste, wie Wiesbaden im Frühling aussah. Und sie wusste, wie die Blumen in Holzhausen blühten und wie sich die Wiesen in eine bunte Blütenpracht verwandelten. Die Bienen summten in den Sträuchern und blühenden Kirschbäumen. Gewiss sorgten sich die Menschen um die nächste Ernte. Viele von ihnen hatten nichts mehr in ihren Vorratskammern.

„Aber der Frühling lässt nicht vergessen, wie die Menschen leiden müssen. Es ist lange kalt gewesen", sagte Eugenia traurig.

Daniel runzelte die Stirn. „Ihr Vater hat doch gut für Sie gesorgt."

„Ich spreche nicht von meinem Leben, Herr Schütz. Ich rede von dem Leben der anderen."

„Sie sollten sich keine Sorgen um fremde Menschen machen, Fräulein Eugenia."

Ihre Stimme klang verdrossen, als sie sprach: „Sie meinen, man soll wegsehen, während die anderen hungern?"

Daniel Schütz war offenbar verwirrt über ihre Worte. „Nein, natürlich nicht. Nächstenliebe ist eine besondere Tugend, die ich sehr schätze. Sie sollten sich dennoch nicht darum kümmern, Eugenia."

Obwohl Sie darauf etwas zu erwidern hatte, schwieg sie. Es war nicht ratsam, mit dem Mann vor der Hochzeit zu streiten. Sie würden über dieses Thema keine Einigung finden, vermutete sie. Daniel Schütz fuhr fort: „Ihr Vater deutete an, dass Sie andere Auffassungen haben könnten."

Eugenia nahm eine demütige Haltung ein, wollte ihren Verlobten nicht erzürnen. „Ich bitte um Verzeihung, wenn ich zu ehrlich war."

„Sie müssen sich keine Sorgen machen, dass ich Sie für aufsässig halte, Fräulein Eugenia."

Erleichterung ließ sie lächeln.

„Sehen Sie, und schon schmilzt mein Herz dahin", seufzte Daniel Schütz.

„Das ist ja ein Zufall", rief da eine freudige Stimme. Sebastian marschierte auf das Paar zu.

Daniel nahm nochmals kurz Eugenias Hand und drückte sie flüchtig. „Ich möchte Sie gern in den nächsten Tagen besuchen."

„Es würde mich sehr freuen", erwiderte Eugenia zaghaft.

Daniel ließ ihre Hand los und verbeugte sich zum Abschied vor den beiden Frauen. Als Sebastian die kleine Gruppe erreichte, begrüßten sich die Männer höflich, lüfteten die Hüte. Daraufhin verließ Daniel sie und schritt davon. Eugenia blickte ihrem Verlobten nach. Sie fragte sich, ob sie mit ihm glücklich werden würde. Er war so gänzlich anders als Matthias. Bei diesem Gedanken zog sich ihr Herz zusammen.

„Ich wollte den guten Herrn Schütz nicht vertreiben."

Sebastians Stimme riss sie aus ihren Gedanken. „Er scheint ein außerordentliches Interesse an dir zu haben, liebste Eugenia."

Sie errötete und schwieg.

Sebastian bot ihr seinen Arm an. „Darf ich euch ein Stück begleiten?" Er wartete ihre Antwort nicht ab, sondern führte ihre Hand auf seinen Arm. „Ich vermisse die Gesellschaft hübscher Damen. In eurer Begleitung gesehen zu werden, lässt mich im Ansehen aufsteigen. Also gewährt mir diese Gunst."

„Sie ändern sich nie, Sebastian, immer gut gelaunt, selbst bei einem solchen Wetter. Begleiten Sie uns ruhig ein Stück. Sagen Sie, werden Sie in die Praxis meines Bruders zurückkehren?", wollte Gerlinde wissen. „Einige Patienten vermissen Sie."

Er schien zuversichtlich. „Es ist alles in Vorbereitung."

„Du hast dich mit Papa wieder versöhnt?", wollte Eugenia wissen.

„Noch nicht, aber ich arbeite daran. Bist du nur zu Besuch in Wiesbaden?"

„Ich bin hier, um zu heiraten", antwortete Eugenia zurückhaltend. Sie war nicht bereit zu erzählen, welcher Vorfall sie so verfrüht nach Wiesbaden gebracht hatte.

Sebastian wirkte überrascht. Seine nächsten Worte waren mehr eine Vermutung. „Du sollst diesen Daniel Schütz heiraten? Das hat dein Vater aber gekonnt vertuschen können. Ich hörte zwar das eine oder andere Gerücht, jedoch nichts Handfestes. Warum so lange die Geheimniskrämerei?"

„Es gibt einige Leute in der Stadt, die mögen Rätsel, Sebastian. Sie lieben es zu spekulieren und über andere zu reden", sagte Gerlinde, nachdem Eugenia nichts geäußert hatte. „Mein Bruder gab ihnen etwas Grund zu mutmaßen."

„Ah, verstehe, Beschäftigung für die Klatschbasen. Und wann soll der große Tag sein?" Sebastian wandte sich zu der Arzttochter, die schweigsam neben ihm herging. Er schien etwas missgestimmt, obwohl er es nicht zeigen wollte.

„Ursprünglich im Sommer, der Termin wurde aber vorverlegt. Die Verlobung wird in den nächsten Tagen bekanntgegeben", antwortete Tante Gerlinde stattdessen.

„Dein Vater hat es aber eilig. Ist etwas vorgefallen?" Sebastian beugte sich zu Eugenia, um ihr Gesicht besser erfassen zu können.

„Nein." Sie hoffte, die Röte in ihrem Gesicht war nicht so deutlich.

Der Ofen verströmte eine solche Wärme, dass Eugenia zu schwitzen begann. Gerlinde saß auf dem Sofa und blätterte im „Journal des Luxus und der Moden", während Eugenia stickte. Daniel Schütz berichtete von einer Reise, die er vor einigen Jahren unternommen hatte. Er verstummte, als es an die Tür klopfte.

Ein Dienstmädchen trat ein und verkündete: „Da ist ein Herr angekommen."

„Zu dieser Stunde? Hat er seinen Namen genannt?", wollte Gerlinde wissen und warf einen Blick aus einem der Fenster, als stünde dort die Uhrzeit.

Das Dienstmädchen errötete beschämt. „Er wollte ihn mir nicht nennen. Er besteht darauf, Sie zu sehen."

„Was für ein Flegel ist das, dass er sich nicht zu erkennen gibt?", regte sich Tante Gerlinde auf und wedelte mit der Hand Richtung Dienstmädchen. „Sagen Sie ihm, wenn er sich nicht zu benehmen weiß, will ich ihn nicht empfangen."

Das Dienstmädchen machte hastig einen Knicks und verschwand.

Eugenia sah nicht von der Handarbeit auf, um die sie sich bemühte. Sie zog ungeduldig an einem Faden, um ihre bisherige Arbeit aufzutrennen. Daniel Schütz erzählte weiter von seiner Reise, während sie aufmerksam zuhörte. Als er eine Pause machte, fragte sie: „Haben Sie schon unsere gemeinsame Reise geplant? Ich meine, die nach der Hochzeit."

Er schien nicht überrascht über ihre Frage. „Natürlich. Ich dachte an Paris und London, oder wir reisen nach Prag, eine großartige Stadt."

„Das klingt wunderbar. Es würde mir sehr gefallen, andere Länder zu sehen."

„Wir werden viel Zeit haben, liebstes Fräulein Eugenia. Und es wird mir eine Freude sein, Ihnen die Welt zu zeigen. Sie wird Ihnen zu Füßen liegen."

Eugenia lachte verlegen. „Sie übertreiben."

Da klopfte es an die Tür und das Dienstmädchen erschien erneut. „Der Herr lässt sich nicht abweisen, gnädige Frau. Und seinen Namen nennt er mir immer noch nicht. Aber mit Verlaub gesagt, grinst er dabei."

Tante Gerlinde runzelte die Stirn. „Bärbel, wie lange arbeitest du schon für mich?"

Das Dienstmädchen lief rot an, als hätte es etwas falsch gemacht. „Seit einem Monat, gnädige Frau."

„Und bei deinem vorherigen Arbeitgeber, hat man da grinsende Besucher empfangen?"

Die Verlegenheit des Mädchens wurde größer.

Gerlinde legte ungehalten das Journal zur Seite und erhob sich von dem Sofa. Mit energischen Schritten durchquerte sie die Wohnstube. „Ich werde mich darum kümmern." Das Dienstmädchen schien vor ihr zu flüchten, denn es eilte davon, während die Tante folgte. „Ich werde dir zeigen, wie man grinsende Männer aus dem Haus wirft!"

Eugenia beschäftigte sich weiter mit ihrer Handarbeit und schmunzelte amüsiert. „Wer auch immer der Herr ist, der sich nicht abwimmeln lässt, er tut mir leid."

Daniel Schütz pflichtete ihr erheitert bei.

Da erklangen wieder Schritte im Flur. Tante Gerlinde trat ein. Ihr Gesicht strahlte. „Seht nur, wer uns einen Besuch abstattet." Sie machte Platz und ein junger Mann trat ein. Auf seinen Haaren glitzerten Schneeflocken.

Eugenia ließ die Handarbeit fallen und sprang auf. Mit wenigen Schritten erreichte sie ihren Bruder und fiel ihm glücklich um den Hals. Daniel erhob sich von seinem Platz und schien verwirrt über Eugenias stürmische Begrüßung.

„Was machst du hier? Ach, ich freu mich so. Wie hab ich dich vermisst", rief sie freudig aus.

Moritz taumelte von ihrer Umarmung und lachte erstaunt über die überschwängliche Art seiner Schwester. „Solch eine Begrüßung habe ich nicht erwartet. Da komme ich gern vorbei."

Daniel trat näher, ohne den Gast aus den Augen zu lassen. Scheinbar hatte die stürmische Umarmung seiner Verlobten Misstrauen in ihm geweckt. Er musterte Moritz. „Es ist mir eine Ehre."

Eine peinliche Stille lag plötzlich zwischen den beiden Männern.

Eugenia bemerkte es. „Oh, das ist Herr Schütz, mein Verlobter. Das ist Moritz Hentschel, mein Bruder. Er studiert in Gießen Medizin."

Sofort hellte sich Daniels Miene auf. Die beiden Männer grüßten sich höflich. Tante Gerlinde schickte das Hausmädchen nach einer weiteren Teetasse und äußerte sich wieder erfreut über den unerwarteten Besuch. Dabei schalt sie Moritz, dass er sich einen Spaß daraus gemacht hatte, seinen Namen nicht zu nennen.

„Dass du bei solch einem Wetter aus Gießen hierherkommst", sagte sie schließlich kopfschüttelnd. „Das muss ja Tage gedauert haben."

Moritz hüstelte. „Oh, nein Tante, ich weile schon etwas länger in der Stadt und Umgebung."

„Ach, und dein Studium?"

„Weihnachten steht bevor, da muss man nicht studieren." Er lachte gekünstelt.

Daniel wandte sich zu Eugenia. „Ich möchte mich verabschieden. Sie haben bestimmt viel zu bereden. Ich möchte das Wiedersehen mit Ihrem Bruder nicht stören."

„Aber Sie stören nicht, Herr Schütz", beeilte sich Moritz zu sagen.

Daniel warf seiner Verlobten einen gütlichen Blick zu und sagte zu Moritz. „Ich wollte sowieso bald aufbrechen." Er verbeugte sich vor Eugenia und nahm ihre Hand. „Ich hoffe, Sie werden zum Silvesterball kommen?"

„Aber natürlich, darauf freue ich mich schon lange." Sie wusste gar nicht, ob sie diese Veranstaltung tatsächlich besuchen sollte, denn im Augenblick war es ihr nicht nach Zerstreuung, Gelächter und Frohsinn. Selbst mit Dorothea hatte sie sich nicht sehr oft getroffen, seitdem Eugenia in Wiesbaden weilte. Immer wieder hatte sie eine andere Entschuldigung gefunden, um sich zurückziehen zu können.

Daniel war glücklich über ihre Antwort.

„Beehren Sie uns bald wieder, Herr Schütz, mein Haus steht immer offen für Sie. Kommen Sie, ich bringe Sie zur Tür." Tante Gerlinde ließ keine Einwände zu und geleitete den Mann hinaus, ohne dass Eugenia etwas erwidern konnte.

Kaum war die Tante mit dem Mann fort, brach Eugenia in Tränen aus. Moritz schien bestürzt über ihren Gemütswechsel, fasste sie an den Armen und führte sie rasch zum Sofa. „Was ist mit dir? Eugenia?"

„Es ist so schön, dich zu sehen. Warum bist du in Wiesbaden?", schluchzte sie und umarmte ihren Bruder wieder. „Ich bin ja so froh, dass du da bist."

„Wenn du weinst, bin ich mir nicht sicher, ob du dich wirklich freust. Ich wollte mich bei der Tante nach euch erkundigen. Ich hatte keine Ahnung, dass du hier bist. Hat Vater ein Einsehen mit dir gehabt?"

Sie weinte weiter. „Du ahnst nicht, was alles geschehen ist. Ich habe mir so sehr gewünscht, dass du kommst. Ich brauche dich, lieber Bruder. Ich brauche deinen Rat."

Moritz nahm seine Schwester in die Arme und drückte sie an sich. „So verstört habe ich dich ja noch nie erlebt." Er strich sanft über ihren Kopf und ließ sie weinen. Er stellte keine Fragen mehr und war froh, dass die Tante den beiden Geschwistern Zeit ließ, miteinander zu reden, denn Gerlinde kehrte nicht in den Salon zurück. Als sich Eugenia beruhigte, ließ er sie los und musterte sie.

„Willst du mir nicht erzählen, was mit dir ist?"

„Vater hat mich ausgestoßen. Er hat mich aus seinem Haus und seinem Herzen verbannt. Er hat es zwar nicht gesagt, aber ich bin mir sicher, nicht mehr seine Tochter zu sein. Ich habe furchtbar viel falsch gemacht und ihn bitter enttäuscht."

„In deinem letzten Brief warst du noch in Holzhausen und hast erklärt, du würdest alles tun, damit Vater dich nach Wiesbaden schickt."

Eugenia schniefte und wischte sich mit einem Tuch, das sie aus ihrem Ärmel gezaubert hatte, über die Nase. „Du scheinst nicht alle meine Briefe gelesen zu haben. Waren sie so langweilig für dich? Und du hast dich nicht gemeldet. All die Zeit habe ich auf eine Nachricht von dir gewartet. Ist das Studium so anstrengend, dass du keine Zeit mehr für mich hast?"

Moritz warf hastig einen Blick zur Tür der Wohnstube, als fürchtete er, die Tante käme unerwartet zurück. „Es ist einiges passiert, Schwesterherz. Aber das will ich dir später erzählen. Erst einmal sagst du mir, was geschehen ist und warum dich Vater nach Wiesbaden geschickt hat, wo doch selbst dein Rülpser bei Tisch nichts bewirkte."

„Er hat mich mit einem Wilderer im Wald ertappt."

Moritz öffnete entgeistert den Mund. Eugenia weinte wieder. Ihm blieb so lange der Mund offen stehen, bis er Worte fand, die er aussprechen konnte. „Meine brave, achtbare Schwester und ein Wilderer? Ich vermute, Vater hat dafür gesorgt, dass du sogleich mit einem alten, verschrumpelten Bürgerlichen verheiratet wirst, damit du rasch dein liederliches Verhalten vergisst. Ach nein, verschrumpelt ist er ja nicht, dieser Daniel, aber dafür langweilig."

„Er ist durchaus ein guter Mensch", verteidigte Eugenia ihren zukünftigen Gatten, jedoch leidenschaftslos.

„Nun, über ihn unterhalten wir uns auch später. Erzähl mir von dem Wilderer, das hört sich aufregender an."

„Ich habe dir von dem Bauernsohn erzählt, mit dem ich

mich getroffen und ihm aus Zeitungen vorgelesen habe. Ich habe irgendwann begriffen, dass ich mehr für ihn fühle. Doch er hat Wild geschossen und da haben die Amtmänner ihn erschossen."

„Und du warst dabei?", fragte Moritz dümmlich. Es stand ihm ins Gesicht geschrieben, dass er nicht glauben konnte, was er da hörte.

„Ich wollte ihm helfen. Ich konnte nicht zulassen, dass ... er ... oh Moritz, es ist furchtbar. Ich wollte mit ihm fortgehen, aber dann haben sie ihn niedergeschossen. Vater hat mich weder angesehen, noch hat er mit mir gesprochen. Selbst als ich in die Postkutsche nach Wiesbaden gestiegen bin, hat er nichts zu mir gesagt. Kein Lebewohl, kein Tadel. Er hat einfach geschwiegen."

Moritz atmete tief durch, musste verdauen, was er von seiner Schwester zu hören bekam. „Du hast dir ja einiges geleistet, meine Liebe. Ich kann nicht sagen, dass ich Vater nicht verstehe. Er ist bestimmt sehr wütend auf dich. Wie konntest du dich nur mit einem einfachen Mann einlassen?"

„Ich habe ihn geliebt." Eugenia weinte wieder. „Du verurteilst mich ebenso? Du hast mich einmal gefragt, was ich mir wünsche."

„Ich weiß, was du geantwortet hast", murmelte Moritz. Er nahm eine Hand seiner Schwester und drückte sie tröstend. „Nein, ich verurteile dich nicht. Du bist deinem Herzen gefolgt."

„Ich tue das nie wieder", flüsterte Eugenia plötzlich. Sie hob den Kopf, während die letzten Tränen über ihre Wangen liefen. „Nie, nie wieder folge ich meinem Herzen!"

Tante Gerlinde hatte sich Zeit gelassen, nun hörten sie ihre Schritte. Eugenia holte rasch ein Taschentuch aus ihrem Ärmel und putzte sich die Nase. Die restlichen Tränen wischte sie mit der Hand fort. Die Tante trat ein und setzte sich auf einen Stuhl. „Nun, mein guter Moritz, es ist schön, dich zu sehen. Eugenia vermisst ihre Familie sehr, du wirst sie etwas aufmuntern müssen."

„Ich versuche es", erwiderte Moritz und tätschelte die Hand seiner Schwester.

„Und nun erzähl mir, welche Fortschritte du mit deinem Studium machst."

Moritz blickte betreten zur Seite. „Es läuft alles sehr gut. Ich lerne fleißig."

„Dein Vater ist sehr stolz auf dich, musst du wissen. Das sind wir alle. Du bist ein fleißiger und ordentlicher Bursche. Ich hoffe, du wirst deine Promotion mit Bravour erhalten."

„Natürlich, Tante. Ich lerne und studiere und tue alles dafür ..."

Eugenia spürte ein Zucken in seiner Hand, während er sprach. Sie musterte ihren Bruder, erkannte seine verhaltene Art und wurde misstrauisch.

Eine der zahlreichen privaten Veranstaltungen am Jahresende wurde im Haus einer guten Freundin von Tante Gerlinde abgehalten. Für den beliebten Ball im Theater hatte Gerlinde keine Karten mehr bekommen. Silvester wurde diesmal im persönlichen Kreis gefeiert. Nach dem ausgiebigen Abendessen spielte in einem Salon das Orchester zum Tanz auf. Die Anzahl der Gäste war begrenzt und doch füllte sich der Raum rasch. Es war eine jener familiären Veranstaltungen, die nur von ausgewählten Gästen besucht wurden. Eugenia und Dorothea schlenderten am Rand der Tanzfläche entlang und beobachteten die fröhlich Tanzenden.

„Es gibt nicht einmal etwas zu erzählen. Kein Skandal, kein Gerede", jammerte Dorothea und hatte sich bei ihrer Nachbarin eingehakt.

„Zweifellos wird es bald wieder etwas geben", versicherte Eugenia, amüsiert über das theatralische Seufzen ihrer Freundin.

„Wir könnten einfach ein Gerücht in die Welt setzen", schlug Dorothea vor. „Oder wir reden über deinen Hochzeitstermin. Dass du Daniel Schütz heiratest, hättest du mir ruhig vorher sagen können."

„Über den Hochzeitstermin kann ich ebenfalls nur rätseln. Vater hat nichts mitgeteilt und Daniel sagte zu mir, er freue sich, bald mit mir vor den Altar zu treten."

„Das ist seltsam. Findest du das nicht auch?"

„Vater oder Daniel Schütz werden schon ihren Grund haben. Mir ist es gleich." Sie hatte es gedankenlos gesagt und erkannte doch die Wahrheit. Ihr war egal, welchen Mann sie heiratete. Den, den sie liebte, bekam sie nicht mehr.

Sebastian blieb vor den beiden Damen stehen und verbeugte sich. „Dürfte ich Eugenia zu einem Tanz entführen, Fräulein Henninger?"

Die Frau winkte ab. „Natürlich, Herr Doktor Kreutzer. Soll wenigstens Eugenia ihren Spaß haben. Ich warte und horche, ob es neue Gerüchte gibt."

Sebastian ergriff ihre Hand und zog Eugenia mit. „Ich stehle mir diesen Tanz", raunte er ihr zu.

„Du musst nichts stehlen, Sebastian. Du bekommst ihn freiwillig", erwiderte sie leicht belustigt.

Er sah über seine Schulter zu ihr, während er sie zur Tanzfläche führte. „Was bekomme ich noch freiwillig?"

Sie lief rot an, wusste nichts mit der Frage anzufangen. „Was möchtest du denn haben?"

Er lächelte geheimnisvoll und schwang sie herum. Sie flog förmlich in seine Arme.

Eine Hand legte sich auf ihren Rücken. Das Orchester spielte zu einem Walzer auf. Weitere Paare fanden sich ein. Eugenia erkannte plötzlich die Melodie. Sie atmete tief durch, als sie daran dachte, mit wem sie das letzte Mal nach diesem Walzer getanzt hatte. Sie ließ sich von Sebastian im Takt der Musik drehen. Es war das gleiche Lied, das sie einmal gesummt hatte.

Der Mann, dem sie damals auf solche Weise nahe gekommen war, schien so deutlich in ihrem Kopf, als stünde er vor ihr. Als hätte Matthias sie in den Armen und schwinge sie im Rhythmus des Liedes herum. So wie damals, am Hasenbach. Plötzlich fühlte sie sich nicht mehr unwohl.

Etwas Vertrautes war in ihr. Eugenia war wieder auf dieser Wiese und summte die Melodie. Ihre Füße glitten über den glatten Holzboden, wo einst Gras und Wurzeln gestanden hatten. Ihr Kleid schwang hin und her. Seine Hand lag warm auf ihrem Rücken. Die Musik ließ ihr Herz leichter, ihr Gemüt freier werden. Halb geschlossen waren ihre Augen, während sie sich von dem befreienden Gefühl der Musik führen ließ, über die Blumenwiese, am Ufer des Hasenbaches, dem Mann ganz nahe, den sie liebte. Schließlich endete der Walzer. Eugenia öffnete die Augen, war wieder in dem Saal, auf der Tanzfläche, und blickte in Sebastians Gesicht. Eugenia ließ ihn los, als sei ihr seine Berührung plötzlich unangenehm. Sebastian führte sie zufrieden von der Tanzfläche. „Es ist immer wieder ein Genuss, mit dir zu tanzen, Eugenia. Es muss dir ebenso gefallen haben, denn du hast gelächelt. Etwas, was ich in letzter Zeit kaum an dir sehe."

Eugenia zuckte zusammen und zog ihre Finger aus seiner Hand. „Natürlich hat es mir gut gefallen. Du bist ein überaus guter Tänzer, Sebastian."

„Vielen Dank. Und auf die Frage, was ich gerne haben möchte, wüsste ich eine Antwort."

Sie standen sich gegenüber. Eugenia fühlte sich wie ein kleines Kind. Ehe sie von Sebastian erfahren konnte, was er von ihr wollte, erkannte sie Dorothea, die sich mit einer der älteren Damen unterhielt. Ihr Gesicht wurde immer bleicher und ihre Augen richteten sich auf Eugenia.

Es war fast, als seien ihre Gesichtszüge erstarrt. Was war geschehen?

„Verzeih, Sebastian, aber Dorothea geht es scheinbar nicht gut. Ich muss rasch zu ihr."

Er verbeugte sich vor ihr. „Das, was ich dir zu sagen habe, ist sowieso vertraulich." Er ließ sie gehen. Eugenia eilte auf ihre Freundin zu. Diese schien völlig außer sich. Dorothea ging ihr entgegen, schien ihr etwas sagen zu wollen. Ihrem Gesichtsausdruck nach zu urteilen war es nichts Gutes. Etwas, das Dorothea selbst nicht als gut empfand. Etwas, das Eugenia eingeholt hatte. Ihre Schritte wurden langsamer. Da waren zwei Damen in ihrer Nähe. Ihre Stimmen hielten Eugenia davon ab, weiter auf ihre Freundin zuzugehen. Ohne sich zu den Frauen zu wenden, blieb sie stehen. Ihr Blick war noch immer auf Dorothea gerichtet, während sie die Stimmen vernahm.

„Eugenia Hentschel?“, raunte die eine der anderen zu.

„Aber natürlich. Die älteste Tochter von Doktor Hentschel.“

„Meine Güte, man sieht ihr das liederliche Verhalten gar nicht an.“

Eugenia starrte Dorothea weiter an, während sie die Frauen reden hörte. Dorotheas verschrecktes Gesicht, die aufgerissenen Augen, der Mund war geöffnet. Vor Empörung? Vor Abweisung?

Eugenia rührte sich nicht von der Stelle.

„Sie sollte Daniel Schütz heiraten, wusstest du das?“, flüsterte eine der beiden Frauen. „Aber natürlich ist das jetzt hinfällig. Ich habe Herrn Schütz vorhin gesehen. Er war außer sich.“

Die andere Dame lachte hinter vorgehaltenem Fächer. „Na, das kann man ihm nicht verdenken. Auf einer solchen Veranstaltung muss er von dem Benehmen seiner Verlobten hören. Das ist ein Skandal.“

Eugenia hätte weitergehen sollen, statt diesem geheimen Gespräch zu folgen. Vielleicht war alles nur ein Irrtum. Ein Albtraum, aus dem sie bald erwachen würde. Vielleicht sprachen die Frauen gar nicht von ihr, Eugenia, sondern von einer anderen mitleidserregenden Person, die Zielscheibe des Klatsches geworden war.

„Der Ruf der Arzttochter ist wohl dahin“, sagte die eine der beiden Frauen. „Das arme Kind. Niemand wird sie noch haben wollen. Das ist ein bitteres Schicksal für die Hentschels.“

Eine weitere Dame trat zu ihnen. Sie schien zu wissen, über was die beiden anderen leise sprachen. „Ist denn wirklich etwas dran an der Geschichte? Es klingt so unglaublich.“

„Daniel Schütz wird diese Verlobung nicht nur wegen des Geschwätzes lösen wollen. Sicher ist es wahr. Er muss es von jemanden gehört haben, der es selbst mitbekommen hat.“

Eugenia hielt die Luft an.

„Wann hat er es denn erfahren?“

„Eben gerade. Stell dir das nur vor“, murmelte die Frau hinter vorgehaltener Hand. „Da hört er, dass seine Verlobte eine Romanze hatte.“

„Meine Güte, was für ein Skandal.“ Die drei Frauen ließen fassungslos ihre Fächer sinken, warfen Eugenia verächtliche Blicke zu.

Eugenia zwang sich, einen Schritt vor den anderen zu tun, bis sie Dorothea erreicht hatte. Diese wirkte schockiert. „Ist das wahr?“

Eugenia blinzelte verwirrt. Sie wusste nicht, was sie sagen sollte.

„Es wird über dich erzählt, du hättest eine Liebschaft gehabt und könntest womöglich schwanger sein, daher wollte dein Vater dich so schnell wie möglich verheiraten, um zu retten, was noch zu … retten … ist …“ Der Schock über diese Neuigkeit zeichnete Dorotheas Gesicht. „Das ist nicht wahr, oder? Hast du das tatsächlich getan?“

Sie waren Freundinnen, so lange Zeit schon. Warum sollte Eugenia sie belügen?

Sie schluckte schwer und nickte.

Dorothea schwankte. „Das ist … ich bin … schockiert. Ausgerechnet meine beste Freundin …“

„Ich habe ihn geliebt. Er ist tot, aber ich liebe ihn immer noch“, flüsterte Eugenia mit Tränen. „Ich konnte es dir nicht sagen. Ich dachte, du würdest es nicht verstehen.“

Dorothea trat einen Schritt zurück, blinzelte noch immer bestürzt. „Du hast recht. Ich verstehe es nicht. Wie konntest du nur? Ein einfacher Bauer? Hast du dich auf dem Land so verändert?“

„Ich habe begriffen, dass wir in einer heilen Welt aufwachsen und dass es nicht die Wirklichkeit ist. Dorothea, bitte, wende dich nicht von mir ab. Ich habe vielleicht meine Sichtweise verändert, doch wir sind Freundinnen."

Dorothea hob eine ihrer geschwungenen Augenbrauen. „Deine Sichtweise? Du hörst dich an wie meine Schwester." Ihre Stimme klang verächtlich. „Du maßt dir Dinge an, die dir nicht zustehen." Dorothea bedachte sie mit einem abfälligen Blick. „Wir sind keine Freundinnen mehr, Eugenia. Ich will mit dir nichts mehr zu tun haben. Meine Schwester kann ich nicht missachten, dich schon."

Eugenia öffnete bestürzt den Mund. Was hätte sie sagen sollen? Wie hätte sie beschreiben können, was sie in diesem Augenblick fühlte?

Dorothea warf ihr einen enttäuschten und missfälligen Blick zu, dann wandte sie sich ab und gesellte sich zu ihren Freundinnen, die tuschelnd zu Eugenia starrten.

Diese wirbelte herum.

War Daniel Schütz noch hier? Bestürzung überkam sie. Glaubte er tatsächlich diesen Gerüchten? Nahm er ernst, was geredet wurde? Das Ausmaß des Unheils wurde ihr bewusst, als sie durch den Tanzsaal hastete und kaum auf die Umstehenden achtete, die sie mit unverhohlener Neugier musterten.

Daniel Schütz stand am Eingang. Sein Gesicht war verzerrt, zeigte Bestürzung. Blass war er. Seine Lippen zwei Striche. Es war, als suchte er jemanden unter den Gästen. Sein Blick blieb an ihr hängen. Er erstarrte. Eugenia hatte das Gefühl, etwas tun zu müssen. Sie musste sich erklären, verteidigen. Hatte er von Matthias vernommen? Von dem Vorfall im Wald? Von ihrer Verbannung? Die Gerüchte gingen über die Wahrheit hinaus. Ihr wurde mehr nachgesagt. Sie musste mit ihrem Verlobten darüber sprechen. Ihre Beine machten, was sie wollten, trugen Eugenia auf die Tür zu, dorthin, wo Daniel Schütz stand und sie beobachtete. Er straffte seine Schultern, als sie vor ihm stehen blieb. Beiden war klar, dass sie beobachtet wurden.

„Ich weiß nicht, was ich zuerst sagen soll", murmelte er

gedankenverloren. „Ich habe von Ihrem äußerst unschicklichen Benehmen vernommen."

Eugenia fuhr sich mit der Zunge über die Lippen. „Es ist nicht wahr."

Er schien ihre Worte nicht hören zu wollen. „Ich bin noch nie in meinem Leben so gedemütigt worden. Sehen Sie sich um, Eugenia. Die Leute, sie reden. Ihr Verhalten hat mich in eine zweifellos unangenehme Situation gebracht. Ich muss um meinen eigenen Ruf fürchten, da ich Ihnen vertraute."

„Es tut mir leid." Was sollte sie sagen?

Plötzlich straffte er seine Schultern. „Mehr haben Sie nicht zu sagen, Fräulein Eugenia?"

„Ich befürchte, Sie würden mir alles, was ich sage, nicht glauben. Ich würde Sie jedoch nicht anlügen. Ich würde Ihre Gutmütigkeit nicht ausnutzen."

Sein Gesicht zeigte Traurigkeit. „Sie haben recht. Ich glaube Ihnen nicht. Und ich werde Sie unter diesen Umständen auf keinen Fall heiraten. Ich werde es Ihrem Vater natürlich noch persönlich mitteilen. Ich bin kein Sündenbock für Ihr liederliches Verhalten, Fräulein Eugenia." Er holte tief Luft, schien so außer sich, als würde ihm jemand die Kehle zudrücken.

„Ich kann Ihnen versichern, dass ich keinerlei böse Absichten hatte, bitte. Sie müssen mir glauben. Sie waren bisher immer so freundlich zu mir. Können wir das nicht unter uns besprechen?"

Seine Stimme klang brüchig. „Ich dachte von Ihnen, dass Sie eine anständige Frau seien. Ihr Vater versicherte mir, Sie hätten eine gute Erziehung genossen. Nun zweifle ich daran. Ihr Vater hat eindeutig gelogen. Jetzt ist mir klar, warum er es auf einmal so eilig hatte mit der Hochzeit. Eine so liederliche Person wie Sie wollte er mir unterschieben. Sollte ich mich etwa um Ihre Brut kümmern? Die Brut eines Bauern als mein Kind anerkennen? Oder wollten Sie es mir gar nicht erst sagen?"

Eugenia wusste zunächst nicht, was sie sagen sollte. Sie

war außer sich. Ihre Hände zitterten, ihre Knie schlotterten. Hitze der Beschämung ließ ihr Gesicht brennen. „Ich bitte Sie, ich muss mir nichts vorwerfen. Zwar habe ich nicht immer alles richtig gemacht, aber diese Gerüchte sind nicht wahr."

„Das sind keine Gerüchte. Ich habe Ihr Zusammentreffen mit diesem Wilderer aus zuverlässiger Quelle erfahren, Fräulein Eugenia, und ich zweifle nicht an der Wahrheit. Sie lügen mich an. Ich bin maßlos enttäuscht von Ihnen!" Er sah sie von oben bis unten mit einem verächtlichen Blick an. „Ich werde Sie auf keinen Fall heiraten!"

Eugenia taumelte zurück.

Daniel Schütz drehte sich um und ging.

Sie blieb zurück, bloßgestellt, verhöhnt. Eugenia hörte das Tuscheln, die leisen Stimmen, die über sie sprachen und ihr Vergehen in Windeseile verbreiteten. Tränen schossen in ihre Augen, während sie auf die Tür starrte, durch die Daniel Schütz verschwunden war.

War sie das? War sie eine liederliche Person, nur weil sie einen Mann liebte, der nicht passend für sie war? Sie blinzelte immer wieder und versuchte Ruhe zu bewahren, doch das war so schwer, dass sie dachte, gleich in Tränen auszubrechen. Scham und Demütigung schienen sie erdrücken zu wollen. Die Umstehenden sahen sie an, zeigten heimlich auf sie. Niemand würde sich noch mit ihr abgeben wollen, niemand mehr mit ihr reden. Eugenia war, als würde eine Mauer um sie herum entstehen.

„Komm." Sebastian war plötzlich an ihrer Seite. „Wir gehen besser. Ich werde deiner Tante sagen, dass du dich nicht wohlfühlst."

Sie ließ sich von ihm führen, nicht fähig, einen klaren Gedanken zu fassen. „Es ist nicht wahr", nuschelte sie.

Sebastian legte ihr den Mantel auf die Schultern und brachte sie aus dem Haus. Er hielt einen Diener an und gab ihm den Auftrag, Gerlinde Hentschel aufzusuchen und ihr mitzuteilen, dass er Eugenia nach Hause bringen würde. Dann ließ er seine Kutsche vorfahren, half Eugenia beim Einsteigen und wies den Kutscher an, zum Haus von Gerlinde Hentschel zu fahren.

Eugenia drückte sich in die Bank, in der Dunkelheit versteckt. Sebastian saß ihr gegenüber. Sein Gesicht war nicht zu erkennen.

„Es ist nicht wahr“, wiederholte sie leise.

Sebastian schwieg.

„Ich bin keine flatterhafte Person. Ich bin nicht guter Hoffnung.“

„Ich glaube dir“, erwiderte er und setzte sich auf ihre Seite. „Du weißt, wie es ist, wenn Gerüchte kursieren. Die Hälfte davon ist Lüge.“

„Wer sagt denn solch schreckliche Dinge über mich?“, klagte sie und drückte ihre Stirn gegen seine Brust.

Sebastian legte seine Arme um sie und drückte sie an sich. „Nun weine nicht, kleine Eugenia. Es wird alles gut. Die Menschen sind eitel und ergötzen sich an dem Leid anderer. Du darfst nicht darauf hören, was sie sagen.“

„Aber Daniel Schütz hat mich liederlich genannt.“ Ihr Körper bebte unter seinen Händen.

„Dieser Knirps hat dich beleidigt?“ Sebastian schien erzürnt zu sein. „Ich werde ihn fordern.“

„Ach, hör doch auf“, schluchzte Eugenia. „Es ist alles so schrecklich. Mach du nicht deine Witze darüber.“

„Ich mache keine Witze. Niemand hat das Recht, dich zu beleidigen.“

„Daniel sagt die Wahrheit“, jammerte sie. „Ich habe mich nicht richtig verhalten. Ich hatte Gefühle für den falschen Mann, aber ich bereue es. Ich will Vater versöhnlich stimmen. Ich möchte, dass er mich wieder ansieht und mit mir spricht. Die Heirat mit Daniel Schütz hätte das bewirkt. Und jetzt …“ Eugenia heulte wieder auf. „Jetzt ist alles aus. Vater wird mir das niemals verzeihen. Ich werde als alte Jungfer sterben.“

Sebastian strich sanft über ihren Schopf und ließ sie weinen. „Sorge dich nicht, Eugenia. Du wirst keine alte Jungfer.“

„Wie konnte Daniel erfahren, was in Holzhausen geschehen ist?"

„Willst du mir nicht erzählen, was vorgefallen ist?", drängte Sebastian.

„Ich will es vergessen. Ich will es einfach vergessen."

Plötzlich erklang das Geläut der Stadtkirche, an der sie vorbeifuhren. Von überall her schallten fröhliche Rufe in die Nacht. Gläser klirrten, heitere Stimmen sangen. Ein neues Jahr hatte begonnen. Eugenia versteckte ihr Gesicht an der Brust des Mannes.

„Frohes Neues Jahr, Eugenia", hörte sie den Bariton in seiner Brust und schloss die Augen.

Froh?

Alles Gute für dieses Jahr, Papa, Mama, dachte sie wehmütig.

Die Glocken aller Kirchen in Wiesbaden begrüßten mit lautem Geläut das neue Jahr. Eugenia blinzelte ihre Tränen fort. Was würde dieses neue Jahr bringen? Das alte hatte auf solch schreckliche Weise geendet.

Kapitel 15

Holzhausen auf der Heide

Anton Hentschel hielt mit zittrigen Fingern den Brief in der Hand. Er las die Zeilen immer und immer wieder. Es klopfte an die Tür und Charlotte trat ein.

„Du wolltest mich sprechen, Anton?"

Er wies mit einer Hand auf den Sessel. „Setz dich."

Die Frau gehorchte und ließ sich nieder, faltete die Hände in ihrem Schoß und wartete, bis ihr Gatte zu sprechen begann. Es dauerte eine Weile. Anton suchte nach den richtigen Worten.

„Herr Schütz wird unsere Tochter nicht heiraten!"

Charlotte riss die Augen auf und öffnete den Mund, ohne dass Worte herauskamen.

„Er hat von dem Vorfall mit Matthias Hollmann erfahren." Anton Hentschel starrte auf die Mitteilung seiner Schwester. Die sonst so ordentliche Handschrift sah aus, als wären diese Zeilen in aller Hast und Aufregung geschrieben worden. Gerlinde musste sehr aufgebracht gewesen sein.

Noch immer fand seine Frau keine Worte, daher sprach er weiter: „Er will keine liederliche Person zur Frau."

Charlotte fasste mit einer Hand an ihre Stirn. „Liederliche Person? Wie kommt er darauf?"

„Es geht das Gerücht um, Eugenia habe einen Liebhaber gehabt und sei guter Hoffnung."

Das Unfassbare war in das Gesicht der Frau geschrieben. Hätte sie nicht gesessen, sie wäre zu diesem Zeitpunkt in Ohnmacht gefallen. „Das ist furchtbar. Unsere Eugenia … ihr Ruf ist dahin. Wer um Gottes willen erzählt solche schrecklichen Dinge?"

Anton ließ den Brief seiner Schwester Gerlinde sinken und starrte gedankenverloren über den Rand hinweg. „Das hat sie sich selbst zuzuschreiben. Eugenia ist schuld an allem."

Charlotte blickte auf, als sei ihr erst jetzt das Ausmaß der Katastrophe klar geworden. „Niemand wird sie jetzt noch heiraten wollen."

„Ich werde eine Lösung finden", beruhigte Anton Hentschel seine Gattin.

Sie erhob sich aus dem Sessel und blieb vor dem Schreibtisch ihres Mannes stehen. „Du kümmerst dich stets um die Kranken, aber um das kranke Herz deiner Tochter kümmerst du dich nicht."

„Was sprichst du da für einen Unsinn? Sie ist nicht krank, nur blind."

„Du solltest ihr endlich die Wahrheit sagen", verlangte Charlotte Hentschel.

Anton stand ungehalten auf. „Wozu sollte das gut sein? Jetzt ist es sinnlos. Ihr Leben ist vorüber, wahrscheinlich werde ich sie ins Kloster bringen müssen."

„Vielleicht ist es gerade jetzt, da sie begreift, was sie getan hat, das Beste, wenn du ihr die Wahrheit sagst."

Doktor Hentschel drehte sich fort. „Ich muss dir nicht erklären, welche Entscheidungen ich treffe, Frau."

„Nein, und ich habe dich als Familienoberhaupt stets unterstützt und würde es niemals wagen, etwas von dir in Frage zu stellen. Nur dieses eine Mal denke bitte über meine Worte nach."

Eine weitere bittere Klarheit überkam ihn. All die Zeit hatte er seine Tochter vor einer Heirat mit Sebastian bewahren wollen. Er wusste nicht, ob er sie weiterhin schützen konnte. Charlotte aber wusste nichts davon. Er hatte ihr nichts von der Auseinandersetzung mit Sebastian erzählt. Wie hätte sie das Ausmaß dieses Unglücks verstehen können? Oh, Eugenia, dachte Anton verzweifelt. „Ich habe ihr zu viel Freiheit zugestanden, sie zu viele Bücher lesen und zu viel von der Welt erfahren lassen." Er nahm die Brille von seiner

Nase und rieb die Augen, die brannten. „Glück und Liebe haben in einer Ehe keinen Vorrang. Hier geht es darum, dass sie einen Mann zur Seite bekommt, der ihr etwas bieten kann und dem sie Gehorsam zeigt, so wie wir es ihr beigebracht haben."

Charlotte Hentschel trat zu ihrem Mann und blieb vor ihm stehen. Er sah über sie hinweg, als sei sie gar nicht anwesend. Doch das würde sie nicht schweigen lassen. Sie kannte ihn gut genug, um zu erkennen, dass er ihr zuhören würde. Er wusste, dass er sich gegen ihre Vernunft nicht wehren konnte.

„Tu etwas, um den Ruf deiner Tochter und unser Ansehen zu retten!"

„Ich werde nach Wiesbaden fahren, heute noch."

„Vielleicht wird es Zeit, dass wir alle nach Wiesbaden zurückkehren", gab Charlotte Hentschel zu bedenken.

Kapitel 16

Wiesbaden

Eugenia war froh, als sich ihr Bruder ankündigte. Er hatte nicht einmal die Tür hinter sich geschlossen, da warf sie sich ihm an den Hals. Sie sagte nichts, weinte nicht, klammerte sich nur an ihn. Sie brauchte seinen Trost und seinen Beistand. Er war ihr einziger Freund. Selbst die Tante unterließ es nicht, sie jeden Tag spüren zu lassen, wie schändlich ihr Benehmen gewesen war.

Moritz hielt sie eine Weile fest, als wüsste er, was seine Schwester brauchte. Er schien nicht über ihren Gefühlsausbruch überrascht zu sein. „Ich habe es gehört. Daniel Schütz wird dich nicht heiraten? Er glaubt das Gerede?"

Sie löste sich aus seinen Armen. Müde und traurig sagte sie: „Ich weiß nicht, wer es ihm erzählt hat. Wer davon wissen kann. Mein Leben ist dahin."

„Vater wird es richten."

„Tante Gerlinde hat ihm einen Brief geschrieben. Du ahnst nicht, wie empört sie von dem Gerede war. Sie fragte mich ständig, was daran sei und ob ich noch bei Sinnen sei. Sie hielt mir Vorträge, wie ich mich zu verhalten hätte. Sie wollte schon einen Schneider kommen lassen, der meine Kleider ändern soll, damit man meinen Zustand nicht erkennt. Ich hatte alle Mühe, sie davon zu überzeugen, dass ich kein Kind in mir trage. Ach, und an Vater will ich gar nicht denken. Er wird außer sich sein. Er wird mich nie wieder sehen wollen."

„Du kannst nichts für dieses Geschwätz." Moritz führte sie durch den Raum, bis sie den Gussofen erreicht hatten. Hastig rieb sie die Hände über der Ofenwärme.

„Ich weiß nicht, ob Vater irgendetwas tut. Er wird Holzhausen nicht verlassen", vermutete Eugenia verzweifelt.

„Jetzt mach dir keine Sorgen. Vater ist in Wiesbaden."

Sie hob erstaunt den Kopf. Erleichterung und Verzweiflung erfassten sie gleichzeitig. „Vater ist hier? Seit wann?"

„Gleich nachdem er den Brief von der Tante erhielt, ist er in die Kutsche gestiegen und nach Wiesbaden gefahren."

„Woher weißt du das?"

Es klang so selbstverständlich, als Moritz sagte: „Ich war zu Hause und habe ihn besucht."

„Er ist hier und ich weiß nichts davon." Eugenia drehte sich um und lief aufgeregt durch das Zimmer.

„Er muss dir nicht mitteilen, was er tut."

„Natürlich nicht. Hat er mit Daniel Schütz gesprochen? Hat er ihn umstimmen können? Konnte er alles aufklären? Weißt du etwas darüber?"

„Nein. Jetzt setz dich hin, Eugenia, und halte still. Du kannst mit deiner Aufregung nichts ändern. Reden wir von etwas anderem."

Eugenia winkte ab, ohne stehen zu bleiben. Sie lief aufgeregt im Zimmer hin und her, doch ihre Schritte wurden von dem Orientteppich gedämpft. Ihr Bruder trat zu ihr und drückte sie auf das Sofa, das in der Nähe des heißen Ofens stand.

Moritz hüstelte auffällig und setzte sich neben sie. „Wir könnten zur Abwechslung über mich sprechen."

„Du bist Vaters Liebling, weil du brav studierst und in seine Fußstapfen treten wirst. Warum sollten wir über dich sprechen und über dein angenehmes Leben in Gießen?" Eugenia sprach voller Hohn.

„Ich habe vor einem halbem Jahr das Studium abgebrochen."

Eugenia erschrak.

„Ich habe drei Monate im Korrektionshaus gesessen, wegen Landstreicherei und Volksaufwiegelung."

Als sie das hörte, stockte ihr der Atem.

„Aber natürlich können wir über etwas anderes sprechen", schlug Moritz vor.

Eugenia erhob sich und begann erneut, aufgeregt auf und ab zu laufen. Diesmal noch hektischer als zuvor.

„Du warst im Korrektionshaus? Deshalb hast du meine Briefe nicht beantwortet? Du warst gar nicht in Gießen?"

„Wie viele Briefe hast du mir eigentlich geschrieben, bevor du mit deinem Wilderer erwischt wurdest?"

„Unzählige!" Sie schüttelte den Kopf und sagte gedankenverloren: „Und ich dachte, ich sei jetzt das schwarze Schaf der Familie."

„Du bist anmaßend zu glauben, diesen Titel tragen zu können. Ich bin es!", antwortete Moritz mit einer Spur von Witz.

Sie wirbelte zu ihrem Bruder herum. „Das ist kein Wettstreit."

„Nein, weil ich gewonnen habe. Du bist nur in den Armen eines Wilderers erwischt worden. Ich saß wegen Aufwiegelei im Korrektionshaus."

„Vater wird außer sich sein", dachte Eugenia laut.

„Er ist es deinetwegen, also macht er sich über mich erst einmal keine Gedanken."

Eugenia stierte ihren Bruder ungehalten an. „Das klingt so, als seist du froh darüber, in welcher Lage ich mich befinde."

„Nein, natürlich nicht." Moritz winkte hastig ab, als könnte er dadurch die Anschuldigung von sich weisen. „Aber es hat eine angenehme Nebenwirkung. Vater ist abgelenkt."

Eugenia ging um das Sofa herum und setzte sich neben ihren Bruder. „Armer Papa. Da hat er all die Zeit versucht, seine Kinder nach seinen Maßstäben zu erziehen und nun …"

Moritz seufzte gedankenverloren. „Seine Tochter unzüchtig, sein Sohn ein Aufständischer." Er wollte es scherzend sagen, doch die Bitterkeit in seiner Stimme klang deutlich mit.

Die Geschwister sahen sich an.

Eugenia spürte, dass ihr Bruder etwas sagen wollte, und zögerte. Vielleicht weil er nicht wusste, wie er es sagen oder ob er es überhaupt erwähnen sollte? Eugenia unterließ es, ihn zu drängen und wartete schweigend, bis Moritz sich zu ihr umdrehte. „Ich bin noch nicht fertig mit Erzählen. Ich habe mich einer liberalen Vereinigung angeschlossen."

Diese Neuigkeit überraschte sie nicht. Wieder erinnerte sie sich an letztes Jahr, als sie gerade in Holzhausen gewesen waren. Moritz hatte einige Bemerkungen über die beschnittenen Rechte des Volkes fallen lassen. Hatte er damals schon geplant, sich liberalen Politikern anzuschließen?

„Du solltest vorsichtig sein", warnte sie ihn. „Mir steht es nicht zu, mehr darüber zu wissen, aber die Regierung sieht die Liberalen oder Demokraten nicht gern. Und ein Verein mit politischem Hintergrund ist laut unserem Gesetz verboten."

„Eines Tages wird das nicht mehr so sein, Eugenia. Die Zeit wird kommen, vielleicht schneller, als wir alle denken."

Im Arbeitszimmer seines Hauses in Wiesbaden saß Anton Hentschel über den Schreibtisch gebeugt. Seine Stirn hatte er auf seine Hände gestützt. Er dachte immer wieder an den Augenblick, als er durch den Wald geritten war und plötzlich seiner Tochter und dem Bauernsohn gegenübergestanden hatte. Welch ein Schock.

Kurz nachdem er den Brief seiner Schwester erhalten hatte, war er aufgebrochen. Als er in Wiesbaden angekommen war, hatte sein Sohn ihn überraschend aufgesucht. Anton war nicht sehr gesprächig gewesen und hatte daraufhin Daniel Schütz aufgesucht, um die Hochzeit zu retten. Der Betrogene war erbost, dass ihm eine solche Person untergeschoben werden sollte. Er bezichtigte den Vater als Lügner und Betrüger. Er sei von Eugenias Unschuld und Tugend nicht mehr überzeugt und könne auf keinen Fall so jemanden heiraten. Anton hatte beteuert, dass er ihm nichts hatte verheimlichen wollen. Allerdings hatte er keinen Skandal heraufbeschwören wollen. Es ginge ja schließlich um den guten Ruf seiner Tochter. Daniel Schütz hatte erklärt, dass seine Eltern ihm dringend davon abrieten, Eugenia zu heiraten. Es würde den Namen der Familie Schütz in Mitleidenschaft ziehen und seine Eltern seien auf keinen Fall bereit, dies in Kauf zu nehmen.

Anton Hentschel äußerte bedacht, man solle nicht auf jedes Gerücht hören, denn nicht immer sei Wahrheit dabei. Daraufhin hatte Daniel Schütz erwidert, dass es sich nicht bloß um ein Gerücht handele, sondern ihm aus vertrauter Quelle von dieser unschicklichen Misere berichtet worden sei. Darauf konnte Anton Hentschel nichts erwidern. Sein Wort galt nicht mehr. Als er schließlich das Haus des Kaufmannes verlassen hatte, war ihm klar, wie lächerlich sein Versuch gewesen war. Er rieb nun seine Stirn. Kopfschmerzen plagten ihn.

Stimmen wurden laut, dann ging die Tür auf.

„Dein Diener wollte mich nicht reinlassen", beschwerte sich Sebastian. Hinter ihm erschien der Bedienstete, wollte sich offenkundig bei seinem Herrn entschuldigen, doch der ungebetene Gast schlug ihm die Tür vor der Nase zu. Sebastian zog sich seine Handschuhe aus, dann seinen Mantel, und warf beides über einen Stuhl, der vor dem Schreibtisch stand.

„Ich hörte, du seist in Wiesbaden. Gibt es einen besonderen Grund?", fragte Sebastian beiläufig.

Anton Hentschel hob den Kopf. Das Pochen hinter den Schläfen hatte zugenommen. „Benötige ich Gründe, um in mein Haus zurückzukehren? Seit wann muss ich dir meine Unternehmungen mitteilen?"

„Du scheinst gereizt, alter Freund."

Doktor Hentschel schnaubte verächtlich. „Was willst du hier? Ich dachte, du hättest Wiesbaden verlassen."

„Dachtest du, du hättest gewonnen und ich würde den Plan, Eugenia zu heiraten, aufgeben? Ich muss dich enttäuschen, Anton. Ich war auf Reisen."

„Auf der Flucht vor deinen Gläubigern, willst du sagen?"

Sebastian druckste etwas herum. „Mag sein."

„Kommst du in mein Haus, um mich wieder einzuschüchtern? Mich zu erpressen, zu bedrohen? Ich habe im Augenblick ganz andere Probleme, also lass mich in Ruhe."

„Tst, tst, tst." Sebastian blieb vor dem Schreibtisch stehen. „Ich hörte von Eugenias Fehltritt und der geplatzten Hochzeit. Eine wirklich dumme Sache."

„Die Sache ist nur dumm, weil sie an die Öffentlichkeit geriet."

„Ja, die schlimmsten Geschichten kommen meistens heraus."

Die Art, wie der Mann sprach, ließ Anton Hentschel aufhorchen. Er runzelte die Stirn und sah über seine Hände hinweg Sebastian an. „Du hast doch nichts damit zu tun?"

Der Angesprochene hob fragend die rechte Hand und legte sie an seine Brust. „Ich? Ich bitte dich. Was habe ich mit den Schandtaten deiner Tochter zu tun?"

Anton Hentschel schüttelte den Kopf. „Das meine ich nicht. Ich meine das Gerücht über Eugenia. Hast du es in die Welt gesetzt?"

„Schiebst du mir jetzt alle Gemeinheiten zu? Du suchst einen Schuldigen und da nimmst du deinen ehemaligen Freund, der es immer nur gut mit dir meinte." Die Ironie war deutlich.

Doktor Hentschel ließ die Hände sinken und erhob sich aus dem Sessel. „Du steckst hinter dem Gerücht, gib es wenigstens zu."

„Ich bitte dich, Anton. Jeder in Holzhausen weiß von der Liebschaft zwischen Eugenia und diesem Wilderer. Das ist kein Gerücht, das ist die Wahrheit."

„Es war keine Liebschaft!" Doktor Hentschel versuchte es ruhig zu sagen, doch die Schärfe in seiner Stimme war nicht zu überhören. Seine Worte hinterließen einen bitteren Geschmack auf seiner Zunge.

„Und warum ist sie mitten in der Nacht im Wald gewesen und ließ sich mit diesem Wilderer fangen?", spöttelte Sebastian. „Sie hat mir gesagt, dass sie den falschen Mann geliebt hat."

Anton Hentschel knirschte mit den Zähnen, schwieg jedoch.

„Jemand musste diesem armen Trottel die Wahrheit sagen." Sebastian drehte sich von dem Schreibtisch fort und ging lässig zu einem der Fenster, um die Passanten auf der Straße zu beobachten.

„Was hast du getan?"

„Ich habe mit Daniel Schütz ein ernsthaftes Gespräch geführt und ihn über das Geschehen aufgeklärt. Eugenia könnte durchaus von diesem Bauern ein Kind bekommen. Hast du schon daran gedacht?"

Neben den stärker werdenden Kopfschmerzen spürte Anton Hentschel unsäglichen Zorn. Er hatte alles versucht, seine Tochter einem ehrenwerten Mann zu übergeben. Es wäre ihm gelungen, hätte Eugenia nicht diesen schlimmen Fehler begangen.

„Du hast sie zerstört, ihre Ehre befleckt. Ich dachte immer, dir liegt etwas an Eugenia und du würdest ..."

Da unterbrach Sebastian ihn: „Ich habe mir die ganze Zeit überlegt, wie ich diesen Schütz loswerde. Mir war klar, dass du alles daran setzen wirst, Eugenia mit ihm zu verheiraten, nur damit ich sie nicht bekomme. Aber ich bin nicht dumm. Auch wenn du den Hochzeitstermin in aller Stille vereinbart hast und ich nicht in der Stadt weilte. Nun, deine Tochter hat mir den perfekten Grund geliefert. Ich bin über ihr Verhalten wirklich schockiert." Sebastian hob mahnend einen Zeigefinger. „Sie hat ihren Ruf selbst zerstört, nicht ich."

Anton widersprach nicht.

„Niemand will sie mehr heiraten!", fuhr Sebastian überheblich grinsend fort. Er schien zufrieden zu sein. „Aber ich bin dein Freund, Anton. Ich rette ihren Ruf und nehme dir eine Bürde ab. Ich bin bereit, sie zur Frau zu nehmen, und natürlich dürfen wir die Mitgift nicht vergessen."

Verachtung war das Einzige, was Anton im Augenblick spürte. Es war ein Gefühl, das er in einer solchen Stärke schon lange nicht mehr aufgebracht hatte. „Damit du deine

Spielschulden bezahlen kannst? Ich hörte, dein Haus soll bald versteigert werden."

Dieser Hinweis schien Sebastian zu ärgern. Er wirbelte herum und starrte wieder aus dem Fenster. Diese Zeit nutzte er wohl, um sich zu fangen. „Du bist wirklich stur, Anton. Aber jetzt ist Schluss. Gib sie mir oder ..." Er sah über seine Schulter zum Schreibtisch. „Oder ich werde die Wahrheit über deine Fehldiagnose preisgeben."

Anton Hentschel starrte den Mann betroffen an. Er hatte es gewusst! Es war nur eine Frage der Zeit gewesen, bis Sebastian diese Drohung aussprechen würde. Nun war Anton tatsächlich an einem Punkt angelangt, der ihn zwang, seine Entscheidung zu überdenken. Eugenia würde an der Seite von Sebastian nicht glücklich werden, aber welche Wahl hatte er, Anton Hentschel, jetzt noch? Diese Heirat würde Eugenias Ruf wiederherstellen und ihn vor einem weit schlimmeren Skandal bewahren. „Du hast mir geschworen, niemals etwas zu sagen!"

Sebastian schien unbeeindruckt. „Es sind andere Zeiten angebrochen und deine Sturheit erfordert härtere Maßnahmen."

Anton war mehr als schockiert. Er wusste sehr gut, was es bedeutete, wenn dieses Geheimnis ans Licht käme. Er würde alles verlieren. Seine gut laufende Praxis, seine Erlaubnis, in Wiesbaden als freipraktizierender Arzt zu arbeiten. Ganz abgesehen von seinem Ansehen in dieser Stadt.

Er massierte mit seinen Fingern die Stirn, hinter der die Schmerzen unerträglich wurden. Es waren nur wenige Augenblicke, die er nachdenken konnte. Er fühlte tiefe Müdigkeit. „Du hast alles verspielt, verkaufst Medizin mit zweifelhafter Wirkung und führst Geschäfte mit Halunken. Und dir soll ich Eugenia geben?"

„Bei mir wird sie es gut haben. Sie wird lernen, einen Mann zu ehren und ihm keine Schande zu bereiten. Du bist ein Versager, Anton. Du wehrst dich gegen die Forschung der Medizin, du kannst deine Tochter nicht richtig erziehen und verstößt deine Freunde." Sebastian schritt zum Schreibtisch zurück, stützte sich mit beiden Händen darauf ab und sah den Mann, der dahinter saß, eindringlich an. „Ich warte auf deine Entscheidung. Ich habe dir genug Zeit gelassen. Fast ein Jahr habe ich gewartet." Seine Stimme wurde immer schneidender. „Jetzt ist Schluss, Anton! Wenn du jetzt nicht nachgibst, werde ich dich zugrunde richten, bei Gott!"

Doktor Hentschel blickte nicht auf. Seine Augen brannten, er war zu erschöpft, um weiter nachzudenken. Eine schwere Last lag auf seinen Schultern. Ihm war, als drücke jemand sein Herz zusammen. Die nächsten Augenblicke waren nicht lang genug, als dass er einen Ausweg hätte finden können. Er hob nicht den Kopf, als er zu sprechen begann. „Du bekommst meine Tochter Eugenia zur Frau und erhältst mit ihr eine beträchtliche Summe als Mitgift, damit du deine Schulden bezahlen und ihr ein angemessenes Leben bieten kannst."

Sebastian richtete sich zufrieden auf. Nichts von der drohenden Gebärde war noch an ihm zu erkennen. „Na, warum nicht gleich so? Wir hätten uns viel Ärger und einen Skandal ersparen können. Und falls du denkst, du könntest es noch verhindern: Ich werde die Verlobung mit Eugenia im Wiesbadener Wochenblatt veröffentlichen, damit jeder davon erfährt. Wir werden Anfang März eine Feier veranstalten und Freunde einladen. Ich möchte im Sommer heiraten, wenn es in Wiesbaden grünt und blüht. Und solltest du dich nicht an unsere Vereinbarung halten, lieber Schwiegerpapa, dann wirst du das bitter bereuen, und deine Tochter gleichfalls."

Sebastian nahm den Mantel und seine Handschuhe und ging gut gelaunt zur Tür. „Ich werde dir und Eugenia in den nächsten Tagen die Aufwartung machen."

Kapitel 17

Februar

Eugenia spürte die Stimmung in der Stadt. Etwas lag in der Luft, deutlicher war es noch nie gewesen. Flugblätter tauchten überall in den Straßen auf. Eugenia hörte von Versammlungen. Liberale hatten die Wiesbadener zusammengerufen, um ihnen ihre politischen Ideen zu unterbreiten. Immer wieder gab es Redner, die Passanten anlockten, ehe Polizei erschien, die verzweifelt versuchte, etwas zu unterdrücken, was nicht mehr aufzuhalten war.

Da die Tante Eugenias schwerwiegendes Vergehen missbilligte, hatte sie ihr lange nicht erlaubt, durch die Straßen zu flanieren, heute aber hatte Gerlinde beschlossen, ihre Nichte bei einem Erledigungsgang mit in die Stadt zu nehmen. Eugenia schlenderte den Fußweg entlang. Ihr folgte Tante Gerlinde, in ein Gespräch mit einer Freundin vertieft. Diese hatte Eugenia kaum wahrgenommen. Ein kurzes Nicken als Begrüßung, mehr Aufmerksamkeit wurde ihr nicht zugedacht. Es war ein elendes Dasein, fast unsichtbar für die Leute zu sein, die ihr einst ein freundliches Lächeln und Achtung entgegengebracht hatten, dachte Eugenia, als sie an der Bonifatiuskirche vorbeiging, dem katholischen Gotteshaus. Vor einigen Jahren war der Vorgängerbau eingestürzt und die neue Hallenkirche war noch immer nicht fertig. An der Kirche lag der rechteckige Luisenplatz, der jetzt, nachdem der Schnee geschmolzen war, recht trist wirkte. Von der Schwalbacher Straße bis zur Kirchgasse lag die Artilleriekaserne mit dem Zeughaus, den Ställen und Remisen.

Eugenia war die Rheinstraße vertraut. Einst hieß sie

Adolphstraße, bis Herzog Wilhelm angeordnet hatte, sie Rheinstraße zu nennen. Sie war sechzig Fuß breit, stieß auf die Wilhelmstraße und stellte die südliche Grenze des historischen Fünfecks dar, in dem das alte Wiesbaden nach einem Plan des Stadtbaumeisters Christian Zais errichtet worden war.

Eugenia ging die breite Rheinstraße entlang, an der kaum Häuser standen. Das eindrucksvollste Gebäude war die ehemalige Orthopädische Heilanstalt, die vor vierzehn Jahren erbaut worden war.

Da erkannte Eugenia in einer Gruppe von Frauen Dorothea und hob erfreut die Hand zum Gruß. Doch diese schien fast erschrocken über Eugenias Auftauchen, packte eine ihrer Begleiterinnen am Arm und zog sie vom Gehsteig fort. Eugenia ließ langsam die Hand sinken. Wieder wurde ihr ganz deutlich bewusst, welche Ausmaße der Skandal genommen hatte. Sie wurde gemieden. Niemand wollte mit ihr reden oder mit ihr zusammentreffen.

Kälte erfasste sie. Selbst ihre beste Freundin ging ihr aus dem Weg.

Wie in Trance schritt Eugenia den Gehsteig entlang, an dem Crévschen Palais vorbei. Plötzlich war ihr, als machten die Passanten einen Bogen um sie, als hätte sie eine ansteckende Krankheit. Das war natürlich Unsinn, doch so ausgeschlossen hatte sie sich noch nie gefühlt. Eugenia hob den Kopf, blinzelte in die blasse Sonne und ging an dem Gebäude entlang. Die einstige Heilanstalt war ein dreigeschossiges Gebäude aus weißem Putz und rotem Sandstein. Heute lag im mittleren Stockwerk des eindrucksvollen Ziegelbaus eine Kapelle für den russisch-orthodoxen Gottesdienst. Hier hatte die verstorbene Herzogin mit ihrem toten Kind drei Tage lang gelegen, bis beide in der Mauritiuskirche beigesetzt worden waren. Seitdem stand das Haus der russischen Gemeinde zur Verfügung.

Eugenia erreichte die Wilhelmstraße. Der Fahrdamm war breit genug, um Fuhrwerke und Kutschen aneinander vorbeifahren zu lassen. Der zwölf Fuß breite Fußweg war mit rotem Sandstein gepflastert. Auf einer Seite reihten sich majestätisch Bäume. Die beliebte Platanenallee war nach dem Vater des heutigen Herzogs benannt worden, Wilhelm I. von Nassau-Weilburg, der einst in dieser Stadt residiert hatte. Am anderen Ende der Straße lagen seitlich das Kurhaus und seine Kolonnaden, die bei den Kurgästen sehr begehrt waren.

Eugenia spazierte mit unbehaglichem Gefühl über den roten Sandstein und vermisste die Gegenwart ihrer Freundinnen. Doch was vermisste sie? Die belanglosen Gespräche? Über was wurde gewöhnlich gesprochen? Nicht über den bevorstehenden Umschwung in diesem Land, der sich durch Versammlungen und eine Vielzahl von Flugblättern äußerte, sondern über andere Dinge: die neue Mode, eine aufwendige Frisur für das nächste Fest und besonders, wie man die jungen Herren auf sich aufmerksam machen könne. Eugenia hatte bei solchen Gesprächen in letzter Zeit ein Gähnen kaum unterdrücken können. Dennoch tat es weh, eine so gute Freundin wie Dorothea zu verlieren.

Die Besuche auf Festlichkeiten hielt die Tante für unangebracht. Die privaten Einladungen waren ausdrücklich nur für Gerlinde bestimmt, Eugenia war auch hier ausgeschlossen. Auf keiner der Karten war ihr Name abgedruckt. Fast so, als sei sie gänzlich aus der Gesellschaft verschwunden.

Eugenia wischte hastig über ihre Augen, während sie zur Wilhelmstraße gelangte. In ihrem Rücken vernahm sie die Stimmen ihrer Tante und deren Freundin. Kein einziges Mal hatten sie das Wort an Eugenia gerichtet.

Die Luft war milder geworden. Heute zeigte sich das Wetter freundlich, die Sonne kämpfte sich durch die grauen Wolken und schickte ihre angenehmen Strahlen auf die Stadt. Eugenia hielt das Gesicht in das wärmende Licht. Plötzlich dachte sie an ihre Ausflüge mit August und Luise, sie sehnte sich danach, durch die Wälder zu streifen und Tiere zu beobachten. Sie wünschte sich, mit August über seine Forschung und seine Experimente zu reden, auch wenn sie nur die Hälfte davon begriff. Mit Luise würde sie gern Tee trinken und gemeinsam mit ihr am Pianoforte spielen. Eugenia hatte die Mitte der Wilhelmstraße erreicht. Hier verabschiedete sich Tante Gerlinde von ihrer Freundin und winkte einem Paar zu, das in einer Kutsche an ihnen vorbeifuhr. „Es gibt wieder Interessantes zu berichten. Oberst Mergender hat sich als recht unzuverlässig herausgestellt", erzählte die Tante zu Eugenia gewandt. „Er ist mit einer jungen Dame einfach durchgebrannt. Es wird vermutet, sie hätten heimlich geheiratet. Mir scheint, dass das Benehmen der jungen Leute immer verdorbener wird", schimpfte Gerlinde. „Das sieht man ja auch an dir."

Eugenia blieb plötzlich stehen. Sie nahm die Worte kaum wahr, sondern beobachtete eine Gruppe von Männern auf der anderen Straßenseite. Einer von ihnen drehte seinen Kopf. Eugenia öffnete ihre Lippen, als sie ihn betrachtete. Sein dunkles Haar glänzte im Sonnenlicht, das Gesicht war mit einem feinen Bartansatz bedeckt. Er trug saubere Hosen und ein helles Hemd, darüber eine eng anliegende Jacke. All das nahm sie nur beiläufig wahr. Doch der Anblick seiner blauen Augen fesselte sie.

„Eugenia? Warum trödelst du?" Gerlindes Stimme drang nur undeutlich an ihr Ohr. Eugenia starrte den Mann an, der in der Gruppe auf der anderen Seite entlang ging, ohne auf sie zu achten.

„Was hast du? Du tust gerade so, als hättest du einen Geist gesehen", sagte Gerlinde.

„Das kann nicht sein", murmelte Eugenia plötzlich. „Das ist nicht möglich."

„Es gehört sich nicht, seine Tante zu missachten, Eugenia Hentschel. Wo sind nur deine Manieren?"

Die Gruppe von Männern bog in eine Straße ein und war verschwunden.

„Verzeih, hast du etwas gesagt?" Eugenia blinzelte verwirrt, als könnte sie dadurch das Bild verschwinden lassen, das in ihrem Kopf entstanden war. Sie ging weiter und warf noch einmal einen Blick über ihre Schulter, zu der Ecke, hinter der die Gruppe verschwunden war. Und mit ihr ein Mann, den sie für tot gehalten hatte.

„Mein Bruder hätte dich nicht auf das Land mitnehmen sollen. Das hat dir mehr als geschadet“, schimpfte Gerlinde.

Die Familie Hentschel kehrte in das Stadthaus zurück. Es war einer jener Tage, an denen es nicht regnete. Die Kälte war mit einem nächtlichen Sturm davongeweht worden. Die letzten Regentropfen fielen von den Dächern und Bäumen. Eugenia wurde am frühen Morgen von der Tante über die Rückkehr ihrer Eltern informiert. Hastig packte sie ihre Habseligkeiten zusammen, um wieder in ihr Elternhaus zu ziehen. Tante Gerlinde erklärte übermütig, es wäre noch besser, Eugenia würde nach Holzhausen zurückkehren, bis das Geschwätz über sie nachließ. Andererseits konnte Eugenia mit ihrer Anwesenheit beweisen, ob sie wirklich guter Hoffnung war oder nicht. Alles in allem war es demütigend, fand Eugenia.

„Du bist dir hoffentlich im Klaren darüber, dass kein angesehener Mann dich zur Frau nehmen wird“, warf Gerlinde ihrer Nichte zu. „Du hast dein Leben kaputt gemacht. Und weswegen? Der Liebe wegen.“ Die Tante schnappte spöttisch nach Luft. „So ein Unsinn. Ihr jungen Leute hängt euren Träumereien nach. Da sieht man, dass es euch schadet! Liebe!“

Eugenia überhörte die Vorwürfe und nahm ihre Tasche. Die Kutsche brachte sie durch die Stadt und hielt vor dem großen Elternhaus. Ihre kleinsten Geschwister begrüßten sie stürmisch. Die jüngste Schwester erzählte von Holzhausen, was August in der Schule machte und wie sehr sich Luise langweilte, seitdem Eugenia nicht mehr da war. Schließlich stand Eugenia ihrer Mutter gegenüber. Es waren über drei Monate vergangen. Eine halbe Ewigkeit, dachte sie wehmütig. So lange war sie noch nie von ihrer Familie getrennt gewesen. Sie sah das züchtige Lächeln ihrer Mutter und machte einen Knicks vor ihr.

„Ich freue mich sehr, Sie wiederzusehen, Mama."

„Ach Kind, meine Freude wird getrübt durch die Gerüchte, die über dich in Umlauf sind."

„Ich habe Ihnen keinen weiteren Kummer bereiten wollen."

„Ich weiß. Geh auf dein Zimmer, Tochter, und zieh dich um. Wir essen bald."

Wie sehr hatte Eugenia ihre Familie vermisst, wie sehr ein tröstendes Wort. Das wurde ihr erst jetzt bewusst, als sie die breiten Stufen in das obere Stockwerk hinaufstieg. An den Wänden hingen Gemälde von Landschaften und von ihren Ahnen.

Ihren Vater hatte Eugenia noch nicht gesehen. Sie blieb auf einer der Stufen stehen.

„Ist Papa auch da?", wollte sie schüchtern wissen.

„Ja, mein Kind, aber er hat viel zu tun." Die Mutter wirkte zurückhaltend.

Eugenia ließ den Kopf sinken und ging die Treppe hinauf, bis sie in ihrem Zimmer stand. Ein großes Himmelbett stand an einer Wand. Ein Sekretär und eine Kommode aus Kirschbaumholz befanden sich auf der anderen Seite. Hohe Fenster reihten sich zur Straße hin. Die langen Vorhänge verhüllten die Sicht nach draußen. Eugenia blieb vor ihrem Bett stehen und legte die Tasche darauf. In diesem Haus war sie geboren worden und aufgewachsen. In diesem Bett hatte sie viele Nächte gesessen, Bücher gelesen und geträumt. Und nun? Sie fühlte sich wie eine Fremde in ihrem eigenen Heim. Nachdenklich ging sie an dem Schaukelpferd vorbei, auf dem sie früher gesessen hatte. Es war aus dunklem Holz geschnitzt. Sattel und Zaumzeug waren rot bemalt. Eugenia seufzte. Ihre Finger strichen über das Holz, bis sie vor dem Puppenhaus stand, das sie vor vielen Jahren zu Weihnachten geschenkt bekommen hatte. Eugenia ging zu einem der Fenster. Vorsichtig schob sie einen Vorhang zur Seite und blickte auf die Straße. Manchmal kam eine Kutsche vorbei. Die Räder fuhren durch Pfützen und die Passanten wichen den Wasserspritzern aus. Schwermut erfasste Eugenia, als sie an ihren Vater dachte. Seine Präsenz war so deutlich, dass sie dachte, er stünde genau neben ihr. Mit seiner Gegenwart wuchsen ihre Schuldgefühle. Wie würde er sich ihr gegenüber verhalten? Hatte er ihr verziehen? Gewiss nicht. Schon gar nicht, seitdem er wusste, dass sich Daniel Schütz von ihr abgewandt hatte. Traurigkeit erfüllte ihr Herz.

Wie es ihre Mutter aufgetragen hatte, wechselte sie ihr Kleid und ging hinunter ins Erdgeschoss, wo sie in das Esszimmer trat. Ihr Herz klopfte aufgeregt, als sie ihren Vater erblickte. Er zog die Jacke aus und wollte sich an den Tisch setzen, als er seine Tochter bemerkte. Eugenia ging langsam auf ihn zu und machte einen tiefen Knicks vor ihm. Sie senkte demütig den Kopf. Ein Kloß steckte in ihrem Hals fest. Sie musste sich räuspern. „Guten Tag, Papa. Ich freue mich sehr, Sie wiederzusehen."

Sein Gesicht zeigte keinerlei Regung. Er nickte, ohne sie anzusehen. „Willkommen zu Hause, Tochter."

Er zog den Stuhl zurück und nahm Platz, schien Eugenia wieder vergessen zu haben.

Sie setzte sich schweigsam an den Tisch. Die Mutter trug den kleinen Sohn auf dem Arm zum Tisch und setzte ihn neben sich auf den Stuhl.

„Ich habe dir ein Bild von Holzhausen gemalt", plapperte Eugenias Schwester aufgeregt. „Mit dem Wald und der Kirche. Und ich habe eine Vogelscheuche gemalt, das soll die Paula sein." Das Mädchen kicherte fröhlich und stieß beinahe das Besteck vom Tisch.

Das erste Mal war Eugenia froh, dass ihre kleine Schwester so geschwätzige Eigenschaften hatte und die Stimmung am Tisch entspannte.

„Warst du auf vielen Festen?", wollte das Mädchen wissen. „Und hast du viel getanzt?"

„Ja, schon."

„Warst du auf einem Ball an Silvester?"

„Nein." Eugenia wollte sich nicht daran erinnern, was an jenem Abend geschehen war.

Ein Dienstmädchen brachte das Essen und die Gespräche verstummten.

Eugenia warf einen unauffälligen Blick zu ihrem Vater, der sich seinem Teller widmete. Er hatte sich mit keinem Wort an sie gewandt, hatte sie nicht gefragt, wie es ihr ging. Sie sehnte sich nach seiner Aufmerksamkeit und Fürsorge. Würde er jemals vergessen können, was sie getan hatte?

Als Anton Hentschel sein Besteck beiseitelegte, stützte er seine Ellbogen auf dem Tisch ab und faltete die Hände vor sich.

„Ich habe etwas zu sagen. Sebastian wird Eugenias zukünftiger Gatte." Er sprach, ohne dabei seine Tochter anzusehen. „Die Verlobungsanzeige wird nächste Woche in den Zeitungen erscheinen. Sebastian wünscht eine Feier, um die Verlobung offiziell zu verkünden." Er erhob sich vom Tisch und niemand widersprach ihm. „Sie soll auf Wunsch von Sebastian Anfang März in unserem Hause stattfinden."

Kapitel 18

Holzhausen,
Ende Februar 1848

Erst hatte er gedacht nicht zu wissen, wohin er gehen sollte, sobald er das Korrektionshaus Eberbach verließ. Doch dieses unstete Gefühl hatte Matthias in den letzten Tagen seiner Haft verlassen. In der Zeit, die er dort verbracht hatte, war etwas in ihm vorgegangen, er wusste nun, dass er nach Wiesbaden sollte. Eine neue Ära, von der alle sprachen, würde bald anbrechen. Und er wollte dabei sein. Vielleicht gab es für ihn eine Möglichkeit, etwas zu tun. Für eine bessere Zukunft wollte er eintreten. Er wollte etwas bewegen und vielleicht dafür sorgen, dass Menschen, gleich welchen Standes, eine gemeinsame Zukunft haben könnten.

Es war das erste Mal, dass er so lange von Holzhausen fort gewesen war. Drei Monate hatte er in diesem Korrektionshaus verbracht, hatte sich von den Verletzungen erholt, Bücher gelesen und Freunde gefunden. Einer von ihnen, ein Student, hatte ihn den Sinn jener Reformen gelehrt, die auch in Nassau Einzug halten sollten. Dank dieses Mannes kannte Matthias seinen Weg.

Doch erst einmal begab er sich nach Holzhausen. Matthias machte einen großen Bogen um das Haus des Arztes an der Kemeler Straße. Die Fensterläden waren verschlossen, es sah verlassen aus. Trotzdem fürchtete Matthias den Anblick des Doktors. Als er am Hof der Posthalterei vorbeikam, erklang ein erfreuter Schrei. Paula rannte auf ihn zu und umarmte ihn stürmisch.

„Ich hab nicht geglaubt, dich wiederzusehen“, rief sie glücklich aus.

Matthias lachte, wirbelte sie herum und begrüßte die Frau. „So schnell kriegt mich keiner unter."

„Ich bin froh, dass du wieder da bist. Jetzt können wir endlich heiraten, Matthias."

Sein Herz krampfte sich zusammen. „Ich muss noch etwas erledigen."

Paula stieß sich misstrauisch von dem Burschen ab. „Das hat doch nichts mit dieser Prinzessin zu tun?"

Er fühlte sich ertappt. „Weißt du, wie es Eugenia geht?"

Paula schnaubte abfällig. „Ne, die ist weg, dem Himmel sei Dank. Gleich am nächsten Tag, nachdem du angeschossen worden bist, hat ihr Vater sie nach Wiesbaden geschickt. Sie wird jetzt verheiratet sein."

Matthias spürte eine seltsame Schwere in sich. Er hatte es geahnt, hatte während seiner Haft versucht, sie aus seinem Herzen zu verbannen. Sie würde den Weg gehen müssen, den der Vater ihr bestimmte. Das Versprechen, das sie sich gegeben hatten, war vergessen. Er wusste es und doch tat diese Erkenntnis weh.

„Einige von uns dachten, du wärst gestorben", murmelte Paula. Sie stieß ihm freundschaftlich in die Seite. „Aber wir wissen alle, dass du ein unverwüstlicher Rasselbock bist."

„Doktor Hentschel hat mir das Leben gerettet", berichtete Matthias. „Ich habe ihm viel zu verdanken."

„Was meintest du damit, du müsstest noch was erledigen?"

„Ich will nach Wiesbaden. Etwas braut sich zusammen. Es sollen Forderungen zusammengestellt werden, die dem Herzog vorgetragen werden. Das ist eine wichtige Sache, Paula."

Die junge Frau schnaubte. „Wichtige Sache. So reden einige hier in letzter Zeit. Das ist alles Unfug. Das bringt doch nichts."

„Wenn das jeder sagt, wird sich niemals etwas ändern. Deshalb bin ich hier. Ich will einige von uns aufwecken und sie nach Wiesbaden rufen."

„Und was ist mit uns?", wollte Paula plötzlich wissen. „Ich meine, du und ich."

Matthias zögerte. „Es wird Zeit, Altes zu begraben", murmelte er nach einer Weile.

Es wurde ihm schwer ums Herz. Eugenia ging ihm nicht aus dem Sinn. Seinen Antrag damals im Wald hatte er ernst gemeint. Er hatte mit Eugenia fortgehen wollen. Selbst nach Amerika wäre er mit ihr gegangen, auch wenn er nicht gewusst hatte, was ihn dort erwartete. Er liebte Eugenia, das würde sich nicht ändern. Doch sie war jetzt mit diesem Daniel Schütz verheiratet. Und Matthias hatte immer öfter über seine eigene Zukunft gegrübelt. Vor allem darüber, mit wem er seinen weiteren Weg beschreiten sollte. Es lag in der Natur des Menschen, nicht allein zu bleiben.

„Dann ist es an der Zeit, neu anzufangen", sagte Paula glücklich und lehnte sich an seine Brust.

Matthias amtete tief durch. Er musste es versuchen.

„Es freut mich, dass du endlich Vernunft angenommen hast und über meine Worte nachdenkst", schwatzte Paula, ohne seine nachdenkliche Miene zu erkennen. „Ich bin letzten Winter nicht umsonst zu dir gekommen und habe dich nach deinen Gefühlen gefragt."

„Ich weiß, aber ich habe Gerhard noch nicht gefragt, ob er zu deinem Vater geht, um ihn zu fragen."

Paula quietschte fröhlich auf. „Dann musst du das schnell nachholen."

„Wenn das in Wiesbaden vorbei ist, dann komm ich zurück und wir feiern Hochzeit."

Tatsächlich gelang es Matthias in den darauf folgenden Tagen, einige Männer aus Holzhausen dafür zu gewinnen, auf die nächsten Versammlungen nach Wiesbaden zu kommen. Liberale Politiker wie August Hergenhahn sprachen auf solchen Zusammenkünften. Sie wollten ihr Begehr an die Regierung richten. Das Volk sollte ihre Rechte einfordern und diese Forderungen formulieren, damit sie rechtmäßig anerkannt wurden. Matthias erklärte dies alles den Bewohnern von Holzhausen. Er hatte erwartet, auf taube Ohren zu stoßen, doch die missliche Lage vieler Bauern hatte den Unmut wachsen lassen. Es würden einige Bewohner des Dorfes, ebenso aus den Nachbarorten, zu den nächsten Versammlungen in die Stadt kommen. Mit diesem Hochgefühl kehrte Matthias nach Wiesbaden zurück. Er wollte einen Mann aufsuchen, der für die Revolution kämpfte. In der Wilhelmstraße lag ein Badehaus und Hotel, der „Aachener Hof". Dort sollte er sich vorstellen und den Studenten wieder treffen, den er während seiner Korrektionshaft kennengelernt hatte. Der erste Kommandant der Wiesbadener Bürgerwehr war Georg Böhning, in dessen Gasthaus Matthias unterkam. Die Nachricht vom Aufstand in Paris am 22. Februar erreichte sie am Nachmittag des 26. im Aachener Hof. Einige warteten gespannt die nächsten Tage ab, andere bangten. Ein gewaltsamer Einmarsch der Franzosen wurde befürchtet. Es war seitdem eine seltsame, unruhige Stimmung unter den Gesellen und Freunden. Matthias hätte es nicht in Worte fassen können. Niemand sprach darüber, wovor er selbst Angst hatte oder was er erhoffte. Georg Böhning als Kommandant der Bürgerwehr hatte gesagt: „Der innere Feind ist die Anarchie, gegen die wir gewappnet sein müssen. Der äußere Feind muss genauso bekämpft werden, denn er kommt mit Emigranten aus Frankreich zu uns, bewaffnet und bereit, in unserem Land für Unruhen zu sorgen. Die Bürger dieser Stadt befürchten Krieg und Elend, wir sind dafür da, um sie zu schützen und zu beruhigen."

Matthias saß an diesem Mittag mit einigen Freunden am Tisch und trank einen Schoppen. Er wunderte sich noch immer, wie sie alle hatten zusammenkommen können, so verschieden waren die Männer, die sich hier trafen. Advokaten, Handwerker, Studenten und Bauern. Das Interesse, die Veränderungen in dieses Land zu bringen, hatte sie zu Freunden gemacht, obwohl sie gesellschaftlich nichts gemeinsam hatten. Während der Zeit im Korrektionshaus hatte Matthias selten über seine Vergangenheit gesprochen. Und auch über diesen Studenten wusste er wenig.

Dieser junge Mann trat nun durch die Tür und kam auf ihn zu. Er wirkte vornehm in seinem einfachen Anzug. Sein Auftreten allein ließ schon vermuten, dass er aus gutem Hause stammte. Obwohl er wegen Aufwiegelei im Korrektionshaus gesessen hatte, zweifelte Matthias nicht daran, dass er zu einer angesehenen Bürgerfamilie gehörte und diese durch seine Verschwiegenheit schützen wollte. Matthias war es egal, woher er kam oder wer er war, denn er selbst sprach genauso wenig über seine Vergangenheit. Wichtig war es, welches Ziel sie gemeinsam verfolgten.

Der Mann setzte sich an den Tisch. „Du bist wieder da? Es hat dich ja nicht lange in deinem Heimatdorf gehalten", witzelte er. „Wo genau warst du noch?"

„Holzhausen", antwortete Matthias. „Aber ich konnte einige der Bewohner für die Versammlungen begeistern."

Als der Name des Ortes gefallen war, zuckte Moritz unmerklich zusammen. „Du kommst aus Holzhausen?", wiederholte er verblüfft. „Das wusste ich gar nicht." Es war kaum zu glauben, dass er jemanden kennengelernt hatte, der aus dem Dorf kam, in dem seine Familie gelebt hatte. Wusste Matthias etwas über Eugenia und ihren Wilderer?

„Hatte ich das nicht irgendwann erwähnt?", fragte Matthias.

„Kann sein." Moritz rieb nachdenklich sein Kinn. Er hätte nun Fragen stellen und sich über den Vorfall mit seiner Schwester erkundigen können. Bestimmt kannte Matthias die Familie Hentschel aus der Zeit, als sie in dem Dorf verweilt hatte. Doch statt sich damit an Matthias zu wenden, schwieg er. Um solche Fragen zu stellen, hätte Moritz seine Herkunft preisgeben und zugeben müssen, dass er Eugenias Bruder war. Dazu war er jedoch nicht bereit. Zu gefährlich war es, die Familie in seine Machenschaften hineinzuziehen.

Und so schwieg er Matthias gegenüber. Irgendwann würde sich eine Gelegenheit bieten, um ihn über Holzhausen auszufragen.

Einer der Handwerksburschen am Tisch machte ein finsteres Gesicht. „Habt ihr davon gehört? Deutsche Emigranten und Jakobiner sollen aus Frankreich auf dem Weg zurück sein. Das bringt alles in Gefahr, für was wir einstehen."

Moritz fuhr mit einer Hand über seine Haare. Seine Augen wirkten müde. „Ein Krieg würde jetzt alles zerstören."

„Das sind Gerüchte", tat Matthias ab. „Und meistens ist nichts dran. Hergenhahn wird das schon regeln. Er sagte, es dürfe niemals Zweifel daran geben, dass die Forderungen auf friedliche Weise eingeführt werden. Nur so können sie beständig sein."

„Ehrlich gesagt weiß ich nicht, ob ein Volk frei sein kann, solange es die Monarchie gibt", brummte einer der Handwerksgesellen. „Es wird Zeit, dass der Herzog abdankt. Eine Demokratie soll her."

„Rede nicht so", wies ein ehemaliger Student ihn zurecht. „Lasst Hergenhahn nur machen. Sein Weg mag nicht der schnellste sein, doch vielleicht kommt er damit ans Ziel. Langsam, bedächtig, so wie er immer sagt. Für eine Demokratie ist es zu früh."

Kapitel 19

27. Februar 1848

Moritz' Ankunft war im Hause der Hentschels eine erfreuliche Überraschung. Er gab eine kurze Pause seines Studiums an, um seine Familie zu besuchen. Niemand sollte ahnen, was er tatsächlich in der Stadt tat. Er stand an dem Fenster in Eugenias Zimmer und blickte hinaus auf die Straße, während seine Schwester auf einem Stuhl saß und mit einer Handarbeit beschäftigt war. Da sie ihre Geduld verloren hatte, musste sie die Stickerei immer wieder ändern. Sie begann sich darüber zu ärgern und zog erregt an dem Faden, der schließlich riss.

„Es regnet und regnet", murmelte Moritz nach einer Weile und missachtete ihre Unbeherrschtheit.

„Ich freue mich auf den Sommer, wenn wir am Kurhaus über den See rudern", überlegte Eugenia laut, als müsste sie sich von ihrer Reizbarkeit ablenken. „Aber du wirst ja dann wieder in Gießen sein! Wirst du doch, oder?"

Moritz drehte sich plötzlich um. „Nein, ich werde nicht mehr studieren!"

Eugenia riss die Augen auf und ließ ihre Handarbeit sinken.

„Und es gibt viele Gründe, warum ich nicht mehr studiere. Einer davon ist, dass es mir nicht bestimmt ist, Arzt zu werden, auch wenn Vater darauf besteht", sagte Moritz eindringlich. Er hatte lange genug darüber nachgedacht. Und obwohl er sich über die Richtigkeit seiner Entscheidung im Klaren war, fürchtete er sich vor den Folgen. Wie würde sein Vater reagieren?

„Aber du weißt, unser Großvater war Arzt, Vater ist einer und ..."

„... und sein ältester Sohn muss auch einer werden." Moritz schnaubte verächtlich, ging durch den Raum und ließ sich gegenüber seiner Schwester auf dem zweiten Stuhl nieder. Er schlug ein Bein über das andere und faltete seine Hände darüber. „Bevor ich in das Korrektionshaus kam, lernte ich einen Mann kennen, dessen Zielsetzung mich beeindruckte. Er verteilte Flugblätter aller Art, die der Herzog verboten hat, und ich habe ihn unterstützt. Dann traf ich Böhning."

„Wer ist das?"

„Georg Böhning ist Uhrenmacher und der Besitzer des Aachener Hofs. Dort sind wir eingekehrt und treffen uns regelmäßig. Von dort aus organisieren sich Handwerker und Studenten. Es werden immer mehr, die eine Demokratie verlangen. Sieh mich nicht so an. Du kennst meine Ansichten."

„Ich mache mir Sorgen um dich."

„Das musst du nicht. Mir geht es gut. Ich habe Freunde gefunden und gemeinsam werden wir die neue Zeit einläuten. In Frankreich gab es vor drei Tagen Unruhen. Hast du davon gehört?"

Eugenia war bisher so sehr mit sich selbst beschäftigt gewesen, dass sie nichts von dem Geschehen um sie herum wahrgenommen hatte. Daher musste sie den Kopf schütteln.

„Das passt gar nicht zu dir, davon nichts zu wissen, Schwester. Warst du so sehr mit dir selbst beschäftigt, dass du keine Zeitungen mehr gelesen hast? In Frankreich ging das Volk auf die Straße und hat den König gestürzt. Sie haben eine Republik ausgerufen. Dort ist der Teufel los. Eine Republik, stell dir das mal vor."

„Meine Güte, es gibt hoffentlich nicht wieder einen kleinen Soldaten, der Krieg gegen die Welt führt und sich selbst zum Kaiser krönt?"

„Diesmal nicht, aber die Unzufriedenheit in diesem Land ist groß. Und das, was in Frankreich geschehen ist, muss der Anstoß für uns sein. Es ist ein Zeichen. Wir müssen uns ebenfalls erheben und Forderungen stellen, die uns zur Demokratie führen. Der Ruf nach Recht und Freiheit muss auch dieses Herzogtum ereilen. Es sind die wichtigsten Rechte, für die wir kämpfen, damit wir ein freies Volk sein können. Und wir sind dafür bereit."

„Aber der Herzog wird eure Gedanken nicht einfach hinnehmen."

„Tut er auch nicht, sonst hätte ich nicht im Korrektionshaus gesessen. Doch selbst dort habe ich jemanden kennengelernt, der die gleichen Gedanken hat. Du siehst, es werden immer mehr."

„Aber die Regierung verfolgt jeden, der in ihren Augen Verrat begeht. Versprich mir, nichts Dummes zu tun. Ich habe bereits einen lieben Menschen verloren. Ich will dich nicht auch verlieren." Eugenia flüsterte die letzten Worte.

„Sorge dich nicht." Er wollte sie beruhigen, doch er spürte seine eigene Unsicherheit. „Erzähl du mir lieber, was mit dir ist. Du bist seit Tagen still. Hat es etwas mit Daniel Schütz zu tun? Bedeutet er dir etwas? Oder mit Sebastian?"

„Mir ist es gleich, wen ich heirate." Sie zog das Wiesbadener Wochenblatt hervor und reichte es ihrem Bruder. Dieser faltete die Zeitung auseinander und fand die Verlobungsanzeige. Damit war die Verbindung zwischen Sebastian und Eugenia offiziell.

„Es hätte dich schlimmer treffen können nach dem, was über dich erzählt wird."

Eugenia schüttelte sich angewidert. „Diese Klatschbasen sind darüber hergefallen wie Aasgeier, die seit Wochen nichts zu essen hatten."

„Das ist so in unserer Gesellschaft. Die abenteuerliche Geschichte um dich und deinen Wilderer füllt Abende."

Eugenia sah erschöpft aus, dachte Moritz besorgt. Die Missachtungen setzten ihr sicher zu und niemand konnte sie davor bewahren, selbst er nicht.

„Dorothea und alle meine anderen Freundinnen meiden mich. Ich versuche mich daran zu gewöhnen."

„Das sind oberflächliche, alberne Gänse. Du hast mehr im Kopf als sie alle zusammen. Du hast sie nicht nötig", tröstete Moritz seine Schwester und fragte sich, ob sie stark genug war, nicht in Lethargie zu versinken.

„Rede nicht so über sie", verteidigte Eugenia ihre Freundinnen. „Ich war nicht anders."

„Irgendwie schon", widersprach er leise. Seine Schwester war schon immer anders gewesen. Zu sehr fühlte sie mit dem Leid anderer. Sie konnte nicht über Ungerechtigkeit hinwegsehen. Das hatte sie stets von all den anderen albernen Gänsen unterschieden, dachte Moritz.

„Jetzt schauen sie in eine andere Richtung, wenn ich komme, und wechseln die Straßenseite. Es ist schrecklich." Er hörte die Verzweiflung in ihrer Stimme.

Er wollte es heiter abtun. „Du hast alle Skandale von Wiesbaden übertroffen, meine Liebe. Mit dir befreundet zu sein, würde bedeuten, gutzuheißen, was du getan hast. Dorothea ist nicht stark genug, um das zu tun."

„Sie hat mich einfach fallen lassen", seufzte Eugenia wehmütig.

„Sorge dich nicht. Bald gibt es andere Begebenheiten, über die geredet wird, und deine Taten sind vergessen", versuchte Moritz seine Schwester aufzuheitern.

„Der einzige Mann, der bereit ist, mich zu heiraten, ist Sebastian." Sie nahm wieder ihre Handarbeit auf. Ihre Bewegungen mit der Sticknadel waren ungeduldig und ruckartig. „Ich sollte ihm dankbar sein."

„Er und Vater haben sich vertragen und besiegeln mit dieser Heirat ihren Frieden. Und Vater ist zufrieden, wenn sein Freund und seine Tochter zusammenkommen. Du magst doch Sebastian."

„Natürlich. Auch wenn er archaische Ansichten über die Ehe hat." Sie ließ die Handarbeit auf ihren Schoß sinken. „Weißt du, was er getan hat? Er zitierte doch wahrhaftig Jean-Jacques Rousseau." Sie verstellte die Stimme und ahmte Sebastians belehrende Stimme nach: „Die Erziehung der

Frau muss auf die Wünsche des Mannes abzielen. Sie soll ihn ehren und lieben und ihm das Leben so angenehm wie möglich machen. Das Maß aller Dinge ist die Zufriedenheit des Mannes."

Moritz sah sie erstaunt an und legte das Wiesbadener Wochenblatt fort. „Das hat Sebastian gesagt? Verlangt er das von dir?"

„Ich bin mir nicht sicher, ob es einer seiner Scherze war." Sie stickte weiter, als kümmerte es sie nicht, wie Sebastian seine Worte gemeint haben könnte.

Moritz bewunderte sie für ihre Gelassenheit. Doch er sah noch mehr in ihren Augen. „Das ist nicht der einzige Grund deiner Traurigkeit, oder? Ist es dein toter Wilderer?"

Eugenia ließ die Stickerei wieder sinken. „Ich fürchte, ich habe ihn sehr geliebt. Es gelingt mir nicht, ihn zu vergessen." Nun legte sie die Handarbeit zur Seite und erhob sich von ihrem Platz. „Neulich glaubte ich sogar, ihn in der Stadt zu sehen. Oh, Moritz, ich glaube, ich verliere den Verstand. Ich sehe schon Tote."

Er war überrascht. „Du hast ihn gesehen?"

„Ich dachte tatsächlich, diesen Mann auf der Wilhelmstraße zu erkennen. Aber das ist unmöglich. Er ist tot." Sie seufzte.

Kapitel 20

Es war Samstag,
der 4. März 1848

Seit dem frühen Morgen strömten Menschen in die Stadt. Fordernd, ungeduldig.

Noch war im Hause der Hentschels nichts davon zu spüren, als Eugenia recht früh am Tisch saß und frühstückte. Ihr Vater hatte bereits das Haus verlassen, um zu seiner Praxis zu gehen. Die Mutter kümmerte sich um ihre kleinsten Kinder. Es war ruhig im Haus. Eugenia nippte an der Teetasse und horchte auf.

In den Raum drangen gedämpft Stimmen von der Straße, die zu dieser Stunde ungewöhnlich belebt war. Es hieß, gegen drei Uhr am Nachmittag solle auf dem Platz vor dem Hotel „Vier Jahreszeiten" eine weitere Volksversammlung stattfinden. Dort würden die Forderungen vorgelesen und schließlich dem Herzog vorgelegt werden. Der Aufruf zur Teilnahme war an das ganze Volk des Herzogtums Nassau gerichtet. Bereits jetzt war die Unruhe in der Stadt nicht zu übersehen. Die Bürgerwehr hatte die Wachrundgänge verstärkt. Seit Tagen waren sie durch die Straßen patrouilliert. Es gab viel Gerede über einfallende Franzosen, die mit Gewalt eine Demokratie ausrufen wollten.

Eugenia trank den Tee aus und überlegte, was sie heute unternehmen sollte. Flugblätter hatten zu dieser großen Zusammenkunft eingeladen. Ihre Eltern würden sie sicherlich nicht aus dem Haus lassen. Außerdem regnete es. Nebelschwaden hingen in den Straßen, als müssten sie etwas verstecken. Die Tür öffnete sich und Moritz trat ein. Sein Gesicht war leicht gerötet. Die Augen leuchteten. „Die Stadt füllt sich mit Menschen. Du ahnst nicht, was auf den Straßen los ist. Es werden immer mehr. Bauern, Handwerker, Bürgerliche, Künstler, alle kommen zu Hergenhahns Versammlung."

„Es wird doch nicht zu einem Aufstand kommen?"

„Nein, es soll alles friedlich vonstattengehen. Die Forderungen sollen dem Herzog übergeben werden. Das Volk drängt auf eine Bewilligung."

Eugenia stellte die Teetasse zurück auf den Tisch. „Aber der Herzog ist in Berlin."

„Es heißt, er ist auf dem Weg zurück nach Wiesbaden." Moritz setzte sich zu seiner Schwester und schien nicht stillhalten zu können. „Eugenia, heute ist ein großer Tag. Heute verlangt das Nassauer Volk seine Rechte."

Eugenia überkam ein hoffnungsvoller Schauer. „Was wirst du tun?"

„Ich werde zum Schlossplatz gehen. Dort soll sich die Bürgerwehr aufstellen, um das Schloss zu schützen. Mit so viel Ansturm hat Hergenhahn nicht gerechnet."

„Mein Gott, Moritz, das hört sich gefährlich an."

„Es wird nicht zu Ausschreitungen kommen. Die Nassauer sind erzürnt, aber nicht gewalttätig."

„Eines der Hausmädchen erzählte, die preußische Armee sei auf dem Weg hierher."

Moritz hatte ebenfalls gehört, dass preußische sowie nassauische Truppen alarmiert worden waren und gegen Wiesbaden marschieren sollten, um den Aufstand niederzuschlagen. „Keine Sorge, Schwesterlein. Heute Morgen ging eine Mitteilung von Staatsminister von Dungern aus, in der er versicherte, dass kein Militär gegen die Nassauer Bürger ziehen würde."

Eugenia warf ihrem Bruder einen argwöhnischen Blick zu. „Du weißt, was in Paris geschehen ist."

Moritz erhob sich von seinem Stuhl und lächelte versonnen. „Wir sind keine Franzosen. Wir sind Nassauer!"

Matthias stand in der Nähe der Bürgerwehrgruppe, die Georg Böhning direkt unterstellt war und bewaffnet vor dem Schloss Stellung bezogen hatte. Die Aufregung, die ihn bereits heute Morgen befallen hatte, ließ Matthias nicht los. Noch vor einem Jahr hätte er nicht geglaubt, dass ein solcher Tag kommen würde. Und er war Zeuge!

Es kamen so viele Menschen auf den Platz, um vor dem Schloss des Herzogs zu stehen und nach ihm zu rufen.

„Dass es so viele sein würden, ahnte ich nicht", murmelte einer der Männer in der Nähe von Matthias. Gestern noch hatten sie gemeinsam am Tisch im Aachener Hof gesessen und spekuliert, wie viele Nassauer dem Aufruf folgen würden. „Das werden ja immer mehr."

Ein anderer drehte sich zu ihnen um. „Es ist nicht die Menge, die mich beunruhigt. Sieh sie dir nur an. Die kommen vom Land, haben Sensen dabei und Mistgabeln."

Einige Landbewohner hatten Proviantsäckchen bei sich. Musikanten spielten vorneweg oder Burschen mit Trommeln, die die Stimmung der Männer anheizten. Sie kamen aus vielen Regionen, dem Rheingau, vom Main her, aus dem Taunus, dem Westerwald. Sie hatten die unterschiedlichsten Beweggründe und entstammten verschiedenen Gesellschaftsschichten. Jeder hatte seine eigenen Sorgen, doch eines hatten alle gemeinsam: Unzufriedenheit vereinte sie. Und je mehr Menschen zusammentrafen und Wiesbaden mit Aufrufen und Unmut überschwemmten, desto stärker wurde die Gefahr, dass sich die Stimmung bald ändern könnte. Menschen drängten zusammen, stießen sich, schubsten.

Ein Mann schrie von dem Ende der Tyrannei und hob seine Axt, als wollte er sich den Weg zum Schloss freischlagen.

Einer der Burschen aus der Bürgerwehr verlor die Nerven. Er sah sich immer wieder gehetzt um. Sein Gesicht war rot vor Entsetzen. Plötzlich stürmte er auf Matthias zu. „Wir sterben alle. Ich werde bestimmt nicht hier stehen und mich überrennen lassen." Er ließ die Waffe fallen und lief davon, voller Panik. Matthias fand keine Gelegenheit, den

Mann aufzuhalten. Er hatte nur kurze Zeit nachzudenken. Der Bürgerwehrmann war fort, die Waffe lag vor Matthias' Füßen. Die aufgeregten Männer um ihn herum drängten ihn immer weiter. Wenn jetzt noch mehr Bürgerwehrmänner die Nerven verloren, blieb das Schloss ungeschützt. Kurz entschlossen nahm Matthias das Gewehr auf und stellte sich in die Lücke der Reihe.

Böhning hatte das mitbekommen und warf einen Blick auf ihn. Er schien zu zögern, dann nickte er ihm zu. Matthias stand mit seiner Waffe in der Reihe der Bürgerwehr und sah immer mehr Landbewohner und Wiesbadener auf sich zukommen. Sie formierten sich dichter vor dem Schloss, hoben die Mistgabeln und Sensen. Der Lärm schwoll an, je mehr Zeit verging. Matthias hielt das Gewehr fester. Bisher hatte er im Wald Wild geschossen. Noch nie war er in die Lage geraten, ein Gewehr auf einen Menschen zu richten. Jedem der Bürgerwehrmänner wurde klar, dass sie gegen den Ansturm dieser Menge nicht bestehen würden. Böhning marschierte vor ihnen auf und ab und versuchte seine Leute zu beruhigen. Matthias konnte plötzlich die Angst des Entflohenen verstehen. Die Gefahr war so deutlich zu spüren. Die Aufregung der Menge verstärkte sich, denn der Herzog erschien nicht auf dem Balkon, so wie es sein Volk verlangte.

„Dafür sind wir zusammengetreten, um das Recht und die Ordnung zu bewahren. Wir müssen ausharren und warten", hörte Matthias die Stimme von Georg Böhning.

„Ist der Herzog schon da?"

„Er bringt die preußischen Soldaten mit", wusste einer der Männer zu erzählen. „Dann wird ein Kampf unumgänglich."

„Solle se nur komme. Die schmeiße mer all in de Roi!", brummte ein Mann mit einer Mistgabel.

Matthias vernahm die Stimmen der aufgebrachten Männer und mahnte sich selbst zur Ruhe. Alle verlangten nach dem Herzog. Dessen Mutter stand verloren auf dem Balkon des Schlosses und versuchte die Menge zu beruhigen. Die Wut wurde jedoch immer größer.

So hatte er sich diese Versammlung nicht vorgestellt. Ihr Anblick schüchterte Matthias ein.

„Die werden uns mit ihren Äxten niederschlagen", nuschelte der Bursche neben Matthias und wich einige Schritte zurück.

Dieser blieb bedachtsam und ließ die Menge nicht aus den Augen. „Heute wird niemand niedergeschlagen. Komm zurück in die Reihe und bleib ruhig", entgegnete Matthias. Seine eindringlichen Worte schienen den Burschen überzeugt zu haben, denn er trat wieder neben ihn, die Waffe zitternd in den Händen.

Die Herzogin, die in Begleitung des Staatsministers von Dungern noch immer auf dem Balkon des Schlosses stand, versuchte der Bevölkerung des Nassauer Landes etwas zu sagen. Der Staatsminister hatte bereits zwei der neun Forderungen bewilligt. Jetzt verkündete er unter Vorbehalt, er würde auch die restlichen Forderungen anerkennen, bis Herzog Adolph aus Berlin zurück sei. Die Mutter des Herzogs, Pauline, bestätigte dies und versuchte die aufgebrachte Menge zu besänftigen. Ganz gleich was sie versprachen, es gelang ihnen nicht, die Aufregung zu mildern. Immer mehr Rufe nach dem Herzog wurden laut. Pauline versicherte, ihr Sohn sei auf dem Weg nach Wiesbaden. Es war Mittag.

„Er bringt wahrscheinlich das Militär mit", rief einer aus der Menge.

Plötzlich kam Unruhe auf. Nassauische Fahnen standen in Flammen. Rauch zog über die Köpfe der zornigen Menschenmenge hinweg. Immer mehr nassauische Fahnen wurden zerrissen und angezündet.

Matthias spürte den Qualm in seinem Hals kratzen, doch er blieb auf der Stelle stehen.

Drohungen wurden lauter: „Wir räuchern sie aus!"

„Kein Fürst, kein Graf, kein Edelmann soll mehr herrschen!"

Die zornigen Stimmen überschlugen sich. Die Sensen und

Dreschschlägel hoben sich bedrohlich. Da schrie jemand: „Mer stürme des Schloss!“

In der Reihe der Bürgerwehr zuckten einige Männer zusammen. Sie hielten die Gewehre im Anschlag. Matthias warf einen verzweifelten Blick auf Böhning. Der musste diese Gefahr ernst nehmen, dachte er unsicher. Was sollten sie tun? Auf die Nassauer Bürger schießen?

Schweiß stand auf seiner Stirn, rann an seiner Schläfe entlang. Matthias konnte ihn nicht wegwischen, zu krampfhaft hielt er das Gewehr in den Händen. Er befeuchtete seine trockenen Lippen, ließ die Gestalten vor sich nicht aus den Augen.

Aufgeregte Männer kamen mit Fackeln herbei. Sie wurden über den Köpfen weitergereicht, immer näher an die Bürgerwehrtruppe heran. Matthias beobachtete aufmerksam die brennenden Fackeln.

„Verdammt“, stieß sein Nachbar hervor, ein Handwerksgeselle.

„Wir verlassen unseren Posten nicht!“, sagte Böhning mit ruhiger Stimme.

Die Gewehre hoben sich drohend. Matthias spürte die Schweißtropfen, die über sein Gesicht liefen. Die Bedrängnis wurde immer größer. Wenn jetzt jemand von ihnen die Nerven verlor und in die Menge schoss, würde ein Tumult ausbrechen, der vielen das Leben kosten würde. Matthias sah die Bewegungen, die Wut, die ihn zu überrennen drohte. Egal wie entschlossen sie sein würden, dachte er, sie konnten gegen diesen Ansturm nicht bestehen. Für einen Augenblick bereute er es, das Gewehr aufgehoben und sich in die Reihe gestellt zu haben.

„Wir haben Kunde, dass der Herzog bald eintrifft“, erklang die Stimme der Herzogin vom Balkon her, merklich beunruhigt von der bedrohlichen Nähe der Aufrührer und ihrer Fackeln.

Matthias betete, dass die Herzogin die Wahrheit sprach. Er hatte nicht vorgehabt, dass dieser glorreiche Tag sein letzter werden würde. Unwillkürlich musste er an Eugenia denken.

War sie in Wiesbaden? Was dachte sie über den Umschwung? Würde sie sich um ihn sorgen, wenn sie wüsste, in welcher Gefahr er steckte? Der Gedanke an die Frau beruhigte ihn seltsamerweise. Sie wäre sicherlich stolz auf ihn, dachte Matthias. Er wünschte sich, sie endlich wiederzusehen. Sehnsucht breitete sich aus, die er all die Zeit hatte unterdrücken wollen. Nein, er durfte sie nicht wiedersehen! Er hasste sich dafür.

So sehr in seine Gedanken versunken vergingen die Stunden zäh, bis endlich, am Nachmittag gegen halb fünf, der Herzog, mit der Taunusbahn von Frankfurt kommend, in Wiesbaden eintraf. Die Neuigkeit verbreitete sich schnell. Die Stimmung der Menge brodelte. Matthias spürte es deutlich. Wenn der Herzog jetzt nicht bald auf diesem Balkon erschien, würde die ursprünglich friedliche Versammlung in einer blutigen Katastrophe enden. Noch gab es vernünftige Stimmen in dem Aufruhr; wenn diese jedoch verstummten …

Matthias wagte es, das Gewehr mit einer Hand loszulassen und über seine Stirn zu wischen.

Es hieß, der Herzog bahne sich zu Fuß einen Weg zum Schloss. Böhning war seit einiger Zeit nicht mehr zu sehen. Empfing er den Herzog? Wie lange würde es noch dauern, bis der Landesherr endlich eintraf? Dieser Albtraum musste bald ein Ende haben!

Es erschien Matthias eine Ewigkeit, bis Adolph von Nassau endlich den Balkon betrat. Er machte ein bestürztes Gesicht. Der Anblick seiner aufgeregten Untertanen ließ ihn unsicher werden. Er stand neben seiner Mutter und dem Staatsminister und versuchte sich Gehör zu verschaffen. Die Rufe verklangen langsam. Der Unmut und die aufrührerischen Stimmen verstummten.

Die Stimme des Herzogs schallte über ihre Köpfe hinweg.

Matthias bemerkte erst jetzt, dass seine Hände zitterten.

Er krampfte die Finger noch fester um die Waffe, damit niemand seine Aufregung sehen konnte.

Herzog Adolph versprach nun mit feierlicher Stimme, die deutliche Unsicherheit preisgab, dass alle Forderungen des Nassauer Volkes erfüllt werden würden. Alle neun Forderungen, die gestellt worden waren, würde Adolph einhalten, damit dem Volk Nassaus mehr Rechte zugestanden wurden.

Die Stille, die auf dem Schlossplatz herrschte, während der Landesherr sprach, war Matthias fast unheimlich.

Nachdem die herzogliche Stimme verklungen war, brachen die Leute in Jubelrufe aus.

„Es lebe der Herzog!"

„Hoch lebe Herzog Adolph!"

Matthias versuchte sich zu entspannen. Eben noch hatte er gedacht, sein letztes Stündlein hätte geschlagen, nun stand er inmitten ausgelassenen Frohsinns. Er konnte es nicht fassen. Er war sich der Bedeutung der herzoglichen Zusicherung bewusst.

Sie hatten ihre Ziele erreicht. Die Wälder waren öffentliches Eigentum. Welch Ironie, dachte Matthias.

„Dann sind wir die Zinslasten los", rief einer der Männer glücklich und warf seinen Hut in die Luft.

Matthias spürte den Taumel der Freude und jubelte mit all den anderen Nassauer Bürgern. Heute war ein großer Tag für das Herzogtum. Sein Volk hatte den ersten Schritt zu seiner Freiheit getan. Von irgendwoher war das Lied der Deutschen zu hören. Viele stimmten mit ein und das Lied über Einigkeit und Recht und Freiheit schallte über die Dächer Wiesbadens hinweg.

Kapitel 21

10. März 1848

Eugenia spielte gedankenverloren einige Lieder auf dem Pianoforte. Sie hielt inne und starrte auf die Tasten. Erst jetzt war ihr aufgefallen, dass sie den Walzer spielte, den sie damals am Hasenbach gesummt hatte. Traurig dachte sie daran, wie Matthias sie berührt hatte, wie nahe sie sich gewesen waren. Diese Erinnerungen waren noch immer schmerzhaft. Dabei erschien es ihr eine Ewigkeit her zu sein, dass sie in Holzhausen gelebt hatte.

Die letzten Tage in Wiesbaden waren aufregend gewesen. Eugenia hatte durch ihren Bruder von dem Erfolg gehört. Die Angst vor Unruhen blieb jedoch. Die Aufregung legte sich nur langsam. Auch wenn die Jubelrufe von jenem Tag verklungen und die meisten Menschen in ihre Heimat zurückgekehrt waren, spürte man trotzdem noch die Nachwirkungen des glorreichen Tages. Oft hörte man von irgendwo einen Hochruf auf den Herzog oder jemand summte das Lied der Deutschen. Eugenia hatte es bedauert, nicht dort gewesen zu sein, auf dem Schlossplatz. Natürlich war ihr der Gang dorthin verwehrt geblieben. Moritz hatte ihr alles erzählt, auch von der Gefahr, in der sich alle befunden hatten. Es hatte genug Menschen gegeben, die das Schloss gern gestürmt hätten, um die Demokratie auszurufen. Das Erscheinen des Herzogs war die Rettung gewesen. Sein Versprechen hatte jeder ernst genommen. Böse Zungen behaupteten, Adolph hätte nur nachgegeben, da er die Situation nicht überschauen konnte und Zeit brauchte, um einen Aufstand zu verhindern.

Es klopfte an die Tür und ein Hausmädchen trat ein. „Ein Herr August Otto möchte Sie sprechen, Fräulein Eugenia."

Die Frau sprang aufgeregt von dem Bänkchen auf und durchquerte den Raum. Sie eilte durch das Haus in den Eingangsbereich.

„August, welch eine Überraschung. Es ist schön, dich zu sehen." Eugenia ging erfreut auf ihn zu.

Seine Augen strahlten, als er sie erblickte. „Ich dachte mir, du vermisst uns ein wenig. Ich bringe dir ein paar Nachrichten aus Holzhausen."

„Wie geht es deiner Familie?", wollte Eugenia wissen. „Und Luise? Ist sie wohlauf?"

„Ich soll dich lieb von allen grüßen, besonders von Luise. Sie vermisst dich sehr."

Eugenia wies mit einer Hand auf eine Tür und ging voran. Sie führte August in die Wohnstube.

„Luise hat sich verändert", berichtete August. „Sie spricht nicht mehr so oft von Sittsamkeit. Sie legt sogar ein recht aufmüpfiges Wesen ihrem Onkel gegenüber an den Tag." August lachte, als er sich in dem Sessel niederließ. „Stell dir vor, sie hat darauf bestanden, einen Lehrer besuchen zu wollen, den sie wohl mag." Dann sah er sich um. „Hier sieht es sehr vornehm aus. Das ist ein schönes Haus und sehr groß. Noch größer als das in Holzhausen."

„Was wird aus unserem Haus in Holzhausen?", fragte Eugenia.

„Es steht leer."

„Will es niemand kaufen?"

„Dein Vater hat es nicht zum Verkauf angeboten."

Sie seufzte. „Es war schön, dort zu wohnen. Ich hätte nie gedacht, dass ich das einmal sagen würde. Wenn es leer steht, wird es zerfallen und in einigen Jahren wird man es abreißen. Dann weiß niemand mehr, dass wir dort gelebt haben."

August schien amüsiert. „Du vermisst uns also wirklich, Eugenia?"

„Natürlich, aber hören wir auf, von mir zu sprechen. Was ist mit dir? Warum bist du in Wiesbaden?“

„Mein Schwager ist geschäftlich hier. Ich werde im April die Schule verlassen“, teilte August mit. Wehmut schwang in seiner Stimme mit.

„Aber warum nur? Was ist mit deinem Traum? Du wolltest studieren.“

„Es hat sich einiges geändert. Das mit meinem Studium ist eben nur ein Traum.“

„Aber August, du darfst nicht aufgeben. Geh weiter auf die Schule.“

„Es kostet Geld und ich weiß nicht, wie es weitergeht. Die Menschen sind alle in Aufruhr.“

„Hast du von der Versammlung vor einigen Tagen gehört? Die Stadt war überfüllt von aufgeregten Menschen. Es waren so viele.“ Eugenia schüttelte den Kopf, noch immer fassungslos über das Aufgebot der Nassauer Bürger.

„Natürlich hörten wir davon. Einige aus Holzhausen sind nach Wiesbaden gezogen. Das haben wir Matthias zu verdanken, der sie zusammengerufen hat.“ August lachte vergnügt.

Eugenia zuckte zusammen. Sie blinzelte verwirrt. Matthias?

„Eugenia? Ist etwas mit dir? Ist es, weil ich Matthias erwähnte? Es tut mir leid.“ Der Junge wirkte plötzlich verlegen.

Sie rührte sich nicht. Ihre Augenlider flatterten, während ihre Gedanken weit fort waren.

Matthias.

Sie hatte diesen Mann in Wiesbaden gesehen. Auf der Wilhelmstraße vor Wochen. Das wirre Haar, diese eindrucksvollen blauen Augen. Seine Haltung, das Lächeln. Aber er konnte es nicht gewesen sein. Eugenia öffnete den Mund, um etwas zu fragen, doch sie wusste nicht was. War es möglich? Hatte sie sich geirrt? Nein. Die Kugeln hatten ihn tödlich getroffen. Mutter hatte ihr mitgeteilt, dass Vater ihn nicht hatte retten können.

„Eugenia?“

Wieder blinzelte sie verwirrt. War es möglich, dass sie vor einigen Wochen Matthias gesehen hatte?

Ihre Stimme klang brüchig. „Und ich dachte, ich werde verrückt, weil ich schon Tote sehe.“

„Aber Matthias ist nicht tot. Er kam Anfang März nach Holzhausen zurück. Er war im Korrektionshaus.“

Eugenia schloss kurz die Augen. Ihr wurde schwindelig.

August beugte sich vor und sprach leise. „Niemand redet über diese Nacht, es ist fast unheimlich. Bis Matthias vor ein paar Tagen nach Holzhausen kam, dachten einige, er kehre nie wieder zurück. Es wurde sogar gemunkelt, er sei nach Amerika.“

„Ist er noch in Holzhausen?“

„Er wollte wegen der Versammlungen zurück nach Wiesbaden.“

Also war er in Wiesbaden.

„Aber er sagte, er kehre bald zurück“, erzählte August weiter, „und würde Paula heiraten. Stell dir das mal vor. Matthias und Paula. Hätte mir das einer vor einem Jahr gesagt, ich hätte denjenigen ausgelacht. Aber ich glaube, sie war schon immer in ihn verliebt.“

Eugenia erstarrte.

Sie wollten heiraten? Er lebte und wollte heiraten?

Plötzlich erinnerte sie sich wieder an jenen Tag, als sie an dem Stall Paula und Matthias belauscht hatte. Paula liebte ihn, hatte gewollt, dass er sie heiratet. Liebte er Paula doch mehr? Hatte er deshalb nicht versucht, Eugenia zu finden? War alles Lüge gewesen, was er ihr im Wald gestanden hatte? Er hatte Eugenia heiraten wollen. Er hatte mit ihr fortgehen wollen. Alles Lüge? Jetzt nahm er Paula zu seiner Frau. Natürlich, sie passten gut zusammen. Hatte Eugenia geglaubt, mit Matthias ein glückliches Leben führen zu können? In Amerika, wo alles anders war als hier? Wie lächerlich ihr der Gedanke plötzlich vorkam. Sollte Matthias doch mit Paula glücklich werden! Zorn wallte in ihr auf. Sie war zutiefst verletzt über sein Verhalten.

„Ich kehre zu dir zurück", hatte er versprochen.

Sie würde ihm nicht verzeihen, ihr solchen Kummer bereitet zu haben. All die schlaflosen Nächte, all die Tränen, die sie seinetwegen vergossen hatte. Und nun musste sie erfahren, dass er am Leben war und eine andere heiratete! Oh, dieser elende Schuft! Nie wieder wollte sie ihn sehen oder an ihn denken. Nie wieder!

Sie warf August ein gezwungenes Lächeln zu, um nicht preiszugeben, wie verletzt sie war. „Es ist schön, wenn es euch allen gut geht in Holzhausen. Bitte richte Grüße an alle aus, besonders an Luise. Und sage ihr, sie soll diesen Lehrer nicht aufgeben!"

Matthias würde seine Paula heiraten und sie, Eugenia, würde Sebastian zum Gatten bekommen. Um ihren Vater gütig zu stimmen, würde sie sich artig dieser Entscheidung beugen. Obwohl sie sich das immer wieder einredete, konnte sie den Ärger nicht verdrängen.

Schritte erklangen und ein Mann stürmte ohne zu klopfen in den Salon. Sebastian schloss energisch die Tür und ging auf Eugenia und den Gast zu. „Du hast Besuch?"

Eugenia nickte ihm zu und zeigte auf den Burschen. „Das ist August Otto aus Holzhausen. Er ist in Wiesbaden und berichtete mir einige Neuigkeiten aus Holzhausen."

Sebastian bedachte den Gast mit einem seltsam finsteren Blick.

August verbeugte sich vor Eugenia. „Auf Wiedersehen."

„Ich bringe dich hinaus", sagte sie höflich.

Sebastians Hand schnellte vor und packte ihren Arm. Mit einem angespannten Lächeln wandte sich Eugenias Verlobter zu ihr. „Er findet allein den Weg hinaus!"

August presste die Lippen aufeinander und verließ die Stube, während Eugenia noch immer die Hand ihres Verlobten auf ihrem Arm spürte. Der feste Druck entging ihr nicht.

Als August fort war, drehte sie sich zu Sebastian. „Du bist unhöflich. Im Haus meiner Eltern werden Gäste nicht auf solche Weise verabschiedet!"

Sein Lächeln wirkte versöhnlich, obwohl etwas in seinen Augen war, das Eugenia zurückschrecken ließ. „Das mag sein, meine Liebe. Aber ich entscheide jetzt über dich, nicht deine Eltern. Ich bin erstaunt über dein Verhalten!" Sebastian ließ endlich ihren Arm los und ging an ihr vorbei, um sich auf das Sofa zu setzen. „Ich bin erstaunt, dass du einen männlichen Besucher empfängst und mit ihm allein redest."

„August? Aber er ist doch so ein junger Bursche."

„Ich sehe es trotzdem nicht gern."

Eugenia drehte sich zu ihm um. Ihre Gefühle waren aufgewühlt von der Erkenntnis, dass Matthias am Leben war und Paula heiraten würde. Sie war wütend, verletzt, enttäuscht, voller Kummer. Es fiel ihr schwer, sich auf das zu konzentrieren, was Sebastian zu sagen hatte.

„Ich möchte nicht, dass du dich so benimmst, wie die Leute über dich reden. Das dulde ich nicht."

Sie fühlte sich gekränkt von seinen Worten, wollte es jedoch nicht zeigen und senkte gehorsam den Kopf. „Natürlich. Ich werde versuchen, deinen Wünschen nachzukommen, Sebastian."

Er warf ihr einen argwöhnischen Blick zu. Doch was er sah, schien ihn zufriedenzustellen. „Verzeih mir meine schlechte Laune. Ich wollte unsere Verlobung Anfang März bekannt geben. Ich wollte ein Fest zu unseren Ehren. Aber diese lächerliche Versammlung und dieser Aufruhr in der Stadt haben das zunichte gemacht." Sebastian klopfte auf das Polster des Sofas neben sich. Eugenia folgte dem Hinweis und ließ sich artig neben ihrem Verlobten nieder. Sittsam aufrecht saß sie dort, ihre Hände im Schoß gefaltet.

„Ich verspreche dir, wir werden es nachholen. Es soll ein großartiges Fest sein. Im Haus deines Vaters soll es stattfinden."

„Nicht bei dir?"

Sebastian rutschte etwas unruhig auf seinem Platz herum. „Ich äh ... habe einige ... Probleme, was das Haus angeht. Ich werde das regeln. Nichts, was dich kümmern sollte.

Sobald wir verheiratet sind, kannst du dort einziehen und daraus ein gemütliches Heim für uns machen." Er nahm ihre Hand und küsste sie sacht. „Ich freue mich sehr darauf, liebe Eugenia. Du ahnst nicht, wie lange ich schon hoffe, dass dieser Wunsch in Erfüllung geht."

Es war eine dieser Abendgesellschaften, die Eugenia so ermüdend fand. Die Mutter hatte darauf bestanden, dass sie trotz des Geredes anwesend sein sollte. Sie durften sich jetzt nicht verstecken, hatte Charlotte Hentschel gesagt. Eugenia saß neben Sebastian, der auf die Bauern schimpfte, die vor einigen Tagen Wiesbaden überschwemmt hatten. Er zeigte sich herzogstreu und verstand nicht, wie man an diesem System rütteln konnte. „Ich nenne diese Versammlung eine Spinnerei des niederen Standes."

„Die Missernten und der Hunger haben sie wütend gemacht", erwiderte einer der anwesenden Herren. „Man kann es ihnen nicht verdenken."

Die Stimmen offenbarten verschiedene Meinungen.

„Ich will keine Veränderung", sagte ein anderer Herr. „Warum sollten die Tagelöhner oder Knechte die gleichen Rechte haben wie wir? Das ist absurd. Hat jemand gehört, wie der Herzog darüber denkt? Wir wissen zwar, dass er die Forderungen akzeptierte, doch denkt er tatsächlich so?"

Sebastian winkte ab. „Der Herzog wird diese lächerlichen Forderungen nicht einhalten. Er soll angeblich zu Gagern gesagt haben, ob er den Unsinn wirklich ausführen soll." Er lachte spöttisch. „Das ist alles Unfug und bringt das Volk dazu, sich Gedanken über etwas zu machen, was es nichts angeht."

„Aber es geht um das Volk", erwiderte Moritz nach einer Weile. „Es soll mehr Rechte bekommen."

„Sei nicht albern, mein Junge. Der Pöbel hat keine Ahnung. Was soll man ihm Macht geben? Die meisten können nicht rechnen und nicht schreiben, und die sollen Abgeordnete wählen dürfen?"

Moritz hielt sich mit seiner Meinung zurück und machte ein finsteres Gesicht. Eugenia, die ihm gegenübersaß, erkannte die Gefühle und hoffte, er würde schweigen. Ein Streit am Tisch war abwechslungsreich, jedoch nicht willkommen. Es würde zudem den Kummer ihrer Eltern vergrößern.

„Meine liebe Eugenia." Ihre Nachbarin beugte sich zu ihr. „Wollen Sie später etwas am Pianoforte spielen? Das lenkt von diesen langweiligen politischen Gesprächen ab."

Eugenia neigte den Kopf. „Natürlich, gern will ich das tun."

Nach dem Essen erhoben sich die Gäste von der Tafel. Eugenia folgte ihnen, bis sie auf Moritz traf. „Ich kann Sebastian gut leiden, doch seine altertümliche Auffassung von Politik macht mich wahnsinnig", flüsterte er missgestimmt.

„Jeder hat seine Meinung. Du kämpfst für ein freies Volk, also musst du jede Meinung hinnehmen", gab Eugenia zurück.

„Das sagst ausgerechnet du. Was ist heute mit dir? Du bist so schweigsam. Ist etwas vorgefallen?"

„Mein Wilderer ist gar nicht tot", gestand sie mürrisch.

„Ah, von den Toten auferstanden?" Moritz griente leicht. „Ist ein famoser Kerl. Was der so alles kann."

„Er ist ein Schuft."

„Ich dachte, du liebst ihn."

„Er hat mich einem Irrglauben überlassen, mich in tiefen Kummer gestürzt und nicht einmal versucht, mich aufzusuchen. Er ist ein ungehobelter Klotz, das war er schon immer. Er hat im Korrektionshaus gesessen und nun ist er nach Holzhausen zurückgekehrt und will heiraten."

Moritz beobachtete sie versonnen, so als keimte ein Verdacht in ihm. „Du sagst, er war im Korrektionshaus? Wann?"

Eugenia schüttelte sich. „Ende November kam er dorthin. Er wurde laut August zu drei Monaten Haft verurteilt. Diesem Schuft ist es gleichgültig, wie es mir geht."

Moritz öffnete den Mund, um etwas zu sagen, doch er besann sich. Stattdessen fragte er: „Wenn du die Möglichkeit hättest, mit ihm zu sprechen, würdest du es tun?“

Eugenia dachte ernsthaft darüber nach. „Ich weiß nicht, vielleicht“, überlegte sie laut, doch dann nickte sie heftig. „Oh, ich würde mit ihm reden, aber es würde ihm nicht gefallen.“

Moritz wirkte plötzlich unsicher. „Versuche nicht mehr an ihn zu denken, Schwesterlein.“

Kapitel 22

April 1848

Matthias spürte die Wärme auf seinem Gesicht. Die Sonne schien von einem wolkenlosen Himmel, erwärmte die Luft, ließ die duftenden Blumen blühen und verwandelte den tristen Park in ein buntes Blütenmeer. Der Winter war lang und kalt gewesen. Matthias war froh, dass nun endlich Leben in die Natur zurückkehrte. Der Frühling stimmte die Gemüter der Menschen fröhlich, zog sie hinaus auf die Straßen, in den Park hinter dem Kurhaus, auf den Schlossplatz.

Matthias trat durch die Tür des Adlers und sah seine Freunde an einem Tisch sitzen. Sie diskutierten heftig. Matthias musste grinsen, als er sich zu ihnen gesellte. Der Student, den er in Kloster Eberbach kennengelernt hatte, Moritz, war ein hitziger Bursche. Eduard, ein liberaler Anwalt, war geduldig und besonnen, das Gegenteil von Moritz. Und doch gab es etwas, was die beiden verband. Etwas, was sie alle zusammen an den Tisch brachte, so verschieden sie auch waren.

Eduard trug einen dunkelbraunen Anzug. Der weiße Kragen schien seinen Hals festzuhalten, denn er saß in einer steifen Haltung am Tisch. Er schien nicht zu akzeptieren, was Moritz zu sagen hatte, denn er schüttelte vehement den Kopf. Sobald Moritz Luft holte, nutzte Eduard die Gelegenheit, seine Meinung zu äußern. Ruhig und überlegt. Das schien Moritz noch mehr aufzuregen.

Matthias setzte sich zu ihnen. Nicht das erste Mal fragte er sich, wie er in diese Runde passte. Zwischen Studenten,

Anwälten, Zeitungsleuten. Er selbst hatte kaum die Schule besucht, wusste nur etwas über den Ackerbau, und doch war er wie selbstverständlich in diese Runde aufgenommen worden. Ihn störte es sehr, dass in die Frankfurter Nationalversammlung nur hochgebildete und privilegierte Männer Einzug gehalten hatten. Kaum ein Handwerker war dort vertreten, von Bauern und Tagelöhnern ganz zu schweigen. Wo war da die Gleichberechtigung? Darüber nachzudenken war im Augenblick verlorene Mühe.

Einer der Studenten beugte sich vor und sah in die Runde. „Der Herzog hat zu schnell den Forderungen nachgegeben, dabei will er nur das Volk beruhigen. Er will uns hinhalten."

Obwohl Eduard Meier recht entspannt wirkte, schweiften seine Augen wachsam von einem Redner zum nächsten, als dürfte er kein Wort verpassen. Er sagte mit ruhiger Stimme: „Selbst der Herzog hat begriffen, dass sich an der politischen Struktur etwas ändern muss. Er war stets aufgeschlossen und ich glaube nicht, dass er alles wieder zurücknimmt."

Moritz schüttelte energisch den Kopf. „Denk doch mal nach. Wenn er jetzt alles aufgibt, hat er seine Position verloren, all seine Macht. Welcher Herrscher lässt so etwas zu? Nein, er wird sein Versprechen nicht einhalten."

Matthias blieb stumm bei dieser Debatte. Ihm fiel auf, dass er Moritz als Freund ansah, ohne wirklich viel von ihm zu wissen. Im Korrektionshaus hatte es kaum Zeit zum Reden gegeben und die Mußestunden nach schwerer Arbeit hatte Matthias mit Lernen verbracht. Moritz war ihm ein guter Lehrer gewesen.

Moritz schob ihm einen Schoppen zu. „Du schaust so grimmig, als würde es gleich zu schneien anfangen."

„Ich denke an mein Heimatdorf."

„An das Dorf oder eine Frau?", lachte einer der Burschen an ihrem Tisch. Die anderen fielen mit schallendem Gelächter ein.

„Auch an eine Frau", murmelte Matthias zurückhaltend.

Während sich die anderen wieder ihrer politischen Diskussion widmeten, beugte sich Moritz zu ihm. „Willst du mir davon erzählen? Ist es die Frau, die du heiraten willst?" Er schien neugierig.

„Die Paula?" Matthias schüttelte den Kopf. Es war ihm unangenehm, über Paula zu reden, und noch unangenehmer, über Eugenia zu sprechen. Er wollte sie nicht in Verruf bringen, indem er sich dazu bekannte, sein Herz an sie verloren zu haben.

Moritz rückte näher. „Eine andere Frau?"

Matthias nahm das Glas und trank einen großen Schluck. Zu hart stellte er das Glas auf den Tisch zurück. Er nickte. „Ja, eine andere Frau, aber sie ist für mich verloren. Sie ist nämlich verheiratet."

Die Enttäuschung, die Moritz' Gesicht zeichnete, verwirrte Matthias. „Was ist das für eine Frau?", wollte Moritz wissen.

„Ein feines Fräulein. Sie hat etwas Besseres verdient als mich."

Die Tür ging auf und ein Mann mit einer Zeitung trat ein. Er war Tischler und einer derjenigen, die für den Sturz des Herzogs stimmten, damit endlich eine Demokratie eingeführt werden konnte.

„So wie es aussieht, sind der Regierung einige Liberale ein Dorn im Auge. Ich sage euch, der Herzog tut nur so, als ob er unseren Forderungen zustimmt. Er wird eine nach der anderen zurücknehmen." Er knallte eine Zeitung auf den Tisch. Matthias las die Überschrift, die besagte, dass der Herzog das aufkommende liberale Denken für ein gefährliches Unterfangen hielt.

„Du bist wie der Vinzent", murmelte Matthias, als sich der Mann zu ihnen an den Tisch setzte. „Der macht auch immer alles schlecht."

„Und? Wie oft hatte er recht?", wollte der Tischler wissen.

Matthias trank das Glas leer. „Oft, aber nicht immer."

Die Pressefreiheit zeigte sich deutlich, denn es gab überall politische Zeitungen. Es hieß, auf dem Land würden die

Männer das Wild schießen und ihre verhassten Schultheißen davonjagen.

Matthias fragte sich nicht das erste Mal, wie es in seinem Leben weitergehen sollte. Er müsste eigentlich nach Holzhausen zurückkehren, seinen Eltern wieder zur Hand gehen und Paula heiraten, so wie er es versprochen hatte. Stattdessen hielt ihn etwas in Wiesbaden und er wusste nicht, was es war.

„Ich habe mit August Hergenhahn gesprochen", berichtete einer der Männer am Tisch. „Er riet uns, dass wir uns organisieren sollen. Die Regierung muss sehen, dass es uns ernst ist mit den Forderungen."

Einer der Studenten klang aufgeregt, als er sagte: „Wir müssen mehr tun, als uns zu organisieren. Ich sage euch, wenn wir jetzt nicht handeln, dann stehen wir in einem Jahr genauso da wie vor dem vierten März."

„Du kannst nicht den Herzog stürzen, ohne dass es zu einem Aufstand kommt", gab Eduard zu bedenken. „Denk daran, was in Frankreich geschieht. Das ganze Elend will ich hier nicht haben. Die Aufständischen werden erschossen oder öffentlich hingerichtet."

Moritz beugte sich zu Matthias, während die Männer am Tisch heftig diskutierten. „Warst du schon einmal im Theater?"

Matthias war überrascht. „Ich komme aus einer einfachen Familie. Was sollte ich im Theater?"

„Menschen kennenlernen. Neue Bekanntschaften machen, hübsche Frauen treffen." Moritz grinste erwartungsvoll.

„Da gehör ich nicht hin."

Moritz lachte und schlug ihm kameradschaftlich auf die Schultern. „Jeder, dessen Herz für die Demokratie schlägt, gehört hierher, egal welcher Abstammung wir sind. Und ins Theater gehen ist kein Vorrecht."

Eduard, der liberale Advokat, setzte sich zu ihnen und stellte seinen Schoppen vor sich auf den Tisch. Es schien, als wollte er sich an dem inzwischen erhitzten Streitgespräch der anderen nicht weiter beteiligen. „Was habe ich da eben vernommen? Theater? Ich möchte mit meiner Frau ebenfalls das Theater besuchen."

Matthias erhob sich von seinem Platz und wollte sich zurückziehen. Sein Kopf rauchte von all dem Gerede über Sturz und Rebellion. Und nun auch noch ein Theaterbesuch? Er? „Das ist nichts für mich. Geht ihr nur."

Eduard Meier schien diesen Einwand nicht gelten zu lassen und schüttelte den Kopf. Er sprach, als sei er vor Gericht und müsste jemanden von seiner Unschuld überzeugen. „Es wird sicher ein angenehmer Abend werden. Meine Gattin schwärmt von der guten Vorstellung. Die Sänger sollen diesmal besser sein." Er hüstelte erheitert. „Es gibt nichts Schlimmeres als Sänger, die den Ton nicht treffen."

„Ich verstehe davon nichts", widersprach Matthias.

„Ich bringe meine Schwester mit", versprach Moritz mit einem verschmitzten Lächeln.

„Du musst sie uns vorstellen", sagte Eduard erfreut.

„Du hast eine Schwester?" Matthias fuhr sich über sein glattrasiertes Gesicht. Es fiel ihm wieder auf, wie wenig er über Moritz wusste. „Ich habe mich schon oft gefragt, woher du eigentlich kommst. In Eberbach haben wir uns kaum darüber unterhalten."

Moritz machte einen geknickten Eindruck. „Unsere Vergangenheit ist unwichtig, denn wir kämpfen für unsere Zukunft. Wenn mein Vater wüsste, was ich tue, er würde mich auf der Stelle enterben. Meine Schwester ist die Einzige, die mich versteht."

Matthias sah traurig drein. „Ich vermisse auch meine Familie. Ich habe ihnen Kummer bereitet."

„Ah, steckt da diese Frau dahinter?" Moritz' Neugier fiel ihm auf, als Matthias einen Blick auf ihn warf.

Er nickte. „Ich liebe sie, aber sie und ich … wir sind zu verschieden. Sie ist ein feines Fräulein, ich nur ein einfacher Bauer, das passt nicht. Nein, es ist besser so."

„Grüble nicht nach. Du gehst mit zum Theater."

„Das kann ich mir nicht leisten, Moritz."

„Ich lade dich ein! Und meine Schwester wird dir gefallen. Sie kann für zwei reden, dir wird es nicht langweilig. Du wirst sie mögen. Sie ist hübsch, aber zu klug für eine Frau. Sei nur vorsichtig und verliebe dich nicht in sie."

„Keine Sorge." Matthias seufzte. „Mein Herz habe ich jemand anderem geschenkt."

Kapitel 23

Im Hause der Hentschels

„Du musst dir langsam etwas einfallen lassen, um Papa zu erklären, warum du nicht nach Gießen zurückkehrst, sondern immer noch in Wiesbaden verweilst“, bemerkte Eugenia, während sie auf dem Pianoforte spielte. Moritz saß mit dem Wiesbadener Wochenblatt auf einem Stuhl am Fenster und las. Nach ihren Worten ließ er die Zeitung sinken.

„Es sind bald Semesterferien. Dann habe ich genug Zeit, um mir Gedanken zu machen, wie es weitergeht.“

„Papa macht sich Sorgen. Er denkt, du hättest dem Studium gegenüber deine Pflichten vergessen.“

„Woher weißt du das? Vater spricht doch nicht mit dir.“

Sie hob während des Spielens die Schultern. „Papa und Mama sprachen darüber. Ich habe sie belauscht.“

Moritz hob die Zeitung wieder an und las weiter. „Es tun sich Liberale und Demokraten zusammen. Wir wollen einen Verein gründen. Die Forderungen waren ein Erfolg, aber es muss jetzt weitergehen. Wir dürfen nicht zulassen, dass alles in Vergessenheit gerät und wir zu den alten Regeln zurückkehren. Ich will mich für den Verein engagieren!“

„Davon kann man nicht leben“, gab Eugenia zu bedenken. „Papa wird außer sich sein.“

Moritz sah seine Schwester eindringlich über den Rand der Zeitung hinweg an. „Vater weiß es ja noch nicht. Schau nicht so bös drein, es wird alles gut werden. Übrigens ist morgen Abend eine Theatervorstellung. Würdest du mich begleiten?“

„Wirst du da Aufständische treffen?“, fragte sie gleichmütig über ihre Schulter.

„Sei nicht albern", widersprach Moritz. „Es ist ein Theaterbesuch, mehr nicht."

„Den die Herren meist dazu nutzen, um neue Bekanntschaften zu schließen und über Politik zu sprechen. Aber natürlich begleite ich dich ins Theater, ich habe sonst nichts zu tun. Du redest dann über Politik und ich lausche dem Orchester und dem Gesang."

„Ich mag die Vorstellungen durchaus und lausche gern der Musik", erwiderte Moritz mit einem Schmunzeln. Er erhob sich vom Stuhl und legte die Zeitung fort. „Ich habe noch Erledigungen zu tätigen."

„Ich freue mich schon auf die Vorstellung."

Die Tür öffnete sich, ohne dass die beiden es bemerkten. Sebastian trat ein. „Eine Vorstellung?"

„Eugenia und ich gehen ins Theater", erwiderte Moritz.

„Du solltest dich lieber um dein Studium kümmern", schlug Sebastian vor. „Sonst muss dein Vater befürchten, du würdest es aufgeben wollen. Das würde ihm das Herz brechen."

Moritz lief rot an und ging an dem älteren Mann vorbei. „Ich werde bald nach Gießen aufbrechen. Mein Vater braucht sich keine Sorgen zu machen."

Sebastian lächelte. „Oh, mich geht das ja nichts an, aber du weißt, wie viel es deinem Vater bedeutet."

Moritz antwortete nicht darauf, sondern beeilte sich, den Raum zu verlassen. Sebastian schlenderte zum Pianoforte und blieb neben seiner Verlobten stehen. Diese spielte unbeteiligt weiter.

„Er macht doch keine Dummheiten?"

Eugenias Finger flogen über die Tasten, energischer als sonst. „Wie kommst du darauf?"

„Ich kann mich noch gut daran erinnern, wie Moritz sich übergeben musste, als er einen Mann mit gebrochenem Bein gesehen hat."

„Moritz konnte als Kind weder Blut sehen noch Knochenbrüche."

„Das war vor zwei Jahren, Eugenia, da war er kein Kind mehr."

Sie hielt mit dem Spiel inne und hob den Kopf. „Er wird ein guter Arzt werden!", log sie, ohne mit der Wimper zu zucken.

Sebastian schien es dabei zu belassen, denn er wechselte das Thema. „Du begleitest Moritz ins Theater?"

„Er benötigt mich als Anstandsdame", scherzte Eugenia und legte ihre Finger wieder auf die Tasten, um einen Walzer zu spielen. Nicht jenen, der sie stets an eine Begebenheit erinnerte. Oh nein, den wollte sie jetzt lieber nicht hören. Und noch weniger wollte sie sich an Matthias erinnern.

Sebastian ging zum Fenster. „Ich möchte wissen, was du unternimmst. Ich werde dich begleiten."

Für einen Augenblick erschrak Eugenia. Ihre Finger verkrampften sich auf den Tasten. Dann stellte sie sich vor, wie ihr konservativer Verlobter in der Pause der Aufführung inmitten von Liberalen und Demokraten stand und seinen antiquierten Standpunkt verteidigte.

„Theater hat dich doch nie interessiert."

„Wenn ich dich begleite, weiß ich, dass du keine Dummheiten anstellst. Du wirst also tun, was ich dir sage, meine Liebe. Es ist nur zu deinem Besten."

Sie spielte lauter. „Ich kann durchaus selbst entscheiden, wann und wohin ich mit meinem Bruder ausgehe. Es ist nur ein Theaterbesuch."

„Wie redest du? Du wirst bald meine Frau sein. Wie kannst du denken, ich würde dich einfach irgendwohin gehen lassen, ohne dass ich weiß, wo das ist?"

„Ich kann nichts mehr ohne dich unternehmen?" Eugenias Hände zitterten, als sie den Walzer beendete und ein neues Lied anstimmte. Sie wollte ins Theater gehen. Jetzt erst recht!

Sebastian baute sich neben ihr auf. „Um das jetzt deutlich zu sagen: Wenn du dich mir widersetzt, werde ich dich einsperren, bis du zur Vernunft gekommen bist." Seine Stimme klang so glaubwürdig, dass sie ihm nicht widersprechen wollte. Eugenia beendete das Spiel und senkte den Kopf. Sie kannte Sebastian und seinen Jähzorn, der sich jedoch noch nie gegen sie gerichtet hatte. Würde sich das nun ändern? Und sie würde trotzdem mit Moritz ins Theater gehen. Sebastian würde gar nicht mitbekommen, wann sie ihr Elternhaus verließ. Immerhin konnte er sie nicht ständig kontrollieren. Sie hatte keine Angst vor ihm! Noch war sie nicht seine Frau.

Eugenia war froh, dass Sebastian nicht im Hause der Hentschels verweilte, als sie und Moritz in die Kutsche stiegen. Die Eltern hatten nichts gegen einen Theaterbesuch einzuwenden und gestatteten den beiden Geschwistern den abendlichen Ausflug. Sebastians Abwesenheit ersparte Eugenia eine unangenehme Auseinandersetzung und so genoss sie die Fahrt durch die Stadt.

Das Theater lag direkt an der Wilhelmstraße und war hell erleuchtet, genau wie der Eingang, durch den die Menschen strömten. Matthias war bereits hineingegangen, wagte sich jedoch nicht weiter. Er fühlte sich unwohl und wäre am liebsten wieder gegangen. Er trug eine lange Hose und ein gestärktes Hemd mit hohem Kragen. Moritz hatte ihn mit feiner Kleidung ausgestattet, obwohl es ihm nicht recht gewesen war. Natürlich konnte er zu einem Theaterbesuch nicht in einfachen Hosen und einer blauen Joppe erscheinen. Trotzdem fühlte er sich nicht wohl. Der Kragen kratzte, das Tuch um seinen Hals störte ihn und die Hosen waren viel zu eng.

„Seien Sie gegrüßt, Herr Hentschel", hörte er plötzlich die Stimme eines Mannes. Mehrere Schritte von ihm entfernt erkannte er seinen Freund, der gerade durch den Eingang getreten war. Galant lächelte dieser einem Paar zu. Die Menschen drängten sich an ihnen vorbei. Matthias stand zu weit fort, um mehr zu erblicken als nur den Schopf seines Freundes.

„Es ist schön, dich zu sehen, Eduard", hörte er Moritz sagen.

Eduard trug einen schwarzen Anzug und sah sehr vornehm aus, fand Matthias. Der Anwalt sagte zu Moritz gewandt: „Darf ich dir meine Frau Henriette vorstellen?“ An Eduards Seite stand eine junge Frau, die ihre Hand auf seinen Arm gelegt hatte. „Henriette, das ist ein guter Freund von mir, Moritz Hentschel. Er ist der älteste Sohn eines der wenigen freipraktizierenden Ärzte in Wiesbaden. Du hast sicher von Doktor Anton Hentschel gehört.“

Matthias erstarrte und gaffte das Paar an, das vor Moritz stand. Jemand stieß gegen ihn, entschuldigte sich hastig, doch Matthias achtete nicht darauf. Hatte Eugenia jemals von einem älteren Bruder erzählt? Konnte das sein? Warum war ihm das nicht früher aufgefallen? Wahrscheinlich, weil er nicht gedacht hatte, den Sohn eines Arztes in einem Korrektionshaus kennenzulernen. Jetzt wurde ihm klar, warum Moritz nie über seine Herkunft gesprochen hatte.

Besagte Frau Meier neigte freundlich den Kopf. „Natürlich hörte ich von Doktor Hentschel. Sein Ruf eilt ihm voraus. Ich bin sehr erfreut, seinen Sohn kennenzulernen. Sie werden auch Arzt?“

Moritz verneigte sich vor ihr. „Nun, ich werde mich einem anderen Schicksal widmen.“

„Der Demokratie“, mutmaßte Eduard Meier mit einem verschwörerischen Lächeln.

Matthias' Herz krampfte sich zusammen, als er zwischen all den Gästen, die durch die Tür des Theaters traten, ein Gesicht suchte. Eine Vorahnung, eine süße Erwartung erfüllte ihn, während er die Gesichter der eintreffenden Gäste absuchte. Moritz drehte sich um und zog jemanden an seine Seite.

Matthias reckte den Hals und hielt die Luft an.

„Darf ich euch meine Schwester vorstellen?“, hörte er Moritz sagen. „Das ist Eugenia Hentschel.“

Eugenia ließ sich von ihrem Bruder den Mantel abnehmen. Ihr Haar war aufgesteckt, der Mittelscheitel säuberlich gezogen. An den Seiten waren geflochtene Zöpfe nach hinten gebunden. Ihre Augen strahlten herzlich, als sie das

Ehepaar begrüßte. Ihr Lächeln ließ sein Herz plötzlich wild gegen seine Brust pochen. Für einen Augenblick überlegte Matthias, ob er die Flucht ergreifen sollte. Doch wohin sollte er gehen? Er kannte sich hier nicht aus. Vom Raum nebenan drang das Spiel des Orchesters herüber und das Gelächter zahlreicher Gäste. Eine Flucht war unmöglich.

Plötzlich schritt Eugenia direkt auf ihn zu. Sie hatte ihn noch nicht bemerkt. Sein Herz begann zu flimmern. Sie hob den Kopf und ihre Blicke begegneten sich. Eugenia blieb wie angewurzelt stehen. Moritz stieß gegen sie.

„Warum gehst du nicht weiter?"

Eugenia antwortete ihm nicht, hielt ihren Blick starr geradeaus, direkt auf Matthias, der sich ebenfalls nicht rühren konnte. Wie oft hatte er sich gewünscht, dass sie sich zufällig trafen. Er hatte sich immer ausgemalt, wie ihre Begegnung aussehen würde. Nun war dieser Wunsch in Erfüllung gegangen und Matthias wusste nicht, was er tun sollte. Ihm war danach, auf sie zuzugehen, ihr zu erzählen, was alles geschehen war. Er wollte sie in die Arme nehmen, so wie damals, im Wald, als sie auf der Flucht gewesen waren. Er wollte sie küssen und ihr nahe sein, all die Zeit vergessen, die inzwischen vergangen war. Doch sie sah nicht aus, als würde sie sich freuen, ihn zu sehen. War etwas geschehen? Hatten sich ihre Gefühle in der kurzen Zeit gewandelt? Hatte sie ihn vergessen?

„Eugenia, ich bitte dich, geh weiter. Da vorne ist ein Freund von mir. Komm, ich stell euch vor." Moritz nahm seine Schwester an die Hand und blieb vor Matthias stehen. Sein Gesichtsausdruck verzog sich erwartungsvoll. „Das ist meine Schwester Eugenia. Ich habe dir von ihr erzählt. Und das ist Matthias Hollmann."

Sie schwieg. Ihr Gesicht war eine reglose Maske, wie die Büste einer römischen Göttin.

Der junge Mann aus Holzhausen verbeugte sich vor ihr. „Du redest nicht mehr mit mir?"

Sie blinzelte. „Ist das alles? Du lässt mich in dem Glauben, du seist erschossen worden? Und jetzt tun wir so, als sei nie etwas gewesen?"

„Ihr kennt euch?", fragte Moritz und es klang zunächst eher nach einer Bestätigung als nach einer Vermutung.

„Das ist das feine Fräulein, von dem ich dir erzählt habe", antwortete Matthias.

„Das ist der Kerl, von dem ich dachte, er sei tot!", erwiderte Eugenia.

Da öffnete Moritz den Mund, schien nicht zu wissen, was er sagen sollte. „Irgendwie dachte ich, dieses Treffen würde anders verlaufen."

Matthias achtete nicht auf die Worte seines Freundes. Er war enttäuscht. So hatte er sich ein Wiedersehen nicht vorgestellt. „Ich bin nicht tot. Ich war im Korrektionshaus und ..."

„Ich sah dich, blutüberströmt", unterbrach sie ihn. „Ich habe jeden Tag gebetet, es möge nur ein Albtraum sein, und jetzt stehst du hier und ... und ..."

Er hörte den Schmerz in ihrer Stimme und wusste, dass sie noch immer etwas für ihn fühlte. Er war sich nur nicht mehr sicher, was es war. Ihm war danach, sie in die Arme zu nehmen, sie an sich zu drücken. Oh Gott, wie oft hatte er sich das gewünscht. In der kalten Kammer des Korrektionshauses, in eine dünne Decke gehüllt, hatte er gefroren und sich vorgestellt, diese Frau in seinen Armen zu halten. Sie zu spüren, ihre Wärme aufzunehmen, den Duft ihrer Haare zu riechen, ihre Lippen zu küssen. Jetzt stand sie ihm gegenüber. So nah, doch er konnte sie nicht berühren.

„Ich weiß, es ist ein Wunder. Drei Kugeln haben mich getroffen und ... Eugenia? Geht es dir gut? Du siehst furchtbar aus."

„Ich fühle mich auch furchtbar. Die Amtsmänner haben dich durch den Schnee gezogen." Eugenia wirkte, als wollte sie weinen. Sie tat es nicht.

„Ich war mit meinen Gedanken und mit meinem Herz immer bei dir", flüsterte er und verfluchte sich dafür, sie nicht in seine Arme nehmen zu können.

„Mutter sagte, du seist tot!" Sie drehte sich fort und durchquerte hastig die Eingangshalle, zum Ausgang des Theaters hin, als sei sie auf der Flucht.

Matthias konnte sich nicht bewegen. Kaum jemand beachtete sie, außer Moritz, der dastand und das Geschehen verfolgte. Da kam Bewegung in Matthias. Er eilte ihr nach. Er wollte sie nicht einfach gehen lassen. Vor dem Theater holte er sie ein. Ihr Kleid schwang bei ihren energischen Schritten hin und her. Er hatte keine Mühe, sie einzuholen und packte sie an den Schultern. „Ich bin am Leben. Ich bin jetzt hier, hörst du?"

Sie riss sich von ihm los. „Das ist ja großartig." Eugenia vermied es, ihn anzublicken. „Ich sah dich im Schnee liegen. Ich sah das Blut, dein Blut …" Jetzt sah sie ihn an. „Wie dumm bin ich gewesen. Ich trauerte um dich und du machst dir ein schönes Leben. Vor einigen Wochen habe ich dich gesehen und mich gefragt, warum du nicht zu mir gekommen bist. Und dann musste ich erfahren, dass du Paula heiratest." Sie winkte ab. „Du hattest deinen Spaß mit der verwöhnten Göre. So hast du mich doch immer genannt, oder? Jetzt lass mich in Ruhe!"

Matthias wurde ebenfalls wütend. „Ich habe mir kein schönes Leben gemacht. Ich lag wochenlang da, konnte mich nicht rühren, mit all den Schmerzen und meiner Sehnsucht nach dir. Paula ist die Einzige, die sich für mein Leben interessiert." Er blieb stehen. „Hast du dich ein einziges Mal nach mir erkundigt?"

„Warum sollte ich mich nach einem Toten erkundigen?" Ihre Eile brachte sie immer weiter fort von ihm.

Er dachte nicht über ihre Worte nach. Dafür fiel ihm etwas anderes ein. „Du bist doch mit diesem Schnösel verheiratet?", rief er ihr nach. „Sag es frei heraus! Du hast zu mir gesagt, du liebst mich und heiratest doch einen anderen."

„Ich will dich nie wiedersehen!", schrie sie mit einem kurzen Blick zurück.

„Na schön, dann mach, was du willst." Matthias stieß unwillig einen Stein fort, der vor seinen Füßen lag, und verfluchte sich für seine Ungeduld. Danach hob er den Kopf und blickte die Wilhelmstraße entlang. Die Laternen beleuchteten den breiten Fußweg, auf dem er sie forteilen sah. Er konnte sie nicht allein durch die dunklen Gassen gehen lassen. Matthias fluchte noch einmal und folgte ihr. Die Hose zwickte, das Halstuch kratzte. Wie konnten die feinen Herren es jeden Tag in einer solchen Aufmachung aushalten? Matthias zog an dem Halstuch und hielt es in der Hand. Unwillig stopfte er es in eine Jackentasche. Es dauerte nicht lange, da hatte er sie eingeholt.

„Warte, Eugenia!"

Sie keuchte vor Anstrengung, als sie langsamer wurde. Eine Hand presste sie in ihre Seite. Sie schien kaum Luft zu bekommen und blieb stehen.

„Ich brauche dich nicht!", schluchzte sie über ihre Schulter und hielt sich an einer Hauswand fest. „Warum bist du nicht zu mir gekommen? Warum hast du nicht versucht, mich wiederzusehen?" Sie winkte ab, als wollte sie die Antwort nicht hören. Hastig bog sie in eine Gasse und war verschwunden. Ihre Schritte verhallten.

Matthias stand da und gab es auf, ihr zu folgen. „Ich habe es deinem Vater schwören müssen", murmelte er leise und machte kehrt. Was hatte er gedacht, was sie tun würde, wenn sie sich wieder begegneten? Ihm um den Hals fallen? Sie war wütend und er konnte es ihr nicht einmal verdenken. Als Matthias zum Theater zurückkehrte, stand Moritz vor dem Eingang. Er lehnte lässig gegen die Hauswand und hatte die Arme vor seiner Brust gekreuzt. Seinem Gesichtsausdruck nach war er nicht überrascht über diese Begegnung und ihren Ausgang.

„Du bist also tatsächlich der tote Tunichtgut", sagte er leise. Sein Grinsen wurde immer breiter. „Und das feine Fräulein, von dem du gesprochen hast, ist tatsächlich meine Schwester."

Matthias wollte an ihm vorbeigehen, doch sein Freund hielt ihn zurück.

„Ich frage mich allerdings auch, warum du sie nie aufgesucht hast“, hörte Matthias die Stimme seines Freundes.

Eugenia zu sehen hatte ihn in einen Gefühlswirrwarr gestürzt. Wie oft hatte er nach ihr suchen wollen.

„Ich habe ein Versprechen geben müssen.“ Mehr war Matthias nicht gewillt preiszugeben.

Matthias lag auf seinem kärglichen Lager. Das Stroh raschelte, sobald er sich unruhig hin- und herwarf. Wenn er die Augen schloss, träumte er von der Nacht, als er niedergeschossen worden war.

„Ich habe alle Kugeln entfernt“, hörte Matthias die Stimme des Arztes.

„Er wird sofort nach Nastätten gebracht, um dort vor Gericht gestellt zu werden.“ Das sagte der Schultheiß.

„Wenn er die Fahrt überlebt“, brummte Doktor Hentschel.

Matthias versuchte die Augen zu öffnen. „Eugenia?“, flüsterte er leise und angestrengt. „Wie … geht … es …“

Jemand trat an seine Seite. „Meine Tochter ist wohlauf“, sagte da eine Stimme voller Verachtung. Doktor Hentschel beugte sich über ihn. „Du wirst mir jetzt zuhören, Matthias Hollmann. Ich habe dir dein erbärmliches Leben gerettet. Dafür wirst du mir ein Versprechen geben. Du wirst mir schwören, nie wieder meine Tochter aufzusuchen.“

„Ich liebe sie aber.“

„Du hast meine Tochter nicht zu lieben. Du bist nichts und du hast nichts. Sie verdient etwas Besseres, und wenn du sie wirklich liebst, dann lässt du sie gehen. Sie wird einen wohlhabenden Mann heiraten, der ihr ein gutes Leben bieten kann. Hast du das verstanden? Versuche niemals, meine Tochter wiederzusehen!“

Matthias nickte widerwillig. Die Schmerzen in seinem Körper waren unerträglich. Er wollte den Kopf heben. Es gelang ihm nicht. Er hatte keine Kraft, irgendetwas zu tun.

„Du hast genug Unheil angerichtet. Du hast meine Tochter entehrt. Du wirst Eugenia nicht aufsuchen oder ich sorge dafür, dass du dein Leben im Zuchthaus in Diez verbringst!"

Mit letzter Kraft, die er aufbringen konnte zwischen all den unsäglichen Schmerzen in seinem Körper, hatte Matthias gesagt: „Ich verspreche es Ihnen, ich werde Ihre Tochter nicht aufsuchen."

Matthias schreckte aus dem Traum auf, starrte in die Dunkelheit. Sein Atem ging stoßweise. Mit einer Hand fuhr er sich durch das Haar. Er träumte diesen Traum oft. Immer wieder wurde er an dieses Versprechen erinnert. Er hatte sich daran gehalten, seitdem er das Korrektionshaus verlassen hatte. Bis jetzt.

Matthias sprang von seinem Lager auf. In diesem Raum verbrachte er seit Wochen die Nächte zusammen mit anderen Männern, die sich Georg Böhning angeschlossen hatten. Matthias blieb neben einem Lager stehen und hörte ein Schnarchen. Matthias hockte sich neben den Schlafenden und rüttelte an dessen Schulter.

„Moritz, wach auf!"

Ein Brummen ertönte. Erst als Matthias fester rüttelte, erwachte der junge Mann.

„Stürmen die Franzosen die Stadt oder warum weckst du mich?"

„Keine Franzosen. Hör mich an, Moritz, du musst mir helfen. Du musst mich zu ihr bringen."

Der Mann richtete sich langsam auf und gähnte geräuschvoll. „Von was redest du? Ich bin noch nicht richtig wach, also sprich nicht in Rätseln."

„Ich muss Eugenia sehen."

„Ich weiß nicht so recht." Moritz streckte sich, wirkte danach jedoch nicht wacher. „Es wäre nicht angebracht und außerdem hat sie mir nicht den Eindruck erweckt, als sei sie glücklich, dich zu sehen. Ich habe gehofft, ihr könntet reden, aber Eugenia scheint kein Verlangen danach zu haben."

„Das war der Schock. Wir sind doch Freunde, Moritz. Sag mir, ist sie mit diesem Schütz verheiratet?"

Moritz schüttelte den Kopf. „Nein. Du hast es verhindert."
Matthias riss die Augen auf. „Ich?"

„Diese Geschichte mit der Wilderei kam heraus. Irgendjemand erzählte es Eugenias Verlobten. Dieser hat sich von ihr abgewendet, wie der Rest der bürgerlichen Gesellschaft. Sie wird seitdem gemieden."

„Das ist ja furchtbar. Dann muss ich mehr denn je mit ihr reden."

„Es hat keinen Sinn. Als Freund rate ich dir, vergiss sie, und als ihr Bruder sage ich dir, sie hat deinetwegen genug gelitten." Moritz verstummte, gähnte wieder und warf einen nachdenklichen Blick auf seinen Freund. „Du magst sie, hä?"

„Ich liebe sie. Moritz, begreif doch, sie hätte mich fast dazu gebracht, lieber zu verhungern, als einen Hirsch zu schießen! Ich wäre mit ihr sogar nach Amerika auf und davon."

„Du hast erzählt, du kämst aus einer Bauernfamilie. Mir soll es gleich sein, welchem Stand du angehörst, aber meinem Vater ist das gewiss wichtig."

„Wenn ich mit Eugenia gesprochen habe, will ich sie nie wieder belästigen. Nur dieses eine Mal muss ich sie sehen." Matthias wollte nicht auf die Fragen eingehen.

Moritz zögerte. Schlaftrunken ließ er sich wieder auf sein Lager fallen. „Wenn ich dir meine Hilfe zusage, darf ich dann weiterschlafen?"

Matthias grinste in die Dunkelheit. „Du bist ein wahrer Freund."

Eugenia warf einen letzten Blick in den Spiegel. Sie trug ein blaues Kleid aus Seide. Es glänzte im Schein der Lampen, die sie aufgestellt hatte, um ihre Toilette machen zu können. Das Spiegelbild zeigte ihr ein blasses Gesicht mit großen Augen, in denen ein trauriger Blick lag. Diesmal kringelten sich keine Löckchen an den Schläfen. Mit einem Mittelscheitel waren die Haare nach hinten gebunden. Einzelne geflochtene Zöpfchen an den Schläfen vereinten sich am Hinterkopf, mit silbernen Kämmen festgesteckt. Die Mutter hatte sich viel Mühe gegeben. Eugenia wirkte erwachsener, nicht fröhlicher. Sie drehte sich im Spiegel, war zufrieden mit dem, was sie sah und durchschritt den Raum. Sie hoffte inständig, die Hochzeit mit Sebastian würde das Verhältnis zwischen ihr und Vater bessern. Eines Tages musste er ihr verzeihen. In all der Zeit hatte er sich nicht die Mühe gemacht, mit ihr ein Gespräch zu suchen. Es war, als sei sie ein Geist, der durch das Haus wandelte.

Die Mutter erklärte, sie seien sehr stolz darauf, dass sie Sebastian heiraten würde. Die beiden Männer hätten sich wieder versöhnt und es wäre alles in Ordnung. Warum sprach dann Vater nicht mit ihr, fragte sich Eugenia traurig. Warum vergaß er nicht diesen schrecklichen Vorfall?

Sie verließ das Zimmer und schritt durch den Gang. Es waren bereits die Stimmen der Gäste zu hören. Heute war ein feierlicher Tag. Mit einem gezwungenen Lächeln ging sie auf die Leute zu, die sie noch vor Tagen gemieden hatten. Sie begrüßte ergeben jeden Gast, antwortete freundlich auf alle Fragen.

„Mach dir keine Sorgen mehr. Seitdem die Verlobung mit Sebastian Kreutzer verkündet wurde, redet niemand mehr über den Vorfall mit deinem Wilderer“, berichtete Moritz, als sie kurz allein zusammenstanden.

„Das ist sehr beruhigend. Ich hoffe, es wird bald alles gut. Sobald ich mit Sebastian verheiratet bin.“ Eugenia klang so hoffnungsvoll und überzeugend, dass sie an ihre eigenen Worte glaubte. Sie zwang sich förmlich ein Lächeln auf die Lippen.

„Du bist dir sicher?“ Moritz klang nicht so, als sei er überzeugt davon.

„Ich mag und achte Sebastian. Ich will ihm eine gute Frau sein. Etwas anderes bleibt mir nicht übrig.“

„Du weißt, dass man erzählt, Sebastians letzte Frau hätte sich das Leben genommen? Er ist furchtbar selbstsüchtig. Ist es wirklich das, was du willst?“ Moritz zog sie ein Stück ins Abseits, damit seine nächsten Worte von niemandem zu hören waren. „Matthias will mit dir sprechen. Du solltest ihn anhören."

Sie straffte ihre Schultern und überblickte die anwesenden Gäste. „Ich habe Matthias aus meinem Herzen verbannt. Ich habe ihm nichts mehr zu sagen."

Moritz ließ ihren Arm los und seufzte.

Nach dem Essen begaben sich die Frauen zunächst in den großen Raum, in dem das Pianoforte stand. Die Stühle waren aufgestellt worden und eine kleine Fläche war zum Tanzen vorgesehen. Die Männer zogen sich für einen kurzen Augenblick in den Salon zurück, um über die politischen Ereignisse zu sprechen. Eugenia musste sich an das Pianoforte setzen und eine Dame begleiten, die einige Lieder vortrug. Nach einer Weile gesellten sich die Männer zu ihnen. Eine andere Dame übernahm den Platz am Pianoforte. Diese Gelegenheit nutzte Moritz und zog seine Schwester zur Seite. „Jetzt sei artig und tu mir den Gefallen. Matthias steht schon den ganzen Abend im Regen. Geh zu ihm und rede mit ihm."

Eugenia überprüfte, ob ihr Schal noch richtig auf der Schulter lag, als würde es sie nicht kümmern, was ihr Bruder zu sagen hatte. „Ich wüsste nicht worüber."

„Er möchte mit dir sprechen und danach will er dich in Ruhe lassen. Sag ihm, dass du Sebastian heiraten wirst, damit er aufhört, über dich nachzudenken."

„Er heiratet doch auch, warum soll ich mich vor ihm rechtfertigen?"

„Der Kerl liebt dich."

„Ich ihn aber nicht!" Es auszusprechen, tat ihr weh. Matthias' Tatenlosigkeit aber hatte sie noch mehr geschmerzt.

„Dann sag ihm das", bat Moritz eindringlich. „Auch wenn er nicht aus unserer gesellschaftlichen Schicht kommt, so ist er mir zu einem Freund geworden. Er hat es nicht verdient, so von dir behandelt zu werden."

„Du bist auf seiner Seite?", zischte Eugenia missmutig.

„Nein, ich meine nur, du sollst ihm die Wahrheit sagen."

Sie raffte den Rock. „Wo ist er?"

Moritz und sie verließen den Salon und gingen rasch den Gang entlang. Eugenia ließ ihren Bruder vorgehen, der den heimlichen Besucher in das Haus lassen sollte. Sie wartete in dem Gang und sah sich immer wieder um, aus Angst, ihre Eltern oder Sebastian würden sie entdecken.

Plötzlich erschien Moritz und winkte ihr zu. „Beeil dich aber, bevor Vater uns vermisst", zischte Moritz ihr leise zu.

Sie nickte und ging an ihm vorbei, raffte ihren Rock und eilte Richtung Hinterausgang, den das Personal benutzte. Ihr aufbrausendes Gemüt legte sich, als sie eine durchnässte Gestalt entdeckte. Plötzlich erinnerte sie sich wieder an Holzhausen und daran, wie sie manche Zeit gemeinsam verbracht hatten, am Hasenbach, an einer Scheune, im Verborgenen.

Matthias lehnte an der getünchten Wand, von der er sich abstieß, als er Eugenia kommen sah.

Er hatte vor dem Haus gewartet und unentdeckt einen Blick durch die Fenster geworfen. Fast in jedem Zimmer brannten Kerzen oder Lampen und so hatte Matthias ausgiebig die Räume betrachten können. Er hatte auch Anton Hentschel gesehen. Bei seinem Anblick war Matthias schnell untergetaucht, damit er nicht entdeckt würde. Dessen Drohung konnte er nicht vergessen. Er hatte nicht vor, den Rest seines Lebens im Zuchthaus in Diez zu sitzen. Das Erlebnis im Korrektionshaus hatte ihm gereicht. Doktor Hentschel durfte er auf keinen Fall begegnen, doch das Risiko war es wert. Er fuhr sich mit einer Hand über seinen Nacken, während er Eugenia zurückhaltend anlächelte.

„Ich wundere mich, dass du den Mut hast, hier zu erscheinen", fuhr sie ihn ohne Gruß an.

Matthias' Augen wurden schmal und er ließ die Hand von seinem Nacken sinken. „Ich kann meine Herkunft nicht verleugnen, aber ich schäme mich ihrer nicht. Ich bin nur deinetwegen hier." Er machte einen Schritt auf sie zu. „Ich will mit dir reden, nur deshalb bin ich gekommen." In seinen Augen lag Hoffnung, seine Lippen verzogen sich beschwingt.

„Dann rede", sagte sie leise. Es hatte barscher klingen sollen, doch sie konnte es nicht. „Aber nicht zu lange, meine Eltern sind sehr hellhörig."

„Ich möchte dir sagen, was geschehen ist, ich möchte dir so vieles erzählen. Hast du vergessen, was wir uns im Wald gestanden haben? Nichts davon war gelogen." Er machte einen weiteren Schritt auf sie zu, wollte in ihrer Nähe sein. Eugenia wich vor ihm zurück. Sie hatte ihr Herz vor seinen Worten verschlossen, das spürte er deutlich. Er wollte eine Hand nach ihr ausstrecken, ließ es jedoch bei der Andeutung. Seine Schultern sackten ein. „Ich musste all die Zeit an dich denken, Eugenia. Aber ich bin nicht hier, um vor dir zu kriechen. Ich hab meine Strafe abgesessen und jetzt bin ich ein freier Mann. Ich steh zu dem, was ich dir sagte."

„Natürlich, das ist auch der Grund, warum du direkt nach deiner Haft zu mir gekommen bist … oh, nein, lass mich nachdenken." Eugenia legte spöttisch einen Finger auf ihr Kinn und tat so, als müsste sie überlegen. „Du bist ja gar nicht zu mir gekommen." Sie ließ den Finger sinken und funkelte den Mann an. „Du bist ein Heuchler und ein ungehobelter Klotz!"

Ein Räuspern wurde laut. Moritz zeigte an, dass jemand kam.

Eugenia drehte sich um, hielt kurz inne. „Ich freue mich, dass es dir gut geht", sagte sie leise über ihre Schulter. „Ich wünsche dir viel Glück."

„Ist das alles?", fragte er und sein Herz zog sich zusammen. Dabei hatte er noch so viel zu sagen. Sie wollte ihn nicht anhören.

„Mehr gibt es nicht zu sagen. Leb wohl, Matthias Hollmann."

Ehe er etwas erwidern konnte, ging Eugenia davon. Er hob eine Hand, als könnte er sie zurückhalten. Plötzlich wusste er, dass er selbst mit einem Flehen sie nicht zum Stehen hätte bringen können. Er ließ seinen Kopf sinken und verließ das Haus, ehe ihn jemand entdecken konnte. Wenn ihn in diesem Augenblick jemand gefragt hätte, wie es ihm ging, er hätte nicht eindeutig darauf antworten können. Eine Leere breitete sich in ihm aus, als er in den Regen trat. Was hatte er sich von diesem Gespräch erhofft? Während er in Gedanken ständig mit Eugenia beschäftigt gewesen war, hatte sie versucht, ihn aus ihrem Herzen zu verbannen. Es war ihr gelungen.

Sollte er um sie kämpfen? Um eine Frau, die weder vom Kopf noch von Standes wegen zu ihm passte? Er hatte oft nachgedacht, was er ihr bieten könnte. Die Antwort war immer dieselbe gewesen. Doktor Hentschel hatte recht gehabt. Matthias konnte ihr nichts bieten. Sie hatte mehr verdient, Besseres.

Charlotte Hentschel rauschte durch den Gang. Moritz, der laut hustete, röchelte nun. Die Mutter wandte sich zu ihm. „Geht es dir nicht gut? Das hört sich schlimm an."

„Nichts, ich fühl mich gesund, Mama. Sie müssen sich nicht sorgen, es ist nur ein Kratzen im Hals", erwiderte Moritz und warf einen mahnenden Blick auf seine Schwester, die durch den Gang eilte.

Charlotte Hentschel musterte sie und hob eine Hand, die Eugenia ergriff. „Wo bist du nur? Sebastian sucht nach dir."

„Verzeihen Sie, Mama."

„Der große Augenblick ist gekommen. Ich weiß, es ist bereits offiziell, doch wenn dein Vater und Sebastian heute die Hochzeit verkünden, dann bin ich glücklich." Charlotte Hentschel musterte das Aussehen ihrer Tochter und schien zufrieden. „Komm, nichts darf nun dazwischenkommen. Diese Verbindung ist unsere einzige Hoffnung, dass alles in Vergessenheit geraten wird."

Eugenia nickte wortlos. Ihre Mutter konnte nicht ahnen, wie recht sie hatte. Sie hob den Rock etwas an und schritt durch den Gang, bis sie in den kleinen, hell erleuchteten Saal trat, in dem sich die Gäste versammelt hatten.

Moritz war an ihrer Seite und beugte sich zu ihr. „Und du machst auch keinen Fehler?"

„Ich habe bereits einen schwerwiegenden Fehler begangen, aber heute werde ich alles gut machen. Vater soll wieder stolz auf mich sein", murmelte sie hoffnungsvoll. Sie lächelte Sebastian entgegen, der ihr die Hand reichte.

„Da bist du ja, meine Liebe." Er zog sie zu sich und ließ nicht zu, dass sie sich zu weit von ihm entfernte. Sein Gesicht wirkte zufrieden. Seine Augen strahlten. Er ist glücklich, dachte Eugenia und spürte eine tiefe Traurigkeit in sich, als sie an Matthias dachte. Damals wäre sie wirklich mit ihm fortgegangen. Beinahe hätte sie alles aufgegeben. Ihre Familie, ihre Zuhause. Sie war bereit gewesen, mit dem Mann zu gehen, den sie liebte, um mit ihm etwas Neues zu schaffen.

Eugenia spürte den Druck von Sebastians Hand und lächelte die Gäste an.

Sie würde nun etwas tun, was richtig war. Auch wenn sie Sebastian weder liebte noch je lieben würde. Doktor Hentschel stand in ihrer Nähe. Seine Haltung wirkte steif und sein Gesicht verkrampft, so als wollte er zufrieden aussehen. Eugenia fragte sich, ob er jetzt glücklich war.

Wie in einem Traum stand sie da und hörte die Stimme ihres Verlobten.

„Es ist mir eine besondere Freude, heute Abend etwas verkünden zu können." Es herrschte für einen kurzen Augenblick Stille, dann räusperte sich der Mann.

Matthias ging an dem Haus entlang, während der Regen auf ihn niederprasselte. Er wollte so schnell wie möglich von diesem Haus fort, aus dieser Stadt. Weit fort und alles vergessen. Plötzlich ließ ihn etwas innehalten. Er blieb stehen und blickte in eines der hohen Fenster, das halb offen stand. Heller Schein drang hinaus in die Dunkelheit. Matthias erkannte seinen Freund Moritz. Sein Blick wirkte bedrückt.

Die Männerstimme erklang wieder. „Mein Herz ist voller Glück, denn ich kann heute Abend etwas verkünden. Eugenia Hentschel hat eingewilligt, mich zu heiraten. Im nächsten Monat wird sie meine Frau."

Die Gäste applaudierten fröhlich.

Matthias erstarrte. Die Worte schwebten durch seinen Kopf. „Eugenia hat eingewilligt, mich zu heiraten."

Er war so sehr in seine Gedanken versunken, dass er Eugenias trauriges Gesicht nicht bemerkte. Matthias drehte sich fort. Kälte hüllte ihn ein, ließ seine Knochen schwerfällig werden. Er hatte es immer gewusst und jetzt, da war es ihm schmerzhaft deutlich geworden. Es war ihnen kein gemeinsames Leben bestimmt.

Anton Hentschel trat zu dem Paar. „Ihr habt meinen Segen."

„Es geschieht alles so, wie Sie es sich wünschen, Herr Doktor", murmelte Matthias in den Regen.

Niedergeschlagen ging er weiter, während in seinem Rücken das Spiel des Pianofortes erklang. Fröhlich, unbeschwert. Es war ein Walzer. Matthias blieb wieder stehen, wie angewurzelt. Er schluckte mehrmals, als er die Melodie erkannte. Die gleiche, die Eugenia gesummt hatte, damals am Hasenbach. Matthias drehte sich wieder zum Haus. Das Fenster gab den Blick auf Eugenia frei. Der Wind ließ die weißen Stoffbahnen flattern. Matthias beobachtete, wie Eugenia von einem Mann herangezogen wurde. Sie hatte ihren Kopf zur Seite gedreht, blickte ihren Tanzpartner nicht an. Ihr Verlobter. Matthias ballte unwillkürlich die Hände zu Fäusten. Dieser Kerl. Was hatte er für ein Glück, sie zu bekommen, dachte er wehmütig. Er sah den Mann in feinem Frack. Mit aufrechter Haltung führte er die Frau. Er wirkte elegant und seine Bewegungen waren flüssig und gewandt. Er sagte etwas zu ihr, Eugenia lächelte zurückhaltend. Matthias fragte sich: War sie glücklich mit diesem Mann? Weil Matthias den Anblick nicht mehr ertragen konnte, wollte er sich fortdrehen. Da hielt er inne. Eugenia schwang sich mit ihrem Verlobten herum. Es war das erste Mal, dass Matthias sein Gesicht sehen konnte.

Er erstarrte. Diesen Mann hatte er schon einmal gesehen. Irgendwo. Wo?

Die Melodie ließ Eugenias Rock wieder hin und her schwingen. Das Paar vollzog eine Drehung.

Matthias ließ den Mann nicht aus den Augen. Sein Gedächtnis spielte ihm einen Streich, denn er war überzeugt, diesem Herrn bereits begegnet zu sein. Es war zumindest nicht derjenige, der sie damals in Holzhausen besucht und von dem Eugenia behauptet hatte, dass er ihr Verlobter war. Die Regentropfen fielen auf seinen Kopf, unaufhörlich. Matthias ließ die Schultern sinken und ging davon, die Melodie des Walzers im Hintergrund und die Erinnerung in seinem Kopf. Als sei es gestern gewesen, als er mit Eugenia über die Blumenwiese getanzt war. Nur sie und er.

Matthias blieb stehen.

Jetzt war es ihm eingefallen. Natürlich. Er hatte damals am Haus vom Götze einen fein gekleideten Herrn gesehen, der mit Gunnar gesprochen hatte. Das war er gewesen. Der gleiche Mann, der Eugenia in den Armen hielt und sie heiraten wollte.

Matthias schüttelte den Kopf. Was hatte das zu bedeuten? Wer war dieser Kerl? Was hatte er mit Gunnar Götze zu tun? Steckte er hinter dem Vorfall mit den Kornsäcken? Aber wozu?

Matthias musste dem auf den Grund gehen. Gleich morgen wollte er mit Moritz sprechen. Wusste dieser von dem Vorfall? Vielleicht konnte Matthias der Frau, die er liebte, auf diese Weise noch einmal beistehen. Vielleicht konnte er sie vor einem schlimmen Fehler bewahren. Bis sich ihre Wege für immer trennten, dachte Matthias schwermütig.

Moritz war in aller Frühe von Matthias aufgeweckt worden. Von ihm hatte er eine interessante und erschreckende Mitteilung vernommen. Dem musste er nachgehen. Wusste

Vater von Sebastians Unternehmung in Holzhausen? Wohl kaum, denn sonst hätte der Doktor seine Einwilligung zu dieser Hochzeit nicht gegeben. Zuerst war Moritz hin- und hergerissen. Er wollte direkt zu Sebastian zu gehen. Dieser sollte ihm sagen, was er mit diesem Gunnar Götze zu schaffen hatte, ausgerechnet der Mann, der Moritz' Vater der Unterschlagung bezichtigt hatte.

Moritz fand seinen Vater in dessen Arbeitszimmer. Es war unüblich, dass er als Sohn ein solch offenes Gespräch verlangte, vor allem, wenn es um Angelegenheiten ging, die ihn nicht kümmern mussten. Moritz war sich daher nicht sicher, ob sein Vater mit ihm überhaupt darüber sprechen würde.

Doktor Hentschel packte einige Blätter zusammen und steckte sie in eine schwarze Tasche, die auf dem Schreibtisch stand. „Du kommst gerade recht, Sohn. Ich breche gleich zur Praxis auf. Ich habe einen Patienten mit seltsamem Krankheitsbild. Seine Symptome passen nicht dazu. Es ist sehr eigenartig. Du kannst mich begleiten. Etwas Erfahrung schadet nicht."

Moritz hörte ihm nicht richtig zu, war mit seinen Gedanken woanders. „Ich muss mit Ihnen etwas besprechen, Papa. Haben Sie Zeit für mich?"

Doktor Hentschel musterte seinen Sohn. Er nickte wortlos und wies auf einen Stuhl, der in der Nähe des Schreibtisches stand. Moritz kam der Aufforderung nach, zog den Stuhl heran und setzte sich.

„Was bedrückt dich?", wollte Anton Hentschel wissen. Er ließ sich in den ledernen Sessel nieder und legte seine Arme auf dem Schreibtisch ab.

„Ich bitte Sie, offen mit mir zu sprechen." Moritz holte tief Luft. „Kennen Sie einen Gunnar Götze?"

Doktor Hentschel rührte sich nicht, blinzelte nur geistesabwesend. Er sagte nichts, das machte Moritz unruhig. Er hatte wohl einen wunden Punkt getroffen.

„Woher kennt Sebastian diesen Gunnar Götze?"

Schweigen.

Moritz hatte absichtlich Matthias Hollmann nicht erwähnt, da er keinen alten Groll heraufbeschwören wollte. „Papa? Sie scheinen nicht überrascht. Sie wissen davon?“ Diese Erkenntnis verwirrte ihn. „Papa, wollen Sie mir nicht sagen, was hier geschieht?“

„Ich kenne Gunnar Götze.“ Anton zog sich die Brille von der Nase und rieb seine Augen. „Ich weiß außerdem, dass Sebastian diesen Mann angestiftet hat, mir Kornsäcke unterzuschieben und mich anzuklagen, um so meinen Ruf in den Schmutz zu ziehen.“

Moritz blinzelte verwirrt. Plötzlich hatte er das Gefühl, es stecke mehr dahinter. Ahnte Matthias etwas? Hatte er deshalb Moritz davon erzählt? Wollte er Eugenia schützen? Vor was? Sebastian war ein alter Freund der Familie. Er mochte Fehler haben, doch er war ein guter Kerl. Er sollte Eugenia heiraten. Er war ein guter Kerl, oder? Moritz war verwirrt und versuchte sich auf die Worte seines Vaters zu konzentrieren.

„Sebastian hat sich verändert. Du musst wissen, Moritz, er hat viele Schulden und äußerst bedenkliche Geschäftspartner. Er treibt Schindluder mit Medizin, die keine ist. Ich habe ihn der Praxis verwiesen, damit ihr guter Ruf nicht in Mitleidenschaft gezogen wird. Sebastian kam Anfang letzten Jahres und wollte Eugenia zur Frau und eine hohe Mitgift. Damals wusste ich noch nichts von seinen Schulden. Ich sagte ihm, dass ich sehr enttäuscht von ihm sei und dass er meine Tochter niemals bekäme.“

Moritz lauschte dem Bericht wortlos, konnte nicht fassen, was vor seinen Augen geschehen war, ohne dass er es mitgekommen und begriffen hatte.

„Sebastian wurde wütend und erklärte, er würde mir Zeit lassen, aber er gedenke Eugenia unbedingt zu heiraten und wolle auch auf Mitgift nicht verzichten. Und wenn ich nicht einlenke, sagte er, dann sorgt er dafür, dass ich es bitter bereuen würde. Auf den Festen und Veranstaltungen bemühte er sich sehr um deine Schwester. Eugenia ist unbedarft und natürlich hat sie Sebastians Veränderung nicht bemerkt. Um sie zu schützen, beschloss ich mit der Familie aufs Land zu ziehen, besonders, da Mutter die Ruhe genießen würde. Ihr Gesundheitszustand war damals besorgniserregend."

„So wollten Sie zwei Probleme auf einmal lösen." Moritz verstand endlich. Der rasche Bau des Hauses in Holzhausen, der Umzug, das einsame Leben abseits der Wiesbadener Gesellschaft, und das alles nur, um Sebastian aus dem Weg zu gehen.

„Es ging gut, bis zum Mai. Sebastian kam nach Holzhausen. Er ist ein Gauner."

Moritz betrachtete den Vater. Die eingesunkene Haltung, der Kummer, der sich als Schatten unter seinen Augen zeigte. „Papa?"

Doktor Hentschel rieb sich noch einmal die Augen, setzte die Brille auf die Nase und richtete sich auf. „Ich wollte deine Schwester schützen, aber sie hat durch ihr unbedachtes Handeln alles zerstört. Die Ehe mit Daniel Schütz hätte sie vor einem schlimmen Schicksal bewahrt. Sebastian ist der letzte Mann, dem ich sie geben würde. Doch sie musste ja unbedingt ihren Willen durchsetzen und sich mit diesem Matthias Hollmann treffen. Diesem Wilderer, diesem Tunichtgut. Sie hat ihr eigenes Schicksal besiegelt."

„Sie mag etwas Falsches getan haben, aber, Papa, Sie können nicht zulassen, dass sie Sebastian heiratet."

Eine Hand donnerte auf den Schreibtisch. „Rede nicht in dem Ton mit mir." Er machte eine Pause, als versuchte er sich wieder zu beruhigen. „Das ist allein meine Entscheidung, Sohn! Nicht deine, nicht die von Eugenia. Meine!"

Moritz senkte gehorsam den Kopf. „Natürlich, Papa. Verzeihen Sie mir."

Dem Doktor schien es plötzlich leidzutun, dass er einen so barschen Ton angeschlagen hatte. Sein Blick wurde milder, seine Gesichtszüge weicher. „Ich habe keine andere Wahl. Sebastian erpresst mich. Mit einem Fehler, den in vor vielen Jahren beging. Trotz meiner Reue und der Albträume, die mich quälen, bleibt es ein schwarzer Punkt in meinem Leben, mit dem mich mein Freund vernichten kann."

„Sie müssen es ihr sagen, Papa. Sie müssen Eugenia sagen, welch verlogener Mensch Sebastian ist", bat Moritz verzweifelt. Er sah den Kummer seines Vaters, ahnte die schlaflosen Nächte jenes Mannes, der seine Tochter vor diesem Schurken bewahren wollte und es nicht mehr konnte. Es war aussichtslos.

„Sie muss es nicht wissen", widersprach Anton Hentschel. „Sie mag Sebastian. Er hat es gut gemacht, sie auf seine Seite zu ziehen. Sie würde unglücklich sein, wenn sie wüsste, welch ein Mensch er ist. Und auch du solltest schweigen."

„Bitte, Papa, reden Sie mit Eugenia. Sie ist traurig, weil sie Ihnen Kummer bereitet hat."

„Das hat sie. Ich möchte mit ihr nicht sprechen." Seine Stimme war lauter geworden.

„Sie wollte ihm helfen, diesem Matthias Hollmann. Sie liebt ihn doch und Sie, Papa, haben ihr nicht gesagt, dass er noch am Leben ist."

Der Vater starrte Moritz so eindringlich an, dass dieser überlegte, besser geschwiegen zu haben. Ging er zu weit? Deutlich fragte sich Anton Hentschel, woher sein Sohn davon wusste. Er erwiderte nichts darauf und sagte stattdessen: „Ich soll ihr nicht vorwerfen, dass sie einem Bauern das Leben retten wollte und sich damit selbst ins Unglück stürzte? Sie liebt ihn? Dieses dumme Kind hat keine Ahnung, was Liebe bedeutet."

Genau darin irrte er sich, dachte Moritz. Seine Schwester hatte ein Gefühl kennengelernt, das vielen Mädchen in ihren Kreisen verborgen blieb.

Doktor Hentschel erhob sich hinter dem Schreibtisch. „Und was dich angeht, so kümmere du dich um dein Studium, Sohn. Und lasse dich nicht von diesen freiheitsliebenden Gedanken anstecken. Der Herzog wird diesen Forderungen vom März nicht nachkommen, davon bin ich überzeugt."

Moritz ignorierte die mahnenden Worte. „Sie lassen Eugenia einfach fallen?"

„Sie wird nächsten Monat Sebastian heiraten. Damit rettet sie meinen Namen und ihre Ehre." Mit einem grimmigen Gesichtsausdruck drehte sich Anton fort. „Und du wirst schweigen. Kein Wort an Eugenia. Weder darüber, dass dieser Matthias Hollmann am Leben ist, noch dass ihr zukünftiger Gatte mich erpresst. Ich verlange von dir Gehorsam, Sohn!"

Moritz biss sich auf die Lippen und nickte wortlos. „Natürlich, Papa. Wie Sie es wünschen."

Kapitel 24

Juli 1848

Der Tag der Hochzeit rückte näher. Das machte sich nicht nur durch die vielen Aufmerksamkeiten bemerkbar, die Sebastian seiner Zukünftigen schickte, sondern besonders durch die steigende Unrast der Mutter. Sie wirbelte durch das Haus, scheuchte das Dienstpersonal herum, kaufte ein, ging auf den Markt, ließ immer wieder die Schneiderin kommen, damit das Hochzeitskleid ja passte, suchte die Blumen für das Bankett aus und steckte jeden mit ihrer Lebhaftigkeit an, der in ihre Nähe kam. In all der Hektik, die sie verbreitete, erschien ein Gast im Hause Hentschel. August Otto brachte Briefe von Luise, als er mit seinem Schwager in der Stadt war. Er hob eine Hand, in der er einen Blumenstrauß hielt. Die Blüten ließen bereits die Köpfe hängen. „Von einer Blumenwiese in Holzhausen. Hat die Luise für dich gepflückt."

„Ach, das ist aber lieb." Eugenia war gerührt, als sie den Strauß entgegennahm. Sie roch daran und schloss die Augen. Der Duft der Wiese ließ Bilder in ihrem Kopf entstehen: die bunte Blütenpracht, über die sie spaziert waren. Die blühenden Bäume, in denen die Bienen summten. Der Wind, der sacht über die Gräser strich und sie hin und her wedeln ließ. Das kleine Dorf in der Mulde war ihr ein Stück Heimat geworden, trotz der kurzen Zeit. Ein Ort der Liebe und Güte. Ein Ort, der ihr mehr gezeigt hatte als ihre Welt in Wiesbaden.

Eugenia freute sich sehr über Augusts Besuch und lud ihn zum Tee ein.

„Luise wollte unbedingt mitkommen, aber ihr Onkel hat

es nicht erlaubt. Er befürchtet Unruhen in der Stadt", sagte August.

„Es ist zurzeit friedlich, aber das kann sich schnell ändern. Erzähl, was gibt es Neues in Holzhausen?"

„Luise heiratet einen Lehrer aus Rettert. Sie ist ganz aufgeregt und tut so, als ob sie morgen schon vor den Altar treten muss, dabei ist der Hochzeitstermin erst nächstes Jahr. Und Matthias ist seit einigen Tagen wieder in Holzhausen."

Schwermut erfasste sie. „Wann heiratet er Paula?" Sie dachte an das letzte Gespräch zwischen ihnen. Hatte sie ihn verletzt? Ihr war es nicht möglich gewesen, ihn anzuhören, zu verletzt war sie. Mit ihrem abweisenden Verhalten hatte sie ihn nach Holzhausen zurückgetrieben, vermutete Eugenia.

„Ein Termin steht noch nicht fest."

Sie blinzelte, versuchte ein gleichgültiges Gesicht zu machen. „Erzähl mir, wie sich in Holzhausen unsere kleine Revolution bemerkbar macht."

„Im März noch kam eine Verordnung der Regierung, die besagte, dass der Schultheiß abgesetzt ist und wir einen Bürgermeister wählen sollen. Das war ein großer Tag in Holzhausen, sage ich dir. Johann Philipp Minor wurde unser erster gewählter Bürgermeister. Unser Forstaufseher wurde verjagt. Jetzt geht jeder in den Wald und schießt so viel Wild, wie er vor die Flinte kriegt. Trotzdem denken einige Familien in unserem Dorf daran auszuwandern. Nach Amerika. Reisen, das wäre etwas." August begann zu schwärmen.

„Und was wird aus deinem Studium?", wollte Eugenia wissen.

„Ach, ich habe meine Schule in Langenschwalbach beendet."

Eugenia sah ihm an, dass er nicht glücklich war. „Was willst du stattdessen tun?"

August seufzte. „Wenn ich das wüsste. Es gibt Träume und es gibt die Wahrheit."

„Du darfst deine Leidenschaft für die Technik nicht aufgeben."

„Wenn ich Kaufmann werde, kann ich auf Reisen gehen. Das ist ebenso faszinierend wie sich mit Dampfmaschinen zu beschäftigen, nur dass ich als Kaufmann mehr Geld verdiene." August lachte, obwohl Schwermut in seinen Augen lag. „Die Dampfmaschinen sind ja schon erfunden."

„Vielleicht könntest du etwas anderes erfinden?"

„Oh, Ideen hätte ich genug." In seinen Augen lag wieder dieses Leuchten.

So sagte Eugenia: „Mein Bruder meinte einmal, man könne eine Leidenschaft für etwas nicht verbergen. Dich faszinieren diese lauten, stinkenden und dampfenden Maschinen, du kannst es nicht leugnen. Du hast das Verständnis dafür, du solltest diese Gunst, die Gott dir schenkte, nicht vertun."

„Ich will daran denken, Eugenia."

Überzeugt davon, den Burschen getröstet zu haben, warf sie ihm einen aufmunternden Blick zu. „Ich werde in einigen Tagen heiraten, August. Ich lade dich mit deinem Schwager ein, dabei zu sein. Meine Mutter wird erfreut sein, euch begrüßen zu dürfen."

„Ich werde Peter fragen, wie lange wir in Wiesbaden bleiben, und nehme die Einladung dankend an."

Kapitel 25

Mitte Juli 1848

Eugenia saß mit ihrem Bruder in der offenen Kutsche. Noch war die Sonne nicht versunken, sie tauchte die Wolken am Himmel in ein sanftes Rosa. Die Wärme des Tages hing schwer in der Luft. Es ging kaum Wind.

Sie entfernten sich gemächlich von dem Elternhaus. Eugenia zog sich einen Schal über ihre Schultern und ließ sich den sanften Fahrtwind ins Gesicht wehen. Eine kühle Abwechslung zur Hitze des Tages.

„Wer wird denn auf diesem Empfang sein?", wollte sie neugierig wissen. Sie hatte ihrem Bruder zugesagt, ihn auf diese private Veranstaltung zu begleiten, ohne sich zu erkundigen, welche Gäste zugegen sein würden. „Werden Aufständische da sein?"

Moritz schien belustigt über ihre letzte Frage. „Du bist zu romantisch, liebe Schwester. Wir sind keine Horde fluchender Schurken, die sich in dunklen Gassen verstecken. Die meisten Gäste sind angesehene Bürgerliche und Adelige, die ihrer Gesinnung folgen."

„Ach, wie schade, dann wird das ein langweiliger Abend", neckte sie ihn.

„Du solltest wirklich aufhören, diese Novellen zu lesen. Sie schaden dir eindeutig." Moritz seufzte. „Nun gut, um deinen Abenteuersinn etwas anzuspornen, erzähle ich dir, wie wir vor einigen Tagen einen Verein gegründet haben. Er heißt Bund für Recht und Freiheit Wiesbaden."

„Das kling vielversprechend. Gibt es auch Frauen in deinem Verein?"

Moritz lachte unbeschwert. „Alles zu seiner Zeit. Im Augenblick sind die Gründungsmitglieder ausnahmslos Männer. Jedoch nicht nur Bürgerliche, sondern auch Handwerker und Landwirte. Sie streben eine Demokratie an. Die jetzige Staatsform ist veraltet und muss geändert werden. Das ist unser erstes Ziel."

Sie horchte auf. „Matthias ist auch in diesem Verein?"

Moritz blinzelte. Die Frage verwirrte ihn. „Ja. Sein Bildungsstand mag seiner Stellung entsprechen, dennoch ist er ein hervorragender Redner und weiß sein Publikum zu fesseln."

Eugenia lehnte sich zurück und genoss den Fahrtwind in der offenen Kutsche. „Das hört sich alles sehr politisch und damit langweilig an. Was hat das mit meinem Abenteuersinn zu tun?"

Moritz beugte sich vor und sprach leise: „Zur gleichen Zeit haben sich Liberale zusammengefunden und einen Demokratischen Verein Wiesbaden beschlossen. Seine Gründungsmitglieder sind unter anderem die beiden Abgeordneten Karl Braun und Gustav Dünkelberg. Ich weiß, dass die Regierung plant, diese Art von Vereinen aufzulösen, da sie glaubt, es würden verräterische Absichten dahinterstecken wie der Sturz des Herzogs."

„Aber so etwas plant ihr nicht, oder?"

„Im Augenblick nicht. Auch wenn unser Ziel eine Demokratie ist, so kann dies durch eine Verfassung geschehen und muss nicht gewaltsam durchgesetzt werden. Manch einer bezweifelt, dass der Herzog sein Versprechen vom März einlösen wird. Einige wollen unnachsichtiger vorgehen. Daher plant die Regierung, liberale Denker zu unterdrücken, um so einen möglichen Sturz des Herzogs zu verhindern."

„Und du befürchtest, dass euer Verein Opfer dieser Maßnahmen wird?"

„Ich bin mir fast sicher." Seine Stimme senkte sich. „Es ist daher ein gefährliches Unterfangen, in meiner Begleitung zu sein. Reicht das an Abenteuer?" Er konnte es nicht so ernst sagen, wie er beabsichtigt hatte. Grinsend lehnte sich Moritz zurück, während die Kutsche über die holprige Straße durch die abendliche Dämmerung fuhr.

„Für das Erste bin ich zufrieden", antwortete sie mit einem Schmunzeln.

Er musterte seine Schwester für einen Augenblick. „Du wirst glücklich mit Sebastian sein?"

Sie hob überrascht eine Augenbraue. Aus welchem Grund erkundigte er sich nach ihren Gefühlen? Sie selbst hatte sich diese Frage gar nicht gestellt. Was bedeutete für sie noch Glück? Seitdem Daniel Schütz sie nicht mehr heiraten wollte und Matthias in ihr Leben zurückgekehrt war, schien ihr alles gleichgültig zu sein. „Ich habe die Liebe kennengelernt. Ein wunderbares Gefühl, so stark und übermächtig, dass ich für diesen einen Mann alles aufgegeben hätte. Oh, Moritz. Ich hätte alles aufgegeben, meine Familie und meine Heimat. Liebe ist grausam, zerreißt einen und doch bin ich dankbar zu wissen, wie es ist, geliebt zu werden und selbst zu lieben. Sebastian werde ich niemals lieben können. Aber darum geht es nicht, oder? Diese Heirat ist von Vater gewünscht und ich gehorche ihm."

Moritz verzog das Gesicht. „Was würdest du tun, wenn du wüsstest, dass es Vater gar nicht will?"

Die Falten auf ihrer Stirn vertieften sich. Sie lachte unsicher. „Du stellst Fragen. Wenn Vater nicht wollte, dass ich Sebastian heirate, würde er es nicht zulassen."

Moritz beugte sich wieder vor, nahm eine Hand seiner Schwester und strich nachdenklich über die Oberfläche. „Wir kennen Sebastian gut. Und du weißt, dass er bereits verheiratet war."

Sie ahnte, worauf er anspielte. „Seine Frau war eine kranke, nervenschwache Person. Das bin ich nicht. Ich werde mir nicht das Leben nehmen, nur weil mein Ehemann dem Spiel geneigt ist. Du musst dir keine Sorgen machen."

Moritz presste die Lippen aufeinander, ließ ihre Hand los und lehnte sich zurück. Es bekümmerte ihn etwas, das erkannte Eugenia. Doch er schwieg. Was wollte er ihr mitteilen und wusste nicht, wie er es sagen sollte?

Eugenia drehte ihren Kopf zur Seite und ließ die Straßenlaternen vorüberziehen. Nur noch wenige Passanten beschritten den Gehweg, während die Kutsche an den Häusern vorbeifuhr. Die Sommerbrise fuhr sanft durch ihre Locken. Eugenia wagte nicht, ihren Bruder anzuschauen, damit sie seine bedrückte Miene nicht sehen musste. Die Kutsche hielt vor einem festlich beleuchteten Haus an.

Mit ihrem Bruder an der Seite trat sie ein und wurde von der Hausherrin herzlich begrüßt. Der Skandal um Eugenia hatte sich im Angesicht des vierten März gelegt und darüber war sie sehr froh, als sie der Gastgeberin freundlich zunickte.

„Heute geht es nur um die Politik der Männer", sagte die Frau. „Kommen Sie, Fräulein Eugenia, wir werden uns auf das Essen freuen und danach einen vergnüglichen Abend am Rande der Politik verbringen."

Eugenia nickte der Gastgeberin erleichtert zu. Sie hatte gehofft, sich nicht den ganzen Abend mit langweiligen Gesprächen über Politik und die Zukunft des Staates befassen zu müssen.

„Vielleicht würden Sie später meine Tochter am Pianoforte begleiten, um zu einem unterhaltsamen Rahmen beizutragen?"

„Gern, Frau Siedbrecht."

„Wunderbar, dann wird diese Veranstaltung doch recht erfrischend."

Eugenia folgte der Gastgeberin durch die Eingangshalle, während ihr Bruder bereits mit zwei Herren in ein Gespräch verwickelt war. Ein Lichtblick war das Eintreffen von Eduard Meier. Eugenia erinnerte sich daran, ihn ihm Theater kennengelernt zu haben.

„Es ist eine Freude, Sie wiederzusehen", begrüßte Eduard Meier sie. „Dann nehme ich an, Ihr Bruder ist hier?"

„Das ist er. Wenn Sie den hitzigen Stimmen folgen, werden Sie ihn sicher finden", spöttelte Eugenia.

Er ging nicht auf ihren Scherz ein. „Darf ich aus Ihrem Hiersein schließen, dass Sie ebenso an einer Demokratie interessiert sind?"

„Ich?" Sie war über diese Frage überrascht. Noch kein Mensch außer ihrem Bruder hatte ihr je so eine Frage ernsthaft gestellt. „Ich bin nur eine Frau. Ich wüsste nicht, dass ich einen Einfluss auf etwas Derartiges hätte."

Herr Meier schien jetzt erheitert. „Nun, dann muss ich Sie eines Besseren belehren, Fräulein Hentschel. Sehen Sie dort drüben?" Er zeigte an ihr vorbei auf eine junge Frau, die von einigen Herren und Damen umringt wurde. Sie sprach sehr enthusiastisch auf ihre Zuhörer ein. „Das ist Hilde Henninger. Sie ist überzeugt, dass Frauen Rechte haben sollten, da sie keine leblosen Puppen sind, sondern Menschen, die denken können."

Eugenia hielt die Luft an und erkannte die Frau. Dorotheas Schwester.

„Das klingt interessant", flüsterte sie leise.

Das Essen verlief schleppend. Ohne sich selbst in die Gespräche einzumischen, beobachtete Eugenia ihre Nachbarn, ihren Bruder eingeschlossen, der sich wiederum mit seinem Nachbarn unterhielt. Alle an diesem Tisch waren davon überzeugt, dass diese Regierungszeit ein Ende haben und etwas Neues die Chance bekommen sollte. Demokratie? Ihr Blick fiel auf Hilde Henninger. Eugenia erinnerte sich, wie sehr Dorothea auf ihre ältere Schwester geschimpft hatte. Und doch saß diese Frau da, völlig überzeugt von ihrem Tun. Bereute Hilde, dass sie ihrer Familie den Rücken kehrte und ihr solchen Kummer bescherte? Immer wieder zuckte Eugenia unter den aufbrausenden Stimmen zusammen, wenn sich die Herren nicht einig waren.

Schließlich saß Eugenia an einem Pianoforte. Die Tochter des Hausherrn stand neben dem Instrument und sang einige Lieder, während Eugenia sie begleitete. Die weiblichen Gäste lauschten angeregt, während die Herren im Hintergrund diskutierten. Eugenia hatte sich umgesehen. Außer dem von

Herrn Meier war ihr kein Gesicht bekannt. Matthias schien nicht hier zu sein, stellte sie enttäuscht fest. Obwohl sie nicht enttäuscht sein wollte, eigentlich hatte sie diesen Kerl vergessen wollen. Sie hob den Blick und lauschte dem Gesang des Mädchens.

Plötzlich erklang Gepolter im Eingangsbereich des Hauses. Stimmen wurden laut, klangen warnend. Zwei Männer stürmten in den Salon. Einer von ihnen war Matthias. Er wirkte abgehetzt.

„Die Soldaten des Herzogs sind auf dem Weg hierher! Sie haben den Befehl, die Gründungsmitglieder unseres Vereins festzunehmen!"

Eugenia verkrampfte ihre Finger auf den Tasten und spielte plötzlich falsche Töne. Der Gesang des Mädchens brach abrupt ab. Einige Frauen sprangen erschrocken und kreischend von ihren Plätzen auf und suchten nach ihren Männern. Trubel herrschte im Raum. Eugenia saß auf der Bank vor dem Instrument, sah Matthias, der auf Moritz zuging und ihn an einem Arm packte, um ihn fortzuziehen. Dabei redete er auf Moritz ein. Da schien sich ihr Bruder an etwas zu erinnern und zeigte auf sie. Matthias' Blick erfasste sie. Ihr Herz pochte schneller.

Der Mann kam auf sie zu. „Schnell, Eugenia. Wir müssen weg, ehe die Soldaten kommen."

Sie blieb sitzen. Steif und aufrecht. Ihre Finger glitten von den Tasten. „Ich habe nichts getan, was deren Unmut gegen mich heraufbeschwören könnte."

In seinen Augen funkelte es ungehalten. „Du bist in dem Haus eines radikalen Liberalen, das genügt ihnen! Jetzt komm endlich, aber sofort!"

„Ich bin schon einmal mit dir gegangen. Es hat mir nur Unglück gebracht."

Matthias rollte die Augen, packte die junge Frau an einem Arm und zog sie auf die Beine. „Das war etwas anderes, und jetzt lass dich nicht so ziehen."

Eugenia folgte ihm nur widerwillig durch die Hektik, die

im Haus herrschte. Frauen und Männer flohen hinaus in die Dunkelheit. Widerstrebend durchquerte Eugenia den Raum und erreichte Moritz, dessen Gesicht eine bleiche Farbe angenommen hatte.

„Das habe ich nicht ahnen können. Wir müssen uns beeilen." Er schob seine Schwester aus dem Haus.

Eugenia blickte in die dunkle Straße und erkannte schnelle Bewegungen in der Finsternis. Die herzoglichen Soldaten! Bei ihrem Anblick erschrak Eugenia. So nah und deutlich hatte sie die Gefahr nicht erwartet.

„Was passiert, wenn sie uns erwischen?", wollte sie mit zittriger Stimme wissen.

„Sie nehmen uns als Verräter des Herzogtums gefangen."

Aber sie hatte nichts Falsches getan. Erst jetzt erinnerte sie sich daran, was Matthias eben gesagt hatte. „Ein radikaler Liberaler? Moritz! Du sagtest, dieser Besuch sei harmlos."

Moritz schob sie vor sich her. „Ich behauptete auch, wir seien keine Schurken, die sich in dunklen Gassen verstecken!"

Eugenia keuchte bestürzt auf, als sie in die düstere Straße liefen, fort von den Soldaten, die schnell näher kamen. Erst mit einem Wilderer im Wald entdeckt und nun eine Verräterin des Herzogtums. Schlimmer konnte es nicht werden. Während sie darüber nachdachte, spürte sie eine warme Hand, die ihre Finger umschloss. Sie sah zu Matthias auf. Seine Berührung beruhigte sie, obwohl die Aufregung ihr fast die Kehle zuschnürte.

„Wir müssen fliehen!", hörte sie ihn sagen.

Wie betäubt ließ sie sich führen, die dunkle Straße entlang, von den Soldaten fort, die kurz darauf das Haus erreichten. Die herzoglichen Uniformierten nahmen die ersten Männer gefangen, andere schwärmten aus, um die Flüchtlinge zu verfolgen. Eugenia rannte wie ein hilfloses, orientierungsloses Kind ihrem Bruder Moritz und Eduard Meier hinterher, der sich ihnen angeschlossen hatte. Im Augenblick wirkte an dem Advokaten nichts mehr besonnen und ruhig.

Seine Augen waren weit aufgerissen vor Schreck, die Haare völlig zerzaust. Der hohe, aufgeknöpfte Kragen flatterte beim Rennen. Sein Äußeres ließ Eugenia erkennen, wie gefährlich ihre Lage war. Wenigstens hatten sie einen Anwalt bei sich, der sie vor Gericht verteidigen konnte, fuhr es ihr durch den Kopf. Neben ihr war Matthias, der sie fest an der Hand hielt. Unerbittlich zog er sie mit sich. Mühsam hob sie den Rock, um nicht zu stolpern. Sie warf einen Blick über ihre Schulter und sah eine kleine Gruppe von Soldaten, ihre Gewehre schussbereit.

„Stehen bleiben, im Namen des Herzogs von Nassau!“ Die Stimme hallte drohend in ihrem Rücken.

Als wäre dies ein Antrieb für sie, sammelte Eugenia ihre Kraft und rannte weiter. Ihre Beine schmerzten, die Stiche in ihrer Seite verstärkten sich und das Korsett, das ihren Oberkörper umspannte, ließ kaum zu, dass sie tief Luft bekam. Sie würde in Ohnmacht fallen, schoss es ihr durch den Kopf.

„Werden sie auf uns schießen?“, keuchte sie erschrocken, doch sie bekam keine Antwort.

Moritz und Eduard Meier bogen um eine Häuserecke, Matthias und Eugenia hinterher. Sie versteckten sich hinter dem Tor einer Hofeinfahrt in einer dunklen Nische. Eugenia hielt die Luft an, als die Soldaten an ihnen vorbeiliefen. Ihr Herz trommelte gegen ihre Brust. Sie zitterte.

„Hab keine Angst, Eugenia. Ich bin bei dir.“ Seine Stimme klang ganz nah an ihrem Ohr.

Trotz der Gefahr spürte sie das aufregende Prickeln in sich, als sie sich an ihn schmiegte, so als sei es selbstverständlich, in seinen Armen Schutz zu finden.

„Pst“, machte Moritz.

„Sie werden uns finden“, murmelte Eduard Meier und in seinem Gesicht zeigte sich Verzweiflung. Die Soldaten kehrten zurück. Sie schritten langsam an dem Versteck vorbei, lauernd, vorsichtig, aufmerksam. Plötzlich hob einer von ihnen das Gewehr. „Die sind hier!“

Mehr Soldaten sammelten sich vor dem Versteck.

„Kommt heraus!", rief ein Uniformierter. „Im Namen des Herzogs von Nassau, ihr seid verhaftet!"

Eugenia zuckte zusammen. Die Arme um sie versteiften sich. Moritz warf einen Blick zu seinem Nachbarn. „Wir sitzen fest."

„Wir lenken sie ab. Ich lasse nicht zu, dass Eugenia etwas geschieht." Moritz straffte die Schultern und sah Matthias eindringlich an. „Ich vertraue dir meine Schwester an. Bringe sie heil nach Hause."

Matthias nickte verständig. Ehe Eugenia Einwände erheben konnte, verließ Moritz das Versteck. Eduard Meier schluckte mehrmals, fasste offenbar Mut und folgte ihm ohne ein Wort.

Ein Schauer lief über ihren Rücken, als striche eine kalte Hand über ihre Haut. Die Angst war so beklemmend, dass sie dachte, vor lauter Verzweiflung schreien zu müssen.

„Ist da sonst noch jemand?", fragte einer der Soldaten barsch.

„Nein", antwortete Moritz rasch. „Nur wir beide."

Eugenia hielt die Luft an, als einer der Soldaten näher an ihr Versteck kam. Sie schloss die Augen, während sie sich an Matthias klammerte, der ebenso die Luft anhielt. Nur einen Schritt weiter und der Soldat würde sie entdecken.

Plötzlich verlor Eduard die Nerven. Eugenia hätte nicht gedacht, diesen ruhigen Mann je so aufgelöst zu sehen. „Ich geh nicht ins Gefängnis für etwas, worauf ein jeder ein Recht haben sollte." Nach diesen Worten stürzte er sich auf einen der Uniformierten. Moritz fluchte laut und stieß den Soldaten, der in seiner Nähe war, zur Seite. Eine Prügelei entstand.

Matthias ließ Eugenia los, sprang aus seinem Versteck und stürmte auf zwei Soldaten zu, die verdattert dastanden und nicht genug Zeit fanden, ihre Waffen hochzureißen und zu schießen. Das Handgemenge währte nicht lange. Eugenia duckte sich ängstlich, schlug die Hände vor ihr Gesicht, während sie die Kampfgeräusche hörte. Plötzlich wurde es still. Sie riskierte nicht, sich zu rühren. Es war ein Albtraum.

Eine Gestalt tauchte bei ihr auf, packte sie am Arm. Sie schrie erschrocken.

„Ruhig, Eugenia, es ist alles in Ordnung. Komm!“ Matthias zog sie aus dem Versteck hervor. Sie sah Gestalten am Boden liegen.

„Mein Gott, ihr habt Soldaten des Herzogs niedergeschlagen? Sind sie tot?“

„Nein, nur bewusstlos“, beruhigte Moritz sie mit grimmiger Stimme. Er zeigte die Straße entlang. „Wir sitzen jetzt noch tiefer im Unglück als vorher. Wir müssen uns verstecken, bis uns etwas einfällt.“

„Aber wo nur? Wo sind wir außer Gefahr?“, wollte Eduard Meier wissen.

„Kommt zu uns“, überlegte Eugenia laut.

„In das Haus des Doktors? Das ist nicht dein Ernst“, fuhr Matthias sie an.

„Niemand käme auf die Idee, euch dort zu suchen“, verteidigte Eugenia ihren Vorschlag.

„Das kommt nicht in Frage“, widersprach Moritz. „Unsere Familie darf nichts erfahren. Und wir müssen Vaters Ruf wahren. Das können wir ihm nicht antun.“

„Du hast herzogliche Soldaten niedergeschlagen, mein Gott, Moritz, deine Familie wird das erfahren! Bei uns seid ihr erst einmal sicher.“

„Das ist zu gefährlich“, stieß Moritz hervor und blieb keuchend an einer Hauswand stehen. Er knirschte mit den Zähnen, denn er erkannte die Wahrheit in ihren Worten.

Die Straßenlampen, die seit Neuestem mit Gas brannten, würden bald vom Nachtwächter gelöscht werden. Gegen elf Uhr nachts ging er durch die Straßen. Noch brannten sie alle und ihr Licht fiel hell auf den gepflasterten Weg.

Wieder wurden Schritte laut. Weitere Soldaten!

Sie wandte sich zu Matthias. „Warum müssen wir immer vor jemandem fliehen, wenn du in der Nähe bist?“

„Diesmal habe ich keinen Hirsch geschossen!", zischte Matthias aufbrausend. „Diesmal bin nicht ich schuld."

„Aber natürlich, du hättest in Holzhausen bleiben sollen!", fuhr sie ihn ungehalten an.

„Was ich tue, geht dich nichts an!"

„Würdet ihr aufhören zu streiten?", mischte sich Moritz ungeduldig ein. „Das ist ja nicht auszuhalten. Die Soldaten kommen gleich die Straße entlang." Er sah sich hektisch um, suchte nach einer Lösung. Es gab nicht viele Orte, an denen sie sich verstecken konnten.

„Eugenia soll sich in Sicherheit bringen", sagte Matthias entschieden und klang nicht so, als erwarte er Widerstand. „Nimm du sie mit, Moritz, ich lenke die Soldaten ab."

„Nein, wir entkommen alle!", entgegnete dieser energisch. Er warf einen nachdenklichen Blick auf seine Schwester und ließ die Schultern sinken, als ergebe er sich einer Übermacht. „Gut, wir kommen heute Nacht bei meinen Eltern unter. Im Stall ist Platz für uns."

Sie eilten weiter, bis sie das Haus der Hentschels erreichten. Eugenia betrat die Eingangshalle und schlich zu ihrem Zimmer im oberen Stockwerk. Dort stand vor einem ihrer Fenster ein Baum, den man hinaufklettern konnte. Eugenia öffnete rasch die Fenster und ließ die Männer hineinspringen. Moritz fluchte, weil er sich beim Hinaufklettern die Hose aufgerissen hatte. Er verschloss die Fenster und beobachtete, wie Soldaten durch die Straße zogen. Sie atmeten erleichtert auf, als schließlich Ruhe einkehrte.

„Das war knapp", sagte Eduard, blieb vor Eugenia stehen und verbeugte sich steif vor ihr. „Ich danke Ihnen für Ihre Hilfe, Fräulein Hentschel. Ich stehe tief in Ihrer Schuld."

„Es ist das Mindeste, was ich tun konnte", erwiderte sie mit einem schüchternen Gesichtsausdruck, wohl wissend, dass sich drei Männer in ihrem Zimmer befanden. Kompromittierender ging es nicht.

„Sobald es ruhiger geworden ist, werden wir uns im Stall

verstecken", entschied Moritz. „Dann werden wir überlegen, wie es weitergeht."

Eugenia drehte sich um und stand vor Matthias. „Bin ich auch dein Gast?", fragte er vorsichtig. Obwohl es düster in dem Raum war, sah sie seine klaren Augen. Sie zwang sich förmlich, nicht ihre Hand zu heben und sein Gesicht zu berühren.

„Natürlich", entgegnete sie abweisend und vermied es, in seine Augen zu blicken.

Die Männer kauerten auf den Stühlen am Fenster, hörten die harten Schritte herankommender Soldaten, die an ihnen vorbeizogen. Befehle wurden gerufen, Nachbarn aufgeweckt und ausgefragt. Niemand schien es zu wagen, im Haus des Doktors Flüchtlinge zu vermuten. Kurz vor Morgengrauen kehrte endlich Stille ein. Erst dann kletterten die drei Männer aus dem Fenster, um sich im Stall zu verstecken und zu hoffen, dort nicht gefunden zu werden.

Eugenia konnte nicht schlafen, wusste, dass im Stall die drei Männer waren, um die sie sich sorgte. Der Gedanke an Matthias ließ sie nicht los. Voller Unruhe sprang sie aus dem Bett. Mit nackten Füßen schlich sie durch den Gang zur Seitentür des Hauses und betrat den Hof, der in der Morgendämmerung kaum zu erkennen war. Die kleinen Steinchen auf dem Boden ließen ihre Füße schmerzen. Als sie hinausgehen wollte, trat ihr ein Schatten in den Weg.

„Weißt du, dass der Gedanke an dich das Einzige war, was mir im Gefängnis geblieben ist?"

Sie blieb stehen. Ohne es zu wollen, machte ihr Herz einen freudigen Sprung. Zugleich kam schlechtes Gewissen auf. Sie war mit Sebastian verlobt. Diese Gefühle durfte sie nicht zulassen. Nicht noch einmal wollte sie ihren Vater enttäuschen! Sie wollte an Matthias vorbeigehen, wusste nicht, was sie sagen sollte. Natürlich hätte sie ihm gestehen können, wie sehr sie unter seinem angeblichen Tod gelitten hatte.

Ihr Schweigen machte ihn wütend. „Hör auf mich zu

behandeln, als sei ich Dreck", fuhr Matthias sie barsch an. „Bin ich deiner nicht mehr würdig, weil ich im Gefängnis gesessen habe oder weil dir in der Stadt wieder deutlich wurde, dass ich nur ein einfacher Bauer bin?"

„Du hast im Gefängnis gesessen, weil du ein Dieb bist. Du hast ja unbedingt weitermachen müssen", sagte Eugenia teilnahmslos.

„Damals fandst du es romantisch, mit mir auf der Flucht zu sein."

„Selbst da wusste ich, dass es falsch ist, was du getan hast."

„Du hättest mich ja nicht warnen müssen", gab Matthias zurück. Er hob eine Hand, als wollte er sie berühren, doch er wagte es nicht. „Ist das alles vergessen, was wir uns gesagt haben? Unsere Gefühle füreinander?"

„Wir gehören nicht zusammen, Matthias", entgegnete sie nun mit fester Stimme. „Es war falsch, so zu fühlen. Ich habe das leider zu spät erkannt." Sie war den Tränen nahe. Wie konnte sie so etwas sagen, obwohl ihr Herz etwas anderes aussprechen wollte?

Matthias trat einen Schritt zurück. „Hat dich das Leben in der Stadt so verändert?" Er schien enttäuscht. Sie konnte es in seinen Augen erkennen. Wie gern hätte sie sich in seine Arme geflüchtet. So oft hatte sie von ihm geträumt. Wie viele Gebete hatte sie für ihn gesprochen?

„Nein, es ist die Vernunft. Du weißt es und ich weiß es."

Er seufzte und drehte sich fort. „Ich dachte nur …" Matthias ließ den Kopf sinken.

„Ich heirate am Wochenende Sebastian Kreutzer", erwiderte sie mit brüchiger Stimme. „Ich kann es nicht mehr ändern."

Matthias schnaubte abfällig. Er hätte ihr beinahe gesagt, dass ihr Verlobter kein ehrenwerter Mann war. Moritz hatte ihm zwar nicht berichtet, was dieser Doktor Kreutzer beim Götze Gunnar zu suchen gehabt hatte, aber er war überzeugt, dass es nichts Ehrenhaftes war. Moritz hatte überhaupt nichts über das Gespräch mit seinem Vater berichtet. Was scherte es Matthias? Warum sollte er für Eugenias Leben so viel Anteilnahme zeigen? Er wollte zurück in sein Versteck gehen, da hielt er inne. Er ließ die Schultern sinken. „Mir ist es gleich, ob uns andere vorschreiben, dass wir nicht zusammengehören oder du an der Seite eines anderen Mannes leben musst. Ich liebe dich, das sollst du wissen. Für mich hat sich nichts geändert. Ich wünschte mir, es gäbe einen Ort, an dem niemand uns für unsere Gefühle verurteilt."

Nach diesen Worten ging er.

Eugenia stand da, erstarrt. Sie wollte weinen, doch es waren keine Tränen mehr da.

Moritz war auf dem Weg vom Stall zum Haus, als er mit Matthias zusammenstieß, der recht aufgewühlt wirkte. Es kam nur ein Brummen als Entschuldigung, dann ging Matthias weiter. Der Hunger trieb Moritz in sein Elternhaus. Doch plötzlich war das leere Gefühl in seinem Magen vergessen. Er erkannte seine Schwester am Seiteneingang des Hauses. Ihr Gesicht schien vom Schmerz versteinert. Moritz ging auf sie zu. „Du hast mir einmal gesagt, ich hätte etwas gut bei dir, damals, als ihr gerade nach Holzhausen gezogen seid. Ich wusste nicht, dass du mir auf diese Weise helfen würdest. Es tut mir leid, was passiert ist. Hätte ich gewusst, wie dieser Abend endet, ich hätte dich nicht gebeten, mit mir zu kommen."

Als wollte sie ihren Schmerz mit Ironie überdecken, sagte sie mit einem leicht spöttischen Unterton: „Sei nicht albern, Bruder. Das hat entschieden meinen Abenteuersinn angestachelt. Außerdem werde ich dir immer helfen, egal welche Dummheiten du machst."

„Der Wunsch nach einer Demokratie ist keine Dummheit. Unsere Unabhängigkeit hat seinen Preis."

„Von welcher Unabhängigkeit redest du? Von der unserer Regierung oder von der unseres Vaters?" Sie hob den Blick.

Moritz ballte die Hände. „Beides. Ich erhoffe mir einen neuen Wind in dieser Gesellschaft, die so eingefahren und so bieder geworden ist, dass es einen zu ersticken droht." Er warf einen Blick zurück zum Stall und machte eine Handbewegung über seine Schulter. Matthias war verschwunden. „War er nicht freundlich zu dir?"

„Doch, gewiss. Er begreift nur nicht, dass jeder seiner eigenen Wege gehen muss."

Moritz bedrückte das Wissen um ihre Heirat mit Sebastian. Er hatte das Gefühl, er müsse mit seiner Schwester über die Erkenntnisse sprechen, die er durch seinen Vater gewonnen hatte. Er wollte ihr sagen, dass sie einen Schurken heiraten musste. Konnte er ihr das antun? Matthias hatte ihn angesprochen, hatte ihn gefragt, was er zu tun gedachte. Der Vorwurf war deutlich. Moritz hatte ihm erklärt, dass sie schweigen mussten. Für Eugenias Zukunft, für ihren Frieden. Moritz begriff, dass er seiner Schwester keinen Gefallen tat, wenn er ihr die Wahrheit sagte. Es würde ihr nur Kummer bescheren. Genau das hatte er Matthias zu erklären versucht, ohne ihm mehr zu verraten, was seinen Vater bedrückte. „Du solltest über die Heirat mit Sebastian nachdenken", murmelte er plötzlich in seine Gedanken hinein.

Sie blinzelte ihn verwirrt an. „Warum? Sebastian hat sich mit Vater endlich versöhnt. Wenn ich mich jetzt weigere, was mir nicht zusteht, würde das zu einem erneuten Bruch führen." Sie winkte ab. „Ich weiß, dass Sebastian etwas altmodisch ist. Aber ich werde es akzeptieren und lernen, damit zu leben. Es ist Vaters Wunsch."

Nein, eben nicht, dachte Moritz und hüstelte, als hätte er sich verschluckt. Er wusste nicht, wie viele Möglichkeiten es noch gab, seine Schwester allein zu sprechen. Wenn er etwas sagen wollte, dann jetzt! „Sebastian ist nicht der richtige Mann für dich."

„Du hast im Augenblick ganz andere Probleme, als dich um die Heirat deiner Schwester zu kümmern."

„Du liebst ihn?"

Sie blinzelte verwirrt. „Sebastian ist ein Freund unseres Vaters, der ..."

„Nein, Dummerchen, ich rede von Matthias. Er ist ein guter Mensch. Liebst du ihn?"

Sie wirkte traurig. „Ich möchte, dass mich Vater wieder ansieht und mit mir spricht, dass wir alle wieder eine Familie sind, so wie früher. Dies erreiche ich nur, wenn ich Sebastian heirate. Die Liebe zu Matthias hilft mir nicht dabei."

Moritz ließ den Kopf sinken. Er konnte es nicht. Er konnte ihr die Wahrheit über Sebastian nicht sagen. Vielleicht würde sie mit ihm tatsächlich zufrieden leben können, wenn sie nicht wusste, dass ihr Gatte ihren Vater erpresst hatte, um sie vor den Altar zu bringen. Er wünschte, Sebastian würde sich ändern und es käme alles in Ordnung. So schwieg Moritz bedrückt und schlich in die Küche des Elternhauses, in der Hoffnung, von niemandem gesehen zu werden.

Das Wochenende stand bevor und damit die Hochzeit. Eugenia konnte kein richtiges Gefühl dafür finden. Weder Freude noch Aufregung. Sie mochte Sebastian, obwohl seine Auffassung und seine Ansichten so im Gegensatz zu ihrer Vorstellung von einem guten Leben standen, dass es ihr ganz bange wurde. Wie würden sie jemals eine Einigung finden, wenn sich Eugenia nicht seinem Willen unterwarf? Und dann war da immer noch der Gedanke an Matthias. Seine Anwesenheit war ihr mehr denn je bewusst. Das erste Mal in ihrem Leben hatte sie einen Menschen gefunden, dem sie ihre Liebe schenken konnte und der sie ihr zurückgab. Ohne Einschränkung, ohne Bedingungen. Würde sich Eugenia in das Leben zurückzwängen lassen, in dem sie so lange gefangen gewesen war? Matthias hatte ihr eine neue Welt gezeigt, eine schöne, freie, liebende Welt. Mit Sebastian an der Seite würde sie dies alles verlieren.

Sebastian kündigte sich an, als Eugenia mit der Mutter und den jüngsten Geschwistern beim Frühstück saß. Sie lasen in der Zeitung von der Auflösung von Vereinen und der Verfolgung ihrer Mitglieder. Es hieß, sie stünden im Verdacht, Gegner der Regierung zu sein und sogar einen Sturz des Herzogs zu planen.

„Diese ganzen Ideen über Freiheit und Gleichheit, das ist absurd. Ich weiß gar nicht, warum die Menschen nicht mit dem zufrieden sind, was sie haben." Charlotte Hentschel schüttelte den Kopf, als sich Sebastian am Tisch niederließ. Sie nahm die Teekanne und schenkte eine Tasse ein, die ein Hausmädchen für den Gast gebracht hatte.

„Möglicherweise, weil es nicht viel ist, was ihnen geblieben ist. Der Fortschritt bringt nicht nur Gutes. Viele Menschen haben ihre Arbeit verloren", antwortete Eugenia nun.

„In den Fabriken gibt es genug Arbeit", erwiderte die Mutter leichtfertig.

„Es ist vielleicht an der Zeit, dass sich etwas verändert. Auch für die Frauen muss sich etwas ändern."

„Wozu?", fragte Sebastian überrascht. „Es geht ihnen gut. Ich erwarte von dir als meine Frau nichts weiter, als dass du dich um unsere Kinder kümmerst und dich bemühst, unser Haus in Ordnung zu halten."

„Da gäbe es noch mehr", überlegte sie laut und klang herausfordernd.

„Du weißt, mein lieber Sebastian, deine zukünftige Gattin hat zu viele Bücher gelesen und sich Flausen in den Kopf gesetzt", entschuldigte Charlotte ihre Tochter mit verlegenem Gesichtsausdruck.

„Bücher lesen schadet dem Verstand einer Frau, das ist meine Meinung. Ich werde es Eugenia schon austreiben."

Eugenia verkniff sich eine Bemerkung. Sie war nervös, hörte nicht richtig zu und ließ schließlich eine Teetasse fallen, als das Hausmädchen Soldaten des Herzogs vor dem Haus ankündigte.

„Soldaten des Herzogs? Mein Gott, was wollen sie von uns nur? Anton ist nicht da, er ist in die Praxis gefahren." Charlotte Hentschel sah hilflos zu Sebastian, der sich von seinem Stuhl erhob.

„Gewähren Sie mir die Bitte, Ihnen zu helfen. Ich werde nachsehen, was die Soldaten wollen."

Eugenia versuchte krampfhaft, die Scherben der Teetasse einzusammeln und schnitt sich dabei in den Finger. Hastig lutschte sie an dem Finger, erhob sich von ihrem Platz und folgte Sebastian an die Haustür.

„Wir suchen nach Flüchtlingen, die vor einigen Tagen regierungsfeindliche Vereine gegründet haben", verkündete einer der Männer vor dem Haus.

„Sie sprechen so, als seien sie Verbrecher", sagte Eugenia zaghaft.

Der Offizier schien unbeeindruckt. „Es sind Verräter und Feinde des Landes. Das ist wahrlich ein Verbrechen. Also werden sie als solche gesucht."

„Ich kann Ihnen versichern, dass sich in dem Haus von Doktor Hentschel keine Landesverräter aufhalten", äußerte Sebastian überzeugt. „Das wäre ja lächerlich."

„Gewiss. Dennoch ist Moritz Hentschel mit einem gewissen Eduard Meier gesehen worden und Letzterer wird gesucht. Er steht im Verdacht, den Sturz des Herzog geplant zu haben."

„Mein Gott, mein Sohn und ein Verräter? Das ist ja schrecklich", regte sich Charlotte Hentschel im Hintergrund auf.

„Das ist gewiss nur ein Missverständnis." Sebastian schielte zu Eugenia, die bleich und schwankend neben ihm verharrte.

„Was geschieht mit ihnen, wenn Sie sie finden?" wollte die Frau vorsichtig wissen.

„Ich hoffe, sie werden weggeschlossen, damit sie das Licht der Sonne niemals wieder erblicken." Sebastian klang überheblich.

„Wenn sie nicht wegen Hochverrats angeklagt werden, werden sie wohl des Landes verwiesen."

„Sie müssen Wiesbaden verlassen?" Eugenia war erschrocken.

„Sie müssen das Herzogtum Nassau verlassen, gnädiges Fräulein", verbesserte der Offizier sie.

Moritz und Matthias hockten neben kauenden Pferden auf Strohballen und hatten die Köpfe zusammengesteckt.

Sie waren noch nicht gefunden worden. Noch waren sie in Sicherheit. Weder die Hausangestellten der Hentschels noch die Nassauer Soldaten hatten bemerkt, wer seit einem Tag in dem Stall hauste.

„Wir haben nicht oft über unsere Vergangenheit gesprochen und ich achte das Persönliche, doch als Bruder einer verletzten Schwester musst du mir eine Frage beantworten", begann Moritz nach einer Weile. Er wirkte, als wäre es ihm unangenehm, darüber zu sprechen. „Was ist damals passiert? Ich meine, warum hast du Eugenia nicht gesagt, dass du noch am Leben bist?"

„Das sind zwei Fragen."

„Komm mir nicht so. Vor einigen Monaten konntest du noch gar nicht richtig lesen und schreiben", fuhr Moritz ungeduldig auf.

„Als ich damals niedergeschossen wurde, rettete dein Vater mein Leben. Ich wurde nicht nach Nastätten gebracht, sondern direkt nach Wiesbaden vor Gericht. Davor musste ich deinem Vater ein Versprechen geben." Matthias knirschte mit den Zähnen. Er erinnerte sich nicht gern an diese Zeit. „Ich musste ihm versprechen, Eugenia niemals wiederzusehen. Wie konnte ich ahnen, dass er alles daran setzte, sie glauben zu machen, ich sei tot? Jeden Tag im Korrektionshaus habe ich an sie gedacht, und als ich dich traf, kam mir das sehr gelegen. Für Gleichberechtigung kämpfen, dafür, dass ein Bauer und eine Arzttochter ein Leben zusammen verbringen können." Er fuhr sich verlegen mit einer Hand über seinen Nacken.

Moritz lachte. „So stark ist unsere Tatkraft nicht, dass dies bald geschehen könnte. Und was Eugenia angeht, so liebt sie dich auch. Ich kenne sie, aber ich weiß, dass sie

Sebastian heiraten wird, ihrer Familie zuliebe. Vater hasst es, wenn es nicht so läuft, wie er es wünscht. Er wird noch wütender werden, wenn er erfährt, dass sein einziger Sohn, der beste Student seines Jahrgangs, von der Regierung verfolgt wird."

„Was kann ich tun, damit Eugenia mir verzeiht?", flüsterte Matthias verzweifelt. „Du musst mir helfen, Moritz."

Dieser schien nachdenklich zu werden. „Wie soll ich dir beistehen? Du bist mein Freund, auch wenn wir unterschiedlich aufgewachsen sind. Aber … du bist ein einfacher Mann. Meine Schwester ist es nicht gewohnt, einfach zu leben. Wie stellst du dir das vor? Wo wollt ihr leben? Wie wollt ihr leben? Von was wollt ihr …"

Matthias hob ungeduldig die Hand und brachte sein Gegenüber zum Verstummen. „Ich habe es begriffen! Danke, Moritz."

Der druckste etwas herum, bevor er sprach. „Ich würde dir gern helfen. Warum sagst du ihr nichts von dem Versprechen? Dann wäre sie nicht mehr böse auf dich."

„Ich hab es ja versucht. Ständig faucht sie mich an. Außerdem weiß ich nicht, ob sie es erfahren sollte. Sie soll nicht ihren Vater dafür hassen, dass er es gut mit ihr meint. Und dann ist da noch die Hochzeit mit diesem Doktor Kreutzer. Er ist kein ehrlicher Mensch und trotzdem lasst ihr alle zu, dass er Eugenia zur Frau nimmt. Ich versteh das nicht."

Moritz machte ein trauriges Gesicht. „Ich weiß, mit dir würde sie glücklicher werden, aber …"

„Was aber? Was ist mit diesem Kreutzer? Ist er so einflussreich und beliebt, dass er ein perfekter Ehemann für Eugenia ist?" Matthias fuhr sich verzweifelt mit einer Hand durch die Haare. Er wusste selbst nicht, wie er das Versprechen halten sollte. In diesem Land war kein Platz für ein so ungleiches Paar wie Eugenia und Matthias. Wenn er Eugenia mit sich nahm, würde ihr Vater sie beide verfolgen, bis er sie gefunden hatte.

„Sebastian ist weder einflussreich noch beliebt. Er erpresst meinen Vater, nur deshalb wird Eugenia ihn heiraten", gestand Moritz plötzlich.

Matthias öffnete bestürzt den Mund. Ehe er etwas erwidern konnte, erklangen Schritte.

Moritz und er sprangen gleichzeitig auf. Beide erwarteten die Soldaten des Herzogs. Auch Eduard, der abseits gegen die Stallwand lehnte und eingenickt war, zuckte zusammen. Die Männer rannten zu einer Box, in der ein Pferd stand. Es warf erschrocken den Kopf hoch. Der Schweif, den es unwillig herumwirbelte, traf Matthias ins Gesicht. Doch er drängte sich weiter in die Box.

Als sie Eugenia erblickten, beruhigten sich ihre Gemüter. Die Männer traten aus der Box und setzten sich wieder hin. Eugenia war völlig aufgelöst, als sie bei ihnen stehen blieb. „Soldaten waren hier. Sie suchen euch." Sie wandte sich an ihren Bruder. „Sie vermuten, dass du auch zu den Aufständischen gehörst. Oh Moritz, das ist alles schrecklich. Sie werden euch aus dem Herzogtum verbannen oder wegen Verrats anklagen."

„Mir ist lieber, ich verlasse dieses Land, als mich erschießen zu lassen." Moritz erhob sich langsam.

„Erschießen?" Eugenia wirkte, als würde sie in Ohnmacht fallen.

Moritz rieb sich mit einer Hand die Stirn und sah Matthias an. „Ich mag mein Leben, und für die Demokratie zu sterben, dazu bin ich noch nicht bereit." Er überlegte laut: „Wir können uns nicht ewig in diesem Stall verstecken. Doch uns der Polizei oder den Soldaten des Herzogs zu stellen, kommt ebenso wenig in Frage.

„Es gäbe da eine Möglichkeit für uns." Eduard kam nun näher. Er knöpfte den hohen Kragen zusammen und wickelte das leicht verschmutzte Tuch um seinen Hals. Dann blickte er in die Runde, als hätte er etwas Bedeutsames zu verkünden. „Amerika!"

Stille.

Eduard räusperte sich. „Ein Land, in dem alles möglich ist.

Jeder Mensch ist frei, jeder ist gleich, jeder kann dort arbeiten, wie er will. Es ist das Land, in dem wir leben können, so wie wir es für richtig halten, und keine Regierung, kein König macht uns Vorschriften."

„Amerika?" Matthias blinzelte den Mann verwirrt an. „Ich bin zwar nur ein Bauer, aber auch ich weiß, dass Amerika nicht gleich neben dem Herzogtum Nassau liegt."

„Es ist ein freies Land, in dem niemand verfolgt wird für seine Meinung. Es ist reich an Flüssen und, so weit das Auge reicht, ein fruchtbares Land", erzählte Eduard unbeirrt weiter.

Moritz schien der Gedanke zu gefallen. Er nickte immer heftiger. „Ich bin nicht bereit, meine Auffassung aufzugeben. In Amerika können wir leben, so wie wir es wollen." Sein Blick fiel auf Eugenia, die mit fassungslosem Gesicht dabeistand. „Wir sind frei, frei von den Zwängen, die uns diese Gesellschaft und unsere Familie aufzwängt."

Eugenia schüttelte den Kopf, als könnte sie den Redefluss ihres Bruders aufhalten. „Deine Familie braucht dich und du brauchst sie!"

Wieder herrschte Stille. Sie wurde Eugenia fast unerträglich.

Moritz lächelte spöttisch. Seine Verbitterung schmerzte Eugenia, als sie begriff, dass ihm nichts an der Familie lag, nicht genug, um bei ihr zu bleiben.

„Amerika ...", Matthias sprach es plötzlich so aus, als sei es ein neues Wort mit einer bisher nie geahnten Bedeutung. Dabei hatten sie bereits früher darüber gesprochen. Sein Blick traf sie.

Eugenia spürte ein Prickeln in sich. Sie dachte daran, was er damals gesagt hatte, als sie sich an der Scheune getroffen hatten: Wenn es einen Grund gäbe, der mir das Leben hier nicht möglich macht, würde ich meine Heimat verlassen.

„Ein Neuanfang." Sie hörte Matthias sprechen und versuchte seine Worte an sich abprallen zu lassen. Sie weigerte sich zu verstehen, was er ausdrücken wollte. Der einzige Ort, an dem es keinen Unterschied zwischen ihnen gab, keine gesellschaftlichen Zwänge, lag nicht in diesem Herzogtum. Eugenia wurde sich dessen immer mehr bewusst.

„Für diese Reise brauchen wir Geld", gab Eduard zu bedenken. „Wir müssen bis nach Bremen kommen oder Hamburg. Das wird eine verdammt lange Reise."

„Ich habe Geld, darüber macht euch mal keine Sorgen", sagte Moritz in die Runde. In seinen Augen begann es zu leuchten. „Ich habe einen Freund, der ist mit Auswanderungen vertraut. Ich könnte ihn fragen, ob er uns behilflich ist."

„Amerika?" Nun sprach es Eugenia ebenfalls laut aus. Sie sah ihren Bruder eindringlich an. „Was willst du da?"

Moritz wandte sich zu ihr. „Vater wird mir den Kopf abreißen, die Regierung wird mich verbannen. Ich gehe lieber in die Freiheit, als mich wieder ins Korrektionshaus stecken zu lassen. Wie seht ihr das, Freunde?"

Matthias fuhr sich mit einer Hand durch die Haare, während Eduard förmlich aufblühte. „Ich habe schon lange überlegt, nach Amerika zu gehen. Meine Schwester ist mit ihrem Mann dorthin ausgewandert. Sie sind nach Texas. Friedrichsburg heißt die kleine Stadt. Meine Schwester hat mir viele Briefe geschrieben und davon geschwärmt. Ich geh!"

Moritz nickte ihm zu, als wollte er damit seinen Entschluss bekräftigen. Eugenia stand hilflos daneben. Wie sollte sie ihren Bruder aufhalten? Was konnte sie sagen, um ihn von dieser wahnwitzigen Idee abzubringen?

Moritz wandte sich zu Matthias. „Wie steht es mit dir?"

Dieser wirkte auf einmal verunsichert. „Ich hab gerade richtig lesen gelernt. Ich kann die fremde Sprache nicht. Was spricht man in Amerika?"

„Keine Sorge, in Friedrichsburg leben fast nur Deutsche, du musst erst mal nichts anderes können", klärte Eduard ihn auf.

Eugenia verschränkte die Arme vor der Brust und trat einen Schritt zurück. „Ihr redet so, als wolltet ihr einen Ausflug an den Rhein machen."

„Ich muss nicht nachdenken. Mir macht der Gedanke an Amerika keine Angst. Es ist ein guter Ort. Ich geh meine Sachen packen", sagte Eduard hastig und schien keinen Augenblick über seine Entscheidung nachdenken zu müssen. „Ich werde mit meiner Frau sprechen. Sie wird nicht erfreut sein, Wiesbaden so überstürzt zu verlassen, aber wir haben öfter darüber gesprochen. Wo wollen wir uns treffen?"

„Morgen Mittag hinter der Mauritiuskirche, da bleiben wir unentdeckt. Pünktlich auf den Glockenschlag", sagte Moritz mit aller Entschlossenheit. Eduard nickte, verließ wachsam den Stall und huschte davon.

Moritz wandte sich an seine Schwester. „Sieh mich nicht so an. Was habe ich hier für eine Zukunft? Amerika bringt mir neue Hoffnung."

„Was willst du denn in Amerika machen?", fragte sie ungehalten.

„Arbeiten."

Eugenia lachte. „Du?" Sie hob seine Hände, schaute auf die feinen Finger. „Stifte halten, Blätter beschriften, Bücher lesen, das ist, was du kannst. Aber davon kann man dort nicht leben."

Moritz riss seine Hände zurück. „Dann werde ich es lernen."

Matthias klopfte ihm auf die Schultern. „Ich werde dir zeigen, wie man ein Feld bestellt und sich freut, wenn die Ernte eingefahren ist."

Die beiden Männer sahen zu Eugenia. Diese erkannte den Ernst in ihren Gesichtern, die Entschlossenheit in ihren Stimmen. Traurig ließ sie den Kopf sinken. „Dann verliere ich euch schon wieder, und diesmal für immer."

Moritz nahm sie in die Arme und drückte sie an sich. „Versuch mich zu verstehen, bitte. Gerade du müsstest wissen, wie schwer es ist. Vater wird mir niemals verzeihen, dass ich kein Arzt werden will." Moritz trat einen Schritt zurück. In seinen Augen glänzten Tränen. „Ich werde morgen früh noch einmal vorbeikommen." Nach diesen Worten wandte er sich ab und verließ ebenfalls den Stall.

Eugenia und Matthias standen sich schweigsam gegenüber. Keiner von beiden wusste, was er sagen sollte. Eugenia spürte eine tiefe Leere in sich. So lange hatten sie sich nicht gesehen, so lange hatte sie ihn vermisst, und nun …

Sie hob den Blick und sah zu Matthias. Er trat zu ihr und nahm sie in die Arme, doch sie versteifte sich. „Komm mit mir, Eugenia. Heirate mich. Amerika ist wirklich der Ort, an dem man uns nicht verurteilt für das, was wir sind. Ich baue dir ein großes Haus mit Garten und setze Obstbäume, so viele du willst. Ich werde nie wieder wildern oder etwas Gesetzloses tun. Ich kann dir zwar diesen Wohlstand nicht bieten, aber ich verspreche dir, ich werde immer für dich sorgen, du wirst nicht hungern müssen. Ich lasse dich nie wieder los." Er hielt sie in den Armen, während sie schwieg. „Komm mit mir nach Amerika."

Einmal hätte sie es beinahe getan. Auf der Flucht vor den Amtmännern. Beinahe wäre sie mit Matthias fort gegangen. Sie hatte damals keine Zeit gehabt, darüber nachzudenken. Diesmal war es anders. Diesmal fühlte sie sich vernünftiger, hatte einen klaren Kopf. „Ich kann nicht einfach gehen."

„Damals in Holzhausen wärst du mit mir gegangen. Denk nicht so viel nach, Eugenia. In Amerika wird alles besser, ich verspreche es dir. Dort sind wir gleich. Du wirst meine Frau sein und ich dein Mann. Dort zählt nur das, was wir schaffen, nicht, was wir sind. Und du kannst das tun, was du am liebsten tust. Anderen Menschen helfen."

„Und was ist mit Paula?" Ihre Stimme zitterte.

Er sah betreten zur Seite und zögerte, auf ihre Frage zu antworten. „Sie … und ich … wir …" Er räusperte sich. „Sie wäre mit mir nicht glücklich geworden."

Eine Vielzahl von widersprüchlichen Gefühlen überkam sie. Sie war hin und hergerissen von Hoffnung und Gehorsam. Eugenia löste sich aus seiner Umarmung und drehte sich fort. Sie konnte ihm nicht verzeihen, dass er sie nicht aufgesucht und ihr gesagt hatte, dass es ihm gut ging. Und sie konnte ihren Vater nicht noch einmal enttäuschen. Er hatte ihr einen Weg geebnet, den sie gehen musste. Es war sein Wunsch, dass sie Sebastian heiratete. Sie wollte sein Vertrauen, seinen Stolz zurückgewinnen. Ihm würde sie gehorchen, so wie es ihr bestimmt war. Leise Tränen rollten über ihre bleichen Wangen.

Matthias schien ihre abwehrende Geste zu verstehen. Die Hoffnung in seinen Augen erlosch. Er ließ den Kopf sinken, ging zum Tor des Stalles. Für einen Augenblick zögerte er, als wollte er einen weiteren Versuch wagen, sie umzustimmen. Eugenia zwang sich, unbeeindruckt von seiner Sehnsucht zu sein. Sie musste eisern bleiben. Als sie dachte, er würde gehen, hielt er in der Bewegung inne und drehte sich zu ihr um.

„Ich muss dir noch etwas sagen. Zwar weiß ich, dass ich es eigentlich nicht sollte. Ich habe schon ein Versprechen halten müssen. Doch das kann ich dir nicht verschweigen." Mit wenigen Schritten war er wieder bei Eugenia. Er umfasste ihre Schultern und zwang sie, ihn anzusehen. „Dieser Mann, den du heiraten sollst, er ist nicht ehrlich zu dir. Ich habe ihn damals beim Götze Gunnar gesehen. Er erpresst deinen Vater, nur deshalb sollst du ihn heiraten!"

Stille.

Zwischen den Tränen hob sie ihren Blick. Verwirrung und Entrüstung machten sich in ihr breit. „Warum sagst du so etwas?"

„Ich will nicht, dass du einen Mann heiratest, der nicht ehrlich zu dir ist."

Sie riss sich aus seinem Griff los. Ihr Blick verschloss sich vor seinen Worten und ihrer Bedeutung. Eugenia trat einen Schritt zurück, wollte einen sicheren Abstand zwischen sich und Matthias gewinnen. Zorn kam in ihr auf. „Warum redest du so über Sebastian? Weil ich nicht mit dir gehe? Ich wäre verrückt, würde ich dich in ein Land begleiten, das mir so völlig fremd ist. Also lass Sebastian in Ruhe. Er ist kein Unmensch!"

Er ließ die Schultern sinken. „Ich will nicht, dass du unglücklich bist. Warum begreifst du das nicht?"

„Du lügst. Du versuchst, meinen Verlobten schlechtzumachen, damit ich mit dir gehe."

„Ich mache ihn nicht schlecht. Er tut das von selbst."

Sie drehte sich fort. Wieder kam die Enttäuschung in ihr hoch. Daher sagte sie: „Geh, Matthias. Ich kann dir nicht verzeihen, dass du mich in dem Glauben gelassen hast, du seist tot, und dass du nicht alles daran gesetzt hast, zu mir zu kommen. Sebastian ist ein guter Mensch, ein Freund meines Vaters, lange Zeit schon. Ich kann mich glücklich schätzen, dass er mich nach allem, was ich getan habe, noch heiraten will! Du hast nicht das Recht, ihn zu verurteilen!"

Gram lag in seinen Augen.

Sie presste ihre Lippen fest aufeinander. Matthias schien zu bemerken, dass es sinnlos war, noch etwas zu sagen. So öffnete er das Tor und ging ohne ein weiteres Wort.

„Leb wohl." Sie drehte sich nicht zu ihm um. Tränen liefen über ihre Wangen. Sie würde ihn nie wiedersehen. Dieses Mal hatte sie ihn wirklich verloren. Schmerz verzerrte ihr Gesicht, ließ ihren Körper in den Schluchzern erschüttern.

Warum hatte er das mit Sebastian gesagt? Sebastian würde niemals ihren Vater erpressen. Das war eine Lüge. Was trieb Matthias nur dazu, so etwas zu behaupten? War es Verzweiflung? Der Aufruhr in ihrem Inneren legte sich lange Zeit nicht. Selbst als Matthias eine Weile fort war und sie in ihr Elternhaus zurückkehrte, fühlte sie sich aufgewühlt von seinen Worten. Sie stand mitten in ihrem Zimmer und weinte. Ihren Bruder würde sie verlieren und Matthias, den sie noch immer liebte, sie musste sich nichts vormachen. Würde sie Sebastian eine gute Frau werden, obwohl ihre Gefühle einem anderen Mann galten? Und was, wenn Matthias sie nicht angelogen hatte? Was, wenn er die Wahrheit sprach und Sebastian sie anlog? Was hatte Matthias damit gemeint, dass er bereits ein Versprechen hätte halten müssen? Welches? Wem hatte er es gegeben?

Eugenia drehte sich in ihrem Zimmer um und sah immer wieder auf Gegenstände, die sie durch ihr Leben begleitet hatten. Da war das Puppenhaus, in dem sie ihre eigene Familie erfunden hatte, so wie sie es sich damals als Kind vorstellte. Vater, Mutter, die Kinder. Glücklich und zufrieden. Eugenia drehte sich weiter, da war das Schaukelpferd, mit dem sie in ihrer Fantasie über weite Felder und Wiesen geritten war, durch ihre Traumwelt. Wieder drehte sich Eugenia. Als sie diesmal die Augen öffnete, blickte sie zu den Fenstern. Wie oft hatte sie dort gestanden und verträumt hinausgeblickt. Ihr Leben war so friedlich gewesen, so entrückt von der Wahrheit. Eugenia schritt langsam auf die Fenster zu. Sie hatte davon geträumt, der Liebe zu begegnen. Das Glück zu fühlen und zu begreifen, was es hieß zu leben und zu lieben. Mit einem traurigen Lächeln blieb sie an einem der hohen Fenster stehen, schob einen Vorhang zur Seite und sah auf die Straße. Eine Kutsche hielt vor dem Haus. Sebastian stieg aus.

Eugenia ließ den Vorhang los und wandte sich ab.

Was, wenn sie sich eingestand, dass ihre Welt, in der sie bisher gelebt hatte, plötzlich so klein und bedrückend geworden war? Ihre Hand hob sich zu ihrem Korsett, das ihren Oberkörper einschnürte. So stählern. So beklemmend.

Eugenia ließ ihren Arm sinken.

Was, wenn sie einen Schritt wagte, der alles veränderte?

Pünktlich zum Frühstück, als die Familie Hentschel am Tisch saß, erschien Moritz und nahm seinen Platz ein. Er wirkte unruhig, aufgewühlt. Eine große Reise stand ihm bevor, das wusste nur Eugenia. Er trug seine Studentenkluft, erzählte überschwänglich von Gießen und dem Studium, während er verstohlene Blicke zu seiner Schwester warf.

„Ich freue mich sehr, dass du neuen Mut gefunden hast, Sohn", teilte Doktor Hentschel stolz mit.

„Ich will Sie nicht enttäuschen, Papa." Nach diesen Worten presste Moritz die Lippen aufeinander. So als quälten ihn Schuldgefühle. „Ich wollte Sie nie enttäuschen."

Stille.

Anton Hentschel sah über den Brillenrand hinweg zu

seinem Sohn. „Aber das hast du niemals getan, Moritz. Du darfst nie deinen Weg aus den Augen verlieren."

„Ich will daran denken, Papa."

„Die Hochzeit deiner Schwester wird ein großer Tag."

„Ich freue mich schon sehr darauf." Moritz warf einen besonders eindringlichen Blick zu dem Doktor, der ihn nicht zu bemerken schien. Da lag etwas Unausgesprochenes zwischen ihnen, fand Eugenia, sie wusste aber nicht, was es sein konnte.

Ihre kleine Schwester erzählte von ihrem neuen Bild, das sie gemalt hatte, während der Kleinste der Hentschels eine Teetasse umwarf. Charlotte Hentschel schimpfte liebevoll und zugleich streng mit ihm. Nach dem Frühstück erhob sich Doktor Hentschel. „Ich werde mich in mein Arbeitszimmer zurückziehen", sagte er zu seiner Gattin gewandt.

„Wir haben noch einige Vorbereitungen für den morgigen Tag zu treffen. Und du musst deinen Anzug anprobieren, mein Lieber. Ich befürchte, er passt dir nicht mehr. Ich sagte es dir bereits letzte Woche."

„Moritz, weißt du noch, als ich dir von meinem Patienten erzählte, dessen Symptome nicht zu dem Krankheitsbild passten?"

Moritz nickte zögerlich und erinnerte sich nur dunkel an den Tag, als sein Vater ihn einlud, diesen Patienten zu untersuchen. Er hatte sich davor drücken können.

Doktor Hentschel berichtete weiter: „Ich habe zwar noch immer nicht herausgefunden, wie es dazu kommen konnte, habe den Patienten jedoch erfolgreich behandeln können."

„Das freut mich zu hören, Papa. Ich habe nie daran gezweifelt, dass Sie einer der besten Ärzte des Herzogtums sind."

„Meistens, wenn du mir so schmeichelst, hast du etwas angestellt."

Moritz bekam einen roten Kopf. „Aber Papa, das war, als ich noch ein Kind war."

Anton Hentschel lachte und klopfte seinem Sohn gut gelaunt auf die Schulter. „Natürlich, Moritz, natürlich."

Er verließ den Raum, ohne Eugenia zu beachten. Charlotte nahm ihren kleinsten Sohn auf den Arm und trug ihn hinauf, um ihn umzuziehen.

Eugenia sah ihren Bruder traurig an.

„Kommst du heute Mittag? Zum Abschied?", fragte er seine Schwester leise.

Sie nickte ihn traurig an und wusste, sie würde nicht zur Mauritiuskirche gehen. Den Abschied würde sie nicht ertragen.

„Willst du mir nicht etwas sagen, liebster Bruder?" Ihre hoffnungsvolle Stimme erreichte ihn, doch er schien heute verschlossen.

Moritz zögerte. „Ich wünsche dir alles Glück."

Enttäuscht seufzte sie. Hatte sie sich geirrt? Gab es da gar nichts, was ihr Bruder ihr hatte sagen wollen? Hatte sie etwas in ihrem Bestreben, das väterliche Wohlwollen zurückzuerobern, übersehen? Sprach Matthias die Wahrheit? Wusste Moritz etwas darüber?

„Sorge dich nicht, Moritz." Eugenia legte tröstend eine Hand auf seinen Arm und küsste ihn auf die Wange. „Ich werde ein angenehmes Leben haben."

Er drückte ihre Hände, ließ sie los und ging. Eugenia sah ihrem Bruder traurig nach. Sie würde ihn nie wiedersehen.

Die Traurigkeit schnürte ihr die Kehle zu.

Eugenia hielt all die Gedanken und Zweifel nicht mehr aus. Zu lange schon bedrückten sie diese Gefühle. Unruhig wanderte sie in ihrem Zimmer auf und ab. Immer wieder vernahm sie die Glockenschläge der Kirche in ihrer Nähe. Die Mittagszeit rückte näher.

Eugenia blieb stehen und beschloss, ihren Vater aufzusuchen. Mochte er zwar nicht mit ihr sprechen, so würde sie ihn doch zur Rede stellen. Es war Zeit für ein Gespräch! Sie musste die Wahrheit herausfinden, und sie wollte sich mit ihm endlich versöhnen. War es nicht für ihren Vater so weit, ihr die Fehler zu verzeihen?

Ihr Weg führte sie an der Wohnstube vorbei, in der sie so

manch gemütlichen Abend verbracht hatte. Ihr Blick fiel kurz auf das Gemälde der Familie. Damals, da waren sie noch glücklich gewesen, dachte Eugenia. Vor einer Tür blieb sie stehen. Erst zögerte sie, dann hob sie die Hand.

„Ich bin froh, dass du zur Vernunft gekommen bist", hörte sie Sebastian sagen.

„Du hast mir keine Wahl gelassen." Ihr Vater klang missmutig.

Sie erinnerte sich plötzlich an Matthias' Worte. Was hatte er ihr gesagt? Gab es da etwas, was sie nicht wusste? Eugenia fasste Mut und klopfte an die Tür. Als sie hereingerufen wurde, trat sie in das Arbeitszimmer ihres Vaters. Sie sah all die Bücher, in denen sie oft gelesen hatte und fragte sich, ob es wirklich gut war, so viel erfahren zu haben. Vielleicht wäre aus ihr eine normale Person geworden, hätte sie mehr auf ihre Eltern gehört. Sie wäre ein besserer, ein gehorsamerer Mensch geworden. Es war seltsam, auf den Schreibtisch zuzugehen, an dem ihr Vater über ein Buch gebeugt war. Ein medizinischer Ratgeber. Sebastian saß in dem Sessel, in dem sich Doktor Hentschel meist zum Lesen niederließ.

Sie blieb vor dem Schreibtisch stehen.

„Ich möchte gern mit Ihnen sprechen, Papa", bat sie leise und ängstlich.

Doktor Hentschel verharrte noch immer über dem Buch, schrieb etwas daraus, als hätte er Eugenia nicht bemerkt. Sie wartete geduldig. Plötzlich schlug er das Buch zu und legte den Stift zur Seite. Dann hob er den Kopf und tat etwas, was er seit Monaten nicht gemacht hatte. Er sah seine Tochter an und sprach: „Auch ich habe mit dir zu sprechen."

Ihr Herz pochte wild, als er mit der Hand auf einen Stuhl wies, der vor dem Schreibtisch stand. Er warf einen missmutigen Blick zu dem Mann im Sessel, als störte ihn Sebastians Anwesenheit.

„Wir haben keine Geheimnisse voreinander, oder?" Sebastian wollte scherzend klingen.

Eugenia spürte eine Anspannung zwischen den beiden Männern.

Anton Hentschel antwortete nicht darauf und wandte sich seiner Tochter zu. „Ich habe dir all die Zeit etwas verschwiegen. Du erinnerst dich an Matthias Hollmann?" Anton Hentschel sah sie eindringlich, fast reumütig an. „Du sollst wissen, dass dieser Mann in der Nacht damals nicht gestorben ist. Ich vermute, er ist mittlerweile aus dem Korrektionshaus entlassen worden." Der Arzt straffte die Schultern und räusperte sich. „Matthias Hollmann musste mir damals ein Versprechen geben."

Eugenia hob verwirrt den Kopf und lauschte den Worten ihres Vaters.

„Er musste mir versprechen, dich niemals aufzusuchen. Ihr solltet euch nie wieder sehen. Er war nicht gut für dich. Ich wollte nur dein Bestes."

„Das war Ihnen immer wichtig, Vater, nicht wahr?" Nicht, wie ich mich fühle oder wie es mir geht und wen ich liebe, dachte sie im Stillen, nein, es muss angemessen sein! Jetzt wusste sie, warum Matthias sie nicht aufgesucht hatte. Eugenia wollte ihrem Vater sagen, wie enttäuscht sie war, doch sie schwieg. Er hätte es nicht verstanden. „Ich bin sehr froh, die Wahrheit zu erfahren. Ich habe Sie stets bewundert, Papa, und es tut mir sehr leid, wenn ich Sie enttäuscht habe." Sie spürte, wie sie ihren Vater von ganzem Herzen liebte. Aber es war ihr nicht möglich, das auszusprechen. Ihr standen Tränen in den Augen.

„Wie entzückend, dieses Bild einer innigen Familie." Sebastians Stimme klang amüsiert. „Ich bin sehr glücklich, dass ich nun zu dieser Familie gehöre."

Eugenia warf ihm einen sonderbaren Blick zu. Sie musste wieder an Matthias' Worte denken. „Aber du hast immer zur Familie gehört, Sebastian, auch ohne dass du mich heiratest."

Er trat neben sie, nahm ihre Hand und küsste sie sanft. „Es war immer mein Wunsch, dich zu meiner Frau zu machen."

Sofort verfinsterte sich Antons Gesicht.

„Allerdings frage ich mich, warum du ihr das ausgerechnet einen Tag vor unserer Hochzeit sagen musst. Was haben wir mit diesem Bauern zu tun?" Sebastian warf dem Doktor einen warnenden Blick zu.

„Ich bin der Ansicht, dass es Zeit ist, die Vergangenheit ruhen zu lassen." Der gleiche scharfe Ton.

Sebastian knirschte kurz mit den Zähnen, hielt noch immer Eugenias Hand fest. Etwas zu fest, fand sie.

„Gibt es da noch etwas, was ich wissen sollte, ehe wir die Vergangenheit ruhen lassen?" Eugenia stellte diese unschuldige Frage, die nun im Raum schwebte, ohne beantwortet zu werden.

Das Lächeln auf Sebastians Gesicht wurde breiter. „In einem hast du nicht gelogen, Anton, deine Tochter ist wahrlich klug. Wir sollten uns nicht mehr streiten, es ist nun sinnlos. Ich habe das, was ich wollte."

„Ich bin keine Trophäe wie das Geweih eines Hirsches", erwiderte Eugenia verunsichert.

„Nein, du bist bald meine Frau und dann erwarte ich von dir, dass du solche aufsässigen Reden gefälligst bleiben lässt!"

Sie atmete laut durch die Nase aus. Plötzlich schossen Fetzen von Erinnerungen durch ihren Kopf: Sebastian in Holzhausen.

Der Vorfall mit den Kornsäcken.

Moritz' Zweifel. Matthias' Beschuldigung.

Und Vaters Worte: „Du hast mir keine Wahl gelassen."

„Wenn wir dabei sind, so ehrlich zu sein, habe ich ebenfalls eine Frage an dich, Sebastian." Sie zog galant die Finger aus seiner Hand. „Zu welcher Gelegenheit hast du Gunnar Götze kennengelernt?"

Sebastians Lächeln gefror. „Wen?" Seine Unwissenheit war gespielt, sie wusste es. Plötzlich wusste sie die Wahrheit. Matthias hatte sie nicht angelogen. „Gunnar Götze", wiederholte sie. „Er kommt aus einem Nachbarort von Holzhausen und du kennst diesen Kerl."

Sebastian funkelte den Doktor an, der sich nun langsam von seinem Platz erhob. „Was soll dieses Verhör? Ich verbitte mir das."

„Ich habe damit nichts zu tun", verteidigte sich Anton Hentschel.

„Weißt du keine Antwort, Sebastian?" Eugenia wollte jetzt nicht aufgeben. Sie musste die Wahrheit wissen, die sie wahrscheinlich bestürzen würde. Die Wahrheit, vor der ihr Bruder sie hatte schützen wollen und die ihr keinen Frieden bringen würde. Ihre Beharrlichkeit schien ihren zukünftigen Gatten zu reizen. „Du hältst jetzt den Mund oder ich zeige dir gleich hier und jetzt, was ich mit Frauen mache, die sich nicht entsprechend verhalten."

Eugenia hörte ihren Vater eine Ermahnung aussprechen. Sie wagte einen Schritt auf Sebastian zu. „Du warst immer wie ein Onkel für mich. Der beste Freund meines Vaters, der gern in unserem Haus gesehen wurde." Ihr Blick wurde abweisend, ihre Stimme klang nun verächtlich. „Du bist ein Schurke, ein Verbrecher."

„Es ist zu spät dafür." Sein Lächeln wirkte überheblich. „Du wirst mich morgen heiraten! Diese Ehe ist ausgehandelt worden!"

„Ausgehandelt?" Doktor Hentschel schnaubte verächtlich. „Du hast mich erpresst, wolltest meinen Ruf ruinieren."

„Ich habe nichts getan, Anton. Dein Name als guter Arzt ist unangetastet." Sebastian schien zu seinem gelassenen Gemütszustand zurückzufinden.

„Nur deshalb werde ich deine Frau?" Eugenia starrte die Männer entgeistert an.

„In der Tat bist du ungezogen." Sebastian sah zu seinem Freund und zeigte entrüstet auf Eugenia. „Anton, du hast dieses Kind völlig verzogen. Sie war früher so gehorsam und liebenswert."

Anton Hentschel kochte vor Zorn. Seine Gesichtsmuskeln arbeiteten, als müsste er an sich halten, sich nicht auf den Mann zu stürzen, der mit seiner Überheblichkeit selbst die seiner Tochter übertraf. „Du hast mich in der Hand, Sebastian."

„In der Tat, das habe ich."

„Und wenn du Eugenia hast, was begehrst du dann? Wie lange soll das weitergehen?" Anton ging um den Schreibtisch herum. „Dir genügt es doch nicht, meine Tochter zur Frau zu bekommen oder einen Anteil an der Praxis? Was willst du als Nächstes? Wie lange muss ich für einen Fehler, den ich begangen habe, büßen?"

Sebastian hob eine Hand, betrachtete die sauberen, geschnittenen Fingernägel und schien nachzudenken. „Ich weiß noch nicht."

Eugenia blickte zwischen den beiden Männern hin und her. Auch das hatte Matthias ihr gesagt. Sie hatte ihm nicht geglaubt.

„Und wenn ich mich weigere?", fragte sie in das Schweigen der beiden Männer.

Sebastian blinzelte sie verblüfft an. „Was willst du dich weigern? Dein Vater entscheidet das."

„Aber vor dem Altar muss ich antworten. Was, wenn ich dich nicht ehren werde? Was, wenn ich dir nicht gehorsam folgen werde? Wirst du meinen Vater leiden lassen?"

„Du wirst mir gehorchen oder dein Vater wird in Wiesbaden als Arzt nicht mehr praktizieren können. Ich weiß etwas über ihn, was ihm das Genick brechen wird." Sebastian schien seine gute Laune zurückerhalten zu haben.

Eugenia bekam einen Schreck und warf ihrem Vater einen fragenden Blick zu. Welchen Fehler hatte er begangen, dass Sebastian dieses Geheimnis ans Licht bringen und den Namen eines guten Arztes zerstören konnte?

„Du warst damals dabei", erinnerte Anton ihn, ohne seine Tochter zu beachten. „Du weißt, dass ich dem Mann nicht hätte helfen können."

„Mag sein, ich habe dir aber gesagt, dass ich ihm helfen könnte."

„Mit deiner Medizin, deren Wirkung ich höchst bedenklich finde. Immer noch, trotz der Zeit, die verstrichen ist."

„Diese Medizin hatte gute Ansätze, das musst du zugeben."

Anton schien nun nachdenklich zu werden. „Seltsamerweise hatte ich vor Kurzem einen ähnlichen Fall mit den gleichen Symptomen. Diesmal konnte ich helfen." Anton betrachtete seinen ehemaligen Freund plötzlich. Es war, als keimte ein Verdacht in ihm auf. „Hast du dem Mann damals von dieser Medizin gegeben?"

Sebastian hob unschuldig die Schultern. Er schien nicht leugnen zu wollen. „Sie hätte ihn retten können!"

Das Gesicht von Eugenias Vater entspannte sich plötzlich. Es war, als fiele ein Schatten von ihm. Die Erkenntnis regte ihn nicht auf, sie erlöste ihn. „Du warst es! Du hast ihn umgebracht und es mir untergeschoben, weil ich ihn zum Schluss behandelt habe!"

Eugenia rührte sich nicht. Es schien, als hätten die Männer sie völlig vergessen. Sie spürte, dass sie dieses Gespräch auf keinen Fall mit einer Bewegung unterbrechen durfte.

„Ich ahnte nicht, dass meine Behandlung solche Folgen haben könnte", verteidigte sich Sebastian.

„Du bist Arzt! Es hat die Symptome verändert, sodass ich falsch behandelt habe. Hättest du es mir nur gesagt. Dieser Mann könnte noch leben, verdammt, Sebastian." Nun wurde Anton wütend. Sein Gesicht lief rot an.

„Die Krankheit des Mannes war so fortgeschritten, dass wir ihm nicht helfen konnten", erwiderte Sebastian.

„Also hast du noch deine Quacksalber-Medizin an ihm getestet. Du hast mir all die Jahre diese Bürde auferlegt!" Anton Hentschel ging auf den Mann zu, so als wollte er sich auf ihn stürzen und ihn niederschlagen.

Dieser hob beschwichtigend die Hände. „Ruhig, Anton. Du warst damals so überzeugt davon, dass du schuld an dem Tod des Mannes warst, ich habe dich nicht umstimmen können."

„Raus! Verschwinde und wage es nie wieder, mir unter

die Augen zu treten. Ich werde sonst einen Bericht an die herzogliche Regierung schicken und den Medizinalrat von Wiesbaden informieren."

„Nein!" Sebastian trat vor. „Ich werde Eugenia heiraten! Die Verlobungsanzeige ist veröffentlicht worden. Du kannst diesmal nicht zurück."

Die Frau wich vor den Männern zurück. Ihr Gesicht war bleich. Sie machte immer wieder einen Schritt rückwärts, bis sie mit dem Rücken an die Tür stieß.

„Es sind Männer wie du, die den Ruf der Ärzte in Misskredit bringen!", schimpfte Doktor Hentschel.

Für einen Augenblick zuckten die Augen des Vaters zu ihr. Tränen ließen ihren Blick verschwimmen. Eugenia warf ihm ein schüchternes Lächeln zu. In ihren Augen lag der Ausdruck von Kummer und der Bitte, ihr zu verzeihen. Es war ihr, als verstünde der Vater, was sie ihm sagen wollte. Sein Blick wurde weich, gar liebevoll. Und plötzlich wusste sie, dass er ihr vergeben hatte. Eine Träne rollte über ihre Wange. Eine Last fiel von ihr ab, wie ein Gewicht, das sie all die Zeit mit sich herumgetragen hatte.

Anton Hentschel drehte seinen Kopf wieder zu Sebastian und funkelte ihn an. „Du kannst mich nicht mehr einschüchtern."

„Du hast keine Beweise, dass ich schuld bin an dem Tod dieses Mannes und dass meine Heilmethoden schaden."

„Ich muss nichts beweisen und ich war ein Narr, dass ich mich habe erpressen lassen. Ich habe gute Verbindungen zum Medizinalrat von Wiesbaden und zur Regierung. Du hast mir schlaflose Nächte bereitet, Sebastian, mich in die Ecke getrieben. Ich hätte beinahe meine Tochter ins Unglück gestürzt."

„Ich bestehe auf unserer Vereinbarung", beharrte Sebastian und schien keines der Argumente seines ehemaligen Freundes gelten zu lassen.

Eugenia packte in ihrem Rücken die Türklinke und öffnete vorsichtig die Tür, dann quetschte sie sich hinaus. Die Tränen liefen über ihr Gesicht, während sie durch den Gang rannte, hinauf zu ihrem Zimmer. Sie fühlte. wie sehr sie ihren Vater liebte. Aber sie würde es ihm nicht mehr sagen können.

Sie blieb stehen, schluchzend, traurig. Hier lagen all ihre Erinnerungen, Gedenken an ihre Kindheit. Dieses Zimmer, dieses Haus hatten ihr stets Schutz und Geborgenheit gegeben. Sie würde es nun verlassen. Für immer.

„Denk nicht so viel nach", hatte Matthias gesagt.

Eugenia schluchzte auf.

War es bereits Mittag? Schlug die Kirche schon die Zeit?

Eugenia packte hastig eine Reisetasche. Es war nicht genug Zeit, um viele Dinge darin zu verstauen. Nur das Wichtigste konnte mit. Eugenia schob all ihren Schmuck in einen kleinen Beutel, holte sich das Geld, das sie heimlich gehortet hatte, aus einer Schatulle und steckte es in den Beutel dazu. Ihre Finger zitterten. Sie war verrückt. Was sie tat, war verrückt.

Eugenia holte sich einen Mantel. War es in Amerika kalt? War es heiß? Wie sah Amerika überhaupt aus? Sie sollte bleiben, Sebastian heiraten und ein biederes Leben führen, so wie es der Vater für sie bestimmt hatte. Ein zweiter Mantel? Egal wie es in Amerika aussah, sie wollte zumindest nicht frieren. Sie erinnerte sich an die Nacht, damals, als sie in den Wald geritten war, um Matthias zu warnen. Bittere Kälte hatte geherrscht. Es war so kalt gewesen, dass ihre Tränen gefroren waren. Nie wieder wollte sie so frieren. Ihre Finger griffen nach einem weiteren Mantel und nach einem zweiten Paar Schuhe. Die Tasche war groß und schwer und ließ sich kaum schließen. Eugenia hörte von unten das Lachen ihrer kleinen Geschwister. Für einen Augenblick zögerte sie. Da war wieder die Angst, eine falsche Entscheidung zu treffen und ihren Vater zu enttäuschen. Ihr Leben lang hatte sie eine gehorsame Tochter sein wollen, doch es war ihr nicht gelungen. Eugenia wollte zum Fenster, doch da war ein Widerstand in ihr, der sie zurückzuhalten versuchte. Sie würde ihrer Familie schreiben, wenn sie in Amerika angekommen war. Sie rannte zum Fenster und warf die Tasche und die Mäntel hinaus. Eugenia weinte, während sie umständlich aus dem Fenster kletterte. Ihre Röcke flogen, als sie die Straße entlangeilte. Die Glocke der Mauritiuskirche schlug zwölf Uhr.

Moritz warf nervös einen Blick auf den Turm der Stadtkirche, während die Glocken die Mittagszeit verkündeten. Da sah er Matthias mit einem Sack über der Schulter. Er huschte durch eine Seitengasse, die an der Kirche vorbeiführte.

Sie begrüßten sich mit einem flüchtigen Lächeln. Keiner von beiden sah glücklich aus.

„Tun wir das Richtige?", fragte Matthias unsicher.

„Willst du wieder ins Korrektionshaus? Diesmal können sie uns wegen Verrats sogar nach Diez schicken."

„Ich will nie wieder irgendwo eingesperrt werden, und schon gar nicht für meine Ansichten."

Moritz nickte zustimmend. „Ich auch nicht."

Matthias atmete aus und versuchte sich sichtlich zu beruhigen. „Wohin gehen wir jetzt?"

„Eduard kommt mit der Kutsche, dann laden wir auf und fahren nach Biebrich. Ein Dampfschiff bringt uns nach Köln. Es ist alles geklärt, wir werden in Bremen einen Segler nach Amerika nehmen", berichtete Moritz hastig und blickte sich verstohlen um. In dieser Seitengasse war niemand zu sehen. Moritz war eben einem Polizisten aus dem Weg gegangen. Ob sie noch immer gesucht wurden?

Matthias ließ den Reisesack vor seinen Füßen auf den Boden fallen und seufzte. Schatten lagen unter seinen Augen, so als hätte er die letzte Nacht nicht geschlafen.

Moritz legte tröstend eine Hand auf die Schulter seines Freundes und ahnte, was ihn quälte. „Ich will dir nicht die Hoffnung nehmen, aber meine Schwester ist sehr pflichtbewusst, was unsere Familie angeht. Was hat sie zu dem Versprechen meines Vaters gesagt?"

„Nichts."

Moritz packte den Mann erstaunt am Arm. „Du hast es ihr nicht gesagt?"

„Ich wollte nicht, dass sie euren Vater zu hassen beginnt. Sie wäre bestimmt wütend auf ihn. Euer Vater meint es nur gut." Matthias fuhr sich mit einer Hand durch sein Haar und lächelte traurig. „Und vielleicht hat er sogar recht. Ich bin nichts wert."

„Mein Vater meint es immer nur gut mit seinem Ansehen und seinem Willen. Wir müssen nur gehorchen", schnaubte Moritz ungehalten. „Und seine Strafe ist Verachtung."

Eduard und seine Frau fuhren mit der Kutsche durch die Seitengasse und hielten die Pferde bei den Männern an. Sie sprachen nicht viel miteinander. Es musste jetzt alles schnell gehen, bevor man sie hier entdecken würde. Sie beluden das Gefährt und stiegen auf.

Eduard wirkte weder ängstlich noch beunruhigt. „Nach dem, was meine Schwester schreibt, muss Friedrichsburg ein schöner Ort sein. Sie fühlt sich seit zwei Jahren dort sehr wohl, auch uns wird es so gehen, ihr werdet sehen! Vielleicht wird es unsere neue Heimat …" Als der letzte Glockenschlag verklang, setzte sich die Kutsche in Bewegung und fuhr Richtung Biebrich. Moritz warf einen letzten Blick zurück und schloss die Augen. Wie er sich von den Häusern dieser Stadt immer mehr entfernte, wollte er lieber nicht sehen, er durfte nicht wehmütig werden oder gar an seiner Entscheidung zweifeln. Er dachte an seine Familie und spürte den Abschiedsschmerz in seiner Brust. Und doch würde er endlich etwas tun, von dem er wusste, dass es richtig war. Amerika würde ihm die Freiheit bringen, die er sich für sein Leben erhoffte. Weit fort von den Zwängen der Gesellschaft und den Plänen seines Vaters.

Matthias starrte vor sich hin. Er musste nicht zurückblikken. Sein Herz hing nicht an dieser Stadt, sondern nur an dem einen Menschen, der hier lebte. Eugenia würde er nie wiedersehen und dieser Gedanke tat weh. Er hatte sie nicht verlieren wollen, damals bei dem Kutschenunfall. Da hatte er ihr geschworen, sie niemals allein zu lassen. Hätte er ihr doch von dem Versprechen gegenüber ihrem Vater etwas sagen sollen? Es war zu spät. Matthias ließ seinen Kopf sinken. Er hatte damals seinem Geburtsort den Rücken kehren müssen. Nun würde er seine Heimat für immer verlassen. Schwermut erfasste ihn. Wieder dachte er an Eugenia. Wie sehr wünschte er sich, sie an seiner Seite zu haben. Er hätte alles getan, um ihr ein gutes Leben zu bieten. Was erwartete ihn nun in Amerika? Würde das Leben dort besser werden? In einem Land, von dem er nicht wusste, wie es aussah?

Matthias atmete tief durch. Das Leben in Holzhausen war voller Mühsal und Entbehrungen gewesen. Mühsal konnte er in Kauf nehmen, doch er wollte nie wieder hungern. Es hieß, in Amerika gäbe es fruchtbares Land, so weit das Auge reichte. Niemand müsse Hunger leiden. Matthias würde dort etwas aufbauen und neu anfangen. Und er würde versuchen, Eugenia zu vergessen. Sie hatte ihm nicht verziehen. Das schmerzte ihn am meisten.

Die Glocken der Mauritiuskirche waren längst verstummt, als Eugenia dort ankam. Sie eilte um die Kirche herum und erreichte die abgelegene Seitengasse. Es war niemand zu sehen. Sie rannte zurück auf den Platz vor der Kirche, doch so oft sie sich auch drehte, die Kirchgasse entlang sah und nach den bekannten Gesichtern Ausschau hielt, es war niemand da. Weder ihr Bruder noch Matthias. Eine Kutsche tauchte auf. Eugenia hielt gespannt die Luft an. Das Gefährt kam auf sie zu und bog vor ihr in die Einfahrt des Gasthauses „Zum Storchennest". Enttäuschung breitete sich in ihr aus. Ihre Verzweiflung wurde immer deutlicher. Einige Passanten schlenderten an ihr vorbei, musterten sie kurz. Sie machte sicher einen aufgewühlten Eindruck, mit der Tasche und den beiden Mänteln.

Eugenias Hoffnung sank. Da ließ sie ihre Reisetasche fallen und begann zu weinen. Sie war zu spät. Und was nun? Nun würde sie wieder nach Hause gehen müssen. Was würde sie dort erwarten? Musste sie Sebastian morgen heiraten? Sie würde sich beugen müssen, mehr stand ihr nicht zu.

Die Mittagshitze brannte unerbittlich vom Himmel. Eugenia hatte das Gefühl, keine Luft zu bekommen. Noch nie hatte sie sich so niedergeschlagen gefühlt. Sie hob die Tasche auf und presste die Mäntel an sich. Ihr desolates Aussehen war ihr egal. Abgehetzt, die Frisur vom Wind und ihrer Eile zerpflückt, stand sie vor der Mauritiuskirche, während Tränen über ihre Wangen liefen. Etwas hinderte sie zu gehen. Sie wollte nicht nach Hause. Dort stritten sich ihr Vater und Sebastian. Und schließlich wurde ihr klar, dass der Freund des Vaters immer noch der Einzige war, der sie zur Frau nehmen würde. Niedergeschlagen setzte Eugenia einen Fuß vor den anderen, fort von der Kirche. Ihr Schicksal würde sich nicht ändern. So machte sie sich auf den Weg, zurück zu ihrem Elternhaus. Der Kummer lag schwer auf ihr, Trübsinn erfüllte ihr Herz, während sie ihren Tränen freien Lauf ließ. Schluchzer schüttelten ihren Körper durch. Die Tasche wurde immer schwerer, der Kummer größer.

Eine Kutsche fuhr plötzlich neben ihr her.

„Sei gegrüßt, Eugenia."

Sie hielt die Mäntel, ihre Tasche und wischte über ihr nasses Gesicht. Auf ihrer Zunge schmeckte sie das Salz.

„Eugenia?" August hielt neben ihr die Kutsche an. „Weinst du?"

Sie drehte den Kopf zur Seite, damit er es nicht sehen konnte. Doch das Schniefen verriet sie. August wickelte die Zügel fest und sprang von der Kutsche. Er nahm Eugenia die beiden Mäntel ab und suchte ihren Blick. „Es ist ein warmer Sommertag. Wozu brauchst du zwei Mäntel?"

Wieder nur ein Schniefen.

August legte die Mäntel in die Kutsche und entzog der Frau die Reisetasche.

„Wolltest du fortrennen? Ist etwas geschehen? Eugenia, bitte, rede mit mir, wir sind doch Freunde."

Nun hob sie den Kopf und weinte und stammelte Unzusammenhängendes. Sie war gar nicht fähig, einen klaren Gedanken zu fassen.

August schob sie zur Kutsche und half ihr beim Aufsteigen. Als er die Zügel wieder nahm, fragte er, wohin sie wolle.

„Nach Hause", sagte sie leise. Dann begann sie zu erzählen, was vorgefallen war und wohin ihr Bruder und Matthias gehen wollten. Sie hatte mit ihnen gehen wollen, nun war es zu spät. Und alles wegen ihres Vaters. Und Matthias hatte ihr die Wahrheit über Sebastian gesagt und sie hatte ihm nicht geglaubt. „Oh, es ist alles so ungerecht!" Sie wischte sich die Tränen aus dem Gesicht und weinte wieder. „Jetzt ist er weg. Diesmal ist Matthias für immer weg. Ich werde ihn nicht wiedersehen, aber ich hab ihn so lieb." Sie schlug die Hände vor das Gesicht und schluchzte, bis ihre Schultern bebten.

August lenkte die Pferde herum und seufzte. Er fuhr die Kirchgasse zurück, lenkte in die Wilhelmstraße und ließ die Pferde langsam laufen. Sie passierten den Bahnhof.

Eugenia weinte in ihre Hände. „Ich will Sebastian nicht mehr heiraten! Und wenn Vater erfährt, dass Moritz sein Studium abgebrochen hat und nach Amerika will, wird Vater furchtbar aufgeregt sein. Ich kann nicht zurück. Sebastian kann ich nicht heiraten, er ist ein Schuft!" Eugenia hob verzweifelt den Kopf. Sie legte ihre Hände auf Augusts Arm. „Lass uns heiraten."

August lachte vergnügt, nahm deutlich nicht ernst, was sie sagte. Sie holte sich ein Stofftuch aus ihrer Tasche, um sich zu schnäuzen.

„Ich wäre dir auch nicht im Weg", versicherte sie ihm eifrig. „Du könntest deine Ausbildung machen, danach reisen oder dich deinen Maschinen widmen, von denen du träumst, alles, aber du musst mir helfen."

August zügelte die Pferde. Die Kutsche hielt an. Er ließ die Hände sinken und sah Eugenia von der Seite an. Sein

Gesichtsausdruck zeigte Anteilnahme. „Tu ich doch. Nicht, dass ich dich nicht heiraten würde, wenn ich könnte, ich mag dich wirklich sehr. Aber ich bin zu jung für dich und du bist zu alt für mich. Ich denke, wir sind nicht füreinander bestimmt, Eugenia", hörte sie August sagen. Sie hob den Kopf. Der Blick vor ihr verschwamm zwischen ihren Tränen. Sie erkannte undeutlich Wasser, auf dessen Oberfläche Sonnenstrahlen schimmerten. Ein sanftes Rauschen klang an ihr Ohr. Eugenia blinzelte in die Sonne. Die Kutsche stand am Ufer des Rheins. Der Hafen von Biebrich. Ein Dampfschiff lag schaukelnd an einem Steg im Wasser. Passagiere gingen langsam über die Pier und betraten das Schiff.

Plötzlich entdeckte Eugenia ihren Bruder. Sie erhob sich, dann warf sie August einen überraschten Blick zu. Da begriff sie. Wieder weinte sie, diesmal vor Glück. Sie umarmte August und sprang ohne seine Hilfe von der Kutsche. Sie holte die Reisetasche hervor, während August die beiden Mäntel nahm und sie Eugenia überreichte.

„Schreib mir und berichte, wie es dort drüben aussieht. Leb wohl, Eugenia."

„Leb wohl, August, und vielen Dank, du bist wahrlich ein guter Freund. Ich wünsche dir, dass du deine Träume verwirklichst."

Matthias schleppte den Sack über den Steg zu dem Dampfschiff. Die Fahrt hierher hatte er sich in trübsinniges Schweigen gehüllt. Über was hätte er reden sollen? In ihm hatte sich eine trostlose Leere ausgebreitet, während er einen letzten Blick an Land warf. Es gab kein Zurück, dachte er traurig.

Der Dampfer legte ab. Biebrich entfernte sich immer mehr. Matthias entdeckte eine Kutsche am Ufer. Ein Mann winkte. August! Matthias hob verblüfft die Hand und winkte zurück. Was machte er hier? Woher wusste er, dass Matthias auf diesem Schiff war? Es war ein seltsames Gefühl, einen Menschen aus Holzhausen zu sehen. Aus seinem Geburtsort, seiner Heimat. Einst hatte er geglaubt, dort alt zu werden und zu sterben. Es tat gut, August dort zu sehen, so konnte er seinem Heimatdorf einen letzten Gruß senden und sich verabschieden.

„Du bist von deinem Versprechen entbunden", sagte da eine Stimme hinter ihm.

Matthias drehte sich um und starrte Eugenia an.

„Nimmst du mich mit? Oder muss ich in Eltville diesen Dampfer wieder verlassen?", fragte sie keck.

Er wusste nicht, was er sagen sollte. Da stand eine Frau vor ihm, von der er geglaubt hatte, sie nie wiederzusehen. Das Glücksgefühl überrannte ihn. Matthias nahm sie an den Hüften und wirbelte sie herum. Eugenia hielt sich lachend an ihm fest, dann winkte sie August, bis er in dem Dunst des Dampferschornsteins verschwand.

Matthias beugte sich über Eugenia und küsste sie zärtlich. Sein Inneres war von Zufriedenheit erfüllt. „Halte immer an der Gegenwart fest. Jeder Zustand, jeder Augenblick ist von unendlichem Wert, denn er ist der Repräsentant einer ganzen Ewigkeit."

Eugenia sah ihn fragend und auch überrascht an.

Er grinste spitzbübisch. „Das ist nicht von mir. Das ist von Goethe."

„Du weißt endlich, wer Goethe ist?" Ihr helles Lachen schallte über das Deck des Dampfers.

„Hatte ich schon erwähnt, dass ich im Korrektionshaus Zeit zum Lesen fand? Aber glaube ja nicht, dass du aus mir einen Gelehrten machen kannst. Ich kann dir einen Acker pflügen. Sprüche aufsagen wird uns in Amerika nicht ernähren."

Eugenia stellte sich auf die Zehenspitzen und küsste seine Wange. „Ich möchte gar nicht, dass du Reime aufsagst. Ich liebe dich so, wie du bist."

Der Schwarze Schwan, so nannte man die Dampfer auf dem Rhein, schwamm mit den Wellen an den Weinbergen des Rheingaus entlang, ließ sich von der Strömung führen und würde sie bis nach Köln bringen. Eine lange, aufregende Reise lag vor ihnen, bis sie Amerika, bis sie die Freiheit erreichen würden. Doch Matthias hatte keine Angst mehr, und auch in Eugenias Augen, die auf den Horizont gerichtet waren, schien Zuversicht zu liegen. Sie traten nun gemeinsam diese Reise an.

Anhang

Nachwort

Der „Biedermeier“ galt bereits im 19. Jahrhundert als Spottbezeichnung für hausbackene, spießbürgerliche Menschen. Etwas wertneutraler steht der Begriff „Biedermeier“ später für Häuslichkeit und Familienidylle. Ab Anfang des 20. Jahrhunderts wurde er als Epochenbegriff für die Literatur und Architektur aus der Mitte des 19. Jahrhunderts genutzt. In dieser Zeit wurde sehr viel Wert darauf gelegt, dass der Mann außerhalb des Hauses fungierte, während die Frau innerhalb der Familie tätig war.

Politisch gesehen hatte diese Zeit nichts mit Idylle zu tun. Die Epoche des Biedermeier begann ungefähr mit dem Wiener Kongress 1815 und endete mit der Revolution 1848. Es ist eine Zeit des Umschwungs und der Auflehnung gegen die Monarchie und gegen die Zensur der öffentlichen Meinung. Der Ruf nach Demokratie wurde immer lauter. In dieser Zeit wurde der erste Schritt zu unserem heutigen Rechtssinn und zu unseren Grundrechten vollzogen.

Eugenia Hentschel steht für die wenigen jungen Frauen, die es damals wagten, sich gegen die familiären und gesellschaftlichen Regeln aufzulehnen. Ihr Schicksal und das ihres Bruders Moritz sollen deutlich machen, wie schwierig es war, seinen eigenen Weg zu gehen, egal ob als Tochter oder als Sohn einer bürgerlichen Familie. Ansehen und tadelloser Ruf waren wichtig für eine Familie und Zuwiderhandeln nicht annehmbar.

Mein besonderer Dank gilt Lothar Maus, der sich Zeit

für meine vielen Fragen über das damalige Holzhausen genommen hat. Er stellte auch die Chronik von Holzhausen zusammen, wodurch ich mir einen Eindruck über das Landleben dieser Zeit machen konnte. Nach der Missernte durch die Kartoffelfäule 1847 hungerten viele Menschen und auch die Industrialisierung verbesserte nicht die Lage der unteren Gesellschaftsschicht. Aus der Schulchronik, die die damaligen Lehrer von Holzhausen geführt haben, konnte ich entnehmen, wie hart die Zeiten waren.

Wiesbaden erblühte im 19. Jahrhundert zu einem beliebten Erholungsort. Zahlreiche Kurgäste verschiedener Nationalitäten verweilten dort. Mit seinen 26 heißen Quellen ist die Stadt bis heute ein Anziehungspunkt für viele Besucher.

Der 4. März 1848 war tatsächlich, wie im Roman beschrieben, ein denkwürdiger Tag in der Geschichte des Herzogtums Nassau. Herzog Adolph galt zwar als sehr beliebt, doch die Unzufriedenheit im Land und ringsherum zog, trotz des Verbotes politischer Zeitungen, nicht spurlos am Herzogtum vorüber. An jenem 4. März versammelten sich knapp 30.000 Menschen auf dem Schlossplatz und verlangten unter anderem die Einberufung eines Parlamentes, Religionsfreiheit, Pressefreiheit und das Recht auf Versammlung und Vereinigung. Da Adolph von Nassau alle Forderungen akzeptierte, ließen die Nassauer ihren Herzog hochleben. Doch ein Jahr später wurde der Ruf nach einer Demokratie im Keim erstickt; gewaltsam, versteht sich.

Ich bedanke mich bei Ralf Köhler, der nicht nur zu allen Lesungen kommt und mit dessen Fotos ich meine Romane bewerben kann, sondern der mich stets zum Weiterschreiben ermunterte, auch wenn es oft nicht einfach war. Hier seien ebenso Heike Rodenkirch und Magdalene Kolar erwähnt, die sich immer Zeit nehmen, meine Romane durchzulesen und Korrekturen vorzuschlagen.

Meinen besonderen Dank richte in an meine Lektorin Anja Ross. Sie stand mir während unserer Zusammenarbeit stets hilfreich mit konstruktiven Hinweisen zur Seite.

Erfundene Figuren

Eugenia Hentschel, älteste Tochter der Familie Hentschel, die in Musik wie auch in tugendlichen und häuslichen Pflichten unterrichtet wurde, um eine gute Ehefrau zu werden.

Moritz Hentschel, ältester Sohn der Familie Hentschel, studiert Medizin in Gießen und sucht Möglichkeiten, sich den Wünschen und Idealen des Vaters zu entziehen.

Doktor Anton Hentschel, freipraktizierender Arzt in Wiesbaden.

Charlotte Hentschel, Ehegattin von Anton Hentschel.

Matthias Hollmann, Sohn eines Bauern in Holzhausen, mit der Hoffnung, dass sich die politische wie auch gesellschaftliche Situation durch eine Revolution ändert. Er und seine Familie leiden sehr unter der Missernte durch die Kartoffelfäule.

Luise Fischer, Nichte des Lehrers Hardt. Nach dem Tod der Eltern wurde sie von der Schwester ihrer Mutter aufgenommen.

Dorothea Henninger, Tochter eines Offiziers und Freundin von Eugenia in Wiesbaden.

Sebastian Kreutzer, freipraktizierender Arzt in Wiesbaden, der mit Doktor Hentschel eine Praxis geführt hat, ehe er das Vertrauen seines Kollegen verlor.

Paula, Tochter des Schmiedes, der seine Schmiede an der Posthalterei in Holzhausen hat. Sie hofft auf eine Heirat mit Matthias.

Gerhard Wöllmann, ein guter Freund von Matthias, ist Bauer in Holzhausen.

Eduard Meier, Advokat in Wiesbaden, verheiratet und bei der Durchsetzung der Nassauer Forderungen sehr engagiert.

Daniel Schütz, erfolgreicher Kaufmann, Mitte dreißig und Witwer.

Ernst Gerlach, Schultheiß von Holzhausen zwischen 1834 und 1848. Da laut Chronik der letzte Schultheiß nicht genannt werden konnte, ist Ernst Gerlach erfunden. Nach den Ereignissen im März 1848 wählte Holzhausen erstmals einen Bürgermeister, Johann Philipp Minor.

Historische Figuren

August Nikolaus Otto hat sich erst später Nicolaus August Otto genannt. Er gehört zu den Schöpfern des Viertaktprinzips und arbeitete an der Verbesserung von Verbrennungsmotoren, in der Form, wie sie noch heute gebaut werden.
14. Juni 1832 wurde er in Holzhausen geboren. Nach der Elementarschule in Holzhausen besuchte er die Realschule in Bad Schwalbach (damals Langenschwalbach), doch statt dem erträumten Studium, begann August Otto im Dezember 1848 in Nastätten bei Wilhelm Guntrum eine Kaufmannsausbildung. Ab 1852 war er Handlungsgehilfe und Reisender, verlor aber nie den Blick für seine wissenschaftlichen Studien. Sie führten ihn schließlich dazu, im Jahre 1861/62 gasgetriebene Maschinen mit elektrischer Zündung zu bauen, die ihn sicherlich dazu beflügelten seine Ideen weiterzuentwickeln.
Sein Geburtshaus in Holzhausen steht noch immer und dient heute als Museum.

Peter Minor war mit Wilhelmine Otto, der 18 Jahre älteren Schwester von August, verheiratet. Er und Wilhelmine übernahmen nach dem Tod des Vaters Philipp Otto die Posthalterei.

Heinrich Conrad Wilhelm Brachel war von 1838–1860 evangelischer Pfarrer in Holzhausen.

Conrad Anton Hardt, verheiratet, war Lehrer, zunächst in Egenroth, ehe er am 23. Juni 1840 nach Holzhausen kam. Dank seiner Einträge in die Schulchronik erfährt man etwas über Wetter, Ernte und die finanzielle Lage der damaligen Zeit.

Georg Böhning, 1788–1849, Freidenker, Uhrmacher und später Besitzer des Badehauses „Aachener Hof" in der Wilhelmstraße in Wiesbaden. Bei ihm fanden wichtige Treffen freiheitsliebender Menschen aus dem arbeitenden Volk statt. Böhning war auch Buchdrucker und veröffentlichte politische Flugblätter. Am 17. August 1849 wurde Böhning in Rastatt hingerichtet.

Glossar

Chaise, entweder eine Art Bollerwagen oder auch eine zweisitzige, meist offene Kutsche.

Historisches Fünfeck, vom Architekten und Stadtplaner Christian Zais in der zweiten Hälfte des 19. Jahrhunderts entworfen. Die Altstadt wird von fünf Straßen umschlossen, die ein Fünfeck bilden.

Hofreite ist ein landwirtschaftlicher Hof mit verschiedenen Gebäuden wie Stall und Schuppen.

Holzhausen auf der Heide, so wurde der Ort um 1820 genannt. Laut der Chronik hieß es schließlich 1883 Holzhausen an der Heide und seit 1900 Holzhausen an der Haide. Erste urkundliche Erwähnung des Ortes war 1190.

Joppe, Jacke

Kartoffelfäule, ein Pilzbefall, durch feuchte Wetterlage begünstigt, der als braune Flecken auf den Blättern sichtbar wird. Soviel bekannt ist, wurde diese Fäule von Amerika nach Europa gebracht, wo es ab 1845 zur Vernichtung von Ernten kam. Am schlimmsten war es in Irland, doch auch in Deutschland kam es zu Hungersnöten. Die Kartoffel war neben dem Getreide zu einem wichtigen Nahrungsmittel geworden. Auch im Herzogtum Nassau gab es verheerende Missernten, die schlimmste im Jahre 1847, sodass sich der Herzog im Jahre 1848 dazu entschloss, Nahrungsmittel aus anderen Herzogtümern einzukaufen. Zu diesem Zweck gab es eine **Aufnahme-Kommission**, die dafür sorgte, alle Vorräte der Einwohner zu registrieren, um die Ärmsten im Lande zu unterstützen. Die Schultheißen in den 26 Ämtern des Herzogtums wurden beauftragt, die Vorräte aufzuschreiben.

Korrektionshaus Eberbach wurde ursprünglich als Kloster im Jahre 1136 von Zisterziensermönchen gegründet. Nach Auflösung des Klosters wurde es ab 1803 als Korrektionshaus, als Gefängnis für Verbrecher mit leichten Vergehen, genutzt. Das Zuchthaus, in das Schwerverbrecher kamen, lag damals in Diez.

Ludoviciana-Universität wurde im Jahre 1607 in Gießen errichtet und gehörte damals zum Herzogtum Hessen.

Mauritiuskirche, die letzte Kirche mit diesem Namen in Wiesbaden, wurde zwischen den Jahren 1488 und 1521 erbaut. Sie diente als Stadtkirche und wurde im Juli 1850 von einem verheerenden Feuer zerstört. Heute erinnert nur noch der Mauritiusplatz an den Standort der Kirche.

Medizinalarzt, ein Beamter, der in den Diensten des Herzogs stand und als Arzt in den verschiedenen Ämtern des Landes eingesetzt wurde. Die Patienten mussten für ihren Besuch beim Arzt nichts bezahlen. Allerdings kam es öfter zu Problemen bei der Versorgung aller Kranken, da es zu wenige Ärzte in den Ämtern gab.

Orthopädische Heilanstalt wurde von Dr. Johann Carl Crévé im Jahre 1839 in der Rheinstraße eröffnet, jedoch 1843 an den Herzog verkauft. Das Gebäude sollte als Witwensitz für Herzogin Pauline dienen, wurde aber als griechisch-russische Kapelle genutzt. Heute befindet sich das Hessische Statistische Landesamt darin.

Schultheiß war ein Beamter, der vom Landesherrn (in diesem Fall vom Herzog von Nassau) in sein Amt gesetzt wurde. Er war Richter, Kommandant bei Feuereinsätzen, Verwalter und derjenige, der für seine Gemeinde Sorge tragen musste. Nach 1848 durfte die Bevölkerung ihren eigenen Bürgermeister wählen.